KB176009

원전으로 읽는 우리 고전 4

이씨 집안 이야기

이씨세대록 ❾

원전으로 읽는 우리 고전 4

이 씨 집안 이야기

이씨세대록

9

이담북스

역자 서문

　<쌍천기봉>을 2020년 2월에 완역했는데 이제 그 후편인 <이씨세대록>을 번역해 출간한다. <쌍천기봉>을 완역한 그때는 역자가 학교의 지원을 받아 연구년제 연구교수로 유럽에 가 있을 때였다. 연구년은 역자에게 부담 없이 번역에만 전념할 수 있는 환경을 만들어 주었다. 덕분에 역자는 <쌍천기봉>의 완역 이전부터 이미 <이씨세대록>의 번역 작업을 동시에 수행할 수 있었다. 이 번역서 2부의 작업인 원문 탈초와 한자 병기, 주석 작업은 그때 어느 정도 되어 있었다. <쌍천기봉>의 완역 후에는 <이씨세대록>의 번역 작업에 박차를 가했다. 당시에 유럽에 막 퍼지기 시작한 코로나19는 작업에 속도를 내도록 했다. 한국에 우여곡절 끝에 귀국한 7월 중순까지 전염병 덕분(?)에 집안에만 틀어박혀 있을 기회가 많았기 때문이다.

　<쌍천기봉>이 역사적 사실에 허구를 덧붙인 연의적 성격이 강한 소설이라면 <이씨세대록>은 가문 내의 부부 갈등에 초점을 맞춘 가문소설이다. 세세한 갈등 국면은 유사한 면이 적지 않지만 이처럼 서술의 양상은 차이가 난다. 조선 후기의 독자들이 각기 18권, 26권이나 되는 연작소설을 흥미롭게 읽을 수 있었던 데에는 이처럼 작품마다 유사하면서도 특징적인 면이 있기 때문이었을 것으로 짐작된다.

　역자가 대하소설에 흥미를 가지게 된 것도 이러한 면과 무관하지 않다. 흔히 고전소설을 천편일률적이라고 알고 있는데 꼭 그렇지만

은 않다. 같은 유형인 대하소설이라 해도 <유효공선행록>처럼 형제 갈등이 두드러진 작품이 있는가 하면, <완월회맹연>이나 <명주보월빙>처럼 종법제로 인한 갈등을 다룬 작품도 있다. 또한 <임씨삼대록>처럼 여성의 성욕이 강하게 부각되어 있는 작품도 있다. <쌍천기봉> 연작만 해도 전편에는 중국의 역사적 사실을 토대로 군담이 등장하고 <삼국지연의>와의 관련성도 서술되는 가운데 남녀 주인공이 팔찌를 매개로 하여 갖은 갈등 끝에 인연을 맺는 과정이 펼쳐져 있다면, 후편에는 주로 가문 내에서 발생할 수 있는 다양한 부부 갈등이 등장함으로써 흥미의 제고와 함께 가부장제 사회의 질곡이 더욱 적나라하게 드러나게 하는 효과를 내고 있다.

대하소설의 번역 작업은 이 분야에 몸담고 있는 연구자들은 잘 알겠지만 매우 지난한 일이다. 우선 작품의 방대한 분량이 거대한 장벽으로 다가오지만 더욱 큰 작업은 국문으로 되어 있으나 대부분 한자어로 구성된 본문을 제대로 이해하는 일이다. 이 때문에 작업을 하다 보면 차라리 논문을 쓰는 것이 낫겠다고 생각한 것이 한두 번이 아니다. 번역 작업은 심지어 연구비 수혜도 받기가 힘들다. 이는 역자가 직접 체험한 일이다. 번역보다 논문 한 편을 더 높이 평가하는 것이 지금 학계의 현실이다. 축하받아야 할지도 모르는 번역서의 머리말에 이런 넋두리를 하는 것은 토대 연구를 홀대하는 현실이 바로잡혔으면 하는 간절한 바람에서이다.

<쌍천기봉>을 작업할 때와 마찬가지로 이 작업도 여러 분에게서 도움을 받았다. 해결되지 않은 병기 한자와 주석을 상당 부분 해결해 주신 황의열 선생님께 고마운 마음을 전한다. <쌍천기봉> 작업 때도 많은 도움을 주셨는데 어려운 작업임에도 한결같이 아무 일 아니라는 듯이 도움을 주셨다. 연구실의 김민정 군은 역자가 해외에

있을 때 원문을 스캔해 보내 주고 권20 등의 기초 작업을 해 주었고, 대학원생 남기민, 한지원 님은 권21부터 권26까지의 기초 작업을 해 주었다. 감사드린다. 대학원 때부터 역자를 이끌어 주신 이상택 선생님, 한결같이 역자를 지켜봐 주시고 충고를 아끼지 않으시는 정원표 선생님과 박일용 선생님께는 늘 빚진 마음을 지니고 있다. 못난 자식을 묵묵히 돌봐 주시고 늘 사랑으로 대해 주시는 양가 부모님께 감사드린다. 끝으로 동지이자 아내 서경희에게 사랑과 감사의 마음을 전한다.

차례

제1부

현대어역

이씨세대록 권17

이백문이 아내를 죽이려 하나 화채옥은 구조되고
이흥문은 죽다 살고 이경문은 누명 써 귀양 가다

재설. 화 소저가 한 몸에 천고에 없는 강상(綱常) 윤리를 범한 큰 죄를 실어 몸이 머나먼 변방의 역비(驛婢)[1]가 된 데다 조정 간관(諫官)의 붓끝을 더럽히고 성안의 온 백성은 자신을 침 뱉으며 꾸짖었다. 화 소저가 이런 일을 한 몸에 겪자, 슬픈 마음은 뜬구름에 흩어지고 분한 설움과 억울한 마음 때문에 자결해서 이 일을 잊으려 했다. 그러나 시부모의 봄볕 같은 은택을 차마 저버리지 못하고 전날 자기가 시어머니에게 고한 말이 있었으므로 스스로 죽지는 않았다. 그러나 근심하고 우울해 탄식하며 한 술의 죽을 내오지 않으며 밤낮으로 흘린 눈물이 비단 이불을 적신 채 가만히 부모를 부르짖을 따름이었다. 이에 집안사람들이 눈물을 금치 못하고 시부모는 더욱 가슴이 타는 듯했다.

이때 법부에서는 조대와 영대가 위협에 눌려 복종한 사람들이라 해 그들을 즉시 놓아 주었다. 연왕이 소연을 불러 수십 명의 남자 종을 거느리고 가 영대라는 자를 잡아 오도록 했다. 이에 소연이 마음을 다해 옥 밖에 대령했다가 옥졸이 문 여는 것을 보고 급히 영대를 잡아서 단단히 결박해 왕부로 향했다. 그런데 중도에 이르러 회오리

---

1) 역비(驛婢): 역참에서 심부름하는 여자 종.

바람이 일어나며 영대가 사슬을 벗고 간 데가 없는 것이었다.

소연이 매우 놀라 급히 돌아가 왕에게 이 사실을 고했다. 왕은 이미 짐작한 일이었으므로 탄식하며 말했다.

"요망한 사람이 변란 일으키는 것이 비할 데가 없어 이 지경에 미쳤으니 어찌 편벽되게 하늘을 한탄하겠는가? 반드시 환술(幻術)하는 무리가 사람이 사사로운 정을 좇는 것을 이용해 요사스러운 기운을 퍼트려 사람을 사지에 넣은 것이니 남이 들으면 괴이하게 여기겠구나."

말을 마치고 내당에 들어가 사람들에게 이 일을 고하니 듣는 사람들이 놀랍게 여기고 개국공은 분노해 말했다.

"이 일은 반드시 실제로 저지른 사람이 있는데 형이 알고서도 어찌 다스리지 않는 것입니까?"

왕이 한숨 쉬고 탄식해 말했다.

"아우는 총명하면서 알지 못하는 것이냐? 이번 재앙은 평범한 일이 아니니 사람들이 어찌 아녀자가 한 짓이라 여기겠느냐? 또 성인께서 이르시기를, '천하 사람들이 죽일 만하다고 해도 눈으로 보지 않은 일은 듣지 말라.'고 하였으니 이 어찌 지극하신 말씀이 아니겠느냐? 내 어려서부터 기운을 넓히고 온 천하를 눈앞에 없는 것처럼 여겼어도 이 일은 결코 쉽게 생각해서는 안 될 것이다. 짐작에 노 씨의 짓인 것 같아도 내 일찍이 눈으로 보지 못했으니 장차 무엇에 의거해 죄를 물을 수 있겠느냐? 또 매사에 증거가 있은 후에 말을 할 수 있는 법이다. 이는 물에 비친 달 같아서 잡을 길이 없으니 일을 쉽게 생각해서는 안 된다."

승상이 탄식하며 말했다.

"네 말이 옳으니 셋째는 삼가 마음을 닦거라. 간사한 사람이 틈을 엿볼 수 있을 것이다."

공이 이에 깨달아 사례했다.

왕이 즉시 종으로 부리는 남자들을 모아 행장을 수습해 화 씨를 적소(謫所)로 보내려 했다.

이때, 조대가 실려 집으로 나와 다리를 매고 소저 침소에 들어갔다. 영대가 소저를 붙들어 앉혔는데, 소저는 어지러운 머리칼이 낯을 덮은 채 거의 죽어 있는 상태였다. 이에 조대가 나아가 소저를 붙들고 크게 우니 소저가 눈을 떠 보고 오열하며 말했다.

"네 나 때문에 중형을 입고서 어찌 목숨이 살아 여기에 이른 것이냐?"

조대가 크게 울고 말했다.

"저는 한 목숨을 버려 소저를 구하려 했는데 형이 큰일을 어그러뜨렸으니 이 사람은 소저의 전세 원수인가 하나이다."

말이 끝나지 않아서 영대가 크게 놀라 말했다.

"내 무슨 일을 어그러뜨렸다는 말이냐? 네 말이 참으로 수상하구나."

조대가 성난 빛으로 말했다.

"형이 어제 관아에 들어와 나를 보고 이리이리 하지 않았는가? 또 형틀에 올라 초사(招辭)2)를 낸 사람은 누구였단 말인가?"

영대가 매우 놀라서 말했다.

"나는 네가 갇힌 뒤로 소저 곁을 떠나지 않았는데 이 어찌 된 말이냐? 듣느니 처음이구나."

소저가 잠깐 정신을 거두어 일렀다.

---

2) 초사(招辭): 죄인이 자기의 범죄 사실을 진술하던 말.

"조대는 여러 말 말거라. 영대는 일찍이 내 곁을 떠나지 않았으니 어느 사이에 형부에 들어갔을 것이며 설사 들어갔다 한들 전날의 열렬한 충심(忠心)을 운수에 부치고 나를 밀어 구덩이에 넣겠느냐? 이는 반드시 요망한 사람이 형체를 바꿔 너를 속인 것이다. 그러니 천륜의 의리를 가볍게 여길 생각을 말거라."

조대가 이에 크게 놀라 일렀다.

"내 정말로 형이 전날 충성스러운 마음을 지니고서 이런 일을 했을 것이라고는 천만뜻밖이었습니다. 그런데 용모와 행동거지가 조금도 다르지 않아 참으로 괴이하게 여겼더니 대개 이런 까닭이 있었던 것 같습니다."

말이 잠시 멈춘 사이에 빙주가 밖으로부터 들어와 연왕이 영대라는 자를 잡아 오라 하니 영대라는 자가 바람이 되어 달아난 일을 일일이 고했다. 이에 조대가 더욱 놀라 멍한 듯하고 영대는 이를 갈며 말했다.

"내 살아서 날 잡은 원수의 고기를 먹을 것이다."

조대가 더욱 분해 한갓 멍한 듯이 앉아 있었다.

이때 연왕은 예부의 숙소에 가고 소후가 밤낮을 이곳에 있으면서 소저의 손을 잡고 눈물을 줄줄 흘렸다. 화 씨가 자기도 경황이 없었으나 효성이 가볍지 않았으므로 정신을 거둬 슬픈 빛을 감추고 시어머니를 위로하며 행장을 차렸다.

삼 일째가 되자, 위 씨와 여 씨 두 사람이 이르러 조용히 이별하려 해 이 밤을 지냈다. 화 씨가 이에 뼈에 사무치도록 그 은혜에 감격해 눈물을 드리워 말했다.

"제가 오늘날 죄인의 몸이 되어 하늘 끝으로 돌아가니 다시 살아 돌아올지 믿지 못하겠습니다. 그러니 형님들의 큰 덕을 갚을 날이 없을까 합니다."

두 사람이 위로해 말했다.

"소저가 어찌 이런 불길한 말을 하는 것인가? 우리 두 사람이 여자의 몸으로써 고생을 천고에 없이 했으나 지금은 목숨이 살아 있네. 소저는 마음을 좁게 먹지 말고 어떻게든 몸을 보전해 원수를 갚는 것이 통쾌할 것이니 이런 말은 하지 않는 것이 옳네."

화 씨가 사례해 울며 대답했다.

"두 형님은 복록이 많으신 분들이니 큰 환란에서도 벗어나셨으나 첩은 운명이 기구한 인생이라 어찌 좋은 일이 있기를 바라겠나이까?"

두 사람이 재삼 위로하고 밤을 지새웠다. 새벽에 화 씨가 겨우 몸을 움직여 일어나 빛깔 없는 옷에 나무비녀와 짚신 차림으로 방을 떠났다. 벽을 향해 낯을 돌려 흘리는 눈물이 옥 같은 귀밑에 연이어 흐르며 기운이 혼미해졌다. 슬프다, 나는 새가 꽃을 떠나면 소리가 구슬프다고 하니 짐승도 이러한데 오늘 화 씨의 마음을 이를 수 있겠는가.

화 씨가 한참 후에 정신을 차려 정당에 들어갔다. 유 부인으로부터 모든 사람들이 눈물을 연이어 흘리며 흐느끼는 소리가 자못 슬펐다. 유 부인이 소저에게 나아오라 해 소저를 어루만지며 오열해 말했다.

"아직 죽지 않은 인생이 지금까지 겨우 붙은 숨으로 구차히 살고 있다가 이런 불쌍한 일을 볼 줄 어찌 알았겠느냐? 며느리의 운수가 불리해 일이 이 지경에 미쳤구나. 그러나 하늘이 높아도 밝게 살피실 것이니 훗날을 기다리는 것이 옳다. 며느리는 모름지기 너무 슬퍼하지 말고 훗날 이 늙은 할미의 낯을 다시 보도록 하라."

소저가 고개를 조아려 울며 말했다.

"소첩이 보잘것없어 하나의 일도 시부모님께 효도를 하지 못하고 불효를 이처럼 끼쳤으니 이 죄는 만 번 죽어도 마땅합니다. 첩이 외롭고 약한 여자로서 몸에 천고에 없는 강상을 범한 죄를 싣고 만리 타향의 관비(官婢)를 감수하며 죽지 않은 것은 다 할머님과 시부모님이 염려하실까 해서입니다. 기구한 인생이 온갖 고초를 겪어도 자결하지 않을 것이니 이로써 존문(尊門)의 큰 덕을 저버리지 않으려 합니다."

부인이 한탄하고 모든 숙당(叔堂)이 각각 눈물을 흘리며 말했다.

"조카며느리처럼 특출한 행동을 하는 사람에게 오늘의 일이 있게 된 것은 천만뜻밖이다. 우리의 마음이 베이는 듯하니 그대의 심정을 이르겠는가마는 끝까지 몸을 보중해 풍운의 좋은 때를 기다리라. 저 푸른 하늘이 끝내 그대에게 매몰차겠는가?"

이에 화 씨가 눈물을 흘리며 절해 사례했다.

이윽고 승상과 남공 등 다섯 사람이 예부를 이별하고 각각 눈물을 소매로 닦으며 일시에 들어와 나란히 있으니 유 부인이 승상 등을 보고 목이 쉬도록 통곡하고 말했다.

"내 팔자가 덧없어 흥문이를 눈앞에 두지 못하고 아까운 인재를 죽을 곳에 넣었으니 이 마음을 장차 어디에 부칠 수 있겠느냐?"

승상이 공손히 일어났다 앉은 후 두 번 절하고 말했다.

"이미 시루가 깨졌으니 설마 어찌할 것이며 지금은 이러하나 끝내는 무사할 것이니 어머님은 너무 염려하지 마소서."

부인이 근심하는 빛으로 오열했다.

화 씨가 나아가 하직하니 승상이 즐거운 낯빛을 하고 위로해 말했다.

"며느리가 우리 집안에 들어온 지 오래되지 않아서 이런 일이 있으니 참으로 탄식할 만하구나. 그러나 하늘의 운수를 도망치지 못할 것이니 내 며느리는 모름지기 고초받는 죄수의 행동3)과 같은 자질구레한 모습을 버리고 몸을 보중해 훗날을 기다리라."

소저가 절해 명령을 들었다. 연왕이 소저의 손을 잡고 머리를 쓰다듬어 기쁜 낯빛으로 위로하며 너그럽게 타이르니 소저가 두 번 절해 하직했다. 소저가 몸을 돌리니 왕이 따라서 일어 나와 용포(龍袍) 소매로 눈물을 거두며 소저를 나아오라 해 말했다.

"네 약한 여자로서 오늘날의 모습은 천고에 없는 일이니 운수의 불행함이 이토록이나 한 것이냐? 그러나 나의 너 위한 뜻을 살펴 끝내 화씨벽(和氏璧)4)이 온전하고 낙창(樂昌)의 거울5)이 뚜렷하게 된다면 무슨 한이 있겠느냐?"

소저가 오열하며 눈물을 흘리다가 겨우 대답했다.

"오늘 아버님의 말씀을 간과 폐에 새기겠습니다."

그러고서 드디어 덩에 들었다. 소후가 소저를 붙들고 목이 쉬도록 슬피 통곡하니 기운이 막혔다. 아들들이 소후를 붙들어 내고 교부(轎夫)가 덩을 메고 나갔다. 승상이 서자(庶子) 몽평6)에게 소저를 보호하며 따라가게 하고 믿을 만한 가정(家丁) 30여 명을 신중히 뽑아 길 가는 데 어긋남이 없도록 하라 했다. 몽평은 문성의 막내아들로서 사람됨이 부지런하고 성실해 적통(嫡統) 위한 마음이 바다와 같

---

3) 고초받는~행동: 곤경에 빠져 어찌할 수 없는 상태를 비유한 말임. 초수대읍(楚囚對泣).
4) 화씨벽(和氏璧): 중국 춘추시대 초(楚)나라 형산(荊山)에서 난 옥돌을 이르는 것으로 발견한 사람 변화(卞和)의 이름을 따 이와 같이 부름.
5) 낙창(樂昌)의 거울: 부부가 헤어졌다가 만남을 이름. 낙창공주(樂昌公主)가 깨진 반쪽 거울로 헤어졌던 남편 서덕언(徐德言)을 찾은 이야기에서 유래함.
6) 몽평: 이현의 첩 주 씨의 손자. 아버지는 이문성. 이몽평이 승상 이관성의 서자는 아니나 서류(庶流)라서 이와 같이 칭한 것임.

앉다. 그런 터에 그 천금 같은 자부(子婦)를 보호해 따라가라 하니 어찌 마음을 다하지 않겠는가. 순순히 명령을 듣고 일행을 지휘해 형주를 향해 나아갔다.

이때 노 씨가 흥문과 화 씨를 사지에 넣고 혜선과 함께 서로 축하하면서도 그들의 몸이 남아 귀양 가는 것이 마음에 차지 않아 흉한 계교가 끝을 누르지 못했다. 그래서 가만히 혜선을 시켜 자객을 방문하도록 하니 혜선이 말했다.

"제 오라비 새공아가 저와 함께 검술을 배워 처마를 오르내리기를 자취 없이 하고 사람의 머리 베기를 주머니 속 물건을 건네듯 하니 이 사람에게 많은 값을 주어 성도(成都)[7]로 보내고 화 씨는 여자라 대단하지 않으니 그만하고 놓아두는 것이 어떠합니까?"

노 씨가 말했다.

"화 씨가 여자지만 관상이 좋아 살려 두어 좋을 것이 없으니 사부는 아울러 없애도록 하소서."

혜선이 응낙하고 즉시 마을에 나가 제 오라비 새공아를 보아 계교를 알려 주고 화 씨 처치할 사람을 묻자 공아가 말했다.

"내 요사이 계집을 얻었는데 이름은 승난아다. 이 사람이 이인(異人)을 만나 검술이 기이한 것이 나에게 지지 않으니 이 사람을 형주에 보내 화 씨를 죽이도록 해야겠다."

혜선이 매우 기뻐해 새공아에게 천금을 주어 재삼 착실히 하라 했다. 새공아가 응낙하고 즉시 제 계집에게 이 일을 이르고 각각 남녀를 나누어 갔다.

---

7) 성도(成都): 옛날 중국 삼국시대 촉한(蜀漢)의 수도였던 곳으로 현재 사천성(四川省)의 성도(省都)임.

이때 몽평이 화 소저를 모셔 밤낮으로 길을 가니 이때는 여름 오월이었다. 날이 매우 뜨겁고 더운 날씨가 계속되어 검은 안개가 아득했다. 대장부의 천지 같은 굳센 기운으로도 견디기 어려울 정도인데 화 소저는 이 한낱 얼음과 옥 같은 여자였다. 마음이 편하고 좋은 길을 가도 괴로울 텐데 몸에는 천지간에 없는 죄를 싣고 원통한 회포를 가슴에 서리담았으니 미음은 목으로 내려가지 않고 눈물이 날로 옷을 적셨다. 그런 가운데 이 괴로운 길을 가니 그 슬프고 원통한 마음을 어디에 비하겠는가.

거의 초죽음이 된 채 천천히 길을 가다가 장사(長沙)[8]에 이르러는 몽평이 고했다.

"이곳에서 항주(杭州) 화 자사 어르신 계신 곳이 멀지 않으니 잠깐 뵙고 가시겠나이까?"

소저가 탄식하고 말했다.

"첩이 오늘날 이 모습을 해 차마 무슨 낯으로 부모께인들 뵙고 싶겠습니까마는 사사로운 마음에 연연함을 참지 못하겠습니다."

몽평이 명을 듣고 날이 저물었으므로 역사(驛舍)를 잡아 머물렀다.

이날 밤에 승난아가 따라 이곳에 이르러서 가만히 몸을 감춰 지붕에 엎드려 내려다보았다. 10여 명의 시녀는 휘장 밖에 있고 늙은 노파와 젊은 시녀 한 명이 소저 곁에 앉아 소저를 구호하고 있었다. 승난아가 이에 몸을 흔들어 변해 바람이 되어 달려들어 불을 꺼 버리고는 소저를 끌어 달아났다.

원래 승난아는 한낱 여우의 정령이었다. 고운 여자를 죽여서 먹는

---

8) 장사(長沙): 중국 동정호(洞庭湖) 남쪽 상강(湘江) 하류의 동쪽 기슭에 있는 도시로 호남성(湖南省)의 성도(省都)임.

것이 자기가 잘하는 일이었는데 이제 소저를 데려다 사람이 없는 곳에 가 소저를 잡아 먹으려 했다. 그래서 바로 바람이 되어 공중으로 떴더니 홀연 상서로운 기운이 일어나며 꽃비가 날리는 곳에 관세음보살이 연화대(蓮花臺) 위에서 유리병을 들고 사나운 소리로 말하는 것이었다.

"업축(業畜)[9]이 누구를 해치려 하느냐?"

그러고서 드디어 크게 불러 말했다.

"혜안 제자야, 벽옥 선녀가 큰 화를 만났으니 빨리 구하라."

말을 마치자 옥채를 든 행자(行者)[10]가 쇠막대를 들고 달려와 승난아를 잡았다. 이에 승난아가 관음을 보고 겁을 내 화 씨를 놓아 버렸다.

화 씨가 공중에서 떨어지니 그곳은 곧 동정호의 가운데였다. 한 배 가운데 몸이 부딪쳤다. 놀란 정신을 거두어 눈을 들어서 보니 한 척의 큰 배가 채색으로 꾸며진 채 여울에 떠 있었다. 등불과 포진(鋪陳)[11]이 휘황한데 한 옥인이 당건(唐巾)[12]과 흰 옷 차림으로 뱃전[13]에 기대 시를 읊고 있었다. 그 사람이 놀라서 한참을 흘겨보는데 소저가 또한 자세히 보니 이는 곧 자기의 남편 이 어사였다. 혼백이 다 달아나 정신이 아득해져 피를 토하고 엎어졌다.

원래 백문이 형양을 다스리고 역마(驛馬)로 상경하다가 동정호에 이르러 서호(西湖)[14] 풍경을 구경하려 해 배를 꾸며 물 가운데 띄웠

---

9) 업축(業畜): 전생에 지은 죄로 인하여 이승에 태어난 짐승.
10) 행자(行者): 불도를 닦는 사람.
11) 포진(鋪陳): 바닥에 깔아 놓는 방석, 요, 돗자리 따위를 통틀어 이르는 말.
12) 당건(唐巾): 중국에서 쓰던 관(冠)의 하나로 당나라 때에는 임금이 많이 썼으나, 뒤에는 사대부들이 사용함.
13) 뱃전: 배의 양쪽 가장자리 부분.
14) 서호(西湖): 중국 절강성(浙江省) 항주시(杭州市)에 있는 호수.

던 것이다. 그런데 홀연 공중에서 사람이 떨어지는 것을 보고 놀라서 눈을 들어 보았다. 그 여자가 푸른 치마에 녹색 옷을 입고 나무비녀를 꽂았는데 머리칼은 흐트러져 있었으나 이는 틀림없이 골수에 박히게 미워하던 화 씨였다.

이에 화 씨에게 물으려 하던 차에 화 씨가 혼절한 것을 보고 나아가 붙들어 깨웠다. 화 씨가 겨우 정신을 차려 백문이 자신을 붙들고 있는 것에 크게 놀라 손을 뿌리치고 일어나 앉았다. 이에 생이 물었다.

"그대는 화 씨일 것이니 무슨 일로 공중에서 떨어진 것인가?"

화 소저가 경황이 없는 중에도 그 사람을 대하자 한스러움과 설움이 뼈에 사무쳐 대답하지 않았다. 생이 경사의 조보(朝報)15)를 갓 얻어 보아 화 씨와 예부의 일을 알고 있었으므로 참으로 이를 갈고 있던 터였다. 이에 화 씨의 손을 채어 잡고 두 눈을 부릅떠 물었다.

"네 재상의 딸이요, 제후 귀한 집의 며느리로서 어찌해 몸이 이 지경에 이른 것이냐? 바로 고하라."

화 씨가 발끈 낯빛을 고치고는 소매를 떨치고 물러서니 생이 꾸짖었다.

"네 사족 여자로 명사(名士)의 아내요, 제후의 며느리로서 무엇이 부족해 행실을 그렇듯 놀려 몸이 형주의 역비가 되어 가다가 무슨 일로 요괴로운 짓을 다하느라 공중에서 떨어진 것이냐? 대장부가 되어 너처럼 음란하고 악한 년을 베는 것이 통쾌하니 너는 연고를 이르고 빨리 칼 아래 엎드려라."

화 씨가 원래 이 사람과 말하는 것을 더럽게 여겼으므로 또한 대

---

15) 조보(朝報): 조정의 결정 사항, 관리 임면 등을 실은, 조정에서 낸 문서.

답하지 않았다. 생이 이에 더욱 괘씸하게 생각했다.

'이와 같은 음란하고 악한 사람을 살려 두는 것은 밝으신 황제께서 다스리시는 세상에 욕된 것이다. 마침 기회를 얻었으니 가만히 죽여 없애는 것이 묘하다.'

이렇게 생각하고 칼집의 칼을 빼니 화 씨가 눈결에 그것을 보고 즉시 입을 열어 말했다.

"네 선비가 되어 정실을 죽이려 하니 금수라 한들 너 같은 이가 어디에 있겠느냐? 내 부모님이 남겨 주신 몸을 무엇 하러 칼날에 상한 혼백이 되게 하겠느냐?"

말을 마치자 나는 듯이 강물을 향해 뛰어들었다. 어사는 조금도 측은한 마음이 없어 도리어 칼로 화 씨를 베지 못한 것을 한하는 마음이 있었다. 아! 고금을 의논하더라도 백문처럼 사납고 흉한 것이 어디 있겠는가.

이때 몽평이 잠이 깊이 들었더니 홀연 상서로운 기운이 쏘이며 작은 상좌(上佐)16) 같은 법사가 문 앞에 서서 불러 일렀다.

"이 군아, 화 부인이 업축에게 잡혀 가는데 남해 낙가 관세음보살이 구해서 잘 돌려보내시고 업축을 잡아 이곳에 왔으니 군은 빨리 돌아가라. 화 씨는 액운이 마저 다하기 위해 깊은 곳에 머물러 있으니 군은 하늘의 운수를 어겨 화 씨를 찾으려 말고 경사로 돌아가라."

말을 마치자 없어지니 몽평이 놀라서 급히 일어났다. 그런데 안에서 계 씨와 영대가 울면서 나와 몽평을 부르며 말하는 것이었다.

"관인(官人)이여, 좋지 않습니다. 아까 괴이한 바람이 일더니 소저가 가신 곳이 없으니 이를 어찌합니까?"

---

16) 상좌(上佐): 불도를 닦는 사람.

몽평이 더욱 놀라 문을 열고 내달아 보니 누른 터럭 돋힌 여우가 동여 내리쳐져 있는 것이었다. 몽평이 크게 놀라 계 씨와 영대를 대해 법사의 말을 이르니 계 씨가 크게 기특하게 여겨 이에 말했다.

"눈앞에 부처의 증험이 이와 같으시니 어르신은 경사로 가소서. 저희는 본부 어르신 임소(任所)에 갔다가 옛 주인을 찾아서 가겠습니다."

몽평이 또한 하릴없어 여우를 함께 데리고 경사로 가고 계 씨와 영대는 화 시랑 임소로 나아갔다.

재설. 화 공이 도임한 지 해가 지나자 딸을 그리워해 슬픔을 이기지 못했다.

여름 오월이 되자 화 공이 더위를 견디지 못해 두어 아전을 데리고 배와 삿대를 갖춰 장사강에 배를 띄우고 술과 안주를 갖춰 저물도록 술을 마셨다. 날이 저물자 선창에 기대 달빛을 바라보니 밝은 달의 냉담함이 마치 딸을 보는 듯했다. 그 아름다운 모습이 새로이 눈앞에 벌여 있으니 그리워하는 마음이 구곡간장을 움직였다. 이에 슬피 탄식하고 절구(絕句) 한 수를 지어 뱃전을 두드리며 맑게 읊었다. 그 소리가 슬피 오열하는 듯해 물가 언덕의 새 소리가 그치고 가는 구름이 머무는 듯했다.

공이 이처럼 읊으며 북쪽을 바라보면서 밤이 깊어 가는 줄을 깨닫지 못했다. 그런데 홀연 한 주검이 상류로부터 흘러와 뱃전에 부딪히며 가는 소리로 사람 살리라고 하는 것이었다. 공이 크게 불쌍히 여기고 자비로운 마음이 동해 친히 그 사람을 끌어 배에 올리고 등불을 내어와 보았다. 이는 곧 젊은 여자였는데 얼굴이 완연한 자기의 딸이었다. 공이 매우 놀라서 급히 젖은 옷을 벗기고 자기 옷을 벗어 딸을 단단히 싸 무릎에 얹어 딸이 깨기를 기다렸다. 자기 딸이 이 지경에 이를 리 만무했으나 얼굴이 다르지 않았으므로 참으로 혼백이 뛰놀고 담이 차 하염없이 눈물이 떨어졌다.

한참이 지난 후에 화 소저가 숨을 내쉬고 정신을 차려 눈을 들어서 보았다. 그런데 오매불망 그리워하던 자기의 부친이 자기를 안고 눈물을 비 오듯 흘리고 있는 것이었다. 이에 매우 놀라서 일어나 앉아 부친 가슴에 낯을 대고 말했다.

"대인께서는 운명이 기박한 첩 채옥의 부친이 아니십니까?"

화 공이 이 말을 듣고 자기의 딸이 틀림없는 줄 알아 급히 소저를 어루만지며 말했다.

"나는 항주 자사 화진이다. 네 얼굴을 보면 내 딸인데 심규(深閨) 아녀자가 동정 장사강에 빠진 것은 천만뜻밖이니 그 연고를 듣고 싶구나."

소저가 다만 크게 울고 말했다.

"소녀의 온갖 슬픔과 원통함을 짧은 시간에 다 아뢰지 못할 것입니다. 아버님은 어디에 계시다가 소녀를 구하신 것입니까?"

시랑이 말했다.

"내 마침 좋은 시절을 만나 배 타고 놀다가 밤을 맞아 너를 생각하고는 잠이 안 와 앉아 있었단다. 그런데 네가 이런 갑작스러운 환난을 만나 목숨이 경각에 있을 줄을 알았겠느냐?"

소저가 슬피 울며 말했다.

"소녀가 천고에 없는 위태로운 지경을 다 지내고 이제 아버님을 만났으니 이는 하늘이 도우신 것입니다. 빨리 관아로 돌아가 모친과 형제들을 보고 싶습니다."

말을 마치고는 소저가 슬피 통곡하는 것이었다. 화 공이 필시 큰 재앙을 만난 줄 짐작하고는 다만 소저를 어루만지며 위로했다. 그리고 다시 일을 묻지 않고 좌우를 불러 말했다.

"날이 차니 너희는 교자를 가져오도록 하라."

사람들이 이에 일시에 교자를 갖추어 대령했다. 공이 소저를 이끌어 거장(車帳)[17]을 헤쳐 오르니 이때는 밤이라 누가 알겠는가.

밤이 새도록 가서 관아에 이르니 날이 바야흐로 샜다. 공이 딸을 데리고 내당에 가니 마침 화 수찬도 여기에 와 있었으므로 부인과 오빠들이 매우 놀라서 급히 물었다.

"네가 어찌 이곳에 이른 것이냐?"

공이 천천히 연고를 이르니 부인이 매우 놀라 급히 달려들어 소저를 붙들고 통곡하며 말했다.

"모녀가 남북으로 이별한 지 여러 계절이 바뀌니 널 항상 그리워해 구곡간장 애를 태울 따름이었다. 그런데 네 무슨 까닭으로 한 목숨이 물 가운데 버려져 물고기 배에 장사지낼 뻔한 것이냐?"

소저가 길이 탄식하고 오열하며 흘리는 눈물이 낯에 가득할 뿐 아무 말도 못 했다. 이에 화 공이 부인을 말려 말했다.

"딸아이가 지금 정신이 혼란하고 심사가 아득해 경황이 없으니 천천히 연고를 물어도 늦지 않을 것이오."

부인이 이 말을 듣고 억지로 참아 소저를 붙들어 방에 눕히고 반나절을 구호했다. 소저가 그제야 정신을 차리고 일어나 앉아 길이 탄식하며 말했다.

"소녀가 어찌 오늘날 몸이 남아서 부모님을 뵐 줄 알았겠나이까?"

화 공이 이에 물었다.

---

17) 거장(車帳): 수레의 장막. 수레 위에 장막을 쳐 거처할 수 있도록 만든 곳.

"내 네가 어떻게 이런 모습이 되었는지 짐작하지 못하겠구나. 연왕은 세상을 뒤덮을 만한 영걸이요, 백문이 또한 걸출한 선비라 정실을 내치지 않을 것인데 네가 물에 빠진 일을 자세히 알고 싶구나."

소저가 홀연히 잠시 웃고 대답하려 하는데 좌우에서 아뢰었다.

"소저 유모 계 씨와 시녀 영대가 이르렀나이다."

소저가 이에 크게 기뻐해 들어오라 했다. 두 사람이 들어와 소저를 보고 놀라기도 하고 기뻐하기도 하며 이에 뛰놀며 말했다.

"세상에 기특한 분이 부처님입니다. 어찌 이처럼 세세히 살피신 것인지요?"

소저가 연고를 물으니 계 씨가 일일이 고했다. 이에 좌우의 사람들이 매우 기이하게 여기고 부인이 말했다.

"딸아이가 심규 아녀자의 몸으로 이 지경에 이른 것이 참으로 괴이한 일이다. 재삼 연고를 물어도 딸이 주저하고 있으니 어쨌거나 말을 해 보아라."

계 씨가 이를 갈고 손바닥을 두드려 말했다.

"우리 어르신은 천금 같은 소저를 위해 사위를 참 잘도 얻으셨나이다. 자고로 홍안박명(紅顔薄命)[18]이라 한들 소저 같은 분이 어디에 있으며 팔자가 험악하다 한들 우리 소저 같은 분이 어디에 둘이 있겠나이까?"

말을 마치고는 눈물을 무수히 흘리며 예전부터 있었던 백문의 소행을 자세히 고했다. 마침내 백문이 소저를 칼로 찌르려 하는 대목에 이르러는 부인은 목이 쉬도록 통곡하고 공은 두 눈이 뚜렷해져 스스로 손으로 책상을 치며 크게 소리쳐 말했다.

---

18) 홍안박명(紅顔薄命): 얼굴이 예쁜 여자는 운명이 기박함.

"이것이 진짜로 있었단 말이냐? 백문은 천하의 대단한 남자인데 차마 이런 행실을 했겠느냐?"

유모가 울며 대답했다.

"노첩이 어찌 감히 어르신께 헛말을 아뢰겠나이까? 또 태부가 그 일을 말려 연왕께 고해 연왕이 백문을 치려 하자 백문이 말대꾸해 왕이 가문에서 백문의 자취를 없애겠다 해 백문을 끌어 내쳤나이다. 그러자 백문이 하남공께 가 모욕을 주고 미치고 망령된 행실을 드러내 옥에 갇혔다가 벼슬에 나아갔는데 후에 대간(臺諫)의 의논이 일어나 예부는 서촉(西蜀)에 정배(定配)되고 소저는 형주로 오다가 요괴에게 홀려 보내고 저희는 이리 온 것입니다."

이처럼 사연을 고하니 부인이 다 듣고 크게 울며 말했다.

"이는 다 상공이 잘못하셔서 일어난 일입니다. 이 아이는 화도를 마다하는 것을 무엇 하러 백금을 허비하고 딸아이가 이 지경에 미치도록 한 것입니까?"

이에 화생들이 눈물이 비 오듯 하니 공이 하늘을 우러러 한참을 있다가 길이 탄식하고 말했다.

"내 사람을 알아보는 눈이 없어 사람을 알지 못하고 한갓 백문의 흰 낯과 빼어난 풍채를 지나치게 사랑하고 연왕이 기상이 호방하고 위인이 세속의 때가 묻지 않은 것을 믿어 한 딸의 평생이 헛되지 않을까 했더니 천고에 희한한 일이 있을 줄 어찌 알았겠는가?"

그러고서 몸을 돌려 소저를 보아 말했다.

"내 생각건대 백문이가 설사 방탕하나 이토록 하지는 않았을 것이니 네 유모가 속인 것이 아니냐?"

소저가 미소하고 대답했다.

"유모가 오히려 덜 아뢴 데가 많으니 어찌 말을 꾸몄겠나이까? 소녀가 이후 차마 낯을 들어 세상에 있지 못할 것입니다. 머리를 깎고 산간에 들어가 인륜을 사절하려 하오니 아버님은 막지 마소서."

공이 정색하고 말했다.

"딸아이가 이 무슨 말이냐? 화씨 집안은 대대로 공신의 후손이니 그 자손이 이처럼 요괴로운 노릇은 하지 못할 것이다."

소저가 오열하며 말했다.

"소녀가 어찌 그런 줄을 모르겠나이까? 다만 이승에서 하도 서러운 일을 많이 겪어 내세나 닦으려 하는 것입니다. 하물며 소녀가 이제 시가에서 무슨 부부의 즐거운 일을 생각하겠나이까? 만일 중이 되지 못하면 죽으려 하나이다."

공이 정색하고 대답하지 않으니 소저가 또 고했다.

"아버님이 소녀의 행동이 과도하다고 여기시나 소녀는 참지 못하는 것이 있습니다. 소녀가 설사 강상을 범하는 극악한 죄를 지었다한들 낭군의 행동이 차마 사람이 할 만한 노릇이란 말입니까?"

그러고서 백문이 칼을 빼어 자신을 죽이려 하자 물에 빠졌던 일을 두루 고하며 또 말했다.

"이 사람은 소녀의 삼생(三生)[19] 원수입니다. 만일 하늘이 돕지 않았다면 제 시신이 물고기 배 속을 채웠을 것입니다. 그렇게 되었다면 소녀가 다시 부모님을 뵙지 못했을 것이니 부모님께도 이 사람은 자식 죽인 원수가 아닙니까? 그러니 소녀가 차마 다시 이 사람을 바라고 세간에 있고 싶겠나이까? 소녀는 시가에서 버려진 몸이라 시가의 풍속을 따를 길이 없습니다. 이 사람이 후에 깨달아 소녀를 찾아도 소녀가 죽는 것은 쉬울 것이나 다시는 시가에 못 갈 것입니다.

---

19) 삼생(三生): 전생(前生), 현생(現生), 내생(來生)인 과거세, 현재세, 미래세를 통틀어 이르는 말.

그러니 중이 되어 이 사람이 소녀 찾는 것을 막으려 하는 것입니다."

공이 이 말을 듣고 하도 어이없어 웃으며 말했다.

"옛날 유군기[20]와 오기(吳起)[21]가 국가를 위해 아내를 죽였으나 그들의 행동은 오늘에 이르기까지 모진 짓이라 전해지고 있다. 그런데 백문이 나라를 위해 무슨 일을 했다고 아내 죽이기를 능사로 아는 것이냐? 이 사람은 머리를 베어 동쪽 저잣거리에 달 만한 도적이다. 두 번 죽을 뻔하던 네 목숨이 살아 남았으니 네 진실로 장수할 줄 알겠구나. 네 말이 통쾌하니 중이 되는 것이 옳다. 내 보잘것없어 그런 도적을 얻어 네 일생을 마쳤으니 내 죄가 깊구나. 허나 훗날 그 무지한 도적놈이 깨달아 너를 찾을 때 네가 청춘으로서 빈 방 지키는 것을 꺼려 그 놈에게 가려 해도 내가 안 보낼 것이다. 그런데 연왕은 고금에 통달한 군자라 사리로써 일이 그렇지 않다고 이르면 내가 못 이길 것이니 시원하게 그런 염려를 끊도록, 네 생각이 옳으니 네 마음대로 하라."

말을 마치자 노기가 눈썹 사이에 어린 채 소매를 떨치고 밖으로 나갔다. 부인이 소저를 붙들고 눈물이 비처럼 흘러 말을 못 하는데 화 수찬이 분노해 말했다.

"백문은 고금에 없는 난신적자(亂臣賊子)[22]구나. 누이가 부모님의 한 딸로서 부모님께 이런 막대한 불효를 끼치고 또 신체를 상하게

---

20) 유군기: 아내를 죽인 남자의 이름인 듯하나 미상임.
21) 오기(吳起): 중국 전국시대 위(衛)나라 출신의 병법가로, 증자(曾子)에게 배우고 노(魯)나라, 위(魏)나라에서 벼슬한 뒤에 초(楚)나라에 가서 도왕(悼王)의 재상이 되어 법치적 개혁을 추진하였음. 저서에 병서 『오자(吳子)』가 있음. 그가 노(魯)나라에 있을 때 제(齊)나라의 대부 전거(田居)가 방문해 오기를 보고 사위로 삼았는데, 후에 제나라가 노나라를 침략하자 노나라의 목공(穆公)이 오기를 장군으로 임명하려 하였으나 그가 제나라 대부의 사위라는 점 때문에 결정을 내리지 못함. 오기가 그 사실을 알고 자기 아내 전 씨를 죽여 자신은 제나라와 관련 없다는 점을 밝히고 노나라의 장군이 됨.
22) 난신적자(亂臣賊子): 나라를 어지럽히는 불충한 무리.

하려 하니 이 무슨 도리냐?"

소저가 탄식하고 말했다.

"제가 이미 불효한 죄인이 되었으니 중이 된다 해서 더 불효가 되겠나이까?"

이어 둘째오빠와 셋째오빠가 사리로 일렀으나 소저가 마음을 바꾸지 않았다.

화 공이 성품과 도량이 본디 고상했으나 천금같이 여기던 한 딸이 천하 죄인이 되어 일생이 마쳐지게 되자 오장이 일만 개의 칼로 썰리는 듯하고 애달픔과 분함이 가슴속에 가득해 여러 날 외당에서 신음하고 내당에 들지 않았다. 그러다가 고요히 생각하니 백문은 괘씸했으나 딸의 신세가 끝내 세상에서 묻히지 않을 것이요, 훗날 백문이 깨닫는 지경에 딸이 여승의 모양을 하고 있으면 연왕이 자기를 그르다고 할 것이었다. 이렇게 생각하니 일의 형세가 좋지 않을 것 같았다. 그러나 딸이 고집을 부리고 서러워해 몸을 부수는 듯한 것을 보니 딸을 타이르지 못할 줄 알고 한 꾀를 생각했다.

이날 밤에 화 공이 내당에 이르니 부인이 바야흐로 딸과 함께 있으면서 등불 아래에서 딸의 손을 잡은 채 슬픈 말을 그윽하게 베풀고 있었다. 그러다가 공을 보고는 놀라 일어나 맞이했다. 공이 딸을 나오게 해 그 손을 잡고 머리를 쓰다듬으며 일렀다.

"내 아이는 서러워 마라. 지금은 이렇지만 장래엔 복록이 무궁할 것이다."

소저가 슬픈 빛으로 대답했다.

"산승(山僧)에게 무슨 기쁨이 있겠나이까?"

공이 말했다.

"네 뜻이 굳으나 그것은 되지 못할 말이니 네 아비가 그런 말 들기를 원하지 않는다.”

소저가 문득 울고 말했다.

“아버님이 이 무슨 말씀이십니까? 소녀는 영원한 죄인이니 차마 무슨 낯으로 인간세상에 참예할 수 있겠나이까? 아버님이 만일 허락하지 않으신다면 소녀는 스스로 죽을 따름입니다.”

화 공이 다 듣고 슬퍼 탄식하고 소저를 어루만지며 말했다.

“내 아이의 생각이 이와 같으니 내 차마 무엇이라 말리겠느냐? 이제 네가 중이 되는 것이 세 가지 옳지 않은 것이 있다. 첫째는 내 비록 어리석으나 조상 동국공 제사를 받들고 있으니 내가 중의 아비가 되는 것은 차마 못 할 노릇이요, 둘째는 네 이제 시가와 영영 끊어졌다 하나 연왕이 너를 구박해 내쫓은 것이 아니다. 또 그 가문이 대대로 유자(儒者)의 도리를 행하고 있는데 그 며느리가 비구니의 무리가 된다면 연왕이 나를 어떻게 여기겠느냐? 그래서 불가한 것이 둘이다. 셋째는 내 이제 항주 한 고을에 내려와 지방을 다스리면서 딸을 비구니로 만들면 소문이 괴이한 것은 이를 것도 없고 너는 나라의 죄인이니 너는 나라를 속인 죄가 있을 것이다. 그러니 비구니가될 생각은 그만 두고 관아가 몸이 번거로우니 네 잠깐 남장을 하고 내 아들로 처하는 것이 어떠하냐? 남장을 한다면 일마다 다 편하고네 마음도 울적함이 없을 것이니 네 뜻은 어떠하냐?”

이렇게 이르자, 공의 안색이 슬퍼 달 같은 이마에 근심 어린 빛이 피어나고 눈물이 비 오듯 했다. 소저가 자신의 불효를 몹시 슬퍼해 크게 울고 말했다.

“소녀처럼 긴요하지 않은 몸이 부모님께 불효를 막대하게 끼치니 죽어도 죄를 갚기 어렵습니다. 소녀 또한 중의 무리 되는 것이 조상의 명성을 떨어뜨리며 시가에서 기뻐하지 않을 줄을 모르는 것이 아닙니다. 그러나 지금 뼈에 사무친 서러움이 간장을 끊고 오장을 녹이니 차마 살고 싶은 마음이 없습니다. 그래도 부모님께 불효를 끼치는 서하지탄(西河之歎)[23]을 생각해 목숨을 끊지는 못해도 인륜을 사절하고 세상 생각을 끊으려 해 머리 깎고 중이 되려 한 것입니다. 그런데 아버님이 이렇듯 하시니 소녀가 차마 아버님을 저버리겠나이까? 다만 장래 이랑(李郞)에게 이 일을 이르지 않으신다면 명을 따를 것이나 만일 소녀의 뜻을 앗으신다면 죽기를 원하나이다."

공이 몹시 한탄하며 말했다.

"백문이는 내 이를 가는 사람이니 내 생전에 차마 그 사람을 내 사위라 하겠느냐? 너는 의심하지 마라."

소저가 사례하고 그날부터 남자 옷을 입고 공을 모셨다. 공이 그 굳센 성품으로도 딸을 이처럼 사랑해서 딸의 뜻을 따라, 해서는 안 되는 노릇이라도 말리지 않았다. 이는 대개 지금 소저가 살 마음이 없고 죽으려는 마음만 있어 세상을 가볍게 여기고 있으므로 공이 그 뜻을 받아 편히 데리고 있다가 훗날 백문이 깨닫는 때에 딸을 조용히 타이르려 해서였다.

소저가 남복 차림을 하고 부친 안전에서 무릇 응대하는 것이 총명하고 빼어나 일의 기미를 달통한 남자보다도 더 잘 알아 오빠 화 수 찬처럼 큰 도량을 가진 사람도 소저에 미치지 못했다. 그래서 공이 소저를 매우 사랑하고 또 소저가 마음을 펴 즐거워하는 것을 기뻐해 밤낮으로 소저를 데리고 있었다. 그러나 매양 누우나 앉으나 소저를 어루만지며 탄식하고 슬퍼하기를 마지않았다.

---

23) 서하지탄(西河之歎): 서하(西河)에서의 탄식이라는 뜻으로 부모가 자식을 잃고 하는 탄식을 이름. 서하(西河)는 지금의 섬서성(陝西省) 한성현(韓城縣)에서 화음현(華陰縣) 일대. 중국 춘추시대 공자의 제자 자하(子夏, B.C.508?~B.C.425?)가 공자가 죽은 후 서하(西河)에 은거하고 있었는데 그 자식이 죽자 슬피 울어 눈이 멀었다는 데서 유래함.

화설. 예부상서 흥문은 소년 재상으로 조정 대신이 되어 비단 도포에 오사모(烏紗帽)[24] 차림으로 임금 앞에서 푸른색 관복을 입고 명성이 사대부에 진동해 사람들이 추앙하고 흠모함을 마지않았다. 그리고 국군(國君)의 적통 자손이요, 제후의 장자로 금지옥엽 황실의 지친이라 반평생 즐거움이 부족한 것이 없었으며 정사(政事)를 닦는 것이 천금의 아름다운 옥 같아 예가 아닌 일은 조금도 듣지 않으며 보지 않았다. 그러다가 천만뜻밖에 강상을 범했다는 큰 죄를 무릅써 더러운 이름이 천하에 떠들썩하고 온 성에 자자해 몸이 형장 아래 살아남고 칼끝에 죽을 뻔하다가 살게 되었다. 겨우 실낱같은 목숨이 남아서 서쪽 수만 리에 수자리 살게 되었으니 한 조각 곧은 마음을 스스로 헤쳐 사람에게 보이지 못하고 원통함과 분함을 머금은 채 부모와 숙당을 이별하고 슬퍼 부르짖으며 길에 오르게 되었다. 이에 어린아이가 우는 소리가 참으로 슬펐으니 아이가 자기 옷을 붙들고 따라가기를 원하는 것이었다. 남공이 아이를 어루만지며 길이 탄식하고 말했다.

"우리 집안에 무슨 쌓인 악이 있기에 예전에 둘째아우가 성문이를 데리고 남녘으로 간 것을 천고의 드문 일로 보았더니 또 흥문이에게 일어날 줄 알았겠는가? 창아야, 너는 여린 옥 같은 기질을 지니고 있는데 길에서의 고생을 무릅써 스스로 죽기를 구하는 것이냐?"

창린이 발을 구르고 울며 말했다.

"소손이 나이 어린아이를 면했으니 차마 부친의 사생에 따르지 않을 수 있겠습니까? 할아버님이 또한 일의 이치를 아실 것이온데 이런 말씀을 하십니까?"

---

24) 오사모(烏紗帽): 벼슬아치들이 관복을 입을 때에 쓰던 모자로, 검은 사(紗)로 만들었음.

연왕이 울며 말했다.

"이 아이의 이런 모습은 다 나의 죄 때문이니 하늘이 앎이 있으시다면 나의 죄를 반드시 다스릴 것이다."

예부가 고개를 조아려 말했다.

"숙부께서 이 무슨 말씀이십니까? 소질이 부모님과 숙당(叔堂)을 이별하고 검각(劍閣)[25]의 잔교(棧橋)를 거쳐 가는 마음이 슬프고 경황없는데 숙부의 하교를 들으니 더욱 골똘한 마음을 이기지 못하겠습니다."

그리고 몸을 돌려 창린을 꾸짖었다.

"내 비록 지금 목숨이 위급하나 길고 짧은 수명은 하늘에 달려있거늘 너 어린 것이 무슨 때를 안다 하고 날 따라가려 하는 것이냐?"

말을 마치고 소매를 떨쳐 수레에 오르자 창린이 목이 쉬도록 통곡하고는 수레바퀴를 붙들고 말했다.

"아버님이 어찌 이런 말씀을 하시나이까? 소자가 불초해 제영(緹縈)[26]을 본받지 못한들 차마 아버님을 떠나보내고 높은 집에서 혼자 있을 수 있겠나이까? 만일 안 데려가신다면 이곳에서 죽어 집에 돌아가지 않으려 하나이다."

예부가 길이 탄식하고 몸을 돌려 아버지에게 아뢰었다.

"옛날 소자와 현보[27]가 황폐한 남쪽의 험한 풍토를 무릅썼어도

---

25) 검각(劍閣): 사천성(四川省) 검각현(劍閣縣)에 있는 관문(關門)의 이름. 이 관문은 장안(長安)에서 촉(蜀)으로 들어가는 길목에 위치해 있는데, 검각현의 북쪽으로 대검(大劍)과 소검(小劍)의 두 산 사이에 잔교(棧橋)가 있는 요해처(要害處)로 유명함.

26) 제영(緹縈): 중국 서한(西漢) 문제(文帝) 때의 임치(臨淄) 사람으로 저명한 의학가인 순우의(淳于意)의 딸인 순우제영(淳于緹縈, B.C.174~?)을 이름. 아버지 순우의가 죄명을 입어 체형(體刑)을 당하게 되자 어린 제영이 아버지를 따라 경사 장안(長安)에 가 문제에게 상서(上書)하여 자신의 아버지는 청렴하여 죄가 없다 하고 아버지를 풀어주면 자기가 대신 관비(官婢)가 되어 아버지의 죄를 대신하겠다 하니 문제가 감동하여 순우의를 풀어주고 육형 제도를 폐지함.

27) 현보: 이성문의 자(字).

명이 길어 죽지 않았습니다. 이 아이가 또한 장수하도록 생겨났다면 마음대로 상할 것이 아니니 데려가려 하나이다.”

공이 탄식하고 허락했다. 예부가 드디어 모든 사람에게 하직하니 피차 흘린 눈물이 바닷물이 적을 정도였다. 이부 등 모든 아우가 예부의 옷깃을 붙들고 하도 우니 누가 사촌인지 동기인지 분별할 수 있겠는가. 예부가 눈물을 뿌리고 길이 탄식해 말했다.

“아우들은 불초한 형을 생각지 말고 각각 부모님을 모셔 만수무강하라. 나는 다시 고국에 살아 돌아올 길이 없으니 옛날 즐기던 일이 아직도 봄꿈 같구나.”

그리고 흰 베로 만든 한삼을 뜯어 글을 지어 주며 말했다.

“아우들은 마땅히 날 본 듯이 이것을 두고 지나치게 슬퍼하지 마라.”

사람들이 각각 울며 별시(別詩)를 부치고 절하며 말했다.

“형님은 먼 길에 무사히 도달해 평안히 계시다가 어서 돌아오시기를 바라나이다.”

예부가 탄식하고 대답하지 않으니 기문이 참지 못해 말했다.

“오늘 형님의 이 모습은 다 백문이 때문이니 백문이는 우리에게 원수가 아니겠습니까?”

예부가 두 눈을 들어 정색하고 말했다.

“이번 재앙은 다 내가 불초하고 시운이 어긋나서 일어난 일인데 어찌 남을 한하겠느냐? 이 말이 참으로 무식한 말이다. 숙부께서 이런 말씀을 하셔도 아주 편안하지 않을 터인데 네가 어찌 이런 말을 하는 것이냐? 백문이는 내 아우다. 앞날에 사생을 함께 할 것이니 네 말이 참으로 무식하구나.”

기문이 사죄하고 상서가 눈물을 흘리며 사례해 말했다.

"형님의 높으신 뜻이 이와 같으니 저희가 죽을 때까지 형님의 은혜를 뼈에 새기겠습니다."

예부가 웃으며 말했다.

"아우가 이 무슨 말이냐? 백문이가 진정으로 나를 해쳤어도 내 괘념치 않았을 것인데 사나운 처자 때문에 일어난 일임에랴? 아우의 말이 나를 매우 용렬히 여긴 데서 나온 것이니 전날에 내가 너를 잘못 알았던가 한다."

상서가 두 번 절하고 사례해 말했다.

"제가 어리석으나 어찌 이를 모르겠습니까? 다만 이때를 맞아 가슴이 꺾어지고 미어져 소견이 좁음을 면하지 못했습니다. 원하건대 형님은 먼 길을 무사히 가소서."

예부가 응낙하고 서로 손을 잡고 머뭇거리며 연연해 하다가 날이 늦어지고 공차(公差)가 재촉하므로 부득이하게 손을 나눠 예부가 서쪽으로 나아갔다.

덜덜거리는 수레바퀴는 자못 처량하게 굴러가고 날은 매우 뜨거워 한 점 미풍(微風)이 없었다. 성한 사람도 길 가기가 곤란할 텐데 더욱이 예부는 한 명의 귀한 몸으로 지금 병세가 자못 위중했으므로 길을 가는 괴로움이 심했다. 이런 가운데 근심과 분함을 품어 먹고 마시는 것이 목을 넘기지 못하고 기운이 실낱같아 목숨이 위태로운 지경에 있었다. 그러나 예부는 조금도 길을 늦추지 않고 빨리 갔다.

거의 촉(蜀) 땅 경계에 이르러 몸이 견디지 못해 자주 기운이 막혔다. 이에 공자와 취문이 경황이 없어 시골집을 잡아 의약으로 다스렸으나 효험이 없었다. 공자가 정신이 없고 초조해 이웃 사람에게 물었다.

"이곳에 명의가 있는가?"

대답했다.

"이곳에는 특별한 의원이 없고 다만 여기에서 십 리만 가면 만석산이란 산이 있소이다. 그 속에 한 사람이 있는데 특별한 성명도 없고 근본도 알지 못하는 사람이라오. 신명하기가 천지를 엮는 수단이 있으니 아무나 인연 있는 이가 찾으면 만나 보고 인연이 없는 이는 아무리 찾아도 못 얻어 본다오."

공자가 이 말을 듣고 매우 기뻐해 급히 심복 시동 청애를 데리고 천리마를 채찍질해 만석산으로 갔다. 과연 큰 산이 십 리에 벌여 있고 봉우리가 겹겹이 하늘에 닿아 있었다. 날아가는 새도 넘을 길이 없고 절벽이 병풍을 두른 듯해 옥을 깎아 세운 듯했으므로 절벽을 오를 방법이 없었다.

공자가 더욱 망극해 말에서 내려 청애에게 머물러 있으라 하고 스스로 칡넝쿨을 붙들어 산에 올랐다. 한 곳에 다다르니 금자(金字)로 '천륜봉'이라 써져 있었다. 겨우 올라가 사면을 보니 천하가 어질어질해 바둑판 같았고 가장 먼 곳에서 연기가 나고 있었다. 공자가 매우 기뻐해 겨우 그 봉우리를 향해 기어 내려 조금씩 가서 연기가 나는 곳에 이르렀다. 작은 초막에서 한 노파가 밥을 짓고 있다가 공자를 보고 놀라서 말했다.

"어린 사람이 어느 곳에 사는 사람이기에 이런 깊은 골짜기에 들어온 게요?"

공자가 절하고 말했다.

"나는 경성 사람으로 마침 급한 일이 있는데 이곳에 은자(隱者)가 계시다 하기에 찾아 이르렀네."

노파가 말했다.

"어린 사람이 헛소문을 들었구려. 이곳에 어찌 은자가 계시겠소?

여기에서 오 리만 오른쪽 산으로 들어가면 거기에 한 선생이 계신데 별호는 청로라 하오. 그 사람은 신선도 아니요, 도사도 아니요, 의원도 아니니 공자가 찾아서 무엇 하려 하는 게요?"

창린이 노파의 말을 듣고 매우 기뻐해 다만 노파가 알려 준 대로 그대로 들어갔다. 그러자 골짜기에 석비(石碑)가 세워져 있고 '옥류동'이라 써져 있었다. 그곳에 큰 집이 있는데 단청 채색이 햇빛에 빛나고 좌우로 온갖 기이한 화초와 나무 들이 울창했다. 큰 문이 동구에 높이 솟아 있는데 붉은 두건을 쓰고 누런 옷을 입은 종이 좌우를 지키고 있었다. 이에 공자가 나아가 물었다.

"이 댁이 청로 선생 댁이냐?"

그 사내종이 놀라서 말했다.

"그대가 어떠한 사람이기에 이곳에 와서 어르신 성함을 들먹이는 건가? 참으로 괴이하구나. 어르신이 아시면 큰 책망이 있을 것이니 빨리 나가라."

공자가 공손히 절하고 말했다.

"내 마침 긴요한 일이 있어 선생을 찾아뵈러 이르렀으니 너는 날 어르신과 만나게 해 주어라."

그 사람이 노해서 말했다.

"어린 남자가 세속의 더러운 모양을 하고서 맑은 땅을 디뎌 와 이처럼 요란하게 구니 그 죄가 가볍지 않구나."

말이 끝나지 않아 안에서 푸른 옷을 입은 사내아이가 나와 일렀다.

"이 공자가 와 계시오?"

공자가 이에 눈을 들어서 보았다. 그 동자는 낯빛은 옥 같고 눈은 별 같은데 쌍상투를 하고 초록빛의 옷을 입고서 붉은 실띠를 매고 손에는 벽옥채를 들고 있었으니 모습이 빼어나 날아갈 듯했다. 공자가 이에 대답했다.

"내가 이 공자인데 소동(小童)이 어찌 아는가?"

동자가 황급히 절하고 말했다.

"우리 선생님이, 이씨 집안 공자가 그 아버지의 병 때문에 문밖에서 방황하고 있으니 모셔 오라고 말씀하시기에 왔나이다."

공자가 다 듣고 기이하게 여겨 동자를 따라 들어갔다. 전후로 집이 겹겹이 있는데 내려진 발이 나는 듯하고 형용하지 못할 초목이 무궁하며 땅은 옥을 편 듯했다.

문을 열고 두 문을 들어가 한 곳에 이르니 펼쳐진 집이 자욱이 하늘에 닿을 듯했다. 기둥은 유리로 하고 섬돌은 백옥으로 해 광채가 눈앞에 아른거리고 쌍상투를 하고 푸른 옷을 입은 동자가 무수히 나열해서 생을 올라오라고 했다. 공자가 조금도 어려워하지 않고 당에 오르니 한 노인이 운관무의(雲冠霧衣)[28]로 상아상(象牙牀)에 앉아 있었다. 나이는 오십여 살은 되었는데 젊어 보이는 것이 소년을 비웃을 만했다. 노인이 공자를 보고 공경하는 모양으로 팔을 들어 읍을 하고 말했다.

"귀인이 어찌 산촌의 어리석은 백성을 찾으신 것입니까?"

공자가 두 번 절해 말했다.

"소생은 이 한낱 아이인데 선생께서 무슨 까닭으로 과도하게 대접하시는 것입니까? 소생이 마침 망극한 시절을 만나 가친을 모시고 촉 땅 적소로 가다가 가친의 병환이 위급하시기에 선생을 찾아 약을 얻으려 해 왔으니 선생은 구제해 주시기를 바라나이다."

청로가 웃으며 말했다.

---

28) 운관무의(雲冠霧衣): 신선들이 쓰는 관과 옷. '운관'은 모자와 같은 모양을 본떠 덮개가 위쪽에 있는 관이고, '무의'는 가볍고 부드러우며 나부끼는 아름다운 옷임.

"이 일은 이 늙은이가 이미 아는 일이니 공자는 근심하지 말게."

그러고서 즉시 동자에게 명해 세 낱 환약과 검은 약을 주도록 하며 말했다.

"이 환약을 갈아 영친이 드시게 하면 길을 분주히 오느라 생긴 고질이 자연히 즉시 차도를 얻을 것이네. 삼간초옥이 누추하나 영친이 차도를 얻으시거든 함께 와 노인을 보는 것이 어떠한가?"

공자가 두 가지 약을 얻고 매우 기뻐해 무수히 절하고 사례해 말했다.

"선생이 소자를 처음으로 보시고 소자의 망극한 사정을 살피시니 이 은혜는 백골이 진토 되어도 다 갚지 못할 것입니다. 만일 가친께서 살아나신다면 나아와 선생을 알현하는 것이 더디겠나이까?"

공자가 이에 즉시 하직하고 총총히 돌아오니 날이 거의 저물어 있었다.

밖에 나와 청애를 데리고 숙소에 이르니 예부는 이때 더욱 정신이 혼미해 인사불성이었다. 이에 공자가 바삐 환약을 갈아 예부의 입에 흘려 넣었다. 이윽고 예부가 숨을 내쉬고 정신을 차려 돌아누우며 눈을 들어 보니 아들이 옥 같은 얼굴에 눈물이 가득한 채 약 종지를 들고 곁에 앉아 있는 것이었다. 이에 예부가 슬픈 낯빛으로 일렀다.

"내 병이 한때 위중했으나 장래는 염려할 것이 없고, 지금은 기운이 맑고 상쾌하며 사지가 경쾌해 몸이 날 듯하구나. 그러니 너는 너무 번뇌하지 말거라."

공자가 크게 기뻐 이에 청로 선생에게서 환약 얻어 온 일을 고하니 상서가 놀라며 기이하게 여겨 공자를 어루만지며 탄식하고 말했다.

"네 어린 것이 길을 힘들게 다녀 아비를 살렸으니 참으로 효자라

하겠구나.”

이에 공자가 사례했다.

예부가 이날부터 예전과 달리 기운이 시원하고 병세가 나아 며칠 후에 쾌차하니 취문과 공자의 기쁨은 형언하지 못할 정도였다.

이날 밤에 예부가 등불을 밝히고 아들과 취문과 함께 한담하는데 홀연 한바탕 구슬픈 느낌을 주는 바람이 일어나며 등불이 희미해졌다. 예부가 놀라서 급히 소매에서 한 괘(卦)를 얻고 크게 놀라 즉시 취문과 아들을 침상 밑에 감추었다. 그리고 연왕이 주빈을 무찌르고 천홍검이라는 칼을 얻어 예부를 주었는데 이에 가져왔으므로 곁에 가까이 두고 벽면을 바라보고 단정히 앉았다.

이윽고 집 마루로부터 한 흉악하고 사납게 생긴 장사가 손에 비수를 들고 들어와 상서를 향해 진언(眞言)을 읽고 칼을 던지는 것이었다. 상서가 즉시 칼집에서 칼을 빼어 자신에게 오는 칼을 받았다. 원래 이인(異人)이 주빈에게 천홍검을 주면서 말할 때, ‘이 칼의 임자는 너 죽일 사람의 조카다.’라고 했는데 과연 예부에게 온 것이었다. 칼날이 무지개 같고 한번 잡아 시험해 보니 쇠와 돌이 가루처럼 부서졌다. 요망한 기운이 자취를 감추지 못했으므로 새공아의 비수가 가루처럼 부러져 땅에 떨어졌다. 새공아가 이에 매우 놀라 급히 진언을 읽고 주머니에서 한 뭉치 노끈을 내어 던졌다. 그 노끈이 날아 예부에게로 오다가 홀연 도로 가서 새공아를 매어 묶었다. 원래 예부는 보통 사람이 아니었으므로 이처럼 한 것이었다. 새공아가 땅에 엎어져 크게 부르짖으니 상서가 단정히 앉아 천천히 물었다.

“네 어떤 사람이기에 나와 원한이 없는데 나를 해치려 한 것이냐?”

새공아가 황급히 땅에 엎드려 대답했다.

"소인이 본디 어르신께 원한이 없으니 어르신을 해칠 까닭이 없습니다. 그런데 경사 이 어사 부인 노 씨가 많은 금을 주고 어르신을 해치라 하시기에 소인이 망령되게도 작은 술법을 믿고 어르신의 위엄을 범했습니다. 어르신은 하늘이 낸 사람이시라 요망한 사람이 감히 작은 회포를 드러내지 못해 몸이 죽을 곳에 빠졌습니다. 원컨대 소인이 어르신의 말 모는 소임을 감당해 죽을 때까지 어르신을 섬겨 일을 어그러뜨리도록 하지 않을 것이니 한 목숨을 용서하소서."

예부가 새공아의 말을 듣고 노 씨가 변을 저지른 것이 이 지경에 미친 것에 이를 갈고 괘씸해 물었다.

"네 말을 들으니 너는 녹록한 졸렬한 선비가 아니요, 호걸의 틀이 있으니 내 너를 인정하겠다. 그런데 이 어사 부인 노 씨가 무슨 원한이 있다 하고 나를 해치라 하더냐?"

새공아가 대답했다.

"그간 사연이야 소인이 어찌 알겠나이까? 다만 노 씨가 금과 비단을 많이 주고 어르신의 머리 가져올 것을 명령하기에 천한 사람의 마음에 재물을 욕심내어 몸이 이에 이르렀으니 장차 누구 탓을 삼겠나이까?"

예부가 말을 듣고 나아가 친히 맨 것을 풀어 주고 새공아를 위로해 일렀다.

"네가 잘못해 사람이 달래는 말을 듣고 몸이 그른 곳에 빠졌으나 네 말이 속되지 않으니 내 어찌 너에게 조그마한 원망을 품겠느냐? 속히 돌아가 어진 일을 닦고 다시는 이런 노릇을 하지 마라."

새공아가 예부의 이와 같은 큰 덕을 보고 그 은혜에 감격함을 이기지 못해 머리를 두드리며 절을 해 말했다.

"어르신이 소인의 태산과 같은 죄악을 용서해 주시는 것이 이처럼 크고 너르시니 소인이 비록 승냥이와 뱀 같은 마음을 가졌다 한들 마음이 동하지 않겠나이까? 마땅히 말 뒤를 따라다니며 종신토록 어르신의 큰 은혜를 갚고자 하나이다."

예부가 말했다.

"너의 뉘우치는 뜻이 이처럼 기특하니 내 길이 항복하고 흠모한다. 나 또한 일생 너를 떠나지 않고 싶으나 너의 기상이 속된 모습이 없으니 너는 세속에서 파묻힐 사람이 아니다. 마땅히 천명을 좇아 어진 스승을 찾아 도를 닦고 사람을 해칠 마음을 먹지 마라."

새공아가 옳게 여겨 눈물을 흘려 고개를 조아리고 무수히 절을 하고서 말했다.

"어르신께서 소인을 이처럼 불쌍히 여겨 두텁게 대우해 주시니 백골이 진토 되어도 그 은혜는 다 갚지 못할 것입니다. 어르신 말씀이 다 옳으시니 소인이 삼가 받들어 죽을 때까지 큰 은혜를 가슴에 새기겠나이다."

말을 마치자, 절하고 몸을 솟구쳐 나갔다. 취문과 공자가 겨우 숨을 돌리고 일어나 앉아 말했다.

"노 씨가 무슨 까닭으로 아버님을 이 지경에 이르도록 해치려 한 것입니까? 이 사람은 삼생(三生)[29]의 원수니 훗날 마땅히 그 머리를 베어 효시할 것입니다."

예부가 말했다.

"나의 목숨이 길어 이에서 벗어났으니 구태여 남을 꾸짖는다고 무엇이 통쾌하겠느냐?"

그러고서 다시 일컫지 않고 평안히 잤다.

---

29) 삼생(三生): 전생(前生), 현생(現生), 내생(來生)인 과거세, 현재세, 미래세를 통틀어 이르는 말.

이튿날 공자가 고했다.

"청로의 큰 은혜가 두텁고 청로가 아버님을 보려 하니 함께 가시는 것이 어떠합니까?"

예부가 말했다.

"내 나라의 중죄인으로 어찌 땅의 경계를 넘어가겠느냐? 네 홀로 가서 보고 이 뜻을 전하면 좋겠구나."

공자가 명령을 받들어 아침밥을 먹고서 가려 했는데 홀연 동자가 아뢰었다.

"밖에 어떤 선생이 이르러 공자를 청하시나이다."

공자가 놀라서 바삐 나가니 곧 청로였다. 크게 놀라 절하고 큰 은혜에 사례하며 수고롭게 온 연고를 물으니 청로가 말했다.

"내 그대 부친을 보려 한 것은 청할 말이 있어서네. 이제 그대 부친이 예의를 굳이 잡아 오지 않으므로 내 스스로 이른 것이니 뵙기를 청하게."

공자가 급히 들어가 부친에게 고하니 상서가 의관을 고치고 섬돌을 내려가 선생을 맞이해 당에 오르게 해 인사를 마쳤다. 상서가 몸을 굽혀 사례해 말했다.

"학생은 국가의 중죄인인데 선생이 좋은 약을 주셔서 재생하게 하시고 또 귀한 수레를 굽혀 비루한 사람을 찾아 주시니 황송하고 감격스러움을 이기지 못하겠습니다."

선생이 사례해 대답했다.

"명공(明公)은 조정의 귀한 분이십니다. 산촌의 어리석은 백성이 감히 이르러 대좌하지 못할 것이나 하늘의 인연이 깊은 까닭에 당돌히 이르렀으니 괴이하게 여기지 마소서."

상서가 공수(拱手)해 말했다.

"선생은 속세 사람이 아니니 죄인이 풀잎에 맺힌 이슬 같은 공명(功名)을 자랑할 수 있겠으며 지금은 강상을 범한 죄인으로 서촉(西蜀)의 지위 낮은 병졸이니 선생이 무슨 까닭으로 이런 말씀을 하시는 것입니까?"

선생이 웃으며 말했다.

"명공은 밝은 조정의 국공(國公)이십니다. 지금은 작은 액운으로 고초를 면치 못하고 계시나 삼 년이 못 해 몸이 다시 경사에 이르고 큰 고을이 만세토록 전해질 것이니 어찌 이런 말씀을 하십니까? 그나저나 영랑(令郞)은 지상의 신선이요, 영걸스러운 풍채가 빼어나니 노인이 흠모하고 사랑하나이다."

그러고서 또 말했다.

"높으신 이름을 듣고 싶나이다."

상서가 대답했다.

"죄인이 재앙을 겪고 살아난 인생으로 길에서의 고생을 무릅쓰며 적소(謫所)로 가다가 한 병이 고황(膏肓)[30]을 침노(侵擄)[31]해 목숨이 아침저녁으로 있게 되니 만 리 밖의 임금과 부모님을 그리워하며 우울한 마음을 이기지 못했습니다. 그러던 중에 선생께서 왕림해 죄인을 위로해 주시니 감사한 마음이 많나이다. 제 아들은 어린아이니 존공(尊公)의 지나친 칭찬을 감당하겠나이까? 죄인의 천한 이름은 이흥문입니다. 감히 여쭈니 선생의 높은 성과 큰 이름을 듣고 싶나이다."

선생이 말했다.

---

30) 고황(膏肓): 심장과 횡격막의 사이. 고는 심장의 아랫부분이고, 황은 횡격막의 윗부분으로, 이 사이에 병이 생기면 낫기 어렵다고 함.
31) 침노(侵擄): 성가시게 달라붙어 손해를 끼치거나 해침.

"노인의 이름은 감춘 지 오래더니 귀인을 대해 속이겠습니까? 노인의 천한 이름은 한성입니다. 선조는 남송(南宋) 때 출신으로 공적인 일이 잘못된 것을 간(諫)하다가 몸이 황성에서 내쳐지고 처량한 나귀 자취는 길에서 소리를 낼 뿐이었습니다. 송 고종(高宗) 때 한세충(韓世忠)[32]이 내쳐져 나귀 타고 고향으로 돌아오셨으니 선조가 다시는 세상에 나가지 않고 산중에 들어 수도하시다가 구름을 타고 하늘로 올라가셨습니다. 그 후에는 자손들이 대대로 이곳에 은거해 세상을 피했습니다. 노인이 또한 조상의 남은 기업(基業)을 이어 속세 사람과는 소식이 영 끊어졌더니 다행히 명공과는 작은 인연이 있어 서로 만났으니 이 또 영광이지 않나이까?"

상서가 청로의 말을 듣고 겸손히 사양하며 공경하는 모습으로 말했다.

"영선조의 맑은 이름과 강직한 절개를 우러러 사모하고 칭송해 우리가 배우기를 원했더니 그 훗날의 사적을 듣고 선생을 뵈올 줄 알았겠습니까? 다만 여쭈니 선생께서 소생을 보시고 무슨 물으실 말씀이 있는 것입니까?"

선생이 탄식하고 말했다.

"노인이 전세에 쌓은 악이 깊어 늦게야 아들 하나와 딸 하나를 얻었습니다. 딸아이의 나이가 이제 아홉 살입니다. 스스로 이를 만하지 않으나 타고난 재주와 얼굴이 볼 만한데 천정(天定)이 영랑에게 있습니다. 노인이 이미 영랑이 이번에 이리로 지날 줄 알아 언약을 정하려 한 것이니 의견이 어떠하십니까?"

---

32) 한세충(韓世忠): 중국 남송 때의 무장(1089~1151). 방랍의 난을 진압하고, 금나라에 대항한 장수로서, 악비(岳飛), 유기(劉錡) 등과 함께 금나라 군대의 침입을 막고 남송의 영토를 회복하려고 힘씀. 악비가 주화파 재상 진회(秦檜)에 의해 투옥되자, 악비의 구명을 위해 진회에게 항의하다가 물러나 은둔함.

상서가 놀라 공수하고 말했다.

"소생은 국가의 중죄인이고 제 아들은 아직 어린아이입니다. 선생이 옥녀로써 허락하려 하시니 영화가 지극하나 죄인이 위로 어르신과 가친이 계시니 어찌 제 마음대로 혼사를 결정할 수 있겠나이까?"

선생이 고쳐 앉아 말했다.

"노인이 어찌 그런 일을 모르겠습니까? 훗날 영존당(令尊堂)과 상의해 육례(六禮)33)를 행하고 지금은 약속을 정해 신의를 두텁게 하려 하는 것입니다."

예부가 한참을 깊이 생각해 주저하며 말이 없으니 선생이 웃으며 말했다.

"명공이 이러시는 것은 노인의 딸이 어리석은가 의심하고 염려해서이신 것 같습니다. 노인이 그래서 명공을 청해 딸아이를 보이려한 것이었습니다. 그런데 명공이 예의를 굳게 잡아 조금의 비례(非禮)도 하지 않으시므로 노인이 친히 이른 것입니다. 노인이 어려서부터 허튼 말을 안 한 것은 푸른 하늘에 물어 알 수 있고, 딸아이가 영랑의 풍채를 넘지는 못하나 지지는 않을까 하니 명공은 지체해 혼사를 늦추지 마소서."

상서가 바야흐로 사례해 말했다.

"대인께서 저와 같은 죄인을 이처럼 소중히 대우해 주시니 은혜가 깊습니다. 죄인이 선생의 큰 은혜를 입어 한 몸이 살아났으니 따

---

33) 육례(六禮): 『주자가례』를 따른 혼인의 여섯 가지 의식. 곧 납채(納采)·문명(問名)·납길(納吉)·
납징(納徵)·청기(請期)·친영(親迎)을 말함. 납채는 신랑 집에서 청혼을 하고 신부 집에서 허
혼(許婚)하는 의례이고, 문명은 납채가 끝난 뒤에 남자 집의 주인(主人)이 서신을 갖추어 사자
를 여자 집에 보내어 여자 생모(生母)의 성(姓)을 묻는 의례며, 납길은 문명한 것을 가지고 와
서 가묘(家廟)에 점쳐 얻은 길조(吉兆)를 다시 여자 집에 보내어 알리는 의례고, 납징은 남자
집에서 여자 집에 빙폐(聘幣)를 보내어 혼인의 성립을 더욱 확실하게 해 주는 절차이며, 청기
는 성혼(成婚)의 길일(吉日)을 정하는 의례이고, 친영은 신랑이 신부 집에 가서 신부를 맞이하
여 신랑 집에 돌아오는 의례임.

님이 동시(東施)34)처럼 아름답지 않고 교랑(嬌娘)35)처럼 어리석더라도 사양하지 못할 것입니다. 다만 천 리 밖에 계신 부모님과 어르신의 뜻을 알지 못해 주저하는 것이니 어찌 따님의 현명하고 어리석은데 마음이 돌아가겠습니까? 훗날 경사에 돌아가 어르신의 명령을 얻으면 진진(秦晉)의 좋은 인연36)을 이루십시다."

선생이 이에 매우 기뻐하고 사례해 말했다.

"피차 길에서 만나 이처럼 된 것은 천명입니다. 그러니 어르신이 어찌 천명을 거스르겠습니까? 각각 신물(信物)을 부쳐 훗날 증거로 삼는 것이 어떠합니까?"

예부가 겸손히 사양해 말했다.

"군자가 한 한마디는 천 년이 지나도 바꾸지 않습니다. 만일 부모님이 다른 마음이 없으시다면 죄인이 따님을 저버리지 않을 것이요, 빙물(聘物)을 주었다가 만일 부모님이 허락하지 않으시면 진퇴양난일 것이니 선생은 살피소서."

한 공이 감탄하며 말했다.

"기이하도다! 명공은 고금에 현명한 사람입니다. 이 말이 당당한 의리에 옳으니 노인이 공경합니다."

예부가 사례하고 드디어 반나절을 수작하니 피차 의논이 합하고 뜻이 기울어 서로 마음으로 항복하기를 마지않았다.

---

34) 동시(東施): 중국 춘추시대 월(越)나라에 살았던 추녀. 옆 동네 미녀 서시(西施)가 속병이 있어 눈썹을 찌푸리자 자신도 예뻐 보이려고 따라 했다는 이야기가 전함.
35) 교랑(嬌娘): 중국 원나라 송매동(宋梅洞)이 지은 소설 『교홍전』과 명나라 맹칭순(孟稱舜)이 개편한 희곡 『교홍기(嬌紅記)』에 나오는 여주인공의 이름. 이종사촌인 신순(申純)과 사랑해 정을 통했으나 부모에게서 혼인을 허락받지 못해 신순과 함께 죽음.
36) 진진(秦晉)의 좋은 인연: 혼인 맺음을 이름. 중국 춘추시대에 진(秦)나라와 진(晉)나라가 여러 번 혼인 관계를 맺은 데서 유래한 말. 즉, 진(晉)나라의 헌공(獻公)이 자기 딸을 진(秦)나라의 목공(穆公)에게 시집보내고, 후에 진(秦)나라 목공(穆公)이 망명 중이던 진(晉)나라의 중이(重耳, 후의 문공)를 자신의 나라에 불러들여 후대하고 자신의 딸 회영과 혼인시킨 일이 있음. 진진지의(秦晉之誼).

석양에 선생이 하직하고 돌아갈 적에 예부가 절해 이별하며 말했다.

"하늘이 도우셔서 죄인이 황제의 사면을 입어 북쪽으로 돌아가게 되면 마땅히 문하에 나아가 알현하겠습니다."

선생이 응낙하고 공자의 손을 잡아 연연해 하다가 돌아갔다.

예부가 스스로 청로가 작은 일에 얽매이지 않은 행동과 뛰어난 기질이며 시원한 담론을 가진 것에 마음으로 항복해 말했다.

"내 헤아림이 없어 어지러운 환로(宦路)에 분주하다가 이런 일을 만나 이름이 천하에 퍼졌으니 어찌 부끄럽지 않은가?"

그러고서 탄식하기를 마지않고 새로이 길 가는 것을 괴롭게 여겨 겨우 촉 땅에 이르렀다.

본토 태수가 예부를 맞이해 극진히 후대하고 큰 집을 치워 예부를 머무르게 했다. 그러나 예부가 간절히 사양하고 궁벽한 시골집을 얻어 일행을 편안히 있게 하고 공차를 돌려보낼 적에 일가 사람들에게 서간을 부쳤다.

예부가 고요히 취문과 아들과 함께 이곳에 있으니 태수의 대접이 두터웠으나 물리쳐 받지 않았다. 본토 선비들 가운데 예부의 높은 이름을 듣고 책을 끼고 배우기를 청하는 자가 계속 이어져 끊이지 않았으나 예부가 문을 닫아 그들을 보지 않고 다만 시사(詩詞)로 마음을 위로했다. 그러나 한 마음속에는 자기가 당당한 대장부로서 아녀자 때문에 큰 죄목이 생겨 동해의 물을 얻어도 씻지 못하게 된 것에 골똘해 때때로 책상을 치니 강개한 마음이 날로 더했다. 그리고 만 리 밖 부모와 어른을 그리워해 북쪽을 바라보며 흘리는 눈물이 속절없이 방석에 아롱질 뿐이었다.

이때 이씨 집안에서 예부와 화 씨를 멀리 보내자 시부모와 어른들의 슬픈 회포는 이루 헤아리지 못할 정도였다. 연왕과 남공은 그들이 재앙에서 남은 목숨으로 만 리 밖에 간 것을 참으로 슬퍼했다. 연왕의 슬픔이 남공보다 더했으니 남공이 도리어 민망해 서로 위로하며 지냈다. 연왕은 백문에게 이를 갈아 관을 짜 대령하도록 하고 백문을 기다렸다. 남공이 기미를 알고 옳지 않다고 이르면 연왕은 미미히 웃고 대답하지 않았다.

오래되지 않아서 몽평이 돌아왔다. 일가 사람들이 크게 놀라 몽평을 불러 연고를 물었다. 몽평이 사연을 자세히 고하고 여우를 잡아 대령한 연유를 설파하니 사람들이 크게 놀라 화 씨가 죽었다고 생각했다. 이에 연왕이 말했다.

"우리 며느리는 보통 사람이 아니니 일찍 죽을 리가 만무합니다. 내 또 지금의 운수를 헤아려 보니 며느리가 화 형 임소(任所)에 갔을 것이라 훗날 그 때가 이르면 만날 것입니다."

승상이 옳다 하니 사람들이 바야흐로 마음을 놓았다. 왕이 좌우의 사람들에게 분부해 이 일을 입 밖에 내지 말라고 했다.

그리고 외헌에 나가 여우를 동여 들이라 해 여우를 꾸짖었다.

"이 업축이 무슨 까닭으로 산중을 떠나 민간에 나와 폐를 끼친 것이냐?"

여우가 슬피 울며 화 씨의 용모를 보고 잡아먹어 더 고와지려 하다가 관음을 만난 것이라 했다. 화 씨의 몸이 무사할 것이니 자신은 죄가 없으므로 살려 달라고 했다.

왕이 또 꾸짖었다.

"너 요망한 도깨비가 스스로 잘못을 뉘우친다면 용서하겠으나 다시 그런 일을 저지른다면 훗날이 두려우니 시원하게 목을 칠 것이다.”

승난아가 슬피 울고 말했다.

“제가 부질없이 인간 세상에 나왔다가 이런 일을 저질렀으니 죽는 것은 서럽지 않습니다. 다만 집에 어린 자식들이 많이 있으니 죽어도 눈을 못 감을 것입니다.”

왕이 듣고는 여우를 풀어 주며 말했다.

“네 죄악이 가득해 용서하지 못할 것이나 네가 뉘우침을 이르니널 놓아 보내겠다. 그러나 만일 네가 다시 죄를 범한다면 하늘께 고하고 네 죄를 다스릴 것이다.”

승난아가 매우 기뻐해 고개를 두드려 백 번 절해 은덕에 무수히 감사하고 바람이 되어 달아나니 왕이 새로이 한심해 했다. 그리고 노 씨가 집안에 들어와 간악한 계책을 이루어 집안이 어지럽고 요망한 사람의 자취가 가득한 것에 이를 갈았다.

백문이 이날 상경해 천자께 사은했다. 천자가 소년의 재주와 지략을 아름답게 여기셔서 특지(特旨)로 문연각 태학사에 임명하시니 생이 은혜에 감사했다.

백문이 집안에 이르러 먼저 유 부인 등 어른을 뵙고 오운전에 이르러 부친에게 절했다. 반년 사이에 영걸스러운 풍채와 빼어난 골격이 더욱 뛰어나고 직품이 높아 엄연한 재상이 되어 있었다. 그 아비된 자가 어찌 기쁘며 즐겁지 않겠는가마는 백문의 죄와 허물이 심상치 않으니 왕의 처치가 어찌 옳지 않은가.

생이 부모를 오래 떠났다가 만나니 기뻐하는 마음이 옅지 않았다. 왕이 고요히 단정히 앉아 공사(公事)를 다스리다가 학사를 한번 보자 봉황의 눈이 둥글고 얼굴빛이 퍼레져 좌우를 명령해 학사를 잡아 내리라 했다. 그리고 몸이 일어나는 줄 모르게 난간에 나와 사예(使

隸)를 구름같이 모아 학사를 결박해 꿇리게 했다. 위엄이 서릿발 같으니 학사가 매우 놀라고 경황이 없어 소리쳐 말했다.

"소자가 반년을 외방에 나갔다가 돌아왔는데 소자에게 무슨 죄가 있기에 부자의 정에 소자를 이토록 박대하시나이까?"

왕이 소리를 엄정히 해 크게 꾸짖었다.

"어리석은 패륜 자식의 죄는 네 스스로 알 것이니 내 어찌 입을 더럽히겠느냐?"

그러고서 좌우를 시켜 흰 관을 내어 오라 해 관을 놓게 하며 말했다.

"너의 죄가 중도(中道)를 조금 범했다면 내 이토록 하지 않을 것이다. 너희가 저 불초한 아이의 잡말을 기다린다면 죽을죄를 줄 것이다."

말을 마치고 집장사예(執杖使隸)[37]를 호령해 매를 들라 하고 벽성문을 군사 이백 명에게 지키라 했다.

"비록 천자의 조서가 내려도 내 명령 없이 문을 연다면 머리를 벨 것이다."

이처럼 호령이 벼락 같으니 좌우가 매우 두려워 떨었다. 집장사예가 팔을 메고 시험할 적에 왕이 울부짖는 소리로 죄를 고찰하니 산악이 무너지는 듯했다. 이에 사람들이 넋을 잃고 자연히 힘을 다했다. 백문이 또한 제 죄를 알지 못하는 데다 왕의 정이 박한 것을 보고 좁은 마음에 분노해 말을 하려 했다. 그러나 좌우로 궁관과 궁노(宮奴)가 삼이 벌여 있듯 하고 왕이 매우 치라고 소리를 하니 입을 열지 못했다. 그러던 차에 이십 대를 맞으니 비린 피가 줄줄 흐르고

---

37) 집장사예(執杖使隸): 장형(杖刑)을 집행하는 일을 맡아 보던 종.

살갗이 뭉개진 데다 정신이 없어 몸이 찬 재와 같이 되었다. 좌우의 사람들이 참담했으나 누가 감히 말리겠는가.

태부 형제가 관을 벗고 띠를 풀어 머리를 두드려 힘써 간했다. 그러자 왕이 정색하고 말했다.

"내 이 행동은 문호를 위해 부득이하게 하는 것이니 너희가 어찌 내 뜻을 모르느냐? 백문이를 살리면 문호가 멸망하는 재앙이 있을 것이니 내 한 자식을 위해 일가에 화를 끼칠 수 있겠느냐? 백문이가 당당히 죽은 후에 내 한 마디를 울어 내 자식인 줄을 표할 것이니 너희는 다시 어지럽게 굴지 마라."

두 사람이 망극해 울며 다시 간하려 하자 왕이 낯빛을 바꾸고 좌우에게 명령해 그들을 협실에 밀어 넣고 자물쇠로 잠그도록 했다. 그러니 그 나머지 군관이 천 명이 벌여 있은들 감히 입을 열겠는가. 한결같이 매를 그치지 못해 매가 60여 대에 이르렀다. 조금이라도 살살 쳤으면 그토록 하지 않았을 것인데 건장한 종들이 큰 매로 힘을 다해 쳤으니 백문이 어찌 견디겠는가. 백문이 혼절해 숨기척이 없자 차마 매를 더하지 못했다. 그래서 매를 멈추고 몸을 돌려 연왕에게 아뢰었다.

"작은어른이 정신을 잃으셨으니 어찌할깝쇼?"

왕이 대로해 말했다.

"이 종이 흉악해 내 그치라는 명을 내리기 전에 그쳐 법을 범했으니 그 죄가 가볍지 않다."

드디어 무사에게 명령해 군문 밖에 가 목을 베어 효시(梟示)[38]하라 했다. 그러자 모두 그를 밀어내어 가느라 바야흐로 문을 열었다.

---

38) 효시(梟示): 목을 베어 높은 곳에 매달아 놓아 뭇사람에게 보임.

이때 남공은 감기에 걸려 궁중에 있었다. 그런데 공부 등이 어지럽게 들어와 백문이 아까 집에 돌아오자 숙부가 백문을 죽이려 해 매를 때린다고 하는 것이었다. 공이 이에 놀라고 염려해 친히 일어나 옥교(玉轎)를 타고 벽성문에 이르렀는데 갑옷을 입고 투구를 쓴 군사 이백 명이 서리 같은 검극을 잡아 빽빽하게 선 채 문을 철통같이 지키고 있었다. 공이 어린 내시에게 말을 전해 문을 열라고 하니 모두 일시에 소리를 나란히 해 대답했다.

"국군께서 명령하시기를 문을 여는 사람은 목을 벨 것이라고 하셨으니 저희가 어찌 마음대로 문을 열겠나이까?"

공이 다시 명령해 문을 열라고 했으나 모두 듣지 않았다. 그리고 문 안에서는 매질하는 소리가 산이 울리는 듯했다.

이윽고 문을 열고 서너 명의 무사가 종 현복을 결박해 내어 오는 것이었다. 공이 물으니 현복이 대답했다.

"소인이 매를 잡았다가 작은어른이 정신을 잃으시기에 인정에 마지못해 매를 그쳤는데 그 죄로 소인을 베라 하셨나이다."

공이 급히 머물러 있으라 하고 천천히 모든 사람을 헤치고 교자를 타고 궁전에 이르렀다. 왕이 멀리서부터 공을 보고 옷깃을 여미고 기운을 낮춰 내려와 맞이했다. 이에 공이 천천히 당에 올라 자리를 정하고 일렀다.

"아우는 오늘 변란이 희한한 줄 아느냐?"

왕이 꿇어 대답했다.

"집안에 무슨 변란이 있나이까?"

공이 갑자기 정색하고 일렀다.

"네 어리지 않고 취하지 않았는데 이처럼 모르는 체하는 것이냐? 순(舜)임금[39]처럼 크게 어진 분도 자식 상균(商均)이 어리석자 자리를 앗았으나 죽이지는 않으셨다. 그런데 백문이에게 무슨 죄가 있다고 죽이려고까지 하느냐? 이것이 변란이 아니고 무엇이겠느냐?”

왕이 공의 말을 듣고 희미히 웃고 대답했다.

“지금과 예전이 다르나 상균이 어리석어 대위(大位)를 잇지 못했을망정 나라를 망하게 하지는 않았습니다. 저의 오늘 행동은 대의(大義)를 지켜 문호를 돌아보아 한 것입니다. 그러니 형님은 괴이하게 여기지 마소서.”

이에 공이 낯빛을 바꾸고 말했다.

“아이가 소년 시절에 미색에 외입하는 것은 크게 외람된 일이 아니니 경계하는 것이 옳거늘 아이를 죽이려 하는 것은 승냥이, 전갈보다도 더한 짓이다. 그러니 이것이 어찌 변란이 아니겠느냐? 하물며 이번 노 씨가 저지른 악한 일은 백문이가 몰랐던 일이라 이 아이가 죄를 감당할 것이 아니다. 옛날 너의 어리석은 행동이 어찌 백문이의 행동과 같은 따위였겠는가마는 아버님이 너를 죽이지 않으셨다. 자신의 마음을 옮겨 남을 이해한다면 너의 행동이 참으로 인정이라 하겠느냐? 속히 그만하고 백문이를 용서하라.”

왕이 문득 두 눈이 가늘고 눈길이 몽롱한 채 길이 꿇어 말을 하지 않으니 공이 낯빛을 바꿔 분노해 말했다.

“내 비록 어리석으나 너에게는 자못 높은 사람이라 할 것인데 나의 말을 괄시하고 우습게 여기니 이 무슨 죄냐? 네가 인사를 이렇게 가지고서 자식을 꾸짖는 것이 부끄럽지 않으냐?”

왕이 문득 관을 벗고 고개를 조아려 말했다.

---

39) 순(舜)임금: 성(姓)은 요(姚), 씨(氏)는 유우(有虞), 이름은 중화(重華)이고 역사서에서는 우순(虞舜)이나 순(舜)으로 칭함. 요(堯)임금에게서 임금 자리를 물려받고 후에 아들 상균(商均) 대신 우(禹)임금에게 임금 자리를 물려줌.

"형님의 처음 하교는 비록 옳으시나 앞날을 생각지 못하시므로 미처 아뢰지 못했더니 형님의 준엄한 꾸지람을 받으니 저의 죄는 만번 죽어도 아깝지 않을 지경입니다. 제가 또 인정이 있으니 부자의 천륜으로 제 설사 도리에 어긋난 짓을 했으나 죽이려는 마음이 있겠나이까? 이번 대란이 백문이의 연고로 일어난 일이 아닌 것을 제가 또한 알고 있습니다만 백문이 때문에 무죄한 사람이 다 죽을 곳으로 가고 이후에 또 사람이 여럿 죽게 될 것이니 이를 막을 길이 없습니다. 이런 까닭에 이 아이를 없애면 그 바라는 것이 그쳐질 것이기에 부득이하게 이 계교를 한 것입니다. 형님이 어찌 이를 알지 못하시는 것입니까?"

남공이 정색하고 말했다.

"네 이 말도 다 간사한 말이다. 아득한 천수(天數)에서 도망하기 어려우니 매사에 되어 가는 모습만 볼 뿐이다. 백문이를 없앤다고 천수에서 도망할 수 있겠느냐?"

왕이 분노와 한이 가득해 낯빛이 잿빛처럼 되어 말을 못 했다. 남공이 하릴없어 좌우를 시켜 학사를 데리고 서당으로 가라 하고 모든 군졸과 군관을 다 물리쳤다. 그리고 태부와 상서를 불러 백문을 구호하라 하고 왕의 손을 이끌어 방 안으로 들어가 좋은 말로 위로했다. 그러자 왕이 묵묵히 한참 있다가 눈물을 흘리며 사죄했다.

"형님이 대의를 크게 잡아 저를 너그럽게 위로해 주셨으나 흥문이에게 무슨 죄가 있습니까? 새로 난 버들 같고 아름다운 옥 같은 기질로 옥중 비루한 곳에서 고초를 겪고 실낱같은 목숨이 변방에 내쳐졌습니다. 이를 생각하면 애가 끊어지고 구곡이 무너져 말 없는 하늘도 원망할 터인데 더욱이 불초한 백문이 때문임에랴? 이런 까닭에 다른 일을 생각지 않고 저 아이를 죽여 분노를 만에 하나나 풀려고 했더니 백문이가 이제 살아날 것이니 제가 이 한을 어디에 비하겠습니까?"

말을 마치자 눈물이 연꽃 같은 귀밑에 연이어 떨어지니 공이 위로해 말했다.

"아우가 평소에 흥문이를 사랑하는 것이 성문이 등보다 더한 것을 내 잘 알고 있으니 네가 이렇게 하는 것이 그르지 않다. 그러나 산 조카를 위해 아들을 죽이는 것은 인정이 아니다. 훗날 흥문이가 살아오고 백문이가 죽는다면 그 참혹한 슬픔이 어떠하겠느냐? 백문이가 혹 잘못을 뉘우치도록 경계할 만하니 너는 과도한 행동을 그치라."

왕이 사례하고 조용히 모셔 말했다. 공이 돌아간 후 즉시 엄한 명령을 내려 학사를 문밖에 내치라 하고 두 아들을 불렀다.

이때 상서와 태부가 학사를 붙들어 서당으로 가니 생이 기운이 하나도 없고 흐르는 피가 이어져 살아날 길이 아득했다. 두 사람이 모두 눈물을 흘리며 학사를 붙들어 약을 입에 흘려 넣고 손발을 주물러 구호했다. 백문이 한참 후에 겨우 정신을 차려 두 형의 눈물 흔적을 보고 길이 탄식하며 말했다.

"아버님이 저를 죽이려 하시니 형님들인들 저에게 무슨 사랑이 있겠나이까? 제가 죽으나 사나 버려 두소서."

두 사람이 그 어리석음이 더한 데 매우 놀랐으나 이 지경에 다다라 말을 하는 것이 무익해 다만 백문을 달래어 말했다.

"대인께서 너를 미워해 그리하신 것이냐? 경계하시느라 그리하신 것이니 자식의 도리로 원망하는 것은 옳지 않다. 그러니 어서 나아 일어나 문안 인사를 드리도록 하라."

생이 성난 빛으로 대답하지 않았다.

문득 으뜸궁관 소연이 이르러 왕의 명령을 이르고 공자를 붙들어 원용의 집으로 내보내라 했다고 전하는 것이었다. 두 사람이 머무르지 못하고 들어가 왕의 명령을 들으니 왕이 다만 자기 곁에 있으라 할 뿐이었다. 두 아들이 그 뜻을 알고 감히 백문에게 가 보지 못했다.

다음 날 조회 가는 길에 의원을 데리고 들어가 백문을 진맥하게 하고 의약을 극진히 했다. 또 노 씨가 나가 구완하니 한 달이 좀 넘자 백문이 쾌차해 일어났다.

그러나 왕이 안팎에 금지하는 명령을 놓아 그 자취를 문가에 들어지 말라 했으니 학사가 외입한 미친 마음을 지니고 있었으나 타고난 효심으로 부모를 그리워해 눈물을 흘렸다. 그러자 노 씨가 웃고 말했다.

"낭군은 과연 궁상맞은 사람입니다. 천지간에 아비와 아들이 있는 것은 아비는 자식을 사랑하고 자식은 아비를 우러러 섬기게 하려 한 것인데 시아버님이 그대를 자식으로 알지 않아 죽이려 하니 이는 원수입니다. 그러니 그대가 아버지를 그리워하는 것이 부질없지 않나이까? 그대가 이렇듯 구구하면 시아버님이 더욱 기뻐할 것이니 그대는 모름지기 시아버님을 생각하지 말고 시아버님에게도 낯빛을 냉랭하게 하고 저와 즐기는 것이 옳습니다."

생이 옳게 여겨 이후에는 형제가 혹 자신을 찾아와서 보면 차가운 눈으로 멸시하고 공당(公堂)에 가 왕을 보아도 절도 하지 않고 남을 본 듯하니 왕이 더욱 괘씸하게 여겼다. 상서 형제가 한심함을 이기지 못하고 공부 등은 백문을 사람으로 알지 않아 백문은 일가에서 버린 몸이 되었다. 백문은 그러나 부끄러운 줄도 모르고 노 씨와 밤낮 즐길 따름이니 연왕은 문호가 망할까 절로 애를 태웠다.

이때 태부가 위 씨와 부부의 즐거움이 교칠보다 더하며 더욱 뱃속에 기린을 두었으므로 위 씨를 어여뻐하고 사랑하는 정이 지극했으니 위 씨의 복록이 두루 갖추어진 것이 일가에서 으뜸이었다. 그래서 사람마다 흠모함을 마지않았으나 위 씨는 조금도 즐기는 빛이 없어 매양 조 씨가 청춘으로 홀로 있는 것을 슬피 여기니 태부가 괴이하게 여겼다.

하루는 태부가 밤을 타 들어와 등불 아래에서 아들을 어루만지며 사랑했다. 아이가 이미 돌이 다 되어 걸음을 옮기고 영리함이 유달랐으니 태부가 간절히 사랑해 기뻐하는 기운이 미우를 움직였다. 그러나 소저는 눈을 들어서 보지 않았다. 태부가 더욱 의아해 아들을 놓고 묵묵히 한참을 있다가 물었다.

"부인이 근래에 무슨 우환을 만났소? 무슨 까닭에 낯빛이 불안한 것이오?"

소저가 얼굴을 가다듬어 대답했다.

"첩이 시부모님 시하에서 영화를 보고 있으니 무슨 근심이 있겠나이까? 다만 작은 소회가 있어 군자께 고하려 하나 군의 위엄을 꺼리고 군자의 호령을 두려워해 함구하고 있어 마음이 자연히 불안해 그러합니다."

태부가 소저의 말을 듣고 정색해 말했다.

"생이 무슨 아름답지 않은 일이 있기에 부인이 이처럼 고집을 부리고 생을 조롱하는 것이오? 대강 그 소견을 듣고 싶구려."

소저가 길이 한참을 생각하다가 옷깃을 여미고 소리를 낮춰 일렀다.

"첩이 군의 주부로 외람되게 있은 지 해가 오래되었으나 한 일도 내조로 공을 세운 일이 없어 적국(敵國)과 화합하지 못하고 시부모님께 불효가 잦으니 밤낮으로 근심하고 두려워하고 있었습니다. 접때 조 부인이 예의를 잃은 일이 있으셨으나 지금에 이르러는 잘못을 뉘우침이 자못 아름답습니다. 성인도 잘못 뉘우침을 이르셨는데 상공이 당대의 군자로서 경서를 널리 읽으시고서 규방에서 편협한 것은 심히 도리를 잃으신 것입니다. 이런 까닭에 첩의 안색이 평상시와 같지 않았던 것입니다."

태부가 말을 다 듣고는 정색해 말했다.

"원래 부인이 이런 기괴한 생각을 품고 실성한 기운을 견디지 못해 근래에 낯빛이 불안했던 것이구려. 나의 행동이 잘못되었으나 위로 부모님께서 밝으셔서 자식 가르치시기를 정도(正道)로 하시고 아래로 어진 숙당과 엄한 형이 있으며 착한 길로 인도하는 벗들이 있으니 여자가 의논해 시비할 바가 아니오. 강후(姜后)가 비녀를 풀고40) 번희(樊姬)41)가 자리를 사양한 것이 천고에 한 사람인데 시속의 작은 여자가 감히 사리를 모르고 헛이름을 얻으려 해 지아비를 제어하니 한심할 만하지 않소?"

소저가 안색을 엄숙히 하고 말했다.

"군자가 마음속으로 또한 윤리를 모르지 않을 것인데 짐짓 고집을 세우고 첩의 입을 막겠다고 일부러 이치에 맞지 않는 말로 첩을 꾸짖으나 첩이 또한 헤아림이 없겠나이까? 사람의 아들이 되어 부모가 기뻐하시는 것을 돕는 것이 효입니다. 벽서정 모친이 속으로 조

---

40) 강후(姜后)가~풀고: 강후(姜后)는 중국 서주(西周) 때 사람으로 제후(齊侯)의 딸이고 선왕(宣王)의 부인임. 선왕이 일찍 자리에 누웠다가 늦게 일어나고 부인의 방에서 나가지 않자, 강후가 비녀를 풀고 영항(永巷)에서 죄를 기다리면서 보모(傅母)를 시켜 자신이 재주가 없고 자신의 음심이 발현된 결과 군왕으로 하여금 색을 좋아하고 덕(德)을 잊게 했으니 이는 자신의 죄라고 전하게 함. 이에 왕이 자신의 잘못이라 하며 이후에 정치에 전념했다 함.
41) 번희(樊姬): 중국 춘추시대 초(楚)나라 장왕(莊王)의 비(妃). 장왕이 사냥을 즐기자 간하였으나 듣지 않자 고기를 먹지 않으니 왕이 잘못을 바로잡아 정사에 힘씀.

카의 평생을 어이 슬퍼하지 않을 것이라고 상공이 어찌 모르는 체하십니까? 효의를 세우는 데에는 시종이 있어야 할 것입니다.”

생이 다 듣고 발끈해 정색하고 말했다.

“학생이 용렬해 처자에게 너무 주접 들다 보니 부인의 방자함이 이렇듯 한 것이오? 흉악한 여자를 집안에 둔 것도 내 덕인데 무슨 윤리와 사리가 있겠소? 끝의 말은 더욱 사리에 맞지 않으니 모친이 나에게 명하신다면 내 순순히 받들겠으나 요사이 모친이 온화하시고 사사로운 정을 생각지 않으시는데 그대가 지레짐작해 나를 누르니 그 죄가 무슨 죄에 해당하겠소? 처음이므로 너그러이 용서하겠지만 만일 다시 이런 요망한 말을 한다면 따로 처치가 있을 것이오.”

말을 마치자 미우에 노기가 가득한 채 소매를 떨쳐 밖으로 나가니 소저가 길이 탄식했다.

생이 서낭에 나가니 이부가 홀로 있다가 놀라서 말했다.

“네 내당에 잠을 자러 들어갔더니 밤늦게야 나오는 것은 어째서냐?”

태부가 미소하고는 의관을 풀고 자리에 누우니 상서가 그 손을 잡고 웃으며 말했다.

“네가 제수씨에게서 쫓겨난 것이 아니냐?”

태부가 또한 웃고 대답했다.

“위 씨가 어떤 사람이라고 저를 내치겠습니까?”

상서가 웃고 말했다.

“내가 현명하지 못하나 네 기색은 거의 안다. 대개 제수씨가 현명하시니 네 스승이요, 너같이 용렬한 것이 제수씨의 지아비인 체하는 것이 같잖으니 네 무엇이 부족해 호령하는 체하고 심야에 분주히 다니며 처신을 잃는 것이냐?”

태부가 사례해 말했다.

"그 사람이 비록 현명하나 지아비를 업신여겨 말이 담대하니 대면하기 싫어 나온 것입니다."

상서가 말을 다 듣고는 안색을 온화히 하고 말했다.

"제수씨의 말씀이 다 옳으시니 네 어찌 그르다고 하느냐? 그 생각을 듣고 싶구나."

태부가 한참을 생각하다가 대답했다.

"제가 또 아는 일이나 조녀가 전날 죄상은 이를 것도 없고 조훈의 위인이 한심하니 제가 조 씨와 부부의 의리를 이룰 마음이 없습니다."

상서가 말했다.

"그렇지 않다. 성인도 잘못 뉘우친 것을 허락하셨다. 조 씨 제수가 전날에는 예의를 잃으셨으나 지금에 이르러는 참으로 온순하신데 조훈의 벌을 쓰는 것은 더욱 옳지 않다. 네 매사에 통달한데 이곳에 다다라서는 속이 좁은 것이냐?"

태부가 묵묵히 있다가 한참 뒤에 웃고 말했다.

"형님 말씀이 정론이시나 부부의 정은 마음대로 못 하니, 참으로 조 씨 향한 마음이 착잡해 조 씨와 대면하기 싫으니 억지로 하지 못하겠습니다."

상서가 말했다.

"범사에 권도(權道)⁴²⁾가 있으니 부디 만사에 마음에 하고 싶어야 하겠느냐? 억지로 참아야 할 일이 있어야 옳으니 네가 또 이를 생각하지 못하는 것이냐?"

---

42) 권되(權道): 상황에 따라 변통하는 도리.

태부가 웃고는 잠자코 있으니 상서가 또한 다시 묻지 않았다.

이날 마침 운아가 봉각에 갔다가 태부가 와서 소저와 문답한 말을 듣고 돌아가 소후에게 고하니 소후가 놀라서 말했다.

"내 본디 묵은 병이 있는 데다 백문이의 어리석은 행동과 화 씨의 화란을 당해 마음이 뜬구름 같고 만사가 꿈과 같아 미처 이 일에 생각이 돌아가지 않았다. 그뿐만 아니라 둘째는 어진 군자라 내 거의 신경을 쓰지 않아도 될까 했더니 이럴 줄 어찌 알았겠느냐?"

드디어 새벽에 아들들이 문안하는 때를 맞아 소후가 낯빛을 엄정히 하고 상서를 나아오라 해 말했다.

"네 불초함이 큰 줄을 아느냐?"

상서가 기운을 낮추고 평안한 모습으로 대답했다.

"제가 어리석어 부모님의 밝으신 가르침을 감당하지 못하는 줄을 어찌 모르겠나이까?"

소후가 기운을 더욱 맹렬히 해 말했다.

"용렬한 어버이가 자식을 가르칠 것이 없으니 무엇을 배우라 하겠느냐? 또 물으니 네가 동생 사랑할 줄을 아느냐?"

상서가 엎드려 머리를 두드리며 말했다.

"제가 보잘것없으나 어찌 동기의 중함을 알지 못하겠나이까?"

소후가 또 말했다.

"그러면 경문이가 괴이하고 망령되어 인륜을 저버리고 설사 의모(義母)가 있으나 있는 줄을 모르는 소행을 아느냐?"

상서가 공손히 일어났다 앉으며 두 번 절해 말했다.

"둘째아우가 온갖 행실이 관대하고 효성이 출천하니 오늘 가르치심은 생각 밖입니다."

소후가 다 듣고는 분노해 꾸짖었다.

"네 사리에 어두운 것이 이와 같으니 무슨 낯으로 재상에 종사하며 이부의 으뜸자리를 맡겠느냐? 경문이가 조 씨를 박대해 원수로 치부하니 조 씨가 만일 사나우면 저의 도리가 그르지 않다. 그러나 조 씨의 아름다운 행동과 곡진한 효성이 옛사람과 나란히 할 만하거늘 경문이가 무고히 조 씨를 박대하니 그 행동이 어찌 백문에게 지겠느냐? 내 불행해 몹쓸 자식을 여럿 두어 치욕이 가문에 미치니 밤낮으로 근심하고 있다. 그러나 묵은 병이 한 몸에 얽매이고 정신이 밤낮으로 없어 구름 밖 뜬 사람이 되어 있으니 이런 일에 신경을 쓸 기운이 없다. 네 조금이라도 사람 자식의 도리를 차린다면 집안의 장자(長子)로 있어 여러 아우를 교화하는 것이 옳다. 그런데 문득 모르는 체하고 내가 묻는 것에 거짓으로 보태니 이러고서 어찌 세상에 설 수 있으며 동생을 사랑한다 하겠느냐? 이런 불초자들은 살아 쓸데 없으니 죽는 것이 옳다."

상서가 꿇어 다 듣고는 고개를 조아려 죄를 청해 말했다.

"오늘날 밝게 지도하시는 것을 따라 저의 어리석음을 깨달았으니 다시 그른 일이 있겠나이까? 그러나 둘째아우가 아내를 박대한 행실을 말씀드리면 조 씨 제수가 중간에 예법을 잃으셨으니 그 잘못을 뉘우침이 쉽지 못할까 우려해 낯빛을 지었던 것입니다. 그러나 끝내 버리려 하지 않으므로 제가 또한 그 생각을 옳게 여겨 함구하고 있었습니다. 그런데 어머님의 가르침을 들으니 봄꿈이 확 깹니다. 이 아이가 또 자리에 있으니 삼가 받들지 않겠나이까? 원컨대 어머님은 염려하지 마소서."

태부가 이때 말석에 있다가 모친의 마음이 불편한 것을 크게 두려워하더니 문득 나아와 머리를 두드려 눈물을 머금고 말했다.

"소자가 어리석고 사리에 어두워 모친께 온갖 심려를 더하시게 했으니 그 죄는 만 번 죽어도 마땅합니다. 제가 가졌던 조그마한 생각은 큰형이 아뢴 말씀과 같습니다. 제가 아내를 박대하는 행실을 감수한 죄는 만 번 죽어도 아깝지 않으나 어머님이 마땅히 한 말씀으로 밝히셨으면 소자가 마땅히 받들어 행동했을 것입니다. 그런데 이런 작은 일로 신경을 쓰시게 했으니 불초자의 간장이 부서지는 듯합니다. 원컨대 어머님은 소자의 죄를 용서하시고 마음을 너르게 하소서."

소후가 정색하고 대답하지 않으니 태부가 가까이 시립(侍立)해 웃는 낯으로 나직이 담소하며 어머니를 위로했다. 온화한 기운은 봄꽃 같고 너그러운 행동거지는 봄볕이 따스한 듯해 어머니의 사랑을 더할 것이나 소후는 끝까지 낯빛을 허락하지 않고 냉랭한 채 묵묵히 있었다.

왕이 들어와 이 광경을 보고 연고를 물으니 월주 소저가 웃고 자세히 고했다. 이에 왕이 미소하고 말했다.

"후(后)가 과인을 대놓고 모욕하느라 자식을 가르치는 것이 엄하도다."

소후가 정색하고 말했다.

"군자는 이제라도 진중하소서. 제가 자식의 어리석음을 한심해 하는데 군자를 대놓고 모욕하는 데 생각이 있겠나이까? 자식이 이렇듯 애달프다면 스스로 허물이 없는 것이 옳으니 새로이 일컫는 것이 무익합니다."

왕이 말없이 흔쾌히 웃을 따름이었다.

태부가 물러나 즉시 양춘각에 이르니 조 씨가 천만뜻밖에 태부를 만나자 놀랍고 부끄러워 죽으려 해도 죽을 땅이 없었다. 그러니 차마 낯을 들 생각을 못 해 낯빛이 잿빛 같은 채 고개를 빼고 휘장 밑에 앉았다. 태부가 조 씨를 한참을 뚫어지게 보다가 일렀다.

"학생이 오늘 그대를 대하니 스스로 부끄러움이 앞서오. 그대는 어떻게 여기오?"

조 씨가 이 말을 듣고 더욱 부끄러워 대답할 바를 알지 못하니 태부가 천천히 또 말했다.

"내 그대를 대해 말이 나지 않고 말하는 것이 욕되니 그대가 사람의 염치를 가졌다면 또 그런 행동을 하고 싶소? 내 평생 굳은 마음에 그대의 사나운 행동을 안 보려 했는데 어머님이 그대를 관대하게 대하라고 진지하게 이르셨소. 나는 사람이 해야 할 행실을 알고 있으니 내 무서움을 참고 그대에게 이른 것이오. 그대에게 큰 담략이 있거든 또 나에게 똥물을 씌우시오. 내 감수해 받을 것이오."

말을 마치자 기색이 엄숙해 겨울 하늘에 찬 달 같은 것은 이를 것도 없고 맑은 눈으로 조 씨를 쏘아보자 조 씨는 뼈마디가 녹는 듯 뼈가 시렸다. 위 씨의 비범한 기질과 세속을 벗어난 위인으로도 남편을 꺼리거늘 조 씨가 무슨 담대함이 있다고 남편을 두려워하지 않겠는가. 한갓 낯빛이 기운을 잃어 말을 못 하니 태부가 또한 다시 말을 안 하고 이날 밤을 지내고 나왔다.

태부가 이후에 날을 계속해 들어와 침상을 함께 하나 기색이 엄숙해 조금도 사랑하는 빛이 없었다. 조 씨가 도리어 수줍고 부끄러움을 견디지 못해 태부 보는 것을 원하지 않았으나 또한 뜻을 이루지 못했다.

태부가 10여 일 양각에 있으면서 위 씨의 행동을 보려 했으나 허물을 잡지 못하고 행여 어머니의 명령으로 굳은 마음을 헐어 조 씨를 잘 대우하고 있으나 속으로는 조 씨를 초개같이 여겼다.

태부가 자연히 위 씨를 생각해 어느 날 밤에 봉각에 들어갔다. 위 씨가 홀로 등불 아래에 단정히 앉아 아들에게 글자를 가르치며 웃는 소리가 낭랑하니 이는 참으로 월궁의 선녀가 인간을 희롱하는 듯, 구름 같은 머리칼과 푸른 눈썹이 가지런해 기이한 모습이 어두운 방에 밝았다. 생이 더욱 속으로 복종하고 천천히 들어가 앉으니 소저가 빨리 자리를 물리고 안색을 가다듬어 단정히 앉았다. 이에 생이 정색하고 위 씨를 꾸짖었다.

"내 마침 필부의 믿음을 지켜 그대에게 살림을 맡기고 그대를 공손히 대우해 부부의 깊은 의리를 오로지했는데, 부인은 염치 없이 오만방자해 지아비가 사랑하는 것을 믿어 지아비를 조롱하고 꾸짖으니 그것이 옳소? 그 생각을 듣고 싶구려."

소저가 용모를 가다듬어 태부의 말을 듣고는 묵묵히 대답하지 않았다. 이에 생이 정색한 채 한참을 있다가 물었다.

"부인이 무슨 까닭에 생의 말을 멸시하는 것이오?"

소저가 정색하고 한참을 깊이 생각하다가 소리를 낮춰 일렀다.

"성인께서 남편은 온화하고 아내는 순종해야 함을 이르셨습니다. 첩이 일찍이 군자를 꾸짖은 일이 없었는데 이처럼 첩을 떠보시는 것은 옳지 않으니 행여 첩의 우직함을 용서하소서."

말을 마치자 침묵하고 고요하며 전아해 태도가 서리 같으니 생이 다시 할 말이 없어 묵묵히 미소 지었다.

이후에 홀연히 조 씨가 잉태해 다음 해 춘정월에 순산하니 곧 남자아이였다. 시부모가 기뻐하고 태부가 또한 기뻐해 조 씨를 극진히 구호하고 아들을 어루만지는 사랑이 옅지 않으니 조씨 집안에서도 기쁨을 이기지 못했다.

이때 노 씨는 예전에 태부가 혼사를 물리친 것과 백문이 화 씨를 찌르려 할 때 태부가 말린 것을 한으로 삼았다. 세배할 때를 맞이해 들어가 시부모를 뵙고 그윽이 살폈는데 태부가 조 씨를 후대하는 것을 보고는 깊이 계교를 생각해 돌아왔다.

백문이 또한 새해를 만나 인사를 폐하지 못해 집에 들어와 먼저 모친을 뵈었다. 소후가 그 바르지 못한 의관과 추레한 행동거지를 보고 한심함을 이기지 못해 좌우 사람들에게 명령해 백문을 몰아 내치라고 했다. 백문이 이에 노해 소매를 떨치고 나오며 말했다.

"부모가 나를 죽이려 하는 것을 나는 그래도 자식의 마음을 가지고 부모를 보러 왔거든 어머니가 이토록 사납게 구니 내 얼마나 운수가 나빠져야 이곳에 올 수 있을꼬?"

이렇게 말하니, 월주 소저가 크게 한심하게 여겨 백문을 따라 중당에 가 소매를 잡고 눈물을 흘리며 말했다.

"오라버니, 아무리 외입한 미친 마음인들 천지를 분간할 줄 모르니 이 어찌 된 일입니까?"

백문이 문득 돌아앉으며 말했다.

"누이야, 너도 보아라. 내 무슨 허물이 있더냐? 죄를 지었더냐? 어디에 가 강도 노릇을 해 부모를 욕먹였더냐? 나라를 저버렸더냐? 조금도 죄가 없고 허물이 없는 것을 부모님이 노 씨를 연좌해 날 원수처럼 미워하고 죽이려 하신 지 한두 번이 아니다. 그리고 날 집에 두지 않고 끌어 내치시니 내 아무리 자식인들 무슨 감격스러운 마음이 있을까 싶겠느냐? 혹 이따금 얼굴이나 뵈러 들어가면 몰아 내치라, 들어 내치라 하시니 이 서러운 마음을 하늘과 땅 밖에 누가 알 사람이 있겠느냐? 차라리 자결이나 해 모든 사람의 마음을 시원히 하고 싶으나 모진 목숨이 자연히 끊어지지 않고 염라대왕이 차사(差使)를 보내지 않아 구차히 살며 이런 괴롭고 난감한 지경을 보게 되었으니 내 서럽지 않겠느냐?"

월주가 백문의 말을 듣고 슬픈 낯빛으로 길이 탄식하고 목이 쉬도록 눈물을 흘려 말했다.

"오라버니, 사람의 자식이 되어 이 차마 어찌 된 말입니까? 오라버니가 만일 큰오라버니와 작은오라버니가 하시는 행동을 본받으신다면 부모님이 무엇 하러 오라버니를 미워하고 싫어하며 내치시겠나이까? 온갖 일을 오라버니가 다 잘못해 인륜의 죄인이 되어 가지고서 한갓 무식한 말로 부모를 원망하시니 이 어찌 된 일입니까? 우리 부모님은 어질고 덕이 크셔서 초목에까지 은택이 미치거늘 하물며 자식에게 박하게 하시겠나이까? 형이 이미 죄를 태산같이 지었는데 부모님이 만일 꾸짖으시면 말이 사납고 도리에 어긋나며 자기 허물을 깨닫지 못하시니, 슬픕니다, 이것은 시운(時運)이 불행해서입니까? 아니면 형의 운수입니까? 동기가 애통함을 참지 못하겠습니다."

백문이 말했다.

"내 이제 태산을 떠 와도 부모님이 나를 옳다고 하실 리가 없으니 네 말이 다 귓등으로 들리는구나."

그러고서 나가니 소저가 길이 한숨짓고 애달파했다.

노 씨가 나가서 혜선과 의논하며 말했다.

"이제 화 씨와 흥문을 없앴으나 우리를 미워하는 자가 많은 가운데 태부 경문이 그중에서도 나를 더 미워하니 그자를 없애는 것이 상책입니다. 사부에게 무슨 계교가 있나이까?"

혜선이 말했다.

"내 요사이 들으니 태부가 조 씨를 미워한다 합니다. 계교를 쓰면 경문이 자연 죽을 것입니다."

노 씨가 매우 기뻐해 서로 언약하고 기회를 엿보았다.

이때 조 씨가 해산을 무사히 하고 한 달 남짓 지나 예전처럼 건강

해지자 시부모를 뵈었다. 시부모가 남자아이 낳은 것을 치하하고 동서들이 하례하니 조 씨가 공손하고 온화해 조금도 이전의 기운과 버릇이 보이지 않았다.

하루는 조 씨 아들이 잠깐 몸이 좋지 않으므로 태부가 양각에 이르러 아들의 병을 묻고서 잤다. 삼경(三更)[43]에 혜선이 몸을 바꿔 바람이 되어 처마에서 보니 태부는 침상 위에서 자고 조 씨는 침상 아래에 앉아 졸고 있었다. 혜선이 이에 몸을 날려 비수를 내리치자 조 씨가 비수에 몸이 맞아 한 소리를 크게 하고 거꾸러졌다.

태부가 이 소리를 듣고 놀라 벌떡 일어나서 보니 조 씨는 이미 붉은 피를 흘리고 죽어 있었다. 태부가 매우 놀라 급히 좌우를 부르며 옷을 입고 일어나 곁에 가 조 씨를 자세히 보니 목숨이 이미 끊어져 있었다. 태부가 놀라움을 이기지 못하고 유모와 시비가 망극해 통곡하려 하자 태부가 금지시키고 아들을 거둬 시비(侍婢)를 시켜 봉각으로 보냈다. 그리고 유모에게 명령해 소저의 시신을 자리에 편하게 눕히도록 한 후에 나왔다. 유모가 생의 곁에 칼이 있는 것을 보고 울면서 말했다.

"삼경 한밤중에 어떤 사람이 우리 소저를 해친 것입니까?"

생이 말했다.

"내가 또 어찌 알겠느냐? 부모님이 놀라실 것이라 새벽에 발상(發喪)[44]할 것이니 너희는 요란히 굴지 마라."

말을 마치고 봉각으로 돌아갔다. 소저가 마침 깨어 있다가 태부가 갓난아이를 거느려 오는 것을 보고 연고를 물었다. 이에 태부가 손

---

43) 삼경(三更): 밤 11시에서 1시 사이.
44) 발상(發喪): 상례에서, 죽은 사람의 혼을 부르고 나서 상제가 머리를 풀고 슬피 울어 초상난 것을 알림.

을 저으며 말했다.

"집안에 큰 변이 심상치 않으니 그대와 내가 죽을 곳을 알지 못하겠소."

소저가 놀라고 의아해 말했다.

"무슨 변입니까?"

태부가 사실을 이르고 말했다.

"저 사람과 내가 자다가 저 사람이 죽었으니 조훈은 간사하고 음험한 무리라 가만히 있지 않을 것이오."

소저가 낯빛이 바뀌어 눈물을 흘리고 말했다.

"슬픕니다. 조 씨처럼 젊은 나이에 빼어난 기질을 지닌 사람에게 이 어찌 된 일입니까? 설사 운수가 나빠도 목숨은 끊어지지 않을 수도 있었을 것인데 죽었으니 죽은 사람을 생각하면 어찌 슬프지 않나이까?"

태부가 또한 눈물을 흘리며 말했다.

"그 인생이 가련한 것을 생각하면 참으로 슬픈 마음을 이기지 못하겠소."

말을 마치고 좌우에게 술을 가져오라 해 스스로 잔을 기울여 반취(半醉)했다. 그리고 소매로 낯을 덮고 안석(案席)45)에 기대 길이 탄식하니 소저가 또한 슬퍼함을 마지않았다.

새벽에 태부가 문안 인사에 들어가 이 일을 모든 사람에게 고하니 일가 사람들이 크게 놀라고 연왕이 놀라 말했다.

"조 씨가 일찍이 개과한 후에 행동이 아름다워 규방의 법도를 어기지 않고 일찍 원한을 맺은 사람이 없었는데 자객의 해를 입었으니

---

45) 안석(案席): 벽에 세워 놓고 앉을 때 몸을 기대는 방석.

어찌 괴이하지 않은가? 내 아이가 또한 액(厄)을 면하지 못하겠구나."

그러고서 즉시 조씨 집안에 부고를 전하고 양각에 나아가 발상하니 슬픈 곡성이 원근에 진동했다.

조훈이 이르러 딸의 주검을 보고 크게 놀라 통곡하며 유모와 시녀 등을 불러 연고를 물었다. 유모가 사실로써 고하면서 태부의 기색이 수상함을 고했다. 훈이 이 말을 깊이 곧이들어 문밖에 나와 태부를 보고 울며 말했다.

"딸이 무슨 까닭에 하룻밤 사이에 죽은 겐가?"

태부가 정색하고 말했다.

"영녀가 요절한 까닭을 제가 어찌 알겠습니까? 반드시 평소에 행동을 그릇 가져 남에게 미움을 사 재앙을 스스로 얻었는가 싶습니다."

훈이 통곡하고 크게 소리내어 말했다.

"내 딸이 어리석으나 황제의 명령으로 그대에게 시집갔으니 그 후에 설사 허물이 있었다 한들 그대가 어찌 한밤중에 내 딸을 칼로 찔러 죽인 것인가? 이 원수는 하늘을 함께 이지 못할 것이니 그대는 아는가?"

태부가 이 말을 듣고 낯빛을 바꿔 말했다.

"합하께서 평소에 무식함이 유달랐으나 어찌 이런 허무한 말을 할 줄 알았겠습니까? 영녀가 살아 있을 때 허물과 악행이 크고 무거웠으나 제가 죄로 삼지 않고 바른 도리로 가르쳐 선한 길로 나아가게 했습니다. 그 후 자식이 있게 되었으니 그렇게 된 후에 까닭 없이 영녀를 죽였겠나이까? 합하께서 생을 대해 영녀를 죽였냐고 물으셨으나 제가 죄를 지은 일이 없으니 두렵지 않나이다."

이에 훈이 대로해 말했다.

"그대의 언변은 능란하나 이 일은 변명하지 못할 것이네. 한 방에서 자다가 아무도 들어온 자취 없이 딸아이가 죽은 가운데 칼이 그대 곁에 놓여 있더라 하니 누구에게 죄를 미루려 하는 것인가?"

태부가 그 무식함에 다투는 것이 부질없어 정색하고 대답하지 않았다. 이에 훈이 슬피 울며 손자를 거둬 돌아가려 하자 태부가 냉소하며 말했다.

"합하께서 권세가 거룩하나 내 자식은 앗지 못할 것이니 평안히 돌아가 관청에 고소하소서."

훈이 꾸짖었다.

"네가 아내를 죽이고 그 자식을 그냥 두지 않을 것이니 내 데려다 길러 딸의 후사를 이으려 하는 것인데 주지 않는 것은 어인 일인가?"

태부가 그 무식하고 어리석은 것이 크게 한심해 봉황의 눈을 높이 뜨고 말했다.

"처자를 죽이고 살리는 것은 제 손에 있습니다. 처자를 죽이나 살리나 공이 알 바가 아니니 잡말을 그치고 빨리 돌아가소서."

훈이 대로해 벌떡 일어서며 말했다.

"네 말은 통쾌하나 내 이제 형부(刑部)로 가니 네 부자의 머리가 남아 있지 못할 것이다."

그러고서 돌아갔다.

태부가 대로해 조 씨 시신을 거둬 내치려 하자 왕이 꾸짖었다.

"저 사람의 말은 족히 따질 것이 아니니 네 어찌 죽은 사람을 저버리려 하느냐?"

태부가 죄를 청해 말했다.

"소자의 아내 때문에 아버님께 욕이 이르게 되었으니 소자가 무슨 면목으로 세상에 다닐 수 있겠나이까?"

왕이 말했다.

"조훈이 어리석어 사위를 모르는데 사돈이야 이를 것이 있겠느냐?"

그러고서 즉시 상서를 데리고 친히 매사를 두루 살펴 습(襲)46)을 마치지 않아서 도위(都尉)47)의 병사 수천 명이 집을 에워싸고 태부를 잡으려 했다. 일가 사람들이 경황이 없었으나 왕의 부부는 조금도 놀라지 않고 태부를 불러 경계해 보냈다. 태부가 절하고 위사(衛士)를 따라 형부로 갔다.

형부상서 장옥계가 생을 금의옥(錦衣獄)48)에 가두고 일렀다.

"이는 평범한 살옥(殺獄)49)이 아니다. 이 사람은 조정의 대신이니 성상께 아뢰어 비답(批答)50)이 내려진 후에 처치할 것이다. 그러니 원고 조훈은 아직 물러 있으라."

이에 조훈이 하릴없어 문밖에 대령했다.

장 상서가 이 일을 계사(啓辭)51)하려 했으나 마침 옥후(玉候)52)가 편치 않아 침전에서 조리하고 계시므로 감히 계사할 생각을 하지 못했다.

그리고 연왕부에 이르러 조훈의 고소장을 왕에게 주고 말했다.

"근래에 아내를 죽인 이가 있다 한들 장인이 자식 있는 사위를 관

---

46) 습(襲): 쑥이나 향나무 삶은 물로 시신을 씻긴 뒤 옷을 갈아입힘.
47) 도위(都尉): 황제 직속으로 있던 정보 보안 기관. 황제의 시위(侍衛)와 궁정의 수호뿐만 아니라 정보의 수집, 죄인의 체포 및 신문 따위의 일도 맡아봄. 금의위(錦衣衛).
48) 금의옥(錦衣獄): 중국 명나라 때 금위군(禁衛軍)의 하나인 금의위(錦衣衛)에 딸린 감옥.
49) 살옥(殺獄): 살인에 관계된 옥사.
50) 비답(批答): 임금이 상주문의 말미에 적는 가부의 대답.
51) 계사(啓辭): 논죄(論罪)에 관하여 임금에게 올리던 글.
52) 옥후(玉候): 임금의 환후.

청에 고소할 수 있겠는가? 조훈의 어리석음이 한심하도다."

왕이 웃으며 말했다.

"형은 이렇게 이르지 말게. 아무리 자식 있는 사위라 한들 딸의 원수를 갚으려 하지 않겠는가?"

공이 또한 웃고 말했다.

"나는 이번 변란을 보고 공을 위해 근심이 배에 가득한데 형은 웃으니 그것이 어찌 된 일인가?"

왕이 말했다.

"일마다 다 천수(天數)를 헤아릴 수 없으니 지레 나서서 들레는 것이 무엇이 유익하겠는가?"

장 공이 미소하고 말을 하지 않았다.

조훈이 고소장을 제출했으나 결정이 빨리 나지 않았으므로 딸을 염습(殮襲)[53]하고 입관(入官)하지 못해 애를 태우며 근심했다. 또 철없는 분노를 이기지 못해 날마다 사람을 연왕부에 보내 손자를 달라고 했다. 그러나 연왕은 들어도 못 들은 체하고 손자를 주지 않으니 훈이 더욱 분함을 이기지 못했다.

이씨 집안 사람들이 태부의 눈앞에 닥친 재앙을 크게 근심하고 조 씨를 죽인 자를 알지 못해 의논이 분분했다. 그러나 연왕은 벌써 기미를 알고 시비를 하지 않으니 모두 괴이하게 여겼다. 조 씨의 몸이 오랫동안 방 안에 안치된 채 매장되지 못해 끔찍한 냄새가 오 리 밖까지 쏘였다. 또 시체 벌레가 구멍에서 나와 사람이 코를 싸고 근처에 가지 못하므로 연왕은 이를 더욱 참혹하게 여겼다.

이때 조훈이 태부를 옥에 넣은 후 빨리 결정이 나지 않고 딸의 몸

---

53) 염습(殮襲): 죽은 사람의 몸을 씻긴 뒤에 옷을 입히고 염포로 묶는 일.

은 점점 썩어 가니 답답하고 초조해 날마다 상서를 보채 결단한 것을 알고 싶다 하니 장 공이 말했다.

"성후(聖候)가 요사이 좋지 않으셔서 조회를 받지 않으시오. 그래서 이런 일을 번거롭게 아뢰지 못하는 것이니 구구한 사정(私情)으로 폐하의 마음을 격동할 수 있겠소?"

이에 훈이 하릴없어 돌아갔다.

10여 일 후에 임금이 쾌차하셔서 장생전에서 조회를 여셨다. 백관이 다 모여 산호배무(山呼拜舞)[54]하기를 마치니 임금이 좌우를 살피다가 이르셨다.

"이 선생 등이 어디에 간 것인가?"

임금 앞의 태학사 여박이 아뢰었다.

"이관성 등이 대궐 문밖에서 죄를 기다리고 있나이다."

이에 임금이 놀라 말씀하셨다.

"무슨 일로 죄를 기다리는 것인가?"

말이 끝나기도 전에 형부상서 장옥계가 붉은 도포를 부치고 홀(笏)을 받들어 나아와 아뢰었다.

"며칠 전 공부상서 조훈이 그 사위 이경문을 살인 죄목으로 법부(法部)에 고소장을 제출했나이다. 신이 사람을 보내 경문을 잡아 옥에 가두고 이 일을 처치하려 했으나 경문이 조정의 중신이요, 동궁(東宮)의 사부라 신이 마음대로 처단하지 못해 폐하께 아뢰려 했나이다. 그런데 폐하께서 여러 날 편찮으셔서 감히 번거롭게 아뢰지못하다가 오늘 삼가 아뢰나이다."

---

54) 산호배무(山呼拜舞): 산호만세(山呼萬歲)와 배무. 산호만세는 나라의 중요 의식에서 신하들이 임금의 만수무강을 축원하여 두 손을 치켜들고 만세를 부르던 일. 중국 한나라 무제가 숭산(嵩山)에서 제사 지낼 때 신민(臣民)들이 만세를 삼창한 데서 유래함. 배무는 엎드려 절하고 춤을 추는 행위로서 조정에서 절을 하는 예식임.

말을 마치고 조훈의 고소장을 받들어 임금께 바치니 내용은 다음과 같았다.

'학생 조훈의 딸이 현재 병부상서 태학사 태자태부 이경문의 아내가 되었더니 경문의 인물됨이 괴이하고 망령되어 딸을 박대해 원수로 치부했습니다. 중간에 죄 없는 딸을 심당에 가둬 두 해를 보채고 조르며 하지 않은 일이 없었습니다. 그런데 어제 예전과 달리 딸의 침소에 들어가 함께 자다가 딸을 찔러 죽였으니 천지간에 이런 일이 어디에 있나이까? 살인에 대한 법은 한나라 고조의 약법삼장(約法三章)[55]에서도 면하지 못했으니 법관은 모름지기 경문을 다스려 학생의 지극한 원통함을 씻어 주소서.'

임금이 다 보고 놀라서 말했다.

"경문은 당대의 빼어난 남자니 어찌 아내를 죽이는 모진 일을 감행했겠는가? 설혹 조 씨에게 무슨 죽일 만한 죄가 있었더라도 그 위인이 이런 일을 구차하게 할 리 없으니 참으로 괴이하도다."

장 상서가 고쳐 엎드려 아뢰었다.

"남의 집안일을 바깥의 사람이 알지 못하거니와 대개 조훈의 말에는 믿지 못할 곳이 있습니다. 예전에 조훈의 딸이 투기하고 멋대로 행동해 이씨 집안에서 큰 변란을 지어 경문의 조강지처 위 씨가 죽을 뻔한 일은 폐하께서도 잘 아실 것이라 감히 번거롭게 아뢰지는 않겠나이다. 다만 경문이 조녀를 개과하게 한다고 가두었다가 조녀가 자기 잘못을 뉘우친 후에는 풀어 주고 지극히 잘 대우하고 자식까지 두었나이다. 비록 아내를 박대한다 한들 경문의 위인으로 한밤

55) 약법삼장(約法三章): 중국 한(漢)나라 고조가 진(秦)나라의 가혹한 법을 폐지하고 이를 세 조목으로 줄인 것. 곧 사람을 살해한 자는 사형에 처하고, 사람을 상해하거나 남의 물건을 훔친 자는 처벌한다는 것임.

중에 처자를 가만히 해칠 자가 아닙니다. 신이 그윽이 헤아리건대, 경문이 어린 나이에 나라의 은혜를 과도하게 입어 벼슬이 너무 크므로 사람 중에 꺼리는 사람이 많을 것이라 섭정(聶政)56)이 협루(俠累)57) 죽이던 능란한 술법을 써 경문을 죽이려 하던 칼이 잘못해 조녀에게 갔는가 하나이다."

임금이 고개를 끄덕이며 말씀하셨다.

"경의 말이 그럴 듯하다. 다만 진가(眞假)를 알 길이 없으니 경은 법대로 조녀의 시체를 검사하고 상처가 분명한지 조사하라."

장 상서가 성지(聖旨)를 받들어 물러났다.

장 상서가 길가에 장막을 두르고 차인(差人)을 시켜 조 씨의 시체를 내어 와 옷을 벗기고 향탕(香湯)에 목욕시켜 여러 가지 법을 다한 후에 친히 보았다. 과연 몸이 칼에 비스듬히 찔려 칼날 흔적이 분명했다. 온 몸이 썩어 사나운 냄새가 십 리 밖에까지 쏘이니 길을 가는 사람들이 코를 싸고 미처 가지 못했다. 이에 연왕이 크게 탄식해 말했다.

"조 씨의 운명이 이처럼 기박하니 규방의 천금 같은 여자가 오늘날 이 지경에 이른 것은 무엇 때문인가?"

장 상서가 이에 대궐에 들어가 본 대로 자세히 고했다. 임금이 드디어 조훈과 태부를 한 곳에 모이게 해 친히 물으시려 했다. 위사(衛士)가 태부를 밀어 대궐에 이르렀다. 조훈이 또 함께 이르러 먼저 원정(原情)58)을 올리려 하자 형부가 막으며 말했다.

---

56) 섭정(聶政): 중국 전국시대 제(齊)나라의 협객. 한(韓)의 애후(哀侯)를 섬기던 엄중자(嚴仲子)가 재상 협루(俠累)와 사이가 나빠 백정이던 섭정을 찾아 협루를 죽여 달라고 하나 섭정은 어머니를 봉양해야 하므로 청을 들어 줄 수 없다 함. 그후 자신의 어머니가 죽자 엄중자를 찾아가 협루를 죽여 주겠다고 해 협루를 죽이고 자신의 눈알을 빼고 창자를 드러내 자결함.
57) 협루(俠累): 중국 전국시대 한(韓)나라의 재상. 섭정에 의해 죽임을 당함.
58) 원정(原情): 사정을 하소연한 글.

"폐하께서 계신 곳에서 어찌 감히 조급하게 굴 수 있겠는가?"

그러고서 모두를 꿇리니 임금이 먼저 태부를 가까이 불러 물으셨다.

"짐이 경을 크게 알아 국가를 보필할 동량(棟樑)59)으로 삼았거늘 무슨 까닭에 처자를 죽여 법을 범한 것인가? 실상을 바른 대로 고해 숨기지 말라."

태부가 기운을 엄숙히 하고 아뢰었다.

"미신(微臣)이 어려서부터 삼강(三綱)과 오륜(五倫)을 삼갔습니다. 옛날 조녀가 죄악을 지극히 지었을 적에도 조녀를 죽이지 않았는데 이제 조녀에게 자식이 있고 그 인물이 잘못을 뉘우쳤으니 그 후에는 무슨 일로 조녀를 죽이겠나이까? 그날 밤에 신이 조녀의 방에 가 자다가 자기 스스로 죽었으니 신은 알지 못하는 일입니다."

말이 끝나지 않아서 조훈이 소리 질러 말했다.

"말은 다 이치에 맞으나 딸아이가 너와 자다가 죽었으니 장차 네가 안 죽였으면 누가 죽였겠느냐?"

태부가 정색하고 말했다.

"공이 비록 분노가 열화와 같으나 폐하께서 계신 곳에서 이처럼 무례하게 구는 것입니까?"

그러고서 몸을 돌려 다시 아뢰었다.

"신이 비록 어리석으나 잠깐 사리를 잘 알고 있습니다. 신이 조녀를 죽이려 했다면 반드시 서로 다른 곳에서 자는 날 했을 것이니 구태여 함께 자면서 조녀를 죽이겠나이까? 이는 어린아이라도 안 그럴 것입니다. 조훈의 맹랑하고 근거 없는 것은 이를 것이 없고 거룩하

---

59) 동량(棟樑): 마룻대와 들보로 쓸 만한 재목이라는 뜻으로, 집안이나 나라를 떠받치는 중대한 일을 맡을 만한 인재를 이르는 말.

고 밝으신 폐하께서 위에 계셔서 해와 달처럼 살피시니 살인이란 것은 증거가 있어야 옳을 것입니다."

임금이 옳게 여기셔서 몸을 돌려 조훈에게 말씀하셨다.

"이경문의 말이 다 옳으니 경문이 경의 딸을 죽일 때 누가 그것을 보았는지 알고 있는가?"

훈이 이에 울며 아뢰었다.

"신의 딸이 살아 있을 때 본디 사람과 원한을 맺은 일이 없고, 그날 밤 딸의 유모가 마침 깨어 들으니 아무 인적도 없다가 신의 딸이 소리를 지르고 거꾸러졌다고 합니다. 그래서 즉시 들어가 보니 경문이 홀로 곁에 앉아 있고 칼을 미처 감추지 못했다고 하오니 경문의 말은 전혀 꾸민 말입니다."

태부가 정색하고 말했다.

"공의 말이 과연 녹록합니다. 대장부가 되어 행동거지가 이렇듯 녹록합니까? 이제 환술(幻術)하는 무리가 무수하니 한밤중에 어찌 사람이 알게 다닐 것이며 칼이 공중에서 떨어졌으니 내 어찌 알겠습니까?"

훈이 대로해 말했다.

"군이 이렇듯 모른다고 하니 한 방에서 자면서 그 자객을 어찌 잡지 못한 것인가?"

태부가 말했다.

"내 바야흐로 봄잠이 깊이 들어 있었으니 어찌 알 수 있었겠습니까?"

훈이 더욱 노해 임금 앞에서 고개를 두드려 피눈물을 흘리면서 경문을 사형시킬 것을 청했다. 임금이 또한 결정하지 못하시고 조 씨유모를 잡아 실상을 힐문하셨다. 유모가 또한 그날 마침 깨어 있었는데 인적이 조금도 없었다는 점과 태부의 말과 낯빛이 수상했다는 것을 고했다. 임금이 하릴없어 이에 조서를 내려 말씀하셨다.

'이제 태부 이경문의 살인 옥사가 중대하나 사실은 매우 분명하지 않아 참과 거짓을 알 길이 없도다. 다만 경문이 애매한 것은 분명하므로 특별히 놓아 주니 경문은 직무를 살피도록 하라.'

이에 훈이 매우 놀라 크게 울며 원수를 갚아 달라 외쳤다. 시어사 윤혁이 또한 소인으로서 조훈의 문하생이었으므로 상소해, 살인한 죄수를 그저 풀어 주지 못할 것이라 했다. 이에 임금이 또한 괴이하게 여기셔서 사형을 감해 순천(順天)[60) 경주부에 원찬하라 하셨다. 조훈이 불만이 가득해 또 경문을 죽일 것을 돋우니 임금이 노해 말씀하셨다.

"옛말에 계집종의 남편도 자식 있는 사람은 아내를 죽여도 살인이 아니라 했다. 경문의 자식은 곧 경의 외손이로다. 일이 분명하다 해도 자식 있는 사위를 살인죄로 관청에 고소하는 것은 오랑캐의 풍속인데 또 어찌 사위를 죽이라고 돋우는 것인가? 이자는 성대(聖代)의 풍속 가운데 들어 보지 못했던 악한 사람이니 직위를 박탈하고 문외출송(門外黜送)[61)하라."

이에 조정의 관료들이 크게 기뻐하고 임금이 이 태부를 총애하시는 것이 심상치 않음을 알았다.

연왕이 임금의 처사가 몽롱한 것을 애달파해 이에 개연히 한 통의 상소를 지어 궁궐에 올리고 궐문 밖에서 죄를 기다리니 상소의 내용은 다음과 같았다.

---

60) 순천(順天): 순천부(順天府)를 이름. 중국 명나라 초에 북평부(北平府)를 설치했다가 영락(永樂) 원년에 순천부(順天府)로 고침. 지금의 북경 일대.
61) 문외출송(門外黜送): 죄지은 사람의 관작(官爵)을 빼앗고 도성(都城) 밖으로 추방하던 형벌.

'신 이몽창은 성황성공(誠惶誠恐)[62] 고개를 조아리고 백 번 절해 표를 올리나이다. 신이 어리석은 위인으로 폐하께서 신을 알아보고 골라 뽑으신 데 힘입어 벼슬이 제후에 이르니 밤낮으로 근심하고 두려워해 복이 없어질까 두려워했나이다. 조그마한 자식들이 다 부리가 누런 새 새끼와 같거늘 외람한 작위가 육경(六卿)에 거하고 있으니 밤낮으로 황송함을 이기지 못하겠습니다. 또 자식들이 어리석어 몸을 잘못 가져 욕이 가문에 미칠까 두려워했나이다. 이제 불초자 경문이 살인을 저지른 중죄인으로서 몸이 마땅히 형장(刑場) 아래 엎드려야 할 것이나 성상께서 호생지덕(好生之德)[63]으로 목숨을 용서해 주시고 순천부에 원찬하셨으니 성은이 망극해 분골쇄신해도 그 은혜를 갚지 못할 것입니다. 그윽이 엎드려 생각하니 나라에는 법률이 지엄하고 살인자를 사형하는 것은 한 고조의 약법삼장에서도 용서하지 않았습니다. 이제 경문의 죄가 증거가 없어 법률을 정하지 못했으니 사형에서 덜어 주시는 것이 옳으나 살인자가 어떤 죄수라고 경주라는 이틀 거리의 적소에 보낼 수 있겠나이까? 경문의 애매함이 백옥 같으나 죄명을 몸에 실은 후에는 성상의 처치가 결코 옳지 않으실 뿐 아니라 후세의 시비(是非)가 어지러울 것입니다. 그러니 성상께서는 빨리 담당 관청에 명령하셔서 경문을 변방에 내쳐 훗날을 징계하소서. 신이 사람의 아비가 되어 법률이 가벼울수록 기뻐할 것입니다. 그러나 미천한 신이 성상의 큰 은혜를 입어 세월이 오래될수록 망극하니 신이 어찌 작은 사사로운 정 때문에 국법이 느슨해지는 것을 묵묵히 괄시하겠나이까? 신이 그러지 못해 감히 표를 올리나이다.'

---

62) 성황성공(誠惶誠恐): 진실로 황공하다는 뜻으로, 임금에게 올리는 글의 첫머리에 쓰는 표현.
63) 호생지덕(好生之德): 사형에 처할 죄인을 특사하여 살려 주는 제왕의 덕.

임금이 상소를 다 보고는 서안을 쳐 감탄하며 말씀하셨다.

"연경의 충성과 의리는 내가 안 지 오래되었으나 어찌 이토록 세속에서 벗어났는고?"

즉시 비답을 내려 위로해 말씀하셨다.

'아! 예로부터 나라에 충신이 있다 한들 경과 같은 이가 있었겠는가? 이제 조훈이 옥사를 내는 고소장이 참으로 맹랑하나 짐이 법을 쓰느라 경문을 원찬(遠竄)했더니 경이 이와 같이 힘써 간하니 감탄을 이기지 못하겠도다. 그 배소(配所)를 고쳐 태주부(台州府)[64]에 원적시키노라.'

왕이 이에 대궐을 바라보아 사은하고 집으로 돌아와 태부를 이별해 보낼 적에 개국공 등 세 명이 일시에 말했다.

"형님의 충성은 쇠와 돌에 박아 후세에 전할 만하나 설마 자식을 가까운 데 두려는 마음이 없는 것입니까? 이는 참으로 저희가 알지 못할 일입니다."

왕이 탄식하고 말했다.

"너희는 내 뜻을 모른다. 국법이 본디 지엄한데 임금께서 우리의 전후 공로를 생각하셔서 스스로 국법을 굽히셨으니 이는 신하 된 자가 편안히 있지 못할 일이다. 혹 훗날 다른 사람에게 이런 폐단이 있어도 이것이 본이 될 것이니 내 어찌 작은 사사로운 정으로 나라를 저버리겠느냐?"

승상이 즐거운 낯빛으로 일렀다.

"내 아이의 강직한 절개가 이와 같으니 참으로 아비 된 것이 기쁘지 않겠느냐? 가르칠 것이 없구나."

---

64) 태주부(台州府): 중국 춘추시대 때 월나라 땅으로 현재 절강성에 속해 있음.

개국공 등이 아버지의 말을 듣고는 모두 묵묵히 있고 남공이 또한 칭찬해 말했다.

"아우의 성품이 본디 강직하고 밝은 줄은 알았으나 오늘로부터 맑은 이름이 더욱 천추에 전해지겠구나."

왕이 사례해 말했다.

"저의 행동이 자식에게 박절한 것을 면치 못했는데 무슨 까닭으로 모두 지나치게 칭찬하시니 이를 감당할 수 있겠습니까?"

드디어 태부를 나아오라 해 경계해 일렀다.

"시운이 불행해 일이 이에 이르렀으니 탄식해 무익하고 슬퍼해 부질없다. 내 아이가 또한 이를 모르지 않을 것이니 내 번거히 이르지 않겠다. 너는 모름지기 적소에 가 평안히 있다가 천은을 입어 돌아오라."

태부가 두 번 절해 명령을 들으니 안색이 자약했다.

조부모와 숙당들이 잔을 잡아 태부를 전별하며 위로해 말했다.

"네 젊은 나이에 남방 천 리에 가 괴롭게 되었으니 서운한 마음과 슬픈 정을 이기지 못하겠구나. 그러나 설마 어찌할 수 있겠느냐? 다만 어서 고향에 돌아오기를 바란다."

태부가 두 손으로 잔을 받들어 입에 대고 사례해 말했다.

"소손이 불초해 이런 액을 스스로 취해 만났으니 어찌 남을 원망하겠나이까? 죽고 사는 것은 운명에 달려 있으니 소손이 속이 좁으나 어찌 근심하며 염려하는 일이 있겠나이까? 다만 일이 되어 가는 모습만 볼 뿐입니다."

그러고서 절해 하직하고 부모 앞에 나아가 절하니 아련히 슬픈 낯빛이 움직여 부모의 낯을 우러러 묵묵히 있었다. 이에 왕이 경계해 말했다.

"한때의 이별이 슬프나 사별이 아닌데 네 어찌 아녀자의 울음을 내려 하는 것이냐? 마땅히 마음을 편안하고 고요히 먹어 어서 가라."

생이 아버지의 말을 듣고는 황급히 사죄하고 눈물을 참아 하직하고 일어나 나왔다. 상서가 중당(中堂)에 따라와 봉각에 잠깐 들어가 이별하고 나오라 했다. 태부가 머뭇거리며 걸음을 돌리지 않으니 상서가 재삼 권하자 마지못해 봉각에 이르러 사창(紗窓)을 열고 서서 일렀다.

"생의 운액이 괴이해 오늘날에 이르렀으니 사람 보는 것이 부끄럽소. 그러나 부인은 모름지기 아들을 거느려 건강하게 있고 새로 난 아이를 힘써 보호해 내가 있을 때처럼 하시오."

말을 마치고는 나는 듯이 나왔다. 상서가 속으로 태부의 위 씨 향한 깊은 정이 매양 침묵한 낯빛을 이기던 줄을 알았으므로 오늘 행동이 신속함을 괴이하게 여겼다.

상서가 태부와 함께 밖으로 나오니 위 승상이 이르러 생의 손을 잡고 눈물을 흘리며 슬피 말했다.

"네 어렸을 적에 온갖 슬픈 일과 원통한 일을 두루 겪고 오늘날 또 어찌 이런 모습이 있게 되었단 말이냐?"

생이 사례해 말했다.

"이는 다 제가 불초해 생긴 일이니 슬퍼해 무엇 하겠나이까? 거룩한 폐하께서 위에 계시니 오래되지 않아 죄명을 씻고 서울로 돌아오는 일이 있을 것입니다."

말이 그친 사이에 유 공이 이르러 생을 붙들고 슬피 울며 말했다.

"내 자식이 없고 너의 봉양에 힘입어 여생을 보전하고 있더니 나의 죄악이 갈수록 기괴해 네 살인한 죄수로 남방 수천 리 땅을 향해 가니 이후에 이 늙은 몸이 어디에 의지하겠느냐?"

생이 또한 탄식하고 공을 위로해 말했다.

"소자가 어리석고 사리에 어두워 이 지경에 이르렀으니 장차 누구를 한하겠나이까? 대인 봉양은 형이 있으니 소자가 있을 때나 다르게 하지 않을 것입니다. 대인은 과도하게 심려를 쓰지 마시고 만수무강하시길 바라나이다."

유 공이 더욱 슬퍼 흰 수염에 눈물이 연이어 떨어졌다. 이에 생이 감동해 슬픈 빛으로 말했다.

"소자가 대인의 은혜를 조금도 갚지 못하고 전후에 불효만 심하게 끼쳤으니 죄가 어찌 깊지 않나이까? 그러나 소자가 남방에서 몸을 마치지는 않을 것이니 옛날의 상태로 돌아올 날이 오래되지 않을 것입니다."

유 공이 눈물을 흘리고 위 공이 왕을 대해 말했다.

"경문이 멀리 가게 된 것은 형 때문이네. 아무리 강직한 절개를 빛내려 했다 한들 그런 인정머리 없는 노릇을 차마 할 수 있는가?"

왕이 찬란히 미소하고 말했다.

"내 이번 행동이 자기의 영화로운 이름을 드러내려 한 것이 아닌 줄 알면서 어찌 말을 이렇듯 하는 겐가?"

승상이 이에 말없이 대답하지 않았다.

상서와 공부 등이 백 리 밖에 가 태부를 전별하니 서로 끝없이 슬퍼했다. 공부가 말했다.

"작년에 우리 형님이 이런 일을 당하시고 네가 또한 뒤를 이으니 가문의 운세가 이토록 불행한 것이냐?"

상서가 태부의 손을 잡고 탄식하며 말했다.

"네 본디 앞뒤로 심상치 않은 환난을 두루 겪고 겨우 무사하게 되었는데 또 이런 일이 있으니 하늘을 불러 원망한다. 아우는 마음을 넓게 해 아녀자의 울음을 본받지 말고 만 리 적소에서 몸을 보중하고 보중하라."

태부가 사례해 말했다.

"형님의 경계를 어찌 잊겠습니까? 마땅히 뼈에 새기겠나이다. 다만 유 대인 집안에 심부름하는 사람과 장정, 종 들을 때에 맞춰 보내 주시고 유 대인 봉양하기를 제가 있을 때처럼 해 주소서."

상서가 말했다.

"이는 네가 이르지 않아도 내가 어찌 잊겠느냐?"

드디어 머뭇거리며 지체하다가 날이 늦었으므로 손을 나누니 서로의 슬픈 마음은 헤아릴 수 없었다.

이씨세대록 권18

노 씨와 혜선의 계교로 사람들이 위기에 처하고
위홍소는 동굴에서 연명하고 이백문은 개과하다

이때 태부가 괴롭게 길을 가 적소로 향했다. 지나는 길에 각지의 관리가 어지럽게 잔치를 베풀어 대접했으나 태부는 끝까지 다 물리치고 죄인으로 자처했다.

몸이 이미 항주(杭州)에 다다르니 화 자사가 이 기별을 듣고 즉시 행렬을 갖춰 십 리 밖에 나와 맞았다. 생이 멀리서 자사를 보고 바삐 말에서 내려 두 번 절하고 길가에 엎드렸다. 화 공이 급히 수레에서 내려 태부의 손을 잡고 말했다.

"군이 어찌 만생(晚生)을 대해 너무 과도히 구는 것인가? 이곳은 말할 곳이 아니니 잠깐 관아에 들어가 머물러 가기를 바라네."

태부가 사양해 말했다.

"소생은 국가의 중죄인이니 어찌 관아를 더럽히겠나이까?"

공이 말했다.

"이보65)가 이 무슨 말인가? 남을 대해서는 겸양하는 말을 한다 해도 어찌 만생을 대해 이런 말을 하는 것인가?"

말을 마치고 수레를 재촉해 함께 관아로 갔다. 자사가 세 아들과

---

65) 이보: 이경문의 자(字).

함께 태부를 손님맞이 의자 위로 미니 태부가 사양해 말했다.

"저는 대인의 조카와 한가지니 어찌 이처럼 과도한 예를 감당하겠나이까?"

공이 말했다.

"군은 조정의 대신이네. 먼 고을의 한미한 관원이 군을 공경하는 것이 괴이하겠는가?"

태부가 정색하고 말했다.

"대인께서는 아버님의 벗이시니 작은 벼슬로 이를 바가 아니요, 지금은 제가 죄인의 몸인데 대인께서 이토록 저를 조롱하시나이까?"

드디어 말석에서 모시니 화 공이 물었다.

"군이 무슨 까닭으로 원적(遠謫)[66]하게 되었는가?"

생이 공손히 일어났다 앉으며 사실을 고하니 공이 탄식하며 말했다.

"내 경사를 떠난 지 삼 년에 인사가 이토록 변해 예부 조카의 환난과 그대의 귀양 일을 들으니 심장이 서늘해짐을 면치 못하겠네."

태부가 말을 듣고 자리를 피해 말했다.

"형님의 참혹한 재앙은 다시 아뢸 말씀이 없으나 제수씨의 전후 망극한 액운을 어찌 치아에 올릴 바이겠습니까? 예전에 대인께서 저희를 대해 부탁하시던 말씀을 저버렸으니 부끄러워 낯 둘 땅이 없나이다."

공이 탄식하고 말했다.

"딸아이의 참혹한 환난은 다 제 운액이 기괴해서 그런 것이니 그것이 조카 등의 탓이겠는가? 다만 내 사람을 알아보는 구슬이 없어

---

66) 원적(遠謫): 멀리 귀양 감.

한 딸의 일생을 마쳤으니 스스로 눈을 빼려 할 뿐 남을 한하지 않네."

태부가 고개를 숙여 길이 탄식하고 대답했다.

"피차의 운액이 이롭지 않아 제수씨가 큰 환난을 겪으셨으나 홀로 제 동생 때문이겠나이까? 다만 저희 집에서 제수씨의 거처를 모르니 대인께서는 알고 계시나이까?"

공이 말했다.

"내 일찍이 딸아이가 고단하게 된 후 풍편으로 소식을 들었을지언정 딸아이의 거처를 내 어찌 알겠는가?"

태부가 본디 신명한 것이 유달랐으므로 화 공의 기색을 스치고 이에 일렀다.

"가친께서 말씀하시기를 '며느리는 화 공의 임소에 있어 훗날 만날 것이니 근심할 일이 아니다.'라고 하셨습니다."

공이 이 말을 듣고 매우 놀랐으나 억지로 참아 잠시 웃고 말했다.

"연왕 전하가 설사 신명하시나 이는 근거가 없는 말이네. 딸아이가 이곳에 있으면 내가 이토록 서러워하겠는가?"

태부가 대답하지 않으니 공이 다시 남공 등의 안부를 물으며 술과 안주를 갖춰 대접했다. 태부가 도도히 화답하며 일일이 응대했으나 조금도 백문의 말을 들추지 않고 백문이 잘못했다고 시비하지 않았다. 화 수찬이 이에 참지 못해 물었다.

"영제(令弟)는 지금 어디에 있는가?"

태부가 말했다.

"집에 있지 어디에 가겠는가?"

수찬이 또 말했다.

"아직도 오히려 누이를 죽이지 못한 것을 한으로 삼던가?"

태부가 정색하고 말했다.

"내 동생이 비록 모진 행동을 했으나 그런 어리석은 마음이 있겠는가?"

수찬이 냉소하고 말했다.

"형은 일세의 군자라 허언을 안 할까 했더니 나를 대해 말을 이처럼 꾸미는 겐가? 운보67)가 경사에 있을 적에 누이를 야간에 칼로 찌른 것과 온갖 방법으로 괴롭게 한 일은 다시 일컫기 더럽네. 우리가 끝내 누이가 죽었는지 살았는지 거처를 모르니 우리에게 운보는 삼생(三生)68)의 원수일세."

태부가 천천히 안색을 고치고 일렀다.

"속어에 말이 천 리를 간다고 하나 중간에 과도함도 없지 않네. 내 동생에게 다른 잘못이 있다 한들 제수씨가 이미 내 동생을 버리지 못하실 것이니 일컫는 것이 부질없네."

수찬이 낯빛을 바꾸어 말했다.

"형이 과연 우리를 업신여기는구나. 누이가 지금 살았으며 죽었는지를 알지 못하나 혹 만일 생존해 있어도 차마 다시 백문이에게 다시 가겠는가? 형이 우리 보는 것이 부끄러울까 했더니 낯 두꺼운 것이 이와 같은가?"

태부가 미소하고 말했다.

"내 어리석어 내 허물도 알지 못하는데 하물며 동생에게 잘못이 있다 해도 내 어찌 알아서 시비하겠는가? 제수씨의 액운은 서로 운수가 불행해 일어난 일이네. 홀로 내 동생만의 죄가 아니니 그대를 대해 부끄러울 일이 있겠는가? 제수씨가 이곳에 계시다면 내 무심히

---

67) 운보: 이백문의 자(字).
68) 삼생(三生): 전생(前生), 현생(現生), 내생(來生)인 과거세, 현재세, 미래세를 통틀어 이르는 말.

지나가도 날 보셔야 옳을 텐데 하물며 먼 고을에 귀양 가는 객이 되어 살아 돌아올 기약이 없음에랴? 형의 말이 이처럼 시원하나 강상과 인륜이 막중하니 제수씨가 어찌 내 동생을 버리실 수 있겠는가?"

말을 마치자 기색이 진중하고 엄숙하니 수찬이 할 말이 없어 말을 그치고 화 공이 말했다.

"군의 말이 다 옳아 내 아들이 묵묵히 말을 하지 않거니와 진실로 딸아이가 이곳에 있다면 군을 보지 않았겠는가? 이는 참으로 애매한 말이네."

태부가 또한 다시 묻지 않았다. 이윽고 일어나 하직하며 말했다.

"국가의 중죄인으로 길이 바쁘고 차인(差人)이 재촉하니 삼가 머물지 못하나이다."

화 공이 손을 잡고 연연해 하기를 마지않으며 말했다.

"천만뜻밖에 군을 만나 화려한 풍채를 잠깐 보았는데 덧없이 떠나니 서운한 마음이 한층 더하네. 이곳에서 태주가 멀지 않으니 자주 연락하는 일이 있을 것이네."

태부가 사례해 하직하고 화생 등과도 이별했다.

다시 길을 가 태주에 이르러 차인이 문서를 본관에 들였다. 태수 호엄이 즉시 회답해 맡기고 태부의 권세와 위엄을 추앙해 성안의 큰 집을 치우고 있도록 했다. 그러나 태부가 사양하고 궁벽한 초가를 얻어 고요히 지냈다. 태수가 보내는 것이 많았으나 물리쳐 받지 않고 보리밥과 쓴 나물을 먹으며 종일토록 온 마음이 부모를 떠나온 것을 슬퍼해 왕왕 북쪽으로 가는 구름을 바라보며 눈물을 흘렸다.

화설. 이씨 집안에서 태부를 보낸 후 연왕이 조 씨의 몸을 친히 염습(殮襲)하고 입관해 별당에 편히 두고 시녀를 가려 제사를 극진히 지내게 했다. 그리고 갓난아이를 두터이 사랑하고 위 소저는 아이를 웅린보다 더 잘 보호하니 일가 사람들이 탄복했다. 소후가 더욱 아이를 애지중지하고 태부가 없게 된 후에는 밤낮으로 슬퍼하며 즐기지 않으니 상서가 답답해서 간하면 소후가 눈물을 머금고 말했다.

"경문이가 본디 슬픈 인생을 지니고서 겨우 내 앞에 있게 된 것이 오래되지 않았다. 그런데 애매한 일로 천 리 밖 적객(謫客)이 되었으니 내 마음이 베이는 듯함은 이를 것도 없고 네가 들어올 때면 둘째의 웃는 얼굴과 부드러운 소리를 듣는 듯하니 차마 견디지 못할 것 같구나."

상서가 눈물을 흘리고 다시 말을 못 했다.

한 달이 지나 조 씨를 선산에 장사지낼 때 조훈이 연왕부에 이르러 큰 소리로 말했다.

"경문은 내 딸의 대대 원수라 그 선산이 불가하니 내 집 주산(主山)[69]으로 옮기겠소."

왕이 이에 정색하고 말했다.

"족하가 비록 기운이 호방하나 이 말은 사람이 할 말이 아니네. 경문이가 조 씨를 죽인 일이 없고 또 죽은 며느리에게 골육이 있으니 내 어찌 그대 집 산소에 써 법을 무너뜨리겠는가?"

조훈이 대로해 팔을 뽐내고 공손하지 않은 말을 무궁히 하며 욕하니 왕은 어이없어 말을 안 하고 마침 개국공이 여기에 왔다가 대로해 말했다.

"이 무리가 어찌 제후를 이토록 업신여기는 것인가?"

---

69) 주산(主山): 도읍, 집터, 무덤 따위의 뒤쪽에 있는 산.

그러고서 좌우를 시켜 밀어 내치도록 했다. 공의 한 쌍 밝은 눈이 뚜렷하니 찬 기운이 좌우에 쏘였다. 이에 모든 궁관이 경황없이 두려워 떨며 조훈을 수리매가 채듯 나는 듯 거들어 내어 갔다. 공이 다시 크게 호령해 만일 조훈을 들이는 이가 있으면 죽을죄를 줄 것이라고 하니 엄정한 기운이 산과 같았다.

조훈이 넋을 잃고 돌아가니 연왕이 바야흐로 웃고 말했다.

"아우가 어찌 사람을 대해 인정 없는 노릇을 하는 게냐?"

공이 또한 웃고 한편으로는 조훈을 괘씸해 해 말했다.

"형님이 참으로 괴이하십니다. 조 씨의 신체가 무엇이 귀하다고 조훈에게 주지 않고 욕을 스스로 얻으시는 겁니까?"

왕이 웃으며 말했다.

"네 말은 참으로 조훈과 같음을 면하지 못한 것이다. 조 씨가 생전에 특별히 칠거(七去)[70]와 강상 윤리를 범한 죄를 짓지 않았으니 무슨 죄가 있다고 시가의 선산을 허락하지 않겠느냐? 설사 죄를 지었어도 그 자식이 있은 후에는 그리 못할 것이다. 하물며 죄가 없음에랴? 조훈의 무식함과 겨뤄 조 씨의 신체를 내몰아 조훈과 같은 사람이 되어 죽은 사람을 저버릴 수 있겠느냐?"

말이 끝나지 않아서 하남공이 이에 이르렀다. 두 사람이 웃음을 그치고 일어나 맞으니 공이 자리하고 웃는 연고를 물었다. 개국공이 자세히 고하니 공이 놀라서 말했다.

"조훈이 어찌 아우를 이토록 업신여기며 아우가 또 어찌 그 욕을 감수해 웃는 것이냐?"

왕이 웃으며 대답했다.

---

70) 칠거(七去): 예전에, 아내를 내쫓을 수 있는 이유가 되었던 일곱 가지 허물. 시부모에게 불손함, 자식이 없음, 행실이 음탕함, 투기함, 몹쓸 병을 지님, 말이 지나치게 많음, 도둑질을 함 따위.

"즐겨 웃는 것이 아니라 어이가 없어 자연히 웃음이 난 것입니다. 옛사람이 아들 많은 것을 축원한 것이 욕되다고 한 말[71]이 옳습니다. 아들을 내리 낳아 놀라운 욕을 먹을 줄 알았겠습니까?"

말이 멈춘 사이에 상서와 낭문이 들어와 시좌하니 남공이 소리를 엄정히 해 상서와 낭문을 꾸짖었다.

"너희는 나이가 약관이 아니요, 몸이 또 벼슬하지 않은 선비가 아니다. 조정에 머릿수를 채워 모를 일이 없을 것인데 무슨 까닭에 다른 사람이 들어와 아비를 면전에서 욕해도 잠자코 있었던 것이냐?"

두 사람이 크게 놀라 상서가 바삐 여쭈었다.

"제가 아까 내헌에서 모친을 모시고 있다가 이리 와 알지 못했더니 어떤 사람이 대인을 욕한 것입니까?"

개국공이 웃으며 말했다.

"형님이 아들을 많이 두어 효도를 끝없이 받고 계시는데 욕을 누가 하겠느냐?"

그러고서 사실을 이르니 상서가 어이없어 말을 못 하고 낭문은 매우 놀라 머리를 두드려 죄를 청해 말했다.

"외삼촌[72]이 이처럼 무식해 일의 도리를 모르니 이는 저의 죄입니다."

공이 웃으며 말했다.

"딸의 시아비를 모르는 사람이 조카를 생각하겠느냐? 용렬한 말을 그치라."

이에 낭문이 묵묵히 시좌하니 남공이 다시 상서를 꾸짖었다.

---

71) 옛사람이-말: 옛사람은 요(堯)임금을 말함. 화(華) 땅을 지키는 사람이 요임금에게 수(壽), 부(富), 다남자(多男子)하라고 축원하자 요임금이 아들이 많으면 걱정이 많다고 답함.
72) 외삼촌: 조훈은 이낭문의 어머니인 대조 씨의 오빠이므로 이와 같이 칭한 것임.

"네가 집에서 장자로 있으면서 이런 일을 자못 살피는 것이 옳거늘 전혀 모르고 아비가 욕먹는 것을 쳐다만 보고 있으니 이는 참으로 잘못된 일이다. 이후에나 삼가도록 하라."

상서가 땅에 머리를 두드리고 엎드려 있으면서 머뭇거리며 명령을 듣고는 감정이 북받치는 것을 이기지 못했다.

연왕이 택일해 행렬을 갖춰 상서, 개국공과 함께 금주에 가 장사를 지낼 적에 조훈이 또한 흰 옷을 입고 뒤를 좇는 것이었다. 개국공이 대로해 내쫓으려 하자 왕이 말리며 말했다.

"옳지 않다. 저 사람이 본디 도량이 너르지 못해 자식이 참혹히 죽어 서러워하는 것인데 무슨 일로 저 사람과 겨뤄 인정 없는 일을 하려 하느냐?"

공이 옳게 여겨 내쫓는 일을 그쳤다.

금주에 이르러 왕과 공이 먼저 이 태사 분묘에 나아가 목이 쉬도록 통곡하니 눈물이 흰 도포에 아롱졌다.

금주 태수가 크게 공장(工匠)73)을 일으켜 행렬을 도와 이미 조 씨의 영궤(靈几)74)를 땅 안에 넣었다. 왕이 매사를 다 친히 집행해 조금도 어설프지 않게 하고 하관(下棺)할 때로부터 통곡이 그치지 않아 흐르는 눈물이 강물 같고 소리가 격앙되고 구슬퍼 저승에 사무칠 정도였다. 근처의 초목과 새들이 이를 위해 슬퍼하는 듯하고 사방의 모든 사람이 눈물을 금치 못했다. 조훈이 바야흐로 감격함을 이기지 못하고 또한 울기를 마지않으니 어진 사람이 악한 사람을 감화하는 것이 이와 같았다.

왕이 종일토록 울음을 그치지 않았으니 상서와 개국공이 나아가

---

73) 공장(工匠): 수공업에 종사하던 장인.
74) 영궤(靈几); 영위(靈位)를 모시어 놓은 자리.

붙들어 옛집으로 돌아와 지극히 위로했으나 왕이 오열하며 슬퍼해 저녁밥을 물리치고 탄식하기를 마지않았다.

두어 날 쉬어 돌아갈 적에 다시 선산 분묘에 나아가 하직하고 조 씨 분묘 앞에서 크게 통곡해 이별하니 영웅의 눈물이 연꽃 같은 귀 밑에 계속 떨어졌다.

목주(木主)75)를 싣고 경사에 이르니 승상과 일가 사람들이 모두 위로하고 그 젊은 나이에 일찍 죽은 것을 참혹히 여겼다.

이때 노 씨가 경문을 마저 해치자 기쁨을 이기지 못하고 상서를 마저 해치려 했으나 아직 계책이 없었다. 백문은 밤낮 술만 먹고 문 연각에 혹 번(番)이나 들고 그것도 싫으면 동료에게 미루고 자신 은 밤낮 가무로 소일하니 연왕이 알아도 못 본 체하고 나중만 보 려 했다.

하루는 노 씨가 연왕부에 들어와 중당 앞에서 산보하는데 마침 화 소 소저가 지나가고 있었다. 그래서 나아가 화소를 안으니 화소가 돌아보고 몸을 빼어 달아나려 했다. 이에 노 씨가 단단히 안고 말 했다.

"나는 네 삼촌이라 너를 사랑해 이리하는 것이다."

화소가 말했다.

"숙모는 더러우니 곁에 있기 싫어요."

노 씨가 물었다.

"누가 날 더럽다 하더냐?"

화소가 말했다.

---

75) 목주(木主): 단(壇), 묘(廟), 원(院), 절 따위에 모시는 죽은 사람의 이름을 적은 나무패. 위패(位 牌).

"모친께서 늘 말씀하시기를, '노 씨는 주인을 저버리고 주군(主君)과 간음했다가 도주해 또 다시 와 숙녀를 해치고 예전의 원망을 가지고 예부 아주버님을 사지에 몰아넣었으니 마땅히 갈기갈기 베어 머리를 매달 만하다. 노 씨는 사람이 아니니 네 모름지기 노 씨를 보아도 곁에 가지 마라.'라고 하셨어요."

노 씨가 이 말을 듣고 크게 한스러워해 다만 화소에게 일렀다.

"네 모친이 나에게 이런 말을 일렀다고 꾸짖을 것이니 너는 모친에게 이르지 말거라."

화소가 응낙하고 가니 노 씨가 임 씨에게 이를 갈며 생각했다.

'자기가 어떤 년이기에 이런 담대한 말을 한 것인가. 자식을 고이 두지 않을 것이야.'

그러고서 도로 나와 혜선에게 임 씨의 말을 이르니 혜선이 날뛰며 말했다.

"이흥문 같은 사람도 우리의 독한 해를 벗어나지 못했는데 임녀 자기가 어떤 담 큰 여자라고 이런 말을 한 것입니까? 마땅히 그 여자를 해쳐야겠습니다."

노 씨가 매우 기뻐하며 말했다.

"이씨 집안의 모든 사람을 차차로 해쳐 씨를 남기지 않는다면 내 무슨 근심이 있겠습니까?"

혜선이 응낙하고 서로 계교를 의논했다. 그 후에 혜선이 몸 감추는 진언(眞言)을 해 이씨 집안에 들어가 일을 꾸몄다.

상서가 근래에 심란한 일이 많았으므로 내당에서 잠을 자는 날이 적었다.

하루는 임 씨의 아들 형린이 찬 바람을 맞아 앓으니 상서가 밤을 타 들어가 병을 묻고 등불 아래에 앉아 『주역』을 뒤적였다. 그런데 홀연 창밖에서 사람의 발소리가 나며 글을 읊어 말하는 것이었다.

"무산(巫山)76)에 안개가 잠겼으니 이는 참으로 애처 임 씨의 머리 카락이로다. 소산(蘇山)77)에 보름달이 돋으니 임 씨의 옥과 같은 얼굴이로다. 무릉(武陵)78)에 삼색복숭아꽃이 무성하게 피어 있으니 임 씨의 보조개로다. 노자궁(老子宮)에 단사(丹沙)가 익으니 임 씨의 붉은 입이로다. 나 방탕한 사람의 자취가 은밀하니 성문은 어느 곳에 있는고?"

그러고서 문을 여니 이는 곧 소년 미남자였다. 머리에는 푸른 두건을 쓰고 몸에는 우의(雨衣)를 입고 문지방을 넘어 들어오다가 성문을 보고 놀라서 뒤로 자빠지며 말했다.

"애고, 이성문이 여기에 있구나."

그러고서 갑자기 달아나니 간 곳을 몰랐다.

상서가 이 광경을 보고 흰심함을 이기지 못해 빨리 난간에 나가서 보니 벌써 행적이 묘연했다. 이미 기미를 알고 도로 들어오니 임 씨는 분한 마음에 기운이 막혀 칼을 들어 자결하려 하는 것이었다. 상서가 급히 나아가 검을 앗고 물었다.

"부인이 무슨 까닭에 이러한 행동을 하는 것이오?"

임 씨가 목이 쉬도록 울며 말했다.

"첩이 보잘것없어 이번 광경이 사람으로 하여금 차마 듣고 보지 못하게 할 욕이라 상공 앞에서 죽어 첩의 마음을 밝히려 한 것입니

---

76) 무산(巫山): 중국 사천성 무산현 동쪽에 있는 산. 산 위에는 무산 십이봉이 있는데, 무산의 신녀가 초나라 회왕(懷王)을 양대(陽臺)에서 만나 정을 나눴다는 고사가 있음.

77) 소산(蘇山): 소산. 중국 강소성(江蘇省) 소주(蘇州)에 위치한 산으로 보임.

78) 무릉(武陵): 중국 동진(東晉) 도연명(陶淵明)이 지은 <도화원기(桃花源記)>에 나오는 이상향. 무릉도원. 서진 태원 연간에 무릉의 어부가 물길을 따라서 갔다가 복숭아꽃이 만발한 숲을 발견하고 숲 끝에 난 동굴을 따라 들어가자 이상향을 발견함. 어부가 바깥세상으로 나갔다가 다시 동굴을 찾았으나 찾지 못함.

다."

상서가 정색하고 말했다.

"부인이 참으로 멀리 생각하는 것이 없구려. 이 광경이 비록 놀라우나 이는 한때 그대를 미워하는 자가 나에게 보이려 한 것이오. 부인이 내 마음을 모르고 경솔히 목숨을 버려 간악한 사람의 뜻에 맞추려 하니 학생이 진실로 개탄하오."

임 씨가 크게 깨달아 사례해 말했다.

"상공이 첩의 마음을 이와 같이 알아 주시니 백골이 진토 되어도 은혜를 갚지 못할 것입니다. 그런데 첩이 다른 사람과 원한을 맺은 일이 없으니 어떤 자가 이런 흉한 일을 저질렀는지 알지 못할 일입니다."

상서가 말했다.

"내 아우가 누구와 원한을 맺었겠는가마는 독한 해를 벗어나지 못했으니 그대는 모름지기 겁먹지 말고 모르는 체하오."

임 씨가 감사한 마음을 이기지 못해 사례하고 이 밤을 지냈다.

다음 날 일가 사람들이 유 부인이 계신 정당에 모여 있었는데 홀연 화소가 한 봉의 서간을 들고 자리에 와 일렀다.

"어머님! 아까 어떤 사람이 이 서간을 어머님께 드리라 하고 주었어요. 그런데 이 서간이 어디에서 온 것이어요?"

임 씨가 대답하지 않아서 소부가 웃고 말했다.

"내 먼저 볼 것이니 이리 가져오너라."

소저가 나아가 드렸다. 소부가 뜯어 보니 겉봉에 '하동 사람 정양은 임 씨 옥낭자 화장대 아래 올립니다.'라고 써져 있었다. 소부가 놀라 뜯어 보니 이는 곧 음란하고 도리에 어긋난 간부(姦夫)의 서간이었다. 도도하게 적힌 말을 차마 보지 못했으니, 어제 상서가 들어

오다가 들었던 말이 적혀 있었다. 소부가 다 보지 않아서 대경실색하고 연왕에게 서간을 주면서 말했다.

"조카는 이것을 보라. 세상에 이런 괴이한 일이 있느냐?"

왕이 또한 놀라고 염려해 서간을 다 보고 매우 놀랐다. 그러다가 홀연 깨달아 좌우를 시켜 불을 가져오라 했다. 유 부인이 이에 괴이하게 여겨 말했다.

"무슨 서간이기에 아이가 이처럼 놀라는 것이냐? 문 학사 부인을 명해 읽도록 시키라."

그러자 왕이 대답했다.

"볼 만하지 않은 말이니 보셔서 무익합니다."

승상이 정색하고 말했다.

"무슨 사연이기에 어르신이 보시려고 하는 것을 지체하는 것이냐?"

왕이 고개를 숙이고 말했다.

"대단하지 않은 서간 같다면 제가 미미하나 어찌 알지 못하겠나이까?"

말을 마치고는 불로 서간을 태워 버리니 자리에 있던 사람들이 괴이하게 여겼다. 그런데 임 씨가 이를 어찌 알지 못하겠는가. 부끄러워 죽으려 해도 죽을 땅이 없어 즉시 물러났다. 왕은 불쾌함을 이기지 못해 묵묵히 있었다.

이윽고 좌우 사람들이 흩어진 후 바야흐로 유 부인이 소부를 돌아보아 서간의 출처를 물었다. 소부가 자세히 고하니 유 부인이 크게 놀라 말했다.

"이는 집안에 변란이 심상치 않아 일어난 일이다. 임 씨처럼 일찍이 맑고 깨끗한 위인이 이럴 리가 있겠느냐? 창아는 어떻게 여기느냐?"

왕이 두 손을 맞잡고 대답했다.

"임 씨의 사람됨이 너무 고상해 사람에게 미움을 받아 이런 것이니 임 씨 스스로 저지른 일이 아닙니다."

승상이 탄식하고 말했다.

"내 재주 없고 덕이 없어 집안을 다스릴 적에 옛사람이 이르기를, '집안이 물 같다.'라고 한 말을 바라지 못해 집안에 괴이한 변란이 일어나니 어찌 이웃 사람들에게 들리게 할 만한가? 내 아이는 임 씨를 의심하는 것이 아니냐?"

왕이 고개를 조아려 말했다.

"제가 비록 어리석으나 어찌 그런 마음이 있겠나이까? 또 이는 끝이 있고 그칠 것이니 이것이 근심할 일입니다."

유 부인이 말했다.

"모두 아는 일이니 창아는 다스릴 방법이 있느냐?"

왕이 대답했다.

"범사에 증거가 명백한 후에 말이 서는 법입니다. 이제 근래 일어난 변고를 비록 짐작하고는 있으나 사람 그림자와 같아 진짜 것을 잡지 못하니 어디를 지목해 어설픈 노릇을 할 수 있겠나이까?"

승상이 고개를 끄덕이고 말했다.

"네 말이 옳다."

이에 소부가 문득 웃으며 말했다.

"조카가 지금은 매우 총명해졌으니 이 숙부가 치하한다."

왕이 미소하고 대답했다.

"무슨 일에 총명하겠나이까? 소년 때부터 저는 용렬하고 보잘것없었으니 이제 늙은 나이에 더 총명해지겠나이까?"

소부가 크게 웃고 말했다.

"전날에 소 씨에 대해서는 간악한 꾀가 이처럼 종횡할 적에 네가 지나치게 곧이듣더니 며느리의 억울함은 풀어 주니 더 총명해진 것이 아니냐?"

왕이 잠시 웃고 대답했다.

"그때는 나이 젊고 미처 세상 일을 알지 못해 그랬으나 제가 지금은 나이가 서른여섯입니다. 몸이 장원급제해 조정에 들어가 남쪽으로 절강을 가고 서쪽으로는 물에서의 변을 겪고 북쪽으로 천 리를 홀로 가서[79] 세상 일을 많이 지내고 사람을 많이 보았으니 설마 이십 이전과 같겠나이까?"

소부가 역시 웃고 말했다.

"사람들이 이르기를 어렸을 때는 총명하다 하더니 너는 젊었을 직에는 아득하고 늙을 고비에 총민하니 진실로 알지 못한 일이구나. 그나저나 앞일을 어떻게 하려 하느냐?"

왕이 대답했다.

"사물이 성하면 쇠하는 것은 진실로 그것이 변화하기 때문이요, 착한 일을 하면 복을 받고 악한 일을 하면 재앙을 받는 것은 떳떳한 일입니다. 요망한 귀신은 태양에 자취를 감추지 못하니 이처럼 해로운 일을 많이 저지르는 자가 매양 좋겠나이까? 아무 때라도 간악한 꾀가 한 번은 발각될 것입니다."

승상과 소부가 함께 고개를 끄덕이며 그렇다고 했다.

임 씨가 물러와 스스로 두문불출해 곡기를 끊고 침상에 머리를 던

---

79) 남쪽으로~홀로 가서: 이몽창이 남쪽 절강의 소흥 지방으로 귀양을 가고 서쪽 전투에서 물에 빠져 죽을 뻔했으며 야선에게 잡힌 천자를 구하기 위해 북쪽으로 홀로 간 것을 말함. 모두 전편 <쌍천기봉>에 나오는 이야기임.

져 밤낮으로 울기를 마지않으니 몸이 몰라보게 달라졌다.

시부모가 이미 기미를 알고 슬픔을 이기지 못했다. 왕비가 친히 들어가 큰 의리로 꾸짖어 스스로 이렇게 구는 것은 간악한 사람의 뜻을 맞추는 것이라 하니 임 씨가 고개를 조아려 사례했다. 그리고 시중드는 사람을 시켜 자신의 몸이 편안하지 않으니 두어 날 조리해 일어나겠다고 아뢰니 소후가 허락했다.

임 씨가 다시 몸을 이불 속에 던져 자기의 얼음과 옥 같은 몸에 더러운 모욕이 이른 것을 부끄러워했다. 설사 간악한 모해를 한 사람을 찾아 자신의 원통함을 씻어도 모욕이 없어지지 않을 것을 헤아리자 뼈에 사무치도록 서러워 식음을 물리치고 오열하며 슬퍼했다.

상서가 항상 임 씨의 성품이 너무 고상해 그것이 범사에 너무 지나친 것을 알고 있었다. 아침에 있었던 서간 한 가지 일을 생각하고 그 행동을 보아 위로하려 해 채운당으로 갔다.

임 씨는 이때 밝은 등불을 대해 피눈물이 점점 나니 화소가 곁에 앉아서 또한 울며 말했다.

"어머님, 이 무슨 일이에요? 할아버지, 할머니가 어머님을 그르다고 안 하시고 아버님도 아무 말씀을 안 하시는데 무슨 까닭에 이처럼 죽으려 하셔요? 어머님이 죽으면 나도 따라 죽을 거예요."

그러고서 모녀가 서로를 보고 슬픈 소리로 흐느끼기를 마지않았다. 상서가 불안해 지게를 열고 들어가 앉으니 화소가 내달아 상서에게 안기며 반겨 일렀다.

"아버님, 우리 어머님이 무슨 일로 이리 우는 것이어요? 그 연고를 일러 주소서."

상서가 넓은 소매를 들어 딸의 눈물 흔적을 없애고는 딸을 무릎 위에 앉히고 눈을 들어 부인을 보았다. 옥 같은 얼굴과 꽃 같은 외모에는 눈물 자취가 처량하고 아름다운 눈썹에는 일만 가지 시름이 맺힌 채 고개를 숙이고 있었다. 이는 참으로 푸른 하늘의 밝은 달에 근심 어린 구름이 떠 있는 듯하고 옥 연꽃이 광풍(光風)[80]을 만난 듯해 슬퍼하는 듯한 자태가 사면에 빛났다. 상서가 또한 불편한 마음을 이기지 못해 한참을 바라보다가 말을 하려 하는데 홀연히 창밖에서 인적이 또 나며 은은히 이르는 것이었다.

"달빛 아래 옥인이 오늘은 만날 기약이 있는가?"

그러고서 문을 여니 지난 밤에 보았던 남자였다. 머리를 들이밀다가 놀라 물러서서 말했다.

"애고, 이성문이 오늘도 여기 있구나."

이렇게 말하고 달아나니 상서가 그 모양을 크게 괴이하게 여겼다. 한편으로는 괘씸함을 이기지 못해 난간 밖에 나와 방울을 급히 흔들어 궁노 수백 명을 불러 명령을 내렸다.

"너희가 집안을 착실히 순찰하지 않아 도적이 자주 내정(內廷)에 돌입하니 그 죄가 가볍지 않다. 마땅히 좌우로 호위해 도적을 잡으라."

사람들이 명령을 들었다.

상서가 도로 방에 들어오니 소저는 낯빛이 찬 재와 같이 되어 침상에 거꾸러져 있었다. 상서가 바삐 약을 가져오라 해 풀어 넣으며 유모와 시녀 등을 불러 소저를 주물러 깨우게 했다. 이윽고 소저가 정신을 겨우 차려 또 가슴을 치고 목이 쉬도록 울었다. 이에 상서가 사람들을 나가게 하고 소저 곁에 나아가 손을 잡고 정색해 말했다.

"부인이 비록 천성이 조급하다 한들 이 일에 다다라 어찌 이토록

---

80) 광풍(光風): 비가 갠 뒤에 맑은 햇살과 함께 부는 상쾌하고 시원한 바람.

지혜롭지 않게 구는 것이오? 나 학생이 사람 아는 눈이 밝지 못하나 부인의 참된 마음을 잠깐 비춰 아는 것이 있고 부모님도 지극히 현명하시오. 그런데 부인이 이처럼 초조해 하며 간사한 계교에 맞추고 스스로 몸을 돌아보지 않는 것이오? 한때의 욕이 놀라우나 이는 또 시운이 막혀서 그런 것이니 현명하게 생각해 지아비가 중한 줄을 아시오."

임 씨가 상서의 말을 듣고 감격해서 뼈마디가 녹는 듯해 울고 말했다.

"군자의 가르치심이 이처럼 통쾌하시니 첩이 백골이 진토 되나 그 은혜를 다 갚지 못할 것입니다. 그러니 가르치심을 마땅히 받들어 행할 것입니다. 다만 첩은 어려서부터 화려하고 큰 집에서 자란 사족 여자로 까닭 없이 발자취가 중간 계단을 내려가지 않았습니다. 그러다가 시가에 나아오니 예법이 너무 많아 보고 듣는 것이 법 밖의 것이 없더니 어떤 사내 앞에서 이런 욕을 먹을 줄 알았겠습니까? 이 한 가지 일을 생각하면 간장이 시들고 오장이 뛰놀아 차마 살고 싶은 마음이 없나이다."

상서가 말했다.

"그대가 이르지 않아도 내가 다 아는 일이오. 그 사람은 구태여 사내가 아니라 환술(幻術)하는 무리로서 말하는 것이 거칠고 교만하니 족히 따질 만한 사람이 아니오. 그대가 위로는 시부모가 계시고 아래로는 내가 있는데 때도 없이 곡을 하며 우는 것이 가당치 않으니 스스로 널리 생각하기 바라오."

임 씨가 상서의 말을 듣고 근심하는 빛으로 소리를 삼켜 겨우 눈물을 거두었다. 상서가 스스로 애석해 하고 안타까운 마음이 흘러넘쳐 화소와 형린을 각각 곁에 눕히고 소저를 이끌어 침상에 나아가 위로하며 권면하니 그 은정이 참으로 깊었다. 상서가 말이 많지는 않았으나 간절하고, 길지는 않았으나 말마다 시원하니 임 씨가 감격함을 이기지 못해 마음을 널리고 일이 되어 가는 모습만 보려 할 뿐이었다.

이튿날 두 사람이 일어나 세수할 적에 임 씨가 또한 근심스러운 얼굴빛을 고치고 간단히 단장을 해 시부모 면전에 나아갔다. 시부모가 그 수척한 것을 더욱 불쌍히 여겨 며느리들과 함께 앞에 두어 장기와 바둑을 두게 하고 담소하며 그 마음을 위로했다. 임 씨가 비록 마음이 골똘했으나 시부모가 이렇게 하고 남편이 과도하게 원통함을 풀어 주니 그 은혜에 감사해 슬픈 가운데서도 좋은 듯이 지냈다.

혜선이 노 씨와 함께 여러 번 계교를 행했으나 특별히 집안에 떠들썩한 동정이 없고 임 씨의 낯빛이 평소와 같아 전날과 다르지 않으므로 크게 괴이하게 여겨 서로 의논해 말했다.

"연왕과 소후는 특별한 신인(神人)이라 임 씨를 해치지 못할 것이니 설사 그들이 곧이들어도 임 씨가 고초를 대단히 겪지 않을 것입니다. 그 아비가 지금 병부상서로 병권(兵權)을 거느리고 있고 위 씨의 아비는 승상으로서 조정에 있습니다. 부사 어른과 함께 의논해 이 무리를 반역죄로 다 몰아넣어 죽인다면 임녀와 위 씨가 다 죄를 면하지 못할 것이니 이 계교가 참으로 묘할 것입니다."

노 씨가 이에 매우 기뻐하며 말했다.

"사부는 저의 자방(子房)[81]입니다. 내 또 위 씨의 고운 낯과 임 씨의 교만함을 미워하고 있었습니다. 이 두 사람을 없앤다면 나의 눈

---

81) 자방(子房): 중국 한(漢)나라 고조 때의 재상(?~B.C.168) 장량(張良)의 자. 시호는 문성공(文成公). 일찍이 유방 밑에서 모사로 있으면서 소하(蕭何)와 함께 한나라 창업에 힘썼고, 그 공으로 유후(留侯)에 책봉됨. 말년에 유방이 자신을 의심한다는 것을 알고 적송자를 본받아 은거하여 살았음.

속 가시를 없애는 것 같을 것입니다."

그러고서 노 부사를 청해 이 일을 의논하니 부사가 놀라며 말했다.

"나는 조정에서 버려진 사람이요, 저 사람은 조정의 대신이다. 그리고 서로 싫어하는 것이 없는데 이런 중대한 노릇을 하겠느냐?"

혜선이 나아가 앉아 옷깃을 여미고 말했다.

"어르신 말씀도 옳으시나 또 하나만 알고 둘을 모르시는 말씀이니 빈승(貧僧)이 어찌 소견을 품고 고하지 않겠나이까? 지금 임씨 집안이 너무 번성해 조정에서 권력을 잡은 이가 많고 위씨 집안이 승상이 되어 조정을 총괄하고 있습니다. 그런데 어르신께서는 귀한 골격과 영달할 관상이 미칠 사람이 없는데도 30년 전부터 부사로 그저 계시니 인정상 분하고 억울할 노릇입니다. 옛말에 닭대가리가 될지언정 소의 꼬리는 되지 말라고 했으니 이것이 어찌 옳은 말이 아닙니까? 빈승의 계교대로 하신다면 귀신도 깨닫지 못할 것입니다. 빈승은 본디 미천한 몸인데, 어렸을 때부터 어르신의 태부인께서 빈승을 불쌍히 여겨 자못 잘 대우해 주셨습니다. 빈승이 작은 계교로 그 은혜를 갚으려 하는 것이니 어르신은 나무를 지켜 토끼를 기다리는 재앙82)을 취하지 마소서."

노 씨가 이어서 달콤한 말과 달래는 말로 간절히 권하니 부사가 그럴싸하게 여겨 응낙했다. 이에 혜선이 일일이 계교를 가르치니 부사가 매우 기뻐했다.

부사가 돌아가 시어사 윤혁과 함께 계교를 꾀해 환관 강문양, 유

---

82) 나무를~재앙: 한 가지 일에만 얽매여 발전을 모르는 어리석은 사람을 비유적으로 이르는 말. 중국 송나라의 한 농부가 우연히 나무 그루터기에 토끼가 부딪쳐 죽은 것을 잡은 후, 또 그와 같이 토끼를 잡을까 하여 일도 하지 않고 그루터기만 지키고 있었다는 데서 유래함. 수주대토 (守株待兔).

선과 내응하도록 약속하니 그 가운데의 간악한 계책을 누가 알겠는가.

며칠 뒤 계교를 행하니 윤혁이 먼저 등문고를 울려 변고를 고했다.

"근래에 국가에 재앙과 변란이 많고 감옥이 자미원(紫微垣)[83]에 들더니 승상 위공부와 병부상서 임계운이 반역을 꾀하고 임금을 시해할 마음이 있으니 성상께서는 살피소서."

임금이 이 말을 듣고 매우 놀라셨다. 이때 강문양이 틈을 타 대궐 문 밖에서 대포를 놓으니 이는 국가에 큰 변란이 있으면 병부의 군졸을 부르는 신호였다.

임 상서가 이때 병부에 있다가 이 소리를 듣고 깜짝 놀라 급히 본부의 군사를 일으켜 대궐 아래에 이르렀다. 이에 유선이 급히 황극전에 다다라 소리쳤다.

"임계운이 벌써 군대를 거느려 대궐문에 다다랐으니 어찌하면 되겠나이까?"

임금이 크게 놀라고 노해 친히 갑옷과 투구를 갖추시고 북을 울려 어림군(御臨軍)[84]을 부르셨다. 잠깐 사이에 어림군 3천 명이 대궐 아래에 이르니 표기대장군 척윤광이 고개를 조아려 까닭을 물었다. 임금이 노기가 급해 다만 손으로 가리키며 말씀하셨다.

"대궐 아래에 역적이 군대를 거느리고 이르렀는데 경 등이 알지 못하니 이 어찌 된 도리인가?"

장군이 매우 놀라 아뢰었다.

"조정이 반석과 같은데 누가 반역을 꾀해 폐하를 시해하겠나이

---

83) 자미원(紫微垣): 큰곰자리를 중심으로 170개의 별로 이루어진 별자리. 태미원(太微垣)·천시원(天市垣)과 더불어 삼원(三垣)이라고 부르며, 별자리를 천자(天子)의 자리에 비유한 것.
84) 어림군(御臨軍): 임금을 호위하는 군대.

까?"

임금이 말씀하셨다.

"병부상서 임계운이 지금 궐내를 범하려 하니 경이 빨리 가 잡아
오라."

척 공이 이에 매우 놀라 급히 군사를 거느려 궐문에 내달았다. 과
연 임 상서가 융복을 갖추고 병부의 군사를 일으켜 금고(金鼓)[85]를
울리며 들어오는 것이었다. 척 공이 이를 보고 크게 놀라 말했다.

"명공이 오늘 무슨 까닭에 이처럼 행동하는 것이오?"

임 상서가 말 위에서 몸을 굽혀 말했다.

"국가에 무슨 변고가 있기에 대포를 울린 것이며, 노 장군은 왜
문밖에 진을 치고 계신 것입니까?"

척 공이 임 상서의 말이 강개한 것을 보고 놀라움을 이기지 못해
이에 천자의 조서를 전했다. 임 공이 황급히 말 아래 내려 꿇어 조서
를 듣고 매우 놀라 말했다.

"학생이 아까 병부에 있다가 대포 소리가 무심결에 나기에 급히
군사를 일으켜 들어온 것인데 이것이 어찌 된 일입니까? 폐하의 명
령이 계시니 잠시나 지체하겠나이까?"

즉시 비단옷을 벗고 베옷 차림으로 쇠사슬에 매였다.

척 공이 그 충성에 감동해 함께 대궐 아래에 이르러 임 공의 행동
에 조금도 의심이 없음을 아뢰니 임금이 이에 대로해 말씀하셨다.

"이 사람은 왕망(王莽)[86]과 동탁(董卓)[87]의 무리니 그 꾸며대는

---

85) 금고(金鼓): 군중(軍中)에서 호령하는 데 사용하던 징과 북.
86) 왕망(王莽): 중국 전한(前漢)의 정치가(B.C.45~A.D.23). 자는 거군(巨君). 자신이 옹립한 평제
(平帝)를 독살하고 제위를 빼앗아 국호를 신(新)으로 명명함. 한(漢)나라 유수(劉秀)에게 피살됨.
87) 동탁(董卓): 중국 후한(後漢) 말년의 군벌(?~192). 자는 중영(仲穎). 황건적을 토벌하기 위해 의
병을 일으켜 189년에 대장군 하진(何進)의 부름에 응해 군대를 거느리고 경사에 가 환관들을
죽이고, 오래지 않아 소제(少帝)를 폐위시키고 헌제(獻帝)를 옹립한 후 정사를 농단함. 헌제를

말을 곧이듣겠는가?"

그리고 즉시 형장(刑杖)[88]을 베풀고 급히 금의위(錦衣衛)[89]에 명령해 위 승상을 잡아 오라 하셨다. 위사(衛士)[90]가 달려가 승상을 잡아 문을 나서니 일가 사람들이 크게 놀라 우는 얼굴을 했다. 세 아들이 뒤를 따라 대궐 밖에서 죄를 기다리니 곡성이 자못 요란했다. 이에 승상이 안색을 바꾸지 않고 말했다.

"폐하의 진노가 불의에 일어나 그치지 않으시나 내 조정에 들어간 지 20여 년에 저지른 죄가 없으니 죽어도 부끄럽지 않다."

그러고서 선뜻 칼을 쓰고 추국청(推鞫廳)[91]에 이르렀다.

임금이 이때 화를 크게 내어 그 두 사람을 한 칼에 마치려는 뜻이 있으셨다. 그래서 먼저 형장(刑杖)을 갖추게 하고 임 공을 신문하셨다. 임 공이 종이와 붓을 구해 사정을 하소연하니 말마다 이해곡직이 분명해 강개한 말이 명백했다. 임금이 이에 다 보고 깊이 생각하시는데 윤혁이 나아가 아뢰었다.

"임계운은 한 명의 고루한 선비라 쇠로 지져도 옳은 말을 할 길이 없으니 병부의 고참 병졸 한 명을 잡아 물으시는 것이 옳습니다."

임금이 옳게 여기셔서 병부 초관(哨官)[92] 김세직을 잡아 들여 실상을 물으셨다. 이 사람은 노 부사, 윤혁과 마음을 같이한 자니 이에 아뢰었다.

협박해 수도를 장안(長安)으로 옮기도록 하고 낙양의 궁실을 불태움. 후에 왕충(王允)과 양자 여포(呂布)에게 살해당함.

88) 형장(刑杖): 형벌에 쓰는 기구.

89) 금의위(錦衣衛): 중국 명나라 때에, 황제 직속으로 있던 정보 보안 기관. 1382년에 설치되어 황제의 시위(侍衛)와 궁정의 수호뿐만 아니라 정보의 수집, 죄인의 체포 및 신문 따위의 일도 맡아봄.

90) 위사(衛士): 대궐, 능, 관아, 군영 따위를 지키던 장교.

91) 추국청(推鞫廳): 황제의 특명에 따라 중한 죄인을 신문하던 일을 맡아보던 곳.

92) 초관(哨官): 한 초(哨)를 거느리던 벼슬. 초(哨)는 약 백 명을 단위로 하던 군대.

"임 상서가 매일 신 등을 대해 큰일을 이루면 제후에 봉하겠다고 이르고 또 공부상서 이세문과 예부시랑 이기문이 오고가며 의논했나이다."

임금이 이에 더욱 노하셔서 두 사람을 대리시(大理寺)93)에 가두라 하시고 오형(五刑)94)을 갖춰 위, 임 두 공을 신문하려 하셨다. 이때 어사 여박이 섬돌에서 내려가 머리를 두드리며 아뢰었다.

"무릇 역모란 것은 평범한 옥사가 아닙니다. 삼공 대신과 만조백관을 모아 의논이 한결같은 후에 신문하는 것이 옳습니다. 좌승상 이 모를 불러 일을 맡겨 저 두 사람을 신문하게 하소서."

이에 임금이 깨달아 이 승상을 명초(命招)95)하셨다. 승상이 이미 집안에서 이 변을 듣고 또 두 손자가 대리시에 갇히자 대궐 앞에서 죄를 기다리고 있었다. 명패(命牌)96)를 듣고는 피혐(避嫌)97)하려 하더니 연왕이 나아가 아뢰었다.

"대인께서 만일 이 옥사에 불참하시면 위, 임 두 사람이 다 형벌을 면하지 못할 것입니다."

승상이 말했다.

"네 말이 옳으나 세아와 기아가 역모에 간섭했는데 내 어이 궐내에 들어가 법을 어지럽히겠느냐?"

드디어 죄를 기다려 감히 들어가지 못하는 줄을 아뢰니 윤혁이 또

---

93) 대리시(大理寺): 추포(追捕)·규탄(糾彈)·재판(裁判)·소송(訴訟) 따위를 맡아보던 관아.
94) 오형(五刑): 다섯 가지 형벌. 묵형(墨刑), 의형(劓刑), 월형(刖刑), 궁형(宮刑), 대벽(大辟)을 이르는데, 묵형은 죄인의 이마나 팔뚝 따위에 먹줄로 죄명을 써넣던 형벌이고 의형은 코를 베는 형벌이며 월형은 발꿈치를 자르는 형벌이고, 궁형은 생식기를 자르는 형벌이며, 대벽은 목을 베는 형벌임.
95) 명초(命招): 임금의 명으로 신하를 부름.
96) 명패(命牌): 임금이 벼슬아치를 부를 때 보내던 나무패. '命' 자를 쓰고 붉은 칠을 한 것으로, 여기에 부르는 벼슬아치의 이름을 써서 돌림.
97) 피혐(避嫌): 논핵하는 사건에 관련된 벼슬아치가 벼슬에 나가는 것을 피하던 일.

아뢰었다.

"이관성은 위, 임의 인친이니 피혐하는 것이 옳습니다. 이미 김세직의 말이 분명하니 저 두 사람에게 다시 물어 부질없습니다. 그러니 두 사람을 죽이시는 것이 맞습니다."

임금이 매우 이치가 있다고 여겨 두 사람을 다 칼 씌워 옥에 가두셨다. 이에 조정이 흉흉해 저들을 위해 그 원통함을 일컫지 않는 이가 없고 위, 임 두 집안에서는 곡성이 하늘에 사무쳤다.

임 씨와 위 씨가 각각 친정에 이르러 모친을 붙들어 정성껏 위로하며 통곡하다가 기운이 막히고 피눈물이 흘러 강물 같았다. 이씨 집안에서도 일가 사람들이 또한 경황이 없어 공부와 시랑의 사생이 어떻게 될 줄 몰라 근심했다. 승상은 온 마음이 사람들에게 있는 것이 아니라 주상(主上)이 덕을 잃으신 데에 있었으니 그것을 개탄할 뿐이었다. 그리고 사기가 혐의에 간여해 강직한 절개를 다하지 못함을 뼈에 사무치게 통탄할 뿐이었다.

이에 앞서 새공아가 예부의 큰 덕을 축원하고 돌아오고 있었다. 그런데 홀연 길에서 사부 익진관을 만났으니 이 사람은 태주 배온산의 이인(異人)이었다. 나이가 몇 살인지 알지 못했으나 살갗은 소년 같고 도행이 높아 아침에는 동정에서 놀고 저녁에는 봉래산 구름을 희롱해 신기한 변화가 몇 가지인 줄을 알지 못할 정도였다. 이따금 구름을 멍에 메워 구천(九天)[98]에 조회하니 신기로운 것이 이와 같았다. 문하에 수없이 많은 제자가 다 맑은 도행을 법받았는데 익진관이 새공아를 한번 보고 도가와 인연이 있어 장래에 검술이 쓸 데가 있음을 헤아리고 가르쳤다. 그런데 새공아가 이날 죽이려는 술법

---

98) 구천(九天): 가장 높은 하늘.

을 행하려 하던 줄 알고 친히 데리러 오다가 만난 것이다. 공아가 황망히 땅에 엎드려 뵈니 진인(眞人)이 성을 내 꾸짖었다.

"내 너에게 검무를 가르칠 적에 의롭지 않은 노릇을 하라 하더냐?"

그러고서 즉시 신장(神將)에게 명령해 결박해 앞세우고 배온산으로 돌아와 일백 대를 쳐 뒷동산에 가두고 좌우의 제자에게 일렀다.

"내 이제 보니 중국에는 인재가 많아 태평할 것이다. 그런데 그중에서 승상 이관성의 집안에 나라를 보필하는 자가 많고 대대로 조상들이 덕을 쌓아 그 덕택에 자손이 번성해 복록이 거룩하다. 그런데 잠깐 운수가 정해진 것이 있어 여살성[99]이 내려와 그 가문을 어지럽히는가 싶으니 너희 중에 누가 인간 세상에 나가 그 해를 없앨 수 있겠느냐?"

말이 끝나지 않아서 제자 금정 도사가 합장하며 말했다.

"제자가 사부의 문하에 있은 지 해가 오래되었으나 조금의 공로도 없으니 명을 받들겠나이다."

원래 이 사람은 양가의 여자로서 일찍이 부모가 둘 다 죽고 동서로 떠돌아다녔다. 얼굴이 옥 같고 인물이 총명하므로 진인이 거두어 데려다가 힘써 가르치니 지금 나이가 40여 세였다. 도법이 높기가 제자 중에 으뜸이었다. 진인이 이에 기뻐하며 말했다.

"네 이미 자비로운 마음이 동해 이런 뜻이 있으니 참으로 아름답구나."

또 눈을 들어 건상(乾象)[100]을 보다가 매우 놀라 말했다.

"참으로 아깝구나. 충신이 애매하게 죽을 것이니 내가 가지 않으

---

99) 여살성: 별자리의 이름으로 보이나 미상임.
100) 건상(乾象): 하늘의 현상이나 일월성신이 돌아가는 이치.

면 구하지 못하겠구나."

이에 즉시 금정을 데리고 풍운(風雲)을 타 서울에 이르렀다.

이때 임금이 바야흐로 위공부와 임계운을 죽이라 하고 조서를 내리려 하셨는데 홀연 난데없는 진인이 운관무의(雲冠霧衣)[101]를 부치고 앞에 와 산호만세(山呼萬歲)[102]를 부르는 것이었다. 이에 임금이 매우 놀라서 말씀하셨다.

"경은 어떤 사람인가?"

진인이 머리를 두드리며 말했다.

"신은 일찍이 이름을 감춘 지 오래되고 또 나이가 몇인 줄 헤아리지 못하는데, 이에 온 것은 상제(上帝)께서 칙지(勅旨)[103]를 폐하께 전하라고 해서입니다. 승상 위공부와 상서 임계운은 충성스러운 선비입니다. 국가를 위한 열렬한 마음이 물과 불을 피하지 않을 것인데 어찌 반역을 꾀하는 뜻이 있을 것이라고 폐하께서 하루아침에 훌륭한 신하를 둘이나 죽이려 하시나이까? 이것은 국가에 큰 불행이니 신이 산야의 비루한 자취로 번거로움을 피하지 않고 이곳에 이르러 폐하께 고하나이다."

임금이 말을 다 듣고 분명히 깨달아 다만 말씀하셨다.

"짐이 또한 저 두 사람을 세상을 뒤덮을 만한 영걸로 알았더니 임계운이 군사를 내어 대궐을 범했으므로 국법에 마지못해 그랬던 것이다. 선생은 실상을 자세히 일러 짐의 의심을 마저 풀라."

진인이 합장하고 말했다.

---

101) 운관무의(雲冠霧衣): 신선들이 쓰는 관과 옷. '운관'은 모자와 같은 모양을 본떠 덮개가 위쪽에 있는 관이고, '무의'는 가볍고 부드러우며 나부끼는 아름다운 옷.
102) 산호만세(山呼萬歲): 나라의 중요 의식에서 신하들이 임금의 만수무강을 축원하여 두 손을 치켜들고 만세를 부르던 일. 중국 한나라 무제가 숭산(嵩山)에서 제사 지낼 때 신민(臣民)들이 만세를 삼창한 데서 유래함.
103) 칙지(勅旨): 임금이 내린 명령.

"한때의 뜬구름이 폐하의 총명을 가렸으나 오래되지 않아 걷힐 것이니 폐하는 번거롭게 묻지 마소서."

말이 끝나지 않아서 윤혁이 시어사로서 시립하고 있다가 익진관을 꾸짖었다.

"어떤 산중의 요망한 사람이 이르러 대역 죄인을 구하는 것인가?"

도사가 돌아보고 크게 웃으며 말했다.

"하늘이 높이 있으나 살피는 것이 밝습니다. 악한 자들이 한때 때를 얻었으나 끝내는 잘 마치지 못할 것이니 어른은 스스로 조심하소서."

그러고서 몸을 돌려 아뢰었다.

"만일 이 두 사람을 죽이신다면 7년 가뭄과 3년 전염병이 크게 일어날 것이니 폐하는 허투루 듣지 마소서."

말을 마치고는 몸을 솟구쳐 오색 구름을 타고 공중으로 날아갔다.

임금이 이를 매우 신기하게 여겨 두 사람을 놓아 주려 하셨으나 이름이 죄를 크게 범했으므로 일을 가볍게 못할 것이었다. 그래서 이에 전지(傳旨)를 내려 임계운을 서촉(西蜀) 성도(成都)에 안치(安置)[104]하도록 하고 위공부를 형주(荊州)에 정배(定配)하라 하셨다. 세문은 광서(廣西) 별가(別駕)에 임명해 내치시고 기문은 황족이라 해 직위를 박탈하고 문외출송(門外黜送)[105]하셨다. 윤혁이 이에 불쾌함을 이기지 못해 아뢰었다.

"폐하께서 한 요망한 도사의 말을 곧이들으셔서 법을 굽히시니 신이 개탄하나이다. 임계운이 반역을 꾀한 일이 뚜렷하니 연좌하는 법을 쓰지 않을 수 없을 것입니다. 그 사위 이성문의 벼슬을 빼앗고

---

104) 안치(安置): 먼 곳에 보내 다른 곳으로 옮기지 못하게 주거를 제한하던 일. 또는 그런 형벌.
105) 문외출송(門外黜送): 죄지은 사람의 관작(官爵)을 빼앗고 도성(都城) 밖으로 추방하던 형벌.

도성 밖으로 내쫓는 것이 어떠합니까?"

임금이 말씀하셨다.

"이성문은 국가와 운명을 함께하는 신하니 어찌 그 장인의 벌을 쓰겠는가? 마땅히 임 씨를 이혼시키도록 하라."

이때 조훈이 반열(班列)에 있다가 이에 아뢰었다.

"위공부의 딸은 연왕 이 모의 며느리요, 살인 죄수 경문의 아내니 또한 그 시가에 두지 못할 것입니다."

임금이 이에 윤종(允從)[106]하시니 담당 관청에서 즉시 전지(傳旨)를 받들어 일일이 그대로 따라 행했다. 이씨 집안에서 불의에 참혹한 환난을 만나 두 아들과 며느리를 이별하게 되니 집안 사람들의 놀란 마음을 어찌 헤아릴 수 있겠는가.

공부와 시랑이 본디 강직한 성품이 유달랐으므로 집에 다니지 않고 공부는 바로 광서로 가고 시랑은 교외에 머물렀다. 이에 남공 등이 십 리 밖에 가 그들을 보내고 돌아왔다.

위 씨와 임 씨가 다 간단한 옷차림으로 이르러 하직하니 일가 사람들이 서운한 마음을 이기지 못하고 시부모가 놀란 마음을 헤아리지 못할 정도여서 다만 일렀다.

"시운(時運)이 불행해 집안에서 변란이 자주 일어나니 다만 푸른 하늘을 부르짖어 슬퍼할 뿐이구나. 그대들은 어버이를 모셔 무사히 적소에 가 몸을 보중하고 훗날을 기다리라."

두 사람이 두 번 절해 명령을 들었다. 임 씨는 자녀를 여 부인에게 의탁하고 위 씨는 아들을 소후에게 드렸다. 위 씨는 본디 도량이 천균(千均)과 같아 가볍지 않았으므로 안색을 자약히 했다. 그러나

---

106) 윤종(允從): 남의 말을 좇아 따름.

임 씨는 자녀를 붙들고 통곡하며 기운이 막혀 인사를 차리지 못하니 보는 사람들이 눈물을 금치 못했다. 이에 여 소저가 나아가 두 아이를 안고 위로해 말했다.

"한때의 이별이 놀라우나 사별(死別)이 아니니 이토록 지나치게 슬퍼해 몸을 돌아보지 않으십니까?"

임 씨가 울고 말했다.

"첩이 본디 부귀하고 사치하는 가운데 성장해 인간 세상의 괴로움을 모르고 지냈습니다. 그런데 이런 참혹한 변을 만나 부친은 만리 밖의 죄수가 되시고 첩은 외로운 어린아이와 헤어져 만날 기약이 없게 되었습니다. 그러니 돌이나 나무와 같은 간장을 가졌다 한들 어찌 참을 수 있겠습니까?"

말을 마치자 크게 울고 친정으로 돌아갔다. 위 씨 또한 한바탕 이별을 마치고 위씨 집안으로 돌아갔다. 연왕 부부가 아들을 이별하고서 심사를 헤아리지 못했는데 또 두 며느리를 이별하니 쇠와 돌 같은 마음이라도 견디지 못할 지경이었다. 그런데 화소가 슬피 울며 모친을 따라간다 하고 형린과 웅린은 어지럽게 우짖으니 소후가 본디 자잘한 병을 두루 겪어 마음이 상해 있던 차에 자연히 봉황의 눈에 눈물이 맺힐 사이가 없었다. 상서가 이에 민망해 곁에서 소후를 위로하니 후가 목이 쉬도록 눈물을 흘리며 말했다.

"네 어미가 예전에 사람이 겪지 못할 지경을 두루 겪고 겨우 무사하게 되었는데 몇 명의 자녀를 평안히 데리고 살지 못해 괜한 생이별을 하니 초목과 같은 심장인들 어찌 참을 수 있겠느냐?"

상서가 대답했다.

"좋지 않은 일들이 지나면 좋은 일이 오고 즐거운 일이 다하면 슬픈 일이 닥쳐오는 것은 예로부터 떳떳한 일입니다. 집안의 운수가 불행해 이러하나 오래되지 않아 다들 모일 것이니 어머님은 슬퍼 마소서."

소후가 탄식하고 또 말했다.

"네 아내가 어려서부터 성품이 편벽된 곳이 있으니 이제 서촉 수만 리에 가면 만날 기약이 없다. 그러니 너는 오늘 밤에 가서 네 아내를 보아 위로하라."

상서가 매우 편치 않게 여겼으나 흔쾌히 명령을 듣고 임씨 집안으로 향했다.

임 승상이 상서를 노년에 만 리 밖에 이별해 살아 돌아올 기약이 없게 되니 과도하게 슬퍼했다. 상서가 또한 연로하신 부모 곁을 떠나는 마음이 망극하며 딸을 더욱 불쌍히 여겨 심사를 안정시키지 못하고 있었다. 그런데 이 상서가 왔다는 말을 듣고 크게 반겨 들어오라 해 상서의 손을 잡고 탄식하며 말했다.

"내 어리석은 딸로써 그대의 아내 소임을 하도록 했는데 딸의 행동에 어리석은 것이 많아도 그대가 바른 도리로써 가르쳐 부부가 잘 지낸 것을 고마워하고 있었네. 그런데 이제 서로 이별하게 되었구먼. 그대에게는 다른 부인이 있으니 내 딸을 마음에 둘 바가 아니겠으나 딸의 청춘을 생각하면 슬픔을 이기지 못하겠네."

상서가 공손히 일어났다 앉으며 대답했다.

"대인께서 뜻밖에 국가 내부의 변란을 만나셔서 성도 수만 리를 향하게 되셨으니 슬퍼해도 미치지 못할 것입니다. 그러나 거룩한 폐하께서 위에 계시니 대인의 억울하고 원통함을 씻어 버리는 날이 머지않을 것입니다. 그러니 대인께서는 길을 가시는 데 몸을 보중하소서."

임 상서가 탄식하기를 이기지 못하더니 서산의 해가 떨어지고 황혼이 되었다. 임 공이 조용히 생을 대해 사실(私室)에 가 딸을 위로해 줄 것을 이르고 생을 이끌어 소저의 침소로 갔다. 소저가 이때 시름이 첩첩해 앉아 있다가 상서를 보고 놀라니 임 공이 말했다.

"딸아이가 새벽닭이 울면 길에 오를 것이니 모름지기 슬퍼하지 말고 상서를 모셔 평안히 지내라."

그러고서 나가니 상서가 자리에 나아가 눈을 들어 부인을 보니 근심 어린 얼굴이 참담하고 눈물이 쏟아져 비단 옷을 적시는 것이었다. 상서가 이에 정색해 말했다.

"나라의 운수가 불행해 장인어른이 참혹한 환난을 만나 성도의 귀양객이 되셨으나 오래되지 않아 서울로 돌아올 것인데 부인이 무슨 까닭으로 슬퍼하는 것이오?"

소저가 상서의 말을 듣고는 눈물을 거두고 사례해 말했다.

"첩이 본디 인륜을 범한 죄인이거늘 시부모님의 봄볕 같은 은택을 입어 화려한 집에서 평안히 누리고 어려서부터 슬하에 외람되게 자리해 사랑을 깊이 받았습니다. 그런데 망극한 시절을 만나 어르신들을 이별해 다시 뵈올 기약이 없으니 이 서러운 마음을 어디에 고하겠습니까?"

상서가 탄식하고 말했다.

"인정상 자연히 그러하나 벗어나지 못할 것은 천수(天數)니 부인은 너무 슬퍼하지 마시오."

다시 말을 하려 하다가 창밖에 인적이 있음을 보고 마음이 편치 않아 즉시 불을 끄고 침상에 올랐다. 상서가 본디 임 씨를 어렸을 때 만나 은정이 매우 두터웠다. 그런데 하루아침에 먼 이별을 당하니 비록 대장부의 마음을 지녔으나 심사가 좋지 않아 밤새도록 소저의 손을 잡고 베개를 붙여 좋은 말로 지극히 위로했다. 이에 임 씨가 뼈에 사무치도록 은혜에 감격해 사례했다.

원래 임씨 집안의 번성함은 당대에 겨룰 집이 없었다. 그래서 상서가 비록 동방의 사위가 된 지 오래되었으나 일절 이곳에 오지 않아 집안사람들이 상서가 소저와 깃들인 모습을 보지 못했다가 이날 임 상서 부인과 여러 올케가 다 모여 방을 엿보았다. 상서의 옥처럼 고운 얼굴과 눈처럼 흰 피부가 등불 아래에 더욱 절승해 머리에는 화양건(華陽巾)[107]을 쓰고 몸에는 흰 도포를 부쳐 소저를 대하니 맑은 골격이 은은해 시원한 풍채가 소저보다 세 배 더한 것이 있었다. 이에 사람들이 기이하게 여기더니 이어 소저를 위로하는 말이 온화하되 늠름해 조금도 구차하지 않으니 임 상서 부인은 기쁨을 이기지 못해 도리어 눈물을 금치 못하고 여러 부인은 탄복하기를 마지않았다.

다음 날 새벽에 임 공이 부인과 딸을 거느려 길을 떠나니 임 승상 부부는 과도히 슬퍼하고 일가 사람들은 마음이 빈 듯한 슬픔이 끝이 없었다.

이 상서가 또한 백 리 밖에 가 송별하고 돌아오니 소후가 더욱 슬픔을 이기지 못했다.

각설. 조훈이 돌아가 건장한 가정(家丁)[108] 백여 명을 불러 각각 천금을 주고 말했다.

"내 일찍이 구해 얻지 못한 것은 절세미인이었다. 들으니 위 승상의 딸이 임사(姙姒)의 덕[109]과 완사(浣紗)의 풍모[110]가 있다 하니 너

---

107) 화양건(華陽巾): 도가(道家)나 은거 생활을 하던 사람이 쓰던 쓰개의 하나.
108) 가정(家丁): 집에서 부리던 남자 일꾼.
109) 임사(姙姒)의 덕: 임사는 중국 고대 주(周)나라 문왕(文王)의 어머니 태임(太姙)과, 문왕의 아내이자 무왕(武王)의 어머니인 태사(太姒)를 아울러 이르는 말로 이들은 현모양처로 유명함.

희가 그 행차를 따라 위 씨를 데려온다면 천금의 상을 주고 만호후(萬戶侯)[111]에 봉하겠다."

이에 모든 가정이 명령을 듣고 갔다.

이때 위 공이 별 생각이 없이 죽을 곳에 들어갔다가 겨우 한 목숨이 살아나 변방에 내쳐지니 살아 돌아올 기약이 없었다. 세 아들과 딸을 데리고 길을 나니 연왕 등이 장정(長亭)[112]에 가 전송했다. 서로 헤어지는 정이 서운한 것은 이를 것도 없고 연왕이 위 씨를 보내는 마음을 헤아리지 못할 정도여서 다만 일렀다.

"우리 며느리의 착하고 어진 기질로 하루도 편한 날을 얻지 못하니 어찌 하늘을 원망하지 않을 수 있겠는가? 더욱이 형처럼 충성스러운 사람이 만대에 없는 악명을 몸에 실어 변방의 수졸(戍卒)[113]이 되니 우리가 절절히 분함을 이기지 못하겠네."

승상이 탄식하고 말했다.

"내가 불충하고 보잘것없어 몸이 여기에 이른 것은 지금 운수가 불행해서 그런 것이라 해도 딸아이는 예전부터 하루도 평안한 시절이 없었으니 불쌍한 마음을 어찌 참을 수 있겠는가?"

연왕이 또한 슬픔을 이기지 못해 말을 못 했다. 이에 남공이 위로해 말했다.

"아우와 위 형은 너무 이러지 말게. 위 씨 며느리가 원래 얼굴이 너무 특이하니 비하건대 난초가 쉽게 스러지고 얼음이 오래 가지 못

---

110) 완사(浣紗)의 풍모: 깁을 빨던 모습이라는 뜻으로 아름다운 여자를 이름. 깁을 빨던 여자는 곧 중국 춘추시대 월(越)나라의 서시(西施)를 말함. 서시가 깁을 빨던 시내는 소흥부(紹興府) 약야산(若耶山)에서 나온 약야계(若耶溪)인바, 완사계(浣紗溪)라고도 함.
111) 만호후(萬戶侯): 일만 호의 백성이 사는 영지(領地)를 가진 제후라는 뜻으로, 세력이 큰 제후를 이르는 말.
112) 장정(長亭): 먼 길을 떠나는 사람을 전송하던 곳. 과거에 5리와 10리에 정자를 두어 행인들이 쉴 수 있게 했는데, 5리에 있는 것을 '단정(短亭)'이라 하고 10리에 있는 것을 '장정'이라 함.
113) 수졸(戍卒): 수자리 서는 군졸.

하는 것과 같네. 여러 번 액운을 겪으나 그 수명은 길 것이네."

왕과 승상이 함께 사례해 말했다.

"형이 이와 같이 신명하시니 마땅히 띠에 새겨 잊지 않을 것입니다."

이렇게 말하고 서로 손을 나누어 위 공이 수레를 몰아 남쪽으로 갔다.

이때는 초여름 스무날께여서 지나는 길에 초목이 무성하고 날씨가 더웠다. 참으로 영화로운 길이라도 괴로울 텐데 위 공은 어려서부터 비단옷과 맛있는 음식 가운데 자라고 크고 화려한 집에서 거처하던 몸으로 하루아침에 신하로서 듣지 못할 악명을 몸에 실어 머나먼 변방에 내쳐져 살아 돌아올 기약이 끊어졌으니 걱정하고 분노하며 원망하는 마음이 뼈에 사무쳐 그 괴로움을 이기지 못했다. 그래서 식음을 물리치고 밤낮으로 초조해 했다. 부인 이 씨는 도량이 매우 넓은 사람이라 공을 대해 말했다.

"군은 일찍이 알지 않으셨나이까? 주공(周公)[114]은 위대한 현인이셨으나 동관(潼關)의 모욕(侮辱)[115]을 보셨고 공자(孔子)[116]는 위대한 성인이셨으나 진채(陳蔡)에서 포위되셨으니[117] 예로부터 성인도 그 시절을 만나지 못하시면 심한 모욕을 보셨습니다. 그런데 군은

---

114) 주공(周公): 중국 주(周)나라 문왕(文王)의 아들이자 성왕(成王)의 숙부인 주공단(周公旦)을 이름. 조카인 성왕을 잘 보필한 것으로 유명함.

115) 동관(潼關)의 모욕(侮辱): 주공이 성왕(成王)을 대신해 섭정(攝政)할 때 주공의 친형인 관숙(管叔)과 친동생인 채숙(蔡叔)이 나라에 유언비어를 퍼뜨려 주공이 성왕에게 불리한 짓을 하려 한다고 하자, 주공이 동관으로 피해 간 일을 말함. 후에 성왕이 주공을 맞이해 돌아옴.

116) 공자(孔子): 공구(孔丘, B.C.551~B.C.479)를 높여 부른 말. 공자는 중국 춘추시대 노나라의 사상가·학자로 자는 중니(仲尼)임. 인(仁)을 정치와 윤리의 이상으로 하는 도덕주의를 설파하여 덕치 정치를 강조하여 유학의 시조로 추앙받음.

117) 진채(陳蔡)에서 포위되셨으니: 진채는 공자가 모욕을 당한 진과 채 땅을 이름. 공자(孔子)가 초나라로 가는 길에 진(陳)과 채(蔡) 두 나라 지경에 이르렀을 때 두 나라의 대부들이 서로 짜고 사람들을 동원하여 공자를 들에서 포위하여 길을 차단하고 식량의 공급을 막아 공자가 7일간이나 끼니를 먹지 못하였는데 이를 진채지액(陳蔡之厄)이라 함.

본디 소년 시절에 급제해 벼슬이 너무 무겁고 부귀를 극진히 누렸으니 조물주가 꺼리는 일이 없겠나이까? 한때의 작은 운액으로 이러하나 끝내는 상관이 없을 것이니 모름지기 마음을 시원하게 먹고 몸을 보중하시는 것이 옳습니다. 그런데 군은 당당한 대장부로서 이렇듯 속이 좁은 것입니까?"

공이 깨달아 감탄하며 말했다.

"부인의 통쾌함은 내 미칠 바가 아니오. 정도(正道)를 가르쳐 준 것이 옳으니 삼가 가르침을 따르겠소."

그러고서 이후에는 마음을 넓히고 먹고 마실 것을 내어와 무사히 길을 가니 아들들과 부인이 크게 기뻐했다.

여러 날 길을 가 창락역에 이르르는 인가가 매우 황량하고 여염집이 드무니 일행이 근심하고 숙소를 잡아 편안히 둔쳤다. 위 어사 등이 가정을 분부해 좌우로 엄히 지키라 하고 모두 밤을 지냈다.

조씨 집안 가정이 위 공 행차를 따라 이곳에 이르르는 인가가 없어 고요한 것을 매우 기뻐했다. 이날 밤에 그 숙소를 싸고 소저를 납치할 적에, 원래 점방이 좁기가 유달랐으므로 일행이 숙소를 각각 잡아 들어 있었다. 도적이 이에 이미 소저 있는 곳을 엿보고 철통같이 좌우로 에워싸고 소저를 잡아 내려 했다.

이때 소저는 부친을 따라가니 비록 기뻤으나 타고난 효성이 평범하지 않았으므로 시부모 곁을 떠나는 것을 우울해 하고 아들과 이별하는 마음이 슬퍼 잠들지 않고 앉아 있었다. 그런데 홀연히 밖에서 함성이 일어나며 수많은 병졸이 방을 에워싸는 것이었다. 이에 소저가 대경실색해 어떻게 할 줄을 몰랐다.

이때 홀연 문이 열리고 찬 바람이 일어나며 큰 범이 눈을 부릅뜨고 달려들어 소저와 난혜를 물고 공중으로 떠 달아났다.

이에 모든 군졸이 매우 놀라 급히 숙소 싼 것을 풀어 창검을 들고 범을 쫓아 달려갔으나 잡지 못해 밤이 새도록 갔다. 날이 밝아 눈을 들어서 보니 범은 보지 못하고 자신들은 큰 성 밑에 이르러 있었다. 군졸들이 크게 놀라 사람에게 지명을 물으니 모두 말했다.

"이곳은 항주 읍내니 너희는 어떤 사람이냐?"

말이 멈춘 사이에 또 문이 크게 열리고 한 사람이 오백 명의 철갑 입은 기병을 거느려 나는 듯이 나오고 있었다. 이 사람은 곧 봉황의 눈에 이리 허리, 원숭이의 팔에 누에눈썹을 하고 있었다. 모습이 당당했으니 이 사람의 이름은 곧 화진으로 항주 자사였다. 성을 지킨 군졸이 난데없는 군마가 이르렀음을 고하자 놀라서 철갑 입은 기병 오백을 거느려 나온 것이었다. 군졸들이 뭇 도적을 낱낱이 잡아 매니 사람들이 손을 놀리지 못하고 묶였다.

관아에 이르러 자사가 위엄을 갖추고 엄히 실상을 신문했다. 사람들이 자사의 회오리바람과 같은 기상을 보고 낙담해 미처 형장(刑杖)이 이르지 않아서 승복해 사실을 낱낱이 고했다. 화 자사가 매우 놀라 위 부인 거처를 물으니 사람들이 바른 대로 고하면 저희가 더욱 살지 못할까 해서 위 부인이 달아나기에 부인을 잡으러 따라온 것이라고 했다. 자사가 놀라움을 이기지 못해 사람들을 다 옥에 가두고 승상을 기다려 처치하려 했다.

이때 위 공 일행이 잠결에 고함 소리를 듣고 허둥지둥 잠에서 깼다. 위 어사 등이 가정을 재촉해 일시에 위협하도록 하니 도적이 사방으로 흩어졌다. 바야흐로 사람들이 한군데 모여 정신을 차려 보니 소저와 난혜가 간 곳이 없었다. 모두 크게 놀라 위 어사가 친히 불을 들고 근처를 찾았으나 종적이 없었다. 승상 부부가 혼비백산해 목이 쉬도록 통곡하기를 마지않으니 최량이 붙들어 위로하고 말했다.

"누이의 위인이 녹록히 죽을 관상이 아닙니다. 늘 지혜가 신출귀몰했으니 달아난 것이 틀림없습니다. 내일 두루 찾아도 늦지 않을 텐데 이토록 슬퍼하시는 것입니까?"

부인이 통곡하며 말했다.

"그 도적이 무심한 도적 같으면 딸아이가 혹 살았을 것이다. 평범한 도적이라면 재물을 탈취했을 텐데 그러지 않았다. 일행이 다 무사한데 어찌 딸아이만 홀로 없겠느냐?"

승상이 또한 옳게 여겨 애도하며 기운이 막히기를 마지않으니 세 아들이 답답해 재삼 그렇지 않다며 위로했다.

날이 밝자 가정과 사내종 들을 흩어 위 소저를 두루 찾도록 했으나 끝내 자취를 얻지 못했다. 이에 승상 부부가 망극해 곡기를 끊고 통곡하며 이곳에 머무르며 여러 날 소저를 찾아다니려 했으나 공차(公差)가 재촉하고 자기의 도리상 국가의 중죄인으로 도중에 오래 머무르지 못할 것이었다.

그래서 억지로 참고 수레에 올라 길을 가 항주에 이르렀다.

화 자사가 십 리 밖에 나와 맞이해 서로 인사를 마치니 자사가 먼저 슬픈 빛으로 앞을 향해 말했다.

"국가가 불행해 합하께서 소장(蕭墻)의 액운(厄運)[118]을 만나 머나먼 고장에서 수자리를 사시게 되었으니 학생이 느껴 울고 싶은 마음입니다. 여러 날 오시느라 피곤하실 텐데 건강은 어떠십니까?"

승상이 슬픈 빛으로 눈물을 흘리며 말했다.

"학생이 보잘것없어 국가에 망극한 죄를 얻어 변방의 수졸(戍

---

118) 소장(蕭墻)의 액운(厄運): '소장(蕭墻)'은 군신이 모여 회의하는 곳에 쌓은 담으로, 소장의 액운은 집안 내부나 한패 속에서 일어난 액운을 이름. 여기에서는 외적의 침입이 아닌 국가 내부에서의 액운을 가리킨 것임.

卒)119)이 되었으니 원통한 사정은 이를 것도 없습니다. 또 작은딸이 이 이보120)의 아내인 줄은 명공이 또한 아실 것입니다. 예로부터 역모에 형벌을 주어 승복하면 몸을 베어 머리를 매달게 한 후 딸에게 연좌가 가거늘 폐하께서 결단을 하지 않으셔서 이 한 목숨이 살게 되었습니다. 그런 지경에 조 국구 아들 조훈이 폐하 앞에서 아뢰어 학생이 임금의 명령을 거역하지 못해 딸을 데리고 적소로 오고 있었습니다. 그런데 어젯밤에 도적이 들어 딸을 잃었으니 천지간에 이런 참담한 일이 어디에 있단 말입니까? 딸은 본디 겸금(兼金)121)과 초옥(楚玉)122)과 같은 기질을 지니고 있어 도적 가운데 능히 살아 있을지 믿지 못하겠으니 가슴이 부서지는 듯합니다."

화 공이 이 말을 듣고 도적들의 말이 틀림없음을 알았다. 이에 앞에 나아가 도적 잡은 일을 자세히 고하고 말했다.

"저 도적의 말이 틀림없으니 영녀가 살아 있음은 의심 없는 일인가 하나이다."

승상이 이 말을 듣고 매우 놀라고 기뻐하며 급히 사례해 말했다.

"딸의 존망을 알지 못해 한 마음이 사라져 모르고 싶더니 명공의 큰 덕을 입어 딸이 생존했다는 소식을 들으니 이 은혜를 장차 무엇으로 갚을 수 있겠습니까?"

화 공이 사양해 말했다.

"합하께서는 또한 과도한 말씀을 마십시오. 학생이 분수와 의리를

---

119) 수졸(戍卒): 수자리 서는 군졸.
120) 이보: 이경문의 자(字).
121) 겸금(兼金): 품질이 뛰어나 값이 보통 금보다 갑절이 되는 좋은 황금.
122) 초옥(楚玉): 중국 춘추시대 초(楚)나라 형산(荊山)에서 난 화씨벽(和氏璧)을 이름. 초나라의 변화(卞和)라는 이가 박옥(璞玉)을 발견하여 초나라 왕인 여왕(厲王)과 무왕(武王)에게 바쳤으나 왕들이 그것을 돌멩이로 간주하여 각각 변화의 왼쪽 발과 오른쪽 발을 자름. 이후 문왕(文王)이 즉위하자 변화는 왕에게 갈 수 없어 통곡하니, 문왕이 그 소문을 듣고 옥공(玉工)을 시켜 박옥을 반으로 가르게 해 진귀한 옥을 얻고 이를 화씨벽(和氏璧)이라 칭함.

지켜 도적을 잡은 것이 어찌 치사를 받을 일이겠습니까? 조훈의 말이 참으로 괘씸하니 도적들을 경사에 올리고 표를 올리려 하나이다."

승상이 또한 이를 갈아 말했다.

"조훈이 사리에 어두운 것은 안 지 오래되었으나 어찌 이토록 할 줄 알았겠습니까? 그러나 이 일을 경사에 고했다가 명공이 소인의 해를 만나면 어찌하려 하십니까?"

자사가 강개해 말했다.

"학생이 지금 끓는 기름 가마에 든다고 한들 이런 일을 차마 미봉할 수 있겠나이까? 합하께서 소생을 이런 무리로 알고 계시니 부끄럽습니다."

승상이 겸손히 사죄하고 딸이 생존해 달아났다는 말을 듣고 크게 기뻐했다. 그리고 자사에게 청해 방(榜)을 부쳐 딸을 찾아 달라 하고 길을 지났다. 자사가 드디어 도적들을 수레에 실어 표를 짓고 밤을 이어 황성에 아뢰었다.

위 공이 비록 딸을 잃었으나 딸이 달아났다는 말을 듣고는 딸의 지혜가 가볍지 않으므로 딸이 필시 형주로 찾아올 것이라 생각해 적이 마음을 놓았다.

태주에 이르러는 차마 그저 지나지 못해 태부의 숙소를 찾아 들어갔다. 사립문이 고요하고 사람 소리가 없는데 사립이 굳게 닫혀 있었다. 위씨 집안 가동(家童)이 소리해 사람을 부르니 매우 오랜 후에 난복이 나와 대답했다. 가동이 이에 말했다.

"경성 위 승상 어르신이 이르러 계시니 빨리 고하라."

난복이 말했다.

"요사이 어르신이 갑작스러운 병환을 얻어 많이 신음하고 계시니 어르신이 오셨으면 그저 들어오소서."

위 공이 이 말을 듣고 매우 놀라 바삐 수레에서 내려 방으로 들어갔다. 태부는 망건을 벗고 미우(眉宇)를 찡그린 채 죽침에 기대『주역』을 보며 깊이 생각하고 있었다. 승상이 세 아들과 함께 나아가 말했다.

"이보야, 내가 왔다."

태부가 눈을 들어서 보고 깜짝 놀라 황급히 책을 버리고 일어나 맞이해 예를 마치고 말했다.

"대인께서 무슨 까닭으로 이곳에 이르신 것입니까?"

승상이 슬픈 빛을 하고서 태부의 손을 잡고 말했다.

"너와 이별한 후에 때때로 꿈을 빌려 넋이 놀라더니 마침 모역했다는 변을 만나 한 목숨이 목 베임을 면치 못했다. 그런데 거룩한 천자의 큰 은혜를 입어 겨우 죽음에서 벗어나 서인(庶人)이 되어 형주로 가는 길이다. 차마 그저 지나가지 못해 너를 보러 이른 것이다."

태부가 승상의 말을 듣고는 슬피 낯빛이 변해 말했다.

"장인어른께서 이런 큰 환난을 만났으나 제가 알지 못했으니 죄가 깊습니다. 장인어른께 묻습니다. 저의 부모님과 어르신들의 건강은 어떠하십니까?"

승상이 눈물을 흘리고 말했다.

"연왕 전하와 모든 형들이 다 무사하나 딸아이의 참혹한 환난을 생각하니 어찌 차마 다시 이르겠느냐?"

드디어 소저 잃은 사연과 조훈의 일을 자세히 일렀다. 태부가 다 듣고는 낯빛이 찬 재와 같이 되어 관을 숙이고 한참을 머뭇거리다 대답했다.

"영녀의 이번 재앙은 참으로 생각지 못한 일이니 하늘의 뜻이 어찌 괴이하지 않나이까? 그러나 이는 다 운수라 한스러워해 부질없으니 장인어른은 마음을 놓으소서. 길운이 다다른다면 자연히 만날 것입니다."

승상이 눈물을 뿌리고 길이 탄식하고 말했다.

"제 이미 달아났다고 하니 만날 줄 내 또 알겠느냐? 다만 이 아이의 전후 팔자가 이토록 험난한 것을 뼈에 사무치도록 불쌍히 여긴다."

말이 멈춘 사이에 부인의 교자가 이르렀다. 들어와 태부를 보니 태부가 몸을 일으켜 가서 맞이해 두 번 절하고 위 공의 재앙을 일컬었다. 이에 부인이 눈물을 흘려 말했다.

"가군(家君)이 불행해 천대(千代)에 듣지 못할 더러운 이름을 몸에 실어 죄수 폐인이 되신 것은 이를 것도 없고 딸아이와 헤어져 딸이 어느 곳에서 떠돌아다니는 줄을 알지 못하니 이 무슨 시절이며 무슨 때입니까? 이를 생각하면 간장이 시들고 오장이 무너짐을 이기지 못하겠습니다."

태부가 두 눈을 낮추고 절해 말했다.

"형인(荊人)[123]의 액운은 참으로 슬프나 또 지금 운수에 달린 것이니 슬퍼해 어찌하겠습니까? 장모님은 귀한 몸을 보중하시고 과도하게 슬퍼하지 마소서."

부인이 그 화려한 풍채를 보고 새로이 슬픔을 이기지 못해 눈물을 뿌리고 슬퍼하기를 마지않았다.

태부가 좌우 사람들에게 명령해 점심을 올리라 했다. 공의 부부에게 내어와 수저 드시기를 권하니 말이 온화하고 낯빛이 부드러웠다.

---

123) 형인(荊人): 형차(荊釵)를 한 사람, 즉 아내를 가리킴. 형차는 나무로 만든 비녀로, 검소한 생활을 함을 의미함.

공의 부부가 더욱 기쁨을 이기지 못해 도리어 딸 잃은 근심을 잊고 태부와 화답하며 이날을 이곳에서 묵었다.

이튿날 길을 날 적에 공이 새로이 슬픈 마음을 이기지 못해 하염없이 눈물이 흘러내렸다. 이에 생이 위로해 말했다.

"대인께서 지금 작은 운액으로 이러하시나 끝내는 무사하실 것이니 안심하고 무사히 가소서. 영녀를 지금은 잃어버리셨으나 훗날 의심 없이 만날 것이니 원컨대 염려하지 마소서."

공이 깨달아 사례하고 손을 나누었다.

형주에 다다르니 본주 자사가 멀리 나와 맞이해 예를 다한 모습을 공손히 차렸다. 그리고 큰 집을 치워 일행을 머물게 하니 공이 사양하며 말했다.

"학생은 국가의 죄인이니 어찌 본관의 두터운 예를 감당하겠습니까?"

자사가 공수하고 말했다.

"대인은 조정의 대신입니다. 마침 시절을 그릇 만나 폐읍(弊邑)에 이르셨으니 영화가 본 고을에 지극합니다. 그러니 어찌 일을 지체하겠습니까?"

공이 재삼 사례하고 부인과 아들들과 함께 평안히 머물렀으나 딸을 잊지 못해 밤낮 탄식으로 날을 보냈다.

이때 태부가 위 공과 이별하고 고요히 방안에서 위 씨를 떠올리니 심사가 슬프고 우울해져 생각했다.

'위 씨의 팔자가 참으로 기박하구나. 어린 시절부터 험한 환난을 겪어 지금까지 그 싹을 끊지 못했으니 어찌 괴이하지 않은가. 매양 좋기를 바라지 못하니 약한 여자가 도적의 손에 딸려 갔다면 어찌 몸 보전할 줄을 믿겠는가. 물을 만나 빠진 것은 아닌가. 만일 위 씨

가 몸을 보전하지 못했다면 내 차마 인간 세상의 즐거움을 누릴 수 있겠는가.'

이처럼 헤아려 잠을 못 이루며 애를 태웠다.

며칠이 지나자 자연히 몸이 무거워 옛 병이 다시 생겨 침상에서 위독했다.

하루는 동자가 들어와 고했다.

"밖에 어떤 선생이 이르러 어르신을 뵙고 싶다 하나이다."

태부가 놀라고 의아해 즉시 몸을 일으켜 의관을 가다듬고 이불을 물리쳐 엄숙히 정돈하고 앉아 들어오라 일렀다. 동자가 나가더니 이 윽고 한 사람이 들어와 길이 읍했다. 태부가 더욱 괴이하게 여겨 눈을 들어서 보니 그 사람은 머리털은 하얗게 세었으나 얼굴은 아이와 같아 신선의 풍모를 하고 있었다. 살갗을 보면 훌쩍 신선이 되어 올라가는 모양이 있었다. 머리에 쓴 갈건(葛巾)은 상서로운 구름이 어린 듯했으며 몸에 입은 학창의(鶴氅衣)[124]는 가볍에 휘날렸다. 눈 밝은 것이 유달라 사람을 한번 보면 뼈마디가 절로 녹을 것 같았다. 태부가 크게 놀라 공손히 답례하고 말했다.

"대인은 누구시며 소생을 어느 때 아셨기에 이곳에 고생스럽게 찾아 이르신 것입니까?"

그 사람이 호탕하게 손뼉을 치며 말했다.

"저는 대인이 아니라 세상 밖에서 노니는 산사람입니다. 명공을 일찍이 알지 못했으나 명공이 다행히 이곳에 이르셔서 빛나는 명성이 사방에 자자하시니 흠모함을 이기지 못해 이르러 알현하려 한 것입니다."

---

124) 학창의(鶴氅衣): 소매가 넓고 뒤 솔기가 갈라진 흰옷의 가를 검은 천으로 넓게 댄 웃옷.

태부가 말을 다 듣고 공손히 대답했다.

"원래 소생을 알지 못하셨다는 말씀입니까? 높은 성과 큰 이름을 듣고 싶습니다."

대답했다.

"빈도(貧道)는 이름을 감춘 지 오래되고 별호를 익진관이라 합니다. 본토 배온산에 은거한 지 해가 오래되어 빈도가 본 사람이 적지 않은데 명공 같은 분은 처음이니 흠모함을 이기지 못하겠습니다."

태부가 슬픈 빛으로 대답했다.

"소생은 변방에 귀양 온 죄인이니 선생의 지나친 칭찬을 감당할 수 있겠습니까?"

진관이 웃으며 말했다.

"명공이 운수를 잘못 만나 잠깐 괴로우나 훗날 이름이 천하에 가득하고 나가면 장수가 되고 들어오면 재상이 되어 소공석(召公奭)125)과 주공단(周公旦)126)과 같게 될 것입니다. 이제 곧 아버지, 형과 함께 큰 공을 이뤄 이름이 형주 사이에 진동할 것이니 빈도가 미리 치하합니다."

말을 마치고는 소리해 부르니 밖에서 한 사납게 생긴 장사가 들어와 엎드렸다. 진관이 이에 말했다.

"이 사람의 이름은 새공아니 어르신과 잠깐 인연이 있습니다. 문

---

125) 소공석(召公奭): 중국 주(周)나라 문왕(文王)의 서자(庶子) 혹은 공신(功臣)이라고 함. 주 문왕에 이어 무왕, 성왕, 강왕을 섬김. 성왕 때 삼공(三公)이 되고 이어서 태보(太保)가 됨. 소(召) 땅에 봉해졌으므로 소공(召公)이라 불리고, 주공(周公)과 함께 섬서(陝西) 지역을 나누어 다스렸으므로 소백(召伯)이라고도 불림. 소 땅에 봉해지기 전에 연(燕) 땅에 봉해져 연국의 시조이기도 함.

126) 주공단(周公旦): 중국 주나라의 정치가(?~?). 문왕(文王)의 아들이자 무왕(武王)의 동생이며 성왕(成王)의 숙부로 성은 희(姬). 형인 무왕을 도와 은나라를 멸하였고, 조카인 성왕을 도와 주나라의 기초를 튼튼히 함. 예악 제도(禮樂制度)를 정비하였으며, 『주례(周禮)』를 지었다고 알려져 있음.

하에 거두어 계시다가 훗날 군중에서 쓰소서."

태부가 사양해 말했다.

"소생은 지금 국가의 중죄인이니 까닭 없이 장사를 끼고 있을 수 있겠습니까? 후의(厚誼)는 감사하나 대인의 뜻을 받들지 못하겠나이다."

진관이 웃으며 말했다.

"빈도(貧道)가 이미 위로 하늘의 기운을 헤아리고 아래로 지금의 운수를 살피니 잘못된 일이 없을 것입니다. 만일 불가하다면 명공께 이 사람을 드리겠습니까? 그러니 사양하지 마소서."

또 주머니에서 약 싼 종이 하나를 내어 주며 말했다.

"위 부인께 드리소서."

태부가 놀라서 말했다.

"위 부인은 어떤 사람입니까?"

도사가 무릎을 쳐 껄껄 크게 웃으며 말했다.

"참으로 우습습니다. 한 방에서 같이 있으면서 백 년을 부족하게 여기던 처자를 벌써 잊었나이까?"

태부가 깨달아 일렀다.

"학생이 어리석어 생각지 못했습니다. 졸처(拙妻)[127] 위 씨가 이번에 그 아비를 따라 형주 적소(謫所)로 가다가 도적을 만나 잃어버렸다고 하니 내 그 거처를 어디에 가 찾아서 약을 쓰겠습니까?"

도사가 말했다.

"훗날 서로 만나는 날 이 약을 쓸 데가 있을 것이니 다만 이 약을 몸가에서 떠나게 하지 말고 간수하소서."

---

127) 졸처(拙妻): 상대에게 자신의 아내를 낮추어 부르는 말.

태부가 또 물었다.

"지금 위 씨의 사생을 모르니 근심이 적지 않습니다. 알지 못하겠습니다만, 어느 때 위 씨를 만날 것이며 위 씨가 마침내 죽지는 않았나이까?"

진관이 웃으며 말했다.

"위 부인이 군과 70여 년을 같이 지내며 아들을 많이 낳고 부귀가 극진할 것이니 사생을 염려하겠습니까? 그러니 군은 마음을 놓으소서."

말을 마치자 소매를 떨쳐 훌쩍 가니 태부가 더 머무르게 하지 못했다.

생이 매우 괴이하게 여겼으나 내색하지 않고 새공아를 머물게 해 곁에서 일을 시켰다. 새공아가 매우 충성스럽고 부지런해 매사에 마음을 다하니 태부가 또한 사랑하기를 난복과 같이 했다.

이때 위 씨가 경황이 없는 중에 범에게 물려 수없이 가다가 한 뫼 골에 가니 범이 위 씨를 토해 놓고 간 데가 없었다.

주인과 종이 정신을 차려 눈을 떠 보니 날이 이미 밝았고 사면은 깎아지른 듯한 절벽이요, 좌우로 사슴과 호랑이와 표범, 승냥이와 이리 등이 왕래해 이미 짐승들의 소굴이 되어 있었다. 참으로 사람이 모습을 비추지도 못할 곳이었으나 짐승들이 소저를 본 체도 않으니 소저가 스스로 손을 묶어 하늘에 축수하고 난혜를 대해 말했다.

"천행으로 진짜 호랑이굴에 들었어도 살아났으니 부모님 만나는 것을 근심하지 않아도 되겠구나. 다만 도적의 환난이 위급했으니 부모님이 무사하신가? 내 이제 찾아가려 해도 몸의 옷이 여자의 복색을 면치 못했으니 길에 나서기 어렵구나. 그러니 장차 어찌할꼬?"

난혜가 말했다.

"제가 어떻게든 저 고개를 넘어가 인가를 찾아서 아무 것이나 얻어 오겠나이다."

소저가 허락하자, 난혜가 즉시 칡넝쿨을 붙들고 겨우 산을 넘어 10여 리는 나가니 바야흐로 인가가 있었다. 난혜가 나아가 양식을 비니 모두 혹 주며, "어디에 있는가?" 하니 난혜가 그 산을 가리켜 말했다.

"저 안에 있소."

그러면 모두 크게 웃고 말하는 것이었다.

"그대가 미친 것이 아닌가? 저 산은 운화산이라 하는데 산속에 호랑이, 표범, 승냥이, 이리가 무수히 무리 지어 아주 짐승의 소굴이 되어 있네. 그래서 사람이 모습을 비추지도 못하는 곳이니 이곳에 그대가 어이 있을 수 있겠는가?"

난혜가 매우 괴이하게 여겼으나 다시 묻지 않았다. 그리고 서너 푼 돈을 얻어 가게에 가 만두 한 그릇을 얻어 가지고 돌아갔다.

소저는 이때 혼자 있으면서 혹 남자 무리를 만날까 두려워 둘러보니 그 곁에 큰 바위가 집채만 하고 그 아래로 한 구멍이 있었다. 그 속이 많이 넓었으므로 들어가 앉으니 편하기가 방이나 다르지 않았다. 밖이 완전히 보이지 않으니 역시 기뻐하며 난혜를 기다렸다.

난혜가 요기할 것을 가져오는 것을 보고 잠깐 젓가락질을 했다. 이에 난혜가 말했다.

"소저께서 본디 천금과 같은 귀한 몸으로 이 누추한 절벽 속에서 어찌 계시겠나이까?"

소저가 말했다.

"사정이 절박하나 내 이 복색을 가지고 나갔다가는 큰 재앙을 만날 것이니 다른 계책이 없구나.”

난혜가 답답하게 여겨 또 이틀날 밤에 나가 촌사람에게 물었다.

“이곳이 원래 지명이 무엇인고?”

대답했다.

“장사 땅이네.”

난혜가 즉시 고을로 가는 길을 물으니 그 사람이 말했다.

“그대가 관청에 고소할 일이 있는가?”

난혜가 말했다.

“구태여 고소할 일은 없으나 다만 알려 주기를 바라네.”

그 사람이 손을 들어 가리키며 말했다.

“동녘으로 20리만 가면 읍내네.”

난혜가 즉시 그대로 찾아가니 과연 옳았다. 문밖에 가 패(牌)를 두드려 일렀다.

“나는 먼 고을의 여인인데 수령께 잠깐 아뢸 일이 있나이다.”

패의 우두머리가 듣고는 난혜를 데리고 동헌으로 들어갔다. 수령이 이때 당 위에서 공무를 보다가 난혜를 보고 괴이하게 여겨,

“어떠한 여인인고?”

라고 물으니 난혜가 고개를 조아려 말했다.

“저는 경사 이 태부 부인 위 씨의 시녀입니다. 부인이 이번에 마침 친정 식구를 따라 형주의 적소로 가시다가 숙소에서 범에게 물려 운화산 가운데 떠돌아다니다 계시니 원컨대 수레를 얻어 형주로 가고 싶나이다.”

태수가 말을 듣고는 크게 놀라 보던 것을 손에서 놓아 버리고 눈을 급히 떠 말했다.

“요망한 귀신아, 그 말을 다시 하라. 자세히 듣고 잘 처리하겠다.”

난혜가 말했다.

"정말로 부인과 제가 범의 입에 물려 가 운화산 속에 있나이다."

태수가 다 듣고는 책상을 치고 크게 웃으며 말했다.

"지금 천하가 고요한 지 오래더니 괴이한 요괴를 보았구나. 고금에 범의 입에 들었다가 살아났다는 말은 천고에 듣지 못하던 일이다. 운화산은 더욱이 승냥이와 이리의 소굴이다. 장사 한 고을의 군사를 다 일으켜 싸고 잡으려 해도 못 했는데 작은 아녀자가 그속에 있다고 하니 삼척동자도 곧이듣지 않을 말이다. 어찌 요망한 귀신이 군자의 앞에 대낮에 와 기롱하는 것이냐? 군사들은 이 요귀를 빨리 들어 내치라."

난혜가 크게 소리 질러 말했다.

"저의 말이 틀림없으니 원컨대 가 보소서."

태수가 대로해 말했다.

"이 요괴가 사람을 홀리려고 이처럼 하는구나. 참요검(斬腰劍)[128] 이 있어 너를 시원하게 참하고 싶으나 생각하는 바가 있으니 좌우는 저자를 끌어 내치라."

모두 일시에 명령을 듣고 난혜를 밀어 내쳤다. 태수는 절로 웃음을 참지 못하며 또한 자기가 곧 죽으려고 헛것이 보이는가 의심했다.

난혜가 저 태수가 곧이듣지 않는 것을 보고 하릴없어 울고 돌아와 소저를 대해 일렀다. 소저가 이에 망령되다 꾸짖으며 말했다.

"나는 규방의 여자요, 저 사람은 다른 가문의 남자니 네 어찌 가볍게 나의 종적을 누설한 것이냐? 저 사람이 곧이듣지 않은 것이 다

---

128) 참요검(斬腰劍): 허리를 베는 검.

행이다."

그리고 그 행동을 자세히 묻고는 옥 같은 이를 드러내 빛나게 웃으며 말했다.

"내 과연 괴이하게 다시 살아났으니 남이 그렇게 아는 것이 괴이하지 않다. 이곳에 있다가 하늘이 도우셔서 좋은 때를 만나면 자연히 떠나지 않겠느냐? 너는 너무 초조해 하지 마라."

난혜가 역시 웃고 주인과 종이 산의 과일을 따 요기했다. 난혜는 날마다 나가 빌어 혹 의복 살 값이나 얻기를 바랐으나 그곳 인심이 사나워 낯모르는 거지를 용납하지 않았다. 그래서 난혜가 밤낮으로 분주해 하루 한 때 요기할 것을 얻을 때도 있고 못 얻을 때도 있으니 어찌 옷 장만할 것이 있겠는가.

난혜가 다만 조급해 혹 경성 쪽으로 가는 사람이나 만나기를 바랐으나 얻지 못하고 주인과 종이 산속에서 굶주림을 이기지 못해 겨우 산의 과일로 연명했다. 사이사이에 난혜가 가게 일이나 삯을 받고 해 주고 죽 등이나 얻어다가 목을 적실 뿐이었으니 그 신세가 어찌 가련하지 않은가. 그 굶주리는 것이 수양산(首陽山)[129]과 흡사하니 백이(伯夷)와 숙제(叔齊)[130]는 임금을 위해 감수했으나 위 씨는 특별히 절개를 위한 것도 아니요 시가에서 의리를 저버린 것도 아닌데 공연히 주인 없는 산, 사람이 없는 석굴 속에서 무궁한 고초를 겪으니 하늘의 뜻과 액운은 진실로 알지 못할 것이었다.

이러구러 겨울이 되니 얼음과 눈이 산을 두르고 날이 지독히 추워

---

129) 수양산(首陽山): 중국 산서성(山西省)의 서남쪽에 있는 산. 중국 주(周)나라의 백이(伯夷)와 숙제(叔齊)가 절개를 지켜 은거하다가 굶어 죽은 곳임.

130) 백이(伯夷)와 숙제(叔齊): 중국 은나라 말에서 주나라 초기의 현인 형제. 백이의 이름은 윤(允)이고 숙제의 이름은 치(致)임. 주나라 무왕(武王)이 은나라의 주왕(紂王)을 치려고 할때, 백이와 숙제가 함께 간하였으나 받아들여지지 않고 주나라가 천하를 통일하자 수양산으로 들어가 굶어 죽음.

더운 방에서 털옷을 입고 있는 사람도 감기가 걸릴 정도인데 위 씨의 목숨이 어찌 위태롭지 않겠는가. 참으로 그 팔자를 탄식할 만했다.

이에 앞서 임 상서가 부인과 딸을 데리고 길에 올라 서쪽으로 향할 적에 노년의 부모를 떠나는 마음이 매우 슬펐다. 임 소저가 어려서부터 화려한 집에서 영화를 오래 누려 슬픈 일과 환난을 모르다가 하루아침에 정을 둔 장부와 슬하의 외로운 자녀와 이별하고 하늘 끝으로 돌아가게 되니 간장이 부서지는 듯 슬픈 마음을 헤아리지 못해 길에서 눈물로 낯을 씻을 정도였다. 식음을 물리쳐 초조해 하고 번민하는 가운데 날씨가 매우 더워 한 몸이 괴로움을 이기지 못했다. 그래서 더욱 마음이 어지러워 밤낮으로 간장을 태웠다.

그럴 즈음에 몸이 벌써 성도 땅에 이르렀다. 검각(劍閣)[131]의 잔교(棧橋)가 아스라이 하늘을 알아보지 못할 듯했고 산천이 험악하며 풍토가 괴이했다. 임 씨가 가슴이 갑갑해 북쪽을 바라보았으나 관산(關山)[132]이 사이에 있고 구름이 앞을 가려 그림자와 메아리가 아득했다. 스스로 소리 나는 줄을 깨닫지 못한 채 목이 쉬도록 눈물을 흘리며 말했다.

"내 구태여 사람에게 쌓은 악이 없더니 무슨 까닭에 이 지경에 이른 것인가? 참으로 헤아리지 못할 것은 사람의 팔자요, 묻지 못할 것은 하늘이로다. 불쌍하구나. 화소는 어미를 그리워할 것이고, 형린이는 어미 젖을 떠나 어찌 견디고 있는고?"

이처럼 부르짖어 교자 속에서 오열하며 슬퍼하는 가운데 이미 교

---

131) 검각(劍閣): 사천성(四川省) 검각현(劍閣縣)에 있는 관문(關門)의 이름. 이 관문은 장안(長安)에서 촉(蜀)으로 들어가는 길목에 위치해 있는데, 검각현의 북쪽으로 대검(大劍)과 소검(小劍)의 두 산 사이에 잔교(棧橋)가 있는 요해처(要害處)로 유명함.
132) 관산(關山): 국경이나 주요 지점 주변에 있는 산.

자가 읍내에 이르렀다.

법부의 공문을 태수가 보고 번첩(反貼)[133]해 공차(公差)에게 맡겨 돌려보냈다. 그러고서 임 공의 벼슬과 일가의 번성함을 공경해 궁벽한 집을 치워 편안히 둔치게 했다. 상서가 그 후의(厚意)에 감사하고 가동을 시켜 이 예부의 숙소를 찾아 자기가 이리로 온 것을 고하라 했다.

이때 예부는 적거한 지 두 해째였다. 한 몸이 비록 무사했으나 북경 소식이 아스라해 부모의 안부도 자주 듣지 못하고 살아 돌아갈 기약이 아득하므로 항상 북녘의 구름을 바라보아 부모를 그리워하는 눈물이 그칠 적이 없었다. 공자와 취문이 이를 민망하게 여겨 예부를 위로했으나 예부가 이따금 놀라는 마음을 진정할 수 없어 칼을 빼어 책상을 치며 이를 갈았다.

그런데 천만뜻밖에도 임 공이 귀양 왔다는 소식을 듣고 매우 놀랐으나 또한 반기는 마음을 이기지 못했다. 바삐 짚신을 끌어 숙소로 향하니 두어 집을 지나 초당에 이르렀다.

임 공이 바삐 예부를 청해 인사를 마친 후 반가움이 지극하니 도리어 눈물이 흐르는 것을 깨닫지 못한 채 말을 이루지 못했다. 예부가 또한 자기가 죄수가 되어 성도(成都) 수만 리 밖에 내쳐져 아버지의 벗을 만나니 반가움을 일러 알 바가 아니었다. 임 공이 본디 어질고 현명한 것이 속세의 사람이 아니었다. 평상시에 예부 등을 사랑하는 것이 평범하지 않더니 자신이 애매한 누명을 몸에 실어 재앙에서 살아난 몸으로 타향에 와 예부를 만나니 슬픔을 이기지 못했다. 미처 말을 못 해서 예부가 옥 같은 얼굴에 눈에서 눈물이 연이어

---

133) 번첩(反貼): 공문서에 의견을 붙여 회송함.

떨어져 목이 쉬도록 눈물 흘리는 것을 보니 불쌍함을 이기지 못해 임 공이 바삐 예부의 손을 잡고 탄식해 말했다.

"조카처럼 빼어난 기질과 기이한 풍채를 가진 사람이 액운이 참혹해 천고에 드문 악명을 몸에 실어 절역(絕域)에 내쳐진 후 서울과 시골이 멀리 떨어져 있어 소식이 아득했네. 그대처럼 새로 난 버들 같고 아름다운 옥 같은 기질을 가진 사람이 무사한 줄을 믿지 못하고 염려해 내 온 마음이 놓인 적이 없었네. 내 충성스럽지 않고 효성스럽지 않아 국가에 죄를 얻어 한 목숨이 목 베임을 면치 못했더니 거룩하신 천자의 은혜를 입어 이 땅에 수자리를 살게 되었네. 연로하신 양친을 떠나는 마음이 슬펐는데 그대를 만나니 도리어 기쁨과 다행함을 이기지 못하겠네. 조카가 전날 크고 화려한 집에서 자란 몸으로 고초를 자주 겪었으나 조금도 낯빛이 쇠하지 않았으니 이는 비하자면 소나무와 잣나무가 서리와 눈을 만나도 변하지 않은 것과 같네. 내 이를 길이 마음으로 복종하네."

예부가 고개를 숙인 채 눈물이 낯에 가득했다. 소매를 들어 눈물을 거두고 길이 탄식하고는 공손히 일어났다 앉으며 사례해 말했다.

"소생이 본디 불학무식한 필부로서 외람되게 천자의 은혜를 입어 나이가 약관(弱冠)이 안 되어 벼슬이 높고 한 몸이 영화롭고 귀하게 되었으니 이는 분수 밖이라 밤낮으로 근심하고 두려워함을 이기지 못했습니다. 그런데 천고에 듣지 못할 더러운 이름을 몸에 실어 부모님과 어르신께 불효를 끼치고 더러운 이름이 천하에 자자할 줄 어찌 생각이나 했겠나이까? 온 마음이 살아 있는 것을 한으로 삼고 낯을 들어 사람을 볼 뜻이 없었습니다. 서촉(西蜀)의 산중 가운데 죄수 폐인이 되어 한낱 황제가 계신 곳을 그리워하는 눈물이 피가 됨을 면치 못했습니다. 기러기가 관산(關山)을 넘지 못하고 파랑새가 편지를 전하지 않아 고향 소식이 이승과 저승 같았는데 오늘날 대인을 뵈니 부모님과 숙당들의 얼굴을 뵌 듯해 슬프고 참담한 마음에 가슴이 막히는 것을 면치 못하겠습니다. 바삐 묻습니다. 저의 부모님 건강은 어떠하십니까?"

임 공이 탄식하고 말했다.

"조카의 간절한 슬픈 회포를 들으니 슬픈 마음을 면하지 못하겠네. 영존대인과 형들이 다 무사하나 이보 조카가 금년 봄에 일이 생겨 태주(台州)에 적거하고 이번에 위 공이 나와 함께 역모에 매여 형주(荊州)로 찬적했네. 조훈이 임금께 간해 위 부인을 이보와 이혼시키고 공부 조카가 또한 밖으로 자리를 옮기고 셋째도 문외출송(門外黜送)[134]을 당했네."

예부가 임 공의 말을 듣고 매우 놀라 슬픈 빛으로 길이 탄식하고 말했다.

"가문의 운수가 불행해 집안에 재앙이 이처럼 가볍지 않아 괴이한 변란이 발생했으니 하늘을 원망할 뿐입니다."

임 공이 동자를 불러 행낭 속에서 이씨 집안사람들의 서간을 일제히 내어 주었다. 예부가 황망히 공경스럽게 받아 일일이 뜯어 보니 부친의 강개한 글과 모후(母后)의 슬픈 말이 편지에 가득했으므로 생이 한 줄을 보면 열 줄 눈물이 옷 앞을 적셨다. 임 공이 이 모습을 목도하고 슬픔을 이기지 못해 위로해 말했다.

"조카는 너무 슬퍼 말게. 얼마 안 있으면 북쪽으로 돌아가 예전처럼 즐기지 않겠는가?"

예부가 겨우 슬픔을 진정하고 이어 소부와 숙부들의 글을 보니 다

---

134) 문외출송(門外黜送): 죄지은 사람의 관작(官爵)을 빼앗고 도성(都城) 밖으로 추방하던 형벌.

각각 간절한 말이 이루 기록하지 못할 정도였다. 예부가 일일이 다 보고 목소리와 얼굴을 대한 듯 더욱 그리워하는 회포가 간절해 눈물이 천 줄이나 흐르니 좌우가 차마 그 형상을 우러러보지 못했다.

임 공이 이에 시녀를 불러 소저를 나아오게 해 예부에게 보이라 하니 예부가 놀라서 말했다.

"제수씨가 어찌 이곳에 이르러 계신 것입니까?"

임 공이 간악한 사람이 계교를 내어 딸이 이곳에 온 것을 이르니 예부가 다 듣고는 괘씸함을 이기지 못했다. 말을 마치자 임 씨가 흐트러진 머리와 색 없는 옷차림으로 나왔다. 예부가 급히 일어나 예를 마치고 자리를 준 후에 예부가 먼저 말을 펴 말했다.

"소생이 위태로운 시절을 만나 수만 리 검각(劍閣)의 죄수가 된 후 오늘 제수씨를 뵐 줄은 뜻하지 못했습니다. 영존대인의 액운은 더욱 아뢸 말씀이 없습니다."

임 씨가 공손히 다 듣고는 오열하며 눈물을 흘리며 말했다.

"피차 집안의 망극한 환난을 일컬으려 하니 간담이 무너지므로 무익하게 베풀지 않겠습니다. 다만 서방님처럼 천금 같은 귀한 몸이 서쪽 땅에서 고초를 두루 겪고 계시나 무양(無恙)[135]하시니 이처럼 다행한 일이 없습니다. 소첩이 심규의 아녀자로 타향에 이르니 심사가 헤아릴 수 없을 지경입니다. 서숙(庶叔)[136]과 조카를 보고 싶습니다."

예부가 이에 좌우를 시켜 공자와 취문을 불렀다. 곧 두 사람이 이르러 뵈니 임 씨가 바삐 공자를 나오게 해 그 손을 잡고 목이 쉬도록 오열하며 무수한 눈물이 북받쳐 흘러 한 말을 이루지 못했다. 공

---

135) 무양(無恙): 몸에 병이나 탈이 없음.
136) 서숙(庶叔): 서자 계통의 숙부. 이취문을 이름.

자가 또한 숙모를 붙들고 슬피 울었다. 임 씨가 겨우 정신을 안정시켜 공자를 쓰다듬으며 말했다.

"열 살 된 조카와 내 아이 등이 무슨 죄로 어미를 떠나 이처럼 서로 그리워하는고? 내 떠나올 적에 양 형이 울며 이르시기를, '아우는 내 아이를 보겠지만 나는 무슨 악이 쌓였기에 아들을 두 해를 떠나보내 그리워하는고?'라고 하시던 말씀이 귀에 쟁쟁하구나. 이 무슨 시절이기에 남에게 없는 일을 우리만 보는고? 여염집 촌사람들은 다 태평으로 지내는데 우리는 무슨 죄로 이같이 헤어져 자녀를 그리워하는 것이냐?"

공자가 울고 말했다.

"제가 오늘 숙모님을 뵈니 어머님을 뵌 것처럼 참으로 반갑습니다. 제가 운수가 고르지 않아 이 지경에 이르렀으니 다시 누구를 한하겠나이까? 끝까지 편벽되지는 않을 것이니 숙모님은 마음을 놓으소서."

임 씨가 탄식하고 말했다.

"너의 통쾌한 말을 들으니 나의 마음이 시원하구나. 나는 외로운 자녀를 떠나 마음을 붙일 곳이 없구나."

예부가 또한 위로해 말했다.

"제수씨의 마음은 그러하시겠으나 마음을 놓으시는 도리가 없지 않으니 훗날을 기다리시고 너무 슬퍼 마소서."

임 씨가 이에 옷깃을 여미고 사례했다.

임 공이 타향의 뜬구름이 되어 슬픈 마음이 끝이 없었고 태수가 정성껏 대우했으나 이를 물리쳐 일절 받지 않았다. 다만 예부와 함께 밤낮 한곳에 처해 시사(詩詞)를 논하고 서로 담소해 적이 슬픈 마음을 위로받는 것이 많았다. 그리고 그 재주와 위인을 새로이 사랑해 의기가 합했다. 예부도 임 공이 온 후에 또한 심사를 퍽 위로받았다. 또 임 공이 자신을 지극히 사랑하는 것을 보니 감사함이 옅지 않았다. 이처럼 서로 의지해 세월을 보내니 이른바 타향에서 친구를 만난[137] 격이었다.

차설. 금정 도사가 사부의 명령을 받아 인간 세상에 내려와 노 씨가 있는 곳에 나아가 자기의 이름을 말하며 노 씨를 보고 싶다고 했다. 노 씨가 괴이하게 여겨 청해 들어오도록 하니 금정의 얼굴은 복숭아꽃 같고 눈은 거울 같으며 모습이 밝게 빛나 맑은 골격이 은은했다. 노 씨가 한번 보고 마음으로 복종하는 뜻이 기울어 금정에게 물었다.

"사부는 어떤 사람이기에 나를 찾은 것입니까?"

금정이 합장해 말했다.

"빈도는 태주에 있는 여도사로 작은 법술을 배워 사방으로 노닐고 있습니다. 들으니 귀 집안에서 소저가 환술(幻術)하는 무리를 잘 돌봐 주시고 혜선이라 하는 비구니에게 섭소랑(聶霄娘)[138]의 환술이 있다 하니 감히 배우려 이르렀나이다."

노 씨가 기쁜 빛으로 매우 즐거워하며 말했다.

"옛사람이 이른바, 농(隴) 땅을 얻고 촉(蜀) 땅 얻기를 바란다[139]

했으니 이 말이 옳습니다. 나의 은인인 사부 혜선 비구니는 도행이 높아 그 쌍을 얻으려 했더니 사부께서 불원천리해 찾아 주시니 대단히 감사합니다."

드디어 혜선을 불러서 금정을 보라 하니 혜선이 협실에서 나왔다. 금정이 눈을 들어서 보니 머리에 쓴 오색 고깔에는 상서로운 구름이 어려 있고 빛나는 장삼(長衫)[140]에는 온갖 꽃이 수놓아져 있었다. 목에 두른 일백 낱 염주는 마노(瑪瑙) 구슬[141]과 푸른 진주로 꾸몄고, 손목에 두른 팔찌는 야명주(夜明珠)와 자금(紫金)으로 꾸몄으며 발에는 무우리(無憂履)[142]를 신었다. 행동거지가 교만해 나아와 앉으며 일렀다.

"어느 곳의 어떤 도사가 당돌히 나를 찾는 것인가?"

금정이 조용히 합장해 공손히 예를 하고 말했다.

"소도(小道) 금정이 사부께 도(道) 배우기를 청하나이다."

혜선이 저 금정의 예법을 차리는 태도가 온순한 것을 보고 의기양양해 말했다.

"무릇 도라는 것은 지극히 크고 깊어 평범한 사람은 전수(傳受)할 수 없으니 어찌 깨달을 수 있겠느냐?"

금정이 웃고 말했다.

"제가 비록 범상하고 투미하나 사부께서 지성으로 가르쳐 주신다면 빈도가 어찌 배우지 못하겠나이까?"

선이 말했다.

유래함. 득롱망촉(得隴望蜀).

140) 장삼(長衫): 승려의 웃옷. 길이가 길고, 품과 소매를 넓게 만듦.
141) 마노(瑪瑙) 구슬: 마노는 석영, 단백석(蛋白石), 옥수(玉髓)의 혼합물. 보석이나 장식품으로 쓰이기도 함.
142) 무우리(無憂履): 신발의 일종. 짐승의 털로 짠 붉은색 천으로 발등을 감싸는 부분을 만들고 꽃무늬를 수놓았으며, 신발코에는 구름무늬를 수놓고 술을 달아 장식하였음.

"원래 제자란 것은 스승을 좇는 법이니 그대가 머리털을 두고 어찌 내게 도를 배우려 하느냐?"

금정이 잠시 웃고 말했다.

"빈도가 어려서 도가에 몸을 허락했으니 이제 중도에 고칠 바가 아닙니다. 설사 머리털이 있다 한들 사부께서 만일 빈도를 가르쳐 빈도가 마침내 도를 이룬다면 그 우러르고 감격한 마음이 죽을 때까지 어찌 쇠하겠나이까? 소저의 아리따운 자질을 한번 보니 평생을 한데 모시고 싶습니다. 원컨대 사부가 빈도를 한 구석에 머무르게 두신다면 사부의 자리 걷는 소임이나 하겠나이다."

혜선이 웃고는 금정을 데리고 협실로 들어갔다. 협실에는 채화석(彩花席)[143], 용문석(龍紋席)이며 비단에 수놓은 병풍과 울금향(鬱金香)[144] 등 갖가지 갖추지 않은 것이 없었다. 이 중에 산호상(珊瑚床)을 놓고 혜선이 올라 앉아 소리해 '나무아미타불 낙가 관세음보살'을 읊다가 좌우에서 떠들썩하며 학사가 들어오신다 하니 즉시 그쳤다. 그리고 안문 쪽을 향해 입으로 한 번 부니 안개가 일어나 문을 가렸다. 이에 금정이 물었다.

"이 법은 어떠한 도(道)입니까?"

혜선이 말했다.

"노 씨의 가군은 이 학사니 내가 있는 줄을 알면 좋지 않게 생각할 것이라 몸 감추는 법을 쓴 것이다."

이때 백문은 노 씨에게 푹 빠져 밤낮으로 음탕하게 놀고 노 씨와 잠시도 떨어지지 않아 부모와 동기가 있는 줄도 모르고 한 귀머거리와 소경이 되어 있었다. 이때는 여름 6월이었다. 이미 노 씨의 흉한

---

143) 채화석(彩花席): 여러 가지 색깔로 무늬를 놓아서 짠 돗자리.
144) 울금향(鬱金香): 백합과 튤립속의 여러해살이풀을 이르는 말. 튤립.

운수가 다하고 예부 등의 길운(吉運)이 트일 때였다.

하루는 학사가 조정에서 연왕을 만나니, 전날은 만나 보아도 마음이 심상해 아비와 아들의 정이 조금도 없었는데 오늘은 문득 반겨 달려들어 절을 했다. 왕이 이에 쇄금선(鎖金扇)[145]을 들어 얼굴을 가리고 성난 눈으로 흘겨보아 소매를 떨쳐 돌아갔다.

학사가 무료히 돌아왔으나 마음이 궁금해 부모 계신 데 가고 싶었다. 그래서 원용의 집에 가지 않고 바로 연왕부로 가니 왕은 승상부에 가고 상서가 홀로 서헌에 있었다. 학사가 나아가 절하니 상서가 놀라 말했다.

"네 어찌 이곳에 온 것이냐?"

학사가 문득 울며 말했다.

"제가 부모님께 죄를 지은 자식이 되어 오래 집안을 떠나 인륜을 폐했으니 길이 사모하는 정을 이기지 못해 이르렀습니다."

상서가 그 말을 들으며 눈으로 기색을 보니 마음을 꾸미고 행동을 거짓으로 하는 것이 아니었으므로 실로 괴이하게 여겨 정색하고 말했다.

"네 행동이 크게 어리석어 명교(名敎)[146]에 죄를 얻었으나 그것을 알지 못하고 부모와 동기를 모르더니 오늘은 무슨 마음으로 이곳에 이른 것이냐?"

학사가 슬픈 빛으로 대답했다.

"제가 근래에 실성해 인륜을 스스로 폐했으니 죄목을 생각지 못할 지경입니다."

드디어 들어가 모후(母后)를 뵈니 소후가 한번 눈을 들어 생을 보

---

145) 쇄금선(鎖金扇): 금박을 입힌 부채.
146) 명교(名敎): '유교'를 달리 이르는 말.

고는 노한 기색이 엄하고 매서워 좌우를 시켜 학사를 밀어 내치라 했다. 학사가 나아가 모후의 무릎에 누워 슬피 울며 말했다.

"소자가 요사이 실성해 부모님께 죄를 많이 지어 부모님이 소자를 용납하지 않으셔도 서러운 줄을 몰랐습니다. 그런데 근래 생각하니 어머님의 얼굴이 그리워 참지 못해 이르렀습니다. 어머님은 소자가 전에 지은 죄를 용서해 주시고 새로 가르치시면 소자가 죽을 일이라도 다 받들겠나이다."

소후가 그 인사와 행동거지를 보고는 낯빛이 변한 채 백문이 또 노 씨의 이간하는 말과 참소를 들어 무슨 흉계를 꾸미려 하고 이처럼 하는 것인가 헤아리지 못했다. 그래서 다만 정색하고 좌우를 불러 생을 밀어 내치라 했다. 이에 생이 길게 어머니 앞에 누워 모친의 허리를 안고 무궁히 우니 소후가 더욱 괴이하게 여겨 속으로 생각했다.

'사악한 여자에게 오래 빠져 있어 죽으려고 이처럼 구는 것인가.'

이처럼 온갖 것을 헤아리니 역시 심사가 좋지 않아 한참을 생각했다.

이때 왕이 문득 곤룡포에 옥띠를 하고 침소에 이르렀다. 백문이 소후 곁에 누워서 슬피 울며 불쌍한 소리로 간절히 애걸하고 있으니 왕이 크게 놀라 걸음을 멈추고 오래 서서 그 광경을 보고 있었다. 학사가 머리를 들어 왕을 보고는 놀라 일어나 맞았다. 왕이 이에 낯빛을 바꾸고 소매를 떨쳐 밖으로 나와 좌우로 학사를 잡아 오라 하자 좌우 사람들이 명령을 받들어 학사를 잡아 왔다.

왕이 명령해 학사를 묶어 꿇리고 엄히 물었다.

"네 한낱 고깃덩어리가 되어 아비와 어미가 있음을 알지 못하고 인륜의 죄인이 되었다가 오늘은 무슨 까닭으로 내 집에 이르렀느냐?"

생이 머리를 두드려 대답했다.

"소자가 어리석고 사리에 어두워 낳아 주신 큰 은혜를 잊고 전후에 아버님의 가르침을 저버리고 사악한 미색에 빠져 윤상(倫常)을 폐했으니 그 죄는 만 번 죽어도 오히려 가볍습니다."

왕이 이에 발끈해 꾸짖었다.

"네가 지은 죄악은 바다가 뽕나무밭이 되어도 다 이르지 못할 것이다. 그런데 근래에 부형을 배반하고 공당(公堂)에 가 나를 보면 낯빛을 변하고 스스로 집을 떠나 나를 원수로 치부하기에 내가 속으로 헤아리기를, '너와는 남이 되었다.'고 해 이후에 네가 역모를 해도 내 알은체하지 않으려 했다. 그런데 오늘 네가 나를 아비라 하니 이는 나의 분노를 돋우는 일이다. 네 나를 아비로 알았다면 전후에 패륜한 큰 죄는 이를 것도 없고 내 얼굴을 마주해 모욕 주기를 능사로 할 수 있었겠느냐? 네 내 눈에 뵈는 날은 내 비록 용렬하나 용서하지 않을 것인데 네 감히 무슨 낯으로 와서 우리를 아비, 어미라 부르려고 마음이나 먹을 수 있겠느냐?"

말을 마치고 좌우에게 매를 내오라 했다. 학사가 이번에는 소리도 안 하고 공손히 의관을 벗고 엎드려 매를 맞았다. 왕이 역시 괴이하게 여겼으나 성난 기운 끝을 누르지 못해 매마다 죄를 따지며 50여 대를 쳤다. 학사가 혼절해 인사를 몰랐으나 오히려 그칠 뜻이 없으니 상서가 섬돌에서 내려가 고개를 조아려 울며 간했다.

"셋째아우의 죄는 참으로 가득하나 여러 해 사악한 미색에 빠져 넋이 어지러운데 여기에 중벌을 당하니 몸을 보전하지 못할 듯합니다. 지금은 아우가 뉘우치는 뜻이 있는가 싶으니 용서하시기를 바라나이다."

왕이 또한 아비와 아들의 정이 아예 없지는 않아 학사를 끌어 내치라 했다.

그리고 내당에 이르니 소후가 눈물을 머금고 옷깃을 여며 고했다.

"백문이가 액운이 괴이해 실성한 사람이 되어 그렇듯 행동했는데 아까는 무슨 마음인지 제 앞에 왔습니다. 그 하던 모습을 생각하니 스스로 마음이 약해져 어미와 아들의 정을 참지 못하겠습니다. 중한 벌을 입은 가운데 또 여색을 가까이한다면 그 몸을 버릴 것이 틀림없을 것이니 엄히 경계하셔서 서당에서 조리하게 하소서."

왕이 깊이 생각하다가 한참 뒤에 탄식하고 말했다.

"제 스스로 부모를 저버려 인륜을 범한 죄인이 되었으니 내 실로 연연해 하는 마음이 없었소. 그런데 오늘 이 아이의 기색을 보니 적이 깨닫는가 싶으니 불행 중 다행이오. 현후(賢后) 말이 이치에 당연하니 그대로 하라 하겠소."

드디어 상서를 불러 이 뜻으로 이르니 상서가 매우 기뻐해 명령을 들었다. 그리고 서당에 나와 생을 붙들어 약을 치고 구호했다. 한참 지난 후에 생이 정신을 차려 눈을 떠 보니 상서가 생을 어루만지며 말했다.

"네 불의에 또 매를 많이 맞았으니 내 마음이 베이는 듯하구나."

학사가 울며 말했다.

"제가 참으로 어리석고 사리에 어두워 전후에 지은 죄가 너무 많으니 아버님이 저를 꾸짖으신 것이 어찌 괴이하겠습니까? 이후에 잘못을 뉘우치도록 노력하겠습니다."

상서가 이 말을 듣고 크게 기뻐 바삐 손을 잡고 물었다.

"알지 못하겠구나, 네 오늘 이 말이 참말이냐?"

학사가 눈물을 흘리며 말했다.

"제 나이가 젊고 하는 일이 보잘것없어 제가 화 씨를 박대해 뜻을 잘못 먹어 죄에 빠졌으니 이는 또 저의 죄입니다. 노 씨와 사통해 우여곡절 끝에 아내로 삼은 것도 잘못했고, 예부 형의 일을 다툰 것도 잘못했습니다. 이제 생각하니 다 제가 어리석어 생긴 일이니 누구를 한하겠습니까?"

상서가 학사의 말을 듣고 탄식하며 말했다.

"네 오늘날 몽롱히 깨달은 것이 있어 기쁘지만 그러나 또한 아직도 취한 가운데 있구나. 예부 형과 화 씨 제수가 어떠하신 분이라고 그런 행실이 있을까 싶으냐? 조금도 의심하지 말고 세세하게 살펴 간악한 일을 살피거라."

학사가 말했다.

"저 또한 지금 생각해 보니 예부 형이 설마 그러했겠는가마는 전후에 제가 간부(姦夫)의 서간을 보았으니 조금도 의심하지 않았습니다."

상서가 말했다.

"이 또 장래에 알기 쉬울 것이다. 슬프다, 집안에 요망한 사람이 들어와 그림자 따르듯이 변화에 응하니 네가 어찌 알겠느냐? 네 지금 가문의 죄인이 되어 있으니 이후에나 조심하고 행실을 삼가 인륜의 무리에 들어오기를 바란다."

학사가 눈물을 흘리며 명령을 들었다. 상서가 곁에서 약물의 차고 더운 것을 맞춰 극진히 구호하고 밤낮 곁에 있으면서 타이르니 말마다 성인이 가르치신 이치에 합해 한 글자 한마디가 다 가슴을 시원하게 하는 것이었다. 백문이 만일 전 같았으면 그 말이 약석(藥石)[147] 같아도 효험이 있겠는가마는 지금은 깨닫는 지경에 있었으므로 말마다 옳게 들어 가슴이 점점 트였다.

학사가 상서가 나간 때는 고요히 누워 장래의 일을 생각했다. 화 씨를 까닭 없이 박대해 칼을 들어 화 씨를 죽이려 계교하고 또 위태 로운 시절을 만나 공교롭게 만난 것을 핍박해 물속의 귀신이 되게 했으니 천고에 없는 모진 행동이 오기(吳起)148)보다 심했으므로 애 달프고 슬픈 마음이 뼈에 사무쳤다. 만일 화 씨를 죽이지 않았다면 지금은 좋게 잘 지냈을 것이라 생각하니 후회가 배꼽을 빨기149)에 미쳤어도 정작 화 씨는 그 마음을 알 수 없었다. 또 화 씨의 얼음과 난초 같은 바탕을 생각하니 아까워 뉘우치는 마음이 무궁했다. 이런 가운데 훗날 무슨 낯으로 화 공을 볼 것이며 전날 자신이 화 공에게 지우(知遇)150)를 입은 것이 심상치 않더니 은혜를 이처럼 저버렸으 니 자신은 천대(千代)의 죄인이 아니겠는가. 노 씨의 음란하고 도리 에 어긋난 허물을 모르고 푹 빠져 있었던 일이 매우 한심했다. 그 공 교로운 계교는 모르겠으나 당초부터 음란한 행동을 한 것을 보면 정 조 있는 여자가 아니었는데 자신이 노 씨에게 푹 빠져 있었던 일이 절절히 애달프고 부끄러웠다. 그래서 사람을 볼 낯이 없어 처량히 눈물을 흘려 슬퍼했다.

이때 홀연히 문 여는 소리가 나며 시중 중문과 유문, 진문, 원문 등과 최생이 일시에 들어오는 것이었다. 백문이 놀라 공산(空山)에 서 사나운 호랑이를 만난 듯하고 부끄러워서 낯을 깎고 싶었다. 그

---

147) 약석(藥石): 약으로 병을 고치는 것처럼 남의 잘못된 행동을 훈계하여 그것을 고치는 데에 도 움이 되는 말.
148) 오기(吳起): 중국 전국시대 위(衛)나라의 장수이자 정치가(B.C.440~B.C.381). 노(魯)나라에서 장수를 하기 위해 제(齊)나라 출신인 자기 아내를 죽여 믿음을 주고 결국 노나라의 장수가 됨. 저서로 병법서 『오자(吳子)』가 있음.
149) 배꼽을 빨기: 이미 저지른 잘못에 대하여 후회하여도 소용이 없음을 이르는 말. 사람에게 잡 힌 사향노루가 배꼽의 향내 때문에 잡혔다고 제 배꼽을 물어뜯었다는 데서 유래함. 서제막급 (噬臍莫及).
150) 지우(知遇): 남이 자신의 학식과 인격을 알아줌.

래서 묵묵히 낯빛이 변한 채 일어나 앉으니 사람들이 나란히 앉고 시중이 먼저 물었다.

"운보151)가 무슨 까닭으로 이곳에 병들어 누워 있는 것이냐?"

학사가 억지로 대답했다.

"아버님께 매를 심하게 맞고 누워 있나이다."

시중이 그 말과 행동에 이전의 버릇이 전혀 없는 것을 괴이하게 여겨 백문을 한참 동안이나 보다가 또 물었다.

"무슨 까닭에 또 매를 많이 맞은 것이냐?"

학사가 대답했다.

"제가 어리석어 지은 죄목이 태산과 같아 매를 많이 맞았습니다."

시중이 말했다.

"원용의 집에는 어찌 가지 않으며 노 씨가 곁에 없으니 답답하지 않으냐?"

학사가 이 말을 듣고는 부끄러워 다만 대답했다.

"큰형님이 이곳에 있으라 하셨기에 있나이다."

시중이 웃으며 말했다.

"전날에는 무슨 일을 큰형님 경계대로 한 것이 있더냐?"

학사가 묵묵히 대답하지 않으니 진문이 크게 꾸짖었다.

"너는 흙과 나무 같은 인간이니 무슨 낯으로 우리를 대해 말이 나오느냐? 내 너의 허물을 이를 것이니 자세히 들으라. 네 몸이 당당한 왕부의 공자로서 명사(名士)의 사위 뽑는 데 참여해 얌전하고 착한 여자를 백량(百兩)152)으로 맞이해 왔다. 그런데 까닭 없이 처자를 박

---

151) 운보: 이백문의 자(字).
152) 백량(百兩): 신부를 맞아 오는 일. 백 대의 수레로 신부를 맞이한다 하여 이와 같이 씀. 『시경 (詩經)』, <작소(鵲巢)>에 "새아씨가 시집옴에 백량으로 맞이하도다. 之子于歸, 百兩御之."라는 구절이 있음.

대하고 요망한 시비와 사통해 우여곡절 끝에 시비를 아내로 삼은 후 그 참소(讒訴)를 깊이 들어 애매한 처자를 사지에 넣은 것은 이를 것도 없고 우리 큰형님의 빙옥 같은 기질을 참혹히 비루한 말로 해쳐 마침내 서촉 수만 리 죄수가 되게 했다. 네 사람의 탈을 쓰고서 사촌을 해치고 무슨 낯으로 우리를 대하겠느냐? 숙부모님의 맑은 교훈을 역정내어 간악한 여자와 함께 다른 집에서 거리낌 없이 즐기고 부형을 배반했으니 만고에 너 같은 몹쓸 것이 또 어디에 있겠느냐? 이제는 이전의 잘못을 깨달았느냐?"

말을 마치자 모든 눈이 학사를 보았다. 생이 진문의 말을 들으니 부끄러워 죽으려 해도 죽을 땅이 없을 지경이었다. 그러나 잠자코 있는 것이 더 어색했으므로 이에 정색하고 말했다.

"형의 말이 다 이치에 맞지 않은 말입니다. 아내를 박대하는 것은 하늘의 운수에 매인 일이니 사람의 힘으로 할 수 있겠습니까? 노 씨와 사통한 일에 대해서 말하자면, 처음에는 노 씨가 사족인 줄 안 것이 아니어서 모르고 어린 풍정(風情)에 희롱하다가 사족인 줄 안 후에는 노 씨를 버리지 못해 아내로 삼은 것이니 이는 외람된 일이 아닙니다. 예부 형의 화란은 내 스스로 이룬 일이 아니니 어찌 내 탓이겠습니까? 더욱이 내 그때는 벼슬하러 밖에 나갔을 때니 내 어찌 알겠습니까? 형들은 탓 삼아 저를 보채지 마소서."

말이 끝나지 않아서 최생이 부채로 땅을 치며 크게 웃으며 말했다.

"과연 염치 좋은 위인이구나. 나 같으면 어느 입에서 도와 말이 나겠는가?"

사람들이 또한 어이없어 혀를 차고 말했다.

"백문이는 이씨 맑은 가문을 흐리게 하는 것이니 누가 저를 사람으로 알겠는가? 네 말이 가장 좋으니 또 다시 이르라. 듣고 싶구나."

학사가 말없이 대답하지 않으니 윤문이 말했다.

"너는 어쨌거나 술병으로 우리를 치고 싶거든 다시 치라."

원문이 웃으며 말했다.

"경황없어 하는 아이를 그리 피곤하게 보채는 것이냐?"

중문이 말했다.

"무엇이 경황이 없겠는가?"

최생이 말했다.

"평안한 몸에 많은 매를 맞고 적적히 서당에 누웠는데 아리따운 미인이 곁에 없으니 무엇이 경황이 있겠는가?"

말이 끝나지 않아서 상서와 낭문이 들어와 사람들이 문답하는 말을 듣고는 낭문이 정색하고 말했다.

"아우에게 종전의 과실이 있다 한들 골육지친으로서 가르치는 것이 옳거늘 이렇듯 조롱하고 희롱하는 것인가? 인석153)이 더욱 다사(多事)154)하고 우습다. 내가 아랑곳하지 않는데 내 아우를 보채는 것이냐?"

최생이 말했다.

"나는 비록 다사하나 운보가 정인군자인데 내가 시비하는 것이냐?"

낭문이 말했다.

"성인도 허물이 있으니 젊은 아이에게 소소한 과실이 있다 한들 큰 흉을 삼아 지목해 비웃으니 골육의 정이 박하구나."

원문이 천천히 잠시 웃고 말했다.

---

153) 인석: 최백만의 자(字).
154) 다사(多事): 보기에 쓸데없는 일에 간섭을 잘하는 데가 있음.

"사형과 두 아우가 희롱으로 그렇게 했으나 진정이 아니니 너는 과도하게 노하지 마라."

상서는 한마디를 않고 슬픈 빛이 낯에 가득해 길이 하늘 끝을 바라보며 탄식하니 시중 등이 그윽이 뉘우쳐 이에 사죄해 말했다.

"우리가 부질없는 유희로 형님을 불편하시게 했으니 후회하나 미치지 못하겠습니다."

상서가 크게 탄식하고 말했다.

"아우야, 이 무슨 말이냐? 내 아우의 허물이 넓고 크니 너희의 말에 내 어찌 노하겠느냐? 다만 큰형님의 이별할 때 말씀을 생각해서 그런 것이다. 큰형님의 성품이 세속을 벗어나신 것을 오늘날 더욱 깨달아 심장이 새로이 베이는 듯하니 길이 사모하는 마음이 간절해 눈물이 난 것이다. 그러니 내 어찌 동생을 편들어 노하겠느냐?"

시중 등이 이 말을 듣고 일시에 눈물을 흘려 말했다.

"큰형님의 빙옥과 같은 기질로 천대에 더러운 이름을 몸에 실어 귀양 가신 후 소식이 아득해 우리의 애가 일만 고비 끊어져 속절없는 한이 백문에게 돌아갔습니다. 그런데 큰형님의 말씀을 생각하니 저희의 어리석음을 깨닫습니다. 알지 못하겠습니다, 어느 때 기러기 항렬이 가득해 예전처럼 즐기겠습니까?"

상서가 또한 탄식했다.

제2부

주석 및 교감

니시셰딕록(李氏世代錄) 권지십칠(卷之十七)

•••

1면

지셜(再說). 화 쇼제(小姐ㅣ) 일신(一身)의 쳔고(千古) 강상(綱常)의 버서난 대죄(大罪)를 시러 몸이 이역변히(異域邊海)[1]의 역비(驛婢)[2] 되고 됴뎡(朝廷) 간관(諫官)의 붓그를 더러이고 만셩(滿城) 인민(人民)이 춤 밧타 꾸지즈미 흔 몸의 당(當)ᄒ니 슬픈 심ᄉ(心思)는 부운(浮雲)의 흐터디고 분(憤)흔 셜움과 통박(痛迫)[3]흔 졍ᄉ(情事ㅣ) ᄌ결(自決)ᄒ야 닛고져 ᄒ디 구고(舅姑)의 양츈(陽春) ᄀ튼 혜틱(惠澤)[4]을 ᄎ마 져ᄇ리디 못ᄒ고 젼일(前日) ᄌ개(自家ㅣ) 고모(姑母)[5] 긔 고(告)흔 말이 잇는 고(故)로 스스로 결(決)티 아니나 읍읍(悒悒)[6] 튼셩(歎聲)ᄒ야 흔 술 죽(粥)을 나오디 아니ᄒ고 쥬야(晝夜) 눈믈이 나금(羅衾)[7]을 젹셔 ᄀ만이 부모(父母)를 브르지질 ᄯ

---

1) 이역변히(異域邊海): 이역변해. 아득히 먼 다른 고장.
2) 역비(驛婢): 역참에서 심부름하는 여자 종.
3) 통박(痛迫): 마음이 몹시 절박함.
4) 혜틱(惠澤): 혜택. 은혜와 덕택.
5) 고모(姑母): 시어머니.
6) 읍읍(悒悒): 근심하는 모양.
7) 나금(羅衾): 비단 이불.

룸이니 가듕(家中) 인인(人人)이 눈믈을 금(禁)티 못ᄒ고 구괴(舅姑ㅣ) 더옥 가슴이 틋는 듯ᄒ야 ᄒ더라.

어시(於時)의 법뷔(法部ㅣ) 됴뎡 영뒤논 협죵(脅從)[8]이라 ᄒ야 즉시(卽時) 노흘시, 연왕(-王)이 쇼연을 블러 수십(數十) 노ᄌ(奴子)를 거ᄂ려 영뒤쟈(--者)[9]를 잡아 오라 ᄒ니 쇼연이 진심(盡心)ᄒ야 옥(獄) 밧긔 뒤령(待令)ᄒ엿다가 옥졸(獄卒)이 문(門) 열믈 보고 급(急)히 영뒤를 잡아 구디 결박(結縛)ᄒ야 부듕(府中)으로 오더니, 듕노(中路)의 다ᄃ라논 광풍(狂風)이 니러나며 영뒤 사ᄉᆯ을 벗고 간 뒤 업ᄉ니,

쇼연이 대경ᄒᆡ이(大驚駭異)[10]ᄒ야 급(急)히 도라가 왕(王)의게 고(告)ᄒ니 왕(王)이 불셔 짐쟉(斟酌)ᄒᆫ 일이라 탄식(歎息)ᄒ야 글오뒤,

"요인(妖人)의 작변(作變)이 무비(無比)[11]ᄒ야

이 디경(地境)의 미쳐시니 엇디 가(可)히 일편도이 텬도(天道)를 탄(嘆)ᄒ리오? 필연(必然) 환술(幻術)ᄒᆞᆫ 무리, 사름의 용졍(用情)[12]ᄒ믈 인(因)ᄒ야 요졍(妖精)[13]을 허트르고 사름을 ᄉ디(死地)의 녀흐미

---

8) 협죵(脅從): 협종. 남의 위협에 눌려 복종함.
9) 영뒤쟈(--者): 영대자. 영대라는 사람.
10) 대경ᄒᆡ이(大驚駭異): 대경해이. 크게 놀라고 괴이하게 여김.
11) 무비(無比): 비할 데가 없음.
12) 용졍(用情): 용정. 사사로운 정을 좇음.
13) 요졍(妖精): 요정. 요사한 정기(精氣).

라 눔이 드릭면 고이(怪異)히 너길로다."

셜파(說罷)의 니당(內堂)의 드러가 모든 딕 추ᄉ(此事)룰 고(告)ᄒ
매 듯ᄂ니 히연(駭然)14)이 너기고 긱국공(--公)이 분노(憤怒) 왈(曰),

"추싴(此事ㅣ) 벅벅이15) 소실(所實)16)이 잇거눌 형(兄)이 엇디 알
고 다ᄉ리디 아니ᄒ시ᄂ뇨?"

왕(王)이 위연(喟然)17) 탄왈(歎曰),

"현뎨(賢弟) 총명(聰明)ᄒ딕 아디 못ᄒᄂ냐? 금번(今番) 화란(禍亂)
이 등한(等閑)ᄒ 일이 아니니 사룸이 엇디 ᄋ녀ᄌ(兒女子)의 소작(所
作)이라 ᄒ며 셩인(聖人)이 굴ᄋ샤딕, '뎐해(天下ㅣ) 죽염 죽다 ᄒ나
눈

• • •

4면

으로 보디 아니ᄒ 일은 듯디 말라.' ᄒ시니 이 엇디 지극(至極)ᄒ신
말ᄉᆷ이 아니리오? 닉 ᄌ쇼(自少)로 광긔(廣氣)18)ᄒ고 ᄉ히(四海)룰
안공(眼空)19)ᄒ딕 이 일은 뎡(正)코 아니리니 짐쟉(斟酌)의 노 시(氏)
쟉용(作用)인 둣시브나 닉 일즉 눈으로 보디 아냐시니 쟝춫(將次ㅅ)
므어슬 의거(依據)ᄒ야 죄(罪)룰 일우며 범싴(凡事ㅣ) 증험(證驗)20)

---

14) 히연(駭然): 해연. 몹시 이상스러워 놀람.

15) 벅벅이: 반드시.

16) 소실(所實): 분명한 것.

17) 위연(喟然): 한숨 쉬는 모양.

18) 광긔(廣氣): 광기. 호연지기를 넓힘.

19) ᄉ히(四海)룰 안공(眼空): 사해를 안공. 온 세상이 눈앞에 없는 것처럼 여김. '사해'는 온 세상을
의미하고 '안공'은 눈앞에 없는 것처럼 여긴다는 의미임. 이 세상 사람 중에는 뛰어난 자질을
겨룰 만한 사람이 없다는 뜻. 소식(蘇軾)의 시(詩) <서단원자소시이태백진(書丹元子所示李太白
眞)>에 "서쪽으로 태백산 바라보니 아미산과 민산이 가로놓여, 그처럼 눈이 높아 사해에 사람
이 없었어라. 西望太白橫峨岷, 眼高四海空無人."라는 구절이 있음. 『소동파시집(蘇東坡詩集)』
권37.

이 이신 후(後) 말을 ᄒᆞᄂᆞ니 이ᄂᆞᆫ 믈그림의 둘 ᄀᆞᄐᆞ여 잡을 길히 업
ᄉᆞ니 그러티 아니ᄒᆞ니라."

승샹(丞相)이 탄왈(歎曰),

"너의 말이 올흐니 삼ᄋᆞ(三兒)ᄂᆞᆫ 삼가 슈심(修心)²¹⁾ᄒᆞ라. 간인(奸
人)이 틈을 여으리라."

공(公)이 씌ᄃᆞ라 샤례(謝禮)ᄒᆞ더라.

왕(王)이 즉시(卽時) 가뎡(家丁)²²⁾과 복부(僕夫)를 ᄀᆞ초고 거댱(去
裝)²³⁾을 슈습(收拾)ᄒᆞ야 화 시(氏)를 뎍소(謫所)로 보ᄂᆡ려 ᄒᆞᆯ

●●●
5면

시,

이ᄢᅢ, 됴틱 실려 집의 나와 다리를 믜고 쇼져(小姐) 침소(寢所)의
드러가니 영틱, 쇼져(小姐)를 븟드러 안잣고 쇼졔(小姐ㅣ) 어즈러온
운환(雲鬟)으로 ᄂᆞᆾ츨 덥허 반싱반ᄉᆞ(半生半死)²⁴⁾ᄒᆞ엿거ᄂᆞᆯ 틱 나아가
쇼져(小姐)를 븟들고 크게 운대 쇼졔(小姐ㅣ) 눈을 ᄶᅧ 보고 오열(嗚
咽)ᄒᆞ야 굴오ᄃᆡ,

"네 날로 인(因)ᄒᆞ야 듕형(重刑)을 닙고 엇디 인싱(人生)이 사라
이에 니ᄅᆞ럿ᄂᆞ뇨?"

틱 크게 울고 굴오ᄃᆡ,

"쇼비(小婢) ᄒᆞᆫ 목숨을 ᄇᆞ려 쇼져(小姐)를 구(救)ᄒᆞ려 ᄒᆞ던 거ᄉᆞᆯ

---

20) 증험(證驗): 실지로 사실을 경험함. 또는 증거로 삼을 만한 경험.
21) 슈심(修心): 수심. 마음을 닦음.
22) 가뎡(家丁): 가정. 집에서 부리는 남자 일꾼.
23) 거댱(去裝): 거장. 여행할 때 쓰는 물건과 차림. 행장(行裝).
24) 반싱반ᄉᆞ(半生半死): 반생반사. 거의 죽게 되어 죽을지 살지 모를 지경에 이름.

형(兄)이 대亽(大事)를 어그릇亽니 이는 쇼져(小姐)의 젼세(前世) 원쉬(怨讎ㅣ)런가 ᄒᆞᄂᆞ이다."

언미필(言未畢)25)의 영딕, 대경(大驚) 왈(曰),

"닉 므亽 일 어긔워 노ᄒᆞ뇨? 네 말이 ᄌᆞ못 슈상(殊常)ᄒᆞ도다."

됴딕 노식(怒色)고 굴오딕,

"형(兄)이

•••
6면

어제날 아문(衙門)의 드러가 날을 보고 이리이리 아니며 형틀(刑-)의 올나 이리이리 쵸亽(招辭)26)ᄒᆞ더니는 뉘러뇨?"

영딕 대경차악(大驚嗟愕)27) 왈(曰),

"닉 너 가도인 후(後)로 쇼져(小姐) 겻틀 쩌나디 아냣거ᄂᆞᆯ 이 어인 말이뇨? 듯ᄂᆞ니 처엄이로다."

쇼제(小姐ㅣ) 잠간(暫間) 졍신(精神)을 거두워 닐오딕,

"됴딕ᄂᆞᆫ 여러 말 말라. 영딕 일즉 나의 겨틱 니측(離側)28)디 아냐 시니 어ᄂᆞ 亽이 형부(刑部)의 드러가며 셜亽(設使) 드러간들 젼일(前日) 녈녈(烈烈)ᄒᆞᆫ 튱심(忠心)을 운슈(運數)의 브티고 날을 미러 킹참(坑塹)29)의 너ᄒᆞ랴? 이 필연(必然) 요인(妖人)이 변화(變化)ᄒᆞ야 너를 소기미라 싱심(生心)도 텬뉸(天倫)의 의(義)를 가ᄇᆞ야이 말라."

됴딕 크게 놀나 굴오딕,

---

25) 언미필(言未畢): 말이 끝나지 않음.
26) 쵸亽(招辭): 초사. 죄인이 자기의 범죄 사실을 진술하던 말.
27) 대경차악(大驚嗟愕): 크게 놀람.
28) 니측(離側): 이측. 곁을 떠남.
29) 킹참(坑塹): 갱참. 깊고 길게 파 놓은 구덩이.

"늬 진실로(眞實-) 형(兄)

•••
7면

의 젼일(前日) 튱심(忠心)으로 이 일이 만만의외(萬萬意外)로듸 용모(容貌) 거지(擧止) 호발(毫髮)도 차착(差錯)30)디 아니ᄒ니 실로(實-) 고이(怪異)히 너겻더니 대강(大綱) 이 연괴(緣故ㅣ) 잇닷다."

정언간(停言間)31)의 빙쥐 밧그로조차 드러와 연왕(-王)이 영듸쟈(--者)를 잡아 오라 ᄒ니 ᄇ람이 되여 ᄃ라난 연고(緣故)를 일일히(一一-) 고(告)ᄒ니 됴듸 더옥 놀나 어린 ᄃ시ᄒ고 영듸 절치(切齒)ᄒ야 굴오듸,

"늬 사라셔 날 잡은 원슈(怨讎)의 고기를 먹으리라."

됴듸 더옥 분(憤)ᄒ야 흔갓 어린 ᄃ시 안잣더라.

이쌔 연왕(-王)은 녜부(禮部)의 햐쳐(下處)의 가고 소휘(-后ㅣ) 죵일죵야(終日終夜)토록 이에 이셔 쇼져(小姐)의 손을 잡고 누쉬(淚水ㅣ) 횡뉴(橫流)ᄒ니, 화 시(氏) 심시(心思ㅣ) 망극(罔極)ᄒ나 효의(孝義) 가ᄇ얍디 아닌디

•••
8면

라 졍신(精神)을 거두워 슬픈 빗츨 ᄀ초고 존고(尊姑)를 위로(慰勞)ᄒ며 힝장(行裝)을 출혀,

---

30) 차착(差錯): 어그러져서 순서가 틀리고 앞뒤가 서로 맞지 아니함.
31) 졍언간(停言間): 정언간. 말을 잠시 멈춘 사이.

삼(三) 일(日)이 다두르매 위·녀 냥인(兩人)이 니르러 죵용(從容)히 니별(離別)호려 호야 이 밤을 와 디닉니 화 시(氏) 감은(感恩)호미 국골(刻骨)호야 눈믈을 드리워 굴오되,

"쇼뎨(小弟) 오늘날 죄인(罪人)의 몸이 되여 텬애디각(天涯地角)[32]의 도라가니 다시 사라 도라오믈 밋디 못홀디라. 져져(姐姐)의 셩덕(盛德)을 갑흘 날이 업슬가 호ᄂ이다."

냥인(兩人)이 위로(慰勞) 왈(曰),

"쇼졔(小姐ㅣ) 엇디 이런 블길(不吉)흔 말을 호ᄂ뇨? 우리 냥인(兩人)이 녀ᄌ(女子)의 몸으로셔 굿기믈 쳔고(千古)의 업시 호여시되 이졔 목숨이 사라시니 쇼졔(小姐ㅣ) 이러툿 조븐야이[33] 싱각디 말고 아모려

* * *

9면

나 보젼(保全)호야 원슈(怨讐)를 갑흐미 쾌(快)호니 이러툿 말미 가(可)호니이다."

화 시(氏) 칭샤(稱謝) 읍되(泣對) 왈(曰),

"냥(兩) 져져(姐姐)는 복녹(福祿)이 놉흐신 사룸이니 대환(大患) 듕(中) 버서나미 계시거니와 쳡(妾)은 명박(命薄)[34]혼 인싱(人生)이라 엇디 됴흔 일이 잇기를 ᄇ라리오?"

이(二) 인(人)이 직삼(再三) 위로(慰勞)호고 달야(達夜)[35]호매 평명

---

32) 텬애디각(天涯地角): 천애지각. 하늘의 끝이 닿은 곳과 땅의 한 귀퉁이라는 뜻으로, 서로 멀리 떨어져 있음을 이르는 말.
33) 조븐야이: 좁게.
34) 명박(命薄): 운명이 기박함.
35) 달야(達夜): 밤을 새움.

(平明)36)의 화 시(氏) 겨유 몸을 운동(運動)ᄒ야 니러나 빗 업슨 의
샹(衣裳)과 나모빈혀와 초리(草履)로 방(房)을 쩌날ᄉᆡ 벽(壁)을 향
(向)ᄒ야 ᄂᆞᆺ출 도라 흐르는 눈믈이 옥(玉) ᄀᆞ튼 귀밋틱 니음차 긔운
이 혼미(昏迷)ᄒ니, 슬프다! ᄂᆞᆫ 새 곳츨 쩌나매 소릭 쳐챵(悽
愴)37)ᄒ다 ᄒ니 즘싱도 이러커든 금일(今日) 화 시(氏) 졍ᄉ(情事)
ᄅᆞᆯ 니ᄅᆞ리

•••
10면

오.

반향(半晌)38) 후(後) 졍신(精神)을 출혀 졍당(正堂)의 드러가매 뉴
부인(夫人)으로브터 모든 사름이 누쉬(淚水ㅣ) 니음차 늣기는 소릭
ᄌᆞ못 비챵(悲愴)ᄒ더라. 뉴 부인(夫人)이 쇼져(小姐)ᄅᆞᆯ 나아오라 ᄒ
야 어ᄅᆞᄆᆞᆫ져 오열(嗚咽) 왈(曰),

"미망여싱(未亡餘生)39)이 지금(只今)ᄀᆞ지 잔쳔(殘喘)40)을 투싱(偸
生)41)ᄒ엿다가 이런 잔잉흔 일을 볼 줄 어이 알리오? 슈연(雖然)이나
현부(賢婦)의 운쉬(運數ㅣ) 블리(不利)ᄒ야 일이 이 디42)경(地境)의
미처시나 하늘이 놉흐나 슬피미 쇼쇼(昭昭)43)ᄒ니 타일(他日)을 기
ᄃᆞ리미 가(可)ᄒ더라. 현부(賢婦)ᄂᆞᆫ 모로미 과도(過度)히 샹회(傷懷)

---

36) 평명(平明): 해가 뜨는 시각. 또는 해가 돋아 밝아질 때.
37) 쳐챵(悽愴): 처창. 몹시 구슬프고 애달픔.
38) 반향(半晌): 한나절의 반. 반나절.
39) 미망여싱(未亡餘生): 미망여생. 죽지 못하고 남은 삶.
40) 잔쳔(殘喘): 잔천. 아주 끊어지지 아니하고 겨우 붙어 있는 숨.
41) 투싱(偸生): 투생. 구차하게 산다는 뜻으로, 죽어야 마땅할 때에 죽지 아니하고 욕되게 살기를
꾀함을 이르는 말.
42) 디: 원문에는 '긔'로 되어 있으나 문맥을 고려해 규장각본(17:8)과 연세대본(17:10)을 따름.
43) 쇼쇼(昭昭): 소소. 밝음.

티 말고 타일(他日) 노모(老母)의 ㄴ출 다시 보게 ᄒ라.”

쇼졔(小姐ㅣ) 돈슈(頓首) 톄읍(涕泣) 왈(曰),

“쇼쳡(小妾)이 무샹(無狀)ᄒ와 ᄒᆫ 일도 구고(舅姑)긔 효(孝)ᄅᆞᆯ 일우

• • •

11면

디 못ᄒ고 블효(不孝)ᄅᆞᆯ 이러틋 기티오니 죄(罪) 만ᄉᆡ(萬死ㅣ)로소이
다. 쳡(妾)이 혈혈약녀(孑孑弱女)[44]로 몸의 쳔고(千古) 강샹(綱常)을
범(犯)ᄒᆫ 죄(罪)ᄅᆞᆯ 싯고 만리타향(萬里他鄕)의 관비(官婢)ᄅᆞᆯ 감심(甘
心)ᄒᄃᆡ 죽디 아니믄 뼈 곰 존당(尊堂) 구고(舅姑)의 우렴(憂念)[45]ᄒ
시믈 념(念)ᄒ미라. 박명(薄命) 인ᄉᆡᆼ(人生)이 쳔단고초(千端苦楚)ᄅᆞᆯ
겻거 결(決)티 못ᄒᄆᆞᆫ 존문(尊門) 셩덕(盛德)을 져ᄇᆞ리디 아니려 ᄒ
ᄂᆞ이다.”

부인(夫人)이 흔탄(恨歎)ᄒ고 모든 슉당(叔堂)이 각각(各各) 옥누
(玉淚)ᄅᆞᆯ ᄂᆞ리와 골오ᄃᆡ,

“딜부(姪婦)의 툐셰(超世)[46]ᄒᆫ ᄒᆡᆼᄉᆞ(行事)로 오늘이 이시믄 쳔만ᄯᅳᆺ
밧(千萬--)기라. 우리 등(等)의 ᄆᆞ음이 버히ᄂᆞᆫ 듯ᄒ니 그ᄃᆡ 졍ᄉᆞ(情
事)ᄅᆞᆯ 니ᄅᆞ리오마ᄂᆞᆫ ᄆᆞ춤ᄂᆡ 보듕(保重)ᄒ야 풍운(風雲)의 길시(吉時)
ᄅᆞᆯ 기ᄃᆞ리

---

44) 혈혈약녀(孑孑弱女): 의지할 곳이 없이 외로운 약한 여자.
45) 우렴(憂念): 우념. 근심함.
46) 툐셰(超世): 초세. 일세(一世)에서 뛰어남.

라. 뎌 창텬(蒼天)이 ᄆ\\ᄎᆷ니 그딕긔 믹몰[47]ᄒ리오?"

화 시(氏) 톄루(涕淚) 빈샤(拜謝)러니,

이윽고 승샹(丞相)과 남공(-公) 등(等) 오(五) 인(人)이 녜부(禮部)를 니별(離別)ᄒ고 각각(各各) 안슈(眼水)를 ᄉ매로 스ᄉ며 일시(一時)의 드러와 셩녈(成列)ᄒᄆ매 뉴 부인(夫人)이 승샹(丞相) 등(等)을 보고 실셩통곡(失聲慟哭) 왈(曰),

"닉 팔ᄌᆡ(八字 ㅣ) 무샹(無常)ᄒ야 흥문을 안젼(眼前)의 두디 못ᄒ고 앗가온 인직(人材)를 죽을 곳의 너흐니 이 심ᄉ(心思)를 쟝ᄎᆺ(將次ㅅ) 어딕 두리오?"

승샹(丞相)이 피셕(避席) 지비(再拜) 왈(曰),

"증이파의(甑已破矣)[48]라 현마 엇디ᄒ며 즉금(卽今) 이러ᄒ나 필경(畢竟)이 무ᄉ(無事)ᄒ리니 과려(過慮)티 마ᄅ쇼셔."

부인(夫人)이 읍읍(悒悒) 비열(悲咽)[49]ᄒ고,

화 시(氏) 나아가 하딕(下直)ᄒᄆ매 승샹(丞相)이 흔연(欣然)이 위로(慰勞)ᄒ야 닐오딕,

"ᄋᆞ뷔(阿婦 ㅣ) 오문(吾門)의

---

47) 믹몰: 매몰. 인정이나 싹싹한 맛이 없고 쌀쌀맞음.
48) 증이파의(甑已破矣): 시루가 이미 깨졌다는 뜻으로 이미 지난 일이라는 말임.
49) 비열(悲咽): 슬피 오열함.

드러완 디 오라디 아냐 이런 일이 이시니 가(可)히 탄(嘆)호염 즉호나 텬수(天數)를 도망(逃亡)티 못호미니 오뷔(吾婦ㅣ) 모로미 초(楚)나라 죄슈(罪囚)의 거동(擧動)50)으로 셜셜(屑屑)51)호 틱(態)를 부리고 보듕(保重)호야 타일(他日)을 기드리라."

쇼제(小姐ㅣ) 빅샤(拜謝) 슈명(受命)호고 연왕(-王)이 쇼져(小姐)의 손을 잡고 머리를 쓰다드마 흔연(欣然)이 위로(慰勞)호며 관유(寬諭)52)호니 쇼제(小姐ㅣ) 지빅(再拜) 하딕(下直)고 몸을 두로혀매 왕(王)이 쏘라 니러 나와 농포(龍袍) 스매로 누슈(涙水)를 거두며 쇼져(小姐)를 나아오라 호야 골오딕,

"네 약녀(弱女)로 오늘날 거죄(擧措ㅣ) 천고(千古)의 업스니 시운(時運)의 블힝(不幸)호미 이53)대도록 호리오? 연(然)이나 나의 너 위(爲)호 쯧을 슬퍼 므춤니 화

---

50) 초(楚)나라 죄슈(罪囚)의 거동(擧動): 초나라 죄수의 거동. 이 부분은 작가가 고사의 원전을 잘못 이해해 쓴 것으로 보임. 초나라 죄수가 아니라 고초받는 죄수로 보아야 할 듯함. 이는 곤경에 빠져 어찌할 수 없는 상태를 비유한 말임. 초수대읍(楚囚對泣). 남조(南朝) 송(宋) 유의경(劉義慶)의 『세설신어(世說新語)』, 「언어(言語)」에 나옴. "강을 건넌 사람들이 매양 날씨 좋은 날을 만나면 문득 새로운 정자에서 서로 만나 자리를 깔고 잔치를 벌였다. 주후(周侯)가 앉아서 탄식하기를, '풍경은 달라지지 않았건만 참으로 산과 강은 다름이 있구나'라고 하니 모두 서로 바라보며 눈물을 흘렸다. 오직 왕 승상 도(導)만이 정색하고 말하였다. '마땅히 모두 힘을 합쳐 왕실을 재건하고 전국을 회복해야 하거늘 어찌 고초받는 죄수처럼 서로 보고만 있단 말인가?' 過江諸人, 每至美日, 輒相邀新亭, 藉卉飮宴. 周侯坐而歎曰, '風景不殊, 正自有山河之異.' 皆相視流淚. 唯王丞相愀然變色曰, '當共戮力王室, 克復神州, 何至作楚囚相對?'"
51) 셜셜(屑屑): 설설. 자질구레함.
52) 관유(寬諭): 너그럽게 타이름.
53) 이: [교] 원문에는 '어'로 되어 있으나 오기로 보이므로 이와 같이 수정함.

시벽(和氏璧)⁵⁴⁾이 온젼(穩全)ᄒ고 낙챵(樂昌)의 거울⁵⁵⁾이 두렷ᄒᆞᆯ딘
대 므슴 흔(恨)이 이시리오?"

쇼졔(小姐ㅣ) 오열(嗚咽) 뉴톄(流涕)ᄒ야 겨유 ᄃᆡ왈(對曰),

"금일(今日) 존구(尊舅) 말ᄉᆞᆷ을 간폐(肝肺)의 사기리이다."

드ᄃᆡ여 뎡의 들매 소휘(-后ㅣ) 붓들고 실셩이통(失聲哀痛)⁵⁶⁾ᄒ니
긔운이 엄식(奄塞)⁵⁷⁾ᄒᆞᆫ다라. 졔ᄌᆞ(諸子ㅣ) 붓드러 니고 교뷔(轎夫
ㅣ) 뎡을 메여 나가니 셔ᄌᆞ(庶子) 몽평⁵⁸⁾으로 호힝(護行)⁵⁹⁾ᄒ고 근
신(勤信)⁶⁰⁾흔 가뎡(家丁) 삼십여(三十餘) 인(人)을 극퇵(極擇)⁶¹⁾ᄒ야
길히 차실(差失)⁶²⁾ᄒ미 업게 ᄒ라 ᄒ니, 몽평은 문셩⁶³⁾의 필ᄌᆞ(畢子
ㅣ)오, 위인(爲人)이 근실(勤實)ᄒ야 뎍실(嫡室)⁶⁴⁾ 위(爲)흔 졍(情)이

---

54) 화시벽(和氏璧): 화씨벽. 중국 춘추시대 초(楚)나라 형산(荊山)에서 난 옥돌을 이르는 것으로
    발견한 사람 변화(卞和)의 이름을 따 이와 같이 부름. 즉, 초나라의 변화(卞和)라는 이가 박옥
    (璞玉)을 발견하여 초나라 왕인 여왕(厲王)과 무왕(武王)에게 차례로 바쳤으나 왕들이 그것을
    돌멩이로 간주하여 각각 변화의 왼쪽 발과 오른쪽 발을 자름. 이후 문왕(文王)이 즉위하자 변
    화는 왕에게 갈 수 없어 통곡하니, 문왕이 그 소문을 듣고 옥공(玉工)을 시켜 박옥을 반으로
    가르게 해 진귀한 옥을 얻고 이를 화씨벽(和氏璧)이라 칭함.『한비자(韓非子)』,「화씨(和氏)」.
55) 낙챵(樂昌)의 거울: 낙창의 거울. 부부가 헤어졌다가 만남을 이름. 낙창공주(樂昌公主)가 깨진
    반쪽 거울로 헤어졌던 남편 서덕언(徐德言)을 찾은 이야기에서 유래함. 곧, 중국 진(陳)나라 말
    에 태자사인(太子舍人) 서덕언이 왕의 누이인 낙창공주 진 씨를 아내로 맞았는데, 진나라가 곧
    망할 것임을 예감한 서덕언이 거울을 반으로 갈라 낙창공주와 나눠 가지며 신표로 삼고, 나라
    가 망한다면 정월 보름에 반쪽의 거울을 도읍의 시장에서 비싼 값으로 팔라고 함. 그후 진나
    라가 망해 서덕언은 도망하고 낙창공주는 양소(楊素)에게 사로잡히는데, 서덕언이 정월 보름
    에 도읍의 시장에서 반쪽 거울을 비싼 가격에 파는 사람을 보고 낙창공주를 만나 양소의 배려
    로 함께 고향으로 돌아감.『태평광기(太平廣記)』, <양소(楊素)>.
56) 실셩이통(失聲哀痛): 실성애통. 목이 쉴 정도로 슬피 통곡함.
57) 엄식(奄塞): 엄색. 갑자기 막힘.
58) 몽평: 이현의 첩 주 씨의 손자. 아버지는 이문성.
59) 호힝(護行): 호행. 보호하며 따라감.
60) 근신(勤信): 부지런하고 믿을 만함.
61) 극퇵(極擇): 극택. 매우 정밀하게 잘 골라 뽑음.
62) 차실(差失): 어긋남.
63) 셩: [교] 원문에는 '졍'으로 되어 있으나 앞의 예를 따라 이와 같이 수정함.
64) 뎍실(嫡室): 적실. 원래 본처를 이르나 여기에서는 본처의 소생 등을 의미함.

바다 ᄀᆞ튼 고(故)로 그 천금(千金) ᄌᆞ부(子婦)를 호힝(護行)ᄒᆞ라 ᄒᆞ
니 엇디 진심(盡心)티 아니ᄒᆞ리오. 슌슌(順順) 슈명(受命)ᄒᆞ고 일힝
(一行)

•••
15면

을 휘동(麾動)[65]ᄒᆞ야 형쥐(荊州)[66]를 ᄇᆞ라고 나아가니라.

이ᄯᆡ 노 시(氏), 흥문과 화 시(氏)를 ᄉᆞ디(死地)의 너흐매 혜션으로
더브러 서로 하례(賀禮)ᄒᆞ며 그 몸이 남아 귀향 가믈 앙앙(怏怏)[67]ᄒᆞ
야 흉(凶)ᄒᆞᆫ 계괴(計巧ㅣ) 긋치 누ᄅᆞ디 못ᄒᆞ야 ᄀᆞ만이 혜션으로 ᄒᆞ여
곰 ᄌᆞ긱(刺客)을 방문(訪問)ᄒᆞᆯ시 혜션 왈(曰),

"늬 오라비 식공이 날로 더브러 검슐(劍術)을 빈화 쳠하(檐下)로
오ᄅᆞᄂᆞ리기를 자최 업시 ᄒᆞ고 사름의 머리 버히기를 ᄂᆞᄆᆞᆺ취[68] 것ᄂᆞ
ᄃᆞᆺ ᄒᆞ니 ᄎᆞ인(此人)으로 듕가(重價)를 주어 셩도(成都)[69]로 보ᄂᆡ고
화녀(-女)는 녀ᄌᆞ(女子ㅣ)라 대단티 아니ᄒᆞ니 그만ᄒᆞ여 두미 엇더ᄒᆞ
뇨?"

노 시(氏) 왈(曰),

"화녜(-女ㅣ) 녀ᄌᆞ(女子ㅣ)나 당당(堂堂)한 달샹(達相)[70]이라
살라

___

65) 휘동(麾動): 지휘해 움직이게 함.
66) 형쥐(荊州): 형주. 중국 역사상의 옛 행정 구역. 지금의 호북성과 호남성 대부분의 지역.
67) 앙앙(怏怏): 매우 마음에 차지 아니하거나 야속함.
68) ᄂᆞᄆᆞᆺ취: 주머니.
69) 셩도(成都): 성도. 옛날 중국 삼국시대 촉한(蜀漢)의 수도였던 곳으로 현재 사천성(四川省)의
성도(省都)임.
70) 달샹(達相): 달상. 귀하고 높은 인물이 될 상(相).

두미 무익(無益)ᄒ니 ᄉ부(師父)ᄂ 아오로 젼졔(剪除)[71]ᄒ게 ᄒ라.”

혜션이 응낙(應諾)고 즉시(卽時) ᄆ을히 나가 제 오라비 식공ᄋᆞᆯ 보고 계교(計巧)ᄅᆞᆯ ᄀᆞᄅ치고 화 시(氏) 쳐티(處置)ᄒᆯ 사ᄅᆞᆷ을 무ᄅᆞ니 공이 왈(曰),

“닌 요ᄉᆞ이 계집을 어드니 일홈은 승난이라. 뎨 이인(異人)을 만나 검슐(劍術)의 긔이(奇異)ᄒ미 날로 디지 아니ᄒ니 뎔로뻐 형쥐(荊州) 보닌야 화 시(氏)ᄅᆞᆯ 죽이게 ᄒ리라.”

혜션이 대희(大喜)ᄒ야 쳔금(千金)을 주어 직삼(再三) 챡실(着實)이 ᄒ라 ᄒ니 식공이 응낙(應諾)ᄒ고 즉시(卽時) 제 계집으로 더브러 이 일을 니ᄅᆞ고 각각(各各) 남녀(男女)ᄅᆞᆯ ᄂᆞ화 가니라.

이젹의 몽평이 화 쇼져(小姐)ᄅᆞᆯ 뫼셔 듀야(晝夜)로 길흘 녜매[72] 츠시(此時)

하오월(夏五月)이라. 일긔(日氣) 엄열(嚴熱)[73]ᄒ고 염텬(炎天)[74]이 강강(剛剛)[75]ᄒ야 흑뮈(黑霧ㅣ) 아득ᄒ니 대댱부(大丈夫)의 텬디(天地) ᄀᆞᄐᆞᆫ 쟝긔(壯氣)[76]라도 견딕기 어렵거든 화 쇼져(小姐)ᄂ 이 흔

---

71) 젼졔(剪除): 전제. 잘라 없앰.
72) 녜매: 가니.
73) 엄열(嚴熱): 매우 뜨거움.
74) 염텬(炎天): 염천. 몹시 더운 날씨.
75) 강강(剛剛): 날씨가 혹독함.
76) 쟝긔(壯氣): 장기. 건장한 기운.

낫 빙옥(氷玉) ᄀ튼 옥녜(玉女ㅣ)라 심위(心隅ㅣ)[77] 편(便)ᄒ고 됴흔 길흘 가도 괴로오려든 몸의 텬디간(天地間)의 업슨 죄(罪)를 싯고 원통(冤痛)ᄒᆫ 회포(懷抱)를 가슴의 서리담아 미음(米飮)이 목의 ᄂᆞ리디 아니ᄒ고 날로 눈믈이 오술 적시ᄂᆞᆫ 가온대 이 괴로온 길흘 가니 그 비원(悲冤)[78]ᄒᆫ 졍ᄉᆞ(情事ㅣ) 어ᄃᆡ 비(比)ᄒ리오.

반싱반ᄉᆞ(半生半死)ᄒ야 촌촌(寸寸)이 힝(行)ᄒ야 댱샤(長沙)[79]의 니ᄅᆞ러ᄂᆞᆫ 몽평이 고(告)ᄒᄃᆡ,

"이곳의셔 항쥐(杭州) 화 ᄌᆞᄉᆞ(刺史) 노얘(老爺ㅣ) 계신 곳이 머디 아

●●●
18면

니ᄒᄂᆞ니 잠간(暫間) 뵈옵고 가시리잇가?"

쇼졔(小姐ㅣ) 탄식(歎息) 왈(曰),

"쳡(妾)이 오늘날 이 경상(景狀)을 ᄒ야 가지고 ᄎᆞ마 므슴 ᄂᆞᆺᄎᆞ로 부모(父母)ᄭᄂ들 뵈옵고져 시브리오마ᄂᆞᆫ ᄉᆞ졍(私情)의 년년(戀戀)ᄒᆞ믈 ᄎᆞᆷ디 못ᄒ올소이다."

몽평이 슈명(受命)ᄒ고 날이 져믈매 역샤(驛舍)를 잡아 머므더니, ᄎᆞ야(此夜)의 승난이 ᄶᆞᆯ와 이곳의 니ᄅᆞ러ᄂᆞᆫ ᄀᆞ만이 몸을 금초와 지붕의 업듸여 ᄂᆞ리미러 보니 십여(十餘) 개(個) 시녀(侍女)ᄂᆞᆫ 댱(帳) 밧긔 잇고 늙은 노파(老婆)와 졈은 시녀(侍女) 일(一) 인(人)이 쇼져

---

77) 심위(心隅ㅣ): 마음.
78) 비원(悲冤): 슬프고 원통함.
79) 댱샤(長沙): 장사. 중국 동정호(洞庭湖) 남쪽 상강(湘江) 하류의 동쪽 기슭에 있는 도시로 호남성(湖南省)의 성도(省都)임.

(小姐) 겨틱 안자 구호(救護)ᄒ거늘 승난이 몸을 흔드러 변(變)ᄒ야 ᄇ람이 되여 드리ᄃ라 블을 ᄠ ᄇ리고 쇼져(小姐)ᄅ 싀어 닉ᄃᄅ니, 원

•••
19면

릭(元來) 승난이 혼낫 여의80) 정녕(精靈)이라 고은 녀ᄌ(女子)ᄅ 죽여 먹으믄 제 소댱(所長)이러니 이제 쇼져(小姐)ᄅ ᄃ려 무인쳐(無人處)의 가 잡아 먹으려 ᄒ야 정(正)히 ᄇ람이 되여 공듕(空中)의 ᄃ더니, 홀연(忽然) 셔긔(瑞氣)81) 닐며 곳비 ᄂ리ᄂ 곳의 관셰음보살(觀世音菩薩)이 년화ᄃᆡ(蓮花臺) 우희셔 뉴리병(琉璃甁)을 들고 녀셩(厲聲)82) 왈(曰),

"업튝(業畜)83)이 눌을 해(害)코져 ᄒᄂ뇨?"

드ᄃ여 크게 블러 왈(曰),

"혜안 뎨ᄌ(弟子ㅣ)야, 벽84)옥(璧玉) 션녜(仙女ㅣ) 대화(大禍)ᄅ 만나시니 ᄲᆞ리 구(救)ᄒ라."

셜파(說罷)의 옥채(玉-)85) 힝재(行者ㅣ)86) 쇠막대ᄅ 들고 닉ᄃ라 승난아ᄅ 잡으니 승난이 관음(觀音)을 보고 겁(怯)ᄒ야 화 시(氏)ᄅ 노화 ᄇ리니,

---

80) 여의: 여우.
81) 셔긔(瑞氣): 서기. 상서로운 기운.
82) 녀셩(厲聲): 여성. 소리를 사납게 함.
83) 업튝(業畜): 업축. 전생에 지은 죄로 인하여 이승에 태어난 짐승.
84) 벽: [교] 원문과 규장각본(17:14), 연세대본(17:19)에 모두 '벼'로 되어 있으나 앞의 예를 따라 이와 같이 수정함.
85) 옥채(玉-): 옥으로 만든 채.
86) 힝재(行者ㅣ): 행자. 불도를 닦는 사람.

화 시(氏) 공듕(空中)

•••
20면

의셔 느려디매 이 곳 동뎡(洞庭)를 가온대라. 흔 빗 가온대 몸이 브드티니 놀난 졍신(精神)을 거두어 눈을 드러 보니 일좌(一座) 대션(大船)이 치식(彩色)으로 쑤며 여흘의 미고 등쵹(燈燭) 포딘(鋪陳)[87]이 휘황(輝煌)흔디 일위(一位) 옥인(玉人)이 당건빅의(唐巾白衣)[88]로 빗젼[89]의 비겨 시(詩)를 음영(吟詠)ᄒ다가 놀나 냥구(良久) 예시(睨視)[90]ᄒ거늘 쏘흔 ᄌ시 보니 이 곳 ᄌ긔(自己)의 댱부(丈夫) 니(李)어시(御史ㅣ)라. 삼혼칠빅(三魂七魄)[91]이 다 느라나 졍신(精神)이 아득ᄒ니 피를 토(吐)ᄒ고 업더딘디라.

원릭(元來) 빅문이 형양(衡陽)을 다스리고 역마(驛馬)로 샹경(上京)ᄒ다가 동뎡(洞庭)의 니르러 셔호(西湖)[92] 풍경(風景)을 구경코져 ᄒ야 비를 쑤며 듕뉴(中流)[93]ᄒ엿더

•••
21면

---

87) 포딘(鋪陳): 포진. 바닥에 깔아 놓는 방석, 요, 돗자리 따위를 통틀어 이르는 말.
88) 당건빅의(唐巾白衣): 당건백의. 당건과 흰 옷. 당건은 중국에서 쓰던 관(冠)의 하나로 당나라 때에는 임금이 많이 썼으나, 뒤에는 사대부들이 사용함.
89) 빗젼: 뱃전. 배의 양쪽 가장자리 부분.
90) 예시(睨視): 흘겨봄.
91) 삼혼칠빅(三魂七魄): 삼혼칠백. 삼혼과 칠백을 아울러 이르는 말. 삼혼은 사람의 마음에 있는 세 가지 영혼으로 태광(台光), 상령(爽靈), 유정(幽精)을 이름. 칠백은 도교에서, 사람의 몸에 있는 일곱 가지 넋으로 몸 안에 있는 탁한 영혼. 시구(尸拘), 복시(伏矢), 작음(雀陰), 탄적(呑賊), 비독(非毒), 제예(除穢), 취폐(臭肺)를 이름.
92) 셔호(西湖): 서호. 중국 절강성(浙江省) 항주시(杭州市)에 있는 호수.
93) 듕뉴(中流): 중류. 배를 호수의 중간으로 띄움.

니 홀연(忽然) 공듕(空中)으로셔 사룸이 쩌러디믈 보고 놀나 눈을 드러 보니 그 녀지(女子ㅣ) 쳥샹녹의(靑裳綠衣)⁹⁴⁾로 나모빈혀와 허튼 운환(雲鬟)이나 벅벅이⁹⁵⁾ 골슈(骨髓)의 박히게 믜워ㅎ던 화 시(氏)라.

이에 뭇고져 홀 추(次)뎨 혼졀(昏絕)ㅎ믈 보고 나아가 븟드러 씨오니 화 시(氏) 겨유 졍신(精神)을 뎡(定)ㅎ야 뎌의 븟드러시믈 대경(大驚)ㅎ야 쩔티고 니러 안거늘, 싱(生)이 문왈(問曰),

"그딕 화 시(氏)로소니 므스 일로 공듕(空中)의 쩌러뎟는다?"

화 쇼졔(小姐ㅣ) 미황(未遑)⁹⁶⁾ 듕(中)이나 뎌롤 딕(對)ㅎ니 흔(恨)홈과 셜우미 국골(刻骨)ㅎ야 답(答)디 아니니 싱(生)이 경스(京師) 됴보(朝報)⁹⁷⁾롤 곳 어더 보와 화 시(氏)와 녜부(禮部)의 일을

●●●
22면

주시 아는디라. 졍(正)히 니롤 골고 졀티(切齒)ㅎ던디라 이에 손을 나오쳐 잡고 냥목(兩目)을 브룹쩌 무러 굴오딕,

"네 춘경(春卿)⁹⁸⁾의 녀지(女子ㅣ)오, 쳔승(千乘)⁹⁹⁾ 귀가(貴家)의 주부(子婦)로 엇디ㅎ야 몸이 이에 니르럿ᄂᆞ뇨? 바로 고(告)ㅎ라."

---

94) 쳥샹녹의(靑裳綠衣): 청상녹의. 푸른 치마와 녹색 옷.
95) 벅벅이: 반드시.
96) 미황(未遑): 미처 겨를이 없음.
97) 됴보(朝報): 조보. 조정의 결정 사항, 관리 임면 등을 실은, 조정에서 낸 문서.
98) 춘경(春卿): 춘경. 춘관(春官)의 장관. 춘관은 중국 주나라의 관직명인데, 육경(六卿)의 하나로 예(禮)를 담당하였음. 이로부터 후에 예부(禮部)를 춘관이라 하고 그 장관(長官), 즉 예부상서 등을 춘경이라 불렀음. 여기에서는 화 씨의 아버지 화진이 시랑의 벼슬을 했고 자사 벼슬을 하고 있으므로 이와 같이 칭한 것임.
99) 쳔승(千乘): 천승. 천 대의 병거라는 뜻으로, 제후를 이르는 말. 제후는 천 대의 병거를 낼 만한 나라를 소유하였음. 화 씨의 시부(媤父)인 연왕 이몽창이 제후이므로 이와 같이 칭한 것임.

화 시(氏) 블연(勃然) 쟉쉭(作色)고 ᄉ매를 쩔티고 믈러셔니 싱(生)이 즐왈(叱曰),

"네 ᄉ족(士族) 녀ᄌ(女子)로 명ᄉ(名士)의 안해오, 국군(國君)의 ᄌ부(子婦)로 므어시 낫바 힝실(行實)을 그러틋 놀려 몸이 형쥐(荊州) 역비(驛婢) 되여 가다가 므슨 일로 요괴(妖怪)로온 즈슬 다ᄒᄂ라 공듕(空中)의셔 쩌러디ᄂᆫ다? 대댱뷔(大丈夫ㅣ) 되여 너 ᄀᄐᆫ 음악(淫惡)100)ᄒᆫ 년을 버히미 쾌(快)ᄒ니 연고(緣故)를 니ᄅ고 쎨니 칼아래 업디라."

화 시(氏),

•••
23면

원릭(元來) 뎌과 말ᄒ믈 더러이 너기ᄂ디라 쏘ᄒᆫ 답(答)디 아니니 싱(生)이 더옥 통ᄒᆡ(痛駭)101)ᄒ야 싱각ᄒᄃᆡ,

'뎌 ᄀᄐᆫ 음악지인(淫惡之人)을 살라 두미 성명지티(聖明之治)102)의 욕(辱)되고 마ᄎᆷ 긔회(機會)를 어더시니 ᄀ만이 죽여 업시 ᄒ미 묘(妙)ᄒ다.'

ᄒ고 갑플103)의 칼흘 쌔히거ᄂᆞᆯ 화 시(氏) 눈결의 보고 즉시(卽時) 입을 여러 왈(曰),

"네 션비 되여 정실(正室)을 죽이려 ᄒ니 금쉬(禽獸ㄴ)들 너 ᄀᄐᆫ니 어디 이시리오? 니 부모(父母) 유톄(遺體)를 므슴 ᄒ라 칼늘히 샹

---

100) 음악(淫惡): 음란하고 악함.
101) 통ᄒᆡ(痛駭): 통해. 몹시 이상스러워 놀람.
102) 성명지티(聖明之治): 성명지치. 현명한 임금이 다스림.
103) 갑플: 칼집.

(傷)흔 혼빅(魂魄)이 되리오?"

셜파(說罷)의 ᄂᆞ는 둣 강심(江心)을 향(向)ᄒᆞ야 ᄲᅱ여드니 어ᄉᆞ(御史ㅣ) 죠곰도 측은(惻隱)흔 ᄯᅳᆺ이 업서 도로혀 칼

•••
24면

로 베티디 못ᄒᆞᆯ 흔(恨)ᄒᆞᄂᆞᆫ 쓷이 이시니, 오회(嗚呼ㅣ)라 고금(古今)을 의논(議論)ᄒᆞ나 빅문 ᄀᆞ튼 사오납고 흉(凶)흔 거시 어듸 이시리오.

이젹의 몽평이 ᄌᆞᆷ을 깁히 드럿더니 홀연(忽然) 셔긔(瑞氣) 쏘이며 져근 샹재(上者ㅣ)[104] ᄀᆞ튼 법ᄉᆞ(法師ㅣ) 문(門) 알픠 셔셔 블러 닐오듸,

"니(李) 군(君)아, 화 부인(夫人)이 업튝(業畜)의게 잡혀 가거ᄂᆞᆯ 남ᄒᆡ(南海) 낙가(落迦) 관셰음보살(觀世音菩薩)이 구(救)ᄒᆞ야 묘히 도라보ᄂᆡ시고 업튝(業畜)을 잡아 이곳의 와시니 군(君)은 ᄲᆞᆯ리 도라가라. 화 시(氏) 익(厄)이 ᄆᆞ자 진(盡)ᄒᆞ고 깁흔 곳의 뉴(留)ᄒᆞ여시니 텬수(天數)를 베워[105] 추ᄌᆞ려 말고 경ᄉᆞ(京師)로 도라가라."

셜파(說罷)의 업서디니 평이 놀나 급(急)

•••
25면

히 니러낫더니 안흐로셔 계 시(氏)와 영듸 울고 나오며 블러 굴오듸,

---

104) 샹재(上者ㅣ): 샹자. 샹좌(上佐). 불도를 닦는 사람.
105) 베워: 물리쳐.

"관인(官人)아, 됴티 아니타. 앗가 고이(怪異)흔 부람이 니더니 쇼제(小姐ㅣ) 가신 곳이 업스니 이룰 어이흐리오?"

몽평이 더옥 놀나 문(門)을 열고 닉드라 보니 누른 터럭 도틴 여을 동여 느리텻거늘 대경(大驚)흐야 계 시(氏)와 영딕룰 딕(對)흐야 법스(法師)의 말을 니르니 계 시(氏) 크게 긔특(奇特)이 너겨 이에 굴오딕,

"목젼(目前)의 부텨의 증험(證驗)이 이러툿 흐시니 노야(老爺)는 경스(京師)로 가쇼셔. 비즈(婢子) 등(等)은 본부(本府) 노야(老爺) 임소(任所)의 갓다가 고쥬(故主)룰 츠자 가리이다."

몽평이 쏘흔 훌일업서 여을 녕거(領去)[106]

26면

흐야 경스(京師)로 가고 계 시(氏)와 영딕는 화 시랑(侍郎) 임소(任所)로 나아가니라.

직셜(再說). 화 공(公)이 도임(到任)흐연 디 히 진(盡)흐니 녀ᄋ(女兒)룰 스렴(思念)흐야 슬프믈 이긔디 못흐더니,

하오월(夏五月)을 만나 더위룰 견딕디 못흐야 두어 아젼(衙前)을 드리고 쥬즙(舟楫)[107]을 マ초와 댱사강(長沙江)의 비룰 씌오고 쥬찬(酒饌)을 マ초와 져므도록 통음(痛飮)흐다가 날이 져믈매 션창(船窓)의 지혀 월싴(月色)을 챵망(悵望)[108]흐며 명월(明月)의 닝담(冷淡)흐미 녀ᄋ(女兒)룰 본 듯흔디라. 그 옥용념틱(玉容艶態)[109] 새로이 목

---

106) 녕거(領去): 영거. 함께 데리고 가거나 가지고 감.
107) 쥬즙(舟楫): 주즙. 배와 삿대.
108) 챵망(悵望): 창망. 시름없이 바라봄.

젼(目前)의 버러시니 ᄉ샹(思相)ᄒᄂᆞᆫ 회푀(懷抱ㅣ) 구곡(九曲)[110]을 움즉여 쳑연(戚然)[111]히 탄식(歎息)고 졀구(絕句) 일(一) 슈(首)를 지어 빗젼

●●●
27면

을 두ᄃ리며 ᄆᆰ게 음영(吟詠)ᄒ니 소ᄅᆡ 쳐창(悽愴) 오열(嗚咽)ᄒᆞ야 믈ᄀ 두던[112]의 새 소ᄅᆡ 긋치고 가ᄂᆞᆫ 구름이 머므ᄂᆞᆫ 듯ᄒᆞ더라.

공(公)이 이러ᄐᆺ 음영(吟詠)ᄒᆞ야 븍(北)을 ᄇᆞ라며 밤이 깁ᄂᆞᆫ 줄을 ᄭᆡᄃᆺ디 못ᄒᆞ더니 홀연(忽然) ᄒᆞᆫ 죽엄이 샹뉴(上流)로조ᄎᆞ 흘러 빗젼의 브드티며 ᄀᆞᄂᆞᆫ 소ᄅᆡ로 사름 살오라 ᄒᆞᄂᆞᆫ 소ᄅᆡ 잇거ᄂᆞᆯ 공(公)이 크게 블샹이 너기고 ᄌᆞ비(慈悲) 일념(一念)이 동(動)ᄒᆞ야 친(親)히 ᄭᅳ어 빈의 올리고 쵹(燭)을 나와 보니 이 곳 쇼년(少年) 녀ᄌᆞ(女子)로ᄃᆡ 얼골이 완연(宛然)ᄒᆞᆫ ᄌᆞ가(自家) 녀이(女兒ㅣ)라. 대경(大驚)ᄒᆞ야 급(急)히 져즌 오슬 벗기고 ᄌᆞ가(自家) 오슬 버셔 ᄃᆞᆫᄃᆞᆫ이 ᄲᅡ 무릅히 언저 ᄭᆡ기를

●●●
28면

기ᄃᆞ리나 ᄌᆞ가(自家) 녀이(女兒ㅣ) 이 디경(地境)의 니ᄅᆞᆯ 시 만무(萬

---

109) 옥용념ᄐᆡ(玉容艶態): 옥용염태. 옥처럼 아름다운 얼굴과 고운 자태.
110) 구곡(九曲): 구곡간장(九曲肝腸)의 줄임말. 굽이굽이 서린 창자라는 뜻으로, 깊은 마음속 또는 시름이 쌓인 마음속을 비유적으로 이르는 말.
111) 쳑연(戚然): 척연. 슬퍼하는 모양.
112) 두던: 언덕.

無)ᄒᄃᆡ 얼골이 다르디 아니〃 졍(正)히 구빅(九魄)[113]이 쒸놀고 담(膽)이 차 희음업시 눈믈이 ᄻᅥ러디더니,

반향(半晌) 후(後) 화 쇼졔(小姐ㅣ) 숨을 닉쉬고 인ᄉ(人事)ᄅᆞᆯ 출혀 눈을 드러 보니 오미(寤寐)[114]예 ᄉ렴(思念)ᄒᆞ던 ᄌᆞ가(自家) 부친(父親)이 ᄌᆞ가(自家)ᄅᆞᆯ 안고 눈믈이 비 오ᄃᆞᆺ ᄒᆞ거ᄂᆞᆯ 대경대황(大驚大惶)[115]ᄒᆞ야 니러 안자 가슴의 ᄂᆞᆾ출 다혀 왈(曰),

"대인(大人)이 아니 박명(薄命) 쳡(妾) 치옥의 부친(父親)이시니잇가?"

화 공(公)이 ᄎᆞ언(此言)을 듯고 진뎍(眞的)[116]히 녀ᄋᆡᆫ(女兒ㄴ) 줄 알매 년망(連忙)이 어ᄅᆞᄆᆞᆫ져 ᄀᆞᆯ오ᄃᆡ,

"나ᄂᆞᆫ 항쥬(杭州) ᄌᆞᄉ(刺史) 화진이라. 네 얼골은 나의 녀ᄋᆡ(女兒ㅣ)나 심규(深閨) 아녀진(兒女子ㅣ) 동뎡(洞庭) 댱사

강(長沙江)의 ᄲᅡ디ᄆᆞᆫ 쳔만(千萬) 몽ᄆᆡ(夢寐) 밧기라 연고(緣故)ᄅᆞᆯ 듯고져 ᄒᆞ노라."

쇼졔(小姐ㅣ) 다만 크게 울고 ᄀᆞᆯ오ᄃᆡ,

"쇼녀(小女)의 쳔단비원(千端悲冤)[117]을 닙긱(立刻)[118]의 능히(能-) 다 못 ᄒᆞ리니 야〃(爺爺)ᄂᆞᆫ 어ᄃᆡ 계시다가 쇼녀(小女)ᄅᆞᆯ 구(救)ᄒᆞ

---

113) 구빅(九魄): 구백. 혼백의 의미로 보이나 미상임. 참고로, 규장각본(17:20)과 연세대본(17:28) 도 이와 같음.
114) 오미(寤寐): 오매. 자나 깨나 언제나.
115) 대경대황(大驚大惶): 크게 놀라고 당황함.
116) 진뎍(眞的): 진적. 참되고 틀림없음.
117) 쳔단비원(千端悲冤): 천단비원. 온갖 슬픔과 원통함.
118) 닙긱(立刻): 입각. 잠깐 동안.

시니잇가?"

시랑(侍郞)이 골오디,

"너 마춤 시졀(時節) 경(景)을 쭐와 션유(船遊)ㅎ다가 밤을 당(當)
ㅎ야 너를 싱각고 좀이 업서 안잣더니 이런 급환(急患)을 만나 명직
슈유(命在須臾)[119]의 잇눈 줄 알리오?"

쇼제(小姐ㅣ) 이읍(哀泣) 왈(曰),

"쇼녜(小女ㅣ) 쳔고(千古)의 업슨 위경(危境)[120]을 다 디닉고 이제
야야(爺爺)를 만나오니 이눈 하늘이 도으시미라. 썰리 아듕(衙中)으
로 도라가 모친(母親)과 형뎨(兄弟)를 보샤이다."

셜파(說罷)

•••

30면

의 이익(哀哀)히 통곡(慟哭)ㅎ눈디라. 화 공(公)이 필연(必然) 대화
(大禍)를 만나시믈 짐쟉(斟酌)ㅎ고 다만 어르믄져 위로(慰勞)ㅎ며 다
시 뭇디 아니ㅎ고 좌우(左右)를 블러 골오디,

"일긔(日氣) 추닝(秋冷)[121]ㅎ니 너히 가(可)히 교즈(轎子)를 가져
오라."

제인(諸人)이 일시(一時)의 マ초와 딕령(待令)ㅎ매 공(公)이 쇼져
(小姐)를 잇그러 거댱(車帳)[122]을 헤텨 오르니 이째 밤이라 뉘 알리
오.

---

119) 명직슈유(命在須臾): 명재수유. 거의 죽게 되어 곧 숨이 끊어질 지경에 이름.
120) 위경(危境): 위태로운 지경.
121) 추닝(秋冷): 추냉. 가을 기운이 차가움.
122) 거댱(車帳): 거장. 수레의 장막. 수레 위에 장막을 쳐 거처할 수 있도록 만든 곳.

새도록 힝(行)호야 아(衙)의 니르니 날이 부야흐로 새엿더라. 공(公)이 녀♀(女兒)를 드려 닉당(內堂)의 니르니 무춤 화 슈찬(修撰)도 이에 왓눈 고(故)로 부인(夫人)과 제형(諸兄)이 대경(大驚)호야 급(急)히 문왈(問曰),

"녀이(女兒ㅣ) 엇디 이

●●●
31면

에 니르럿느뇨?"

공(公)이 날호여 연고(緣故)를 니르니 부인(夫人)이 대경차악(大驚嗟愕)[123]호야 년망(連忙)이 드라드러 쇼져(小姐)를 붓들고 통곡(慟哭) 왈(曰),

"모녜(母女ㅣ) 남븍(南北)의 분슈(分手)호연 디 여러 절(節)이 밧고이니 샹샹(常常) 수렴(思念)호는 애 구곡(九曲)을 슬올 ᄯᆞ룸이러니 므슴 연고(緣故)로 일명(一命)이 믈 가온대 ᄇᆞ려 강어(江魚)에 장(葬)홀 번호뇨?"

쇼졔(小姐ㅣ) 기리 희허(欷歔)[124] 오열(嗚咽)호야 흐르는 눈믈이 놋치 ᄀᆞ득홀 분이오, 흔 말도 못 호니 화 공(公)이 부인(夫人)을 말려 굴오디,

"녀이(女兒ㅣ) 즉금(即今) 정신(精神)이 혼난(昏亂)호고 심식(心思ㅣ) 어득호야 미황(未遑) 듕(中) 이시니 날호여 연고(緣故)를 무

---

123) 대경차악(大驚嗟愕): 크게 놀람.
124) 희허(欷歔): 탄식하는 소리.

르미 늦디 아니ᄒ리라.”

부인(夫人)이 ᄎ언(此言)을 듯고 강잉(强仍)ᄒ야 쇼져(小姐)를 븟드러 방(房)의 누이고 반일(半日)을 구호(救護)ᄒ니 쇼졔(小姐ㅣ) 그제야 채 졍신(精神)을 출혀 니러 안자 기리 탄식(歎息) 왈(曰),

“쇼녜(小女ㅣ) 엇디 오늘날 몸이 남아 부모(父母)긔 뵈올 줄 알리오?”

화 공(公)이 이에 문왈(問曰),

“닉 너의 거동(擧動)을 아마도 짐쟉(斟酌)디 못ᄒ니 연군(-君)은 개셰영걸(蓋世英傑)125)이오 빅문이 ᄯ흔 걸싯(傑士ㅣ)126)라 졍실(正室)을 닉티디 아니리니 낙슈(落水)ᄒᆫ 소실(所實)을 ᄌ시 알고져 ᄒ노라.”

쇼졔(小姐ㅣ) 홀연(忽然) 잠쇼(暫笑)ᄒ고 딕답(對答)고져 홀 ᄎ(次) 좌위(左右ㅣ) 보왈(報曰),

“쇼져(小姐) 유모(乳母) 계 시(氏)와 시녀(侍女) 영딕 니르럿

ᄂ이다.”

쇼졔(小姐ㅣ) 대희(大喜)ᄒ야 드러오라 ᄒ니 냥인(兩人)이 드러와 쇼져(小姐)를 보고 대경대희(大驚大喜)ᄒ야 이에 ᄶ놀며 굴오딕,

---

125) 개셰영걸(蓋世英傑): 개세영걸. 세상을 뒤덮을 만한 기개를 가진 영웅.
126) 걸싯(傑士ㅣ): 걸사. 뛰어난 선비.

"셰샹(世上)의 긔특(奇特)홀亽 부톄로다. 엇디 이러툿 명심(明審)127)ᄒᆞ뇨?"

쇼졔(小姐ㅣ) 연고(緣故)를 무른대 계 시(氏) 일일히(――) 고(告)ᄒᆞ니 좌위(左右ㅣ) 크게 긔특(奇特)이 너기고 부인(夫人) 왈(曰),

"녀이(女兒ㅣ) 심규(深閨) ᄋᆞ녀ᄌᆞ(兒女子)의 몸으로 이에 니ᄅᆞ미 극(極)히 고이(怪異)ᄒᆞᆫ다라. 진삼(再三) 연고(緣故)를 무르ᄃᆡ 녀이(女兒ㅣ) 쥬뎌(躊躇)ᄒᆞ니 아모커나 토셜(吐說)ᄒᆞ라."

계 시(氏) 니를 ᄀᆞᆯ고 손바닥을 두드려 ᄀᆞᆯ오ᄃᆡ,

"우리 노야(老爺)ᄂᆞᆫ 쳔금(千金) 쇼져(小姐)를 위(爲)ᄒᆞ야 사회를 어듬도 어더 계시더이다. ᄌᆞ고(自古)로 홍안박명(紅顔薄命)128)

• • •

34면

이라 ᄒᆞᆫ들 쇼져(小姐) ᄀᆞᄐᆞ니 어ᄃᆡ 이시며 팔지(八字ㅣ) 험악(險惡)ᄒᆞ다 ᄒᆞᆫ들 우리 쇼져(小姐) ᄀᆞᄐᆞ니 어ᄃᆡ 둘히 이시리오?"

셜파(說罷)의 눈믈을 무수(無數)히 흘리며 젼젼(前前)브터 빅문의 소ᄒᆡᆼ(所行)을 ᄌᆞ시 고(告)ᄒᆞᆯ식 필경(畢竟)의 칼로 디르려 ᄒᆞ던 ᄃᆡ 다ᄃᆞ라ᄂᆞᆫ 부인(夫人)은 실셩통곡(失聲慟哭)ᄒᆞ고 공(公)은 두 눈이 두렷ᄒᆞ야 스스로 손으로 칙샹(冊床)을 텨 크게 소ᄅᆡᄒᆞ여 왈(曰),

"이 진짓 말가? 빅문은 텬하(天下) 옥인긔남지(玉人奇男子ㅣ)라 ᄎᆞ마 이런 ᄒᆡᆼ실(行實)이 이시리오?"

유뫼(乳母ㅣ) 읍ᄃᆡ(泣對) 왈(曰),

---

127) 명심(明審): 분명하게 살핌.
128) 홍안박명(紅顏薄命): 얼굴이 예쁜 여자는 운명이 기박함.

"노첩(老妾)이 엇디 감히(敢-) 노야(老爺)긔 헛말을 슬오미 이시리오?"

쏘 태뷔(太傅ㅣ) 말려 연왕(-王)긔 고(告)ᄒ

•••

35면

야 티려 ᄒ니 여ᄎ(如此)ᄒ야 왕(王)이 문뎡(門庭)129)의 자최를 업시 ᄒ노라 ᄡᅥ 니티니 하람공(--公)긔 가 곤욕(困辱)130)ᄒ야 광망(狂妄)131)을 드러ᄂᆡ고 췌옥(就獄)132)ᄒ엿다가 츌스(出仕)ᄒ 후(後) 듸론(臺論)이 니러나 녜부(禮部)ᄂᆞᆫ 셔쵹(西蜀)의 뎡비(定配)ᄒ고 쇼져(小姐)ᄂᆞᆫ 형쥐(荊州)로 가다가 요괴(妖怪)게 홀려 보ᄂᆡ고 저희ᄂᆞᆫ 이리 온 ᄉ연(事緣)을 고(告)ᄒ니 부인(夫人)이 듯기를 못고 크게 우러 왈(曰),

"이 다 샹공(相公)의 그릇ᄒ시미라. 저ᄂᆞᆫ 화도를 마다ᄒᄂᆞᆫ 거슬 므엇ᄒ라 빅금(百金)을 허비(虛費)ᄒ고 녀ᄋ(女兒)를 이 디경(地境)을 어더 주리오?"

기여(其餘) 모든 화싱(-生)이 눈믈이 비 오ᄃᆞᆺ ᄒ니 공(公)이 앙텬(仰天) 반향(半晑)의 기리 탄왈(歎曰),

"ᄂᆡ 안광(眼光)의 디

•••

---

129) 문뎡(門庭): 문정. 대문이나 중문 안에 있는 뜰.
130) 곤욕(困辱): 심한 모욕. 또는 참기 힘든 일.
131) 광망(狂妄): 미친 사람처럼 아주 망령됨.
132) 췌옥(就獄): 취옥. 옥에 갇힘.

인(知人)ᄒᆞ미 업서 사ᄅᆞᆷ을 아라보디 못ᄒᆞ고 흔갓 빅문의 흰 ᄂᆞᆾ과 표일(飄逸)[133]ᄒᆞᆫ 풍ᄎᆡ(風采)를 과(過)ᄒᆞ고 연왕(-王)의 디긔(志氣) 호상(豪爽)[134]ᄒᆞ며 츌뉴(出類) 텩[135]탕(滌蕩)[136]ᄒᆞᆫ 우인(爲人)을 미더 일(一) 녀(女)의 평ᄉᆡᆼ(平生)이 헛되미 업ᄉᆞᆯ가 ᄒᆞ더니 쳔고(千古)의 희한(稀罕)ᄒᆞᆫ 일이 이실 줄 어이 알리오?"

도라 쇼져(小姐)를 보와 ᄀᆞᆯ오딕,

"너 념(念)컨딕 빅문이 셜ᄉᆞ(設使) 방일(放逸)[137]ᄒᆞ나 이대도록디 아니리니 네 유뫼(乳母ㅣ) 아니 소기미 잇ᄂᆞ냐?"

쇼졔(小姐ㅣ) 미쇼(微笑) 딕왈(對曰),

"유뫼(乳母ㅣ) 오히려 덜 알외ᄂᆞᆫ 딕 만흐니 엇디 주언(做言)[138]ᄒᆞ리오? 쇼녜(小女ㅣ) 이후(以後) ᄎᆞ마 ᄂᆞᆾ츨 드러 셰샹(世上)의 잇디 못ᄒᆞ리니 머리를 븨고 산간(山間)의 드러 인뉸(人倫)을

샤졀(謝絶)ᄒᆞ려 ᄒᆞ옵ᄂᆞ니 야야(爺爺)ᄂᆞᆫ 막디 마ᄅᆞ쇼셔."

공(公)이 정식(正色) 왈(曰),

"녀이(女兒ㅣ) 이 엇던 말고? 화문(-門)은 딕딕(代代)로 공신(功臣)

---

133) 표일(飄逸): 성품이나 기상 따위가 뛰어나게 훌륭함.
134) 호상(豪爽): 호탕하고 시원시원함.
135) 텩: [교] 원문과 규장각본(17:26), 연세대본(17:36)에 모두 '뎍'으로 되어 있으나 문맥을 고려해 이와 같이 수정함.
136) 텩탕(滌蕩): 척탕. 세속의 때가 묻지 않음.
137) 방일(放逸): 제멋대로 거리낌 없이 방탕하게 놂.
138) 주언(做言): 없는 사실을 꾸며 말함.

묘예(苗裔)[139]라 그 증손(子孫)이 이러툿 요괴(妖怪)로온 노르술 못 후리라."

쇼제(小姐ㅣ) 오열(嗚咽) 왈(曰),

"쇼녜(小女ㅣ) 엇디 이런 줄을 모르리오마는 추싱(此生)의 하 셜운 일을 무궁(無窮)이 겻거시니 니셰(來世)나 닥고져 후미오, 후믈며 쇼 녜(小女ㅣ) 이제야 므슴 구가(舅家) 부부(夫婦) 낙수(樂事)를 싱각후 리오? 만일(萬一) 승(僧)이 되디 못후면 죽고져 후느이다."

공(公)이 정식(正色) 브답(不答)이어눌 쇼제(小姐ㅣ) 쏘 고왈(告 曰),

"야애(爺爺ㅣ) 쇼녀(小女)를 과도(過度)히 너기시니 춤디 못후는 바는 쇼녜(小女ㅣ) 셜수(設使) 강상(綱常) 극악(極惡) 대

죄(大罪) 이신들 이 일이 추마 사름의 후염 죽흔 노르시니잇가?"

인(因)후야 칼흘 싸혀 죽이려 후거눌 믈의 싸뎟던 일을 ᄀ초 고 (告)후며 우왈(又曰),

"이는 쇼녀(小女)의 삼싱(三生)[140] 슈인(讎人)이오 만일(萬一) 하 늘이 돕디 아녓던들 믈고기 빗속을 치와실 거시니 쇼녜(小女ㅣ) 다 시 부모(父母)를 뵈옵디 못후여시리니 부모(父母)권들 주식(子息) 죽 인 원슈(怨讎ㅣ) 아니니잇가? 추마 다시 이 사름을 브라고 셰간(世 間)의 이실가 시브니잇가? 구가(舅家)의는 브린 몸이니 그 유풍(遺

---

139) 묘예(苗裔): 먼 후대의 자손.
140) 삼싱(三生): 삼생. 전생(前生), 현생(現生), 내생(來生)인 과거세, 현재세, 미래세를 통틀어 이르 는 말.

風)을 쓸올 길히 업스니 후(後)의 씨닷라 츠자도 쇼녜(小女ㅣ) 죽으
믄 쉬오려니와 다시 구

●●●
39면

가(舅家)의는 못 가리니 승(僧)이 되여 뎌의 춧기를 막으려 ᄒ미니이
다."

공(公)이 츠언(此言)을 듯고 하 어히업서 우어 글오딕,

"녯날 유군긔[141]와 오긔(吳起)[142] 국가(國家)를 위(爲)ᄒ야 살쳐
(殺妻)[143]ᄒ딕 이제 니를히 박힝(薄行)[144]으로 뉴뎐(流傳)ᄒ거늘 빅
문이 므슴 국亽(國事)를 위(爲)ᄒ엿관딕 살쳐(殺妻)ᄒ기를 능亽(能事)
로 아ᄂ뇨? 츠(此)는 머리를 버혀 동시(東市)[145]의 둘 도적(盜賊)이
라. 두 번(番) 살(殺)ᄒ려 ᄒ던 네 목숨이 남으니 진실로(眞實-) 댱슈
(長壽)혼 줄을 알리로다. 네 말이 쾌(快)ᄒ니 승(僧)이 되미 가(可)ᄒ
니라. 닉 무샹(無狀)ᄒ야 그런 도적(盜賊)을 어더 네 일싱(一生)을 ᄆ
추니 죄(罪) 깁거니와 타

---

141) 유군긔: 유군기. 출세를 위해 아내를 죽인 사람 중의 하나로 보이나 미상임.
142) 오긔(吳起): 오기. 중국 전국시대 위(衛)나라 출신의 병법가로, 증자(曾子)에게 배우고 노(魯)
    나라, 위(魏)나라에서 벼슬한 뒤에 초(楚)나라에 가서 도왕(悼王)의 재상이 되어 법치적 개혁
    을 추진하였음. 저서에 병서 『오자(吳子)』가 있음. 그가 노(魯)나라에 있을 때 제(齊)나라의
    대부 전거(田居)가 방문해 오기를 보고 사위로 삼았는데, 후에 제나라가 노나라를 침략하자
    노나라의 목공(穆公)이 오기를 장군으로 임명하려 하였으나 그가 제나라 대부의 사위라는 점
    때문에 결정을 내리지 못함. 오기가 그 사실을 알고 자기 아내 전 씨를 죽여 자신은 제나라
    와 관련 없다는 점을 밝히고 노나라의 장군이 됨. 사마천, 『사기(史記)』, <손자오기열전(孫子
    吳起列傳)>.
143) 살쳐(殺妻): 살처. 아내를 죽임.
144) 박힝(薄行): 박행. 모진 행동.
145) 동시(東市): 동쪽 저자.

일(他日) 그 무지146)(無知) 적지(賊子ㅣ) 씌두라 너를 추자도 네 홍
안(紅顔) 공방(空房)을 염(厭)ᄒ야 가려 ᄒ여도 늬 아니 보닐 거시로
딕 연왕(-王)은 박147)고통금(博古通今)148)ᄒᄂ 군지(君子ㅣ)라 스리
(事理)로 그러티 아니믈 니른즉 늬 못 이긔리니 쾌(快)히 념녀(念慮)
를 긋게 네 의논(議論)이 올흐니 ᄆᄋᆷ으로 ᄒ라.”

설파(說罷)의 노긔(怒氣) 미우(眉宇)에 어리여 스매를 썰티고 밧그
로 나가니 부인(夫人)이 쇼져(小姐)를 붓들고 누쉬(淚水ㅣ) 여우(如
雨)ᄒ야 말을 못 ᄒ고 화 슈찬(修撰)이 분노(憤怒) 왈(曰),

“빅문은 고금(古今)의 업슨 난신적지(亂臣賊子ㅣ)149)로다. 미지(妹
子ㅣ) 부모(父母)의 일(一) 녀(女)로 이런 막대(莫大)ᄒ 블효(不孝)를
기티고 ᄯᅩ 신톄발부(身體髮膚)를 샹(傷)해오려 ᄒ니 이 므슴 도리(道
理)뇨?”

쇼제(小姐ㅣ) 탄식(歎息) 왈(曰),

“쇼미(小妹) 임의 블효(不孝) 죄인(罪人)이 되여시니 승(僧) 되다 ᄒ
고 더 블회(不孝ㅣ) 되리잇가?”

---

146) 지: [교] 원문과 규장각본(17:28), 연세대본(17:40)에 모두 '리'로 되어 있으나 문맥을 고려해
이와 같이 수정함.
147) 박: [교] 원문과 규장각본(17:28), 연세대본(17:40)에 모두 '만'으로 되어 있으나 문맥을 고려해
이와 같이 수정함.
148) 박고통금(博古通今): 옛일에도 밝고 시무에도 능함.
149) 난신적지(亂臣賊子ㅣ): 난신적자. 나라를 어지럽히는 불충한 무리.

버거 이랑(二郎)과 삼낭(三郎)이 스리(事理)로 니르디 기심(改心)
호미 업더라.

화 공(公)이 셩되(性度ㅣ) 본디(本-) 고상(高尚)호나 쳔금(千金)ᄀ
티 너기던 일(一) 녀(女)를 텬하(天下) 죄인(罪人)을 민드라 일싱(一
生)을 ᄆᆞᄎᆞ니 오ᄂᆡ(五內)150) 일만(一萬) 칼로 ᄲᅧ흐ᄂᆞᆫ 듯 애둛고 분
(憤)호미 팅듕(撑中)151)호야 여러 날 외당(外堂)의셔 신음(呻吟)호고
ᄂᆡ당(內堂)의 드디 아니호더니, 고요히 싱각호매 빅문은 통훈(痛
恨)152)호나 녀ᄋᆞ(女兒)의 신셰(身世) ᄆᆞᄎᆞᆷᄂᆡ 미믈(埋沒)티 아닐 거시
오, 타일(他日) 빅문이 ᄭᅴ듯ᄂᆞᆫ 디경(地境)의 녀ᄋᆡ(女兒ㅣ) 산승(山僧)
의 모양(模樣)을 호고 이실딘대 연왕(-王)이

• • •
42면

ᄌᆞ가(自家)를 그르다 홀 거시니 스세(事勢) 됴티 아닐 거시로디 녀ᄋᆡ
(女兒ㅣ) 고집(固執)호고 즉금(卽今) 셜워호미 브ᄋᆞᄂᆞᆫ 듯호믈 보매
기유(開諭)티 못홀 줄 알고 일계(一計)를 싱각호야,

ᄎᆞ야(此夜)의 ᄂᆡ당(內堂)의 니르니 부인(夫人)이 브야흐로 녀ᄋᆞ(女
兒)로 더브러 쵹하(燭下)의셔 손을 잡고 비스고어(悲辭苦語)153)를 탐
탐(耽耽)154)이 베프다가 공(公)을 보고 놀나 니러 마즈매 공(公)이
녀ᄋᆞ(女兒)를 나오혀 손을 잡고 머리를 쓰다드마 닐오디,

"ᄂᆡ 아히(兒孩) 셜워 말라. 즉금(卽今) 이러호나 댱ᄂᆡ(將來) 복녹

---

150) 오ᄂᆡ(五內): 오내. 오장(五臟).
151) 팅듕(撑中): 탱중. 화나 욕심 따위가 가슴속에 가득 차 있음.
152) 통훈(痛恨): 통한. 몹시 분하거나 억울하여 한스럽게 여김.
153) 비스고어(悲辭苦語): 비사고어. 슬프고 고통스러운 말.
154) 탐탐(耽耽): 깊고 그윽한 모양.

(福祿)이 무량(無量)호리라."

쇼제(小姐ㅣ) 쳐연(悽然) 뒤왈(對曰),

"산승(山僧)의게 므슴 깃브미 이시리잇가?"

공(公) 왈(曰),

"네 쭛이 구드나 이는 되디

•••

43면

못홀 말이니 네 아비 듯기를 원(願)티 아닛노라."

쇼제(小姐ㅣ) 믄득 울고 굴오딕,

"야애(爺爺ㅣ) 이 엇딘 말슴이니잇가? 쇼녀(小女)는 이 쳔딕(千代) 죄인(罪人)이라 춤아 므슴 눛ᄎ로 인셰(人世)를 참예(參預)호리오? 야애(爺爺ㅣ) 만일(萬一) 허(許)티 아니신즉 쇼녀(小女)는 스ᄉ로 죽을 ᄯ롬이로소이다."

화 공(公)이 텽파(聽罷)의 츄연(惆然) 탄식(歎息)호고 어릭ᄆᆞ져 굴오딕,

"닉 아희(兒孩) 쥬의(主義) 이러툿 호니 닉 춤아 므어시라 말리리오? 이제 승(僧) 되미 세 가지 가(可)티 아니미 이시니 닉 비록 블쵸(不肖)호나 조샹(祖上) 동국공(--公) 봉졔(奉祭)를 밧드러시니 즁의 아비 되기 춤아 못 홀 노릇시오, 둘흔 네 이제 구가(舅家)

룰 영졀(永絕)155)ᄒ엿노라 ᄒ나 연왕(-王)이 너룰 구박(驅迫)ᄒ야 츌거(黜去)156)ᄒ미 아니오 그 가문(家門)이 딕딕(代代)로 유쟈(儒者)의 도(道)룰 힝(行)커늘 그 즈뷔(子婦ㅣ) 니고(尼姑)의 무리 될딘대 너ᄂ 커니와 날을 엇더킈 너기리오? 블가(不可)ᄒ미 둘히오, 세흔 닉 이제 항쥐(杭州) 일경(一境)을 졍토(征討)157)ᄒ여 디방(地方)을 다스리며 쏠로써 니고(尼姑)룰 민들미 소문(所聞)의 고이(怪異)ᄒ믄 니ᄅ도 말고 네 나라 죄인(罪人)이니 긔망(欺罔)158)ᄒ 죄(罪) 이실디라. 니고(尼姑) 될 의ᄉ(意思)란 긋치고 아듕(衙中)이 몸이 번거ᄒ니 네 잠간(暫間) 남쟝(男裝)을 ᄒ고 닉 아들로 쳐(處)ᄒ미 엇더뇨? 남쟝(男裝)을 ᄒᆯ딘대 ᄉ시(事事ㅣ) 다 편(便)ᄒ고 네 ᄆ음도 울젹(鬱寂)ᄒ

미 업스리니 네 뜻은 엇더뇨?”

이리 니ᄅ며 공(公)의 안식(顏色)이 즈샹(自傷) 참연(慘然)ᄒ야 들 ᄀᄐ 니매 수운(愁雲)159)이 지픠고 안쉬(眼水ㅣ) 비 오ᄃ ᄒᄂᆫ디라. 쇼졔(小姐ㅣ) 스스로 브효(不孝)룰 국골이통(刻骨哀痛)160)ᄒ야 크게 울고 굴오딕,

---

155) 영졀(永絕): 영절. 영영 끊음.
156) 츌거(黜去): 출거. 강제로 내쫓음.
157) 졍토(征討): 정토. 적 또는 죄 있는 무리를 무력으로써 침.
158) 긔망(欺罔): 기망. 남을 속여 넘김.
159) 수운(愁雲): 근심스러운 기색.
160) 국골이통(刻骨哀痛): 각골애통. 마음속에 깊이 새겨질 정도로 몹시 슬퍼함.

"쇼녜(小女ㅣ) 블관(不關)161)흔 몸이 부모(父母)긔 블효(不孝)롤 막대(莫大)히 기티오니 죽어도 죄(罪)롤 속(贖)기 어렵도소이다. 쇼녜(小女ㅣ) 쏘흔 승(僧)의 무리 되오미 조상(祖上) 명풍(名風)을 쎠러 브리며 구가(舅家)의셔 깃거 아닛는 줄을 모르디 아니딕 즉금(卽今) 통졀(痛切)162)흔 셜우미 간댱(肝腸)을 굿고 오쟝(五臟)이 녹아디니 촌마 살고 시븐 념(念)이 업스딕 부모(父母)긔 블효(不孝)와 셔하지탄(西河之歎)163)을 념(念)ㅎ야 목숨

•••
46면

을 긋디 못ㅎ나 인뉸(人倫)을 샤졀(謝絶)ㅎ야 셰렴(世念)을 긋고져 ㅎ므로 삭발위리(削髮爲尼)164)ㅎ고져 ㅎ더니 야애(爺爺ㅣ) 이러툿 ㅎ시니 촌마 져브리리잇가? 연(然)이나 댱닉(將來) 니랑(李郞)드려 아니 니르려 ㅎ시면 명(命)을 좃고 만일(萬一) 쇼녀(小女)의 뜻을 아스실딘대 죽기롤 원(願)ㅎᄂ이다."

공(公)이 통흔(痛恨) 왈(曰),

"빅문은 닉 졀티(切齒)ㅎᄂ 배어늘 닉 싱젼(生前)의 촌마 저롤 닉 사회라 ㅎ리오? 너ᄂ 의심(疑心) 말라."

쇼졔(小姐ㅣ) 샤례(謝禮)ㅎ고 즉일(卽日)로브터 남의(男衣)로 공

---

161) 블관(不關): 불관. 중요하지 않음.
162) 통졀(痛切): 통절. 뼈에 사무치게 절실함.
163) 셔하지탄(西河之歎): 서하지탄. 서하(西河)에서의 탄식이라는 뜻으로 부모가 자식을 잃고 하는 탄식을 이름. 서하(西河)는 지금의 섬서성(陝西省) 한성현(韓城縣)에서 화음현(華陰縣) 일대. 중국 춘추시대 공자의 제자 자하(子夏, B.C.508?~B.C.425?)가 공자가 죽은 후 서하(西河)에 은거하고 있었는데 그 자식이 죽자 슬피 울어 눈이 멀었다는 데서 유래함. 『예기(禮記)』, 「단궁(檀弓)」.
164) 삭발위리(削髮爲尼): 머리 깎고 비구니가 됨.

(公)을 뫼시니 공(公)이 그 강건(剛健)ᄒ 셩품(性品)으로도 ᄉ랑ᄒ미
여ᄎ(如此)ᄒ야 그 ᄯᆺ을 슌종(順從)ᄒ야 블가(不可)ᄒᆫ 노ᄅᆺ시라도 말
리디 아니니 대개(大槪) 즉금(卽今)

• • •
47면

쇼제(小姐ㅣ) 무ᄉᆼ지긔(無生之氣)[165)]ᄒ고 유ᄉ지심(有死之心)ᄒ야
셰샹(世上)을 가ᄇ야이 너기므로 공(公)이 그 ᄯᆺ을 바다 편(便)히
드렷다가 타일(他日) 빅문이 씌둣ᄂ 째 죠용히 기유(開諭)ᄒ려 ᄒ
미러라.

쇼제(小姐ㅣ) 남복(男服)으로 부친(父親) 안젼(案前)의셔 믈읫 응
ᄃ(應對) 총명(聰明)ᄒ고 슈발(秀拔)[166)]ᄒ야 ᄉ긔(事機)를 달통(達通)
ᄒᄂᆫ 남ᄌ(男子)도곤 더ᄒ니 거거(哥哥) 화 슈찬(修撰)의 대량(大量)
으로도 밋디 못ᄒ니 공(公)이 크게 ᄉ랑ᄒ고 ᄯ 그 ᄆᆷ 펴 희락(喜
樂)ᄒ믈 깃거 듀야(晝夜)로 드리고 이시나 미양 침좌(寢坐)의 어ᄅᆷ
져 탄식(歎息) 쳐챵(悽愴)[167)]ᄒ믈 마디아니터라.

화셜(話說). 녜부샹셔(禮部尙書) 홍문이 쇼년(少年) 지샹(宰相)으로
입각(入閣) 대신(大臣)이 되여 금포오사(錦袍烏紗)[168)]로

---

165) 무ᄉᆼ지긔(無生之氣): 무생지기. 살 생각이 없음.
166) 슈발(秀拔): 수발. 뛰어나게 훌륭함.
167) 쳐챵(悽愴): 처창. 몹시 구슬프고 애달픔.
168) 금포오사(錦袍烏紗): 비단 도포와 오사모(烏紗帽). 오사모는 벼슬아치들이 관복을 입을 때에
쓰던 모자로, 검은 사(紗)로 만들었음.

탑젼(榻前)169)의 청亽(靑紗)170)를 띄고 녕명(英名)171)이 亽셔(士庶)172)의 진동(震動)ᄒ야 인인(人人)이 츄앙(推仰)ᄒ고 흠모(欽慕)ᄒᆞ믈 마디아니니 국군(國君)의 뎍파손(嫡派孫)173)이오 쳔승(千乘)174)의 댱ᄌᆞ(長子)로 금지옥엽(金枝玉葉) 뎨실(帝室) 지친(至親)이라. 반싱(半生) 열낙(悅樂)175)이 흠(欠)홀 거시 업스며 졍亽(政事)를 닷그미 쳔금미옥(千金美玉) ᄀᆞᄐᆞ여 호리(毫釐)176) 비례(非禮)의 일을 듯디 아니며 보디 아냣다가 쳔만의외(千萬意外)예 강샹(綱常)의 대죄(大罪)를 무릅뻐 더러온 일홈이 텬하(天下)를 드레고 만셩(滿城)의 쟈쟈(藉藉)ᄒ야 몸이 형177)댱(刑場)178) 아래 남고 검하(劍下) 여싱(餘生)으로 겨유 실낫 ᄀᆞᄐᆞᆫ 목숨이 남아 셔쵹(西蜀)179) 수만(數萬) 니(里)의 튱군(充軍)180)ᄒ니 일편(一片) 졍심(貞心)을 스스로 혜텨

---

169) 탑젼(榻前): 탑전. 임금의 자리 앞.
170) 쳥亽(靑紗): 청사. 푸른색의 관복.
171) 녕명(英名): 영명. 뛰어난 명성이나 명예.
172) 亽셔(士庶): 사서. 뭇 사대부.
173) 뎍파손(嫡派孫): 적파손. 적통(嫡統)의 자손.
174) 쳔승(千乘): 천승. 천 대의 병거라는 뜻으로, 제후를 이르는 말. 제후는 천 대의 병거를 낼 만한 나라를 소유하였음.
175) 열낙(悅樂): 열락. 기쁨과 즐거움.
176) 호리(毫釐): 자나 저울눈의 호(毫)와 이(釐)를 뜻하는 말로, 매우 적은 분량을 비유적으로 이르는 말.
177) 형: [규] 원문과 연세대본(17:48)에는 '셩'으로 되어 있으나 문맥을 고려해 규장각본(17:34)을 따름.
178) 형댱(刑場): 형장. 사형을 집행하는 장소.
179) 셔쵹(西蜀): 서촉. 중국 삼국시대 유비가 세운 촉한(蜀漢) 지역을 이름. 지금의 운남성(雲南省) 전체와 사천성(四川省)과 귀주성(貴州省)의 대부분, 섬서성(陝西省)과 감숙성(甘肅省)의 남부, 광서성(廣西省)의 서북부와 미얀마의 동북부, 베트남 서북부에 걸쳐 있었음.
180) 튱군(充軍): 충군. 죄를 범한 자를 벌로서 군역에 복무하게 하던 제도.

사룸을 뵈디 못ᄒ고 원통(冤痛)홈과 분(憤)ᄒ믈 먹음어 부모(父母)
슉당(叔堂)을 니별(離別)ᄒ고 호호(呼號)181) 히 길히 오ᄅ매 치ᄋ(稚
兒)의 우는 소리 이창(哀愴)182)ᄒ야 ᄌ긔(自己) 오슬 붓들고 쓸와가
믈 원(願)ᄒ니 남공(-公)이 어ᄅᄆ져 댱탄(長歎) 왈(曰),

"오문(吾門)의 므슴 젹악(積惡)이 잇관ᄃᆡ 셕년(昔年)의 ᄎ뎨(次弟)
셩문을 두려 남녁(南-)을 쳔고일ᄉ(千古一事)183)로 보왓더니 ᄯᅩ 홍ᄋ
(-兒)의게 당(當)홀 줄 알리오? 챵ᄋ(-兒ㅣ)야, 네 여린 옥(玉) ᄀᆞ튼
긔질(氣質)이라 도로(道路) 풍상(風霜)을 무릅뻐 스스로 죽기를 구
(求)ᄒᄂ다?"

챵닌이 발을 구ᄅ고 울며 ᄀᆞ오ᄃᆡ,

"쇼손(小孫)이 나히 히졔(孩提)184)를 면(免)ᄒ야시니 ᄎᆞ마 부친(父
親)의 ᄉᆞᄉᆡᆼ(死生)

의 ᄯᅳᆯ오디 아니ᄒ리오? 조뷔(祖父ㅣ) ᄯᅩᄒᆞᆫ 대톄(大體)를 아ᄅ시거늘
이런 말숨을 ᄒ시ᄂ니잇가?"

연왕(-王)이 읍왈(泣曰),

"히ᄋ(孩兒)의 이 경샹(景狀)은 다 나의 죄(罪)라 텬되(天道ㅣ) 아

---

181) 호호(呼號): 큰 소리로 부르짖음.
182) 이창(哀愴): 애창. 슬프고 처량함.
183) 쳔고일ᄉ(千古一事): 천고일사. 고금에 드문 한 가지 일.
184) 히졔(孩提): 해제. 나이가 적은 아이.

룸이 이실딘대 나의 죄(罪)를 필연(必然) 다스리시리라."

녜185)뷔(禮部]) 돈슈(頓首) 왈(曰),

"슉뷔(叔父]) 엇딘 말슴이시뇨? 쇼딜(小姪)이 부모(父母) 슉당(叔堂)을 비별(拜別)ᄒ고 검각잔도(劍閣棧道)186)를 말미암아 가ᄂ 심ᄉ(心思]) 비황(悲遑)187)ᄒ거늘 슉부(叔父) 하교(下敎)를 듯ᄌ오매 더옥 골돌188)ᄒ믈 이긔디 못ᄒ리로소이다."

도라 챵닌을 ᄭ지저 굴오ᄃᆡ,

"너 비록 즉금(卽今) ᄉ싱(死生)이 위급(危急)ᄒ나 슈요댱단(壽夭長短)189)이 하늘희 잇거늘 너 쇼익(小兒]) 므슴 ᄶᆡ를

• • •

51면

아노라 ᄒ고 ᄶᆞᆯ와가려 ᄒᄂ뇨?

셜파(說罷)의 ᄉ매를 ᄶᆞᆯ텨 거샹(車上)의 오르니 챵닌이 실셩통곡(失聲慟哭)ᄒ고 술위박회를 붓들고 굴오ᄃᆡ,

"야얘(爺爺]) 엇디 이 말슴을 ᄒ시ᄂ뇨? 쇼ᄌ(小子]) 블초(不肖)ᄒ야 뎨영(緹縈)190)을 효측(效則)디 못ᄒᆫ들 ᄎ마 야야(爺爺)를 ᄶᅧ나

---

185) 녜: [교] 원문에는 '녀'로 되어 있으나 오기로 보이므로 규장각본(17:36)과 연세대본(17:50)을 따름.

186) 검각잔도(劍閣棧道): 검각의 잔교. 검각은 사천성(四川省) 검각현(劍閣縣)에 있는 관문(關門)의 이름. 이 관문은 장안(長安)에서 촉(蜀)으로 들어가는 길목에 위치해 있는데, 검각현의 북쪽으로 대검(大劍)과 소검(小劍)의 두 산 사이에 잔교(棧橋)가 있는 요해처(要害處)로 유명함.

187) 비황(悲遑): 슬프고 경황없음.

188) 골돌: 한 가지 일에 온 정신을 쏟아 딴생각이 없음.

189) 슈요댱단(壽夭長短): 수요장단. 수명의 길고 짧음.

190) 뎨영(緹縈): 제영. 중국 서한(西漢) 문제(文帝) 때의 임치(臨淄) 사람으로 저명한 의학가인 순우의(淳于意)의 딸인 순우제영(淳于緹縈, B.C.174~?)을 이름. 아버지 순우의가 죄명을 입어 체형(體刑)을 당하게 되자 어린 제영이 아버지를 따라 경사 장안(長安)에 가 문제에게 상서(上書)하여 자신의 아버지는 청렴하여 죄가 없다 하고 아버지를 풀어주면 자기가 대신 관비(官婢)가 되어 아버지의 죄를 대신하겠다 하니 문제가 감동하여 순우의를 풀어주고 육형 제

놉흔 당(堂)의 혼자 이시리오? 만일(萬一) 아니 드려가실딘대 이곳의
셔 죽어 집의 아니 도라가려 ᄒᆞᄂᆞ이다."

녜뷔(禮部ㅣ) 댱탄(長歎)ᄒᆞ고 도라 야야(爺爺)긔 품왈(稟曰),

"셕일(昔日) 쇼ᄌᆞ(小子)와 현뵈[191] 남황(南荒)[192] 쟝녀(瘴癘)[193]를
무릅뼈도 명(命)이 기니ᄂᆞᆫ 죽디 아냐시니 ᄎᆞ아(此兒ㅣ) 쏘흔 댱슈(長
壽)히 삼겨실딘대 간대로[194] 샹(傷)홀 배 아니니 드려가려 ᄒᆞ

● ● ●

52면

ᄂᆞ이다."

공(公)이 탄식(歎息)고 허락(許諾)ᄒᆞ니 녜뷔(禮部ㅣ) 드듸여 모든
딕 하딕(下直)ᄒᆞ매 피ᄎᆞ(彼此) 눈믈이 챵ᄒᆡ(滄海) 쇼쇼(小小)ᄒᆞ고 니
부(吏部) 등(等) 모든 아이 옷기슭을 붓들고 하 우니 뉘 ᄉᆞ촌(四寸)
과 동ᄉᆡᆼ(同生)을 분변(分辨)ᄒᆞ리오. 녜뷔(禮部ㅣ) 휘루(揮淚)[195] 댱탄
(長歎) 왈(曰),

"현뎨(賢弟) 등(等)은 블쵸(不肖) 우형(愚兄)을 싱각디 말고 각각
(各各) 부모(父母)를 뫼셔 만슈무강(萬壽無疆)ᄒᆞ라. 우형(愚兄)은 다
시 고국(故國)의 싱환(生還)홀 길히 업ᄂᆞᆫ디라 셕일(昔日) 즐기던 일
이 의연(依然)[196]흔 츈몽(春夢)이로다."

도를 폐지함. 사마천(司馬遷), 『사기(史記)』, <편작창공열전(扁鵲倉公列傳)>; 유향(劉向), 『열
녀전(列女傳)』, <제태창녀(齊太倉女)>.
191) 현뵈: 현보. 이성문의 자(字).
192) 남황(南荒): 남쪽의 황폐한 곳.
193) 쟝녀(瘴癘): 장려. 기후가 덥고 습한 지방에서 생기는 유행성 열병이나 학질.
194) 간대로: 그리 쉽사리.
195) 휘루(揮淚): 눈물을 뿌림.
196) 의연(依然): 전과 다름이 없음.

빅뎌한삼(白紵汗衫)197)을 쪄혀 글을 지어 주어 왈(曰),

"현뎨(賢弟) 등(等)은 당당(堂堂)이 날 본 듯 두고 보고 과도(過度)히 샹회(傷懷)터 말라."

졔인(諸人)이 각각(各各) 울며 별시(別詩)를 브티고 졀ᄒ

•••
53면

야 굴오딕,

"형댱(兄丈)은 원노(遠路)의 무ᄉ(無事)히 득달(得達)ᄒ야 평안(平安)이 계시다가 수이 도라오시믈 ᄇ라ᄂ이다."

녜뷔(禮部ㅣ) 탄식(歎息) 브답(不答)ᄒ니 긔문이 참디 못ᄒ야 굴오딕,

"오늘날 형댱(兄丈)의 이 거죄(擧措ㅣ) 다 빅문의 연괴(緣故ㅣ)라 우리게 슈인(讎人)이 아니리오?"

녜뷔(禮部ㅣ) 쌍목(雙目)을 드러 졍식(正色) 왈(曰),

"금번(今番) 화란(禍亂)이 다 ᄂᆡ 블쵸(不肖)ᄒ미오 시운(時運)이 운건(運蹇)198)ᄒ미어늘 엇디 놈을 흔(恨)ᄒ리오? 이 말이 극(極)히 무식(無識)흔 말이라 슉뷔(叔父ㅣ) 이런 말슴ᄒ셔도 심(甚)히 블안(不安)ᄒ거늘 네 엇디 이런 말을 ᄒᄂ다? 빅문은 ᄂᆡ 아이라 젼두(前頭)199)의 ᄉᆞᆼ(死生)을 흔가지로 홀디니 이 말이 심(甚)히 무식(無識)ᄒ도다."

---

197) 빅뎌한삼(白紵汗衫): 백저한삼. 흰 베로 만든 한삼. 한삼은 손을 가리기 위하여서 두루마기, 소창옷, 여자의 저고리 따위의 윗옷 소매 끝에 흰 헝겊으로 길게 덧대는 소매.
198) 운건(運蹇): 운수가 막힘.
199) 젼두(前頭): 전두. 지금부터 다가오게 될 앞날.

긔

●●●
54면

문이 칭샤(稱謝)ᄒ고 샹셰(尙書ㅣ) 눈믈을 흘리며 읍샤(揖謝) 왈(曰),

"형댱(兄丈)의 놉ᄒ신 ᄯᅳᆺ이 여ᄎᆞ(如此)ᄒ시니 쇼뎨(小弟) 등(等)이 몰신(歿身)200)토록 은혜(恩惠)를 각201)골명심(刻骨銘心)202)ᄒ리로소이다."

녜뷔(禮部ㅣ) 쇼왈(笑曰),

"현뎨(賢弟) 이 엇딘 말고? 빅문이 진졍(眞情)으로 우형(愚兄)을 해(害)ᄒ여도 개회(介懷)티 아닐ᄃᆡ 사오나온 쳐ᄌᆞ(妻子)의 작용(作用)가? 현뎨(賢弟) 말이 우형(愚兄)을 심(甚)히 용녈(庸劣)이 너기미라 젼일(前日) 너를 그릇 아랏던가 ᄒ노라."

샹셰(尙書ㅣ) ᄌᆡ빈(再拜) 샤례(謝禮) 왈(曰),

"쇼뎨(小弟) 블민(不敏)ᄒ나 엇디 이를 모ᄅᆞ리잇고마ᄂᆞᆫ ᄎᆞ시(此時)를 당(當)ᄒ야 흉댱(胸臟)이 것거디고 믜여지니 소견(所見)이 협칙(狹窄)203)ᄒᆞᆷ믈 면(免)티 못홀소이다. 원(願)ᄒᄂ니 형댱(兄丈)은 원노(遠路)의 무ᄉᆞ(無事)

---

200) 몰신(歿身): 몸을 마침.
201) 각: [교] 원문과 규장각본(17:38), 연세대본(17:54)에 모두 '감'으로 되어 있으나 오기로 보이므로 이와 같이 수정함.
202) 각골명심(刻骨銘心): 뼈에 새길 정도로 마음속 깊이 새겨 두고 잊지 아니함.
203) 협칙(狹窄): 협착. 좁음.

히 힝(行)ᄒ쇼셔.”

녜뷔(禮部ㅣ) 응낙(應諾)고 피치(彼此ㅣ) 손을 잡고 유유(儒儒)[204] 년년(戀戀)ᄒ다가 텬칙(天色)이 늣고 공치(公差ㅣ) 지촉ᄒᄂ디라 브득이(不得已) 손을 ᄂ화 셔(西)로 나아가니,

닌닌(轔轔)[205]ᄒ 술위박회 ᄌ못 쳐량(凄凉)이 구을고 텬긔(天氣) 극열(極熱)이라 일(一) 뎜(點) 미풍(微風)이 업ᄉ니 셩ᄒ 사롬도 길가기 곤(困)ᄒ 거시어ᄂᆯ 더옥 녜뷔(禮部ㅣ) ᄒ 낫 귀골(貴骨)로 즉금(卽今) 병셰(病勢) ᄌ못 듕(重)ᄒ디라 힝노(行路)의 괴로오미 심(甚)ᄒ 가온대 우분(憂憤)[206]ᄒᄆᆯ 품어 식음(食飮)이 목을 넘고디 못ᄒ고 긔운이 실낫ᄀᆞᄐ여 명직위위(命在危危)[207]ᄒᄃᆡ 녜뷔(禮部ㅣ) 죠곰도 힝도(行途)ᄅᆯ 느추디 아니코 ᄲᆞᆯ리 힝(行)ᄒ야,

거의 쵹디(蜀地) 계(界)의 니ᄅ러ᄂ 아마도

긔운이 견듸디 못ᄒ야 엄홀(奄忽)[208]키롤 ᄌ로 ᄒ니 공ᄌ(公子)와 취문이 망극(罔極)ᄒ야 촌샤(村舍)ᄅᆯ 잡아 의약(醫藥)을 다ᄉ리ᄃᆡ 효험(效驗)이 업ᄉ니 공ᄌ(公子ㅣ) 창황(倉黃)[209] 쵸조(焦燥)ᄒ야 닌인(隣

---

204) 유유(儒儒): 모든 일에 딱 잘라 결정을 내리지 못하고 어물어물한 데가 있음.
205) 닌닌(轔轔): 인린. 수레바퀴 소리.
206) 우분(憂憤): 근심하고 분노함.
207) 명직위위(命在危危): 명재위위. 목숨이 위태로운 지경에 있음.
208) 엄홀(奄忽): 급작스레 기운이 막힘.
209) 창황(倉黃): 허둥지둥 당황하는 모양.

ᄉᆞᆯ드려 무러 글오ᄃᆡ,

"이곳의 명의(名醫) 잇ᄂᆞ냐?"

ᄃᆡ왈(對曰),

"이곳의ᄂᆞᆫ 각별(各別) 의원(醫員)이 업고 다만 이리로셔 십(十) 니 (里)만 가면 만셕산(--山)이란 뫼히 잇고 그 속의 ᄒᆞᆫ 사ᄅᆞᆷ이 이시ᄃᆡ 각별(各別) 셩명(姓名)도 업고 근본(根本)도 아디 못ᄒᆞᄂᆞᆫ 사ᄅᆞᆷ이 신 명(神明)ᄒᆞ기 건곤(乾坤)을 녓ᄂᆞᆫ²¹⁰⁾ 슈단(手段)이 이시니 아모나 인 연(因緣) 잇ᄂᆞ니가 ᄎᆞᄌᆞ면 만나 보고 업ᄉᆞ니ᄂᆞᆫ 아모리 ᄎᆞ자도 못 어 더 보ᄂᆞ니라."

공ᄌᆞ(公子 l) ᄎᆞ언(此言)을 듯고 대희(大喜)ᄒᆞ야

* * *

57면

급(急)히 심복(心腹) 시동(侍童) 쳥ᄋᆡᄅᆞᆯ ᄃᆞ리고 쳔니마(千里馬)ᄅᆞᆯ 채 텨 만셕산(--山)의 니ᄅᆞ니 과연(果然) 큰 뫼히 십(十) 니(里)의 버럿고 봉만(峯巒)²¹¹⁾이 듕듕(重重)ᄒᆞ야 하ᄂᆞᆯ히 다하시니 ᄂᆞᆯ새도 넘을 길히 업고 졀벽(絕壁)이 병풍(屏風) 두른 ᄃᆞᆺᄒᆞ야 옥(玉)을 갓가 셰은 ᄃᆞᆺᄒᆞ 니 오ᄅᆞᆯ 길히 업더라.

공ᄌᆞ(公子 l) 더옥 망극(罔極)ᄒᆞ야 ᄆᆞᆯᄀᆡ ᄂᆞ려 쳥ᄋᆡᄅᆞᆯ 머믈라 ᄒᆞ고 스스로 츩덩울을 븟드러 뫼히 올나 ᄒᆞᆫ 곳의 다ᄃᆞᄅᆞ니 금ᄌᆞ(金字)로 '텬뉴봉(--峰)'이라 ᄒᆞ엿더라. 겨유 올나 ᄉᆞ면(四面)을 보니 텬해(天下 l) 아ᄌᆞᆯ아ᄌᆞᆯ²¹²⁾ᄒᆞ야 바독판(--板) ᄀᆞᆺ고 ᄀᆞ장 먼 ᄃᆡ로셔 ᄂᆡ 나거늘

---

210) 녓ᄂᆞᆫ: 엮는.
211) 봉만(峯巒): 꼭대기가 뾰족뾰족하게 솟은 산봉우리.
212) 아ᄌᆞᆯ아ᄌᆞᆯ: 어질어질.

대희(大喜)

ᄒ야 겨유 그 봉(峰)을 어ᄅᆞ213) 긔여ᄂᆞ려 촌촌(寸寸)이 힝(行)ᄒ야
닉 나ᄂᆞᆫ 곳의 니ᄅᆞ니 져근 초막(草幕)의 흔 노괴(老姑ㅣ) 밥 짓다가
보고 놀나 왈(曰),

"쇼동(小童)은 어ᄂᆞ 곳 사ᄅᆞᆷ이완ᄃᆡ 이런 심산궁곡(深山窮谷)의 드
러왓ᄂᆞ뇨?"

공지(公子ㅣ) 절ᄒ야 굴오ᄃᆡ,

"나ᄂᆞᆫ 경셩(京城) 사ᄅᆞᆷ이러니 마ᄎᆞᆷ 급(急)흔 일로 이곳의 은재(隱
者ㅣ) 계시다 ᄒ니 ᄎᆞ자 니ᄅᆞ럿노라."

노괴(老姑ㅣ) 왈(曰),

"쇼동(小童)이 헛소문(-所聞)을 드럿도다. 이곳의 엇디 은재(隱者
ㅣ) 계시리오? 이리로 오(五) 리(里)만 우편(右便) 산(山)으로 드러가
면 거긔 흔 션ᄉᆞᆼ(先生)이 계시니 별호(別號)ᄂᆞᆫ 쳥뇌라 ᄒᆞᄂᆞ니 데 신
션(神仙)도 아니오 도ᄉᆞ(道士)도 아니오 의쟈(醫者)

도 아니라 공지(公子ㅣ) ᄎᆞ자 므엇 ᄒ려 ᄒᄂᆞ뇨?"

쟝닌이 노고(老姑)의 말을 듯고 대희(大喜)ᄒ야 다만 그 ᄀᆞᄅᆞ친 대

---

213) 어ᄅᆞ: 가히.

로 쎄텨 드러가니 골의 셕비(石碑)룰 셰우고 뼈시듸, '옥뉴동(--洞)'이라 ᄒᆞ엿더라. 그곳의 큰 집이 이시듸 단쳥(丹靑) 치식(彩色)이 일광(日光)의 휘황(輝煌)ᄒᆞ고 좌우(左右)로 긔화요초(琪花瑤草)²¹⁴)와 츈슈(春樹) 계쉬(桂樹 ᅵ) ᄌᆞ자뎟고 큰 문(門)이 놉히 동구(洞口)의 소삿ᄂᆞ듸 블근 두건(頭巾) 쓰고 누른 옷 닙은 장획(臧獲)²¹⁵)이 좌우(左右)로 딕희엿거ᄂᆞᆯ 공지(公子 ᅵ) 나아가 무러 골오듸,

"이 틱듕(宅中)이 쳥노 션싱(先生) 부듕(府中)이냐?"

그 창뒤(蒼頭 ᅵ)²¹⁶) 놀나 왈(曰),

"그듸 엇디흔 사롬이완듸 이곳의 니르러 노

• • •

60면

야(老爺) 명호(名號)룰 거드ᄂᆞ뇨²¹⁷)? ᄀᆞ장 고이(怪異)ᄒᆞ니 노애(老爺 ᅵ) 아ᄅᆞ신즉 대칙(大責)이 이시리니 ᄲᆞᆯ리 나가라."

공지(公子 ᅵ) 공슌(恭順)이 졀ᄒᆞ고 골오듸,

"너 마춤 관긴(關緊)²¹⁸)ᄒᆞᆫ ᄉᆞ고(事故)로 션싱(先生)을 츳자보오라 니르러시니 너는 통(通)ᄒᆞᆯ 만ᄒᆞ라."

기인(其人)이 노왈(怒曰),

"쇼동(小童)이 딘간(塵間)²¹⁹) 더러온 모양(模樣)으로 묽은 ᄯᅡ흘 드듸여 니르러 이러툿 요란(擾亂)이 구니 그 죄(罪) 경(輕)티 아니ᄒᆞ

---

214) 긔화요쵸(琪花瑤草): 기화요초. 옥같이 고운 꽃과 구슬같이 아름다운 풀.
215) 장획(臧獲): 남의 집에 딸려 천한 일을 하던 사람. 종.
216) 창뒤(蒼頭 ᅵ): 종살이를 하는 남자.
217) 거드ᄂᆞ뇨: 언급하는가.
218) 관긴(關緊): 중요하고 긴급함.
219) 딘간(塵間): 진간. 세속.

도다."

언미필(言未畢)의 안흐로셔 청의동직(靑衣童子丨)[220] 나오며 닐오딕,

"니(李) 공직(公子丨) 와 계시냐?"

흐거늘 공직(公子丨) 눈을 드러 보니 그 동직(童子丨) 눗빗치 옥(玉) 굿고 눈이 별 ᄀ튼딕 쌍(雙)샹토를 ᄯ고 초록(草綠)빗치 오슬 닙고 블근 실쯰를 쯰고 손

●●●

61면

의 벽옥채(碧玉-)를 드러시니 거동(擧動)이 표일(飄逸)[221]흐야 늘 듯흐더라. 이에 답왈(答曰),

"너 니(李) 공직(公子丨)어니와 쇼동(小童)이 엇디 아는다?"

동직(童子丨)이[222] 년망(連忙)이 절흐고 굴오딕,

"우리 선칭(先生)이 흐시딕 니가(李家) 공직(公子丨) 친병(親病)으로 문(門)밧긔셔 방황(彷徨)흐니 뫼셔 오라 흐시매 왓ᄂ이다."

공직(公子丨) 텽파(聽罷)의 긔특(奇特)이 너겨 동ᄌ(童子)를 쌀와 드러갈ᄉ 전후(前後)로 집이 듕듕(重重)흐고 발이 ᄂᄂ 듯흐야 형상(形狀)티 못홀 초목(草木)이 무궁(無窮)흐고 ᄯ히 옥(玉)을 편 듯흐더라.

문(門)을 열고 두 문(門)을 드러 흔 곳의 다ᄃᄅ니 포뎐(鋪殿)[223]

---

220) 청의동직(靑衣童子丨): 청의동자. 푸른 옷을 입은 사내아이.
221) 표일(飄逸): 성품이나 기상 따위가 뛰어나게 훌륭함.
222) 년망(連忙)이: 연망히. 황급히.
223) 포뎐(鋪殿): 포전. 펼쳐진 집.

이 주옥이 하늘의 다흘 둣흔디 기동은

•••
62면

뉴리(琉璃)로 ᄒ고 섬은 빅옥(白玉)으로 ᄒ야 광치(光彩) 암암(暗暗)[224]ᄒ고 雙(雙)상토 ᄯ고 청의(靑衣) 닙은 무수(無數)흔 동지(童子 ㅣ) 나렬(羅列)ᄒ야 싱(生)을 오르라 ᄒ거늘 공지(公子ㅣ) 죠곰도 어려워 아니ᄒ고 당(堂)의 오르니 흔 노재(老者ㅣ) 운관무의(雲冠霧衣)[225]로 샹아상(象牙牀)의 안자시니 나히 오십여(五十餘)는 ᄒ디 졈기 쇼년(少年)을 우슬러라. 공ᄌ(公子)를 보고 심심(甚深)히 풀을 드러 작읍(作揖) 왈(曰),

"귀인(貴人)이 엇디 산촌(山村) 우밍(愚氓)[226]을 ᄎᄌ시ᄂ뇨?"

공지(公子ㅣ) 지비(再拜)ᄒ야 굴오디,

"쇼싱(小生)은 이 흔낫 아히(兒孩)라 션싱(先生)이 엇던 고(故)로 과(過)히 디졉(待接)ᄒ시ᄂ뇨? 쇼싱(小生)이 마춤 망극(罔極)흔 시졀(時節)을 만나 가친(家親)을 뫼셔 쵹디(蜀地) 덕

•••
63면

소(謫所)로 가다가 병환(病患)이 위급(危急)ᄒ시매 션싱(先生)을 ᄎ자 약(藥)을 엇고져 ᄒᄂ니 션싱(先生)은 구제(救濟)ᄒ시믈 ᄇ라ᄂ

---

224) 암암(暗暗): 눈앞에 아른거림.
225) 운관무의(雲冠霧衣): 신선들이 쓰는 관과 옷. '운관'은 모자와 같은 모양을 본떠 덮개가 위쪽에 있는 관이고, '무의'는 가볍고 부드러우며 나부끼는 아름다운 옷임.
226) 우밍(愚氓): 우맹. 어리석은 백성.

이다."

청뇌 쇼왈(笑曰),

"이 일은 노뷔(老夫ㅣ) 임의 아는 일이라 공즈(公子)는 근심티 말디어다."

즉시(卽時) 동즈(童子)를 명(命)ㅎ야 세 낫 환약(丸藥)과 거믄 약227)(藥)을 주어 왈(曰),

"이 환약(丸藥)을228) ㄱ라 녕친(슈親)이 진(進)ㅎ시게 ㅎ면 힝노(行路)의 구티(驅馳)229)ㅎ 고질(痼疾)이 즈연(自然)이 즉시(卽時) 차도(差度)를 어드리라. 삼간초옥(三間草屋)이 누츄(陋醜)ㅎ나 녕친(슈親)이 차도(差度)를 어드시거든 가(可)히 흔가지로 와 노인(老人)을 보미 엇더뇨?"

공직(公子ㅣ) 두 가지 약(藥)을 엇고 대열(大悅)ㅎ야 빅빅(百拜) 샤왈(謝曰),

"션싱(先生)이 처음으로 보시고

•••

64면

쇼즈(小子)의 망극(罔極)ㅎ 졍스(情事)를 술피시니 이 은혜(恩惠)는 빅골(白骨)이 진퇴(塵土ㅣ) 되여도 다 갑디 못ㅎ소이다. 만일(萬一) 가친(家親)이 싱도(生道)를 어드실딘대 나아와 등빅(登拜)230)ㅎ믈 더

---

227) 과 거믄 약: [교] 원문과 연세대본(17:63)에는 이 구절이 없고 규장각본(17:45)에는 이 구절의 글자 위에 각각 지운 흔적이 있으나, 뒤에 '두 가지 약'이라는 말이 나오는 것을 감안해 이와 같이 수정함.
228) 을: [교] 원문과 규장각본(17:45), 연세대본(17:63)에 모두 '은'으로 되어 있으나 문맥을 고려해 이와 같이 수정함.
229) 구티(驅馳): 구치. 몹시 바삐 돌아다님.
230) 등빅(登拜): 등배. 알현함. 뵘.

딕리오?"

즉시(卽時) 하딕(下直)고 총총(恩恩)이 도라오니 일쇡(日色)이 거의 져므럿더라.

밧긔 나와 쳥이룰 드리고 햐쳐(下處)의 니른니 녜뷔(禮部ㅣ) 이째 더욱 혼미(昏迷)ᄒ야 인ᄉ(人事)룰 모른ᄂ디라 공직(公子ㅣ) 밧비 환약(丸藥)을 ᄀ라 입의 흘리니, 이윽고 녜뷔(禮部ㅣ) 숨을 닉쉬고 인ᄉ(人事)룰 출혀 도라누으며 눈을 드러 보니 ᄋ직(兒子ㅣ) 옥(玉) ᄀ튼 얼골의 눈믈이 ᄀ둑ᄒ야 약종(藥鍾)231)을 들고 겨틱 안

• • •
65면

잣ᄂ디라. 츄연(惆然)이 닐오딕,

"닉 병(病)이 일시(一時) 듕(重)ᄒ나 댱닉(將來)ᄂ 념녀(念慮)롭디 아니코 즉금(卽今)은 긔운이 쳥상(淸爽)232)ᄒ며 ᄉ지(四肢) 경쾌(輕快)ᄒ니 몸이 늘 둧ᄒᆫ디라 너ᄂ 너모 번뇌(煩惱)티 말라."

공직(公子ㅣ) 크게 깃거 이에 쳥노 션싱(先生)의 환약(丸藥) 어더 온 일을 고(告)ᄒ니 샹셰(尙書ㅣ) 놀나며 긔이(奇異)ᄒ여 공ᄌ(公子)룰 어ᄅ믄져 탄왈(歎曰),

"네 어린 거시 도로(道路)의 구티(驅馳)233)ᄒ야 아비룰 살오니 가(可)히 효직(孝子ㅣ)라 ᄒ리로다."

공직(公子ㅣ) 샤례(謝禮)ᄒ더라.

녜뷔(禮部ㅣ) 이날브터 닉도(乃倒)히 긔운이 쇠휜ᄒ고 병셰(病勢)

---

231) 약종(藥鍾): 약종. 약을 담은 종지.
232) 쳥상(淸爽): 청상. 맑고 시원함.
233) 구티(驅馳): 구치. 몹시 바삐 돌아다님.

나아 수삼(三) 일(日) 후(後) 쾌복(快復)[234] ᄒ니 췸문과 공ᄌ(公子)의 깃거ᄒ미 형상(形狀)

•••
66면

티 못ᄒ러라.

ᄎ야(此夜)의 녜뷔(禮部ㅣ) 쵹(燭)을 붉히고 ᄋᄌ(兒子)와 췸문으로 더브러 한담(閑談)ᄒ더니 홀연(忽然) 일딘(一陣)[235] 비풍(悲風)[236]이 니러나며 쵹블(燭-)이 희미(稀微)ᄒ거늘 녜뷔(禮部ㅣ) 놀나 급(急)히 ᄉ매로조차 ᄒᆫ 괘(卦)ᄅᆯ 엇고 대경(大驚)ᄒ야 즉시(卽時) 췸문과 ᄋᄌ(兒子)ᄅᆯ 상(牀) 미틔 곰초고 연왕(-王)이 쥬빈을 파(破)ᄒ고 텬홍검(--劍)이란 칼흘 어더 녜부(禮部)ᄅᆯ 주엇더니 이에 가져왓ᄂᆫ디라 갓가이 겨틔 노코 앙면(仰面)[237] 단좌(端坐)ᄒ러니,

이윽고 집 믈ᄅ[238]로조차 ᄒᆫ 흉녕(凶獰)[239]ᄒᆫ 장ᄉ(壯士ㅣ) 손의 비슈(匕首)ᄅᆯ 들고 드러와 샹셔(尚書)ᄅᆯ 향(向)ᄒ야 진언(眞言) 넑고 칼을 더디니 샹셰(尚書ㅣ) 즉시(卽時) 갑

•••
67면

플[240]의 칼흘 ᄲ쎼혀 바드니 원릭(元來) 텬홍검(--劍)을 이인(異人)이

---

234) 쾌복(快復): 병이 다 나음.
235) 일딘(一陣): 일진. 한바탕.
236) 비풍(悲風): 구슬픈 느낌을 주는 바람.
237) 앙면(仰面): 벽면을 우러러.
238) 믈ᄅ: 마루.
239) 흉녕(凶獰): 흉악하고 사나움.

쥬빈을 주어 굴오딕, '이 칼 님쟈는 너 죽일 사름의 족해라.' ᄒ더니 과연(果然) 녜부(禮部)의게 온다라. 칼늘히 무지게 ᄀᆞ고 ᄒᆞᆫ번(-番) 잡아 시험(試驗)ᄒᆞᆫ즉 쇠과 돌이 분(粉)ᄀᆞ티 ᄇᆞ아디ᄂᆞᆫ디라. 요긔(妖氣) 자최ᄅᆞᆯ 금초디 못ᄒᆞᄂᆞᆫ 고(故)로 싀공ᄋᆡ 비슈(匕首ㅣ) 분(粉)ᄀᆞ티 부러뎌 짜히 뻐러디더니 싀공이 대경(大驚)ᄒᆞ야 급(急)히 진언(眞言)을 넑고 주머니로조차 ᄒᆞᆫ 뭉치 노흘 ᄂᆡ여 더디니 그 노히 ᄂᆞ라 녜부(禮部)의게로 오다가 홀연(忽然) 도로 가 싀공ᄋᆞᆯ 미야 디오니[241] 원릭(元來) 녜뷔(禮部ㅣ) 범인(凡人)이 아닌 고(故)로 이러틋 ᄒᆞᆫ

• • •

68면

디라. 싀공이 짜히 업더뎌 크게 브릇지지거늘 샹셰(尙書ㅣ) 단좌(端坐)ᄒᆞ야 날호여 문왈(問曰),

"네 엇던 사름이완딕 날로 더브러 원슈(怨讎ㅣ) 업거늘 해(害)ᄒᆞ려 ᄒᆞᄂᆞᆫ다?"

싀공이 년망(連忙)이 복디(伏地) 딕왈(對曰),

"쇼인(小人)이 본딕(本-) 노야(老爺)긔 슈원(讎怨)[242]이 업ᄉᆞ니 해(害)홀 묘단(妙端)[243]이 업ᄉᆞ딕 경듕(京中) 니(李) 어ᄉᆞ(御史) 부인(夫人) 노 시(氏) 빅금(百金)을 주고 노야(老爺)ᄅᆞᆯ 해(害)ᄒᆞ라 ᄒᆞ니 망녕(妄靈)도이 져근 슐(術)을 밋고 존위(尊威)ᄅᆞᆯ 범(犯)ᄒᆞ오니 노야(老爺)ᄂᆞᆫ 텬샹(天上) 사름이시라 요인(妖人)이 감히(敢-) 져근 졍회(情

---

240) 갑플: 칼집.
241) 디오니: 싸게 하니.
242) 슈원(讎怨): 수원. 원한을 가짐.
243) 묘단(妙端): 까닭.

懷)244)룰 발뵈디245) 못호야 몸이 죽을 곳의 싸디오니 원(願)컨대 물모는 소임(所任)을 당(當)호

•••

69면

야 ᄉ싱(死生)의 노야(老爺)룰 셤겨 어그릇디 아니호리니 일명(一命)을 용샤(容赦)호쇼셔."

녜뷔(禮部ㅣ) 텽파(聽罷)의 노 시(氏) 작변(作變)이 이 디경(地境)의 미츠믈 졀티(切齒) 통혼(痛恨)호야 무르딕,

"네 말을 드르니 녹녹(錄錄)246)혼 졸ᄉ(拙士ㅣ)247) 아니오 호걸(豪傑)의 틀이 이시니 닉 항복(降服)호거니와 니(李) 어ᄉ(御史) 부인(夫人) 노 시(氏) 므슴 원(怨)이 잇다 호고 날을 해(害)호라 호더뇨?"

ᄉ공이 딕왈(對曰),

"기간(其間) ᄉ어(辭語)야 쇼인(小人)이 엇디 알리잇가? 다만 뎨 금빅(金帛)을 후샹(厚賞)248)호고 노야(老爺)의 머리 가져오기룰 딕령(待令)249)호니 쳔인(賤人)의 심졍(心情)의 직보(財寶)룰 욕심(欲心)닉야 몸이 이에 니르니 쟝ᄎ(將次ㅅ) 뉘 타슬 삼

---

244) 졍회(情懷): 정회. 품은 마음.
245) 발뵈디: 드러내지.
246) 녹녹(錄錄): 녹록. 평범하고 보잘것없음.
247) 졸ᄉ(拙士ㅣ): 졸사. 졸렬한 선비.
248) 후샹(厚賞): 후상. 두텁게 상을 줌.
249) 딕령(待令): 대령. 미리 준비하고 기다림.

으리잇가?”

녜뷔(禮部ㅣ) 텽파(聽罷)의 나아가 친(親)히 믠 거슬 그릇고 위로
(慰勞)ᄒᆞ야 닐오디,

“네 그릇 사름의 다래오믈 드러 몸이 그른 고디 ᄲᅡ뎌시나 언사(言
辭ㅣ) 비쇽(非俗)ᄒᆞ니 닉 엇디 애ᄌᆞ(睚眦)의 원(怨)²⁵⁰⁾을 품으리오?
쾌(快)히 도라가 어딘 일을 닥고 다시 이런 노릇슬 말라.”

싀공이 녜부(禮部)의 이 ᄀᆞ튼 대덕(大德)을 보고 감은(感恩)ᄒᆞ믈
이긔디 못ᄒᆞ야 고두(叩頭) 빅빅(百拜) 왈(曰),

“노얘(老爺ㅣ) 쇼인(小人)의 태산(泰山) ᄀᆞ튼 죄악(罪惡)을 샤(赦)
ᄒᆞ시미 이러틋 크고 너르시니 쇼인(小人)이 비록 싀호샤갈(豺虎蛇
蝎)²⁵¹⁾ ᄀᆞ튼 ᄆᆞᄋᆞᆷ인들 동(動)ᄒᆞ미 업스리잇가? 당당(堂堂)이 믈 뒤히
ᄶᅩ와ᄃᆞ녀 죵신(終身)토록 대은(大恩)을 갑고

져 ᄒᆞᄂᆞ이다.”

녜뷔(禮部ㅣ) 왈(曰),

“너의 뉘읏ᄂᆞᆫ ᄯᅳᆺ이 이러틋 긔특(奇特)ᄒᆞ니 닉 기리 항복(降服)ᄒᆞ고
흠모(欽慕)ᄒᆞ야 ᄯᅩ흔 ᄉᆞ싱(死生)의 ᄶᅥ나디 말고져 ᄒᆞ딕 너의 긔샹(氣
像)이 쇽틱(俗態) 업스니 딘토(塵土)의 골몰(汨沒)ᄒᆞᆯ 배 아니라 맛당

---

250) 애ᄌᆞ(睚眦)의 원(怨): 애자의 원. 한 번 눈을 흘겨볼 정도의 작은 원망.
251) 싀호샤갈(豺虎蛇蝎): 시호사갈. 승냥이와 호랑이, 뱀, 전갈 등의 무리.

이 텬명(天命)을 조차 어딘 스싱을 추자 도(道)롤 닥고 이런 의ᄉ(意思)롤 먹디 말디어다."

시공이 올히 너겨 눈믈을 흘리고 고두(叩頭) 빅비(百拜) 왈(曰),

"노얘(老爺ㅣ) 쇼인(小人)을 이러톳 후휼(厚恤)252)ᄒ시니 빅골(白骨)이 진퇴(塵土ㅣ) 되여도 다 갑디 못홀소이다. 노야(老爺) 말ᄉᆷ이 다 올흐시니 쇼인(小人)이 삼가 봉힝(奉行)ᄒ야 몰신(歿身)253)토록 대은(大恩)을 명심(銘心)ᄒ리이

72면

다."

텽파(聽罷)의 졀ᄒ고 몸을 소소와 나가니 츄문과 공지(公子ㅣ) 겨유 숨을 두로고 니러 안자 굴오ᄃᆡ,

"노 시(氏) 므슴 연고(緣故)로 야야(爺爺)롤 이 디경(地境)의 니ᄅ게 해(害)ᄒ려 ᄒᄂᆞᆫ고? 이ᄂᆞᆫ 삼싱(三生)254) 슈인(讎人)이라 타일(他日) 당당(堂堂)이 그 머리롤 버혀 효시(梟示)ᄒ리라."

녜뷔(禮部ㅣ) 왈(曰),

"나의 목숨이 기므로 이에 버셔나시니 구ᄐᆡ여 늠을 쑤지저 므어시 쾌(快)ᄒ리오?"

다시 일ᄏᆞ디 아니코 평안(平安)이 자니라.

이튼날 공지(公子ㅣ) 고(告)ᄒᄃᆡ,

---

252) 후휼(厚恤): 후하게 구휼함.
253) 몰신(歿身): 몸을 마침.
254) 삼싱(三生): 삼생. 전생(前生), 현생(現生), 내생(來生)인 과거세, 현재세, 미래세를 통틀어 이르는 말.

"쳥노의 대은(大恩)이 두텁고 야야(爺爺)룰 보고져 ᄒ니 ᄒᆫ가지로 가미 엇더ᄒ니잇고?"

녜뷔(禮部ㅣ) 왈(曰),

"닉 나라 듕슈(重囚)²⁵⁵⁾로 엇디

•••

73면

디경(地境)을 넘고리오²⁵⁶⁾? 네 가(可)히 홀로 가 보고 이 ᄠᅳᆺ을 뎐(傳)ᄒ라."

공직(公子ㅣ) 슈명(受命)ᄒ야 됴반(朝飯)을 먹고 가려 ᄒ더니 홀연(忽然) 동직(童子ㅣ) 보왈(報曰),

"밧긔 엇던 션ᄉᆞᆼ(先生)이 니ᄅᆞ러 공주(公子)룰 쳥(請)ᄒ시ᄂᆞ이다."

공직(公子ㅣ) 놀나 밧비 나가니 쳥뇌러라. 크게 놀나 졀ᄒ고 대은(大恩)을 칭ᄉᆡ(稱謝)ᄒ며 슈고로이 오신 연고(緣故)룰 무른대 쳥뇌 왈(曰),

"닉 그딕 부친(父親)을 보고져 ᄒ믄 쳥(請)ᄒᆞᆯ 말이 이시미러니 이제 그딕 부친(父親)이 녜의(禮義)룰 구디 잡아 오디 아니ᄒ니 닉 스스로 니ᄅᆞ럿ᄂᆞ니 보오믈 쳥(請)ᄒ라."

공직(公子ㅣ) 급(急)히 드러가 부친(父親)긔 고(告)ᄒ니 샹셰(尙書ㅣ) 의관(衣冠)을 고티고 섬의

---

255) 듕슈(重囚): 중수. 벌이 무거운 죄수.
256) 넘고리오: 넘어가리오.

ᄂ려 션싱(先生)을 마자 당(堂)의 올나 녜필한훤(禮畢寒暄)²⁵⁷⁾ 후(後) 샹셰(尙書ㅣ) 몸을 굽혀 샤례(謝禮) 왈(曰),

"흑싱(學生)은 국가(國家) 듕쉬(重囚ㅣ)어늘 션싱(先生)이 냥약(良藥)을 주샤 ᄌᆡ싱(再生)키 ᄒᆞ시고 ᄯᅩ 존가(尊駕)를 굴(屈)ᄒᆞ야 누인(陋人)을 ᄎᆞᄌᆞ시니 황감(惶感)²⁵⁸⁾ᄒᆞᆯ믈 이긔디 못ᄒᆞᆯ소이다."

션싱(先生)이 답샤(答謝) 왈(曰),

"명공(明公)은 됴뎡(朝廷) 귀인(貴人)이시라, 산촌(山村) 우밍(愚氓)이 감히(敢-) 니ᄅᆞᆯ러 ᄃᆡ좌(對坐)티 못ᄒᆞᆯ 거시로ᄃᆡ 텬연(天緣)이 깁흔 고(故)로 당돌(唐突)이 니ᄅᆞ럿ᄂᆞ니 명공(明公)은 고이(怪異)히 너기디 말디어다."

샹셰(尙書ㅣ) 공슈(拱手) 샤왈(謝曰),

"션싱(先生)은 쇽셰인(俗世人)이 아니라 죄인(罪人)의 초로(草露) ᄀᆞ튼 공명(功名)을 쟈랑ᄒᆞ며 당금(當今)의 강샹(綱常) 죄

인(罪人)으로 셔쵹(西蜀) 하졸(下卒)이라 션싱(先生)이 엇딘 고(故)로 이런 말ᄉᆞᆷ을 ᄒᆞ시ᄂᆞ뇨?"

션싱(先生)이 쇼왈(笑曰),

"명공(明公)은 명됴(明朝) 국공(國公)이라. 즉금(卽今) 져근 운익

---

257) 녜필한훤(禮畢寒暄): 예필한훤. 날씨의 춥고 더움을 말하는 예를 마침.
258) 황감(惶感): 황송하고 감격스러움.

(運厄)으로 고초(苦楚)ᄒᆞᆯ 면(免)티 못ᄒᆞ시나 삼(三) 년(年)이 못 ᄒᆞ야 몸이 다시 데²⁵⁹)도(帝都)의 니르고 큰 도읍(都邑)이 뉴뎐만셰(流傳萬歲)²⁶⁰)ᄒᆞ리니 엇디 이런 말ᄉᆞᆷ을 ᄒᆞ시ᄂᆞ뇨? 연(然)이나 녕낭(令郞)이 디샹(地上) 신션(神仙)이오 영풍(英風)이 츌뉴(出類)²⁶¹)ᄒᆞ니 노인(老人)이 흠ᄋᆡ(欽愛)²⁶²)ᄒᆞᄂᆞ이다."

ᄒᆞ고 ᄯᅩ ᄀᆞᆯ오ᄃᆡ,

"존명(尊名)을 듯고져 ᄒᆞᄂᆞ이다."

샹셰(尙書ㅣ) ᄃᆡ왈(對曰),

"죄인(罪人)이 화란(禍亂) 여ᄉᆡᆼ(餘生)으로 도로(道路) 풍샹(風霜)을 무릅뼈 뎍소(謫所)로 가다가 일병(一病)이 고황(膏肓)²⁶³)을 침노(侵擄)²⁶⁴)ᄒᆞ야 명

• • •

76면

지됴셕((命在朝夕)²⁶⁵)ᄒᆞ니 만리(萬里) 군친(君親)과 야랑(爺娘)²⁶⁶)을 ᄉᆞ렴(思念)ᄒᆞ야 회푀(懷抱ㅣ) 울울(鬱鬱)ᄒᆞᆯ 이긔디 못ᄒᆞ더니 션ᄉᆡᆼ(先生)이 존가(尊駕)를 굴(屈)ᄒᆞ샤 위로(慰勞)ᄒᆞ시니 다감(多感)ᄒᆞ이다. 돈ᄋᆞ(豚兒)ᄂᆞᆫ 유티(幼稚) 쇼ᄋᆡ(小兒ㅣ)라 존공(尊公)의 과댱(過

---

259) 데: [교] 원문과 규장각본(17:53), 연세대본(17:75)에 모두 '녜'로 되어 있으나 문맥을 고려해 이와 같이 수정함.
260) 뉴뎐만셰(流傳萬歲): 유전만세. 오래도록 흘러 전함.
261) 츌뉴(出類): 출류. 무리 중에서 빼어남.
262) 흠ᄋᆡ(欽愛): 흠애. 기쁜 마음으로 공경하며 사랑함.
263) 고황(膏肓): 심장과 횡격막의 사이. 고는 심장의 아랫부분이고, 황은 횡격막의 윗부분으로, 이 사이에 병이 생기면 낫기 어렵다고 함.
264) 침노(侵擄): 성가시게 달라붙어 손해를 끼치거나 해침.
265) 명지됴셕(命在朝夕): 명재조석. 목숨이 아침저녁으로 있다는 뜻으로 거의 죽게 되어 곧 숨이 끊어질 지경을 이름.
266) 야랑(爺娘): 부모.

獎)267)ᄒ시믈 당(當)ᄒ리오? 죄인(罪人)의 쳔(賤)ᄒᆫ 셩명(姓名)은 니
흥문이로소이다. 감히(敢-) 뭇ᄌᆞᆸ노니 션싱(先生)의 고셩(高姓)과 대명
(大名)을 드ᄅᆞ지이다.”

션싱(先生) 왈(曰),

“노인(老人)의 셩명(姓名)은 굼초완 디 오라더니 귀인(貴人)을 ᄃᆡ
(對)ᄒ여 긔이리오? 노인(老人)의 쳔(賤)ᄒᆞᆫ 셩명(姓名)은 한셩이니 션
셰(先世) 남송(南宋) 적 츌신(出身)으로 공ᄉᆞ(公事)의 그ᄅᆞᆫ 거슬 간
(諫)ᄒ다가 몸이 뎨도(帝都)268)의 닉티이고 쳐

•••

77면

량(淒涼)ᄒᆞᆫ 나귀 자최 도로(道路)의 닌닌(轔轔)269)ᄒ니 송(宋) 고종
(高宗) 적 한셰튱(韓世忠)270)이 닉티여 나귀 타고 고향(故鄉)으로 도
라오니 션죄(先祖ㅣ) 다시 셰샹(世上)의 나디 아니시고 산듕(山中)의
드러 슈도(修道)ᄒ샤 승운이텬샹(昇雲而天上)271)ᄒ신 후(後) 훗ᄌᆞ손
(後ㅅ子孫)이 ᄃᆡᄃᆡ(代代)로 이곳의 은(隱)ᄒ야 셰샹(世上)을 피(避)ᄒ
ᄂᆞ다라. 노인(老人)이 ᄯᅩᄒᆞᆫ 조샹(祖上)의 남은 긔업(基業)을 니어 쇽
인(俗人)으로 쇼식(消息)이 졀원(絕遠)272)ᄒ더니 힝혀(幸-) 명공(明
公)으로 져근 인연(因緣)이 이시매 셔로 샹봉(相逢)ᄒ니 이 ᄯᅩ 영힝

---

267) 과댱(過獎): 과장. 지나치게 칭찬함.
268) 뎨도(帝都): 제도. 황제가 있는 나라의 서울. 황성.
269) 닌닌(轔轔): 인린. 수레바퀴 소리.
270) 한셰튱(韓世忠): 한세충. 중국 남송 때의 무장(1089~1151). 방랍의 난을 진압하고, 금나라에
    대항한 장수로서, 악비(岳飛), 유기(劉錡) 등과 함께 금나라 군대의 침입을 막고 남송의 영토
    를 회복하려고 힘씀. 악비가 주화파 재상 진회(秦檜)에 의해 투옥되자, 악비의 구명을 위해
    진회에게 항의하다가 물러나 은둔함.
271) 승운이텬샹(昇雲而天上): 승운이천상. 구름을 타고 하늘로 오름.
272) 졀원(絕遠): 절원. 동떨어지게 멂.

(榮幸)티 아니랴?"

상셰(尙書ㅣ) 텽파(聽罷)의 손샤(遜謝)[273] 공경(恭敬) 왈(曰),

"녕션조(令先祖)의 쳥명딕졀(清名直節)[274]을 우러〃 흠앙(欽仰)[275]
ᄒᆞ고 칭복(稱服)ᄒᆞ야 우리 등(等)이

• • •

78면

비호믈 원(願)ᄒᆞ더니 그 훗ᄉᆞ젹(後ㅅ事跡)을 드르며 션싱(先生) 안젼
(案前)의 뵈올 줄 알리오? 다만 뭇ᄌᆞᆸᄂᆞ니 션싱(先生)이 쇼싱(小生)을
보시고 므슴 무를 말이 계시뇨?"

션싱(先生)이 탄왈(歎曰),

"노인(老人)이 젼셰(前世) 젹악(積惡)이 듕(重)ᄒᆞ야 늣거야 일ᄌᆞ일
녀(一子一女)를 어드니 녀ᄋᆞᆫ(女兒ㅣ) 방년(芳年)이 구(九) 셰(歲)라.
스스로 닐럼 즉디 아니나 텬싱ᄌᆡ용(天生才容)[276]이 죡(足)히 보왐 즉
ᄒᆞ고 텬뎡(天定)이 녕낭(令郎)의게 잇ᄂᆞᆫ디라 노인(老人)이 임의 녕낭
(令郎)이 금번(今番)의 이리로 디날 줄 아라 언약(言約)을 뎡(定)코져
ᄒᆞ던디라, 틱의(台意)[277] 엇더ᄒᆞ시뇨?"

샹셰(尙書ㅣ) 놀나 공슈(拱手) 왈(曰),

"쇼싱(小生)은 이 국가(國家) 듕쉬(重囚ㅣ)오 돈ᄋᆞ(豚兒)ᄂᆞᆫ 미말쇼
동(微末小童)[278]이라. 션

---

273) 손샤(遜謝): 손사. 겸손히 사양함.
274) 쳥명딕졀(清名直節): 청명직절. 맑은 명성과 곧은 절개.
275) 흠앙(欽仰): 공경하여 우러러 사모함.
276) 텬싱ᄌᆡ용(天生才容): 천생재용. 타고난 재주와 용모.
277) 틱의(台意): 태의. 상대방의 의견을 높여 이르는 말.
278) 미말쇼동(微末小童): 미말소동. 미천한 어린아이.

싱(先生)이 옥녀(玉女)로 허(許)코져 ᄒ시니 영홰(榮華ㅣ) 지극(至極)
ᄒ나 죄인(罪人)이 우흐로 존당(尊堂)과 가친(家親)이 계시니 엇디
ᄌ젼(自專)279)ᄒ리잇가?"

션싱(先生)이 고텨 안자 굴오ᄃᆡ,

"노인(老人)이 엇디 이런 일을 모ᄅ리오? 타일(他日) 녕존당(令尊
堂)으로 샹의(相議)ᄒ야 뉵녜(六禮)280)를 힝(行)ᄒ고 즉금(卽今) 뎡약
(定約)ᄒ야 신의(信義)를 두터이 ᄒ고져 ᄒ노라."

녜뷔(禮部ㅣ) 팀음(沈吟)281) 쥬뎌(躊躇)ᄒ야 무언(無言)이어늘 션
싱(先生)이 쇼왈(笑曰),

"명공(明公)의 ᄯᆺ이 노인(老人)의 녀ᄋᆡ(女兒ㅣ) 블쵸(不肖)ᄒᆫ가 의
려(疑慮)ᄒ미라. 노인(老人)이 이러므로 명공(明公)을 쳥(請)ᄒ야 녀
ᄋᆞ(女兒)를 뵈고 쳥(請)코져 ᄒ더니 명공(明公)이 녜의(禮義)를 구지
잡아 호리(毫釐) 비례(非禮)를 힝(行)티

---

279) ᄌ젼(自專): 자전. 스스로 마음대로 함.
280) 뉵녜(六禮): 육례. 『주자가례』를 따른 혼인의 여섯 가지 의식. 곧 납채(納采)·문명(問名)·납
길(納吉)·납징(納徵)·청기(請期)·친영(親迎)을 말함. 납채는 신랑 집에서 청혼을 하고 신부
집에서 허혼(許婚)하는 의례이고, 문명은 납채가 끝난 뒤에 남자 집의 주인(主人)이 서신을
갖추어 사자를 여자 집에 보내어 여자 생모(生母)의 성(姓)을 묻는 의례며, 납길은 문명한 것
을 가지고 와서 가묘(家廟)에 점쳐 얻은 길조(吉兆)를 다시 여자 집에 보내어 알리는 의례고,
납징은 남자 집에서 여자 집에 빙폐(聘幣)를 보내어 혼인의 성립을 더욱 확실하게 해 주는
절차이며, 청기는 성혼(成婚)의 길일(吉日)을 정하는 의례이고, 친영은 신랑이 신부 집에 가서
신부를 맞이하여 신랑 집에 돌아오는 의례임.
281) 팀음(沈吟): 침음. 속으로 깊이 생각함.

아니호니 친(親)히 니르럿ᄂᆞ니 노인(老人)이 ᄌᆞ쇼(自少)로 허언(虛言)을 아니믄 창공(蒼空)의 질뎡(質正)[282]홀 거시오 녀ᄋᆡ(女兒ㅣ) 녕낭(令郎)의 풍모(風貌)의 넘든 못ᄒ나 디든 아닐가 ᄒᆞᄂᆞ니 명공(明公)은 지란(遲懶)[283]티 말라."

샹셰(尙書ㅣ) 브야흐로 샤례(謝禮) 왈(曰),

"대인(大人)이 복(僕) ᄀᆞ튼 죄인(罪人)을 이러툿 ᄎᆔ듕(取重)[284]ᄒ시니 은혜(恩惠) 깁도소이다. 연(然)이나 죄인(罪人)이 션ᅌᅵᆼ(先生) 대은(大恩)을 닙어 흔 몸이 사라나시니 녀ᄋᆡ(女兒ㅣ) 동시(東施)[285]의 블미(不美)홈과 교랑(嬌娘)[286]의 블쵸(不肖)ᄒ미라도 ᄉᆔ양(辭讓)티 못홀 거시로ᄃᆡ 쳔(千) 리(里) 부모(父母) 존당(尊堂) ᄯᅳᆺ을 아디 못ᄒ니 듀뎌(躊躇)ᄒ미라 엇디 현블쵸(賢不肖)의 ᄯᅳᆺ디 도라가리오? 타일(他日) 경ᄉᆞ(京師)의 도라

---

282) 질뎡(質正): 질정. 묻거나 따져 바로잡음.
283) 지란(遲懶): 지체해 늦춤.
284) ᄎᆔ듕(取重): 취중. 소중히 대함.
285) 동시(東施): 중국 춘추시대 월(越)나라에 살았던 추녀. 옆 동네 미녀 서시(西施)가 속병이 있어 눈썹을 찌푸리자 자신도 예뻐 보이려고 따라 했다는 이야기가 전함. 『장자(莊子)』, 「천운(天運)」.
286) 교랑(嬌娘): 중국 원나라 송매동(宋梅洞)이 지은 소설 『교홍전』과 명나라 맹칭순(孟稱舜)이 개편한 희곡 『교홍기(嬌紅記)』에 나오는 여주인공의 이름. 이종사촌인 신순(申純)과 사랑해 정을 통했으나 부모에게서 혼인을 허락받지 못해 신순과 함께 죽음.

가 존당(尊堂) 명(命)을 엇즈온즉 진딘(秦晉)의 됴흐믈[287] 일우사이
다.”

선싱(先生)이 대희(大喜)ᄒ야 칭샤(稱謝) 왈(曰),

“피ᄎ(彼此ㅣ) 역녀(逆旅)[288] 듕(中) 만나 이러툿 되미 텬명(天命)
이라 존당(尊堂)이 엇디 텬명(天命)을 거스리시리오? 각각(各各) 신
믈(信物)을 브텨 타일(他日) 딩험(徵驗)을 삼으미 엇더니잇고?”

녜뷔(禮部ㅣ) 손샤(遜謝) 왈(曰),

“군ᄌ(君子) 일언(一言)은 쳔년블기(千年不改)[289]라. 만일(萬一) 부
뫼(父母ㅣ) 다른 ᄯᅳᆺ이 아니 계신즉 죄인(罪人)의 져ᄇ릴 배 아니오,
빙믈(聘物)을 기텻다 만일(萬一) 부뫼(父母ㅣ) 허(許)티 아니신즉 진
퇴낭패(進退狼狽)[290]ᄒ리니 선싱(先生)은 슬피쇼셔.”

한 공(公)이 탄왈(歎曰),

“기ᄌ(奇哉)라! 명공(明公)은 금고(今古) 명인(明人)이로다. ᄎ언
(此言)이 당〃(堂堂)

---

287) 진딘(秦晉)의 됴흐믈: 진진의 좋음을. 혼인 맺음을. 중국 춘추시대에 진(秦)나라와 진(晉)나라
　　가 여러 번 혼인 관계를 맺은 데서 유래한 말. 즉, 진(晉)나라의 헌공(獻公)이 자기 딸을 진
　　(秦)나라의 목공(穆公)에게 시집보내고, 후에 진(秦)나라 목공(穆公)이 망명 중이던 진(晉)나라
　　의 중이(重耳, 후의 진문공)를 자신의 나라에 불러들여 후대하고 자신의 딸 회영과 혼인시킨
　　일이 있음. 진진지의(秦晉之誼). 사마천, 『사기』, 「진본기(秦本紀)」. 『춘추좌씨전(春秋左氏傳)』.
288) 역녀(逆旅): 역려. 일정한 돈을 지불하고 손님이 묵는 집.
289) 쳔년블기(千年不改): 천년불개. 천 년이 지나도 바꾸지 않음.
290) 진퇴낭패(進退狼狽): 앞으로나 뒤로나 일이 실패로 돌아감.

흔 의리(義理)의 올흐니 노인(老人)이 공경(恭敬)ᄒ노라."

네뷔(禮部ㅣ) 샤례(謝禮)ᄒ고 드듸여 반일(半日)을 슈쟉(酬酌)ᄒ매 피ᄎᆞ(彼此ㅣ) 의논(議論)이 합(合)ᄒ고 ᄯᅳ시 기우러 서로 항복(降服) ᄒᆞ믈 마디아니ᄒᆞ더라.

셕양(夕陽)의 션싱(先生)이 하딕(下直)고 도라갈 ᄉᆡ 네뷔(禮部ㅣ) 졀ᄒᆞ야 ᄇᆡ별(拜別) 왈(曰),

"하늘이 도으샤 텬샤(天赦)291)를 닙ᄉᆞ와 븍(北)으로 도라갈 제 당당(堂堂)이 문하(門下)의 나아가 등ᄇᆡ(登拜)292)ᄒᆞ리이다."

션싱(先生)이 응낙(應諾)고 공ᄌᆞ(公子)의 손을 잡고 년년(戀戀)ᄒᆞ다가 도라가다.

네뷔(禮部ㅣ) 스스로 쳥뇌 낙낙(落落)293)흔 자최와 탁셰(卓世)294) 흔 긔질(氣質)이며 활연(豁然)295)흔 담논(談論)을 항복(降服)ᄒᆞ여 왈 (曰),

"ᄂᆡ 혬이 업

---

291) 텬샤(天赦): 천사. 황제의 사면.
292) 등ᄇᆡ(登拜): 등배. 알현함.
293) 낙낙(落落): 낙락. 작은 일에 얽매이지 않고 대범함.
294) 탁셰(卓世): 탁세. 세상에서 뛰어남.
295) 활연(豁然): 시원스러운 모양.

서 어즈러온 환노(宦路)의 분주(奔走)ᄒ야 이런 일을 만나매 명(名)
이 텬하(天下)의 퍼디니 엇디 붓그럽디 아니리오?"

ᄒ야 탄식(歎息)ᄒ믈 마디아니ᄒ고 새로이 힝노(行路)의 구티(驅
馳)²⁹⁶⁾ᄒ믈 괴로이 너겨 계유 쵹디(蜀地)의 니ᄅ니,

본토(本土) 태슈(太守ㅣ) 마자 극진(極盡)이 관ᄃᆡ(寬待)²⁹⁷⁾ᄒ고 큰
집을 서ᄅ쳐 머믈게 ᄒ나 녜뷔(禮部ㅣ) 근졀(懇切)이 ᄉ양(辭讓)ᄒ고
유벽(幽僻)²⁹⁸⁾ᄒᆫ 촌샤(村舍)ᄅᆞ 어더 일힝(一行)을 안돈(安頓)²⁹⁹⁾ᄒ고
공치(公差)ᄅᆞ 도라보닐 ᄉᆡ 일가(一家)의 셔간(書簡)을 브티고,

고요히 취문과 ᄋᆞ즈(兒子)로 더브러 이에 이셔 태슈(太守)의 ᄃᆡ졉
(待接)이 두터오나 믈리텨 밧디 아니코 본토(本土) 션빅, 녜부(禮部)
의

놉흔 일홈을 듯고 췩(册)을 씨고 빈호믈 쳥(請)ᄒᆞᄂᆞᆫ 재(者ㅣ) 나역브
졀(絡繹不絕)³⁰⁰⁾ᄒ나 문(門)을 다다 보디 아니코 다만 시ᄉ(詩詞)로
ᄆᆞ옴을 브티나 흔 ᄆᆞ옴이 즈긔(自己) 당당(堂堂)ᄒᆞᆫ 대댱부(大丈夫)로
ᄋᆞ녀즈(兒女子)로 인(因)ᄒ야 큰 죄목(罪目)이 동ᄒᆡ슈(東海水)ᄅᆞ 어

---

296) 구티(驅馳): 구치. 몹시 바삐 돌아다님.
297) 관ᄃᆡ(寬待): 관대. 잘 대우함.
298) 유벽(幽僻): 그윽하고 외짐.
299) 안돈(安頓): 편안히 있음.
300) 나역브졀(絡繹不絕): 낙역부절. 오고감이 끊임없음.

더도 벗디 못ᄒᆞ믈 골돌301)ᄒᆞ야 시시(時時)로 쳑상(冊床)을 텨 강개(慷慨)ᄒᆞᆫ ᄆᆞ음이 일일(日日) 더ᄒᆞ고 만리(萬里) 부모(父母) 존당(尊堂)을 ᄉᆞ렴(思念)ᄒᆞ야 븍(北)을 ᄇᆞ라 눈믈이 쇽졀업시 방셕(方席)의 어롱질 ᄯᆞᆫ이러라.

이젹의 니부(李府)의셔 녜부(禮部)와 화 시(氏)를 먼니 보ᄂᆡ매 구고(舅姑) 존당(尊堂)의 비회(悲懷) 측냥(測量)업고 연왕(-王)과 남공(-公)이 화란(禍亂) 여ᄉᆡᆼ(餘生)

•••
85면

으로 만리(萬里)의 가믈 국골이샹(刻骨哀傷)302)ᄒᆞ야 왕(王)의 슬허ᄒᆞ미 남공(-公)긔 디나니 남공(-公)이 도로혀 민망(憫惘)ᄒᆞ야 셔로 위로(慰勞)ᄒᆞ야 디닐ᄉᆡ, 연왕(-王)이 븍문을 졀티(切齒)ᄒᆞ야 관(棺)을 ᄲᅡ딕령(待令)ᄒᆞ고 기ᄃᆞ리ᄂᆞᆫ디라. 남공(-公)이 디긔(知機)303)ᄒᆞ고 가(可)티 아니므로써 니ᄅᆞᆫ즉 미미(微微)히 웃고 답(答)디 아니ᄒᆞ더라.

오라디 아냐셔 몽평이 도라오니 일개(一家ㅣ) 크게 경동(驚動)ᄒᆞ야 블러 연고(緣故)를 무ᄅᆞ니 평이 ᄉᆞ연(事緣)을 ᄌᆞ시 고(告)ᄒᆞ고 여을 잡아 딕령(待令)ᄒᆞ엿ᄂᆞᆫ 소유(所由)를 셜파(說破)ᄒᆞ니 일개(一家ㅣ) 대경(大驚)ᄒᆞ여 화 시(氏) 죽으므로 지목(指目)ᄒᆞ거늘 연왕(-王)이 글오ᄃᆡ,

"ᄋᆞ부(阿婦)ᄂᆞᆫ 범인(凡人)이 아니라 요

---

301) 골돌: 한 가지 일에 온 정신을 쏟아 딴생각이 없음. 골똘.
302) 국골이샹(刻骨哀傷): 각골애상. 뼈에 사무치도록 슬퍼함.
303) 디긔(知機): 지기. 기미를 앎.

몰(夭沒)³⁰⁴⁾홀 리(理) 만무(萬無)ᄒ고 니 또 시수(時數)를 혜아리건대
화 형(兄)의 임소(任所)의 가시리니 타일(他日) 그 째 다두르면 만나
리라."

승샹(丞相)이 올타 ᄒ니 졔인(諸人)이 브야흐로 방심(放心)ᄒ고 왕
(王)이 좌우(左右)를 분부(分付)ᄒ야 추ᄉ(此事)를 구외블츌(口外不
出)³⁰⁵⁾ᄒ라 ᄒ고 외헌(外軒)의 나가 여을 동여 드리라 ᄒ야 ᄭᅮ지저
ᄀᆯ오ᄃᆡ,

"이 업튝(業畜)이 엇딘 고(故)로 산듕(山中)을 ᄠᅥ나 민간(民間)의
작폐(作弊)³⁰⁶⁾ᄒᄂᆞ뇨?"

여이 슬피 울며 화 시(氏)의 용모(容貌)를 보고 잡아먹어 제 더 고
으려 ᄒ다가 관음(觀音)을 만나 그 몸이 무ᄉ(無事)ᄒ니 죄(罪) 업ᄉ
니 살거지라 ᄒᄂᆞᆫ디라.

왕(王)이 ᄯᅩ ᄭᅮ지저 왈(曰),

"너 요미(妖魅)³⁰⁷⁾ 기

과ᄌ쵝(改過自責)³⁰⁸⁾홀딘대 샤(赦)ᄒ려니와 다시 그런 일을 저즐딘

---

304) 요몰(夭沒): 젊은 나이에 죽음.
305) 구외블츌(口外不出): 구외불출. 입 밖에 내지 않음.
306) 작폐(作弊): 폐단을 일으킴.
307) 요미(妖魅): 요매. 요망한 도깨비.
308) 기과ᄌ쵝(改過自責): 개과자책. 자신의 잘못을 스스로 꾸짖어 뉘우침.

대 후일(後日)이 두려오니 쾌(快)히 참(斬)ᄒ리라."

승난이 슬피 울고 굴오ᄃᆡ,

"브졀업시 인간(人間)의 나왓다가 이런 일을 저ᄌ니 죽으믄 셟디 아니나 집의 어린 ᄌ식(子息)들이 만히 이시니 죽어도 눈을 못 ᄀ믈소이다."

왕(王)이 텽흘(聽訖)309)의 글러 노ᄒ며 굴오ᄃᆡ,

"네 죄악(罪惡)이 관영(貫盈)310)ᄒ니 샤(赦)티 못ᄒᆞᆯ 거시로ᄃᆡ 뉘웃ᄎ믈 니ᄅ매 노화 보ᄂᆡ거니와 만일(萬一) 다시 범(犯)ᄒᆞᆯ딘대 하늘긔 고(告)ᄒ고 네 죄(罪)를 다ᄉ리리라."

승난이 대희(大喜)ᄒ야 고두(叩頭) 빅비(百拜)ᄒ고 은덕(恩德)을 무수(無數) 칭샤(稱謝)ᄒ며 븐

• • •
88면

름이 되여 ᄃᆞ라나니 왕(王)이 새로이 통흔(痛恨)ᄒ야 노 시(氏) 가ᄂᆡ(家內)예 ᄃᆞ러 간계(奸計)를 일워 집안이 어즈럽고 요인(妖人)의 자최 편만(遍滿)311)ᄒ믈 절티(切齒)ᄒ더니,

빅문이 이날 샹경(上京)ᄒ야 텬ᄌ(天子)긔 샤은(謝恩)ᄒ매 텬지(天子ㅣ) 그 쇼년(少年) 지략(才略)312)을 아름다이 너기샤 특지(特旨)로 문연각(文淵閣) 태혹ᄉ(太學士)를 ᄒᆞ이시니 ᄉᆞᆼ(生)이 샤은(謝恩)ᄒ고,

부듕(府中)의 니ᄅ러 몬져 존당(尊堂)의 뵈옵고 오운뎐(--殿)의 니

---

309) 텽흘(聽訖): 청흘. 다 들음.
310) 관영(貫盈): 가득 참.
311) 편만(遍滿): 닐리 그득 참.
312) 지략(才略): 재략. 재주와 지략.

르러 부친(父親)긔 빈례(拜禮)ᄒ매 반년(半年) ᄉ이 영풍쥰골(英風俊
骨)³¹³)이 더옥 표일(飄逸)ᄒ며 직품(職品)이 놉하 언연(偃然)³¹⁴)흔
지샹(宰相)이 되여시니 그 아비 된 쟤(者ㅣ) 엇디 깃브며 두긋겁디
아니리오마ᄂᆞᆫ 빅문

의 죄괘(罪過ㅣ)³¹⁵) 심샹(尋常)티 아니ᄒ니 왕(王)의 쳐티(處置) 엇디
올티 아니ᄒ리오.

싱(生)이 부모(父母)를 오래 쪄낫다가 만나매 흔희(欣喜)³¹⁶)ᄒᄂᆞᆫ
ᄯᅳᆺ이 엇디 아니터니 왕(王)이 고요히 단좌(端坐)ᄒ야 공ᄉ(公事)를
다ᄉ리다가 ᄒ번(一番) 혹ᄉ(學士)를 보매 봉안(鳳眼)이 둥글고 면ᄉᆞᆨ
(面色)이 퍼러ᄒ야 좌우(左右)를 명(命)ᄒ야 잡아 ᄂᆞ리오라 ᄒ고 몸
이 니ᄂᆞᆫ 줄 업시 난두(欄頭)의 나와 ᄉ예(使隷)를 구름ᄀᆞ티 모화 혹
ᄉ(學士)를 결박(結縛)ᄒ야 ᄭᅮ리니 위엄(威嚴)이 광풍졔월(光風霽
月)³¹⁷) ᄀᆞ튼디라 혹ᄉᆡ(學士ㅣ) 대경황망(大驚慌忙)³¹⁸)ᄒ야 소ᄅᆡᄒ야
글오ᄃᆡ,

"쇼ᄌᆡ(小子ㅣ) 반년(半年)을 외방(外方)의 나갓다가 도라오매 므ᄉᆞᆷ
죄(罪) 잇관ᄃᆡ 부ᄌᆞ지졍(父子之情)

---

313) 영풍쥰골(英風俊骨): 영풍준골. 헌걸찬 풍채와 빼어난 골격.
314) 언연(偃然): 사람의 겉모양이나 언행이 의젓하고 점잖음. 엄연(儼然).
315) 죄괘(罪過ㅣ): 죄와 허물.
316) 흔희(欣喜): 기뻐함.
317) 광풍졔월(光風霽月): 광풍제월. 비가 갠 뒤의 맑게 부는 바람과 밝은 달이라는 뜻으로, 마음이
넓고 쾌활하여 아무 거리낌이 없는 인품을 비유적으로 이르는 말.
318) 대경황망(大驚慌忙): 크게 놀라고 어찌할 줄 모름.

으로 이대도록 박(薄)ᄒ시니잇고?"

왕(王)이 정셩(正聲) 대매(大罵) 왈(曰),

"블쵸패ᄌ(不肖悖子)³¹⁹)의 죄(罪)ᄂ 네 스ᄉ로 알리니 닉 엇디 입을 더러이리오?"

좌우(左右)로 흰 관(棺)을 닉야 오라 ᄒ야 노흐며 굴오딕,

"너의 죄(罪) 져그나 듕도(中道)를 범(犯)ᄒ여신즉 닉 이대도록 아니리니 좌우(左右)ᄂ 뎌 블쵸ᄋ(不肖兒)의 잡말(雜-)을 기드리면 ᄉ죄(死罪)를 주리라."

말을 믓고 집댱ᄉ예(執杖使隸)³²⁰)를 호령(號令)ᄒ야 매를 들라 ᄒ고 벽셩문(--門)을 군ᄉ(軍士) 이빅(二百)으로 딕희워,

"비록 텬ᄌ(天子) 됴셰(詔書ㅣ) 누려도 닉 명(命) 업시 열딘대 머리를 버히리라."

호령(號令)이 뇌뎡(雷霆) ᄀᄐ니 좌위(左右ㅣ) 블승젼뉼(不勝戰慄)³²¹)ᄒ야 집댱ᄉ예(執杖使隸) 풀을 메왓고

시험(試驗)홀시 왕(王)이 고샹(固常)³²²)ᄒ 소릭로 고찰(考察)ᄒ매 산악(山岳)이 믄허디ᄂ 듯ᄒ니 졔인(諸人)이 넉시 업시 ᄌ연(自然) 힘

---

319) 블쵸패ᄌ(不肖悖子): 불초패자. 어리석어 인륜을 모르는 자식.
320) 집댱ᄉ예(執杖使隸): 집장사예. 장형(杖刑)을 집행하는 일을 맡아 보던 종.
321) 블승젼뉼(不勝戰慄): 불승전율. 두려워 떪을 이기지 못함.
322) 고샹(固常): 고상. 봉황이 해 질 녘에 울부짖는 소리.

을 다흐매, 빅문이 쏘흔 제 죄(罪)를 아디 못흐고 왕(王)의 박(薄)흐
믈 블통(不通)흔 협심(狹心)323)의 분앙(憤怏)324)흐야 말을 흐고져 흐
딕 좌우(左右)로 궁관(宮官), 궁뇌(宮奴ㅣ) 삼 버듯 흐야 왕(王)의 소
릭로조차 믹이 티라 흐니 능히(能-) 입을 여디325) 못홀 츳(次) 이십
(二十) 댱(杖)을 마즈니 셩혈(腥血)326)이 돌지어 흐르고 피육(皮肉)이
후란(朽爛)327)흐야 졍신(精神)이 츤 지 ᄀ탓니 좌위(左右ㅣ) 참담(慘
憺)흐나 뉘 감히(敢-) 말리리오.

   태부(太傅) 형뎨(兄弟) 면관히딕(免冠解帶)328)흐고 돈슈(頓首) 고
두(叩頭)흐야 녁간(力諫)흐니 왕(王)이 졍

싴(正色) 왈(曰),

   "너 이 거죄(擧措ㅣ) 문호(門戶)를 위(爲)흐야 브득이(不得已)흐미
라 여등(汝等)이 엇디 너 쁫을 모르느뇨? 빅문을 살온즉 문회(門戶
ㅣ) 멸망(滅亡)홀 환(患)이 이시리니 너 흔 즈식(子息)을 위(爲)흐야
일가(一家)의 화(禍)를 기티리오? 당″(堂堂)이 죽은 후(後) 흔 무딕
를 우러 너 즈식(子息)인 줄 표(表)흐리니 다시 어즈러이 구디 말라."

   냥인(兩人)이 망극(罔極)흐야 울며 다시 간(諫)코져 흐니 왕(王)이
변싴(變色)흐고 좌우(左右)를 명(命)흐야 협실(夾室)의 미러 너코 쇠

---

323) 협심(狹心): 좁은 마음.
324) 분앙(憤怏): 분노하고 원망함.
325) 디: [교] 원문에는 '긔'로 되어 있으나 문맥을 고려해 규장각본(17:64)와 연세대본(17:91)을 따름.
326) 셩혈(腥血): 성혈. 비린내가 나는 피.
327) 후란(朽爛): 썩어 문드러짐.
328) 면관히딕(免冠解帶): 면관해대. 관을 벗고 띠를 풂.

로 줌으니 기여(其餘) 군관(軍官)이 쳔(千) 인(人)이 버러신들 감히
(敢-) 입을 열리오. 흔골ㄱ티 그치디 못ㅎ여 뉵십여(六十餘) 댱(杖)의
니루니 져그나

헐(歇)히 텨시면 그대도록디 아니홀 거시로딕 큰 매로 건장(健壯)흔
수예(使隷) 힘을 다ㅎ니 엇디 견딕리오. 혼졀(昏絕)ㅎ야 숨긔쳑이 업
수니 추마 매룰 더으디 못ㅎ니 매룰 머추고 도라 품(稟)ㅎ딕,

"쇼노애(小老爺ㅣ) 인수(人事)룰 부려 계시니 엇디ㅎ리잇가?"

왕(王)이 대로(大怒) 왈(曰),

"추뇌(此奴ㅣ) 흉완(凶頑)329)ㅎ야 닉 긋티라 명(命)티 아닌 젼(前)
긋쳐 법(法)을 범(犯)ㅎ니 그 죄(罪) 가부압디 아니토다."

드딕여 무수(武士)룰 명(命)ㅎ야 원문(轅門)330) 밧긔 가 버혀 효시
(梟示)331)ㅎ라 ㅎ니 모다 미러 닉여 가노라 부야흐로 문(門)을 여니,

추시(此時) 남공(-公)이 상한(傷寒)을 어더 궁듕(宮中)의 잇다가 공

부(工部) 등(等)이 분분(紛紛)332)이 드러와 빅문이 앗가 환가(還家)ㅎ
매 슉뷔(叔父ㅣ) 죽이려 ㅎ야 결댱(決杖)333)흔다 ㅎ니 공(公)이 경녀

---

329) 흉완(凶頑): 흉악하고 모짊.
330) 원문(轅門): 군문(軍門).
331) 효시(梟示): 목을 베어 높은 곳에 매달아 놓아 뭇사람에게 보임.
332) 분분(紛紛): 어지러운 모양.

(驚慮)ᄒᆞ야 친(親)히 니러 옥교(玉轎)를 ᄐ고 벽셩문(--門)의 니ᄅ러ᄂᆞᆫ 갑듀(甲冑)334)ᄒᆞᆫ 군ᄉᆞ(軍士) 이빅(二百)이 서리 ᄀᆞᄐᆞᆫ 검극(劍戟)을 잡아 층층밀밀(層層密密)335)이 텰통(鐵桶) ᄀᆞ티 딕희여시니 공(公)이 쇼환(小宦)336)으로 뎐어(傳語)ᄒᆞ야 문(門)을 열라 ᄒᆞ니 모다 일시(一時)의 제셩(齊聲) 딕왈(對曰),

"국군(國君)이 명(命)ᄒᆞ샤 문(門)을 여ᄂᆞ니ᄂᆞᆫ 머리를 버히리라 ᄒᆞ시니 쇼복(小僕) 등(等)이 엇디 쳔ᄌᆞ(擅恣)337)히 열리오?"

공(公)이 다시 명(命)ᄒᆞ야 열라 ᄒᆞ되 모다 듯디 아니ᄒᆞ고 문(門) 안히셔 매질 소ᄅᆡ 뫼히 우리ᄂᆞᆫ 듯ᄒᆞ더

•••

95면

니,

이윽고 문(門)을 열고 서너 무ᄉᆞ(武士ㅣ) ᄉᆞ예(使隷) 현복을 결박(結縛)ᄒᆞ야 ᄂᆡ여 오거ᄂᆞᆯ 공(公)이 무른대 현복이 딕왈(對曰),

"쇼복(小僕)이 집댱(執杖)ᄒᆞ다가 쇼노애(小老爺ㅣ) 인ᄉᆞ(人事)를 ᄇᆞ리시니 인졍(人情)의 마디못ᄒᆞ야 그친 죄(罪)로 버히라 ᄒᆞ시ᄂᆞ이다."

공(公)이 급(急)히 머믈라 ᄒᆞ고 완완(緩緩)이338) 모든 사ᄅᆞᆷ을 헤티고 교ᄌᆞ(轎子)를 메여 뎐(殿)의 니ᄅ니 왕(王)이 머리셔브터 보고 오

---

333) 결댱(決杖): 결장. 죄인에게 곤장을 치는 형벌을 집행함.
334) 갑듀(甲冑): 갑주. 갑옷과 투구를 아울러 이르는 말.
335) 층층밀밀(層層密密): 여러 겹으로 빽빽함.
336) 쇼환(小宦): 소환. 어린 내시.
337) 쳔ᄌᆞ(擅恣): 천자. 멋대로 방자하게 행함.
338) 완완(緩緩)이: 천천히.

슬 념의고 긔운을 느초와 느려 마즈니 공(公)이 날호여 당(堂)의 올
나 좌뎡(坐定)ᄒ고 닐오ᄃᆡ,

"현뎨(賢弟) 금일(今日) 변(變)이 희한(稀罕)ᄒᆞᆫ 줄 아ᄂᆞ냐?"

왕(王)이 쑤러 ᄃᆡ왈(對曰),

"부듕(府中)의 므슴 변(變)이 잇ᄂᆞ니잇고?"

공(公)이 번연(飜然)[339]

● ● ●

96면

이 졍ᄉᆡᆨ(正色)ᄒ고 닐오ᄃᆡ,

"네 어리디 아니코 취(醉)티 아냐시ᄃᆡ 이러ᄐᆞᆺ 모르ᄂᆞ 톄ᄒᆞᄂᆞ냐?
슌(舜)[340]의 대현(大賢)으로 샹균(商均)[341]이 블쵸(不肖)ᄒᆞᄆ로 위
(位)ᄅᆞᆯ 아사시나 죽이든 아냐시니 빅문이 므슴 죄(罪) 죽이도록 ᄒᆞ리
오? 이거시 변(變)이 아니냐?"

왕(王)이 텽파(聽罷)의 희연(稀然)[342]이 웃고 ᄃᆡ왈(對曰),

"금셰(今世)와 고금(古今)이 다르나 샹균(商均)이 블쵸(不肖)ᄒᆞ야
대위(大位)ᄅᆞᆯ 닛디 못ᄒᆞᆯ디언뎡 나라흘 망(亡)티 아냐시니 쇼뎨(小弟)
금일(今日) 거죄(擧措ㅣ) 대의(大義)ᄅᆞᆯ 딕희여 문호(門戶)ᄅᆞᆯ[343] 도라
보미라. 형댱(兄丈)은 고이(怪異)히 너기디 마르쇼셔."

───────────────

339) 번연(飜然): 갑작스러운 모양.
340) 슌(舜): 순. 중국 고대의 순(舜)임금. 순임금은 성(姓)은 요(姚), 씨(氏)는 유우(有虞), 이름은 중
화(重華)이고 역사서에서는 우순(虞舜)이나 순(舜)으로 칭함. 요(堯)임금에게서 임금 자리를
물려받고 후에 아들 상균(商均) 대신 우(禹)임금에게 임금 자리를 물려줌.
341) 샹균(商均): 상균. 순임금의 아들.
342) 희연(稀然): 희미한 모양.
343) ᄅᆞᆯ: [교] 원문과 연세대본(17:96)에는 '로'로 되어 있으나 의미를 명확히 하기 위해 규장각본
(17:68)을 따름.

공(公)이 변식(變色) 왈(曰),

"아히(兒孩) 쇼년(少年)의 미식(美色)의 외입(外入)ᄒᆞ미 큰 남식(濫
事ㅣ)344) 아니니 경계(警戒)ᄒᆞᆷ믄 올커

•••
97면

니와 죽이려 ᄒᆞᆷ믄 싀호샤갈(豺虎蛇蝎)도곤 더흔디라 엇디 변(變)이
아니리오? ᄒᆞ믈며 금번(今番) 노 시(氏) 악ᄉᆞ(惡事)ᄂᆞᆫ 빅문이 모ᄅᆞᄂᆞᆫ
디라 죄(罪)를 당(當)ᄒᆞᆯ 배 아니오 셕일(昔日) 너의 무샹(無狀)ᄒᆞ미
엇디 빅문의 뉘(類ㅣ)리오마ᄂᆞᆫ 야애(爺爺ㅣ) 죽이디 아냐 계시니 오
심(吾心)을 츄이(推理)ᄒᆞᆫ들 너의 거죄(擧措ㅣ) 가(可)히 인졍(人情)이
냐? 쾌(快)히 그만ᄒᆞ야 샤(赦)ᄒᆞ라."

왕(王)이 믄득 냥안(兩眼)이 ᄀᆞ늘고 츄패(秋波ㅣ) 몽농(朦朧)ᄒᆞ야
기리 ᄯᅮ러 말을 아닛ᄂᆞᆫ디라 공(公)이 작식(作色) 노왈(怒曰),

"너 비록 블민(不敏)ᄒᆞ나 너의게는 ᄌᆞ못 존듕(尊重)타 ᄒᆞᆯ 거시어ᄂᆞᆯ
나의 말을 괄시(恝視)ᄒᆞ고 우이 너기니 이 므슴 죄(罪)며 네 인ᄉᆞ(人
事)를 뎌리 가지고 ᄌᆞ식(子息)

•••
98면

을 칙(責)ᄒᆞ미 붓그럽디 아니냐?"

왕(王)이 믄득 면관(免冠) 돈슈(頓首)345) 왈(曰),

---

344) 남식(濫事ㅣ): 남사. 도리를 벗어나는 일.
345) 돈슈(頓首): 고개를 조아림.

"형댱(兄丈)의 처음 하괴(下敎ㅣ) 비록 올흐시나 전두(前頭)[346]를 싱각디 못흐시므로 미처 알외디 못흐엿더니 준졀(峻截)이 칙(責)흐시믈 밧ᄌ오니 쇼뎨(小弟)의 죄(罪) 만ᄉ무셕(萬死無惜)[347]이로소이다. 쇼뎨(小弟) ᄯ 인졍(人情)이니 부ᄌ(父子) 텬뉸(天倫)으로 제 셜ᄉ(設使) 무상(無狀)흐나 죽이고져 ᄯᆺ이 이시며 금번(今番) 대란(大亂)이 빅문의 연괴(緣故ㅣ) 아닌 줄 쇼뎨(小弟) ᄯᆫ흔 아는 배로ᄃᆡ 제 연고(緣故)로 무죄(無罪)흔 사름이 다 ᄉ디(死地)를 당(當)흐고 일후(日後)의 ᄯ 사름이 여러히 죽도록 흐리니 방챠(防遮)[348]홀 길히 업ᄂ디라. ᄎ고(此故)로 저를 업시흔

• • •

99면

오면 ᄇ라미 그처딜 고(故)로 브득이(不得已) 이 계교(計巧)를 흐미라, 형댱(兄丈)이 엇디 아디 못흐시ᄂ뇨?"

남공(-公)이 졍ᄉᆨ(正色) 왈(曰),

"네 이 말도 다 사언(詐言)[349]이라. 망망(茫茫)흔 텬슈(天數)를 도망(逃亡)키 어려오니 ᄉᆞ(事事ㅣ) 되여 가는 양(樣)만 볼 ᄯᆞ름이라. 저를 업시흐므로 텬수(天數)를 도망(逃亡)흐랴?"

왕(王)이 분흔(憤恨)이 튱식(充塞)흐야 신[350]ᄉᆨ(神色)이 지빗 ᄀᆞᆺ야 말을 못 흐니 남공(-公)이 홀일업서 좌우(左右)로 흑ᄉ(學士)를 ᄃ

346) 젼두(前頭): 전두. 지금부터 다가오게 될 앞날.
347) 만ᄉ무셕(萬死無惜): 만사무석. 만 번 죽어도 아깝지 않음.
348) 방챠(防遮): 방차. 막아서 가림.
349) 사언(詐言): 속이는 말.
350) 신: [교] 원문에는 '산'으로 되어 있으나 의미를 명확히 하기 위해 규장각본(17:70)과 연세대본(17:99)을 따름.

려 셔당(書堂)으로 가라 ᄒ고 모든 군졸(軍卒), 군관(軍官)을 다 믈리티고 태부(太傅)와 샹셔(尚書)를 블러 빅문을 구호(救護)ᄒ라 ᄒ고 왕(王)의 손을 잇그러 방듕(房中)의 드러가 호언(好言)으로 위로(慰勞)ᄒ

•••
100면

니 왕(王)이 믁연(默然) 반향(半晌)의 눈믈을 흘려 샤례(謝禮) 왈(曰),

"형댱(兄丈)이 대의(大義)를 크게 잡으샤 쇼뎨(小弟)를 관유(寬諭)[351]ᄒ시나 홍문이 므슴 죄(罪) 잇더니잇가? 신뉴(新柳) ᄀᆺ고 미옥(美玉) ᄀᆺ튼 긔질(氣質)로 옥듕(獄中) 누디(陋地)의 고초(苦楚)를 겻고 실낫ᄀᆺ튼 목숨이 싀외(塞外)예 닉티이니 이를 싱각ᄒᆫ즉 애 긋쳐디고 구곡(九曲)이 믄허디니 말 업슨 하늘도 원(怨)ᄒᆞ되 더옥 블쵸(不肖) 빅문의 연괴(緣故ㅣ)니잇가? 츠고(此故)로 미亽(每事)를 싱각디 못ᄒ고 저를 죽여 분(憤)을 만(萬)의 ᄒ나히나 플고져 ᄒ더니 이제 사라나리니 쇼뎨(小弟) 이 혼(恨)을 어딕 비(比)ᄒ리잇가?"

셜파(說罷)의 누쉬(淚水ㅣ) 년화(蓮花) ᄀᆺ튼 귀밋틱 니음츠니 공(公)

•••
101면

이 위로(慰勞) 왈(曰),

---

351) 관유(寬諭): 너그럽게 타이름.

여기부터

"현데(賢弟) 평일(平日) 홍문 스랑ᄒ미 셩문 등(等)의 디나믈 붉히 아ᄂᆞ니 이러ᄒ미 그릇디 아니나 산 족하를 위(爲)ᄒ야 아들을 죽이미 비인졍(非人情)이라. 타일(他日) 홍문이 사라오고 빅문이 죽으딘대 그 참통(慘痛)ᄒ기 엇더ᄒ리오? 혹(或) 기과(改過)ᄒ여도 경계(警戒)홀 만ᄒ고 과도(過度)ᄒᆫ 거조(擧措)를 그치라."

왕(王)이 샤례(謝禮)ᄒ고 죠용히 뫼셔 말ᄉᆞᆷᄒ다가 공(公)이 도라간후(後) 즉시(卽時) 엄지(嚴旨)를 ᄂᆞ리와 혹ᄉ(學士)를 문(門)밧긔 ᄂᆡ티라 ᄒ고 냥ᄌᆞ(兩子)를 브르니라.

이ᄯᆡ 샹셔(尚書)와 태뷔(太傅ㅣ) 혹ᄉ(學士)를 붓드러 셔당(書堂)의 니ᄅᆞ매 싱(生)이 긔운이 ᄒᆞ나토 업고 뉴혈(流血)이 니

•••
102면

음차시니 싱되(生道ㅣ) 망연(茫然)ᄒ디라. 이(二) 인(人)이 기위뉴톄(皆爲流涕)[352]ᄒ며 붓드러 약(藥)을 입의 흘리고 슈족(手足)을 쥐믈러 구호(救護)ᄒ니 반향(半晌) 후(後) 겨유 인ᄉ(人事)를 출혀 냥형(兩兄)의 눈믈 자최를 보고 기리 탄왈(歎曰),

"야얘(爺爺ㅣ) 쇼데(小弟)를 죽이고져 ᄒᆞ시니 형댱(兄丈)인들 므ᄉᆞᆷ 은이(恩愛) 이시리잇가? 죽으나 사나 ᄇᆞ려 두쇼셔."

이(二) 인(人)이 그 혼암(昏闇)ᄒ미 더ᄒᆞ믈 히악(駭愕)[353]ᄒ나 ᄎᆞ경(此景)의 다ᄃᆞ라 말ᄒ기 무익(無益)ᄒ야 다만 다리여 글오ᄃᆡ,

---

352) 기위뉴톄(皆爲流涕): 개위유체. 모두 눈물을 흘림.
353) 히악(駭愕): 해악. 매우 놀람.

"대인(大人)이 너를 믜워 그리호시랴? 경계(警戒)호시노라 그리호시미니 조식(子息)의 되(道ㅣ) 원(怨)호미 가(可)티 아니호니 수이 나아 니러나 성명(省定)[354]을 일우라."

싱(生)

•••
103면

이 노식(怒色) 브답(不答)이러니,

믄득 웃듬궁관(--宮官) 쇼연이 니르러 왕(王)의 명(命)을 니르고 공주(公子)를 븟드러 원용의 집으로 닉니 냥인(兩人)이 머므디 못호야 드러가 슈명(受命)호매 왕(王)이 다만 겨퇴 시측(侍側)호라 홀 분이라. 냥주(兩子ㅣ) 그 쯧을 디긔(知機)호고 감히(敢-) 빅문을 가 보디 못호더니,

명일(明日) 됴회(朝會) 길히 의원(醫員)을 드리고 드러가 진밐(診脈)호고 의약(醫藥)을 극진(極盡)이 호며 노 시(氏) 나가 구완호니 월여(月餘)의 향차(向差)호야 니러나나,

왕(王)이 닉외(內外)예 금녕(禁令)을 노화 그 자최를 문구(門-)의 브티디 말라 호니 혹식(學士ㅣ) 외입(外入)혼 광심(狂心)이나 텬성(天性) 효심(孝心)으로 부모(父母)를 소렴(思念)

---

354) 성정(省定): 성정. 문안. 아침 일찍 부모의 침소에 가서 밤사이의 안부를 살피는 아침 문안 신성(晨省)과 잠자리에 들 때에 부모의 침소에 가서 잠자리를 살피고 밤 동안 안녕하기를 여쭈는 저녁 문안 혼정(昏定)을 합쳐 이른 말.

ᄒ야 눈믈을 흘리니 노 시(氏) 웃고 굴오ᄃᆡ,

"낭군(郎君)은 과연(果然) 궁상(窮狀)355)의 사ᄅᆞᆷ이로다. 텬디간(天地間)의 부ᄌᆞ(父子ㅣ) 이시믄 아비ᄂᆞᆫ ᄌᆞ식(子息)을 ᄉᆞ랑ᄒᆞ고 ᄌᆞ식(子息)은 아비ᄅᆞᆯ 우러〃 셤기거ᄂᆞᆯ 존귀(尊舅ㅣ) 그ᄃᆡᄅᆞᆯ ᄌᆞ식(子息)으로 아니 아라 죽이려 ᄒᆞ니 이ᄂᆞᆫ 원쉬(怨讎ㅣ)라 싱각ᄒᆞ미 브졀업디 아니랴? 그ᄃᆡ 뎌러틋 구구(區區)ᄒᆞᆫ대 존귀(尊舅ㅣ) 더옥 용약(踊躍)356)ᄒᆞ리니 모로미 싱각디 말고 ᄉᆞ식(辭色)을 싁싁이 ᄒᆞ야 열낙(悅樂)ᄒᆞ미 올ᄒᆞ니라."

싱(生)이 올히 너겨 이후(以後) 형뎨(兄弟) 혹(或) 추자와 보면 닝안묘시(冷眼藐視)357)ᄒᆞ고 공당(公堂)의 가 왕(王)을 보와도 졀도 아니ᄒᆞ고 ᄂᆞᆷ 본 듯ᄒᆞ니 왕(王)이 더옥 통훈(痛恨)358)ᄒᆞ

며 샹셔(尙書) 형뎨(兄弟) 한심(寒心)ᄒᆞ믈 이긔디 못ᄒᆞ고 공부(工部) 등(等)이 사ᄅᆞᆷ으로 아니 아라 일가(一家)의 ᄇᆞ린 몸이 되여시ᄃᆡ 븟그러온 줄도 모ᄅᆞ고 노 시(氏)로 듀야(晝夜) 연낙(燕樂)359)ᄒᆞᆯ ᄯᆞ름이니 연왕(-王)이 스스로 문회(門戶ㅣ) 망(亡)ᄒᆞᆯ가 ᄀᆞᆨ골(刻骨)ᄒᆞ더라.

---

355) 궁샹(窮狀): 궁상. 꾀죄죄하고 초라함.
356) 용약(踊躍): 좋아서 날뜀.
357) 닝안묘시(冷眼藐視): 냉안묘시. 싸늘한 눈으로 업신여겨 바라봄.
358) 통훈(痛恨): 통한. 몹시 분하거나 억울하여 한스럽게 여김.
359) 연낙(燕樂): 연락. 잔치하며 즐김.

이적의 태뷔(太傅ㅣ) 위 시(氏)로 관관(關關)ᄒᆞᆫ 화락(和樂)이 교칠(膠漆)의 더으며 더옥 팀듕(胎中)의 긔린(麒麟)을 두어 교무(嬌撫)[360] ᄒᆞᄂᆞᆫ 스랑이 지극(至極)ᄒᆞ니 위 시(氏)의 복녹(福祿)이 제미(齊美)[361] ᄒᆞ미 일가(一家)의 읏듬이라. 인인(人人)이 흠모(欽慕)ᄒᆞᆷ믈 마디아니 ᄒᆞ딕 위 시(氏) 죠곰도 즐기ᄂᆞᆫ 빗치 업서 믹양 됴 시(氏)의 홍안(紅顏) 청츈(靑春)을 슬피 너기니 태뷔(太傅ㅣ) 고이(怪異)히 너겨,

일일(一日)은 밤

• • •

106면

을 타 드러와 쵹하(燭下)의셔 ᄋᆞ즈(兒子)를 어르만져 가챠ᄒᆞᆯ시 ᄋᆞ즈(兒子ㅣ) 임의 돌시 다ᄃᆞ랏ᄂᆞᆫ 고(故)로 거름을 옴기고 영오(穎悟)ᄒᆞ기 뉴(類)다ᄅᆞ니 태뷔(太傅ㅣ) 근졀(懇切)이 스랑ᄒᆞ야 희긔(喜氣) 미우(眉宇)를 움죽이딕 쇼졔(小姐ㅣ) 눈을 드러 보디 아닛ᄂᆞᆫ디라. 태뷔(太傅ㅣ) 더옥 의아(疑訝)ᄒᆞ야 ᄋᆞ즈(兒子)를 노코 믁믁(默默) 반향(半晌)의 무러 골오딕,

"부인(夫人)이 근닉(近來)예 므슴 우환(憂患)을 만낫ᄂᆞ냐? 엇딘 고(故)로 스식(辭色)이 블안(不安)ᄒᆞ뇨?"

쇼졔(小姐ㅣ) 념용(斂容) 딕왈(對曰),

"쳡(妾)이 구고(舅姑) 시하(侍下)의 영화(榮華)를 쯰여시니 므슴 근심이 이시리잇고? 다만 져근 소회(所懷) 이셔 군ᄌᆞ(君子)긔 고(告)코져 ᄒᆞ딕 군(君)의 위엄(威嚴)을 저허ᄒᆞ고 호령(號令)을 두려 함구(緘

---

360) 교무(嬌撫): 어여뻐해 어루만짐.
361) 제미(齊美): 제미. 두루 좋음.

口)ᄒ매

ᄌ연(自然) 블안(不安)토소이다.”

태뷔(太傅ㅣ) 텽파(聽罷)의 졍식(正色) 왈(曰),

“흑ᄉᆡᆼ(學生)이 므슴 블미(不美)ᄒᆞᆫ 일이 잇관ᄃᆡ 이러ᄐᆞᆺ 견집(堅執) 죠롱(嘲弄)ᄒᆞᄂᆑ? 대강(大綱) 그 소견(所見)을 듯고져 ᄒᆞ노라.”

쇼제(小姐ㅣ) 기리 팀음(沈吟) 반향(半晌)의 옷기ᄉᆞᆯ 념의고 소리ᄅᆞᆯ ᄂᆞ초와 닐오ᄃᆡ,

“쳡(妾)이 군(君)의 가모(家母)362)의 모텸(冒添)363)ᄒᆞ연 디 희 오라ᄃᆡ ᄒᆞᆫ 일도 ᄂᆡ조(內助)의 유공(有功)ᄒᆞᆫ 일이 업서 뎍국(敵國)을 화(和)티 못ᄒᆞ고 구고(舅姑)긔 블회(不孝ㅣ) ᄌᆞᄌᆞ니 듀야(晝夜) 우구(憂懼)364)ᄒᆞᄂᆞᆫ 배러니, 뎌즈음긔 됴 부인(夫人)이 실톄(失體)ᄒᆞ미 계시나 도금(到今)ᄒᆞ야 기과(改過)ᄒᆞ미 ᄌᆞ못 아름답고 셩인(聖人)이 기과(改過)ᄒᆞᄆᆞᆯ 니ᄅᆞ시니 샹공(相公)이 일ᄃᆡ(一代) 군ᄌᆞ(君子)로 경셔(經書)ᄅᆞᆯ 박남(博覽)ᄒᆞ

시며 규ᄂᆡ(閨內) 편ᄉᆡᆨ(偏塞)365)ᄒᆞ시미 심(甚)히 도(道)ᄅᆞᆯ 일허 계신

---

362) 가모(家母): 한 집안의 주부.
363) 모쳠(冒添): 모첨. 외람되게 은혜를 입음.
364) 우구(憂懼): 근심하고 두려워함.
365) 편ᄉᆡᆨ(偏塞): 편색. 치우치고 막힘.

디라. 이런 고(故)로 쳡(妾)이 안식(顔色)이 평샹(平常)티 못ᄒᆞ미로소이다."

태뷔(太傅ㅣ) 텽파(聽罷)의 졍식(正色) 왈(曰),

"원릭(元來) 부인(夫人)이 이런 긔괴지언(奇怪之言)을 품고 실셩(失性)ᄒᆞᆫ 긔운을 견듸디 못ᄒᆞ야 근뇌(近來) 스식(辭色)이 블안(不安)탓다. 나의 힝식(行事ㅣ) 그르나 우흐로 부뫼(父母ㅣ) 붉으시니 ᄌᆞ식(子息) ᄀᆞ르치시믈 졍도(正道)로 ᄒᆞ시며 버거 어딘 슉당(叔堂)과 엄(嚴)ᄒᆞᆫ 형(兄)이 이시며 ᄎᆡᆨ션(責善)366)ᄒᆞᄂᆞᆫ 붕위(朋友ㅣ) 이시니 녀ᄌᆞ(女子)의 의논(議論)ᄒᆞ야 시비(是非)ᄒᆞᆯ 배 아니로소니 강후(姜后)의 탈줌(脫簪)367)홈과 번희(樊姬)368)의 위(位) 스양(辭讓)ᄒᆞ미 쳔고(千古) 일(一) 인(人)이어늘 시쇽(時俗) 져근 녀지(女子ㅣ) 감히(敢-) 스리(事理)롤 모ᄅᆞ

• • •
109면

고 헛일홈을 엇고져 ᄒᆞ야 지아비롤 관속(管束)369)ᄒᆞ니 가(可)히 통히(痛駭)티 아니랴?"

---

366) ᄎᆡᆨ션(責善): 책선. 친구끼리 옳은 일을 하도록 서로 권함. 『맹자(孟子)』, 「이루(離婁)」에 "책선은 붕우의 도리이다. 責善, 朋友之道也"라는 말이 있음.

367) 강후(姜后)의 탈줌(脫簪): 강후의 탈잠. 강후가 비녀를 풂. 강후(姜后)는 중국 서주(西周) 때 사람으로 제후(齊侯)의 딸이고 선왕(宣王)의 부인. 선왕이 일찍 자리에 누웠다가 늦게 일어나고 부인의 방에서 나가지 않자, 강후가 비녀를 풀고 영항(永巷)에서 죄를 기다리면서 보모(傅母)를 시켜 자신이 재주가 없고 자신의 음심이 발현된 결과 군왕으로 하여금 색을 좋아하고 덕(德)을 잊게 했으니 이는 자신의 죄라고 전하게 함. 이에 왕이 자신의 잘못이라 하며 이후에 정치에 전념했다 함. 유향, 『열녀전(列女傳)』, <주선강후(周宣姜后)>.

368) 번희(樊姬): 중국 춘추시대 초(楚)나라 장왕(莊王)의 비(妃). 장왕이 사냥을 즐기자 간하였으나 듣지 않자 고기를 먹지 않으니 왕이 잘못을 바로잡아 정사에 힘씀. 유향, 『열녀전(列女傳)』, <초장번희(楚莊樊姬)>.

369) 관속(管束): 행동을 잘 제어함.

쇼졔(小姐ㅣ) 안식(顔色)을 싁싁이 ᄒᆞ고 골오ᄃᆡ,

"군ᄌᆞ(君子ㅣ) 심듕(心中)의 ᄯᅩᄒᆞᆫ 눈리(倫理)ᄅᆞᆯ 모ᄅᆞᄃᆡ 아니실 거시로ᄃᆡ 짐즛 고집(固執)을 셰우고 쳡(妾)의 입을 막노라 억탁(臆度)[370] 곤ᄎᆡᆨ(困責)[371]ᄒᆞ나 쳡(妾)이 ᄯᅩᄒᆞᆫ 혜아리미 업ᄉᆞ리오? 인ᄌᆞ(人子ㅣ) 되야 부모(父母)의 깃그시믈 돕ᄂᆞᆫ 거시 회(孝ㅣ)라. 벽셔뎡(--亭) 모친(母親)이 심듕(心中)의 딜ᄋᆞ(姪兒)의 평싱(平生)을 어이 아니 늣기실 거시라 샹공(相公)이 엇디 모ᄅᆞᄂᆞᆫ 톄ᄒᆞ시ᄂᆞ뇨? 효의(孝義)ᄅᆞᆯ 셰우매 시죵(始終)이 이실 거시니이다."

싱(生)이 텽파(聽罷)의 불연(勃然)[372] 졍식(正色) 왈(曰),

"혹싱(學生)이

110면

용녈(庸劣)ᄒᆞ야 쳐ᄌᆞ(妻子)의게 너모 주졉 들므로 부인(夫人)의 방ᄌᆞ(放恣)ᄒᆞ미 이러틋 ᄒᆞ냐? 발부(潑婦)[373]ᄅᆞᆯ 가ᄂᆡ(家內)예 두기도 닉 덕(德)이어든 므슴 눈리(倫理)와 ᄉᆞ리(事理) 이시며 말단(末端) 말은 더옥 무샹(無狀)ᄒᆞᆫ디라 모친(母親)이 날ᄃᆞ려 명(命)ᄒᆞ신즉 닉 승슌(承順)[374]ᄒᆞ려니와 요ᄉᆞ이 ᄌᆞ부인(慈夫人) 화열(和悅)ᄒᆞ시미 ᄉᆞ졍(私情)을 싱각디 아니ᄒᆞ시거늘 직(子ㅣ) 즈레짐쟉(--斟酌)ᄒᆞ야 날을 압두(壓頭)[375]ᄒᆞ니 그 죄(罪) 므슴 죄(罪)예 가(可)ᄒᆞ뇨? 연(然)이나

---

370) 억탁(臆度): 이치나 조건에 맞지 아니하게 생각함.
371) 곤ᄎᆡᆨ(困責): 곤책. 괴롭히며 꾸짖음.
372) 불연(勃然): 발연. 왈칵 성을 내는 태도나 일어나는 모양이 세차고 갑작스러움.
373) 발부(潑婦): 흉악하여 도리를 알지 못하는 여자.
374) 승슌(承順): 승순. 웃어른의 명을 잘 좇음.
375) 압두(壓頭): 상대편을 누르고 첫째 자리를 차지함.

처엄이매 관셔(寬恕)[376]ᄒ거니와 만일(萬一) 다시 이런 요망(妖妄)ᄒᆫ 말을 홀딘대 별단(別段) 텨티(處置) 이시리라.”

셜파(說罷)의 미우(眉宇)의 노긔(怒氣) ᄀ득ᄒ야 ᄉ매ᄅᆞᆯ 쩔텨 밧ᄀ로 나가니 쇼졔(小姐ㅣ)

• • •
111면

기리 탄(嘆)ᄒ더라.

ᄉᆡᆼ(生)이 셔당(書堂)의 나가니 니뷔(吏部ㅣ) 홀로 잇다가 놀나 왈(曰),

“네 닌당(內堂)의 슉침(宿寢)[377]ᄒ라 드러갓더니 밤 들거야 나오믄 엇디오?”

태뷔(太傅ㅣ) 미쇼(微笑)ᄒ고 의관(衣冠)을 그ᄅᆞ고 자리의 눕ᄂᆞᆫ디라 샹셰(尙書ㅣ) 그 손을 잡고 우어 왈(曰),

“네 아니 수수(嫂嫂)긔 박튝(迫逐)[378]을 닙엇ᄂ냐?”

태뷔(太傅ㅣ) 역쇼(亦笑) 딕왈(對曰),

“위 시(氏) 엇던 사ᄅᆞᆷ이라 쇼뎨(小弟)ᄅᆞᆯ 닉티리오?”

샹셰(尙書ㅣ) 웃고 왈(曰),

“우형(愚兄)이 블명(不明)ᄒ나 네 긔ᄉᆡᆨ(氣色)은 거의 아ᄂᆞ니 대개(大槪) 수수(嫂嫂)의 현텰(賢哲)ᄒ시미 네 스싱이오, 너 ᄀᆞ튼 용녈(庸劣)ᄒᆫ 거시 지아빈 톄ᄒ기 블ᄉᆞ(不似)ᄒ더라 므어시 브죡(不足)ᄒ야 호령(號令)ᄒᄂᆞᆫ 톄ᄒ고 심야(深夜)의

---

376) 관셔(寬恕): 관서. 너그럽게 용서함.
377) 슉침(宿寢): 숙침. 잠을 잠.
378) 박튝(迫逐): 박축. 내쫓김.

분주(奔走)ㅎ야 쳐신(處身)을 일ᄂ뇨?"

태뷔(太傅ㅣ) 샤례(謝禮) 왈(日),

"뎨 비록 현텰(賢哲)ㅎ나 지아비를 업슈이너겨 말이 여ᄎ여ᄎ(如此如此) 담디(膽大)ᄒ디라 디면(對面)키 슬희여 나오과이다."

샹셰(尙書ㅣ) 텽파(聽罷)의 안식(顏色)을 화(和)히 ᄒ고 왈(日),

"수수(嫂嫂) 말ᄉᆷ이 다 올흐시니 네 엇디 그르다 ᄒᄂ다? 그 쥬의(主義)를 듯고져 ᄒ노라."

태뷔(太傅ㅣ) 팀음(沈吟)[379] 디왈(對日),

"쇼뎨(小弟) ᄯ 아ᄂ 배로디 됴녀(-女)의 젼일(前日) 죄샹(罪狀)은 니르도 말고 됴훈의 위인(爲人)이 통히(痛駭)ᄒ니 뎔로 더브러 항녀지의(伉儷之義)[380]를 일울 ᄯ이 업서이다."

샹셰(尙書ㅣ) 왈(日),

"블연(不然)ᄒ다. 셩인(聖人)도 기과(改過)ᄒ믈 허(許)ᄒ시니 됴쉬(-嫂ㅣ) 젼일(前日) 실톄(失體)ᄒ시나 도금(到今)

ᄒ야 극(極)히 온슌(溫順)ᄒ시고 됴훈의 벌(罰)을 쓰믄 더옥 가(可)티 아닌디라. 네 미ᄉ(每事)의 통달(通達)ᄒ디 이곳의 다ᄃ라 조협(躁狹)[381]ᄒ뇨?"

---

379) 팀음(沈吟): 침음. 속으로 깊이 생각함.
380) 항녀지의(伉儷之義): 항려지의. 부부의 의리. 항려(伉儷)는 짝을 가리킴.

태뷔(太傅ㅣ) 믁연(默然) 냥구(良久)의 웃고 굴오듸,

"형댱(兄丈) 말슴이 정논(正論)이시나 부부(夫婦) 듕졍(重情)은 임의(任意)로 못 ㅎᄂ니 진실로(眞實-) 됴 시(氏) 향(向)흔 ᄆ음이 섯긔여 듸면(對面)키 슬흐니 강쟉(强作)382)디 못홀소이다."

샹셰(尙書ㅣ) 왈(曰),

"범ᄉᆞ(凡事ㅣ) 권되(權道ㅣ)383) 잇ᄂ니 브듸 만ᄉᆞ(萬事ㅣ) ᄆ음의 ᄒ고 시버야 ᄒ리오? 강잉(强仍)홀 일이 이셔야 올흐니 네 ᄯ도 싱각디 못홀소냐?"

태뷔(太傅ㅣ) 웃고 줌줌(潛潛)ᄒ엿거늘 샹셰(尙書ㅣ) ᄯ또혼 다시 뭇디 아니ᄒ더라.

이날 마츰 운애 봉각(-閣)의 갓다가 태뷔(太傅ㅣ)

•••

114면

와 쇼져(小姐)의 문답(問答) ᄉ어(辭語)를 듯고 도라와 후(后)긔 고(告)ᄒ니 휘(后ㅣ) 놀나 왈(曰),

"니 본듸(本-) 슉환지여(宿患之餘)384)의 빅문의 블툐(不肖)홈과 화시(氏)의 화란(禍亂)을 당(當)ᄒ야 심ᄉᆞ(心思ㅣ) 쓴구름 ᄀᆞᆺ고 만ᄉᆞ(萬事ㅣ) 여몽(如夢)ᄒ니 미처 이 일의 념(念)이 도라가디 아닐 분 아녀 ᄎᆞᄋᆞ(次兒)ᄂ 인후(仁厚) 군지(君子ㅣ)라 거의 니 심녁(心力)이 도라가디 아닐가 ᄒ엿더니 이럴 줄 엇디 알리오?"

---

381) 조협(躁狹): 셩미가 너그럽지 못하고 좁음.
382) 강쟉(强作): 강작. 억지로 함.
383) 권되(權道ㅣ): 상황에 따라 변통하는 도리.
384) 슉환지여(宿患之餘): 숙환지여. 오래된 병이 있은 나머지.

드듸여 평명(平明)의 제즈(諸子)의 문안(問安)ᄒᆞᄂᆞᆫ 째를 당(當)ᄒᆞ야 휘(后ㅣ) ᄉᆞ식(辭色)을 엄졍(嚴正)이 ᄒᆞ고 샹셔(尙書)를 나아오라 ᄒᆞ야 ᄀᆞᆯ오ᄃᆡ,

"네 블쵸(不肖)ᄒᆞ미 큰 줄 아ᄂᆞᆫ다?"

샹셰(尙書ㅣ) 긔운을 ᄂᆞ초고 안셔(安舒)히 ᄃᆡ왈(對曰),

"아히(兒孩) 블민(不敏)ᄒᆞ미 부모(父母) 명교(明敎)를

• • •
115면

승당(承當)385)티 못ᄒᆞᄂᆞᆫ 줄 엇디 모르리잇가?"

휘(后ㅣ) 긔운이 더옥 밍녈(猛烈)ᄒᆞ야 ᄀᆞᆯ오ᄃᆡ,

"용녈(庸劣)ᄒᆞᆫ 어버이 ᄌᆞ식(子息)을 ᄀᆞᄅᆞ칠 거시 업ᄉᆞ니 므어슬 비호라 ᄒᆞ리오? ᄯᅩ 가(可)히 뭇ᄂᆞ니 동싱(同生) ᄉᆞ랑ᄒᆞᆯ 줄 아ᄂᆞᆫ다?"

샹셰(尙書ㅣ) 부복(俯伏) 고두(叩頭) 왈(曰),

"히이(孩兒ㅣ) 무샹(無狀)ᄒᆞ오나 엇디 동긔(同氣)예 듕(重)ᄒᆞ믈 아디 못ᄒᆞ리오?"

휘(后ㅣ) 우왈(又曰),

"연(然)즉 경문의 괴망(怪妄)386)ᄒᆞ미 뉸(倫)을 져ᄇᆞ리고 셜ᄉᆞ(設使) 의뫼(義母ㅣ)나 이시믈 모르ᄂᆞᆫ 소ᄒᆡᆼ(所行)을 아ᄂᆞᆫ다?"

샹셰(尙書ㅣ) 피셕(避席) 지ᄇᆡ(再拜) 왈(曰),

"ᄎᆞ뎨(次弟) 빅ᄒᆡᆼ(百行)이 관ᄃᆡ(寬大)387)ᄒᆞ고 효의(孝義) 츌텬(出天)ᄒᆞ니 금일(今日) 명괴(明敎ㅣ) 싱각 밧기로소이다."

---

385) 승당(承當): 받아들여 감당함.
386) 괴망(怪妄): 괴이하고 망령됨.
387) 관ᄃᆡ(寬大): 관대. 너그럽고 정대함.

휘(后ㅣ) 텽필(聽畢)의 노즐(怒叱) 왈(曰),

"너의 혼암(昏闇)388) ᄒᆞ미

•••
116면

여ᄎᆞ(如此)ᄒᆞ니 므슴 ᄂᆞᆺᄎᆞ로 뉵경(六卿)389)의 죵ᄉᆞ(從事)ᄒᆞ며 쳔관(千官) 통지(冢宰)390)를 소임(所任)ᄒᆞ리오? 경문이 됴 시(氏)를 박디(薄待)ᄒᆞ야 구슈(仇讎)로 티부(置簿)ᄒᆞ니 됴 시(氏) 만일(萬一) 사오나오면 저의 도리(道理) 그ᄅᆞ디 아니나 됴 시(氏) 아름다온 힝ᄉᆞ(行事)와 곡진(曲盡)ᄒᆞᆫ 효셩(孝誠)이 고인(古人)을 병구(竝驅)391)ᄒᆞ거늘 무고(無故)히 박디(薄待)ᄒᆞ니 그 힝식(行事ㅣ) 어이 빅문의게 지리오? 닉 블힝(不幸)ᄒᆞ야 못쓸 여러 ᄌᆞ식(子息)을 두어 욕(辱)이 가문(家門)의 밋ᄎᆞ니 듀야(晝夜) 우구(憂懼)392)ᄒᆞᄂᆞᆫ 배로디 슉질(宿疾)이 일신(一身)의 얽믹고 졍신(精神)이 듀야(晝夜) 혼혼(昏昏)393)ᄒᆞ야 운애(雲崖)394) 밧긔 쓴 사름이 되여시니 이런 일의 심녁(心力) 쁠 긔운이 업ᄂᆞᆫ디라. 네 져

---

388) 혼암(昏闇): 어리석고 못나서 사리에 어두움.
389) 뉵경(六卿): 육경. 중국 주(周)나라 때에 둔 육관(六官)의 우두머리. 대총재·대사도·대종백·
　　 대사마·대사구·대사공을 이름. 통상 재상을 이름.
390) 통지(冢宰): 총재. 이부의 으뜸 벼슬. 이성문이 이부상서에 있으므로 이와 같이 칭한 것임.
391) 병구(竝驅): 나란히 함.
392) 우구(憂懼): 근심하고 두려워함.
393) 혼혼(昏昏): 정신이 가물가물하고 희미함.
394) 운애(雲崖): 구름 낀 산.

그나 사룸의 ㅈ식(子息)의 도(道)룰 흘딘대 가듕(家中)의 댱ㅈ(長子)로 이셔 여러 아올 교화(敎化)ᄒ미 올흐디 믄득 모르는 톄ᄒ고 나의 무릉믈 조차 위쟈(僞滋)[395]ᄒ니 이러코 엇디 힝셰(行世)ᄒ며 동싱(同生)을 ᄉ랑ᄒ다 ᄒ리오? 이런 블효ㅈ(不肖子)들은 사라 쁠 듸 업ᄉ니 죽으미 가(可)ᄒ다.”

샹셰(尚書ㅣ) ᄭ러 듯줍기룰 뭇고 돈슈(頓首) 쳥죄(請罪) 왈(曰),

“오늘날 붉이 지도(指導)ᄒ시믈 조차 ᄒᆡᄋ(孩兒)의 블효혼암(不肖昏闇)ᄒ믈 씌ᄃᆞᆺ랏ᄉᆞ니 다시 그릇미 이시리잇가? 연(然)이나 ᄎ뎨(次弟) 박쳐(薄妻)ᄒ는 소힝(所行)은 됴쉬(-嫂ㅣ) 듕간(中間) 실톄(失體)ᄒ미 겨시니 그 ᄀ과(改過)ᄒ미 쉽디 못ᄒᆞᆯ가 우려(憂慮)ᄒ야 ᄉ식(辭色)을 지으나 ᄆᆞᄎᆞᆷᄂᆡ ᄇᆞ리려 ᄒ미

아닌 고(故)로 ᄒᆡᄋᆡ(孩兒ㅣ) ᄯ혼 그 쥬의(主義)룰 올히 너겨 함구(緘口)ᄒ엿ᄉᆞ더니 ㅈ교(慈敎)로조차 츈몽(春夢)이 의연(嶷然)[396]ᄒ고 졔 ᄯ 직좌(在座)ᄒ여시니 삼가 봉힝(奉行)티 아니리잇가? 복원(伏願) 태태(太太)는 믈념(勿念)ᄒᆞ쇼셔.”

태뷔(太傅ㅣ) 이째 좌말(座末)의 이셔 모친(母親)의 미온(未穩)[397]

---

395) 위쟈(僞滋): 위자. 거짓으로 보탬.
396) 의연(嶷然): 확 깨는 모양.
397) 미온(未穩): 아직 평온하지 않음.

흥시를 대황(大惶)³⁹⁸⁾ 흐더니 믄득 나아와 머리를 두드려 눈믈을 먹음어 골오디,

"쇼직(小子ㅣ) 블효무샹(不肖無狀)흐야 모친(母親)의 빅(百) 가지 심스(心思) 우히 더으시게 흐니 죄(罪) 만시(萬事ㅣ)로소이다. 히이(孩兒ㅣ) 져근 쥬의(主義) 빅시(伯氏) 알외옵는 말숨 ㄱ투야 박힝(薄行)³⁹⁹⁾을 감심(甘心)흐옵는 죄(罪)는 만스무셕(萬死無惜)⁴⁰⁰⁾이오나 태태(太太) 맛당이 흔 말로 히셕(解析)⁴⁰¹⁾흐셔든 쇼직(小子ㅣ) 당당(堂堂)이 봉

• • •

119면

힝(奉行)홀 거시어늘 이런 쇼스(小事)로 심녁(心力)을 쓰미 계시니 블효즈(不肖子)의 간댱(肝腸)이 ㅂㅇ는 듯흐여이다. 원(願)흐느니 즈댱(慈堂)은 쇼즈(小子)의 죄(罪)를 샤(赦)흐시고 심스(心思)를 널리흐쇼셔."

휘(后ㅣ) 졍식(正色) 브답(不答)흐니 태뷔(太傅ㅣ) 갓가이 시립(侍立)흐야 웃는 늣츠로 느죽이 담쇼(談笑)흐야 위로(慰勞)흐니 화(和)흔 긔운은 츈화(春花) ㄹ고 어그러온⁴⁰²⁾ 동지(動止) 츈양(春陽)이 드스흔⁴⁰³⁾ 듯흐야 즈모(慈母)의 이련(愛戀)흐믈 더을 거시로디 휘(后ㅣ) 무춤니 스식(辭色)을 허(許)티 아니흐고 닝연(冷然) 믁믁(默默)이

---

398) 대황(大惶): 크게 두려워함.
399) 박힝(薄行): 박행. 모진 행실.
400) 만스무셕(萬死無惜): 만사무석. 만 번 죽어도 아깝지 않음.
401) 히셕(解析): 해석. 풀어서 밝힘.
402) 어그러온: 너그러운.
403) 드스흔: 따스한.

러니,

왕(王)이 드러와 추경(此景)을 보고 연고(緣故)를 무르니 월쥬 쇼제(小姐ㅣ) 웃고 주시 고(告)혼대 왕(王)이 미쇼(微笑) 왈(曰),

"현휘(賢后ㅣ) 과인(寡人)을 공티(公恥)404)ᄒ노라, 훈주(訓子)의 엄(嚴)ᄒ도

• • •

120면

다."

휘(后ㅣ) 경식(正色) 왈(曰),

"군주(君子)ᄂ 이제나 존듕(尊重)ᄒ쇼셔. 주식(子息)의 무상(無狀)ᄒ믈 통혼(痛恨)ᄒ매 공티(公恥) 념(念)이 이시리오? 뎌러틋 애들올딘대 스스로 허믈이 업스미 가(可)ᄒ디라 새로이 일킷르미 무익(無益)도소이다."

왕(王)이 말이 업서 흔연(欣然)이 우을 ᄯᄅᆞᆷ이러라.

태뷔(太傅ㅣ) 믈러나 즉시(卽時) 양츈각(--閣)의 니르니 됴 시(氏) 쳔만의외(千萬意外)예 뎌를 만나 놀납고 슈괴(羞愧)ᄒ미 욕스무디(欲死無地)405)ᄒ니 ᄎᆞ마 ᄂᆞᆾ츨 들 의식(意思ㅣ) 업서 신쇠(神色)이 직빗 ᄀᆞᆮᄐᆞ야 고개를 ᄲᅡ디오고 댱(帳) 미틱 안자시니 태뷔(太傅ㅣ) 슉시(熟視) 반향(半晌)의 닐오디,

"혹싱(學生)이 오늘날 그디를 디(對)ᄒ매 스스로 뉵니(恧怩)406)ᄒ미 압셔니 직(子ㅣ) 쟝

---

404) 공티(公恥): 공치. 대놓고 모욕을 줌.
405) 욕스무디(欲死無地): 욕사무지. 죽으려 해도 죽을 곳이 없음.
406) 뉵니(恧怩): 육니. 부끄러움.

츳(將次ㅅ) 엇더킈 너기는다?"

　됴 시(氏) 츠언(此言)을 듯고 더옥 참괴(慙愧)[407]ᄒᆞ야 되답(對答)
홀 바를 아디 못ᄒᆞ니 태뷔(太傅ㅣ) 날호여 우왈(又曰),

　"늬 그되를 되(對)ᄒᆞ야 슌셜(脣舌)이 나디 아니코 말ᄒᆞ미 욕(辱)되
니[408] 그되 사름의 념티(廉恥)를 가져신즉 다시 그런 거조(擧措)를
ᄒᆞ고 시브냐? 늬 평싱(平生) 졍심(貞心)이 그되 사오나온 거지(擧止)
를 아니 보려 ᄒᆞ더니 ᄌᆞ교(慈敎ㅣ) 깁히 관인(寬仁)[409]ᄒᆞᆷ을 니ᄅᆞ시니
나는 사름의 힝실(行實)을 알매 무셔오믈 ᄎᆞᆷ고 니ᄅᆞᆺ느니 그되 큰
담냑(膽略)이 잇거든 또 분슈(糞水)[410]를 쎠올디어다. 감심(甘心)ᄒᆞ
야 바드리라."

　셜파(說罷)의 긔ᄉᆡᆨ(氣色)이 싁싁ᄒᆞ야 동텬(冬天) 한월(寒月) ᄀᆞᆺ
ᄐᆞᆫ 니ᄅᆞ도 말

고 ᄆᆞᆰ은 눈으로 쏘아보매 골졀(骨節)이 녹는 듯 쎄 슬히는디라. 위
시(氏)의 비범(非凡)ᄒᆞᆫ 긔질(氣質)과 탈속(脫俗)ᄒᆞᆫ 위인(爲人)으로도
가부(家夫)를 긔탄(忌憚)[411]ᄒᆞ거늘 됴 시(氏) 므슴 담냑(膽略)으로 두

---

407) 참괴(慙愧): 매우 부끄러워함.
408) 늬: [교] 원문과 규장각본(17:86), 연세대본(17:121)에 모두 이 뒤에 '아니커니와'가 나오나 문
　　맥에 맞지 않으므로 삭제함.
409) 관인(寬仁): 너그럽고 어짊.
410) 분슈(糞水): 분수. 똥물.
411) 긔탄(忌憚): 기탄. 두렵게 여겨 꺼림.

렵디 아니ᄒ리오. 흔갓 신ᄉᆡᆨ(神色)이 뎌상(沮喪)⁴¹²⁾ᄒ야 말을 못 ᄒ니 태부(太傅ㅣ) ᄯᅩᆫ 다시 말을 아니코 ᄎᆞ야(此夜)ᄅᆞᆯ 디ᄂᆡ고 나오니라.

ᄎᆞ후(此後) 년일(連日)ᄒ야 드러와 상(牀)을 ᄒᆞᆫ가지로 ᄒ나 긔ᄉᆡᆨ(氣色)이 ᄉᆡᆨᄉᆡᆨᄒ야 반호(半毫)⁴¹³⁾ 가챠ᄒ미 업ᄉ니 됴 시(氏) 도로혀 ᄉᆡᆨ스럽고⁴¹⁴⁾ 붓그러오믈 견ᄃᆡ디 못ᄒ야 보기를 원(願)티 아니ᄒᄃᆡ ᄯᅩᆫ 엇디 못ᄒ더라.

태부(太傅ㅣ) 십여(十餘) 일(日) 양각(-閣)의 이셔 위 시(氏)의 거동(擧動)을 보고져 ᄒᄃᆡ 허믈을 잡

• • •

123면

디 못ᄒ고 ᄒᆡᆼ혀(幸-) 모명(母命)으로 뎡심(貞心)을 허러 됴 시(氏)ᄅᆞᆯ 후ᄃᆡ(厚待)⁴¹⁵⁾ᄒ나 그 ᄆᆞᄋᆞᆷ은 초개(草芥)⁴¹⁶⁾ᄀᆞ티 너기ᄂᆞᆫ디라.

ᄌᆞ연(自然) 위 시(氏)ᄅᆞᆯ ᄉᆡᆼ각ᄒ야 일야(一夜)ᄂᆞᆫ 봉각(-閣)의 드러가니 위 시(氏) 홀노 쵹하(燭下)의 단좌(端坐)ᄒ야 ᄋᆞᄌᆞ(兒子)ᄅᆞᆯ 글ᄌᆞᄅᆞᆯ ᄀᆞᄅᆞ쳐 쇼셩(笑聲)이 낭낭(朗朗)ᄒ니 이 졍(正)히 월궁(月宮) 션녀(仙女ㅣ) 인간(人間)을 농(弄)ᄒᄂᆞᆫ 듯 구름 ᄀᆞᄐᆞᆫ 운환(雲鬟)과 프른 눈섭이 졔졔(齊齊)⁴¹⁷⁾ᄒ야 긔이(奇異)ᄒᆞᆫ 용ᄎᆡ(容彩) 암실(暗室)의 ᄇᆡ이ᄂᆞᆫ디라. ᄉᆡᆼ(生)이 더옥 칭복(稱服)ᄒᄆᆞᆯ 이긔디 못ᄒ야 날호여 드러 안

---

412) 뎌상(沮喪): 저상. 기운을 잃음.
413) 반호(半毫): 호(毫)의 반. 아주 적은 양을 가리킴. 호는 길이나 무게의 단위로, 길이의 경우 1 호는 1리(釐)의 10분의 1로 약 0.303mm에 해당함.
414) ᄉᆡᆨ스럽고: 수줍고.
415) 후ᄃᆡ(厚待): 후대. 후하게 대접함.
416) 초개(草芥): 풀과 티끌이라는 뜻으로 쓸모없고 하찮은 것을 비유적으로 이르는 말.
417) 졔졔(齊齊): 제제. 가지런함.

ᄌ매 쇼제(小姐ㅣ) 샐리 좌(座)를 믈리고 안식(顔色)을 슈렴(收斂)[418]
ᄒᆞ야 단좌(端坐)ᄒᆞ니 싱(生)이 이에 정식(正色)고 칙(責)ᄒᆞ야 ᄀᆞᆯ오ᄃᆡ,

"ᄂᆡ 마춤 필부(匹夫)의 신(信)을 딕희여 그ᄃᆡ로 듕궤(中饋)[419]

를 맛디고 경ᄃᆡ(敬待)ᄒᆞ야 항녀(伉儷)의 듕(重)ᄒᆞ믈 오로지혼들 부인
(夫人)의 념티(廉恥) 방ᄌᆞ교만(放恣驕慢)ᄒᆞ야 지아븨 가챠ᄒᆞ믈 미더
죠롱(嘲弄) 견칙(譴責)[420]ᄒᆞ미 가(可)ᄒᆞ냐? 그 쥬의(主義)를 듯고져
ᄒᆞ노라."

쇼제(小姐ㅣ) 슈용(收容)[421]ᄒᆞ야 듯기를 ᄆᆞᆺ고 믁연(默然) 브답(不
答)ᄒᆞ니 싱(生)이 정식(正色) 냥구(良久)의 문왈(問曰),

"부인(夫人)이 므슴 연고(緣故)로 싱(生)의 말을 멸시(蔑視)ᄒᆞᄂ
뇨?"

쇼제(小姐ㅣ) 정식(正色) 팀음(沈吟) 반향(半晌)의 소ᄅᆡ를 ᄂᆞ초와
닐오ᄃᆡ,

"성인(聖人)이 부화쳐슌(夫和妻順)[422]을 니ᄅᆞ시니 쳡(妾)이 일즉
군ᄌᆞ(君子)를 견칙(譴責)ᄒᆞ미 업스니 이러틋 믹바드시미[423] 가(可)티
아닌디라 ᄒᆡᆼ혀(幸-) 우딕(愚直)ᄒᆞ믈 용셔(容恕)ᄒᆞ쇼셔."

셜파(說罷)의 팀졍(沈靜)[424] 혜아(慧雅)[425]ᄒᆞ야 ᄐᆡ되(態度ㅣ) 셔리

---

418) 슈렴(收斂): 수렴. 가다듬음.
419) 듕궤(中饋): 중궤. 안살림 가운데 음식에 관한 일을 책임 맡은 여자.
420) 견칙(譴責): 견책. 잘못을 꾸짖고 나무람.
421) 슈용(收容): 수용. 용모를 가다듬음.
422) 부화쳐슌(夫和妻順): 부화처순. 남편은 온화하고 아내는 순종함.
423) 믹바드시미: 떠보심이.
424) 팀졍(沈靜): 침정. 침묵하고 고요함.

ᄀᆞᆮ니 ᄉᆡᆼ(生)이 다시 홀 말이 업서

* * *
125면

믁연(默然) 미쇼(微笑)ᄒᆞ더라.

이후(以後) 홀연(忽然) 됴 시(氏) 잉ᄐᆡ(孕胎)ᄒᆞ야 명년(明年) 츈졍
월(春正月)의 슌산(順産)ᄒᆞ니 이 곳 남이(男兒ㅣ)라. 구괴(舅姑ㅣ) 깃
거ᄒᆞ고 태뷔(太傅ㅣ) 역희(亦喜)ᄒᆞ야 극진(極盡)이 구호(救護)ᄒᆞ고
ᄋᆞᄌᆞ(兒子)ᄅᆞᆯ 어ᄅᆞ만져 교무(嬌撫)⁴²⁶⁾ᄒᆞᄂᆞᆫ ᄉᆞ랑이 엿디 아니ᄒᆞ니 됴
부(-府)의셔 깃브믈 이긔디 못ᄒᆞ더라.

왕일(往日)의 노 시(氏), 태부(太傅)의 혼ᄉᆞ(婚事) 믈리팀과 빅문이
화 시(氏) 디⁴²⁷⁾ᄅᆞ려 홀 젹 말리믈 흔(恨)을 삼앗더니 셰알(歲謁)⁴²⁸⁾
ᄒᆞ기ᄅᆞᆯ 인(因)ᄒᆞ야 드러가 구고(舅姑)긔 뵈고 그ᅌᅳ기 살펴 태뷔(太傅
ㅣ) 됴 시(氏)ᄅᆞᆯ 후ᄃᆡ(厚待)ᄒᆞ믈 보고 그ᅌᅳ기 계교(計巧)ᄅᆞᆯ ᄉᆡᆼ각ᄒᆞ야
도라왓더니,

빅문이 ᄯᅩ혼 신년(新年)을 만나니 인ᄉᆞ(人事)ᄅᆞᆯ 폐(廢)티 못ᄒᆞ야
드러와 몬져 모친(母親)긔 뵈오니 휘(后ㅣ)

---

425) 혜아(慧雅): 총명하고 우아함.
426) 교무(嬌撫): 어여뻐해 어루만짐.
427) 디: [교] 원문에는 '니'로 되어 있으나 문맥을 명확히 하기 위해 규장각본(17:89)과 연세대본
(17:125)을 따름.
428) 셰알(歲謁): 세알. 섣달그믐이나 정초에 웃어른께 인사로 하는 절. 세배.

그 브졍(不正)흔 의관(衣冠)과 추러흔 거지(擧止)를 보매 통히(痛駭)
흐믈 이긔디 못흐야 좌우(左右)를 명(命)흐야 모라 닉티라 흐니 빅문
이 노(怒)흐야 스매를 썰티고 나오며 굴오딕,

"부뫼(父母ㅣ) 날을 죽이고져 흐는 거슬 나는 그려도 ᄌ식(子息)의
ᄆᆞᆷ이라 보라 와든 이대도록 사오나이 구니 죽히429) 익(厄)구저
야430) 이곳의 오랴?"

흐는디라 월쥬 쇼졔(小姐ㅣ) 크게 한심(寒心)흐야 쓸와 듕당(中堂)
의 가 스매를 잡고 눈믈을 흘녀 왈(曰),

"거게(哥哥ㅣ)야, 아모리 외입(外入)흔 광심(狂心)인들 텬디(天地)
를 모르니 이 엇던 일이뇨?"

빅문이 믄득 도라안ᄌ며 굴오딕,

"쇼민(小妹) 너도 보와라. 닉 므슴 허믈이 잇더냐? 죄(罪)를 지엇
더냐? 어딕 가 강도(强盜) 노릇

슬 흐야 부모(父母)를 욕(辱)먹이냐? 나라흘 져ᄇᆞ리냐? 츄호(秋毫)431)
도 죄(罪) 업고 허믈이 업슨 거슬 부뫼(父母ㅣ) 노 시(氏) 연좌(連坐)
로 미워흐믈 구슈(仇讎)ᄀᆞ티 흐시고 죽이려 흐션 디 흔두 번(番)이

---

429) 죽히: 얼마나.
430) 익(厄)구저야: 운수가 나빠야.
431) 츄호(秋毫): 추호. 가을철에 털갈이하여 새로 돋아난 짐승의 가는 털이라는 뜻으로 매우 적거
나 조금인 것을 비유적으로 이르는 말.

아니시고 집의 두디 아니코 쓰어 닛티시니 아모리 즈식(子息)인들 므어시 감격(感激)흔 모음이 이실가 시브뇨? 혹(或) 잇다감 면목(面目)이나 보옵쟈 흐고 드러오면 모라 닛티라, 드러 닛티라 흐시니 이 셜운 정샹(情狀)432)을 하늘과 짜 밧긔 뉘 알 리 이시리오? 출하리 즈결(自決)이나 흐야 모든 모음을 시훤이 흐고 시브디 모딘 목숨이 즈연(自然)이 긋디 아니코 염왕(閻王)이 치스(差使)를 보니디 아니흐니 구챠(苟且)433)히 사라 이런

● ● ●
128면

괴롭고 난득(難得)434)흔 형셰(形勢)를 보니 아니 셜우냐?"

월쥐 텽파(聽罷)의 참연(慘然) 댱탄(長歎)흐고 실셩뉴톄(失聲流涕)왈(曰),

"거거(哥哥)야, 인지(人子]) 되야 추마 이 엇던 말이뇨? 거게(哥哥]) 만일(萬一) 대거(大哥)와 추거(次哥)의 흐시는 힝스(行事)를 본(本)바드실던대 부뫼(父母]) 므슴 흐라 증염(症厭)435)흐시며 닛티시리오? 온갓 일을 거게(哥哥]) 다 그룻흐야 인뉸(人倫) 죄인(罪人)이 되여 가지고 흔갓 무디(無知)흔 말로 부모(父母)를 원망(怨望)흐시니 이 엇던 일이니잇가? 우리 부모(父母)의 인(仁)흐고 대덕(大德)흐시미 초목(草木)의 혜틱(惠澤)이 밋거늘 흐들며 즈식(子息)의게 박(薄)흐시리오? 형(兄)이 임의 죄(罪)를 태산(泰山)ᄀ티 지어 부뫼(父母])

---

432) 정샹(情狀): 정상. 딱하거나 가엾은 상태.
433) 구챠(苟且): 구차. 말이나 행동이 떳떳하거나 버젓하지 못함.
434) 난득(難得): 얻거나 구하기 어려움.
435) 증염(症厭): 미워하고 싫어함.

만일(萬一) 최(責)ᄒ실딘대 말이 패려무샹(悖戾無狀)⁴³⁶⁾ᄒ고

●●●

129면

ᄌ긔(自己) 허믈란 씻둣디 아니시니, 슬프다! 시운(時運)이 블힝(不幸)ᄒ미니잇가? 형(兄)의 운쉬(運數ㅣ)니잇가? 동긔(同氣)의 춤디 못ᄒᄂᆫ 통졀(痛切)⁴³⁷⁾ᄒ미로소이다.”

빅문 왈(曰),

“너 이제 태산(泰山)을 쎠 와도 부뫼(父母ㅣ) 날을 올타 ᄒ실 리(理) 업스니 네 말이 다 귀 밧긔 들린다.”

ᄒ고 인(因)ᄒ야 나가니 쇼졔(小姐ㅣ) 기리 한숨디고 애돌와ᄒ더라.

노 시(氏) 나가 혜션으로 더브러 의논(議論)ᄒ야 굴오딕,

“이제 화녀(-女)와 흥문을 졀졔(切除)⁴³⁸⁾ᄒ나 우리를 믜워ᄒᄂᆫ 재(者ㅣ) 만흔 듕(中) 태부(太傅) 경문이 기듕(其中) 날을 더 믜워ᄒ니 가(可)히 졀졔(切除)ᄒ미 샹척(上策)이라. 스뷔(師父ㅣ) 므슴 계피(計巧ㅣ) 잇ᄂ냐?”

혜션 왈(曰),

“너 요ᄉᆞ이

---

436) 패려무샹(悖戾無狀): 패려무상. 언행이나 성질이 도리에 어그러지고 사나우며 사리에 밝지 못함.
437) 통졀(痛切): 통절. 뼈에 사무치게 절실함.
438) 졀졔(切除): 절제. 잘라 없앰.

드르니 태뷔(太傅ㅣ) 됴 시(氏)룰 믜워혼다 ᄒ니 여ᄎ여ᄎ(如此如此)
ᄒ면 경문이 ᄌ연(自然) 죽으리라.”

노 시(氏) 대희(大喜)ᄒ야 서로 언약(言約)ᄒ고 긔회(機會)룰 엿
더니,

이ᄶᆡ 됴 시(氏) 히만(解娩)⁴³⁹⁾을 무ᄉ(無事)히 ᄒ고 월여(月餘)의
여샹(如常)ᄒ야 구고(舅姑)긔 뵈니 구괴(舅姑ㅣ) 싱남(生男)ᄒᄆᆞᆯ 티
하(致賀)ᄒ고 졔ᄉ금쟝(娣姒錦帳)⁴⁴⁰⁾이 하례(賀禮)ᄒ니 됴 시(氏) 겸
공(謙恭) 유열(愉悅)⁴⁴¹⁾ᄒ야 죠곰도 이젼(以前) 긔습(氣習)⁴⁴²⁾이 업
더라.

일ㅿ(一日)은 됴 시(氏) ᄋᆞᄌᆡ(兒子ㅣ) 잠간(暫間) 블평(不平)ᄒᆞᄆᆡ
잇ᄂ 고(故)로 태뷔(太傅ㅣ) 양각(-閣)의 니르러 ᄋᆞᄌᆞ(兒子)의 병(病)
을 뭇고 인(因)ᄒ야 자더니 삼경(三更)의 혜션이 몸을 변(變)ᄒ야 ᄇᆞ
람이 되여 쳠하(檐下)의셔 보니 태부(太傅)ᄂ 상샹(牀上)의셔 자고
됴 시(氏)ᄂ 상하(牀下)의 안

자 조을거늘 용약(勇躍)⁴⁴³⁾ᄒ야 비슈(匕首)룰 ᄂᆞ리티니 됴 시(氏) 몸

---

439) 히만(解娩): 해만. 해산(解産).
440) 졔ᄉ금쟝(娣姒錦帳): 제사금장. 제사와 금장 모두 동서를 가리킴.
441) 유열(愉悅): 온유하고 기쁨.
442) 긔습(氣習): 기습. 기운과 버릇.
443) 용약(勇躍): 용감하게 뛰어감.

이 마자 흔 소리를 크게 ㅎ고 것구러디니,

태뷔(太傅ㅣ)이 소리를 듯고 놀나 넓더나 보니 됴시(氏) 임의 블근 피를 흘리고 죽엇ㄴ디라. 대경(大驚)ㅎ야 급(急)히 좌우(左右)를 브르며 오슬 닙고 니러나 겨퇴 가 ㅈ시 보니 명(命)이 임의 그첫거늘 차악(嗟愕)[444]ㅎ믈 이긔디 못ㅎ고 유모(乳母)와 시비(侍婢) 망극(罔極)ㅎ야 통곡(慟哭)ㅎ고져 ㅎ거늘 태뷔(太傅ㅣ) 금지(禁止)ㅎ고 ㅇㅈ(兒子)를 거두워 시비(侍婢)로 ㅎ여곰 봉각(-閣)으로 보니고 유모(乳母)를 명(命)ㅎ야 쇼져(小姐)의 시신(屍身)을 돗긔 편(便)히 흔 후(後) 나올시 유뫼(乳母ㅣ) 싱(生)의 겨퇴 칼흘 보고 울며 왈(曰),

"반야(半夜) 삼

• • •

132면

경(三更)의 엇던 사ᄅᆞᆷ이 우리 쇼져(小姐)를 해(害)ㅎ니잇고?"

싱(生) 왈(曰),

"너 ᄯᅩ 엇디 알리오? 부뫼(父母ㅣ) 놀라실 거시니 평명(平明)의 발상(發喪)[445]ㅎ리니 여등(汝等)은 요란(擾亂)히 구디 말라."

셜파(說罷)의 봉각(-閣)으로 도라오니 쇼졔(小姐ㅣ) 마ᄎᆞᆷ ᄭᅢ엿다가 태뷔(太傅ㅣ) 유ㅇ(乳兒)를 거느려 오믈 보고 놀나 연고(緣故)를 무르니 태뷔(太傅ㅣ) 손을 저으며 굴오ᄃᆡ,

"부ᄂᆡ(府內)의 대변(大變)이 심샹(尋常)티 아니ㅎ니 그ᄃᆡ와 너 죽을 곳을 아디 못ㅎ노라."

---

444) 차악(嗟愕): 몹시 놀람.
445) 발상(發喪): 상례에서, 죽은 사람의 혼을 부르고 나서 상제가 머리를 풀고 슬피 울어 초상난 것을 알림.

쇼제(小姐ㅣ) 경아(驚訝)446)ᄒ야 ᄀᆞᆯ오ᄃᆡ,

"므슴 변(變)이니잇가?"

태뷔(太傅ㅣ) 실ᄉ(實事)를 니ᄅᆞ고 ᄀᆞᆯ오ᄃᆡ,

"뎌와 늬 자다가 뎨 죽어시니 됴훈은 간험(奸險)447)ᄒᆞᆫ 뉴(類ㅣ)라 ᄀᆞ만이 잇디 아니ᄒᆞ리라."

쇼제(小姐ㅣ) 실ᄉᆡᆨ(失色)

• • •

133면

ᄒ야 옥누(玉淚)를 흘리고 ᄀᆞᆯ오ᄃᆡ,

"슬프다, 됴 시(氏)의 쳥년(靑年) 옥질(玉質)로 이 엇딘 일이뇨? 낭군(郎君)이 셜ᄉᆞ(設使) 긋기나 목숨은 긋디 아니ᄒᆞ리니 죽으니를 싱각ᄒᆞ매 엇디 의(哀)홉디 아니ᄒᆞ리오?"

태뷔(太傅ㅣ) ᄯᆞᄒᆞᆫ 슈루(垂淚) 왈(曰),

"그 인싱(人生)이 가련(可憐)ᄒᆞᆷ믈 싱각ᄒᆞ니 참통(慘痛)448)ᄒᆞᆷ믈 이긔디 못ᄒᆞ리로다."

셜파(說罷)의 좌우(左右)로 술을 가져오라 ᄒ야 스ᄉᆞ로 거흘러 반취(半醉)ᄒᆞ매 ᄉᆞ매로 ᄂᆞᆺ출 덥고 안셕(案席)449)의 지혀 기리 댱탄(長歎)ᄒ니 쇼제(小姐ㅣ) ᄯᆞᄒᆞᆫ 비샹(悲傷)450)ᄒᆞᆷ믈 마디아니터니,

평명(平明)의 태뷔(太傅ㅣ) 문안(問安) 드러가 ᄎᆞᄉᆞ(此事)를 모든 ᄃᆡ 고(告)ᄒ니 일개(一家ㅣ) 대경(大驚)ᄒ고 연왕(-王)이 대경(大驚)

---

446) 경아(驚訝): 놀라고 의아해 함.

447) 간험(奸險): 간악하고 음험함.

448) 참통(慘痛): 매우 슬퍼함.

449) 안셕(案席): 안석. 벽에 세워 놓고 앉을 때 몸을 기대는 방석.

450) 비샹(悲傷): 비상. 마음이 슬프고 쓰라림.

왈(曰),

"됴 시(氏) 일

•••
134면

즉 기과(改過)흔 후(後)로 아름다온 힝식(行事 l) 규문(閨門)의 어긔
디 아니코 일즉 결원(結怨)⁴⁵¹⁾흔 사롬이 업스니 즈긱(刺客)의 해(害)
를 닙으미 엇디 고이(怪異)티 아니리오? 닉 아히(兒孩) 또 익(厄)을
면(免)티 못ᄒ리로다."

즉시(卽時) 됴부(-府)의 통부(通訃)⁴⁵²⁾ᄒ고 양각(-閣)의 나아가 발
상(發喪)ᄒ매 슬픈 곡셩(哭聲)이 원근(遠近)의 진동(震動)ᄒ더라.

됴훈이 니르러 ᄯᆯ의 죽엄을 보고 대경(大驚) 통곡(慟哭)ᄒ며 유모
(乳母) 시녀(侍女) 등(等)을 블러 연고(緣故)를 무르니 유뫼(乳母 l)
실(實)로뻐 고(告)ᄒ며 ᄉ긔(事機)⁴⁵³⁾ 슈샹(殊常)ᄒ믈 고(告)ᄒ니 훈
이 혹(惑)히 고디드러 문(門)밧긔 나와 태부(太傅)를 보고 울며 글
오딕,

"ᄯᆯ이 므슴 연고(緣故)로 일야(一夜) ᄉ이 죽으뇨?"

태뷔(太傅 l) 졍식(正色) 왈(曰)

---

451) 결원(結怨): 원한을 맺음.
452) 통부(通訃): 사람이 죽음을 알림.
453) ᄉ긔(事機): 사기. 일의 기미.

"녕녜(슉女ㅣ) 요몰(夭沒)[454]혼 연고(緣故)를 늬 엇디 알리오? 반
드시 샹시(常時)의 인믈(人物)을 그릇 가져 눔의게 믜이여 화(禍)를
ᄌ취(自取)ᄒ미니이다."

훈이 통곡(慟哭) 대셩(大聲) 왈(曰),

"늬 ᄯᆯ이 블민(不敏)ᄒ나 황명(皇命)으로 그디긔 가(嫁)혼 후(後)
셜ᄉ(設使) 허믈이 이신들 그디 엇디 야반(夜半)의 칼로 딜러 죽이
뇨? 이 원쉬(怨讎ㅣ) 하ᄂᆯ을 혼가지로 엿디 못ᄒᆯ디라 그디 아ᄂᆫ다?"

태뷔(太傅ㅣ) 텽파(聽罷)의 변싴(變色) 왈(曰),

"합해(閤下ㅣ) 평시(平時)의 무식(無識)ᄒ미 뉴(類)다ᄅᆞ나 엇디 이
런 허무(虛無)혼 말을 홀 줄 알리오? 녕녜(슉女ㅣ) 싱싴(生時)의 과악
(過惡)이 태듕(泰重)ᄒ디 늬 뼈 곰 죄(罪)ᄒ디 아니코 정도(正道)로
ᄀᆞᄅᆞ쳐 션(善)의 나아가게 혼 후(後) 지어(至於) ᄌᆞ식(子息)

이 이신 후(後) 무고(無故)히 살(殺)ᄒ리오? 합해(閤下ㅣ) 싱(生)을
디(對)ᄒ야 죽으믈 무ᄅᆞ나 늬 작죄(作罪)혼 일 업스니 두렵디 아니
ᄒ다."

훈이 대로(大怒) 왈(曰),

"그디 언변(言辯)은 능(能)ᄒ나 ᄎᆞᄉ(此事)ᄂᆞᆫ 발명(發明)티 못ᄒ리

---

454) 요몰(夭沒): 일찍 죽음.

니 흔 방(房)의셔 자다가 아모도 드러온 자최 업시 녀익(女兒ㅣ) 죽은 듕(中) 칼히 그딕 겨틱 노혓더라 ᄒᆞᄂᆞᆫ딕 뉘게 밀위려 ᄒᆞᄂᆞ뇨?"

태븨(太傅ㅣ) 그 무식(無識)ᄒᆞᄆᆞᆯ 드토미 브졀업서 졍식(正色) 브답(不答)ᄒᆞᆫ대 훈이 슬피 울며 손ᄋᆞ(孫兒)ᄅᆞᆯ 거두워 도라가고져 ᄒᆞ니 태븨(太傅ㅣ) 닝쇼(冷笑) 왈(曰),

"합해(閤下ㅣ) 위셰(威勢)455) 거록ᄒᆞ나 닉 ᄌᆞ식(子息)은 앗디 못ᄒᆞ리니 평안(平安)이 도라가 고관(告官)456)홀디어다."

훈이 즐왈(叱曰),

"네 안해ᄅᆞᆯ 죽이고 그

•••

137면

ᄌᆞ식(子息)을 두디 아니ᄒᆞ리니 닉 드려다가 길러 쑬의 후ᄉᆞ(後嗣)나 닛고져 ᄒᆞ거ᄂᆞᆯ 주디 아니믄 어인 일이뇨?"

태븨(太傅ㅣ) 그 무식(無識) 암약(闇弱)457)ᄒᆞᄆᆞᆯ 크게 통흔(痛恨)ᄒᆞ야 봉안(鳳眼)을 놉히 쁘고 글오딕,

"쳐ᄌᆞ(妻子)의 싱살(生殺)이 닉 손의 이시니 죽이나 살오나 공(公)의 알 배 아니니 잡말(雜-)을 그치고 쏠리 도라가라."

훈이 대로(大怒)ᄒᆞ야 넓더셔며 왈(曰),

"네 말은 쾌(快)ᄒᆞ나 닉 이제 형부(刑部)로 가ᄂᆞ니 네 부ᄌᆞ(父子)의 머리 남디 못ᄒᆞ리라."

인(因)ᄒᆞ야 도라가니 태븨(太傅ㅣ) 대로(大怒)ᄒᆞ야 됴 시(氏) 시신

---

455) 위셰(威勢): 위세. 위엄과 권세.
456) 고관(告官): 관청에 고소함.
457) 암약(闇弱): 어리석고 겁이 많으며 줏대가 없음.

(屍身)을 거두워 닉티고져 흐거늘 왕(王)이 칙왈(責曰),

"뎌의 말은 죡수(足數)[458]홀 거시 아니〃 네 엇디 죽은 사룸

•••
138면

을 져브리고져 흐느뇨?"

태뷔(太傅 |) 청죄(請罪) 왈(曰),

"쇼직(小子 |) 안해로 인(因)흐야 야〃(爺爺)긔 욕(辱)이 니루니 하(何) 면목(面目)으로 힝셰(行世)흐리잇가?"

왕(王) 왈(曰),

"됴훈의 무샹(無狀)흐미 사회룰 모루거든 친옹(親翁)[459]을 니룰 것가?"

즉시(卽時) 샹셔(尚書)룰 드리고 친(親)히 미스(每事)룰 간검(看檢)[460]흐야 습(襲)[461]을 뭇디 못흐야셔 두위(都尉)[462] 아졸(衙卒) 수천(數千)이 집을 반고 태부(太傅)룰 잡는디라 일개(一家 |) 황〃(遑遑)[463]흐딕 왕(王)의 부뷔(夫婦 |) 죠곰도 경동(驚動)[464]티 아니코 태부(太傅)룰 블러 경계(警戒)흐야 보는니 태뷔(太傅 |) 빅샤(拜謝)흐고 위스(衛士)룰 쌀와 형부(刑部)의 니루매,

형부샹셔(刑部尚書) 댱옥계 싱(生)을 금의옥(錦衣獄)[465]에 느리오

---

458) 죡수(足數): 족수. 족히 따짐.
459) 친옹(親翁): 사돈.
460) 간검(看檢): 두루 살펴 검사함.
461) 습(襲): 쑥이나 향나무 삶은 물로 시신을 씻긴 뒤 옷을 갈아입힘.
462) 두위(都尉): 도위. 황제 직속으로 있던 정보 보안 기관. 황제의 시위(侍衛)와 궁정의 수호뿐만 아니라 정보의 수집, 죄인의 체포 및 신문 따위의 일도 맡아봄. 금의위(錦衣衛).
463) 황황(遑遑): 갈팡질팡 어쩔 줄 모르게 급함.
464) 동: [교] 원문과 연세대본(17:138)에는 '통'으로 되어 있으나 오기로 보이므로 규장각본(17:98)을 따름.

고 닐오딕,

"이눈 등한(等閑)흔 살옥(殺獄)466)이 아니라. 뎌 뎡듕(廷中) 대

•••
139면

신(大臣)이니 셩샹(聖上)긔 품(稟)ᄒ야 비답(批答)467)이 ᄂ린 후(後)
쳐티(處置)ᄒ리니 원고(原告) 됴훈이 아직 믈러시라."

ᄒ니 됴훈이 홀일업서 문(門)밧긔 딕령(待令)ᄒ고,

댱 샹셰(尙書ㅣ) 이 일을 계ᄉ(啓辭)468)코져 ᄒ딕 마ᄎ 옥휘(玉候
ㅣ)469) 블예(不豫)470)ᄒ샤 침뎐(寢殿)의셔 됴리(調理)ᄒ시므로 감히
(敢-) 의ᄉ(意思)티 못ᄒ고,

연부(-府)의 니ᄅ러 됴훈의 고쟝(告狀)471)을 왕(王)을 주고 글오딕,

"근고(近古)472)의 살쳐(殺妻)ᄒᄂ니 이신들 악댱(岳丈)이 유ᄌ식
(有子息)흔 사회를 고관(告官)ᄒ리오? 됴훈의 무샹(無狀)ᄒ미 통히
(痛駭)473)ᄒ도다."

왕(王)이 쇼왈(笑曰),

"형(兄)은 이리 니ᄅ디 말라. 아모리 유ᄌ식(有子息)흔 사휜들 ᄯᆯ
의 원슈(怨讎)를 갑디 아니랴?"

공(公)이 역쇼(亦笑)

---

465) 금의옥(錦衣獄): 중국 명나라 때 금위군(禁衛軍)의 하나인 금의위(錦衣衛)에 딸린 감옥.
466) 살옥(殺獄): 살인에 관계된 옥사.
467) 비답(批答): 임금이 상주문의 말미에 적는 가부의 대답.
468) 계ᄉ(啓辭): 계사. 논죄(論罪)에 관하여 임금에게 올리던 글.
469) 옥휘(玉候ㅣ): 임금의 환후.
470) 블예(不豫): 불예. 임금이나 왕비가 편치 않거나 죽음.
471) 고쟝(告狀): 고장. 고소장.
472) 근고(近古): 그리 오래되지 않은 옛날.
473) 통히(痛駭): 통해. 몹시 이상스러워 놀람.

왈(曰),

"나는 ᄎ변(此變)을 보매 공(公)을 위(爲)ᄒ야 근심이 만복(滿腹)ᄒ
디 형(兄)은 우ᄉ니 긔 엇던 일이뇨?"

왕(王) 왈(曰),

"ᄉᄉ(事事ㅣ) 다 텬수(天數)ᄅᆞᆯ 블가측(不可測)이라. 즈레 나셔 들
미 므어시 유익(有益)ᄒ리오?"

댱 공(公)이 미쇼(微笑) 무언(無言)이러라.

됴훈이 고장(告狀)ᄒ나 결단(決斷)이 수이 나디 아니키로 쓸을 념
관(殮棺)[474]티 못ᄒ니 민〃툐ᄉ(憫憫焦思)[475]ᄒ고 ᄯᅩ 철업슨 분(憤)
을 이긔디 못ᄒ야 날마다 사ᄅᆞᆷ을 왕부(王府)의 보닉여 손ᄋᆞ(孫兒)ᄅᆞᆯ
달나 ᄒ디 연왕(-王)이 텽이블문(聽而不聞)ᄒ고 주디 아니ᄒ니 훈이
더옥 분(憤)ᄒᄆᆞᆯ 이긔디 못ᄒ더라.

니부(李府) 일개(一家ㅣ) 태부(太傅)의 낙미지ᄋᆡᆨ(落眉之厄)[476]을
크게 근심ᄒ고 됴 시(氏) 죽

인 쟈(者)ᄅᆞᆯ 아디 못ᄒ야 의논(議論)이 분〃(紛紛)ᄒ디 연왕(-王)은
볼셔 디긔(知機)[477]ᄒ고 시비(是非)ᄅᆞᆯ 아니ᄒ니 모다 고이(怪異)히

---

474) 념관(殮棺): 염관. 염습(殮襲)과 입관(入棺). 염습은 죽은 사람의 몸을 씻긴 뒤에 옷을 입히고
염포로 묶는 일.
475) 민〃툐ᄉ(憫憫焦思): 민민초사. 애를 태우며 근심함.
476) 낙미지ᄋᆡᆨ(落眉之厄): 낙미지액. 눈썹에 떨어진 액운이란 뜻으로 눈앞에 닥친 재앙을 이름.

너기고 됴 시(氏) 신톄(身體) 오래 방듕(房中)의 이셔 믹장(埋葬)티

못ᄒ니 악착(齷齪)478)흔 닉 오(五) 리(里)의 쏘이고 시튱(尸蟲)479)이

츌어호(出於戶)ᄒ니 사름이 코흘 ᄲᆞ고 근쳐(近處)의 가디 못ᄒ고 연

왕(-王)은 더옥 참상(慘傷)480)이 너기더라.

이쌔 됴훈이 태부(太傅)ᄅᆞᆯ 옥(獄)의 너흔 후(後) 수이 결단(決斷)이

나디 아니ᄒ고 녀ᄋᆞ(女兒)의 신톄(身體)ᄂᆞᆫ 졈〃(漸漸) 석어 가니 민

망(憫惘) ᄐᆞ급(着急)481)ᄒ야 날마다 샹셔(尙書)ᄅᆞᆯ 보채여 결단(決斷)

을 아ᄅᆞ지라 ᄒ니 댱 공(公) 왈(曰),

"셩휘(聖候ㅣ) 요ᄉᆞ이 위예(違豫)482)ᄒ샤 됴회(朝會)ᄅᆞᆯ 밧디 아

●●●

142면

니시니 이런 일을 번거히 주(奏)티 못ᄒᄂ니 엇디 구〃(區區)흔 ᄉᆞ졍

(私情)으로 텬심(天心)을 격동(激動)ᄒ리오?"

훈이 홀일업서 도라갓더니,

십여(十餘) 일(日) 후(後) 쾌복(快復)483)ᄒ샤 댱ᄉᆞᆼ뎐(長生殿)의 됴

회(朝會)ᄅᆞᆯ 여ᄅᆞ시니 빅관(百官)이 모다 산호ᄇᆡ무(山呼拜舞)484)ᄒ기

ᄅᆞᆯ ᄆᆞᄎᆞ매 샹(上)이 눈을 드러 좌우(左右)ᄅᆞᆯ 슬피시다가 닐오ᄃᆡ,

---

477) 디긔(知機): 지기. 기미를 앎.
478) 악착(齷齪): 잔인하고 끔찍스러움.
479) 시튱(尸蟲): 시충. 시체에 생기는 벌레.
480) 참상(慘傷): 참상. 매우 슬퍼함.
481) ᄐᆞ급(着急): 착급. 매우 급함.
482) 위예(違豫): 황제의 병을 직접 이르지 않고 부르는 말.
483) 쾌복(快復): 병이 다 나음.
484) 산호ᄇᆡ무(山呼拜舞): 산호배무. 산호만세(山呼萬歲)와 배무. 산호만세는 나라의 중요 의식에서 신하들이 임금의 만수무강을 축원하여 두 손을 치켜들고 만세를 부르던 일. 중국 한나라 무제가 숭산(嵩山)에서 제사 지낼 때 신민(臣民)들이 만세를 삼창한 데서 유래함. 배무는 엎드려 절하고 춤을 추는 행위로서 조정에서 절을 하는 예식임.

"니(李) 션싱(先生) 등(等) 제인(諸人)이 어딘 가뇨?"

뎐젼(殿前)의 태흑ᄉ(太學士) 녀박이 주왈(奏曰),

"니관셩 등(等)이 궐문(闕門) 밧긔 딘죄(待罪)ᄒᄂ이다."

샹(上)이 경왈(驚曰),

"므ᄉ 일로 딘죄(待罪)ᄒᄂ뇨?"

언485)미필(言未畢)의 형부샹셔(刑部尚書) 댱옥계 홍포(紅袍)를 브티고 홀(笏)을 밧드러 나아와 주왈(奏曰),

"수일(數日) 젼(前) 공

●●●

143면

부샹셔(工部尚書) 됴훈이 그 사회 니경문을 살인(殺人) 죄슈(罪囚)로 법부(法部)의 고장(告狀)ᄒ니 신(臣)이 발ᄎ(發差)486)ᄒ야 경문을 옥(獄)의 ᄂ리오고 이 일을 쳐티(處置)ᄒ고져 ᄒ오딘 경문이 됴뎡(朝廷) 듕신(重臣)이오 동궁(東宮) ᄉ뷔(師父ㅣ)라 신(臣)이 임의(任意)로 쳐단(處斷)티 못ᄒ야 주달(奏達)코져 ᄒ오나 옥휘(玉候ㅣ) 여러 날 블예(不豫)ᄒ시니 감히(敢-) 번거ᄒ믈 닐위디 못ᄒ여더니 금일(今日) 삼가 주(奏)ᄒᄂ이다."

셜파(說罷)의 됴훈의 고장(告狀)을 밧드러 헌(獻)ᄒ니 ᄒ여시딘,

'흑싱(學生) 됴훈의 녀이(女兒ㅣ) 시임(時任) 병부샹셔(兵部尚書) 태학ᄉ(太學士) 태ᄌ태부(太子太傅) 니경문의 쳬(妻ㅣ) 되엿더니 경문

---

485) 언: [교] 원문에는 '인'으로 되어 있으나 오기로 보이므로 규장각본(17:101)과 연세대본(17:142)을 따름.

486) 발ᄎ(發差): 발차. 죄지은 사람을 잡아 오라고 사람을 보냄.

이 인믈(人物)이 괴망(怪妄)ᄒ야 녀ᄋ(女兒)를 박ᄃᆡ(薄待)ᄒ야 구슈
(仇讐)로 티부(置簿)ᄒ고 듕간(中間)의 무죄(無罪)히 심당(深堂)의 가
도기를 두 히를 ᄒ야 보채고 조로기를 아니 시험(試驗)ᄒᆫ 곳이 업다
가 작일(昨日) 녜 업시 드러가 ᄒᆫ가지로 자다가 딜러 죽이니 텬디간
(天地間)의 이런 일이 이시며 살인(殺人) 법(法)은 한(漢) 고조(高祖)
의 약법삼댱(約法三章)[487]도 면(免)티 못ᄒ여시니 법관(法官)은 모로
미 경문을 다ᄉ려 흑ᄉᆡᆼ(學生)의 지원극통(至冤極痛)[488]을 신셜(伸
雪)[489]ᄒ야 주쇼셔.'

ᄒ엿더라.

샹(上)이 견필(見畢)의 경왈(驚曰),

"경문은 금셰(今世) 옥인긔남

ᄌᆡ(玉人奇男子ㅣ)라 엇디 살쳐(殺妻)ᄒᄂᆞ 박ᄒᆡᆼ지ᄉᆞ(薄行之事)[490]를
감심(甘心)ᄒ리오? 셜혹(設或) 이 무슴 가(可)히 죽일 만ᄒᆫ 죄(罪)이
실지라도 그 위인(爲人)이 이런 일을 구챠(苟且)[491]이 ᄒᆞᆯ 니(理) 업

---

487) 약법삼댱(約法三章): 약법삼장. 중국 한(漢)나라 고조가 진(秦)나라의 가혹한 법을 폐지하고
이를 세 조목으로 줄인 것. 곧 사람을 살해한 자는 사형에 처하고, 사람을 상해하거나 남의
물건을 훔친 자는 처벌한다는 것임.
488) 지원극통(至冤極痛): 지극히 원통함.
489) 신셜(伸雪): 신설. '신원설치(伸寃雪恥)'의 준말로 가슴에 맺힌 원한을 풀어 버리고 창피스러운
일을 씻어버린다는 뜻.
490) 박ᄒᆡᆼ지ᄉᆞ(薄行之事): 박행지사. 모진 행동.
491) 구챠(苟且): 구차. 말이나 행동이 떳떳하거나 버젓하지 못함.

스니 실로(實-) 고이(怪異)ᄒ도다.”

댱 샹셰(尙書ㅣ) 고텨 업듸여 주왈(奏曰),

“남의 가ᄉ(家事)ᄅᆞᆯ 외인(外人)이 아디 못ᄒᆞ옵거니와 대개(大槪) 됴훈의 말을 취신(取信)티 못홀 곳이 잇ᄉᆞᄂᆞ니 셕년(昔年)의 됴훈 녜(女ㅣ) 투긔(妬忌) 방죵(放縱)492)ᄒᆞ야 여ᄎᆞᄎᆞ(如此如此) 대변(大變)을 지어 경문의 조강지쳐(糟糠之妻) 위 시(氏) 죽을 번ᄒᆞ온 줄은 폐해(陛下ㅣ) ᄯᅩᄒᆞᆫ 붉이 아ᄅᆞ시니 감히(敢-) 번거히 알외디 아니ᄒᆞ옵거니와 경문이 됴녀(-女)ᄅᆞᆯ 기과(改過)ᄒᆞ게 ᄒᆞ노라 가도왓다가

• • •

146면

회과ᄌᆞ칙(悔過自責)493)ᄒᆞᆫ 후(後) 노화 지극(至極) 후ᄃᆡ(厚待)ᄒᆞ며 ᄌᆞ식(子息)을 두어시니 비록 박ᄃᆡ(薄待)ᄒᆞ다 ᄒᆞ온들 경문의 위인(爲人)이 반야(半夜)의 쳐ᄌᆞ(妻子)ᄅᆞᆯ ᄀᆞ만이 해(害)홀 쟤(者ㅣ) 아니라. 신(臣)의 소견(所見)은 그윽이 혜아리옵건대 경문이 쇼년(少年)의 국은(國恩)을 과(過)히 닙ᄉᆞ와 쟉위(爵位) 태과(太過)ᄒᆞ오니 사름이 ᄢᅥ리ᄂᆞ리ᄂᆞ 만ᄉᆞ온디라 섭졍(聶政)494)의 협루495)(俠累)496) 죽이던 능(能)ᄒᆞᆫ 슐(術)이 경문을 죽이려 ᄒᆞ던 칼히 그릇 됴녀(-女)의게 진가 ᄒᆞᄂᆞ

---

492) 방죵(放縱): 방종. 제멋대로 행동하여 거리낌이 없음.

493) 회과ᄌᆞ칙(悔過自責): 회과자책. 자신의 잘못을 스스로 꾸짖어 뉘우침.

494) 섭졍(聶政): 섭정. 중국 전국시대 제(齊)나라의 협객. 한(韓)의 애후(哀侯)를 섬기던 엄중자(嚴仲子)가 재상 협루(俠累)와 사이가 나빠 백정이던 섭정을 찾아 협루를 죽여 달라고 하나 섭정은 어머니를 봉양해야 하므로 청을 들어 줄 수 없다 함. 그 후 자신의 어머니가 죽자 엄중자를 찾아가 협루를 죽여 주겠다고 해 협루를 죽이고 자신의 눈알을 빼고 창자를 드러내 자결함. 사마천, 『사기』, <자객열전(刺客列傳)>.

495) 협루: [교] 원문과 규장각본(17:103-104), 연세대본(17:146)에 모두 ‘여양’으로 되어 있으나 고사와 맞지 않으므로 이와 같이 수정함. 참고로 ‘여양’, 즉 예양은 자객 중의 한 명임.

496) 협루(俠累): 중국 전국시대 한(韓)나라의 재상. 섭정에 의해 죽임을 당함.

이다."

상(上)이 고개 됴아 굴ㅇ샤딕,

"경언(卿言)이 연(然)ᄒ다. 다만 진가(眞假)를 알 길히 업ᄉ니 경(卿)은 법(法)대로 됴녀(-女)의 시슈(屍首)를 검시(檢屍)ᄒ고 샹톄(傷處ㅣ) 분명(分明)ᄒ믈 사힉(査覈)497)ᄒ라."

•••

147면

ᄒ시니 댱 샹셰(尙書ㅣ) 셩지(聖旨)를 밧ᄌ와 믈러나 길ᄀ의 댱막(帳幕)을 두로고 치인(差人)을 시겨 됴 시(氏) 신톄(身體)를 닉여 와 오슬 벗기고 향탕(香湯)의 목욕(沐浴)곰겨 여러 가지 법(法)을 다ᄒ 후(後) 친(親)히 보니 과연(果然) 몸의 칼히 빗기 딜려 늘 흔젹(痕迹)이 분명(分明)ᄒ니 만신(滿身)이 석어 사오나온 닉 십(十) 니(里)의 ᄯᅩ이니 도로(道路) 힝인(行人)이 코흘 ᄲᅳ고 미처 가디 못ᄒ니 연왕(-王)이 크게 탄(嘆)ᄒ야 굴오딕,

"됴 시(氏) 명박(命薄)ᄒ미 여ᄎ(如此)ᄒ야 규리(閨裏) 쳔금(千金) 녀지(女子ㅣ) 오늘날 이 경샹(景狀)이 므ᄉᆷ 연괴(緣故ㅣ)뇨?"

ᄒ더라.

댱 샹셰(尙書ㅣ) 이에 궐뎡(闕廷)의 드러가 본 대로 즈시 고(告)ᄒ니 샹(上)이 드듸여 됴훈과 태부(太傅)를 일

---

497) 사힉(査覈): 사핵. 실제 사정을 자세히 조사하여 밝힘.

쳐(一處)의 모도샤 친문(親問)호실시 위시(衛士ㅣ) 태부(太傅)를 미러 뎐하(殿下)의 니르니 됴훈이 또 흔가지로 니르러 몬져 원정(原情)⁴⁹⁸⁾호고져 호거늘 형뷔(刑部ㅣ) 조당(阻擋)⁴⁹⁹⁾ 왈(日),

"텬위디쳑(天威咫尺)⁵⁰⁰⁾의 엇디 감히(敢-) 급거(急遽)⁵⁰¹⁾히 굴리오?"

일시(一時)의 쓸리매 샹(上)이 몬져 태부(太傅)를 갓가이 브르샤 문왈(問曰),

"딤(朕)이 경(卿)을 크게 아라 국가(國家) 보필(輔弼) 동냥(棟樑)⁵⁰²⁾을 삼앗거늘 엇딘 고(故)로 쳐즈(妻子)를 살(殺)호야 법(法)을 범(犯)호느뇨? 실샹(實狀)을 딕고(直告)⁵⁰³⁾호야 은휘(隱諱)티 말라."

태뷔(太傅ㅣ) 긔운을 싁〃이 호고 주왈(奏曰),

"미신(微臣)이 즈쇼(自少)로 삼강(三綱)과 오샹(五常)을 삼가니 셕일(昔日) 됴녜(-女ㅣ) 죄악(罪惡)을 극진(極盡)이 지어신 적도 죽이디 아냣거

---

498) 원정(原情): 원정. 사정을 하소연한 글.
499) 조당(阻擋): 막아서 가림.
500) 텬위디쳑(天威咫尺): 천위지척. 천자의 위광이 지척에 있다는 뜻으로, 임금과 매우 가까운 곳 또는 제왕의 앞을 이르는 말.
501) 급거(急遽): 몹시 서둘러 급작스러움.
502) 동냥(棟樑): 동량. 마룻대와 들보로 쓸 만한 재목이라는 뜻으로, 집안이나 나라를 떠받치는 중대한 일을 맡을 만한 인재를 이르는 말.
503) 딕고(直告): 직고. 솔직하게 고함.

늘 이제 즈식(子息)이 잇고 그 인믈(人物)이 회과(悔過)훈 후(後) 므스 일 죽이리오? 모야(某夜)의 신(臣)이 됴녀(-女)의 방(房)의 가 자다가 뎨 스스로 죽어시니 신(臣)은 아디 못ᄒᆞᄂᆞᆫ 배로소이다."

언미필(言未畢)의 됴훈이 소리 질러 왈(曰),

"말은 다 유리(有理)ᄒᆞ나 녀이(女兒ㅣ) 너과 자다가 죽어시니 쟝ᄎᆞ(將次ㅅ) 네 아니 죽여시면 뉘 죽엿ᄂᆞ뇨?"

태뷔(太傅ㅣ) 졍식(正色) 왈(曰),

"공(公)이 비록 분뇌(憤怒ㅣ) 녈화(熱火) ᄀᆞᆺ나 텬위디쳑(天威咫尺)의셔 이러툿 무례(無禮)히 굴니오?"

도라 다시 주왈(奏曰),

"신(臣)이 비록 암미(暗昧)ᄒᆞ나 잠간(暫間) 식니(識理)를 통(通)ᄒᆞ오니 됴녀(-女)를 죽이려 ᄒᆞ여도 반ᄃᆞ시 다른 곳의셔 자는 날 힝ᄉᆞ(行事)ᄒᆞ리니 구ᄐᆞ여

ᄒᆞᆫ가지로 자며 죽이리잇고? 이는 어린아히(兒孩)라도 아니홀디라. 됴훈의 밍낭(孟浪) 무거(無據)[504]ᄒᆞ미 가(可)히 니를 거시 업고 셩명(聖明)이 우희 계샤 일월(日月)ᄀᆞ티 술피시니 살인(殺人)이란 거시 증참(證參)이 이시미 올흐니이다."

---

504) 무거(無據): 근거가 없음.

샹(上)이 올히 너기샤 도라 됴훈ᄃ려 글ᄋ샤ᄃᆡ,

"니경문 말이 다 올ᄒ니 경문이 경녀(卿女)를 죽일 제 뉘 본동 알리오?"

훈이 울며 주왈(奏曰),

"신녜(臣女ㅣ) 사라신 제 본ᄃᆡ(本-) 사름과 결원(結怨)505)ᄒᆫ 일이 업ᄉᆞᆸ고 그날 밤 제 유뫼(乳母ㅣ) 마춤 ᄭᆡ야 드르니 아모 인젹(人跡)도 업다가 신녜(臣女ㅣ) 소릭를 디르고 것구러디거ᄂᆞᆯ 즉시(卽時) 드러가 보니 경문

•••
151면

이 홀로 겨티 안잣고 칼흘 미처 굼초디 못ᄒ엿더라 ᄒ오니 경문의 말이 젼혀(專-) ᄭᅮ미〃니이다."

태뷔(太傅ㅣ) 졍식(正色) 왈(曰),

"공(公)의 말이 과연(果然) 녹녹(錄錄)ᄒ도다. 대댱뷔(大丈夫ㅣ) 되야 거지(擧止) 이러틋 녹〃(錄錄)ᄒ리오? 방금(方今)의 환슐(幻術)ᄒᄂᆫ 무리 무수(無數)ᄒ니 반야(半夜)의 엇디 사름을 알게 ᄃᆞ니며 칼히 공듕(空中)으로셔 ᄂᆞ려뎟거든 닉 엇디 알리오?"

훈이 대로(大怒) 왈(曰),

"군(君)이 뎌러틋 모ᄅᆞ노라 ᄒ니 ᄒᆞᆫ 방(房)의셔 자며 그 ᄌᆞᆨ(刺客)을 엇디 잡디 못ᄒᄂᆈ?"

태뷔(太傅ㅣ) 왈(曰),

"닉 ᄇ야흐로 츈쉬(春睡ㅣ) 깁허시니 엇디 능히(能-) 알리오?"

---

505) 결원(結怨): 원한을 맺음.

훈이 더옥 노(怒)ᄒ야 샹젼(上前)의 고두(叩頭) 뉴혈(流血)

152면

ᄒ야 딕살(代殺)[506]ᄒ믈 쳥(請)ᄒ니 샹(上)이 ᄯᅩᄒᆫ 결(決)티 못ᄒ샤 됴 시(氏) 유모(乳母)를 잡아 실ᄉ(實事)를 힐문(詰問)[507]ᄒ시니 유뫼(乳母ㅣ) ᄯᅩᄒᆫ 그날 마춤 씌엿던 고(故)로 인젹(人跡)이 죠곰도 업ᄉᆷ과 태부(太傅)의 ᄉ긔(辭氣)[508] 슈샹(殊常)ᄒ믈 고(告)ᄒ니 샹(上)이 홀일업서 이에 됴셔(詔書)를 ᄂᆞ리와 ᄀᆞᄅᆞ샤딕,

'이제 태부(太傅) 니경문의 살인(殺人) 옥ᄉᆡ(獄事ㅣ) 듕대(重大)ᄒ나 실(實)은 심(甚)히 분명(分明)티 아냐 진가(眞假)를 알 길이 업ᄉᆞ딕 경문이 이미ᄒᆞᆫ 쇼연(昭然)ᄒ니 특별(特別)이 방송(放送)[509] 찰직(察職)[510]ᄒ라.'

ᄒ시니 훈이 대경(大驚)ᄒ야 크게 울며 원슈(怨讎) 갑흐믈 웨지〃고 시어ᄉ(侍御史) 윤혁이 ᄯᅩᄒᆫ 쇼인(小人)이오 됴훈의 문

153면

ᄉᆡᆼ(門生)이라 샹소(上疏)ᄒ야 살인(殺人) 죄슈(罪囚)를 그저 노티 못ᄒ리라 ᄒ니 샹(上)이 ᄯᅩᄒᆫ 고이(怪異)히 너기샤 감ᄉ(減死)ᄒ야 슌

---

506) 딕살(代殺): 대살. 살인자를 사형에 처함.
507) 힐문(詰問): 트집을 잡아 따져 물음.
508) ᄉ긔(辭氣): 사기. 말과 얼굴빛. 사색(辭色).
509) 방송(放送): 죄인을 감옥에서 나가도록 풀어 주던 일.
510) 찰직(察職): 직무를 두루 살핌.

278 (이씨 집안 이야기) 이씨세대록 9

텬(順天)511) 경쥬부512)의 원찬(遠竄)호라 호시니 됴훈이 앙″(怏怏)
호야 쏘 죽이믈 도도거늘 샹(上)이 노왈(怒曰),

"고어(古語)의 비부(婢夫)513)도 유ᄌ식(有子息)ᄒ니ᄂ 죽여도 살인
(殺人)이 아니라 ᄒ니 일이 분명(分明)ᄒ여도 경문의 ᄌ식(子息)이
경(卿)의 외손(外孫)이어늘 유ᄌ식(有子息)ᄒ 사회를 살인(殺人)으로
고관(告官)홈도 이뎍(夷狄)의 풍쇽(風俗)이어늘 쏘 엇디 죽이믈 ᄃ토
ᄂ뇨? 이ᄂ 셩뒤(聖代) 풍화(風化) 가온대 듯디 못ᄒ던 악재(惡者ㅣ)
라 삭직(削職) 문외츌숑(門外黜送)514)ᄒ라."

ᄒ시니 됴뎡(朝廷)이 대열(大悅)ᄒ고 샹(上)의 니(李)

•••
154면

태부(太傅) 통515)이(寵愛)ᄒ시미 심샹(尋常)티 아니믈 아더라.

연왕(-王)이 샹(上)의 쳐시(處事ㅣ) 몽농(朦朧)ᄒ시믈 애들와 가연
(慨然)이 이에 일(一) 봉(封) 샹소(上疏)를 지어 뇽뎡(龍廷)의 올리고
궐문(闕門) 밧긔 뒤죄(待罪)ᄒ니 ᄉ(辭)의 왈(曰),

'신(臣) 니몽챵은 셩황셩공(誠惶誠恐)516) 돈슈ᄇ킥비(頓首百拜) 샹표
(上表)ᄒᄂ이다. 신(臣)이 블민(不敏)ᄒ 위인(爲人)으로 폐하(陛下)의

---

511) 슌텬(順天): 순천. 순천부(順天府)를 이름. 중국 명나라 초에 북평부(北平府)를 설치했다가 영
락(永樂) 원년에 순천부(順天府)로 고침. 지금의 북경 일대.
512) 경쥬부: 경주부. 순천부에 속한 고을이거나 순천부의 다른 이름으로 보이나 미상임.
513) 비부(婢夫): 계집종의 남편.
514) 문외츌숑(門外黜送): 문외출송. 죄지은 사람의 관작(官爵)을 빼앗고 도성(都城) 밖으로 추방하
던 형벌.
515) 통: [교] 원문과 규장각본(17:109), 연세대본(17:154)에 모두 '튱'으로 되어 있으나 문맥을 고
려해 이와 같이 수정함.
516) 셩황셩공(誠惶誠恐): 성황성공. 진실로 황공하다는 뜻으로, 임금에게 올리는 글의 첫머리에
쓰는 표현.

지우(知遇) 간발(簡拔)517)ᄒ시믈 닙ᄉ와 쟉위(爵位) 쳔승(千乘)의 니
ᄅ오니 듀야(晝夜) 우구(憂懼)ᄒ야 복(福)이 손(損)홀가 두리더니 져
근 ᄌ식(子息)이 다 황구쇼ᄋᆡ(黃口小兒ㅣ)518)어ᄂᆞᆯ 외람(猥濫)519)ᄒ
쟉위(爵位) 뉵경(六卿)의 종ᄉ(從事)ᄒ니 일야(日夜) 황숑(惶悚)ᄒ
믈 이

•••

155면

긔디 못ᄒ야 저히 블민(不敏)ᄒ오니 몸을 그릇 가져 욕(辱)이 가문
(家門)의 미츨가 두리ᄂᆞᆫ 배러니, 이제 블쵸ᄌ(不肖子) 경문이 살인
(殺人) 듕슈(重囚)로 몸이 당〃(堂堂)이 형댱(刑場) 아래 업딜 거시어
ᄂᆞᆯ 셩상(聖上)이 호싱지덕(好生之德)520)으로 목숨을 샤(赦)ᄒ시고 슌
텬부(順天府)의 원찬(遠竄)ᄒ시니 셩은(聖恩)이 망극(罔極)ᄒ미 분골
쇄신(粉骨碎身)521)ᄒ나 갑습디 못홀 거시로ᄃᆡ 그윽이 업디여 싱각ᄒ
니 국법(國法)은 삼쳑(三尺)522)이 지엄(至嚴)ᄒ고 살인(殺人) 디살(代
殺)은 한(漢) 고조(高祖) 약법삼댱(約法三章)의도 샤(赦)티 아녓거ᄂᆞᆯ
이제 경문의 죄(罪) 증참(證參)이 업시 뉼(律)

---

517) 간발(簡拔): 여러 사람 가운데 골라 뽑음.
518) 황구쇼ᄋᆡ(黃口小兒ㅣ): 황구소아. 부리가 누런 새 새끼처럼 어린아이.
519) 외람(猥濫): 하는 행동이나 생각이 분수에 지나침.
520) 호싱지덕(好生之德): 호생지덕. 사형에 처할 죄인을 특사하여 살려 주는 제왕의 덕.
521) 분골쇄신(粉骨碎身): 뼈를 가루로 만들고 몸을 부순다는 뜻으로, 정성으로 노력함을 이르는 말.
522) 삼쳑(三尺): 삼척. 법률. 고대 중국에서 석 자 길이의 죽간(竹簡)에 법률을 썼던 데서 유래함.

을 뎡(定)티 못ᄒ니 감ᄉ(減死)ᄒ시미 올흐나 살인(殺人)이 엇던 죄
쉬(罪囚ㅣ)라 경쥐 이틀 뎍소(謫所)의 보ᄂ리리잇고? 경문의 익미ᄒ미
ᄇᆡ옥(白玉) ᄀᆞᄐᆞ나 죄명(罪名)을 몸의 시른 후(後)ᄂᆞ 셩샹(聖上) 쳐티
(處置) 만″(萬萬) 가(可)티 아니실 분 아냐 후셰(後世) 시비(是非)
어즈러올 거시니 셩샹(聖上)은 샐리 유ᄉ(攸司)를 명(命)ᄒ샤 ᄒᆡ외
(海外)예 ᄂᆡ텨 후일(後日)을 딩계(懲誡)ᄒ소셔. 신(臣)이 사ᄅᆞᆷ의 아비
되야 뉼(律)이 경(輕)홀ᄉ록 깃거홀 거시로ᄃᆡ 미신(微臣)이 셩샹(聖上)
홍은(鴻恩)[523]을 닙으니 셰구년심(歲久年沈)[524]토록 망극(罔極)이 ᄒ
엿ᄂᆞᆫ디라 엇디 져근 ᄉ졍(私情)을 인(因)ᄒ야 국법(國法)이 히

티(懈怠)[525]ᄒᄆᆞᆯ 믁연(默然)이 괄시(恝視)티 못ᄒ야 감히(敢-) 샹표
(上表)ᄒᄂᆞ이다.'

ᄒ엿더라.

샹(上)이 견파(見罷)의 셔안(書案)을 텨 탄왈(歎曰),

"연경(-卿)의 튱의(忠義)ᄂᆞ 아란 디 오라나 엇디 이대도록 탈속(脫
俗)ᄒ뇨?"

즉시(卽時) 비답(批答)ᄒ샤 위로(慰勞) 왈(曰),

---

523) 홍은(鴻恩): 넓고 큰 은혜.
524) 셰구년심(歲久年沈): 세구연심. 세월이 매우 오래됨.
525) 히티(懈怠): 해태. 태만해 공경하지 않음.

'차회(嗟乎ㅣ)라! 녜브터 나라히 튱셩(忠誠)이 잇다 ᄒᆞᆫ들 경(卿) ᄀ
ᄐᆞ니 이시리오? 이제 됴훈의 발옥(發獄)526) 고쟝(告狀)이 심(甚)히
밍낭(孟浪)ᄒᆞ딕 딤(朕)이 법(法)을 쓰노라 경문을 원찬(遠竄)ᄒᆞ엿더
니 경(卿)의 고졍(苦諍)527)이 여ᄎᆞ(如此)ᄒᆞ니 감탄(感歎)ᄒᆞᆷ믈 이긔디
못ᄒᆞᄂᆞ니 그 빅소(配所)ᄅᆞᆯ 고텨 틱쥬부(台州府)528)의 원뎍(遠謫)529)
ᄒᆞ라.'

ᄒᆞ시니 왕(王)이 망궐샤은(望闕謝恩)ᄒᆞ고 집

•••
158면

의 도라와 태부(太傅)ᄅᆞᆯ 니별(離別)ᄒᆞ야 보닐 ᄉᆡ 기국공(--公) 등(等)
삼(三) 인(人)이 일시(一時)의 굴오딕,

"형댱(兄丈) 튱의(忠義)ᄂᆞᆫ 가(可)히 금셕(金石)의 박아 후셰(後世)
예 뎐(傳)ᄒᆞ염 족ᄒᆞ거니와 현마 ᄌᆞ식(子息)을 갓가온 딕 두고져 쓰디
업스뇨? 이 가(可)히 쇼뎨(小弟) 등(等)이 아디 못홀 일이로소이다."

왕(王)이 탄왈(歎曰),

"여등(汝等)은 닉 ᄯᅳᆺ을 모ᄅᆞᄂᆞᆫ도다. 국법(國法)이 본딕(本-) 지엄
(至嚴)ᄒᆞ거ᄂᆞᆯ ᄯᅩ 샹(上)이 우리 등(等)의 전후(前後) 공노(功勞)ᄅᆞᆯ 관
념(觀念)530)ᄒᆞ샤 스ᄉᆞ로 국법(國法)을 굽히시니 신ᄌᆞ(臣子)의 안〃
(晏晏)531)티 못홀 배오, 타일(他日) 혹(或) 타인(他人)의게 이런 폐

---

526) 발옥(發獄): 옥사를 폄.
527) 고졍(苦諍): 고쟁. 고심해서 힘을 다해 간함. 고간(苦諫).
528) 틱쥬부(台州府): 태주부. 중국 춘추시대 때 월나라 땅으로 현재 절강성에 속해 있음.
529) 원뎍(遠謫): 원적. 멀리 귀양을 감.
530) 관념(觀念): 어떤 것에 마음이 끌려 주의를 기울임.
531) 안〃(晏晏): 즐겁고 화평함.

(弊) 이셔도 일로 본(本)이 되리니 닉 엇디 져근 ᄉ정(私情)으로 나라흘 져ᄇ리

···
159면

리오?"

승샹(丞相)이 흔연(欣然)이 닐오ᄃᆡ,

"닉 아희(兒孩) 딕졀(直節)이 이 ᄀᆞᆺᄐ니 가(可)히 아비 되니 두긋겁디 아니며 ᄀᆞᄅ칠 배 업도다."

기국공(--公) 등(等)이 야〃(爺爺) 말ᄉᆞᆷ을 듯고 기위믁연(皆爲默然)ᄒ고 남공(-公)이 ᄯ또흔 칭찬(稱讚) 왈(曰),

"현뎨(賢弟) 셩품(性品)이 본ᄃᆡ(本-) 강명(剛明)흔 줄은 알거니와 오늘로브터 더옥 ᄆᆞᆯᄀ 일홈이 쳔츄(千秋)의 뉴뎐(流傳)ᄒ리로다."

왕(王)이 샤례(謝禮) 왈(曰),

"쇼뎨(小弟) 힝ᄉ(行事ㅣ) ᄌ식(子息)의게 박졀(迫切)ᄒᆞ믈 면(免)티 못ᄒ거늘 엇딘 고(故)로 모다 과댱(過獎)532) ᄒ시믈 승당(承當)533)ᄒ리오?"

드ᄃᆡ여 태부(太傅)ᄅᆞᆯ 나아오라 ᄒ여 경계(警戒)ᄒ야 닐오ᄃᆡ,

"시운(時運)이 블힝(不幸)ᄒᆞ야 일이 이에 니ᄅ니

---

532) 과댱(過獎): 과장. 지나치게 칭찬함.
533) 승당(承當): 받아들여 감당함.

탄(嘆)ᄒ야 무익(無益)ᄒ고 슬허ᄒ야 브졀업ᄂ디라. 닉 아ᄒ(兒孩) 쏘흔 이를 모ᄅ디 아니ᄒ리니 번거히 니ᄅ디 아니ᄒᄂᄂ니 모로미 평안(平安)이 뎍소(謫所)의 가 잇다가 텬은(天恩)을 닙ᄉ와 도라오라.”

태뷔(太傅ㅣ) 지ᄇ(再拜) 슈명(受命)ᄒ매 안식(顔色)이 ᄌ약(自若)ᄒ더라.

조부모(祖父母) 슉당(叔堂)이 잔(盞)을 잡아 젼별(餞別)ᄒ매 위로(慰勞)ᄒ야 ᄀᆯ오딕,

“네 져믄 나히 남방(南方) 쳔(千) 리(里)의 곤돈(困頓)534)ᄒ니 홀연(欻然)535)흔 쯧과 슬픈 졍(情)을 능히(能-) 이긔디 못ᄒ나 현마 엇디ᄒ리오? 다만 수이 환향(還鄕)ᄒ믈 브라노라.”

태뷔(太傅ㅣ) 쌍슈(雙手)로 잔(盞)을 밧ᄌ와 졉구(接口)ᄒ고 샤례(謝禮) 왈(曰),

“쇼손(小孫)이 블쵸(不肖)ᄒ야 이런 익(厄)을 스스로

취(取)ᄒ야 만나니 엇디 ᄂᆷ을 원(怨)ᄒ리오? ᄉᄉᆼ(死生)이 유명(有命)ᄒ니 쇼손(小孫)이 조ᄇ야오나536) 엇디 근심ᄒ며 념녀(念慮)ᄒ미 이시리잇고? 다만 식식(事事ㅣ) 되여 가ᄂ 양(樣)만 볼 분이로소이다.”

---

534) 곤돈(困頓): 아무것도 할 기력이 없을 만큼 지쳐 몹시 고단함.
535) 홀연(欻然): 어떤 일이 생각할 겨를도 없이 급히 일어나는 모양.
536) 조ᄇ야오나: 속이 좁으나.

셜파(說罷)의 절ᄒ야 하딕(下直)ᄒ고 부모(父母) 알픠 나아가 비례(拜禮)ᄒ매 츄연(惆然)이 슬픈 빗치 동(動)ᄒ야 늣출 우러〃 믁〃(默默)ᄒ니 왕(王)이 경계(警戒) 왈(曰),

"일시(一時) 니별(離別)이 차아(嗟訝)537)ᄒ나 ᄉ별(死別)이 아니어늘 네 엇디 ᄋ녀ᄌ(兒女子)의 우름을 발(發)코져 ᄒᄂ뇨? 당〃(堂堂)이 ᄆ음을 안정(安靜)이 먹어 수이 가라."

싱(生)이 텽파(聽罷)의 년망(連忙)이 샤례(謝禮)ᄒ고 눈믈을 ᄎᆷ아 하딕(下直)고 니러 나오니 샹셰(尚書ㅣ) 듕당(中堂)의 ᄯᆞ라와

* * *

162면

봉각(-閣)의 잠간(暫間) 드러가 니별(離別)ᄒ고 나오라 ᄒ니 태뷔(太傅ㅣ) 유〃(儒儒)538)ᄒ야 거름을 두로혀디 아니ᄒ니 샹셰(尚書ㅣ) 지삼(再三) 권(勸)ᄒ니 마디못ᄒ야 봉각(-閣)의 니ᄅ러 사챵(紗窓)을 열고 셔〃 닐오딕,

"싱(生)이 운익(運厄)이 고이(怪異)ᄒ야 오ᄂᆞᆯ날의 니ᄅ니 사ᄅᆷ 보미 븟그러오나 부인(夫人)은 모로미 ᄋᆞᄌ(兒子)를 거ᄂ려 무양(無恙)ᄒ고 신싱ᄋ(新生兒)를 힘뻐 보호(保護)ᄒ야 닉 이신 적ᄀ티 ᄒ라."

셜파(說罷)의 표연(飄然)이 나오니 샹셰(尚書ㅣ) 심하(心下)의 태뷔(太傅ㅣ) 위 시(氏) 향(向)한 듕정(重情)이 미양 팀믁(沈默)ᄒᆫ 빗츨 이긔던 줄 아ᄂᆞᆫ디라 금일(今日) 힝젹(行蹟)이 표흘(飆忽)539)ᄒ믈 고이(怪異)히 너기더라.

---

537) 차아(嗟訝): 슬프고 놀라움.
538) 유〃(儒儒): 모든 일에 딱 잘라 결정을 내리지 못하고 어물어물한 데가 있음.
539) 표흘(飆忽): 표홀. 홀연히 나타났다 사라지는 모양이 빠름.

흔가지로 밧긔 나오매 위

승샹(丞相)이 니루러 싱(生)의 손을 잡고 슈루(垂淚) 비챵(悲愴)ᄒ야 굴오ᄃᆡ,

"네 쇼시(少時)의 천단비원(千端悲怨)540)을 ᄀ초 겻고 오늘날 ᄯᅩ 엇디 이 거죄(擧措ㅣ) 잇ᄂ뇨?"

싱(生)이 샤왈(謝曰),

"이 다 쇼셔(小壻)의 블쵸(不肖)ᄒ미라 슬허ᄒ야 엇디ᄒ리잇가? 셩 쥐(聖主ㅣ) 우희 계시니 오라디 아냐 죄명(罪名)을 신셜(伸雪)541)ᄒ 고 환경(還京)ᄒ미 이시리이다."

정언간(停言間)의 뉴 공(公)이 니루러 싱(生)을 붓들고 슬피 울며 굴오ᄃᆡ,

"너 ᄌ식(子息)이 업고 너의 봉양(奉養)ᄒ믈 힘닙어 여싱(餘生)을 보젼(保全)ᄒ엿더니 나의 죄악(罪惡)이 가지록 긔괴(奇怪)ᄒ야 네 살 인(殺人) 죄슈(罪囚)로 남방(南方) 수쳔(數千) 리(里) ᄯᅡ흘 향(向)ᄒ니 이후(以後) 이 늙은 몸이 어ᄃᆡ를 의지(依支)ᄒ리오?"

싱(生)이

---

540) 천단비원(千端悲怨): 천단비원. 온갖 슬픔과 원망.
541) 신셜(伸雪): 신설. '신원설치(伸寃雪恥)'의 준말로 가슴에 맺힌 원한을 풀어 버리고 창피스러운 일을 씻어버린다는 뜻.

쏘흔 탄식(歎息)고 위로(慰勞) 왈(曰),

"쇼직(小子ㅣ) 블쵸무샹(不肖無狀)ᄒ야 이에 니르니 쟝ᄎᆞᆺ(將次ㅅ) 눌을 흔(恨)ᄒ리잇가? 대인(大人) 봉양(奉養)은 형(兄)이 이시니 쇼직(小子ㅣ) 이시나 다르디 아니홀 거시니 대인(大人)은 과도(過度)히 셩녀(盛慮)를 쓰디 마르시고 쳔츄무강(千秋無疆)542)ᄒ시믈 ᄇᆞ라ᄂᆞ이다."

뉴 공(公)이 더옥 슬허 ᄇᆡᆨ슈(白鬚)543)의 눈믈이 년낙(連落)ᄒ니 ᄉᆡᆼ(生)이 감동(感動)ᄒ야 츄연(惆然)이 ᄀᆞᆯ오디,

"쇼직(小子ㅣ) 대인(大人)의 은혜(恩惠)를 일분(一分)도 갑디 못ᄒ고 젼후(前後) 블효(不孝)만 태심(太甚)이 기티니 죄(罪) 엇디 깁디 아니리잇가? 슈연(雖然)이나 쇼직(小子ㅣ) 남방(南方)의 몸을 뭇디 아니리니 녜 ᄀᆞᆮ미 오라디 아니ᄒ리이다."

뉴 공(公)이 타루(墮淚)ᄒ고 위

공(公)이 왕(王)을 디(對)ᄒ야 ᄀᆞᆯ오디,

"경문이 머리 가믄 형(兄)의 연괴(緣故ㅣ)라. 아모리 딕졀(直節)을 빗ᄂᆡ고져 흔들 그런 비인졍(非人情)의 노릇슬 ᄎᆞ마 ᄒ리오?"

왕(王)이 찬연(燦然) 미쇼(微笑) 왈(曰),

"쇼뎨(小弟) 이번(-番) 거죄(擧措ㅣ) 엇디 ᄌᆞ긔(自己) 영명(榮名)을 나토고져 ᄒ미 아닌 줄 모로고 말이 이러툿 ᄒ뇨?"

---

542) 쳔츄무강(千秋無疆): 천추무강. 만수무강.
543) ᄇᆡᆨ슈(白鬚): 백수. 허옇게 센 수염.

승샹(丞相)이 무언(無言) 브답(不答)이러라.

샹셔(尙書)와 공부(工部) 등(等) 제인(諸人)이 빅(百) 니(里)의 가 태부(太傅)를 젼별(餞別)ᄒ매 피ᄎ(彼此 ㅣ) 슬허ᄒ미 ᄀ이업서 공뷔(工部 ㅣ) 굴오ᄃᆡ,

"거년(去年)의 우리 형댱(兄丈)이 이 거조(擧措)를 당(當)ᄒ시고 네 ᄯᅩᄒᆫ 뒤흘 니으니 문운(門運)이 블힝(不幸)ᄒ미 이대도록 ᄒ뇨?"

샹셰(尙書 ㅣ) 집슈(執手) 탄왈(歎曰),

"네

•••
166면

본ᄃᆡ(本-) 젼후(前後) 비샹(非常)ᄒᆫ 환난(患難)을 ᄀ초 겻고 겨유 무ᄉ(無事)ᄒ매 ᄯᅩ 이런 일이 이시니 하놀을 블러 원(怨)ᄒ노라. 현뎨(賢弟)는 ᄆᆞᄋᆞᆷ을 널리ᄒ고 ᄋᆞ녀ᄌᆞ(兒女子)의 우름을 효측(效則)디 말고 만리(萬里) 뎍회(謫懷)[544]예 보듕〃(保重保重)ᄒ라."

태뷔(太傅 ㅣ) 칭샤(稱謝) 왈(曰),

"형댱(兄丈) 경계(警戒)를 엇디 니ᄌᆞ리잇고? 당당(堂堂)이 뼈의 사기리이다. 연(然)이나 뉴 대인(大人) 부듕(府中)의 ᄉᆞ환(使喚) 가뎡(家丁) 복부(僕夫)를 째로 신틱(申飭)[545]ᄒ시고 봉양(奉養)ᄒ시믈 쇼뎨(小弟) 이실 적ᄀᆞ티 ᄒ쇼셔."

샹셰(尙書 ㅣ) 왈(曰),

"ᄎᆞ(此)는 네 니ᄅᆞᆯ디 아닌들 우형(愚兄)이 엇디 니ᄌᆞ리오?"

---

544) 뎍회(謫懷): 젹회. 젹소에서의 회포.
545) 신틱(申飭): 신칙. 단단히 타일러서 조심함.

드듸여 유〃디〃(儒儒遲遲)546) ᄒ다가 텬싀(天色)이 느즈매 손을
느호니 피츠(彼此) 슬픈 회푀(懷抱ㅣ) 측냥(測量)업더라.

546) 유〃디〃(儒儒遲遲): 유유지지. 머뭇거리며 지체함.

니시셰딕록(李氏世代錄) 권지십팔(卷之十八)

•••
1면

어시(於時)의 틱뷔(太傅ㅣ) 괴로이 길흘 녜여[547] 뎍쇼(謫所)로 향(向)
ᄒᆞ니 디나ᄂᆞᆫ 바 각관(各官)이 분분(紛紛)이 연향(宴饗)[548]ᄒᆞ야 딕졉
(待接)ᄒᆞ나 틱뷔(太傅ㅣ) 마ᄎᆞᆷ내 다 믈니티고 죄인(罪人)으로 쳐(處)
ᄒᆞ야 임의 항쥐(杭州) 다ᄃᆞᄅᆞᆷᄋᆡ,

화 ᄌᆞ시(刺史ㅣ) 이 긔별(奇別)을 듯고 즉시(卽時) 위의(威儀)룰 ᄀᆞ
초와 십(十) 니(里)의 와 마ᄌᆞ니 싱(生)이 먼니셔 ᄌᆞᄉᆞ(刺史)룰 보고
밧비 말긔 ᄂᆞ려 두 번(番) 졀ᄒᆞ고 길ᄀᆞ의 업딕ᄆᆡ 화 공(公)이 급(急)
히 거샹(車上)의 ᄂᆞ려 손을 잡고 굴오딕,

"군(君)이 엇디 만싱(晩生)을 딕(對)ᄒᆞ야 너모 과도(過度)히 구ᄂᆞ
뇨? 이곳이 말ᄒᆞᆯ 곳이 아니니 쥼간(暫間) 아듕(衙中)의 드러가 머므
러 가믈 ᄇᆞ라노라."

틱뷔(太傅ㅣ) 츄ᄉᆞ(推辭)[549] 왈(曰),

"쇼싱(小生)은 국가(國家) 듕쉬(重囚ㅣ)라 엇디

---

547) 녜여: 가.
548) 연향(宴饗): 잔치를 베풀어 손님을 접대함.
549) 츄ᄉᆞ(推辭): 추사. 물러나며 사양함.

아문(衙門)을 더러이리잇고?"

공(公) 왈(曰),

"이뵈550) 이 엇던 말이뇨? 눕을 딕(對)ᄒ야 겸ᄉ지언(謙辭之言)이라 엇디 만싱(晚生)을 딕(對)ᄒ야 이런 말을 ᄒᄂ뇨?"

셜파(說罷)의 거(車)ᄅ 직쵹ᄒ야 ᄒᆫ가지로 아(衙)의 니ᄅ미 ᄌᆞᆺ (刺史ㅣ) 삼ᄌᆞ(三子)로 더브러 틱부(太傅)ᄅ 긱상(客床) 위로 미니 틱 뷔(太傅ㅣ) ᄉ양(辭讓) 왈(曰),

"쇼딜(小姪)은 딕인(大人) ᄌ딜(子姪) 일양(一樣)이라 엇디 이러틋 과(過)ᄒᆫ 녜(禮)ᄅ 당(當)ᄒ리오?"

공(公) 왈(曰),

"군(君)은 됴뎡(朝廷) 딕신(大臣)이라 원방(遠方) ᄒᆞᆫ원(寒員)551)이 공경(恭敬)ᄒ미 고이(怪異)ᄒ리오?"

틱위(太傅ㅣ) 졍ᄉᆡᆨ(正色) 왈(曰),

"딕인(大人)이 부형(父兄)의 친붕(親朋)이시니 겨근 벼슬노 니ᄅᆯ 빅 아니오, 즉금(卽今)은 죄인(罪人)이라 딕인(大人)이 엇디 이딕도록 죠롱(嘲弄)ᄒ시ᄂ뇨?"

드듸여 말셕(末席)의 뫼시미 화 공(公)이 문왈(問曰),

"군(君)이 므ᄉᆞᆷ 연고(緣故)로 원젹(遠謫)552)ᄒ엿ᄂ뇨?"

---

550) 이뵈: 이보. 이경문의 자(字).
551) ᄒᆞᆫ원(寒員): 한원. 한미한 관원.
552) 원젹(遠謫): 원적. 멀리 귀양 감.

싱(生)이 피셕(避席)ㅎ야 실수(實事)를 고(告)ㅎ니 공(公)이 희허(欷歔)553)ㅎ며 골오디,

"노뷔(老夫ㅣ) 경ᄉ(京師)를 쩌ᄂᆞᆫ 디 삼(三) 지(載)의 인ᄉᆡ(人事ㅣ) 이디도록 변(變)ㅎ야 녜부(禮部) 현딜(賢姪)의 험난(險難)과 군(君)의 원뎍지ᄉᆞ(遠謫之事ㅣ) 심담(心膽)이 ᄎᆞᆯ를 면(免)티 못ᄒᆞ리로다."

틱뷔(太傅ㅣ) 텽파(聽罷)의 돗글 피(避)ㅎ야 골오디,

"빅시(伯氏)의 참화(慘禍)554)ᄂᆞᆫ 다시 알욀 말ᄉᆞᆷ이 업거니와 수수(嫂嫂)의 젼후(前後) 망극(罔極)ᄒᆞᆫ 익운(厄運)이 엇디 치아(齒牙)의 올닐 비리오? 셕일(昔日)의 디인(大人)이 아등(我等)을 디(對)ㅎ야 부탁(付託)ㅎ시던 말ᄉᆞᆷ을 져바려ᄉᆞᆸᄂᆞᆫ디라 참괴(慙愧)555)ᄒᆞ미 ᄎᆞ ᄃᆞᆯ ᄯᅡ히 업셔이다."

공(公)이 탄식(歎息) 왈(曰),

"녀ᄋᆞ(女兒)의 참ᄂᆞᆫ(慘亂)556)은 다 제 운익(運厄)이 긔괴(奇怪)ᄒᆞ미라 현딜(賢姪) 등(等)의 타시리오? 다만 ᄂᆡ 디인(知人)ᄒᆞᄂᆞᆫ 구술이 업셔 일(一) 녀(女)를 마

차시니 스스로 눈을 쌕히고ᄌᆞ ᄒᆞᄂᆞ니 눕을 흔(恨)티 못ᄒᆞ노라."

---

553) 희허(欷歔): 탄식하는 소리.
554) 참화(慘禍): 참혹한 재앙.
555) 참괴(慙愧): 매우 부끄러워함.
556) 참ᄂᆞᆫ(慘亂): 참란. 참혹한 환란.

틱뷔(太傅ㅣ) 고개를 수겨 기리 탄식(歎息) 딕왈(對曰),

"피츠(彼此) 운익(運厄)이 블리(不利)ᄒ야 수쉬(嫂嫂ㅣ) 딕른(大亂)을 격그시나 홀노 샤뎨(舍弟) 연괴(緣故ㅣ)리오? 다만 본부(本府)의셔 수수(嫂嫂)의 거쳐(去處)를 몰나 겨시니 딕인(大人)은 아ᄅ시ᄂ니잇가?"

공(公) 왈(曰),

"닉 일즉 녀익(女兒ㅣ) 굿긴 후(後) 풍편(風便)으로 쇼식(消息)을 드러실디언졍 녀ᄋ(女兒)를 닉 엇디 알니오?"

틱뷔(太傅ㅣ) 본딕(本-) 신명(神明)ᄒ미 뉴(類)다른지라 화 공(公)의 긔식(氣色)을 슷치고 이의 닐오딕,

"가친(家親)이 ᄒ시딕, '현뷔(賢婦ㅣ) 화 공(公)의 임소(任所)의 이시니 타일(他日) 만날 거시니 근심홀 빅 아니라.' ᄒ시더이다."

공(公)이 텽파(聽罷)의 십분(十分) 놀나딕 강잉(强仍)ᄒ야 잠쇼(暫笑) 왈(曰),

"연던히(-殿下ㅣ) 셜ᄉ(設使) 신명(神明)ᄒ시

• • •

5면

나 ᄎ(此)ᄂ 무거지언(無據之言)[557]이라. 녀익(女兒ㅣ) 이곳의 이시면 노뷔(老夫ㅣ) 이딕도록 셜우랴?"

틱뷔(太傅ㅣ) 브답(不答)ᄒ니 공(公)이 다시 남공(-公) 등(等) 평부(平否)를 무르며 주찬(酒饌)을 ᄀ초와 딕졉(待接)ᄒ니 틱뷔(太傅ㅣ) 도도(滔滔)히 화답(和答)ᄒ야 일일히(一一-) 응딕(應對)ᄒ디 조곰도

---

557) 무거지언(無據之言): 근거 없는 말.

빅문의 말은 듣초디 아니ᄒ고 그릇ᄒ엿다 시비(是非)ᄒ디 아닛ᄂᆞᆫ디라 화 수찬(修撰)이 ᄎᆞᆷ디 못ᄒ야 문왈(問曰),

"녕뎨(슈弟) 이제 어ᄃᆡ 잇ᄂᆞ뇨?"

틴뷔(太傅ㅣ) 왈(曰),

"집의 잇디 어ᄃᆡ 가리오?"

슈찬(修撰)이 우왈(又曰),

"이제도 오히려 쇼민(小妹) 죽이디 못ᄒᆞᆯ 흔(恨)을 숨더냐?"

틴뷔(太傅ㅣ) 졍식(正色) 왈(曰),

"샤뎨(舍弟) 비록 박ᄒᆡᆼ(薄行)ᄒ나 이런 무샹(無狀)ᄒ흔 ᄡᅳ디 이시리오?"

슈찬(修撰)이 닝소(冷笑) 왈(曰),

"형(兄)은 일셰(一世) 군ᄌᆞ(君子ㅣ)라 허언(虛言)을 아닐가 ᄒ더니 쇼뎨(小弟)를 ᄃᆡ(對)ᄒ야 언ᄉᆞ(言辭)를 이러틋

∙∙∙

6면

ᄶᅮ미ᄂᆞ뇨? 운뵈558) 경ᄉᆞ(京師)의 이실 젹 미ᄌᆞ(妹子)를 야간(夜間)의 칼노 디ᄅᆞ기와 쳔단곤욕(千端困辱)559)이 다시 일ᄏᆞᆮ기 더러온디라. ᄆᆞᄎᆞ니 미ᄌᆞ(妹子)의 ᄉᆞᄉᆡᆼ(死生) 거쳐(去處)를 모로니 우리 등(等)의게 삼ᄉᆡᆼ(三生)560) 원개(怨家ㅣ)561)로다."

틴뷔(太傅ㅣ) 날호여 안식(顔色)을 고치고 닐오ᄃᆡ,

---

558) 운뵈: 운보. 이백문의 자(字).
559) 쳔단곤욕(千端困辱): 천단곤욕. 온갖 심한 모욕.
560) 삼ᄉᆡᆼ(三生): 삼생. 전생(前生), 현생(現生), 내생(來生)인 과거세, 현재세, 미래세를 통틀어 이르는 말.
561) 원개(怨家ㅣ): 원수.

"속어(俗語)의 언비쳔니(言飛千里)562)라 ᄒᆞᄂᆞ 듕간(中間)의 과도 (過度)홈도 업디 아닌디라. 샤뎨(舍弟) 다른 소실(所失)이 이신들 수 쉬(嫂嫂ㅣ) 임의 샤뎨(舍弟)ᄅᆞᆯ ᄇᆞ리디 못ᄒᆞ실 거시니 일ᄏᆞᆯ미 브졀 업도다."

슈찬(修撰)이 변ᄉᆡᆨ(變色) 왈(曰),

"형(兄)은 과연(果然) 아둥(我等)을 업수이너기ᄂᆞᆫ도다. 쇼민(小妹) 시금(時今)의 사라시며 죽어시믈 아지 못ᄒᆞ나 혹(或) 만일(萬一) 싱 존(生存)ᄒᆞ여셔도 ᄎᆞ마 다시 빅문의게 속(續)563)ᄒᆞ리오? 형(兄)이 우 리ᄅᆞᆯ 보민 븟그려홀가 ᄒᆞ엿더니 ᄎᆞᆺ 듯거오미

여ᄎᆞ(如此)ᄒᆞ냐?"

틱뷔(太傅ㅣ) 미쇼(微笑) 왈(曰),

"쇼뎨(小弟) 혼암(昏闇)ᄒᆞ미 닉 허믈도 아지 못ᄒᆞ거든 ᄒᆞ믈며 동싱 (同生)의 과실(過失)이 이신들 닉 엇디 아라 시비(是非)ᄒᆞ리오? 수수 (嫂嫂)의 익환(厄患)은 피ᄎᆞ(彼此) 시운(時運)이 블ᄒᆡᆼ(不幸)ᄒᆞ미라. 그러나 홀노 샤뎨(舍弟) 죄(罪) 아니니 그ᄃᆡ를 ᄃᆡ(對)ᄒᆞ야 븟그러올 일이 이시리오? 수쉬(嫂嫂ㅣ) 이곳의 겨샤 쇼제(小弟) 무심(無心)히 디나가도 보셔야 올흔디 ᄒᆞ믈며 원방(遠方) 뎍킥(謫客)이 되여 싱환 (生還)홀 지속(遲速)이 업ᄉᆞᆸ가? 형(兄)의 물이 여ᄎᆞ(如此) 쾌(快)ᄒᆞ나 강상(綱常)과 ᄃᆡ륜(大倫)이 막듕(莫重)ᄒᆞ니 수시(嫂氏) 엇디 샤뎨(舍

---

562) 언비쳔니(言飛千里): 언비쳔리. 말이 쳔 리를 날아감.
563) 속(續): 이어짐. 끊어졌던 줄이 이어짐. 속현(續絃).

弟)를 브리시리오?"

셜파(說罷)의 긔쉭(氣色)이 온듕(穩重) 팀엄(沈嚴)⁵⁶⁴⁾ᄒ니 수찬(修撰)이 홀 말 업셔 믈을 그치고 화 공(公)이 글오듸,

"군(君)의 말이 다 올흐니 아히(兒孩) 함묵(含默) 블언(不言)이어니와 진실노(眞實-) 녀이(女兒ㅣ) 이곳의

···

8면

이시면 군(君)을 아니 뵈리오? 이ᄂᆞᆫ 만만(萬萬) 이미ᄒ도다."

팀뷔(太傅ㅣ) ᄯᅩᄒᆞᆫ 다시 믓지 아니코 이윽고 니러 하딕(下直) 왈(曰),

"국가(國家) 듕수(重囚)로 길히 밧브고 치인(差人)이 직촉ᄒ니 삼가 머므디 아니ᄒᄂᆞ이다."

화 공(公)이 손을 줍고 년년(戀戀)ᄒ믈 마디아냐 글오듸,

"천만의외(千萬意外)의 군(君)을 만나 화풍(華風)⁵⁶⁵⁾을 잠간(暫間)보고 덧업시 쩌나니 결연(缺然)⁵⁶⁶⁾ᄒᆞᆫ 심ᄉᆞ(心思ㅣ) 일가일층(一加一層)ᄒ도다. 이곳의셔 팀쥐(台州) 머디 아니ᄒ니 ᄌᆞ로 통신(通信)ᄒ미이시리라."

팀뷔(太傅ㅣ) 샤례(謝禮) 하직(下直)ᄒ고 화싱(-生) 등(等)을 니별(離別)ᄒ여,

다시 길흘 녜여 팀쥐(台州) 니ᄅᆞ러ᄂᆞᆫ 치인(差人)이 문셔(文書)를본관(本官)의 드리니 팀수(太守) 호엄이 즉시(卽時) 회답(回答)ᄒ여

---

564) 팀엄(沈嚴): 침엄. 조용하고 엄숙함.
565) 화풍(華風): 화려한 풍채.
566) 결연(缺然): 비어 있는 듯한 모양.

맛디고 뎌의 셰엄(勢嚴)567)을 추앙(推仰)ᄒ야 셩듕(城中) 큰 집을 서러져 잇게 ᄒ니 틱뷔(太傅ㅣ) ᄉ양(辭讓)ᄒ

•••
9면

고 유벽(幽僻)ᄒ 쵸샤(草舍)를 어더 고요히 이셔 틱쉬(太守ㅣ) 보니ᄂ 거시 만흐나 믈니쳐 밧디 아니ᄒ고 믹식고치(麥食苦荣)568)로 종일(終日)토록 일념(一念)이 부모(父母) 쎠나믈 슬허 왕왕(往往)이 븍(北)으로 가ᄂ 구름을 ᄇ라 눈믈을 흘니더라.

화셜(話說). 니부(李府)의셔 틱부(太傅)를 보니고 연왕(-王)이 뎨시(氏) 신톄(身體)를 친(親)히 념관(殮棺)569)ᄒ야 별당(別堂)의 안둔(安屯)ᄒ고 시녀(侍女)를 틱(擇)ᄒ야 제ᄉ(祭祀)를 극진(極盡)이 ᄒ며 신ᄋ(新兒)를 무이(撫愛)570)ᄒ믈 두터이 ᄒ고 위 쇼제(小姐ㅣ) 보호(保護)ᄒ믈 응닌의 디나니 일기(一家ㅣ) 탄복(歎服)ᄒ고, 소휘(-后ㅣ) 더옥 이지듕지(愛之重之)ᄒ며 틱뷔(太傅ㅣ) 업슨 후(後)ᄂ 듀야(晝夜) 쳐연(悽然)ᄒ야 즐기디 아니ᄒ니 샹셔(尚書ㅣ) 민망(憫惘)571)ᄒ야 간(諫)ᄒ디 휘(后ㅣ) 눈믈을 머금고 왈(曰),

"경문이 본디(本-) 슬픈 인싱(人生)으로 겨유 닉

---

567) 셰엄(勢嚴): 세엄. 권세와 위엄.
568) 믹식고치(麥食苦荣): 맥식고채. 보리밥에 쓴 나물.
569) 념관(殮棺): 염관. 시신을 수의로 갈아입힌 다음, 베나 이불 따위로 싸 관에 넣음.
570) 무이(撫愛): 무애. 어루만지며 사랑함.
571) 민망(憫惘): 보기에 답답하고 딱하여 안타까움.

얇히 이시미 오라디 아니커눌 이미흔 일노 쳔(千) 니(里) 뎍긱(謫客)
이 되니 무옴이 버히눈 둧ᄒᆞᆫ 니ᄅᆞ도 물고 네 드러올 젹이면 츠ᄋᆞ
(次兒)의 웃눈 안식(顔色)과 브드러온 쇼릭를 듯눈 둧ᄒᆞ니 차마 견딕
디 못ᄒᆞ리로다."

샹셰(尙書ㅣ) 눈믈을 흘니고 다시 말을 못 ᄒᆞ더라.

둘이 진(盡)ᄒᆞ미 됴 시(氏)를 션산(先山)의 귀장(歸葬)572)훌 식 됴
훈이 왕부(王府)의 니ᄅᆞ러 딕언(大言)ᄒᆞ야 굴오딕,

"늬 쑬이 셰셰(世世) 원쉬(怨讐ㅣ)라 그 션산(先山)이 블가(不可)ᄒᆞ
니 늬 집 주산(主山)573)으로 옴기렷노라."

ᄒᆞ니 왕(王)이 졍식(正色) 왈(曰),

"족히(足下ㅣ) 비록 긔승(氣勝)574)ᄒᆞ나 츠언(此言)은 사룸의 말이
아니라. 경문이 됴 시(氏)를 죽인 빅 업고 ᄯᅩ 망부(亡婦)의 골육(骨
肉)이 이시니 늬 엇디 그딕 집 산소(山所)의 뼈 법(法)을 문허바리
리오?"

됴

훈이 딕로(大怒)ᄒᆞ야 팔흘 씸니며 블순(不順)흔 말이 무궁(無窮)ᄒᆞ야

---

572) 귀장(歸葬): 돌아가 장사지냄.
573) 주산(主山): 도읍, 집터, 무덤 따위의 뒤쪽에 있는 산.
574) 긔승(氣勝): 기승. 기운이 호방함.

욕(辱)호니 왕(王)은 어히업셔 말을 아니코 마춤 긔국공(--公)이 이의 왓다가 딕로(大怒)호야 골오딕,

"츳비(此輩) 엇디 쳔승국군(千乘國君)을 이딕도록 업수이너기ᄂ뇨?"

좌우(左右)로 미러 니치니 공(公)의 흔 쌍(雙) 블근 눈이 두렷호미 춘 긔운이 좌우(左右)의 쏘이ᄂ는다라 모든 궁관(宮官)이 황황(遑遑)575) 젼뉼(戰慄)576)호야 됴훈을 수리민 츳둣 ᄂ는 둣 거드러 니여 가니 공(公)이 다시 크게 호령(號令)호야 다시 만일(萬一) 됴훈을 드리리 이시면 ᄉ죄(死罪)를 주리라 호니 엄졍(嚴正)흔 긔운이 산악(山岳) ᄀ툰디라.

훈이 넉술 일코 도라가니 연왕(-王)이 ᄇ야흐로 웃고 골오딕,

"현뎨(賢弟) 엇디 사룸을 딕(對)호야 블근577) 인졍(人情)

●●●
12면

의 노릇술 호ᄂ뇨?"

공(公)이 쏘흔 웃고 일변(一邊) 통흔(痛恨)578)호야 골오딕,

"형댱(兄丈)이 진실노(眞實-) 고이(怪異)호시이다. 됴 시(氏) 신톄(身體) 무어시 귀(貴)호관딕 주디 아니코 욕(辱)을 ᄌ취(自取)호시ᄂ뇨?"

왕(王)이 쇼왈(笑曰),

---

575) 황황(遑遑): 갈팡질팡 어쩔 줄 모르게 급함.
576) 젼뉼(戰慄): 전율. 두려워 떪.
577) 블근: 매운.
578) 통흔(痛恨): 통한. 몹시 분하거나 억울하여 한스럽게 여김.

"네 말이 진실노(眞實-) 됴훈과 ᄀ티믈 면(免)치 못ᄒ리로다. 됴시(氏) 싱젼(生前)의 각별(各別) 죄(罪)를 칠거(七去)579) 강상(綱常)의 엇디 아녀시니 므슴 죄(罪)로 구가(舅家) 션산(先山)을 허(許)치 아니며 셜ᄉ(設使) 죄(罪)를 지어셔도 그 ᄌ식(子息)이 이신 후(後)는 그리 못ᄒᆞᆯ딘 ᄒᆞ믈며 무죄(無罪)ᄒ미냐? 그 무식(無識)ᄒᄆᆯ 결워 그 신톄(身體)를 휘조ᄎᆞ580) ᄀ튼 사름이 되며 망인(亡人)을 져ᄇ리리오?"

언미필(言未畢)의 하름공(--公)이 이의 니르니 냥인(兩人)이 우음을 그치고 니러 ᄆᄌ미 공(公)이 좌(坐)ᄒ고 웃는 연고(緣故)를 무르니 긔국공(--公)이 ᄌᆞ시 고(告)ᄒᆞᆫᄃᆡ 공(公)이 희

•••

13면

연(駭然)581) 왈(曰),

"됴훈이 제 엇디 현뎨(賢弟)를 이딕도록 업수이너기며 현뎨(賢弟)쏘 엇디 그 욕(辱)을 감심(甘心)ᄒᆞ야 웃ᄂᆞ뇨?"

왕(王)이 쇼이딕왈(笑而對曰),

"즐겨 웃는 거시 아니라 어이업ᄉ미 ᄌ연(自然) 우음이 나ᄂ이다. 고인(故人)이 다ᄂᆞᆷᄌ(多男子)를 욕(辱)이른 믈582)이 올흔지라. 아들을 나하며 ᄂᆞ리583)를 두미 희연(駭然)ᄒᆞᆫ 욕(辱)을 먹을 줄 알니오?"

---

579) 칠거(七去): 예전에, 아내를 내쫓을 수 있는 이유가 되었던 일곱 가지 허물. 시부모에게 불손함, 자식이 없음, 행실이 음탕함, 투기함, 몹쓸 병을 지님, 말이 지나치게 많음, 도둑질을 함 따위.

580) 휘조ᄎᆞ: 내몰아.

581) 희연(駭然): 해연. 몹시 놀라는 모양.

582) 고인(故人)이~믈: 고인이 다남자를 욕이란 말. 옛사람이 아들이 많은 것을 축원한 것이 욕되다고 한 말. 여기에서 옛사람은 요(堯)임금을 말함. 화(華) 땅을 지키는 사람이 요임금에게 수(壽), 부(富), 다남자(多男子)하라고 축원하자 요임금이 아들이 많으면 걱정이 많다고 답함. 『장자(莊子)』, 「천지(天地)」.

정언간(停言間)의 샹셔(尚書)와 낭문이 드러와 시좌(侍坐)ᄒ니 남공(-公)이 소ᄅᆡ를 졍(正)히 ᄒ야 샹셔(尚書)와 낭문을 최왈(責曰),

"여등(汝等)이 나히 약관(弱冠)이 아니오, 몸이 ᄯᅩ 한ᄉᆡ(寒士ㅣ) 아니라. 됴뎡(朝廷)의 충수(充數)ᄒ야 모ᄅᆞᆯ 일이 업스려든 엇진 고(故)로 타인(他人)이 드러와 아비를 면욕(面辱)584)ᄒᄃᆡ 줌줌(潛潛)코 잇ᄂᆞ뇨?"

이(二) 인(人)이 ᄃᆡ경(大驚)ᄒ야 샹셰(尚書ㅣ) 밧비 뭇ᄌᆞ오ᄃᆡ,

"쇼딜(小姪)이 앗가

• • •

14면

ᄂᆡ헌(內軒)의셔 모친(母親)을 뫼셧습다가 이리 와시니 아지 못ᄒ옵ᄂᆞ니 엇던 사ᄅᆞᆷ이 ᄃᆡ인(大人)을 욕(辱)ᄒ니잇고?"

긔국공(--公)이 소왈(笑曰),

"형댱(兄丈)이 아들을 만히 두시ᄆᆡ 효도(孝道)를 가이업시 바ᄃᆞ시ᄆᆡ라 욕(辱)을 뉘 ᄒ랴?"

ᄒ고 실ᄉᆞ(實事)를 니ᄅᆞ니 샹셰(尚書ㅣ) 어히업셔 말을 못 ᄒ고 낭문이 ᄃᆡ경(大驚)ᄒ야 고두(叩頭) 쳥죄(請罪) 왈(曰),

"외귀(外舅ㅣ) 이러툿 무식(無識)ᄒ야 ᄉᆞ톄(事體)585)를 모ᄅᆞ니 쇼딜(小姪)의 죄(罪)로쇼이다."

공(公)이 쇼왈(笑曰),

"ᄯᆞᆯ의 싀아비(媤--)를 모ᄅᆞᆫ 거시 족하를 혜랴? 용졸(庸拙)586)ᄒ

---

583) ᄂᆞ리: 내리.
584) 면욕(面辱): 면전에서 모욕함.
585) ᄉᆞ톄(事體): 사체. 일의 체면.

말을 그치라."

낭문이 믁연(默然) 시좌(侍坐 |)러니 남공(-公)이 다시 샹셔(尙書)
룰 칙왈(責曰),

"네 집의 댱즈(長子)로 이셔 이런 일을 즈못 슬피미 올커늘 믁연
(默然)이 모로고 아븨 욕(辱)먹으믈 괄시(恝視)ᄒ니 심(甚)히

•••

15면

그른지라 ᄎ휘(此後 |)나 삼가라."

샹셰(尙書 |) 고두(叩頭) 복디(伏地)ᄒ야 쥰슌587)(逡巡)588) 수명
(受命)ᄒ고 감격(感激)ᄒ믈 이긔디 못ᄒ더라.

연왕(-王)이 퇵일(擇日)ᄒ여 위의(威儀)를 가초와 샹셔(尙書)와 긔
국공(--公)으로 더브러 금쥐(錦州) 가 댱ᄉ(葬事)를 디닐ᄉ 됴훈이 쏘
흔 빅의(白衣)로 뒤흘 좃ᄂ지라 긔국공(--公)이 디로(大怒)ᄒ야 휘좃
고져589) ᄒ거늘 왕(王)이 말녀 왈(曰),

"가(可)치 아니타. 뎨 본딕(本-) 도량(度量)이 너르디 못ᄒ딕 즈식
(子息)을 ᄎᆷ혹(慘酷)히 죽이고 셜워ᄒ거늘 므ᄉ 일노 결워 인졍(人
情)의 아닐 일을 ᄒ려 ᄒᄂᆫ다?"

공(公)이 올히 너겨 긋치다.

금쥐(錦州) 니르러 왕(王)과 공(公)이 몬져 니(李) 틱ᄉ(太師) 분묘
(墳墓)의 나아가 실셩통곡(失聲慟哭)ᄒ니 누쉬(淚水 |) 빅포(白袍)의

---

586) 용졸(庸拙): 용렬하고 졸렬함.
587) 쥰슌: [교] 원문에는 '쥰수'로 되어 있으나 문맥을 고려해 규장각본(18:12)과 연세대본(18:15)을 따름.
588) 쥰슌(逡巡): 준순. 어떤 일을 단행하지 못하고 우물쭈물함. 또는 뒤로 멈칫멈칫 물러남.
589) 휘좃고져: 내쫓으려.

어롱디더라.

금쥐(錦州) 틱쉬(太守]) 크게 공댱(工匠)590)을

•••
16면

니르혀 위의(威儀)를 도와 임의 됴 시(氏)의 녕궤(靈几)591)를 디듕
(地中)의 쟝(葬)ᄒᆡ 왕(王)이 다 ᄆᆡᄉ(每事)를 친집(親執)592)ᄒᆞ야 조
곰도 서의(鉏鋙)티 아니케 ᄒᆞ고 하관(下棺)ᄒᆞᆯ 쩍로브터 통곡(慟哭)을
그치디 아냐 셩분(成墳)593)을 ᄆᆞᄎᆞᄆᆡ 손으로 무덤을 두드려 실셩ᄃᆡ
곡(失聲大哭)ᄒᆞ니 흐르는 눈믈은 강수(江水) ᄀᆞᆺ고 쇼ᄅᆡ 앙쟝(昂
壯)594) 쳐초(凄楚)ᄒᆞ야 구원(九原)의 ᄉᆞᄆᆞᆺᄎᆞ니 근쳐(近處) 쵸목(草木)
과 비금(飛禽)이 위(爲)ᄒᆞ야 슬허ᄒᆞ는 듯ᄒᆞ고 ᄉᆞ면(四面) 모든 사름
이 눈믈을 금(禁)치 못ᄒᆞ니 됴훈이 ᄇᆞ야흐로 감격(感激)ᄒᆞᆷ믈 이긔지
못ᄒᆞ고 역시(亦是) 울기를 ᄆᆞ지아니ᄒᆞ니 현인(賢人)의 악인(惡人) 감
화(感化)ᄒᆞᄆᆡ 이 ᄀᆞᆺ더라.

왕(王)이 죵일(終日)토록 우름을 그치디 아니ᄒᆞ니 샹셔(尙書)와 긔
국공(--公)이 나아가 븟드러 녯집으로 도라오ᄆᆡ

---

590) 공댱(工匠): 공장. 수공업에 종사하던 장인.
591) 녕궤(靈几): 영궤. 영위(靈位)를 모시어 놓은 자리.
592) 친집(親執): 친히 집행함.
593) 셩분(成墳): 성분. 흙을 둥글게 쌓아 올려서 무덤을 만듦. 또는 그 무덤.
594) 앙쟝(昂壯): 앙장. 격앙되고 비장함.

지극(至極)히 위로(慰勞)ᄒ나 왕(王)이 오열(嗚咽) 비샹(悲傷)ᄒ야 셕식(夕食)을 믈니티고 탄식(歎息)ᄒ믈 마디아니ᄒ더라.

두어 늘 쉬여 도라올 식 다시 션셰(先世) 분묘(墳墓)의 나아가 하딕(下直)ᄒ고 됴 시(氏)의 분묘(墳墓)의 크게 통곡(慟哭)ᄒ야 니별(離別)ᄒ니 영웅(英雄)의 눈믈이 년화(蓮花) 귀밋티 니음찻더라⁵⁹⁵⁾.

목주(木主)⁵⁹⁶⁾를 시러 경ᄉ(京師)의 니ᄅ믹 승샹(丞相)과 일개(一家ㅣ) 모다 티위(致慰)⁵⁹⁷⁾ᄒ고 그 쳥년(靑年) 요ᄉ(夭死)ᄒ믈 참혹(慘酷)히 너기더라.

이쩌 노 시(氏), 경문을 ᄆᄌ 히(害)ᄒ믹 깃브믈 이긔디 못ᄒ야 샹셔(尙書)를 ᄆ자 히(害)코ᄌ ᄒ딕 아딕 모칙(謀策)⁵⁹⁸⁾이 업고 빅문은 듀야(晝夜) 술만 먹고 문연각(文淵閣)의 혹(或) 번(番)이나 들고 그도 슬흐면 동관(同官)의게 밀위고 원용의 집의 드러 듀야(晝夜) 가무(歌舞)로 쇼일(消日)ᄒ니 연왕(-王)은 지이블

견(知而不見)⁵⁹⁹⁾ᄒ야 나죵만 보려 ᄒ더라.

일일(一日)은 노 시(氏) 왕부(王府)의 드러왓더니 듕당(中堂)의 홋

---

595) 니음찻더라: 연이었다.
596) 목주(木主): 단(壇), 묘(廟), 원(院), 절 따위에 모시는 죽은 사람의 이름을 적은 나무패. 위패(位牌).
597) 티위(致慰): 치위. 위로함.
598) 모칙(謀策): 모책. 꾀와 계책.
599) 지이블견(知而不見): 지이불견. 알아도 못 본 체함.

거러ᄃᆞ니다가600) 무춤 화소 쇼제(小姐ㅣ) 디나가거놀 나오혀 안은듸 화쇠 도라보고 몸을 쌘혀 ᄃᆞ르려 ᄒᆞ거놀 노 시(氏) ᄃᆞᄃᆞᆫ이 안고 왈(曰),

"닉 네 삼촌(三寸)이니 너를 ᄉᆞ랑ᄒᆞ야 이리ᄒᆞ노라."

화쇠 왈(曰),

"숙뫼(叔母ㅣ) 더러오니 겻히 잇기 슬흐여ᄒᆞᄂᆞ이다."

노 시(氏) 문왈(問曰),

"누고셔 더럽다 ᄒᆞ더뇨?"

쇠 왈(曰),

"모친(母親)이 샹시(常時) ᄒᆞ시듸, '노 시(氏)ᄂᆞᆫ 주인(主人)을 져ᄇᆞ리고 주군(主君)을 음간(淫姦) 도주(逃走)ᄒᆞ야 쏘 다시 와 숙녀(淑女)를 히(害)ᄒᆞ며 녯 혐원(嫌怨)601)으로 녜부(禮部) 숙숙(叔叔)을 ᄉᆞ디(死地)의 녀흐니 당당(堂堂)이 촌참효시(寸斬梟示)602)ᄒᆞ염 즉ᄒᆞ고 사룸이 아니라 네 모ᄅᆞ미 보와도 겻히 가디 말나.' ᄒᆞ시더이다."

노 시(氏) 텽

•••

19면

파(聽罷)의 크게 흔(恨)ᄒᆞ야 다만 소ᄃᆞ려 닐오듸,

"네 모친(母親)이 눌ᄃᆞ려 이런 말 닐넛다 ᄭᅮ지즐 거시니 니ᄅᆞ디 말나."

쇠 응낙(應諾)고 가거놀 노 시(氏) 임 시(氏)를 절치(切齒)ᄒᆞ야 싱

---

600) 흣거러ᄃᆞ니다가: 산보하다가.
601) 혐원(嫌怨): 싫어하고 원망함.
602) 촌참효시(寸斬梟示): 몸을 갈기갈기 벤 후 목을 높은 곳에 매달아 놓아 뭇사람에게 보임.

각ᄒᆞ딕,

'제 엇던 년이완딕 이런 담딕(膽大)ᄒᆞᆫ 말을 ᄒᆞ던고. ᄌᆞ녀(子女)를 고이 두디 아니ᄒᆞ리라.'

ᄒᆞ고 도로 나와 혜션ᄃᆞ려 임 시(氏) 말을 니ᄅᆞ니 혜션이 쒸놀며 ᄀᆞᆯ오딕,

"니흥문 ᄀᆞ튼 사름도 우리 독희(毒害)를 버셔ᄂᆞ지 못ᄒᆞ엿거늘 임 녜(-女ㅣ) 제 엇던 담(膽) 큰 녀직(女子ㅣ)완딕 이런 말을 ᄒᆞ리오? 당당(堂堂)이 뎌를 희(害)ᄒᆞ리라."

노 시(氏) 딕희(大喜) 왈(曰),

"니부(李府) 모든 사름을 ᄎᆞᄎᆞ(次次)로 희(害)ᄒᆞ야 씨를 남고디 아닌즉 닉 므슴 근심이 이시리오?"

혜션이 응낙(應諾)고 셔로 계규(稽揆)603)를 의논(議論)ᄒᆞᆫ 후(後) 혜션

•••
20면

이 몸 ᄀᆞ초는 진언(眞言)을 ᄒᆞ야 니부(李府)의 드러가 힝ᄉᆞ(行事)ᄒᆞ다.

샹셰(尙書ㅣ) 근닉(近來)의 심난(心亂)ᄒᆞᆫ 일이 만흔 고(故)로 일졀(一切) 닉당(內堂)의 숙침(宿寢)604)ᄒᆞᆫ 적이 적더니,

일일(一日)은 임 시(氏) ᄋᆞᄌᆞ(兒子) 형닌이 촉풍(觸風)ᄒᆞ야 알흐니 밤을 타 드러가 병(病)을 뭇고 촉하(燭下)의 안ᄌᆞ 『주역(周易)』을 뒤저기더니 홀연(忽然) 창(窓)밧그로조ᄎᆞ 사름의 발ᄌᆞ최 나며 글을 읇

---

603) 계규(稽揆): 살피고 헤아림.
604) 숙침(宿寢): 잠을 잠.

허 글오딕,

"무산(巫山)[605]의 안개 즙겨시니 이 졍(正)히 이쳐(愛妻) 임 시(氏)의 운환(雲鬟)이로다. 쇼산(蘇山)[606]의 명월(明月)이 도두니 임 시(氏)의 옥면(玉面)이로다. 므릉(武陵)[607]의 삼식되(三色桃 |) 셩(盛)히 피니 임 시(氏)의 보조개로다. 노즈궁(老子宮) 단식(丹沙 |) 닉으니 임 시(氏)의 블근 입이로다. 나 방탕긱(放蕩客)의 즈최 밀밀(密密)[608]호미여! 니셩문은 하쳐쇠(何處所 |)[609]오?"

호고 문(門)을 여니 이 곳 쇼년(少年) 미남진(美男子 |)

●●●

21면

라. 머리의 쳥건(靑巾)을 쓰며 몸의 우의(雨衣)를 닙고 디방(地枋)[610]을 넘어 드딕다가 놀나 뒤흐로 졋바디며 글오딕,

"애고 니셩문이 게 잇다."

호고 졸연(猝然)[611]이 드르니 간 바롤 모롤너라.

샹셰(尙書 |) 츠경(此景)을 보고 통히(痛駭)[612]호믈 이긔디 못호야 셜니 난간(欄干)의 느와 보니 블셔 즈최 묘연(杳然)호디라. 임의 디

---

605) 무산(巫山): 중국 사천성 무산현 동쪽에 있는 산. 산 위에는 무산 십이봉이 있는데, 무산의 신녀가 초나라 회왕(懷王)을 양대(陽臺)에서 만나 정을 나눴다는 고사가 있음. 송옥(宋玉), <고당부(高唐賦)>.

606) 쇼산(蘇山): 소산. 중국 강소성(江蘇省) 소주(蘇州)에 위치한 산으로 보임.

607) 므릉(武陵): 무릉. 중국 동진(東晉) 도연명(陶淵明)이 지은 <도화원기(桃花源記)>에 나오는 이상향. 무릉도원. 서진 태원 연간에 무릉의 어부가 물길을 따라서 갔다가 복숭아꽃이 만발한 숲을 발견하고 숲 끝에 난 동굴을 따라 들어가자 이상향을 발견함. 어부가 바깥세상으로 나갔다가 다시 동굴을 찾았으나 찾지 못함.

608) 밀밀(密密): 비밀스러움.

609) 하쳐쇠(何處所 |): 하처소. 어느 처소.

610) 디방(地枋): 지방. 출입문 밑의, 두 문설주 사이에 마루보다 조금 높게 가로로 댄 나무. 문지방.

611) 졸연(猝然): 갑작스러운 모양.

612) 통히(痛駭): 통해. 몹시 이상스러워 놀람.

긔(知機)ᄒ고 도로 드러오니 임 시(氏) 분긔(憤氣) 엄이(奄藹)613)ᄒ야
칼흘 드러 ᄌ결(自決)코ᄌ ᄒᄂ니다라 샹셰(尚書ㅣ) 밧비 나아가 검
(劍)을 앗고 무러 굴오ᄃ,

"부인(夫人)이 므슴 연고(緣故)로 이 거조(舉措)를 ᄒᄂ뇨?"

임 시(氏) 실셩쳬읍(失聲涕泣)ᄒ야 굴오ᄃ,

"쳡(妾)이 무샹(無狀)ᄒ야 향긱(向刻)614) 거죄(舉措ㅣ) 사ᄅᆷ으로
ᄒ여곰 ᄎ마 듯디 못ᄒ며 보디 못ᄒᆯ 욕(辱)이라 샹공(相公) 앏희셔
죽어 ᄆ음을

•••
22면

붉615)히고져 ᄒᄂ이다."

샹셰(尚書ㅣ) 졍쇡(正色) 왈(曰),

"부인(夫人)이 진실노(眞實-) 원녀(遠慮)616)ᄂ 업도다. ᄎ경(此景)
이 비록 놀나오나 일시(一時) 그ᄃ를 믜ᄂ 재(者ㅣ) 늘을 뵈려 ᄒ미
어늘 닉 ᄯᆺ을 모르고 경도(輕跳)617)히 목숨을 ᄇ려 간인(奸人)의 ᄯᆺ
을 ᄆ치고져 ᄒ니 혹ᄉᆼ(學生)이 진실노(眞實-) 개탄(慨嘆)ᄒ노라."

임 시(氏) 크게 ᄭ ᄃ라 샤례(謝禮) 왈(曰),

"샹공(相公)이 쳡심(妾心) 아르시미 여ᄎ(如此)ᄒ시니 빅골(白骨)
이 딘퇴(塵土ㅣ) 되여도 은혜(恩惠)를 갑디 못ᄒ리로소이다. 연(然)

---

613) 엄이(奄藹): 엄애. 갑자기 기운이 막힘.
614) 향긱(向刻): 향각. 접때.
615) 붉: [교] 원문에는 '묽'으로 되어 있으나 문맥을 고려해 규장각본(18:18)과 연세대본(18:21)을
    따름.
616) 원녀(遠慮): 원려. 먼 앞일까지 미리 잘 헤아려 생각함.
617) 경도(輕跳): 경솔히 행동함.

이나 첩(妾)이 사룸으로 더브러 결원(結怨)혼 일이 업스니 엇던 재(者ㅣ) 이런 흉亽(凶事)롤 저준고 아디 못홀 일이로소이다."

샹셰(尙書ㅣ) 왈(曰),

"늬 아이 눌과[618] 결원(結怨)호엿더뇨마는 독히(毒害)롤 버셔나디 못호여시니 그듸는 모르미 겁(怯)호디 말고 모르는 톄호라."

임 시(氏) 감샤(感謝)호믈 이긔

●●●
23면

디 못호야 칭샤(稱謝)호고 츠야(此夜)롤 디니미,

명일(明日) 일개(一家ㅣ) 뉴 부인(夫人) 겨신 정당(正堂)의 모닷더니 홀연(忽然) 화쇠 혼 봉(封) 셔간(書簡)을 들고 좌(座)의 와 닐오디,

"모친(母親)아, 앗가 엇던 사룸이 이 셔간(書簡)을 모친(母親)긔 드리라 호고 주니 어듸셔 왓느니잇고?"

임 시(氏) 답(答)디 못호여셔 쇼뷔(少傅ㅣ) 웃고 굴오디,

"늬 몬져 볼 거시니 이리 가져오라."

쇼제(小姐ㅣ) 나아가 드리니 쇼뷔(少傅ㅣ) 쩌혀 보니 피봉(皮封)[619]의 '하동인(--人) 뎡양은 임 시(氏) 옥낭亽(玉娘子) 장딕(粧臺)[620] 아릭 올니노라.' 호엿거늘 소뷔(少傅ㅣ) 놀나 쩌혀 보니 이 곳 음픽(淫悖)[621]혼 간부셰(姦夫書ㅣ)라. 亽의(辭意) 도도지셜(滔滔之說)을 츠마 보디 못호고 죽일(昨日) 드러오다가 샹셔(尙書)의게 들닌 말

---

618) 눌과: [교] 원문에는 '놀나'로 되어 있으나 문맥을 고려해 규장각본(18:18)과 연세대본(18:22)을 따름.
619) 피봉(皮封): 봉투의 겉면.
620) 장딕(粧臺): 장대. 화장대.
621) 음픽(淫悖): 음패. 음란하고 도리에 어긋남.

을 ᄒᆞ엿ᄂᆞ디라. 쇼뷔(少傅ㅣ) 보기를 뭇디 못ᄒᆞ여셔 실ᄉᆡᆨ딕경(失色大驚)ᄒᆞ

•••
24면

야 연왕(-王)을 주어 왈(曰),

"딜ᄋᆞ(姪兒)ᄂᆞᆫ 이거슬 보라. 셰샹(世上)의 이런 고이(怪異)ᄒᆞᆫ 일이 이시리오?"

왕(王)이 ᄯᅩᄒᆞᆫ 경녀(驚慮)ᄒᆞ야 견필(見畢)의 딕경(大驚)ᄒᆞ더니 홀연(忽然) ᄭᆡ다라 좌우(左右)로 블을 가져오라 ᄒᆞ니, 뉴 부인(夫人)이 고이(怪異)히 너겨 ᄀᆞᆯ오ᄃᆡ,

"므슴 셔간(書簡)이완ᄃᆡ 아ᄒᆡ(兒孩) 더러틋 놀ᄂᆞᄂᆞ뇨? 문 ᄒᆞᆨᄉᆞ(學士) 부인(夫人)을 명(命)ᄒᆞ야 넓으라."

ᄒᆞ니 왕(王)이 딕왈(對曰),

"보암 죽디 아닌 셜홰(說話ㅣ)니 보셔 무익(無益)ᄒᆞ이다."

승샹(丞相)이 졍ᄉᆡᆨ(正色) 왈(曰),

"므슴 ᄉᆞ연(事緣)이완ᄃᆡ 존당(尊堂)이 보고ᄌᆞ ᄒᆞ시ᄂᆞᆫ 거슬 디완(遲緩)622)ᄒᆞᄂᆞ뇨?"

왕(王)이 복슈(伏首) 왈(曰),

"딕단티 아닌 셔ᄉᆞ(書辭) ᄀᆞᆺᄐᆞᆯ딘ᄃᆡ 히ᄋᆡ(孩兒ㅣ) 미셰(微細)ᄒᆞᄂᆞ 엇디 아디 못ᄒᆞ리잇가?"

셜파(說罷)의 블노ᄡᅥ 술와 ᄇᆞ리니 일좨(一座ㅣ) 고이(怪異)히 너기고 임 시(氏) 엇디 아디 못ᄒᆞ리오. 참괴(慙愧)ᄒᆞ미 욕ᄉᆞ므

---

622) 디완(遲緩): 지완. 더디고 늦음.

디(欲死無地)[623]ᄒ야 즉시(卽時) 믈너나니 왕(王)이 블열(不悅)ᄒ믈 이긔디 못ᄒ야 믁연(默然)이러니,

이윽고 좌위(左右ㅣ) 흐터딘 후(後) 부야흐로 뉴 부인(夫人)이 쇼부(少傅)ᄅᆞᆯ 도라보와 셔간(書簡) 출쳐(出處)ᄅᆞᆯ 무르니 쇼뷔(少傅ㅣ) ᄌᆞ시 고(告)ᄒᆞᆫ딘 뉴 부인(夫人)이 대경(大驚) 왈(曰),

"이ᄂᆞᆫ 부닉(府內)의 변(變)이 심샹(尋常)치 아니미라. 임 시(氏) 일즉 청초(淸楚)[624] 아결(雅潔)[625]ᄒᆞᆫ 위인(爲人)이 이럴 니(理) 이시리오? 챵ᄋᆞ(-兒)의 ᄯᅳᆺ은 엇더케 너기ᄂᆞᆫ다?"

왕(王)이 공수(拱手) 딕왈(對曰),

"임 시(氏) 위인(爲人)이 너모 고샹(高尙)ᄒᆞᆷ을 사름의게 믜이여 이러ᄒᆞ미라 스ᄉᆞ로 져즌 일이 아니니이다."

승샹(丞相)이 탄왈(歎曰),

"닉 부ᄌᆡ부덕(不才不德)[626]으로 가듕(家中)을 어(御)ᄒᆞ미 고인(古人)이 운(云)ᄒᆞ딕, '가듕(家中)이 믈 ᄀᆞᆺ다.' ᄒᆞᆷ을 ᄇᆞ라디 못ᄒᆞ야 집안히 고이(怪異)ᄒᆞᆫ 변ᄂᆞᆫ(變亂)이 샹ᄉᆡᆼ(相生)ᄒᆞ니 엇디 닌국(隣國)

---

623) 욕ᄉᆞ므디(欲死無地): 욕사무지. 죽으려 해도 죽을 곳이 없음.
624) 쳥초(淸楚): 청초. 화려하지 않으면서 맑고 깨끗한 아름다움을 지니고 있음.
625) 아결(雅潔): 단아하며 깨끗함.
626) 부ᄌᆡ부덕(不才不德): 부재부덕. 재주가 없고 덕이 없음.

의 들념 즉ᄒ리오? 니 아히(兒孩) 아니 임 시(氏)를 치의(致疑)[627]ᄒ
ᄂ냐?"

왕(王)이 돈수(頓首) 왈(曰),

"히익(孩兒ㅣ) 비록 혼암(昏闇)ᄒ나 엇디 이런 ᄰ디 이시리잇가?
ᄯ 이 굿치 잇고 그치리니 근심이로쇼이다."

뉴 부인(夫人) 왈(曰),

"일시(一時) 알관 일이니 챵익(-兒ㅣ) 능히(能-) 다ᄉ릴 방냑(方
略)[628]이 업ᄂ냐?"

왕(王)이 ᄃ왈(對曰),

"범ᄉ(凡事ㅣ) 증참(證參)이 명빅(明白)ᄒ 후(後) 믈이 셔ᄂ니 이졔
근간(近間) 변고(變故)를 비록 짐쟉(斟酌)ᄒ나 사름 그림졔 갓ᄐ여
진짓 거슬 줍디 못ᄒ니 어딕를 지향(指向)ᄒ야 셔의(鉏鋙)[629]ᄒ 노력
슬 ᄒ리잇가?"

승샹(丞相)이 고개 조아 왈(曰),

"여언(汝言)이 올타."

ᄒ니 쇼뷔(少傅ㅣ) 믄득 우어 왈(曰),

"현딜(賢姪)이 도금(到今)은 심(甚)히 총명(聰明)ᄒ여시니 우숙(愚
叔)이 티하(致賀)ᄒ노라."

왕(王)이 미소(微笑) ᄃ왈(對曰),

"므ᄉ 일이 총명(聰明)ᄒ리잇고? 소년(少年)으로브터 쇼딜(小姪)은

---

627) 치의(致疑): 의심을 둠.
628) 방냑(方略): 방략. 일을 꾀하고 해 나가는 방법과 계략.
629) 셔의(鉏鋙): 서어. 틀어져서 어긋남.

용녈(庸劣) 무샹(無狀)

ᄒᆞ니 이제 쇠모지년(衰耗之年)630)의 더 총명(聰明)ᄒᆞ리잇가?"

쇼뷔(少傅ㅣ) 딕소(大笑) 왈(曰),

"전일(前日)의 소 시(氏)ᄂᆞᆫ 간뫼(奸謀ㅣ)631) 이러틋 종힁(縱橫)ᄒᆞ딕 네 과(過)히 고디듯더니632) 며ᄂᆞ리ᄂᆞᆫ 신원(伸寃)633)ᄒᆞ니 아니 더 총명(聰明)ᄒᆞ엿ᄂᆞ냐?"

왕(王)이 잠쇼(暫笑) 딕왈(對曰),

"그ᄶᅥᄂᆞᆫ 나히 졈고 미쳐 셰졍(世情) ᄉᆞ변(事變)을 아디 못ᄒᆞ야 그러ᄒᆞ나 쇼딜(小姪)이 도금(到今)ᄒᆞ야 년유삼십뉵(年有三十六)이라 몸이 셤궁(蟾宮)의 올나 튀각(臺閣)634)을 디나며 남(南)으로 졀강(浙江)과 셔(西)로 슈변(水變)을 ᄃᆞ니고 북(北)으로 쳔(千) 니(里)ᄅᆞᆯ 독힁(獨行)ᄒᆞ야635) 셰ᄉᆞ(世事)ᄅᆞᆯ 만히 디닉고 열인(閱人)ᄒᆞ미 만ᄒᆞ니 현마 이십(二十) 젼(前) ᄀᆞᆺ틱리잇가?"

쇼뷔(少傅ㅣ) 역시(亦是) 웃고 굴오딕,

"사름이 닐오딕 어려신 적 총명(聰明)타 ᄒᆞ더니 너ᄂᆞᆫ 져머신 적은

---

630) 쇠모지년(衰耗之年): 쇠약한 나이.

631) 간뫼(奸謀ㅣ): 간악한 꾀.

632) 전일(前日)의-고디듯더니: 전날에 소 씨는 간악한 꾀가 이렇듯 했으되 네가 지나치게 곧이듣 더니. 전편(前篇) <쌍천기봉>에서 이몽창이 옥란의 '간악한 꾀'를 곧이들어 아내 소월혜를 박 대한 일을 이름.

633) 신원(伸寃): 가슴에 맺힌 원한을 풀어 버림.

634) 튀각(臺閣): 태각. 조정.

635) 남(南)으로~독힁(獨行)ᄒᆞ야: 남으로 절강과 서로 수변을 지내고 북으로 천 리를 독행하여. 이 몽창이 남쪽 절강의 소흥 지방으로 귀양을 가고 서쪽 전투에서 물에 빠져 죽을 뻔했으며 야 선에게 잡힌 천자를 구하기 위해 북쪽으로 홀로 간 것을 말함. 모두 전편 <쌍천기봉>에 나오 는 이야기임.

아둑ᄒ고 늘글 고비의 총민(聰敏)ᄒ니 진실노(眞實-)

●●●
28면

아디 못홀 일이로다. 연(然)이나 젼두ᄉ(前頭事)ᄅᆞᆯ 엇지코ᄌᆞ ᄒᄂᆞᆫ다?"

왕(王)이 ᄃᆡ왈(對曰),

"믈셩이쇠(物盛而衰)ᄂᆞᆫ 고기636)변애(固其變也ㅣ)637)오 복션화음(福善禍淫)638)은 덧덧ᄒ며 요귀(妖鬼) 틱양(太陽)의 자최ᄅᆞᆯ 감초디 못ᄒᄂᆞ니 즉히 히(害)ᄅᆞᆯ 놀니ᄂᆞᆫ 쟤(者ㅣ) 미양 됴흐리잇가? 아모 제라도 간뫼(奸謀ㅣ) 흔 번(番)은 발각(發覺)ᄒ리이다."

승샹(丞相)과 쇼뷔(少傅ㅣ) 흠긔 뎜두(點頭)639)ᄒ야 연(然)타 ᄒ더라.

임 시(氏) 믈너와 스스로 두문블출(杜門不出)640)ᄒ야 곡긔(穀氣)ᄅᆞᆯ 긋고 샹요(牀-)의 머리 ᄲᅡ뎌 주야(晝夜) 울기ᄅᆞᆯ 무지아니ᄒ니 형히(形骸)641) 환탈(換奪)642)흔다라.

구괴(舅姑ㅣ) 임의 디긔(知機)643)ᄒ고 참샹(慘傷)ᄒᄆᆞᆯ 이긔디 못ᄒ야 왕비(王妃) 친(親)히 드러가 ᄃᆡ의(大義)로 칙(責)ᄒ야 스스로 뎌러

---

636) 기: [교] 원문과 규장각본(18:23), 연세대본(18:28)에 모두 '시'로 되어 있으나 오기로 보이므로 이와 같이 수정함.
637) 믈셩이쇠(物盛而衰)ᄂᆞᆫ 고기변애(固其變也ㅣ): 물성이쇠는 고기변야. 만물이 성하면 쇠하는 것은 진실로 그것이 변화하기 때문이다. 강지(江贄)의 『통감절요(通鑑節要)』에 나오는 구절.
638) 복션화음(福善禍淫): 복선화음. 착한 일을 하면 복을 받고 악한 일을 하면 재앙을 받음.
639) 뎜두(點頭): 점두. 고개를 끄덕임.
640) 두문블출(杜門不出): 두문불출. 문을 닫아 걸고 밖에 나가지 않음.
641) 형히(形骸): 형해. 사람의 몸과 뼈.
642) 환탈(換奪): 모습이 몰라보게 달라짐.
643) 디긔(知機): 지기. 기미를 앎.

굴미 간인(奸人)의 뜻을 마치미라 ᄒ니 임 시(氏) 돈수(頓首) 빅샤(拜謝)ᄒ고 시ᄌ(侍者)로 몸이 블

•••
29면

평(不平)ᄒ니 두어 늘 됴리(調理)ᄒ야 니러나리이다 ᄒ니 휘(后ㅣ) 허락(許諾)ᄒ니,

임 시(氏) 다시 몸을 금니(衾裏)의 ᄇ려 ᄌ긔(自己) 빙옥(氷玉) ᄀ튼 몸의 더러온 욕(辱)이 니ᄅ미 참괴(慙愧)ᄒ미 셜ᄉ(設使) 간모(奸謀)ᄅᆞᆯ 추ᄌ 신원(伸寃)ᄒ야도 업디 아닐 줄 혜아리미 ᄀ골(刻骨) 셜워 식음(食飮)을 믈리티고 오열(嗚咽) ᄌ샹(自傷)ᄒ더니,

샹셰(尙書ㅣ) 샹시(常時) 임 시(氏)의 셩품(性品)이 너모 고샹(高尙)ᄒ야 범ᄉ(凡事)의 과도(過度)ᄒᄆᆯ 아ᄂᆞᆫ디라 아ᄎᆞᆷ 셔간(書簡) 일ᄉ(一事)ᄅᆞᆯ 싱각고 그 거동(擧動)을 보와 위로(慰勞)코ᄌ ᄒ야 치운당(--堂)의 니ᄅ니, 임 시(氏) 졍(正)히 명등(明燈)을 뒤(對)ᄒ야 피눈믈이 졈졈(漸漸)ᄒ니 화쇠 겻히 안ᄌ ᄯᅩ흔 울며 왈(曰),

"모친(母親)아, 이 므ᄉ 일이니잇고? 조부뫼(祖父母ㅣ) 모친(母親)을 그ᄅ다 아니ᄒ시고 야애(爺爺ㅣ) 아모 믈도 아니시거늘 므ᄉᆞᆷ 연

•••
30면

고(緣故)로 이리 죽고ᄌ ᄒ시ᄂᆞ뇨? 모친(母親)이 죽으면 늬 ᄯᅩ ᄯᆯ와 죽으리이다."

호고 모녜(母女ㅣ) 딕(對)호야 이챵(哀愴)644)흔 소리로 늣기믈 마디아니호거늘 샹셰(尚書ㅣ) 블안(不安)호야 지게를 열고 드러 안즈니 화익(-兒ㅣ) 니두라 안기며 반겨 닐오딕,

"부친(父親)아, 우리 모친(母親)이 므스 일노 이리 우누니잇가? 그 연고(緣故)를 니룩쇼셔."

호는다라. 샹셰(尚書ㅣ) 광수(廣袖)를 드러 녀익(女兒)의 누흔(淚痕)을 업시호고 무릅 우희 안치고 눈을 드러 부인(夫人)을 보믹 옥용화모(玉容花貌)645)의 눈믈 즈최 쳐량(凄凉)호고 원산아미(遠山蛾眉)646)의 일만(一萬) 시룸이 믹쳐 고개를 숙여시니 이 졍(正)히 벽텬(碧天) 낭월(朗月)이 수운(愁雲)을 씌엿는 듯 옥년(玉蓮)이 광풍(光風)647)을 만는 듯 익원(哀怨)흔 팅되(態度ㅣ) 스벽(四壁)의 비이는다라. 역시(亦是) 블평(不平)호믈 이긔디 못호야 숙시(熟視) 냥구(良久)

●●●
31면

의 말을 호고져 호더니 홀연(忽然) 챵(窓)밧그로조츠 인젹(人跡)이 쏘 나며 은은(隱隱)이 닐오딕,

"월하(月下) 옥인(玉人)이 긔약(期約)이 오늘이나 잇는가?"

며 문(門)을 여니 거야(去夜)의 보던 남직(男子ㅣ)라. 머리를 드리미다가 놀나 무릎쎠셔 굴오딕,

---

644) 이챵(哀愴): 애창. 슬퍼함.
645) 옥용화모(玉容花貌): 옥처럼 뽀얀 얼굴과 꽃처럼 아름다운 외모.
646) 원산아미(遠山蛾眉): 미인의 아름다운 눈썹. 원산은 눈썹의 색깔이 먼 산을 바라볼 때의 색과 같다고 한 데서 유래하는데 한나라 사마상여(司馬相如)의 아내 탁문군(卓文君)의 눈썹이 그러했다 함. 유흠(劉歆), 『서경잡기(西京雜記)』. 아미는 누에나방의 눈썹이라는 뜻으로, 가늘고 길게 굽어진 아름다운 눈썹을 이르는 말로 미인의 눈썹을 이름.
647) 광풍(光風): 비가 갠 뒤에 맑은 햇살과 함께 부는 상쾌하고 시원한 바람.

"잇고 니셩문이 오늘도 게 잇다."

ᄒ고 듯거늘 샹셰(尙書ㅣ) 그 형샹(形狀)을 크게 고이(怪異)히 너기고 일변(一邊) 통훈(痛恨)ᄒ믈 이긔디 못ᄒ야 난간(欄干) 밧긔 나와 금녕(金鈴)을 급(急)히 흔드러 궁노(宮奴) 수빅(數百)을 블너 하령(下令) 왈(曰),

"여등(汝等)이 부듕(府中)의 순쵸(巡哨)648)ᄒ기를 착실(着實)이 아냐 도적(盜賊)이 ᄌ로 닉뎡(內廷)의 돌입(突入)ᄒ니 그 죄(罪) 경(輕)티 아닌디라. 맛당이 좌우(左右)로 호위(護衛)ᄒ야 좌우(左右)로 적(賊)을 잡으라."

제인(諸人)이 텽녕(聽令)ᄒ거늘,

샹셰(尙書ㅣ) 도로 방(房)의 드러오니 쇼제(小姐ㅣ) 신식(神色)이 츤 지 ᄀᆞᆺ

●●●
32면

ᄐ야 샹(牀)의 것구러뎟거늘 샹셰(尙書ㅣ) 밧비 약(藥)을 가져오라 ᄒ야 프러 녀흐며 유모(乳母) 시녀(侍女) 등(等)을 블너 쥐믈너 씨오니 이윽고 쇼제(小姐ㅣ) 정신(精神)을 겨유 출혀 ᄯᅩ 가슴을 티고 실셩뉴톄(失聲流涕)어늘 샹셰(尙書ㅣ) 좌우(左右)를 칙우고 겻히 ᄂᆞ아가 손을 줍고 정식(正色) 왈(曰),

"브인(夫人)이 비록 텬셩(天性)이 조급(躁急)ᄒᆞᆫ들 이 일의 다ᄃᆞ라 엇디 이딕도록 디뫼(智謀ㅣ) 업시 구ᄂᆞ뇨? 나 혹ᄉᆡᆼ(學生)이 사ᄅᆞᆷ 아ᄂᆞᆫ 눈이 붉디 못ᄒᆞ나 그러나 부인(夫人)의 젹심(赤心)649)을 잠간(暫

---

648) 순쵸(巡哨): 순초. 돌아다니며 적의 사정이나 정세를 살핌.

間) 비최미 잇고 부뫼(父母ㅣ) 지극(至極) 명출(明察)ᄒ시거늘 이러
틋 초죠(焦燥)ᄒ야 간계(奸計)를 ᄆ치고 스스로 몸을 도라보디 아닛
ᄂᆢ뇨? 일시(一時) 욕(辱)이 통히(痛駭)ᄒ나 ᄯᅩ 시운(時運)이 운건650)
(運蹇)651)ᄒ미라 통달(通達)이 싱각ᄒ야 지아븨 듕(重)ᄒ믈 알나.”

임 시(氏)

•••
33면

텽파(聽罷)의 감격(感激)ᄒ미 골졀(骨節)이 녹는 ᄃᆺᄒ여 울고 굴오ᄃᆡ,
“군ᄌ(君子)의 가라치시미 이러틋 통쾌(痛快)ᄒ시니 쳡(妾)이 빅골
(白骨)이 진퇴(塵土ㅣ) 되나 다 갑습디 못ᄒ리니 당당(堂堂)이 봉힝
(奉行)ᄒ려니와 쳡(妾)이 ᄌ소(自少)로 금누옥당(金樓玉堂)652) ᄉ족
(士族) 녀ᄌ(女子)로 연고(緣故) 업시 발ᄌ최 듕계(中階)의 ᄂ리디 아
니ᄒ다가 구가(舅家)의 나아오ᄆᆡ 녜법(禮法)이 퇴다(太多)653)ᄒ시니
보고 듯는 거시 법(法) 붓기 아니러니 엇던 한ᄌ(漢子)의 앏히 이런
욕(辱)을 먹을 줄 알니오? 이 일관(一關)654)을 싱각ᄒ니 간댱(肝腸)
이 이울고655) 오쟝(五臟)이 ᄶᅱ노니 ᄎᄆ 슬고 시븐 ᄯᆮ디 업셔이다.”

샹셰(尚書ㅣ) 왈(曰),
“그ᄃᆡ 니ᄅ디 아냐도 닉 다 아는 물이오 기인(其人)은 구틔여 한

---

649) 젹심(赤心): 적심. 거짓이 없는 참된 마음.
650) 운건: [교] 원문에는 ‘건례’로 되어 있으나 문맥을 고려해 규장각본(18:27)과 연세대본(18:32)
    을 따름.
651) 운건(運蹇): 운수가 막힘.
652) 금누옥당(金樓玉堂): 금루옥당. 아름답고 화려한 집.
653) 퇴다(太多): 태다. 너무 많음.
654) 일관(一關): 한 가지 일.
655) 이울고: 스러지고.

직(漢子ㅣ) 아니라 환술(幻術)ᄒᆞᄂᆞᆫ 무리 믈슴이 픽만(愊慢)656)ᄒᆞ니 족수(足數)657)ᄒᆞᆯ 거시 아니

•••

34면

오, 그딕 우흐로 구괴(舅姑ㅣ) 계시고 아릭로 닉 이시니 무시(無時) 곡읍(哭泣)이 가(可)치 아닌디라 스스로 널니 싱각ᄒᆞ라.”

임 시(氏) 텽파(聽罷)의 읍읍(悒悒) 툰셩(呑聲)ᄒᆞ야 겨유 누수(淚水)를 거두니 샹셰(尙書ㅣ) 스스로 익셕(哀惜)ᄒᆞ고 가셕(可惜)ᄒᆞᆫ 졍(情)이 뉴동(流動)ᄒᆞ야 화ᄋᆞ(-兒)와 형닌을 각각(各各) 겻히 누이고 소져(小姐)를 잇그러 샹요(牀-)의 나아가 위로(慰勞)ᄒᆞ며 권면(勸勉)ᄒᆞ야 은졍(恩情)의 깁흐미 지극(至極)ᄒᆞ니 믈슴이 만티 아니나 근졀(懇切)ᄒᆞ고 기지 아니나 언언(言言)이 통쾌(痛快)ᄒᆞᆫ디라 임 시(氏) 감격(感激)ᄒᆞ믈 이긔디 못ᄒᆞ야 심ᄉᆞ(心思)를 널니고 ᄉᆞ식(事事ㅣ) 되여 가ᄂᆞᆫ 양(樣)만 보려 ᄒᆞ더라.

이튼놀 냥인(兩人)이 니러나 관셰(盥洗)ᄒᆞᆯ 식 임 시(氏) ᄯᅩᄒᆞᆫ 수658)용(愁容)659)을 고치고 초초(草草)히 단장(丹粧)을 일워 구고(舅姑) 면젼(面前)의 나아가니 구괴(舅姑ㅣ) 그 수쳑(瘦瘠)ᄒᆞ여시믈 더옥

---

656) 픽만(愊慢): 패만. 사람됨이 온화하지 못하고 거칠며 거만함.
657) 족수(足數): 따지고 꾸짖음.
658) 수: [교] 원문에는 ‘구’로 되어 있으나 오기로 보이므로 규장각본(18:28)과 연세대본(18:34)을 따름.
659) 수용(愁容): 근심스러운 빛을 띤 얼굴.

어엿비 너겨 제부(諸婦)로 더브러 앏히 두어 박혁(博奕) 담소(談笑)
로 그 ᄆᆞ음을 위로(慰勞)ᄒᆞ게 ᄒᆞ니 임 시(氏) 비록 심ᄉᆞᆨ(心思ㅣ) 골
돌660)ᄒᆞᄂᆞ 구괴(舅姑ㅣ) 이러틋 ᄒᆞ고 쇼천(所天)이 과도(過度)히 신
원(伸寃)ᄒᆞ니 감축(感祝)661)ᄒᆞ야 슬프믈 죠흔 다시 디ᄂᆡ더라.

혜션이 노 시(氏)로 더브러 여러 번(番) 계교(計巧)를 힝(行)ᄒᆞ나
각별(各別) 부듕(府中)의 숫두어리ᄂᆞᆫ662) 동졍(動靜)이 업고 임 시(氏)
ᄉᆞ긔(辭氣)663) 여샹(如常)ᄒᆞ야 젼일(前日)노 다ᄅᆞ지 아니ᄒᆞ니 크게
고이(怪異)히 너겨 서로 의논(議論) 왈(曰),

"연왕(-王)과 소후(-后)ᄂᆞᆫ 각별(各別)ᄒᆞᆫ 신인(神人)이라 임 시(氏)를
가(可)히 ᄒᆞ(害)티 못ᄒᆞᆯ 거시오, 셜ᄉᆞ(設使) 고디드러도 임 시(氏) 고
초(苦楚)ᄒᆞ미 딘단티 아니ᄒᆞᆯ 거시니 그 아비 즉금(卽今) 병부샹셔(兵
部尙書)로 병권(兵權)을 거ᄂᆞ렷고 위 시(氏) 아비 승샹(丞相)으로 묘
당(廟堂)의 거(居)ᄒᆞ여시니 부ᄉᆞ(府使) 노야(老爺)

로 더브러 의논(議論)ᄒᆞ야 역뉼(逆律)로 ᄎᆞ뉴(此類)를 다 모라녀허
죽인죽 임녀(-女)와 위 시(氏) 다 면(免)치 못ᄒᆞᆯ 거시니 이 계귀(稽揆
ㅣ) 가(可)히 묘(妙)ᄒᆞ리라."

---

660) 골돌: 골똘. 한 가지 일에 온 정신을 쏟아 딴생각이 없음.
661) 감축(感祝): 받은 은혜에 대하여 축복하고 싶을 만큼 매우 고맙게 여김.
662) 숫두어리ᄂᆞᆫ: 떠들썩한.
663) ᄉᆞ긔(辭氣): 사기. 말과 얼굴빛. 사색(辭色).

노 시(氏) 딕열(大悅) 왈(曰),

"亽부(師父)는 나의 즈방(子房)664)이라. 닉 쏘 위 시(氏)의 고은 놋과 임 시(氏)의 교앙(驕昂)665)ᄒᄆᆯ 믜여ᄒᄃᆞ니 ᄎ(此) 냥인(兩人)을 업시ᄒ면 나의 안듕(眼中) 가시ᄅᆞᆯ 업시홈 ᄀᆞᆺ트리라."

인(因)ᄒ야 노 부亽(府使)ᄅᆞᆯ 쳥(請)ᄒ야 이 일을 의논(議論)ᄒ니 부식(府使ㅣ) 놀나 왈(曰),

"나는 됴뎡(朝廷) 기666)인(棄人)667)이오 뎌는 됴뎡(朝廷) 딕신(大臣)이라. 피ᄎᆞ(彼此) 혐668)극(嫌隙)669) 업시 이런 듕딕(重大)ᄒᆫ 노ᄅᆞᆺ슬 ᄒᆞ리오?"

혜션이 나아 안ᄌ 옷기슬 념의여 ᄀᆞᆯ오딕,

"노야(老爺) 말ᄉᆞᆷ도 올ᄒᆞ시나 쏘 ᄒᆞ나흘 알고 둘을 모로시미니, 빈승(貧僧)이 엇디 소견(所見)을 품고 고(告)티 아니리잇가? 당금(當今)의 임개(-家ㅣ) 너모 셩

• • •
37면

만(盛滿)670)ᄒ야 됴뎡(朝廷)의 권(權) 줍으니 만코 위개(-家ㅣ) 승상

---

664) 즈방(子房): 자방. 중국 한(漢)나라 고조 때의 재상(?~B.C.168) 장량(張良)의 자. 시호는 문성공(文成公). 일찍이 유방 밑에서 모사로 있으면서 소하(蕭何)와 함께 한나라 창업에 힘썼고, 그 공으로 유후(留侯)에 책봉됨. 말년에 유방이 자신을 의심한다는 것을 알고 적송자를 본받아 은거하여 살았음.

665) 교앙(驕昂): 잘난 체하며 뽐내고 건방짐.

666) 기: [교] 원문과 규장각본(18:30), 연세대본(18:36)에 모두 '시'로 되어 있으나 문맥을 고려해 이와 같이 수정함.

667) 기인(棄人): 버려진 사람.

668) 혐: [교] 원문에는 '형'으로 되어 있으나 문맥을 고려해 규장각본(18:30)과 연세대본(18:36)을 따름.

669) 혐극(嫌隙): 서로 꺼리고 싫어하여 생긴 틈.

670) 셩만(盛滿): 성만. 집안이 번성함.

(丞相)으로 묘당(廟堂)을 총제(總制)ᄒ며 노애(老爺ㅣ) 귀격(貴格)과 달상(達相)671)이 미츠리 업스되 삼십(三十) 년(年) 젼(前) 부ᄉ(府使)로 그져 겨시니 인졍(人情)이 분울(憤鬱)672)ᄒᆯ 비오, 고어(古語)의 계귀(鷄口ㅣ) 될디언졍 우휘(牛後ㅣ) 되디 말나 ᄒ니 이 엇디 올흔 말이 아니리잇가? 빈승(貧僧)의 계교(計巧)되로 ᄒ신즉 귀신(鬼神)도 씨ᄃᆺ디 못ᄒ리니 빈승(貧僧)이 본되(本-) 미쳔(微賤)ᄒᆫ 몸으로 어려실 젹브터 존노애(尊老爺) 퇴부인(太夫人) ᄌ시(自少)로 어엿비673) 너겨 후휼(厚恤)674)ᄒ시믈 ᄌ못 닙ᄉ왓ᄂᆞᆫ디라. 져근 계교(計巧)로 은혜(恩惠)ᄅᆞᆯ 갑고ᄌ ᄒᄂᆞ니 노애(老爺)ᄂᆞᆫ 남글 딕희여 톳기ᄅᆞᆯ 기ᄃ리ᄂᆞᆫ 화(禍)675)ᄅᆞᆯ 취(取)티 마ᄅᆞ쇼셔."

노 시(氏) 니어 미담셰어(美談說語)676)로 근권(懇勸)ᄒ니 부ᄉ(府使ㅣ) 과연(果然)ᄒ야 응낙(應諾)ᄒ거ᄂᆞᆯ 혜션이 일

•••

38면

일일히(一一-) 계교(計巧)ᄅᆞᆯ ᄀᄅᆞ치니 부ᄉ(府使ㅣ) 딕열(大悅)ᄒ야, 도라가 시어ᄉ(侍御史) 윤혁으로 더브러 모계(謀計)ᄒ야 환관(宦官) 강문양과 뉴션으로 ᄂᆡ응(內應)ᄒ게 ᄒ고 약속(約束)ᄒ니 그 가온

---

671) 달상(達相): 달상. 귀하고 높은 인물이 될 상(相).
672) 분울(憤鬱): 분하고 우울함.
673) 비: [교] 원문에는 '버'로 되어 있으나 의미를 명확히 하기 위해 규장각본(18:31)과 연세대본(18:37)을 따름.
674) 후휼(厚恤): 정성으로 구휼함.
675) 남글-화(禍): 나무를 지켜 토끼를 기다리는 재앙. 한 가지 일에만 얽매여 발전을 모르는 어리석은 사람을 비유적으로 이르는 말. 중국 송나라의 한 농부가 우연히 나무 그루터기에 토끼가 부딪쳐 죽은 것을 잡은 후, 또 그와 같이 토끼를 잡을까 하여 일도 하지 않고 그루터기만 지키고 있었다는 데서 유래함. 수주대토(守株待兎). 『한비자(韓非子)』, 「오두(五蠹」.
676) 미담셰어(美談說語): 미담세어. 달콤한 말과 달래는 말.

딕 간계(奸計)를 뉘 알니오.

수일(數日) 후(後) 힝계(行計)홀시 윤혁이 몬져 등문고(登聞鼓)를 울녀 고변(告變)ᄒᆞ야 굴오딕,

"근딕(近來)의 국가(國家)의 직변(災變)[677]이 만코 형옥(刑獄)[678]이 즈미원(紫微垣)[679]의 드더니 승상(丞相) 위공부와 병부샹셔(兵部尙書) 임계운이 모역시군(謀逆弑君)[680]홀 뜻디 이시니 셩샹(聖上)은 슬피쇼셔."

샹(上)이 텽파(聽罷)의 딕경(大驚)ᄒᆞ시더니 강문양이 승시(乘時)ᄒᆞ야 궐문(闕門) 밧긔셔 딕포(大砲)를 노흐니 이는 국가(國家)의 큰 변(變)이 이시면 병부(兵部) 군졸(軍卒)을 브르는 호령(號令)이라.

임 샹셰(尙書ㅣ) 졍(正)히 병부(兵部)의 잇더니 이 소리를 딕경(大驚)ᄒᆞ야 급(急)히 본부(本府) 군ᄉᆞ(軍士)

● ● ●
39면

를 니른혀 궐하(闕下)의 니른니 뉴션이 급(急)히 황극뎐(皇極殿)의 다ᄃᆞ라 웨여 왈(曰),

"임계운이 볼셔 솔군(率軍)[681]ᄒᆞ야 궐문(闕門)의 다ᄃᆞ라시니 엇디 ᄒᆞ리잇가?"

샹(上)이 딕경딕로(大驚大怒)ᄒᆞ샤 친(親)히 갑듀(甲冑)[682]를 ᄀᆞ초

---

677) 직변(災變): 재변. 재앙과 변란.
678) 형옥(刑獄): 형벌과 감옥.
679) 즈미원(紫微垣): 자미원. 큰곰자리를 중심으로 170개의 별로 이루어진 별자리. 태미원(太微垣)·천시원(天市垣)과 더불어 삼원(三垣)이라고 부르며, 별자리를 천자(天子)의 자리에 비유한 것.
680) 모역시군(謀逆弑君): 반역을 꾀하고 임금을 시해함.
681) 솔군(率軍): 군사를 거느림.
682) 갑듀(甲冑): 갑주. 갑옷과 투구.

시고 북을 울녀 어림군(御臨軍)683)을 브루시니 경긱(頃刻)의 어림군(御臨軍) 삼쳔(三千)이 궐하(闕下)의 니루미 표긔대쟝군(驃騎大將軍) 쳑늉광이 고두(叩頭)ᄒᆞ야 연고(緣故)를 뭇ᄌᆞ온디 샹(上)이 노긔(怒氣) 급(急)ᄒᆞ샤 다만 손으로 ᄀᆞ루쳐 왈(曰),

"궐하(闕下)의 역적(逆賊)이 솔군(率軍)ᄒᆞ야 니루러시디 경(卿) 등(等)이 아디 못ᄒᆞ니 이 엇던 도리(道理)뇨?"

쟝군(將軍)이 대경(大驚)ᄒᆞ야 주왈(奏曰),

"됴뎡(朝廷)이 반셕(盤石) ᄀᆞᆮ트니 뉘 모역시군(謀逆弑君)ᄒᆞ리잇고?"

샹(上) 왈(曰),

"병부샹셔(兵部尚書) 임계운이 즉금(卽今) 궐ᄂᆡ(闕內)를 범(犯)ᄒᆞ려 ᄒᆞ니 경(卿)이 ᄲᆞᆯ니 가 잡아

• • •
40면

오라."

쳑 공(公)이 대경(大驚)ᄒᆞ야 급(急)히 군사(軍士)를 거ᄂᆞ려 궐문(闕門)의 니드루니 과연(果然) 임 샹셰(尚書ㅣ) 융복(戎服)을 ᄀᆞ초고 병부(兵部) 군ᄉᆞ(軍士)를 니루혀 금고(金鼓)684)를 울니고 드러오거늘 쳑 공(公)이 대경(大驚) 왈(曰),

"명공(明公)이 오ᄂᆞᆯ늘 이 엇던 연괴(緣故ㅣ)뇨?"

임 샹셰(尚書ㅣ) ᄆᆞ샹(馬上)의셔 몸을 굽혀 왈(曰),

---

683) 어림군(御臨軍): 임금을 호위하는 군대.
684) 금고(金鼓): 군중(軍中)에서 호령하는 데 사용하던 징과 북.

"국가(國家)의 므슴 변괴(變故ㅣ) 잇관디 디포(大砲)룰 울니며 노쟝군(老將軍)이 문외(門外)의 결딘(結陣)685)ᄒᆞ야 겨시뇨?"

쳑 공(公)이 임 샹셔(尙書)의 언ᄉᆞ(言辭ㅣ) 가연(慨然)ᄒᆞᆯ 보고 경히(驚駭)686)ᄒᆞᆯ 이긔디 못ᄒᆞ야 이의 텬ᄌᆞ(天子)의 됴셔(詔書)룰 뎐(傳)ᄒᆞ니 임 공(公)이 년망(連忙)이 ᄆᆞ하(馬下)의 ᄂᆞ려 ᄭᅮ러 듯고 디경(大驚) 왈(日),

"혹ᄉᆡᆼ(學生)이 앗가 병부(兵部)의 잇더니 디포(大砲) 소ᄅᆡ 무687)심듕(無心中) 나거ᄂᆞᆯ 급(急)히 군ᄉᆞ(軍士)룰 니ᄅᆞᆨ혀 드러왓더니 이 엇던 일이뇨? 샹명(上命)이 겨

•••

41면

시니 잠시(暫時)나 지완(遲緩)688)ᄒᆞ리오?"

즉시(卽時) 금의(錦衣)룰 벗고 포의(布衣)로 쇠ᄉᆞ슬의 ᄆᆡ이니,

쳑 공(公)이 그 튱의(忠義)룰 감오(感悟)689)ᄒᆞ야 ᄒᆞᆫ가지로 뎐하(殿下)의 니ᄅᆞ러 임 공(公)의 거동(擧動)이 죠곰도 의심(疑心) 업ᄉᆞᆯ 주(奏)ᄒᆞ니 샹(上)이 디로(大怒) 왈(日),

"ᄎᆞ(此)ᄂᆞᆫ 왕망(王莽)690), 동탁(董卓)691)의 뉴(類ㅣ)라 그 ᄭᅮ미ᄂᆞᆫ

---

685) 결딘(結陣): 결진. 전투에서, 진(陣)을 침.

686) 경히(驚駭): 경해. 뜻밖의 일로 몹시 놀람.

687) 무: [교] 원문에는 '부'로 되어 있으나 문맥을 고려해 규장각본(18:33)과 연세대본(18:40)을 따름.

688) 지완(遲緩): 더디고 느즈러짐.

689) 감오(感悟): 느끼어 깨달음.

690) 왕망(王莽): 중국 전한(前漢)의 정치가(B.C.45~A.D.23). 자는 거군(巨君). 자신이 옹립한 평제(平帝)를 독살하고 제위를 빼앗아 국호를 신(新)으로 명명함. 한(漢)나라 유수(劉秀)에게 피살됨.

691) 동탁(董卓): 중국 후한(後漢) 말년의 군벌(?~192). 자는 중영(仲穎). 황건적을 토벌하기 위해 의병을 일으켜 189년에 대장군 하진(何進)의 부름에 응해 군대를 거느리고 경사에 가 환관들

믈을 고디드르리오?"

즉시(卽時) 형당(刑杖)을 베프고 급급(急急)히 금의부(錦衣府)[692]
룰 명(命)ᄒ야 위 승샹(丞相)을 잡아 오라 ᄒ시니 위시(衛士ㅣ)[693]
둘녀가 승샹(丞相)을 압녕(押領)[694]ᄒ야 문(門)을 나니 일개(一家ㅣ)
디경(大驚)ᄒ야 우름 빗치오 삼지(三子ㅣ) 뒤흘 쌀와 궐하(闕下)의
디죄(待罪)ᄒ야 곡셩(哭聲)이 ᄌ못 요른(擾亂)ᄒ디 승샹(丞相)이 안
식(顔色)을 변(變)티 아니ᄒ고 굴오디,

"텬뇌(天怒ㅣ) 블의(不意)의 진텹(震疊)[695]ᄒ시나 니 입됴(立朝)[696]
이십여(二十餘) 년(年)의 져준 죄(罪) 업스니 죽어도 붓그럽디

•••
42면

아니ᄒ도다."

ᄒ고 가연이[697] 칼흘 쓰고 추국텽(推鞫廳)[698]의 니르니,

샹(上)이 이쩍 크게 노(怒)룰 발(發)ᄒ샤 뎌 이(二) 인(人)을 ᄒᆫ 칼
의 뭇고ᄌ 쁫이 겨시므로 몬져 형당(刑杖)을 나와 임 공(公)을 져조
시니[699] 임 공(公)이 지필(紙筆)을 구(求)ᄒ야 원졍(原情)[700]ᄒ미 언

을 죽이고, 오래지 않아 소제(少帝)를 폐위시키고 헌제(獻帝)를 옹립한 후 정사를 농단함. 헌
제를 협박해 수도를 장안(長安)으로 옮기도록 하고 낙양의 궁실을 불태움. 후에 왕충(王允)과
양자 여포(呂布)에게 살해당함.

692) 금의부(錦衣府): 중국 명나라 때에, 황제 직속으로 있던 정보 보안 기관. 1382년에 설치되어
황제의 시위(侍衛)와 궁정의 수호뿐만 아니라 정보의 수집, 죄인의 체포 및 신문 따위의 일도
맡아봄. 금의위(錦衣衛).

693) 위시(衛士ㅣ): 위사. 대궐, 능, 관아, 군영 따위를 지키던 장교.

694) 압녕(押領): 압령. 죄인을 맡아서 데리고 옴.

695) 진텹(震疊): 진첩. 존귀한 사람이 몹시 성을 내어 그치지 아니함.

696) 입됴(立朝): 입조. 벼슬에 오름.

697) 가연이: 선뜻.

698) 추국텽(推鞫廳): 추국청. 황제의 특명에 따라 중한 죄인을 신문하던 일을 맡아보던 곳.

699) 져조시니: 신문하시니.

언(言言)이 니히곡딕(利害曲直)701)이 분명(分明)ᄒ야 강개(慷慨)ᄒ
언싀(言辭ㅣ) 명빅(明白)ᄒ니 샹(上)이 견필(見畢)의 팀음(沈吟)702)ᄒ
시더니 윤혁이 나아가 주왈(奏曰),

"임계운은 ᄒᆞᆫ ᄎᆞ 고싀(固士ㅣ)703)라 쇠로 지저도 올흔 말 ᄒᆞᆯ 길히
업ᄉ니 병부(兵部) 샹졸(上卒) 일(一) 인(人)을 줍아 무ᄅᆞ시미 가(可)
ᄒᆞ니이다."

샹(上)이 올히 너기샤 병부(兵部) 초관(哨官)704) 김셰딕을 줍아 드
려 실샹(實狀)을 무ᄅᆞ시니 이ᄂᆞᆫ 노 부ᄉᆞ(府使), 윤혁으로 동심(同心)
ᄒᆞᆫ 지(者ㅣ)라. 주왈(奏曰),

"임 샹셰(尙書ㅣ) ᄆᆡ일(每日) 신(臣) 등(等)을 ᄃᆡ(對)ᄒ야 ᄃᆡᄉᆞ(大
事)ᄅᆞᆯ 일울

•••

43면

딘딕 봉후(封侯)ᄒ믈 니ᄅᆞ고 ᄯᅩ 공부샹셔(工部尙書) 니셰문과 녜부
시랑(禮部侍郎) 니긔문이 ᄯᅩ 왕반(往返)705)ᄒ여 의논(議論)ᄒ더니이
다."

샹(上)이 익노(益怒)ᄒ샤 냥인(兩人)을 ᄃᆡ리시(大理寺)706)의 ᄂᆞ리
오라 ᄒ시고 오형(五刑)707)을 나와 위·임 냥공(兩公)을 져조고ᄌᆞ ᄒ

---

700) 원정(原情): 원정. 사정을 하소연한 글.
701) 니히곡딕(利害曲直): 이해곡직. 이익과 손해, 그름과 바름.
702) 팀음(沈吟): 침음. 속으로 깊이 생각함.
703) 고싀(固士ㅣ): 고사. 고루한 선비.
704) 초관(哨官): 한 초(哨)를 거느리던 벼슬. 초(哨)는 약 백 명을 단위로 하던 군대.
705) 왕반(往返): 왕래함.
706) ᄃᆡ리시(大理寺): 대리시. 추포(追捕)·규탄(糾彈)·재판(裁判)·소송(訴訟) 따위를 맡아보던 관아.
707) 오형(五刑): 다섯 가지 형벌. 묵형(墨刑), 의형(劓刑), 월형(刖刑), 궁형(宮刑), 대벽(大辟)을 이

시니 어ᄉ(御史) 녀박이 뎐(殿)의 ᄂᆞ려 고두(叩頭)ᄒᆞ야 주(奏)ᄒᆞᄃᆡ,

"므릇 역젹(逆賊)이란 거시 등한(等閑)흔 옥ᄉᆞ(獄事ㅣ) 아니라 삼공딕신(三公大臣)과 만조빅관(滿朝百官)을 모화 의논(議論)이 구일(口一)708)흔 후(後) 져조미 올ᄉᆞ오니 좌승샹(左丞相) 니(李) 모(某)를 블너 샹당(相當)709)ᄒᆞ야 뎌 양인(兩人)을 져조쇼셔."

샹(上)이 씌ᄃᆞᆺᄉᆞ샤 니(李) 승샹(丞相)을 명쵸(命招)710)ᄒᆞ시니 승샹(丞相)이 임의 부듕(府中)의셔 이 변(變)을 듯고 ᄯᅩ 두 손ᄋᆡ(孫兒ㅣ) 딕리시(大理寺)의 드니 임의 궐하(闕下)의 딕죄(待罪)ᄒᆞ엿던디라 명픽(命牌)711)를 듯고 피혐(避嫌)712)ᄒᆞ려 ᄒᆞ

• • •

44면

더니 연왕(-王)이 나아가 주왈(奏曰),

"딕인(大人)이 만일(萬一) 이 옥ᄉᆞ(獄事)의 블참(不參)ᄒᆞ신즉 위·임 냥인(兩人)이 다 형벌(刑罰)을 면(免)치 못ᄒᆞ리이다."

승샹(丞相) 왈(曰),

"네 말이 올흐나 셰ᄋᆞ(-兒)와 긔ᄋᆡ(-兒ㅣ) 역모(逆謀)의 간셥(干涉)ᄒᆞ엿ᄂᆞᆫ딕 닉 어이 궐닉(闕內)의 드러 법(法)을 어ᄌᆞ러이리오?"

드딕여 딕죄(待罪)ᄒᆞ야 감히(敢-) 드러가디 못ᄒᆞᄆᆞᆯ 듀(奏)ᄒᆞ니 윤

르는데, 묵형은 죄인의 이마나 팔뚝 따위에 먹줄로 죄명을 써넣던 형벌이고 의형은 코를 베는 형벌이며 월형은 발꿈치를 자르는 형벌이고, 궁형은 생식기를 자르는 형벌이며, 대벽은 목을 베는 형벌임.

708) 구일(口一): 의견이 같음.
709) 샹당(相當): 상당. 일을 감당함.
710) 명쵸(命招): 명초. 임금의 명으로 신하를 부름.
711) 명픽(命牌): 명패. 임금이 벼슬아치를 부를 때 보내던 나무패. '命' 자를 쓰고 붉은 칠을 한 것으로, 여기에 부르는 벼슬아치의 이름을 써서 돌림.
712) 피혐(避嫌): 논핵하는 사건에 관련된 벼슬아치가 벼슬에 나가는 것을 피하던 일.

혁이 쏘 주왈(奏曰),

"니관셩은 위·임의 인친(姻親)이라 피혐(避嫌)홀 시 올코 임의 김셰딕의 말이 명명(明明)ᄒ니 뎌 냥인(兩人)을 다시 므러 브절업ᄉ오니 죽이시미 가(可)ᄒ니이다."

샹(上)이 ᄀ쟝 유리(有理)히 너기샤 냥인(兩人)을 다 칼 ᄲ워 옥(獄)의 ᄂ리오시니 됴뎡(朝廷)이 흉흉[713)ᄒ야 뎌를 위(爲)ᄒ야 칭원(稱冤)[714)티 아니리 업고 위·임 냥부(兩府)ᄂ 곡셩(哭聲)이 하

···

45면

눌을 ᄉ못ᄂ 가온ᄃ,

임 시(氏)와 위 시(氏) 각각(各各) 본부(本府)의 니ᄅ러 모친(母親)을 붓드러 관위(款慰)[715)ᄒ며 호곡운졀(號哭殞絶)[716)ᄒ야 피눈믈이 강수(江水) ᄀᆺ고 니부(李府) 일개(一家ㅣ) 쏘ᄒ 황황(遑遑)[717)ᄒ야 공부(工部)와 시랑(侍郞)의 ᄉᆼ(死生)이 아모리 될 줄 몰나 우민(憂悶)[718)ᄒ니 승샹(丞相)은 일념(一念)이 사ᄅᆷ들을 위(爲)ᄒᆷ 아냐 주샹(主上)의 실덕(失德)ᄒ시믈 개탄(慨嘆)ᄒ고 ᄌ긔(自己) 혐의(嫌疑)의 간셥(干涉)ᄒ야 딕졀(直節)[719)을 다ᄒ디 못ᄒᆷ믈 ᄀ골(刻骨) 통탄(痛嘆)ᄒᆯ ᄲ이러라.

션시(先時)의 ᄉᆡ공이 녜부(禮部)의 딕덕(大德)을 축수(祝手)[720)ᄒ

---

713) 흉흉: 흉흉.
714) 칭원(稱冤): 원통하다고 일컬음.
715) 관위(款慰): 정성껏 위로함.
716) 호곡운졀(號哭殞絶): 호곡운절. 통곡하며 숨이 끊어질 듯함.
717) 황황(遑遑): 갈팡질팡 어쩔 줄 모르게 급함.
718) 우민(憂悶): 근심하고 번민함.
719) 딕졀(直節): 직절. 강직한 절개.

야 도라오더니 홀연(忽然) 길히셔 스부(師父) 익진관을 만나니 틱쥐(台州) 빈온산 이인(異人)이라. 나히 아모 만(萬)인 줄 아디 못ᄒᆞ딕 긔뷔(肌膚ㅣ)⁷²¹⁾ 쇼년(少年) ᄀᆞᆺ고 도힝(道行)이 놉하 아ᄎᆞᆷ의 동뎡(洞庭)의 놀고 져녁의 봉ᄂᆡ산(蓬萊山) 구름을 희롱(戱弄)ᄒᆞ야

• • •
46면

신긔(神氣)ᄒᆞᆫ 변홰(變化ㅣ) 능히(能-) 아모 만(萬)인 줄 아디 못ᄒᆞ고 잇다감 구름을 멍에 메워 구뎐(九天)⁷²²⁾의 됴회(朝會)ᄒᆞ니 신긔(神氣)로오미 이러틋 ᄒᆞ더라. 문하(門下)의 수(數)업슨 뎨지(弟子ㅣ) 다 닑은 도힝(道行)을 법밧더니 식공ᄋᆞ를 ᄒᆞᆫ번(-番) 보고 도가(道家)의 인연(因緣)이 이셔 댱ᄂᆡ(將來) 검술(劍術)이 ᄡᅳᆯ 고디 이시믈 혜아리고 ᄀᆞᄅᆞᆺ쳣더니 이ᄂᆞᆯ 술법(殺法)을 힝(行)ᄒᆞ려턴 줄 알고 친(親)히 드리라 오다가 만ᄂᆞᆫ디라 공이 황망(慌忙)이 복디(伏地)ᄒᆞ야 뵈온딕 진인(眞人)이 노즐(怒叱) 왈(曰),

"닉 너를 검무(劍舞)를 ᄀᆞᄅᆞ치미 블의(不義)에 노ᄅᆞᆺ슬 ᄒᆞ라 ᄒᆞ더냐?"

즉시(卽時) 신댱(神將)을 명(命)ᄒᆞ야 결박(結縛)ᄒᆞ야 압셰오고 빈온⁷²³⁾산(--山)의 도라와 댱(杖) 일뵉(一百)을 텨 뒷동산의 가도고 좌우(左右) 뎨ᄌᆞ(弟子)ᄃᆞ려 닐오딕,

"닉 이제 보니 듕국(中國)의 인쥐(人材) 만하 가(可)히

---
720) 츅슈(祝手): 두 손바닥을 마주 대고 빎.
721) 긔뷔(肌膚ㅣ): 기부. 살갗.
722) 구뎐(九天): 구천. 가장 높은 하늘.
723) 온: [교] 원문에는 '운'으로 되어 있으나 앞의 예를 따라 이와 같이 수정함.

태평724)(泰平)홀 거시로딕 기듕(其中) 승상(丞相) 니관셩의 가듕(家中)이 나라흘 보용(輔用)725)호는 빅 만코 딕딕(代代)로 젹덕여음(積德餘蔭)726)으로 즈손(子孫)이 창셩(昌盛)호여 복녹(福祿)이 거룩호딕 잠간(暫間) 텬쉬(天數ㅣ) 뎡(定)혼 일이 이셔 녀술셩(女殺星)727)이 ᄂᆞ려와 그 가문(家門)을 어즈러이는가 시브니 너희 뉘 인간(人間)의 나가 그 회(害)를 업시호려 호는다?"

언미필(言未畢)의 뎨즈(弟子) 금뎡 도식(道士ㅣ) 합댱(合掌) 왈(曰),

"뎨지(弟子ㅣ) 소부(師父)의 문하(門下)의 이션 디 히 오라딕 촌공(寸功)728)이 업습는디라 가(可)히 명(命)을 밧들니이다."

원닉(元來) 이 사룸은 냥가(良家) 녀즈(女子)로 일즉 부뫼(父母ㅣ) 썅망(雙亡)호고 동셔(東西)로 뉴리(流離)호딕 얼골이 옥(玉) ᄀᆞᆺ고 인믈(人物)이 총명(聰明)호거늘 진인(眞人)이 거두어 드려다가 힘뻐 ᄀᆞᄅᆞ쳐 년(年)이 스십여(四十餘) 셰(歲)라. 도법(道法)이 놉기 뎨즈(弟子) 듕(中) 웃듬이러라. 진

---

724) 평: [교] 원문에는 '령'으로 되어 있고, 연세대본(18:47)에는 '뎡'으로 되어 있으나 문맥을 고려해 규장각본(18:38)을 따름.
725) 보용(輔用): 등용돼 나라를 도움.
726) 젹덕여음(積德餘蔭): 적덕여음. 조상이 덕을 쌓아 자손이 받는 복.
727) 녀술셩(女殺星): 여살성. 별의 종류로 보이나 미상임.
728) 촌공(寸功): 아주 작은 공.

인(眞人)이 희왈(喜曰),

"네 임의 즈비지심(慈悲之心)을 동(動)ᄒ야 이런 쓰디 이시니 가(可)히 아름답도다."

ᄯ 눈을 드러 건상(乾象)729)을 보다가 디경(大驚) 왈(曰),

"가(可)히 앗갑다. 튱신(忠臣)이 이미히 죽으리니 니 아니 간죽 구(救)티 못ᄒ리라."

ᄒ고 즉시(卽時) 금뎡을 ᄃ리고 풍운(風雲)을 타 데도(帝都)의 니르러는,

이쩍 샹(上)이 ᄇ야흐로 위공부와 임계운을 죽이라 ᄒ고 됴셔(詔書)를 ᄂ리오려 ᄒ시더니 홀연(忽然) 난ᄃ업순 진인(眞人)이 운관무의(雲冠霧衣)730)를 브티고 앏히 와 산호만세(山呼萬歲)731)를 브르거늘 샹(上)이 디경(大驚) 왈(曰),

"경(卿)은 엇던 사름인다?"

진인(眞人)이 고두(叩頭) 왈(曰),

"신(臣)은 일즉 일홈을 곰초완 디 오라고 ᄯ 나히 몃친 줄 싱각디 못ᄒ니 이의 오믄 샹뎨(上帝) 틱지(勅旨)732)를 폐하(陛下)긔 뎐(傳)ᄒ느니 승샹(丞相) 위공부와 샹셔(尙書) 임계운은 튱의

---

729) 건상(乾象): 건상. 하늘의 현상이나 일월성신이 돌아가는 이치.
730) 운관무의(雲冠霧衣): 신선들이 쓰는 관과 옷. '운관'은 모자와 같은 모양을 본떠 덮개가 위쪽에 있는 관이고, '무의'는 가볍고 부드러우며 나부끼는 아름다운 옷.
731) 산호만세(山呼萬歲): 산호만세. 나라의 중요 의식에서 신하들이 임금의 만수무강을 축원하여 두 손을 치켜들고 만세를 부르던 일. 중국 한나라 무제가 숭산(嵩山)에서 제사 지낼 때 신민(臣民)들이 만세를 삼창한 데서 유래함.
732) 틱지(勅旨): 칙지. 임금이 내린 명령.

지시(忠義之士ㅣ)라. 국가(國家) 위(爲)흔 단심(丹心)이 수화(水火)를 피(避)치 아니ᄒ려든 엇디 모역지심(謀逆之心)이 이실 거시라 폐하(陛下ㅣ) 일됴(一朝)의 냥신(良臣)을 둘토록 죽이려 ᄒ시ᄂᆞ뇨? 이거시 크게 국가(國家)의 블힝(不幸)이라 신(臣)이 산야(山野)의 누(陋)흔 ᄌᆞ최로 번거ᄒᆞᆷ믈 피(避)치 아니코 니ᄅᆞ러 고(告)ᄒᄂᆞ이다.”

샹(上)이 텽파(聽罷)의 셕연(釋然) 돈오(頓悟)ᄒᆞ샤 다만 글오샤ᄃᆡ,

“딤(朕)이 ᄯᅩ흔 뎌 냥인(兩人)을 개셰(蓋世)733) 흔 영걸(英傑)노 아랏더니 임계운이 발군(發軍)ᄒᆞ야 ᄃᆡ궐(大闕)을 범(犯)ᄒᆞ니 국법(國法)의 마디못ᄒᆞᆷ미라. 션싱(先生)은 실샹(實狀)을 ᄌᆞ시 닐너 딤(朕)의 의심(疑心)을 ᄆᆞᄌᆞ 플나.”

진인(眞人)이 합댱(合掌) 왈(曰),

“일시(一時) 부운(浮雲)이 셩총(聖聰)을 ᄀᆞ리오나 오라디 아냐 거둘 거시니 폐하(陛下)ᄂᆞᆫ 번거히 뭇디 ᄆᆞᄅᆞ소셔.”

언미필(言未畢)의 윤혁이 시

어ᄉᆞ(侍御史)로 시립(侍立)ᄒᆞ엿더니 즐미(叱罵) 왈(曰),

“엇던 산듕(山中) 요인(妖人)이 니ᄅᆞ러 ᄃᆡ역(大逆)을 구(救)ᄒᆞᄂᆞ뇨?”

---

733) 개셰(蓋世): 개세. 세상을 뒤덮을 만한 재주가 있음.

도식(道士ㅣ) 도라보고 딕소(大笑) 왈(曰),

"텬되(天道ㅣ) 놉흐나 슬피미 쇼소(昭昭)ᄒ니 악재(惡者ㅣ) 일시(一時) 득시(得時)ᄒ나 필경(畢竟)이 션종(善終)734)치 못ᄒ리니 노야(老爺)는 스스로 조심(操心)ᄒ디어다."

도라 샹(上)긔 주왈(奏曰),

"만일(萬一) ᄎ(此) 냥인(兩人)을 죽이신죽 칠(七) 년(年) 한직(旱災)735)와 삼(三) 년(年) 녀역(癘疫)736)이 딕치(大熾)737)ᄒ리니 폐하(陛下)는 헛도이 듯디 ᄆᆞᄅ소셔."

셜파(說罷)의 몸을 소소와 오식(五色) 구름을 ᄐᆞ고 공듕(空中)으로 ᄂᆞ라가니 샹(上)이 크게 신긔(神氣)히 너기샤 노코ᄌ ᄒ시나 일홈이 크게 범(犯)ᄒ여시니 소리(率爾)히738) 못ᄒᆯ디라. 이에 뎐디(傳旨)ᄅᆞᆯ ᄂᆞ리와 임계운을 셔쵹(西蜀) 셩도(成都)의 안티(安置)739)ᄒ고 위공부를 형쥐(荊州) 뎡빈(定配)ᄒ고 셰문으로 광셔(廣西) 별가(別駕)ᄅᆞᆯ ᄒ

•••
51면

야 닉치시고 긔문은 황족(皇族)이라 ᄒ샤 삭직(削職) 문외출송(門外黜送)740)ᄒ시니 윤혁이 블열(不悅)ᄒᄆᆞᆯ 이긔디 못ᄒ야 주왈(奏曰),

"폐히(陛下ㅣ) ᄒᆞᆫ 요도(妖道)741)의 말을 고디드ᄅ시고 법(法)을 굽

---

734) 션종(善終): 선종. 큰 잘못이 없이 잘 죽음.
735) 한직(旱災): 한재. 가뭄으로 생기는 재난.
736) 녀역(癘疫): 여역. 전염병.
737) 딕치(大熾): 대치. 크게 일어남.
738) 소리(率爾)히: 솔이히. 말이나 행동이 신중하지 못하고 가볍게.
739) 안티(安置): 안치. 먼 곳에 보내 다른 곳으로 옮기지 못하게 주거를 제한하던 일. 또는 그런 형벌.
740) 문외출송(門外黜送): 죄지은 사람의 관작(官爵)을 빼앗고 도성(都城) 밖으로 추방하던 형벌.
741) 요도(妖道): 요괴로운 도사.

히시니 신(臣)이 가연(慨然)ᄒᆞᆼᄂᆞ이다. 임계운의 모역지ᄉᆞᆯ(謀逆之事
ㅣ) 현뎌(顯著)ᄒᆞ여시니 연좌(連坐)ᄒᆞᄂᆞ 늉(律)이 업디 못ᄒᆞᆯ디라 그
사회 니셩문을 슉츌(削黜)742)ᄒᆞ미 엇더ᄒᆞ니잇고?"

샹(上) 왈(曰),

"니셩문은 샤직지신(社稷之臣)743)이라 엇디 그 쳐부(妻父)의 벌
(罰)을 쓰리오? 당당(堂堂)이 임녀(-女)ᄅᆞᆯ 니이(離異)744)ᄒᆞ라."

ᄒᆞ시니 됴훈이 반녈(班列)의 잇더니 이의 주왈(奏曰),

"위공부의 녜(女ㅣ) 년왕(-王) 니(李) 모(某)의 며ᄂᆞ리오, 살인(殺
人) 죄슈(罪囚) 경문의 쳬(妻ㅣ)라 ᄶᆞᆫ 그 구가(舅家)의 두디 못ᄒᆞ리
이다."

샹(上)이 윤죵(允從)745)ᄒᆞ시니 유ᄉᆡ(攸司ㅣ) 즉시(卽時) 뎐지(傳旨)
ᄅᆞᆯ 밧드러 일일히(一一-)

•••
52면

쥰ᄒᆡᆼ(遵行)746)ᄒᆞᆯᄉᆡ, 니부(李府)의셔 블의(不意)에 참ᄂᆞᆫ(慘難)747)을 만
나 냥ᄌᆞ(兩子) 냥부(兩婦)ᄅᆞᆯ 니별(離別)케 되니 악연(愕然)748)ᄒᆞᆫ 심ᄉᆞ
(心思ㅣ) 어이 측냥(測量)ᄒᆞ리오.

공부(工部)와 시랑(侍郞)이 본ᄃᆡ(本-) 강딕(剛直)ᄒᆞᆫ 셩품(性品)이
뉴(類)다른 고(故)로 집의 든니디 아니ᄒᆞ고 ᄇᆞ로 광셔(廣西)로 가고

---

742) 슉츌(削黜): 삭출. 벼슬을 빼앗고 내쫓음.
743) 샤직지신(社稷之臣): 사직지신. 나라의 안위(安危)와 존망(存亡)을 맡은 중신(重臣).
744) 니이(離異): 이이. 이혼.
745) 윤죵(允從): 남의 말을 좇아 따름.
746) 쥰ᄒᆡᆼ(遵行): 준행. 전례나 명령 따위를 그대로 좇아서 행함.
747) 참ᄂᆞᆫ(慘難): 참난. 참혹한 환난.
748) 악연(愕然): 놀라는 모양.

시랑(侍郞)은 교외(郊外)의 머므니 남공(-公) 등(等)이 십(十) 니(里)의 가 보닉고 도라오믹,

위 시(氏)와 임 시(氏) 다 초초(草草)훈 의복(衣服)으로 니릭러 하딕(下直)훌시 일개(一家ㅣ) 결연(缺然)749)훈믈 이긔디 못훅고 구괴(舅姑ㅣ) 차아(嗟訝)750)훈 심식(心思ㅣ) 측냥(測量)업셔 다만 닐오딕,

"시운(時運)이 블힝(不幸)훅야 쇼쟝지변(蕭墻之變)751)이 즈로 니러나니 다만 프른 하늘을 브르지져 슬허훌 분이로다. 그딕 등(等)은 친옹(親翁)을 뫼셔 무스(無事)히 뎍752)소(謫所)의 가 보듕(保重)훅고 타일(他日)을 기다리라."

냥인(兩人)이 직빅(再拜) 수

• • •

53면

명(受命)훅믹 임 시(氏), 즈녀(子女)룰 녀 부인(夫人)긔 의탁(依託)훅고 위 시(氏), ㅇ즈(兒子)룰 소후(-后)긔 드리믹 위 시(氏)눈 본딕(本-)텬균(千均) 딕량(大量)이 가보얍디 아닌 고(故)로 안식(顔色)이 즈약(自若)훅딕 임 시(氏)눈 즈녀(子女)룰 붓들고 호곡운졀(號哭殞絕)훅야 인스(人事)룰 출히디 못훅니 보눅니 눈믈을 금(禁)치 못훅고 녀쇼제(小姐ㅣ) 나아가 냥아(兩兒)룰 안고 위로(慰勞) 왈(曰),

"일시(一時) 니별(離別)이 차아(嗟訝)훅나 스별(死別)이 아니라 이

---

749) 결연(缺然): 비어 있는 듯한 모양.
750) 차아(嗟訝): 탄식하고 놀람.
751) 쇼쟝지변(蕭墻之變): 소장지변. '소장(蕭墻)'은 군신이 모여 회의하는 곳에 쌓은 담으로, '소장지변(蕭墻之變)'은 집안 내부나 한패 속에서 일어난 변란을 이름. 여기에서는 외적의 침입이 아닌 국가 내부에서의 변란을 가리킨 것임.
752) 뎍: [교] 원문에는 '딕'으로 되어 있으나 문맥을 고려해 규장각본(18:43)과 연세대본(18:53)을 따름.

딕도록 과이(過哀)753)ᄒ야 몸을 도라보디 아니시ᄂᆞ뇨?"

임 시(氏) 울고 왈(曰),

"첩(妾)이 본딕(本-) 부귀호치(富貴豪侈) 듕(中) 싱댱(生長)ᄒ야 인간(人間) 고락(苦樂)을 모로고 지닉다라 이런 참변(慘變)을 만나 가친(家親)이 만니(萬里)의 죄쉬(罪囚ㅣ) 되시고 첩(妾)이 고고티ᄋ(孤孤稚兒)754)를 니별(離別)ᄒ야 만늘 지속(遲速)755)이 업스니 셕목(石木) 간댱(肝腸)인들 엇디 참

* * *

54면

으리잇가?"

셜파(說罷)의 크게 울고 본부(本府)로 도라가니 위 시(氏) 쏘흔 일댱(一場) 니별(離別)을 못고 위부(-府)로 도라가니 연왕(-王) 부뷔(夫婦ㅣ) ᄋ즛(兒子)를 니별(離別)ᄒ고 심시(心思ㅣ) 측냥(測量)업셔 ᄒ던딕 쏘 두 며느리를 니별(離別)ᄒ니 텰셕지심(鐵石之心)이라도 견딕지 못ᄒ올딕, 화쇠 이이(哀哀)히 우러 모친(母親)을 쏠와가지라 ᄒ며 형닌과 웅닌이 어즈러이 우지지니 쇼휘(-后ㅣ) 본딕(本-) 미환(微患)756)을 ᄀᆞᆺ초 겻거 심시(心思ㅣ) 상(傷)ᄒ엿ᄂᆞᆫ지라 ᄌᆞ연(自然) 봉안(鳳眼)의 눈믈이 미줄 스이 업스니 샹셰(尙書ㅣ) 민망(憫惘)ᄒ야 겨틱셔 위로(慰勞)ᄒ니 휘(后ㅣ) 실셩뉴톄(失聲流涕) 왈(曰),

"네 어미 당년(當年)의 사름의 디닉디 못ᄒ올 경계(境界)757)를 ᄀᆞ초

---

753) 과이(過哀): 과애. 지나치게 슬퍼함.
754) 고고티ᄋ(孤孤稚兒): 고고치아. 외로운 어린아이.
755) 지속(遲速): 기약.
756) 미환(微患): 가벼운 병.
757) 경계(境界): 지경.

격고 계유 무ᄉ(無事)ᄒᄆᆡ 수개(數箇) ᄌᆞ녀(子女)를 평안(平安)이 ᄃᆞ
리고 사디 못ᄒᆞ야 공연(空然)ᄒᆞᆫ 싱

별(生別)을 ᄒᆞ니 초목(草木) 심댱(心腸)인들 엇디 ᄎᆞᆷ으리오?"

샹셰(尙書ㅣ) 뒤왈(對曰),

"비극틱릭(否極泰來)758)와 흥딘비릭(興盡悲來)759)ᄂᆞᆫ ᄌᆞ고(自古)로
덧덧ᄒᆞ니 가운(家運)이 블힝(不幸)ᄒᆞ야 이러ᄒᆞ나 오라디 아니ᄒᆞ야
모들 거시니 슬허 마ᄅᆞ소셔."

휘(后ㅣ) 탄식(歎息)고 ᄯᅩ 글오ᄃᆡ,

"네 안히 ᄌᆞ소(自少)로 셩품(性品)이 일편된 고디 잇ᄂᆞ니 이제 셔
쵹(西蜀) 수만(數萬) 니(里)의 향(向)ᄒᆞᄆᆡ 만ᄂᆞᆯ 디쇽(遲速)이 업ᄉᆞ니
금야(今夜)를 가셔 보와 위로(慰勞)ᄒᆞ라."

샹셰(尙書ㅣ) 심(甚)히 비편(非便)760)커이 넉이나 흔연(欣然)이 수
명(受命)ᄒᆞ고 임부(-府)의 니ᄅᆞᄆᆡ,

임 승샹(丞相)이 샹셔(尙書)를 노년(老年)의 만니(萬里)의 니별(離
別)ᄒᆞ야 싱환(生還)ᄒᆞᆯ 디쇽(遲速)이 업ᄉᆞ니 과도(過度)히 슬허ᄒᆞ고
샹셰(尙書ㅣ) ᄯᅩᄒᆞᆫ 년노(年老)ᄒᆞ신 부모(父母)를 ᄯᅥ나ᄂᆞᆫ 심ᄉᆞ(心思ㅣ)
망극(罔極)ᄒᆞ며 녀ᄋᆞ(女兒)를 더옥 잔잉ᄒᆞ야 심ᄉᆞ(心思)를 뎡(定)티
못ᄒᆞ더니 니(李) 샹셰(尙書ㅣ) 와

---

758) 비극틱릭(否極泰來): 비극태래. 좋지 않은 일들이 지나면 좋은 일이 옴.
759) 흥딘비릭(興盡悲來): 흥진비래. 즐거운 일이 다하면 슬픈 일이 닥쳐옴.
760) 비편(非便): 부자연스럽고 느낌이 거북함.

시믈 듯고 크게 반겨 드러오라 ᄒᆞ야 손을 줍고 탄식(歎息) 왈(曰),

"닌 블민(不敏)혼 녀ᄋᆞ(女兒)로 그ᄃᆡ 건즐(巾櫛)⁷⁶¹⁾을 소임(所任)
ᄒᆞ미 힝ᄉᆞ(行事ㅣ) 블초(不肖)ᄒᆞ미 만흐ᄃᆡ 그ᄃᆡ 정도(正道)ᄅᆞᆯ ᄀᆞᄅᆞ쳐
화락(和樂)ᄒᆞᆷ믈 감샤(感謝)ᄒᆞ더니 이제 서로 니별(離別)ᄒᆞ며 군(君)
은 다른 부인(夫人)이 이시니 녀ᄋᆞ(女兒)ᄅᆞᆯ 뉴렴(留念)홀 비 아니나
녀ᄋᆞ(女兒)의 홍안(紅顔)을 싱각ᄒᆞ미 슬프믈 이긔디 못ᄒᆞ리로다."

샹셔(尙書ㅣ) 피셕(避席) ᄃᆡ왈(對曰),

"ᄃᆡ인(大人)이 블의(不意)에 소장지변(蕭墻之變)⁷⁶²⁾을 만나샤 셩도
(成都) 수만(數萬) 니(里)ᄅᆞᆯ 향(向)ᄒᆞ시니 슬허ᄒᆞ나 밋디 못ᄒᆞ리로소
이다. 연(然)이나 셩쥐(聖主ㅣ) 직샹(在上)ᄒᆞ시니 악댱(岳丈)의 원앙
(冤怏)⁷⁶³⁾ᄒᆞ시믈 신셜(伸雪)⁷⁶⁴⁾ᄒᆞ미 머디아니ᄒᆞ리니 힝노(行路)의 보
듕(保重)ᄒᆞ소셔."

임 샹셔(尙書ㅣ) 탄식(歎息)ᄒᆞᆷ믈 이긔디 못ᄒᆞ더니 셔일(西日)이 쩌
러디고 황혼(黃昏)이 되믹

임 공(公)이 조용이 싱(生)을 ᄃᆡ(對)ᄒᆞ야 녀ᄋᆞ(女兒)ᄅᆞᆯ ᄉᆞ실(私室)의

---

761) 건즐(巾櫛): 수건과 빗이라는 뜻으로 아내의 소임을 하는 것을 의미함.
762) 소장지변(蕭墻之變): 소장지변. '소장(蕭墻)'은 군신이 모여 회의하는 곳에 쌓은 담으로, '소장
지변(蕭墻之變)'은 집안 내부나 한패 속에서 일어난 변란을 이름.
763) 원앙(冤怏): 원통함.
764) 신셜(伸雪): 신설. '신원설치(伸寃雪恥)'의 준말로 가슴에 맺힌 원한을 풀어 버리고 창피스러운
일을 씻어버린다는 뜻.

가 위로(慰勞)ᄒᆞᆯ믈 니르고 싱(生)을 잇그러 소저(小姐) 침소(寢所)의 니르니 소제(小姐ㅣ) 졍(正)히 시름이 만텹(萬疊)이나 ᄒᆞ야 안즛다가 샹셔(尚書)ᄅᆞᆯ 보고 놀나거늘 임 공(公) 왈(曰),

"녀ᄋᆞ(女兒ㅣ) 계명(雞鳴)의 길히 오ᄅᆞᆯ 거시니 모ᄅᆞ미 샹회(傷懷)티 말고 샹셔(尚書)ᄅᆞᆯ 뫼셔 평안(平安)이 디ᄂᆞ라."

ᄒᆞ고 나가니 샹셰(尚書ㅣ) 좌(座)의 나아가 눈을 드러 부인(夫人)을 보민 수안(愁顏)765)이 참담(慘憺)ᄒᆞ고 누쉬(淚水ㅣ) 딘딘(津津)766)ᄒᆞ여 ᄂᆞ의(羅衣)ᄅᆞᆯ 적시ᄂᆞ니라. 샹셰(尚書ㅣ) 이에 졍식(正色)ᄒᆞ야 글오ᄃᆡ,

"국운(國運)이 블ᄒᆡᆼ(不幸)ᄒᆞ야 악댱(岳丈)이 참난(慘難)을 만나 셩도(成都) 원긱(遠客)이 되시나 오ᄅᆞ지 아냐 환경(還京)ᄒᆞ실 거시어늘 부인(夫人)이 엇던 고(故)로 비ᄋᆡ(悲哀)ᄒᆞᄂᆞ뇨?"

쇼제(小姐ㅣ) 텽파(聽罷)의 눈믈을 거두고 샤례(謝禮) 왈(曰),

"쳡(妾)이 본ᄃᆡ(本-) 인뉸(人倫)

•••
58면

죄인(罪人)이어늘 구고(舅姑)의 양춘(陽春) ᄀᆞᆺᄐᆞᆫ 혜퇵(惠澤)을 닙ᄉᆞ와 평안(平安)이 화당(華堂)의 누리며 어려셔브터 슬하(膝下)의 모텸(冒添)767)ᄒᆞ야 ᄌᆞ이(慈愛)ᄅᆞᆯ 깁히 밧ᄌᆞ왓거늘 망극(罔極)ᄒᆞᆫ 시졀(時節)을 만나 존안(尊顏)을 니별(離別)ᄒᆞ미 다시 뵈올 긔약(期約)이 업ᄉᆞ니 이 셜운 심ᄉᆞ(心思)ᄅᆞᆯ 어ᄃᆡ 고(告)ᄒᆞ리잇가?"

---

765) 수안(愁顏): 근심스러운 얼굴.
766) 딘딘(津津): 진진. 매우 많은 모양.
767) 모텸(冒添): 모첨. 외람되게 은혜를 입음.

샹셰(尙書ㅣ) 탄왈(歎曰),

"인졍(人情)이 ᄌ연(自然) 그러ᄒ거니와 면(免)티 못홀 거슨 텬쉬(天數ㅣ)니 부인(夫人)은 과샹(過傷)티 말나."

다시 말을 ᄒ고ᄌ ᄒ다가 창외(窓外)의 인젹(人跡)이 이시믈 보고 블평(不平)ᄒ야 즉시(卽時) 블을 ᄭ고 샹(牀)의 오른미 샹셰(尙書ㅣ) 본디(本-) 임 시(氏)로 ᄋ시(兒時)의 만나 은졍(恩情)이 심(甚)히 둣거온디라 일됴(一朝)의 원별(遠別)을 당(當)ᄒ니 비록 디댱부(大丈夫)의 ᄆᄋᆷ이나 심ᄉᆞᆨ(心思ㅣ) 됴티 아냐 죵야(終夜)토록 ᄭᅵ야 옥수(玉手)를 줍고 벼개를 년(連)ᄒ야 됴흔

●●●
59면

믈노 위로(慰勞)ᄒᄆᆯ 지극(至極)히 ᄒ니 임 시(氏) 감은(感恩)ᄒ미 텰골(徹骨)[768]ᄒ야 샤례(謝禮)ᄒ더라.

원ᄂᆡ(元來) 임부(-府)의 셩만(盛滿)ᄒ미 당셰(當世)의 결우리 업ᄉᆞᆫ 고(故)로 샹셰(尙書ㅣ) 비록 향방(香房) 교긱(嬌客)[769]이연 지 오리나 일졀(一切) 이곳의 오디 아니ᄒ니 쇼져(小姐)로 깃드리믈 보디 못ᄒ엿다가 이늘 임 샹셔(尙書) 부인(夫人)과 여러 금댱(錦帳)[770]이 다 모다 규ᄉᆞ(窺伺)[771]ᄒ며 샹셔(尙書)의 옥안셜빅(玉顔雪膚)[772] 촉하(燭下)의 더옥 승졀(勝絕)[773]ᄒ야 머리의 화양건(華陽巾)[774]을 ᄡᅳ

---

768) 텰골(徹骨): 철골. 뼈에 사무침.
769) 교긱(嬌客): 교객. 남의 사위를 일컫는 말.
770) 금댱(錦帳): 금장. 동서.
771) 규ᄉᆞ(窺伺): 규사. 엿봄.
772) 옥안셜빅(玉顔雪膚): 옥안설부. 옥처럼 아름다운 얼굴과 눈처럼 하얀 피부.
773) 승졀(勝絕): 매우 빼어남. 절승(絕勝).
774) 화양건(華陽巾): 도가(道家)나 은거 생활을 하던 사람이 쓰던 쓰개의 하나.

고 몸의 빅포(白袍)를 브텨 쇼져(小姐)를 딕(對)ᄒ여시니 묽은 골절
(骨節)이 은은(隱隱)ᄒ야 쇄락(灑落)775) 혼 풍신(風神)이 쇼져(小姐)의
세 번(番) 더으미 이시니 제인(諸人)이 식로이 긔이(奇異)히 너기더
니 조초 소져(小姐)를 위로(慰勞)ᄒᄂ 물솜이 온화(溫和)ᄒ딕 늠연
(凜然)776)ᄒ야 조곰도 구추(苟且)치 아니니 임 샹셔(尚書) 부인(夫人)
은 두긋기믈

●●●
60면

이긔디 못ᄒ야 도로혀 눈믈을 금(禁)치 못ᄒ고 제(諸) 부인(夫人)은
탄복(歎服)ᄒ믈 무지아니ᄒ더라.

평명(平明)의 임 공(公)이 부인(夫人)과 녀ᄋ(女兒)를 거ᄂ려 발ᄒᆡᆼ
(發行)ᄒ믹 임 승샹(丞相) 부뷔(夫婦ㅣ) 과도(過度)히 슬허ᄒ고 일개
(一家ㅣ) 결연(缺然)혼 슬프미 ᄀ이업더라.

니(李) 샹셰(尚書ㅣ) ᄯᅩ흔 빅(百) 니(里)의 가 송별(送別)ᄒ고 도라
오니 소휘(-后ㅣ) 더옥 슬프믈 이긔디 못ᄒ더라.

각셜(却說). 됴훈이 도라가 쟝졍(壯丁)777)흔 가뎡(家丁) 빅여(百餘)
인(人)을 블너 각각(各各) 쳔금(千金)을 주고 굴오딕,

"닉 일죽 구(求)ᄒ여 엇디 못흔 거슨 졀식가인(絶色佳人)이라. 드
ᄅ니 위 승샹(丞相) 녀익(女兒ㅣ) 임ᄉ지덕(姙姒之德)778)과 완사(浣

---

775) 쇄락(灑落): 기분이나 몸이 상쾌하고 깨끗함.
776) 늠연(凜然): 늠름한 모양.
777) 쟝졍(壯丁): 장정. 건장함.
778) 임ᄉ지덕(姙姒之德): 임사지덕. 임사의 덕. 임사는 중국 고대 주(周)나라 문왕(文王)의 어머니
태임(太姙)과, 문왕의 아내이자 무왕(武王)의 어머니인 태사(太姒)를 아울러 이르는 말로 이들
은 현모양처로 유명함.

紗)의 풍(風)779)이 잇다 ᄒᆞ니 여등(汝等)이 힝ᄎᆞ(行次)를 ᄶᅩᆯ와 위 시(氏)를 ᄃᆞ려올딘디 천금샹(千金賞)과 만호후(萬戶侯)780)를 봉(封)ᄒᆞ리라.”

모든 ᄀᆞ뎡(家丁)이 텽녕(聽令)ᄒᆞ고 ᄀᆞ다.

• • •

61면

ᄎᆞ시(此時) 위 공(公)이 무망(無妄)781)의 죽을 곳의 ᄃᆞ럿다가 겨유 일명(一命)이 스라ᄂᆞ 히외(海外)에 ᄂᆞ치이니 ᄉᆡᆼ환(生還)홀 긔약(期約)이 업ᄂᆞᆫ디라. 삼ᄌᆞ(三子)와 녀ᄋᆞ(女兒)를 ᄃᆞ리고 길 ᄂᆞ니 연왕(-王) 등(等)이 댱뎡(長亭)782)의 가 전별(餞別)홀ᄉᆡ 피ᄎᆞ(彼此) 니졍(離情)783)이 의의(依依)784)ᄒᆞᆫ 니ᄅᆞ도 물고 연왕(-王)이 위 시(氏)를 보ᄂᆞᆫ 심ᄉᆞ(心思ㅣ) 측냥(測量)업셔 다만 닐오디,

“ᄋᆞ부(阿婦)의 숙진현냥(淑眞賢良)785)ᄒᆞᆫ 긔질(氣質)노 ᄒᆞ로도 편(便)ᄒᆞᄆᆞᆯ 엇디 못ᄒᆞ니 엇디 하ᄂᆞᆯ을 원(怨)치 아니ᄒᆞ리오? 더옥 형(兄)의 튱셩(忠誠)으로 만디(萬代)의 업ᄉᆞᆫ 악명(惡名)을 시러 녕히(嶺海)786) 수졸(戍卒)787)이 되니 아등(我等)이 격졀(激切) 감분(感憤)ᄒᆞ

---

779) 완사(浣紗)의 풍(風): 깁을 빨던 모습이라는 뜻으로 아름다운 여자를 이름. 깁을 빨던 여자는 곧 중국 춘추시대 월(越)나라의 서시(西施)를 말함. 서시가 깁을 빨던 시내는 소흥부(紹興府) 약야산(若耶山)에서 나온 약야계(若耶溪)인바, 완사계(浣紗溪)라고도 함.

780) 만호후(萬戶侯): 일만 호의 백성이 사는 영지(領地)를 가진 제후라는 뜻으로, 세력이 큰 제후를 이르는 말.

781) 무망(無妄): 별 생각이 없이 있는 상태.

782) 댱뎡(長亭): 장정. 먼 길을 떠나는 사람을 전송하던 곳. 과거에 5리와 10리에 정자를 두어 행인들이 쉴 수 있게 했는데, 5리에 있는 것을 '단정(短亭)'이라 하고 10리에 있는 것을 '장정'이라 함.

783) 니졍(離情): 이정. 헤어질 때의 회포.

784) 의의(依依): 헤어지기가 서운함.

785) 숙진현냥(淑眞賢良): 숙진현량. 착하고 어짊.

786) 녕히(嶺海): 영해. 산과 바다 밖의 곳. 멀리 떨어져 있는 곳을 말함.

믈 이긔디 못ᄒ리로다.”

승샹(丞相)이 탄왈(歎曰),

“쇼뎨(小弟) 블튱(不忠) 무샹(無狀)ᄒ야 몸이 이의 니르믄 시운(時運)이 블ᄒᆡᆼ(不幸)ᄒ미어니와 녀익(女兒ㅣ) 당초(當初)로븟허 ᄒ로도

•••
62면

평안(平安)ᄒᆫ 시졀(時節)이 업스니 잔잉ᄒ믈 엇디 ᄎᆞᆷ으리오?”

연왕(-王)이 ᄯᅩᄒᆫ ᄎᆞᆷ연(慘然)ᄒ믈 이긔디 못ᄒ야 능히(能-) 말을 못ᄒ거늘 남공(-公)이 위로(慰勞)ᄒ야 굴오ᄃᆡ,

“현뎨(賢弟)와 위 형(兄)은 너모 이러텃 믈디니 위 현부(賢婦ㅣ) 원ᄂᆡ(元來) 얼골이 너모 특이(特異)ᄒ니 비(比)컨딕 난쵀(蘭草ㅣ) 수이 스러디고 어름이 오ᄅᆞ디 못홈과 ᄀᆞᄐᆞ야 여러 번(番) 익경(厄境)788)을 보나 그 수혼(壽限)789)이 댱원(長遠)ᄒ리라.”

왕(王)과 승샹(丞相)이 흠긔 샤례(謝禮) 왈(曰),

“형(兄)의 신명(神明)ᄒ시미 여ᄎᆞ(如此)ᄒ시니 당당(堂堂)이 쯱의 스겨 닛디 아니ᄒ리이다.”

인(因)ᄒ야 피ᄎᆞ(彼此ㅣ) 손을 ᄂᆞ화 위 공(公)이 술위를 닌닌(轔轔)790)이 모라 남(南)으로 ᄒᆡᆼ(行)ᄒ니,

ᄎᆞ시(此時) 초하(初夏) 념간(念間)791)이라. 디나ᄂᆞᆫ 븨의 초목(草木)이 무셩(茂盛)ᄒ고 텬긔(天氣) 더오니 졍(正)히 영화(榮華)로온 길이

---

787) 수졸(戍卒): 수자리 서는 군졸.
788) 익경(厄境): 액경. 모질고 사나운 운수에 시달리는 고비.
789) 수혼(壽限): 수한. 수명.
790) 닌닌(轔轔): 인린. 수레가 삐걱거림.
791) 념간(念間): 염간. 스무날의 전후.

라도 괴로오려든 위 공(公)

•••

63면

이 주소(自少)로 금의딘미(錦衣珍味)[792] 가온디 싱댱(生長)ᄒ야 고루
걸각(高樓傑閣)[793]의 거쳐(居處)ᄒ던 몸으로 일됴(一朝)의 신주(臣
子)의 듯디 못홀 악명(惡名)을 시러 절역(絶域)의 ᄂᆞ치이미 싱환(生
還)홀 긔약(期約)이 돈연(頓然)[794]ᄒ니 우분(憂憤)[795]홈과 원앙(冤
怏)[796]ᄒ미 ᄀᆞ골(刻骨)ᄒ미 밋 그 괴로오믈 이긔디 못ᄒ야 식음(食
飮)을 믈니티고 일야(日夜) 초조(焦燥)ᄒ니, 부인(夫人) 니(李) 시(氏)
ᄂᆞᆫ 극(極)히 냥(量) 너른 사ᄅᆞᆷ이라 공(公)을 디(對)ᄒ야 굴오디,

"군(君)이 일즉 아디 못ᄒ시ᄂᆞ냐? 주공(周公)[797]이 디현(大賢)이샤
디 동관(潼關)의 욕(辱)[798]을 보시고 공주(孔子)[799]ᄂᆞᆫ 디셩인(大聖人)
이샤디 진[800]ᄎᆡ(陳蔡)의 ᄲᅳᆺ이시니[801] 주고(自古)로 셩인(聖人)도 그

---

792) 금의딘미(錦衣珍味): 금의진미. 비단옷과 맛있는 음식.

793) 고루걸각(高樓傑閣): 크고 화려한 집.

794) 돈연(頓然): 끊어진 모양.

795) 우분(憂憤): 근심하고 분노함.

796) 원앙(冤怏): 원통함과 분함.

797) 주공(周公): 중국 주(周)나라 문왕(文王)의 아들이자 성왕(成王)의 숙부인 주공단(周公旦)을 이
름. 조카인 성왕을 잘 보필한 것으로 유명함.

798) 동관(潼關)의 욕(辱): 동관의 모욕. 주공이 성왕(成王)을 대신해 섭정(攝政)할 때 주공의 친형
인 관숙(管叔)과 친동생인 채숙(蔡叔)이 나라에 유언비어를 퍼뜨려 주공이 성왕에게 불리한
짓을 하려 한다고 하자, 주공이 동관으로 피해 간 일을 말함. 후에 성왕이 주공을 맞이해 돌
아옴.

799) 공주(孔子): 공자. 공구(孔丘, B.C.551~B.C.479)를 높여 부른 말. 공자는 중국 춘추시대 노나
라의 사상가·학자로 자는 중니(仲尼)임. 인(仁)을 정치와 윤리의 이상으로 하는 도덕주의를
설파하여 덕치 정치를 강조하여 유학의 시조로 추앙받음.

800) 진: [교] 원문과 규장각본(18:52), 연세대본(18:63)에 모두 '관'으로 되어 있으나 고사를 따라
이와 같이 수정함.

801) 진ᄎᆡ(陳蔡)의 ᄲᅳᆺ이시니: 진채에서 싸우셨으니. 진채는 공자가 모욕을 당한 진과 채 땅을 이름.
공자(孔子)가 초나라로 가는 길에 진(陳)과 채(蔡) 두 나라 지경에 이르렀을 때 두 나라의 대
부들이 서로 짜고 사람들을 동원하여 공자를 들에서 포위하여 길을 차단하고 식량의 공급을

시절(時節)을 만나디 못ㅎ시면 곤욕(困辱)[802]을 보시거든 군(君)이 본뒤(本-) 소년(少年)의 셤궁(蟾宮)의 올나 쥭위(爵位) 팅듕(太重)[803] ㅎ고 브귀(富貴) 누리믈 극진(極盡)이 ㅎ여시니 조믈(造物)의 쎠리미 업스리오? 일시(一時) 져

●●●
64면

근 운익(運厄)으로 이러ㅎ나 필경(畢竟)이 관겨(關係)치 아니ㅎ리니 모로미 ᄆᆞ옴을 쾌(快)히 먹고 몸을 보듕(保重)ㅎ시미 올커늘 군(君)이 당당(堂堂)흔 뒤쟝부(大丈夫)로 이러툿 조박야오시뇨?"

공(公)이 씌드라 탄왈(歎曰),

"부인(夫人)의 통쾌(痛快)ㅎ믄 늬 밋츨 빅 아니로다. 졍도(正道)를 ᄀᆞᆯ치미 올ㅎ니 삼가 조츠리라."

ㅎ고 ᄎᆞ후(此後) ᄆᆞ옴을 널니고 식음(食飮)을 나와 무ᄉᆞ(無事)히 힝(行)ㅎ니 졔ᄌᆞ(諸子)와 부인(夫人)이 크게 깃거ㅎ더라.

여러 늘 길흘 녜여 창낙역(--驛)의 니르러는 인개(人家ㅣ) 심(甚)히 황냥(荒涼)ㅎ고 녀염(閭閻)이 희소(稀少)ㅎ니 일힝(一行)이 근심ㅎ야 햐쳐(下處)[804]를 줍아 안둔(安屯)[805]ㅎ고 위 어ᄉᆞ(御史) 등(等)이 가뎡(家丁)을 분부(分付)ㅎ야 좌우(左右)로 엄(嚴)히 딕희라 ㅎ고 모다 봄을 디뇌더니,

---

막아 공자가 7일간이나 끼니를 먹지 못하였는데 이를 진채지액(陳蔡之厄)이라 함. 『논어(論語)』, 「위령공(衛靈公)」.

802) 곤욕(困辱): 심한 모욕. 또는 참기 힘든 일.
803) 팅듕(太重): 태중. 너무 무거움.
804) 햐쳐(下處): 하처. 손님이 길을 가다가 묵음. 또는 묵고 있는 그 집. 사처.
805) 안둔(安屯): 편안히 둔침.

됴부(-府) 가뎡(家丁)이 위 공(公) 힝츠(行次)를 쏠와 이곳의 니르러는 인개(人家ㅣ) 젹뇨(寂寥)[806]

· · ·
65면

흠믈 딕열(大悅)ᄒ야 ᄎ야(此夜)의 그 햐쳐(下處)를 ᄲᅡᆺ고 소저(小姐)를 겁틱(劫敕)[807]홀 ᄉᆡ, 원ᄂᆡ(元來) 뎜방(店房)이 좁기 뉴(類)다르므로 각각(各各) 드럿ᄂᆞ니라 도적(盜賊)이 임의 쇼져(小姐) 잇ᄂᆞᆫ 곳을 규ᄉᆞ(窺伺)ᄒ고 텰통(鐵桶) ᄀᆞ치 좌우(左右)로 에워ᄲᅡᆺ고 소저(小姐)를 ᄌᆞᆸ아 ᄂᆡ려 ᄒ더니,

이ᄶᅥ 소제(小姐ㅣ) 부친(父親)을 쏠와가니 비록 깃브나 텬싱딕회(天生大孝ㅣ) 심샹(尋常)티 아닌 고(故)로 구고(舅姑) 좌측(座側)을 ᄯᅥᄂᆞᆷᆯ 울울(鬱鬱)ᄒ고 ᄋᆞ즈(兒子)를 니별(離別)ᄒᆞᄂᆞᆫ 졍니(情理) ᄎᆞ아(嗟訝)[808]ᄒ야 ᄌᆞᆷ이 업셔 안줏더니 홀연(忽然) 븟그로셔 함셩(喊聲)이 니러나며 쳔병만군(千兵萬軍)이 방(房)을 에워ᄲᅡᆺᄂᆞ니라 쇼졔(小姐ㅣ) 딕경실ᄉᆡᆨ(大驚失色)ᄒ야 아모리 홀 줄 모르더니,

홀연(忽然) 문(門)이 열니이고 ᄎᆞᆫ ᄇᆞ롬이 니러ᄂᆞ며 큰 범이 눈을 브릅ᄯᅳ고 드리다라 쇼져(小姐)와 난혜를 믈고 공듕(空中)의 ᄶᅥ ᄃᆞᆯ니,

모든 군졸(軍卒)

---

806) 젹뇨(寂寥): 적요. 적적하고 고요함.
807) 겁틱(劫敕): 겁칙. 겁박하여 탈취함.
808) 차아(嗟訝): 슬프고 놀라움.

이 디경(大驚)ᄒ야 급(急)히 햐쳐(下處) ᄲᆞᆫ 거슬 프러 창검(槍劍)을
들고 범을 휘조ᄎᆞ ᄃᆞᄅᆞ디 잡디 못ᄒ야 싀도록 가더니, 날이 붉으믹
눈을 드러 보니 범은 보디 못ᄒ고 큰 셩(城) 밋틱 니ᄅᆞ럿거늘 디경
(大驚)ᄒ야 사ᄅᆞᆷᄃᆞ려 지명(地名)을 무ᄅᆞ니 모다 굴오되,

"이곳은 항주(杭州) 읍닉(邑內)라 너희 등(等)이 엇던 사ᄅᆞᆷ인다?"

졍언간(停言間)의 ᄯᅩ 문(門)을 크게 열고 ᄒᆞᆫ 사ᄅᆞᆷ이 오빅(五百) 텰
긔(鐵騎)[809]를 거ᄂᆞ려 ᄂᆞ는 ᄃᆞ시 나오니 이 곳 봉(鳳)의 눈이오 일희
허리오 진납의 ᄑᆞᆯ이오 누에눈섭이라. 샹뫼(相貌ㅣ) 당당(堂堂)ᄒ니
ᄎᆞ인(此人)의 셩명(姓名)은 화진이니 항주(杭州) ᄌᆞ싀(刺史ㅣ)라. 슈
셩(守城) 군졸(軍卒)이 난딕업슨 군믹(軍馬ㅣ) 니ᄅᆞ믈 고(告)ᄒ니 놀
나 텰긔(鐵騎) 오빅(五百)을 거ᄂᆞ려 나와 제적(諸賊)을 ᄎᆞᄎᆞ치 줍아
믹니 제인(諸人)이 손을 놀니

디 못ᄒ고 믹이여,

아(衙)의 니ᄅᆞ러는 ᄌᆞ싀(刺史ㅣ) 위의(威儀)를 ᄀᆞᆺ초고 엄(嚴)히 실
샹(實狀)을 져조니 제인(諸人)이 ᄌᆞᄉᆞ(刺史)의 광풍(狂風) ᄀᆞᄐᆞᆫ 긔샹
(氣像)을 보고 낙담(落膽)ᄒ야 미쳐 형댱(刑杖)이 니ᄅᆞ디 아녀셔 실
ᄉᆞ(實事)를 ᄎᆞᄎᆞ치 승복(承服)ᄒ니 화 ᄌᆞ싀(刺史ㅣ) 디경(大驚)ᄒ야

---

809) 텰긔(鐵騎): 철기. 철갑을 입은 기병.

위 부인(夫人) 거쳐(去處)를 무른니 제인(諸人)이 ᄇ른 딕로 고(告)ᄒ면 저히 더옥 사디 못홀가 ᄒ야 ᄃ라ᄂ거늘 즙으라 ᄡᆡ오더니라 ᄒᄂ다라. 즈식(刺史ㅣ) 통히(痛駭)810)ᄒᄆᆯ 이긔디 못ᄒ야 제인(諸人)을 ᄃ 옥(獄)의 ᄂ리오고 승샹(丞相)을 기ᄃ려 쳐치(處置)ᄒ려 ᄒ더라.

이ᄯᅥ 위 공(公) 일ᄒᆡᆼ(一行)이 즙결의 고함 소리를 듯고 챵황(倉黃)811)이 씩여 위 어ᄉ(御史) 등(等)이 가뎡(家丁)을 지촉ᄒ야 일시(一時)의 엄포812)ᄒ니 도적(盜賊)이 ᄉ면(四面)으로 허여디거늘 ᄇ야흐로 제인(諸人)이 흔디

모다 정신(精神)을 출혀 보니 소져(小姐)와 난혜 간 딕 업순디라 모다 크게 놀나 위 어ᄉ(御史ㅣ) 친(親)히 블을 들고 근쳐(近處)로 어드딕 종적(蹤迹)이 업ᄂ디라. 승샹(丞相) 부뷔(夫婦ㅣ) 혼비빅산(魂飛魄散)ᄒ야 실셩통곡(失聲慟哭)ᄒᄆᆯ 마디아니ᄒ니 최랑이 븟드러 위로(慰勞)ᄒ고 골오딕,

"소믹(小妹) 우인(爲人)이 녹녹(錄錄)히 골몰813)홀 샹(相)이 아니라. 샹시(常時) 디혜(智慧) 신출귀몰(神出鬼沒)ᄒ던 거시니 망814)명(亡命)815)ᄒᄆᆯ 의심(疑心) 업ᄂ디라. 명일(明日)의 두로 ᄎᄌ미 늣디 아니커늘 이딕도록 샹회(傷懷)ᄒ시ᄂ뇨?"

---

810) 통히(痛駭): 통해. 몹시 이상스러워 놀람.
811) 챵황(倉黃): 창황. 허둥지둥 당황하는 모양.
812) 엄포: 실속 없이 호령이나 위협으로 으르는 짓.
813) 골몰: 몸이나 처지가 몹시 고단함.
814) 망: [교] 원문에는 '며'로 되어 있으나 의미를 명확히 하기 위해 규장각본(18:56)과 연세대본(18:68)을 따름.
815) 망명(亡命): 죽을죄를 지은 사람이 몸을 숨겨 멀리 도망함.

부인(夫人)이 통곡(慟哭) 왈(曰),

"기적(其賊)이 무심(無心)혼 도적(盜賊) ᄀᆞᆺ틀딘디 녀의(女兒ㅣ) 혹
ᄌᆞ(或者) 사ᄅᆞ시려니와 범연(凡然)혼 도적(盜賊)이야 ᄌᆡ믈(財物)을
탈취(奪取)티 아니코 일ᄒᆡᆼ(一行)이 다 므ᄉᆞ(無事)ᄒᆞ딘 엇디 녀의(女
兒ㅣ) 홀노 업ᄉᆞ리오?"

승샹(丞相)이 ᄯᅩ혼 올히 너겨 운절비

●●●
69면

도(殞絶悲悼)816)ᄒᆞ믈 ᄆᆞ지아니ᄒᆞ니 삼ᄌᆞ(三子ㅣ) 민망(憫惘)817)ᄒᆞ야
ᄌᆡ삼(再三) 그러치 아니믈 기유(開諭)ᄒᆞ고,

늘이 붉으믹 가뎡(家丁) 복부(僕夫)를 흐터 두로 방문(訪問)ᄒᆞ딘
ᄆᆞ춤닉 자최를 엇디 못ᄒᆞ니 승샹(丞相) 부뷔(夫婦ㅣ) 망극(罔極)ᄒᆞ야
곡긔(穀氣)를 긋고 통곡(慟哭)ᄒᆞ며 머므러 여러 늘 심방(尋訪)818)이
ᄂᆞ ᄒᆞ고ᄌᆞ ᄒᆞ딘 공차(公差) ᄌᆡ촉ᄒᆞ고 ᄌᆞ긔(自己) 도리(道理) 국가(國
家) 듕수(重囚)로 듕노(中路)의 유련(留連)819)티 못홀디라.

강잉(强仍)ᄒᆞ야 ᄒᆡᆼ거(行車)의 올나 길흘 녜여 항주(杭州) 니ᄅᆞ니,

화 ᄌᆞᄉᆡ(刺史ㅣ) 십(十) 니(里)의 나와 ᄆᆞᄌᆞ 서로 한훤(寒暄)820)
을 ᄆᆞᆺᄎᆞ믹 ᄌᆞᄉᆡ(刺史ㅣ) 몬저 추연(惆然)821)ᄒᆞ야 앏플 향(向)ᄒᆞ야
ᄀᆞᆯ오딘,

---

816) 운절비도(殞絶悲悼): 매우 슬퍼해 숨이 끊어질 듯함.
817) 민망(憫惘): 보기에 답답하고 딱하여 안타까움.
818) 심방(尋訪): 방문하여 찾아봄.
819) 유련(留連): 객지에 머묾.
820) 한훤(寒暄): 날씨의 춥고 더움을 말하며 인사를 함.
821) 추연(惆然): 슬퍼하는 모양.

"국개(國家ㅣ) 블힝(不幸)ᄒᆞ야 합히(閤下ㅣ) 소장(蕭墻)의 익(厄)[822]을 만나 이역(異域)의 튱군(充軍)ᄒᆞ시니 혹ᄉᆡᆼ(學生)의 심ᄉᆡ(心思ㅣ) 감읍(感泣)ᄒᆞᆯ ᄇᆡ로소이다. 여러 ᄂᆞᆯ 힝니(行李)[823]의 곤돈(困頓)[824]ᄒᆞ시니 존휘(尊候ㅣ)[825] 엇더ᄒᆞ시니잇

...

70면

가?"

승샹(丞相)이 참연(慘然)이 눈믈을 흘녀 ᄀᆞᆯ오ᄃᆡ,

"혹ᄉᆡᆼ(學生)이 무샹(無狀)ᄒᆞ야 국가(國家)의 망극(罔極)ᄒᆞᆫ 죄(罪)ᄅᆞᆯ 어더 녕히(嶺海)[826] 수졸(戍卒)[827]이 되니 원통(冤痛)ᄒᆞᆫ 졍ᄉᆞ(情事)ᄂᆞᆫ 니ᄅᆞ도 ᄆᆞᆯ고 저근ᄯᆞᆯ이 니(李) 이보의 첸(妻ㄴ) 줄 명공(明公)이 ᄯᅩᄒᆞᆫ 아ᄅᆞ시ᄂᆞᆫ ᄇᆡ라. ᄌᆞ고(自古)로 모역(謀逆)을 졍형(定刑)[828]ᄒᆞ야 승복(承服)ᄒᆞ면 촌참효시(寸斬梟示)[829]ᄒᆞᆫ 후(後) ᄯᆞᆯ의게 연좌(連坐ㅣ) 가거ᄂᆞᆯ 셩텬ᄌᆡ(聖天子ㅣ) 혹ᄉᆡᆼ(學生)의 죄목(罪目)을 미결(未決)[830]ᄒᆞ샤 ᄒᆞᆫ 목숨이 사ᄂᆞᆫ 디경(地境)의 됴 국구(國舅) 아ᄃᆞᆯ 됴훈이 탑젼(榻前)의 여ᄎᆞ여ᄎᆞ(如此如此) ᄒᆞ니 혹ᄉᆡᆼ(學生)이 군명(君命)을 역(逆)디 못ᄒᆞ야 녀ᄋᆞ(女兒)ᄅᆞᆯ ᄃᆞ려 뎍소(謫所)로 가다가 ᄌᆞ야(昨夜)

---

822) 소장(蕭墻)의 익(厄): 소장의 액운. '소장(蕭墻)'은 군신이 모여 회의하는 곳에 쌓은 담으로, 소장의 액운은 집안 내부나 한패 속에서 일어난 액운을 이름. 여기에서는 외적의 침입이 아닌 국가 내부에서의 액운을 가리킨 것임.

823) 힝니(行李): 행리. 여행할 때 쓰는 물건과 차림.

824) 곤돈(困頓): 아무것도 할 기력이 없을 만큼 지쳐 몹시 고단함.

825) 존휘(尊候ㅣ): 남의 건강 상태를 높여 이르는 말.

826) 녕히(嶺海): 영해. 산과 바다 밖의 곳. 멀리 떨어져 있는 곳을 말함.

827) 슈졸(戍卒): 수졸. 수자리 서는 군졸.

828) 졍형(定刑): 정형. 형벌을 정함.

829) 촌참효시(寸斬梟示): 갈기갈기 베어 머리를 높이 매닮.

830) 미결(未決): 결단하지 않음.

의 도적(盜賊)이 드러 일흐미 되니 텬디간(天地間)의 이런 참담(慘慽)훈 일이 어딘 이시리오? 녀♀(女兒ㅣ) 본딘(本-) 겸금(兼金)831)과 초옥(楚玉)832) ✗튼 긔질(氣質)이라 적듕(賊衆)의 능히(能-) 사라시믈 밋디 못훈

•••
71면

니 흉듕(胸中)이 ㅂ♀는 둣ㅎ여라."

화 공(公)이 텽파(聽罷)의 적뉴(賊類)의 말이 뎍실(的實)833)ㅎ믈 알고 압히 ㄴ아가 도적(盜賊) 잡은 말을 즉시 고(告)ㅎ고 굴♀딘,

"뎌 도적(盜賊)의 말이 뎍실(的實)ㅎ니 녕녜(令女ㅣ) 스라시믄 의심(疑心) 업순가 ㅎㄴ이다."

승샹(丞相)이 텽파(聽罷)의 딘경딘희(大驚大喜)ㅎ야 년망(連忙)이 칭샤(稱謝) 왈(曰),

"녀♀(女兒)의 존망(存亡)을 아디 못ㅎ야 훈 ㅁ옴이 스라뎌 모ㄹ고 즈 ㅎ더니 명공(明公)의 딘덕(大德)을 닙어 싱존(生存)훈 소식(消息)을 드릭니 이 은혜(恩惠)를 쟝ᄎᆞᆺ(將次人) 무어스로 갑흐리오?"

화 공(公)이 ㅅ양(辭讓) 왈(曰),

"합히(閤下ㅣ) ᄯᅩᄒᆞᆫ 과도(過度)훈 말슴을 ㅁ릭실디니 혹싱(學生)이

---

831) 겸금(兼金): 품질이 뛰어나 값이 보통 금보다 갑절이 되는 좋은 황금.

832) 초옥(楚玉): 중국 춘추시대 초(楚)나라 형산(荊山)에서 난 화씨벽(和氏璧)을 이름. 초나라의 변화(卞和)라는 이가 박옥(璞玉)을 발견하여 초나라 왕인 여왕(厲王)과 무왕(武王)에게 바쳤으나 왕들이 그것을 돌멩이로 간주하여 각각 변화의 왼쪽 발과 오른쪽 발을 자름. 이후 문왕(文王)이 즉위하자 변화는 왕에게 갈 수 없어 통곡하니, 문왕이 그 소문을 듣고 옥공(玉工)을 시켜 박옥을 반으로 가르게 해 진귀한 옥을 얻고 이를 화씨벽(和氏璧)이라 칭함. 『한비자(韓非子)』에 이 이야기가 실려 있음.

833) 뎍실(的實): 적실. 틀림이 없이 확실함.

분의(分義)834)롤 딕희여 도적(盜賊)을 줍으미 엇디 치샤(致謝)ᄒ실
빅리잇고? 됴훈의 말이 극(極)히 통히(痛駭)ᄒ니 제적(諸賊)을 경ᄉ
(京師)의 올니고 샹표(上表)ᄒ려 ᄒᄂ이다."

승샹(丞相)이 쪼

72면

흔 절치(切齒)ᄒ야 골오ᄃᆡ,

"됴훈의 무샹(無狀)ᄒ믄 아른 디 오릭나 엇디 이딕도록 흔 줄 알
니오? 연(然)이나 이 일을 경ᄉ(京師)의 고(告)ᄒ엿ᄃ가 명공(明公)이
쇼인(小人)의 히(害)를 만나면 엇디ᄒ려 ᄒᄂ뇨?"

ᄌ싀(刺史ㅣ) 강개(慷慨)ᄒ야 골오ᄃᆡ,

"혹ᄉᆼ(學生)이 즉금(卽今) 유확(油鑊)835)의 든들 이런 정ᄐᆡ(情
態)836)롤 ᄎ마 미봉(彌縫)ᄒ리오? 합히(閤下ㅣ) 쇼ᄉᆼ(小生)을 이런 뉴
(類)로 아ᄅ시니 참괴(慙愧)837)ᄒ여이다."

승샹(丞相)이 손샤(遜謝)838)ᄒ고 녀ᄋ(女兒)의 ᄉᆼ존(生存)ᄒ야 ᄃ
라나믈 듯고 크게 깃거 ᄌ싀(刺史)긔 쳥(請)ᄒ야 방(榜) 브쳐 ᄎᄌ
돌나 ᄒ고 길흘 디ᄂ니 ᄌ싀(刺史ㅣ) 드ᄃᆡ여 제적(諸賊)을 함거(檻
車)839)의 시러 표(表)롤 짓고 셩야(星夜)840)로 황셩(皇城)의 주(奏)ᄒ
니라.

---

834) 분의(分義): 분수와 의리.
835) 유확(油鑊): 끓는 기름이 든 솥.
836) 정ᄐᆡ(情態): 정태. 어떤 일의 사정과 상태.
837) 참괴(慙愧): 매우 부끄러워함.
838) 손샤(遜謝): 손사. 겸손히 사양함.
839) 함거(檻車): 예전에, 죄인을 실어 나르던 수레.
840) 셩야(星夜): 성야. 밤을 이음. 급하고 빠르게 감을 이름.

위 공(公)이 비록 녀 ᄋ (女兒)를 일흐나 ᄃ라ᄂ다 ᄒᄆ을 듯고 녀이
(女兒ㅣ) 디혜(智慧) 가ᄇ얍디 아니니 필연(必然) 형주(荊州)로 ᄎᄌ
오리라 혜여 져

기 방심(放心)ᄒ야,

팃주(台州) 니르러ᄂ ᄎᄆ 그저 디나디 못ᄒ야 팃부(太傅)의 햐쳐
(下處)를 ᄎ자 드러가니 싀문(柴門)이 뇨젹(寥寂)841)ᄒ고 인셩(人聲)
이 젹연(寂然)ᄒ딘 ᄉ립이 구디 다텻거ᄂᆯ 위부(-府) 가동(家童)이 소
리ᄒ야 사룸을 브른딘 ᄀ쟝 오린 후(後) 난복이 나와 딘답(對答)ᄒ거
ᄂᆯ 가동(家童) 왈(曰),

"경셩(京城) 위 승샹(丞相) 노얘(老爺ㅣ) 니르러 겨시니 ᄲᆞᆯ니 고
(告)ᄒ라."

난복 왈(曰),

"요ᄉ이 노얘(老爺ㅣ) 졸연(猝然)ᄒ 병환(病患)을 어드샤 ᄀ쟝 신
음(呻吟)ᄒ시니 노얘(老爺ㅣ) 와셔실딘딘 그져 드러오소셔."

위 공(公)이 ᄎ언(此言)을 듯고 ᄀ쟝 놀ᄂ 봇비 거샹(車上)의 ᄂ려
드러가니 팃뷔(太傅ㅣ) 망건(網巾)을 벗고 미우(眉宇)를 싱긔여 듁침
(竹枕)의 비겨 『주역(周易)』을 줌심(潛心)842)ᄒ거ᄂᆯ 승샹(丞相)이 삼
ᄌ(三子)로 더브러 나아가 골오딘,

"이뵈야, 닌 왓노라."

---

841) 뇨젹(寥寂): 요적. 고요하고 적적함.
842) 줌심(潛心): 잠심. 어떤 일에 마음을 두어 깊이 생각함.

틱뷔(太傅ㅣ) 눈을 드러 보고 딕경(大驚)

•••
74면

ᄒ야 년망(連忙)이 칙(册)을 ᄇ리고 니러 무ᄌ 녜필(禮畢)ᄒ고 굴오
딕,

"딕인(大人)이 어딘 고(故)로 이곳의 니르러 겨시니잇가?"

승샹(丞相)이 추연(惆然)이 손을 줍고 굴오딕,

"너를 니별(離別)ᄒᆫ 후(後) 시시(時時)로 ᄭ움을 비러 넉술 놀닉더니
무춤 소쟝지변(蕭墻之變)843)을 만나 ᄒᆫ 목숨이 쳐참(處斬)ᄒᆷ믈 면
(免)티 못ᄒ너니 셩텬ᄌ(聖天子)의 딕은(大恩)을 닙ᄉ와 계유 죽기를
버셔나 형쥐(荆州) 셔인(庶人)이 되라 가ᄂᆫ 길히라. ᄎᄆ 그저 지나
디 못ᄒ야 너를 보라 니르럿노라."

틱뷔(太傅ㅣ) 텽필(聽畢)의 참연(慘然)이 싴(色)을 동(動)ᄒ야 굴
오딕,

"악댱(岳丈)이 이런 딕역(大逆)을 만나시딕 소셰(小婿ㅣ) 아디 못
ᄒ니 죄(罪) 깁도소이다. 뭇ᄌᆸᄂᆞ니 소셔(小婿)의 부모(父母) 존당(尊
堂) 셩톄(盛體) 엇더ᄒ시더니잇가?"

승샹(丞相)이 눈믈을 흘니고 굴오딕,

"연던하(-殿下)와 모

---

843) 소쟝지변(蕭墻之變): 소장지변. '소장(蕭墻)'은 군신이 모여 회의하는 곳에 쌓은 담으로, '소장
지변(蕭墻之變)'은 집안 내부나 한패 속에서 일어난 변란을 이름. 여기에서는 외적의 침입이
아닌 국가 내부에서의 변란을 가리킨 것임.

든 군형(群兄)이 다 무ᄾ(無事)ᄒ되 녀ᄋ(女兒)의 춤ᄂᆫ(慘難)844)을 싱각ᄒ니 엇디 ᄎ마 ᄃ시 니르리오?"

드되여 소저(小姐) 일흔 ᄉ연(事緣)과 묘훈의 믈을 ᄌ시 니르니 틱뷔(太傅ㅣ) 듯기를 ᄆᆺ고 신ᄉᆡᆨ(神色)이 ᄎᆫ ᄌᆡ ᄀᆺᄐᆞ야 관(冠)을 숙이고 유유(儒儒)845)ᄒ기를 반향(半晌)이나 ᄒ다가 ᄃᆡ(對)ᄒ야 ᄀᆞᆯ오ᄃᆡ,

"녕녀(令女)의 금번(今番) 익화(厄禍)ᄂᆫ 진실노(眞實-) 싱각디 못ᄒᆞᆫ 일이라 텬의(天意) 엇디 고이(怪異)티 아니리잇고? 수연(雖然)이나 이 다 쉬(數ㅣ)라 ᄒᆫ(恨)ᄒ야 브졀업ᄉ니 악댱(岳丈)은 관심(寬心)846)ᄒ소셔. 길운(吉運)이 다ᄃᆞ를딘ᄃᆡ ᄌᆞ연(自然) 만나리이다."

승샹(丞相)이 휘루(揮淚)847) 댱탄(長歎) 왈(曰),

"제 임의 ᄃᆞ라나다 ᄒ니 만눌 줄 닉 ᄯᅩ 알건마ᄂᆞᆫ 제 전후(前後) 팔ᄌ(八字ㅣ) 그ᄃᆡ도록 험ᄂᆞᆫ(險難)ᄒᄆᆯ 국골(刻骨) 잔잉ᄒ야 ᄒ노라."

졍언간(停言間)의 부인(夫人) 교ᄌᆡ(轎子ㅣ) 니르러 드러와 틱부(太傅)를 보ᄆᆡ 틱뷔(太傅ㅣ) 몸을 니러 가 마

ᄌ 두 번(番) 졀ᄒ고 위 공(公)의 화익(禍厄)을 일ᄏᆞ르니 부인(夫人)이 톄읍(涕泣)ᄒ야 ᄀᆞᆯ오ᄃᆡ,

---

844) 춤ᄂᆞᆫ(慘難): 참난. 참혹한 환난.
845) 유유(儒儒): 모든 일에 딱 잘라 결정을 내리지 못하고 어물어물한 데가 있음.
846) 관심(寬心): 마음을 놓음.
847) 휘루(揮淚): 눈물을 뿌림.

"가군(家君)이 블힝(不幸)ᄒ샤 쳔딕(千代)의 듯디 못홀 미명(罵名)848)을 시러 죄수(罪囚) 폐인(廢人)이 되믄 니ᄅ도 믈고 녀ᄋ(女兒)로 분니(分離)849)ᄒ야 아모 딕 뉴락(流落)ᄒ여시믈 아디 못ᄒ니 이 므슴 시졀(時節)이며 므슴 ᄶᅵᄂᆈ? 싱각ᄒ미 간댱(肝腸)이 이울고 오닉(五內) 붕졀(崩絕)ᄒ믈 이긔디 못ᄒ리로다."

틱뷔(太傅ㅣ) 쌍안(雙眼)을 ᄂᆞ초고 비샤(拜謝) 왈(曰),

"형인(荊人)850)의 익환(厄患)은 참상(慘傷)ᄒ나 이 ᄯᅩ 시운(時運)의 ᄯᆞ로인 빅라 슬허ᄒ야 엇디ᄒ리잇가? 악모(岳母)ᄂᆞᆫ 귀톄(貴體)ᄅᆞᆯ 보듕(保重)ᄒ시고 과도(過度)히 샹회(傷懷)치 ᄆᆞᄅᆞ소셔."

부인(夫人)이 그 화풍셩모(華風盛貌)851)ᄅᆞᆯ 보고 식로이 이련(哀憐)852)ᄒ믈 이긔디 못ᄒ야 눈믈을 ᄲᅳ리고 슬허ᄒ믈 ᄆᆞ디아니ᄒ더라.

틱뷔(太傅ㅣ) 좌우(左右)ᄅᆞᆯ 명(命)ᄒ야 졈심(點心)을 올니라 ᄒ야 공(公)

● ● ●

77면

의 부부(夫婦)의게 나오고 햐뎌(下箸)853)ᄒ시믈 권(勸)ᄒ야 언에(言語ㅣ) 화평(和平)ᄒ고 ᄉᆞ긔(辭氣)854) 유열(愉悅)ᄒ니 공의 부뷔(夫婦ㅣ) 더옥 두긋기믈 이긔디 못ᄒ야 도로혀 녀ᄋ(女兒) 일흔 근심을 닛

---

848) 미명(罵名): 매명. 치욕스러운 이름.
849) 분니(分離): 분리. 서로 나뉘어 떨어짐.
850) 형인(荊人): 형차(荊釵)를 한 사람, 즉 아내를 가리킴. 형차는 나무로 만든 비녀로, 검소한 생활을 함을 의미함.
851) 화풍셩모(華風盛貌): 화풍성모. 빛나는 풍채와 장대한 외모.
852) 이련(哀憐): 애련. 애처롭고 가엾게 여김.
853) 햐뎌(下箸): 하저. 젓가락을 댄다는 뜻으로, 음식을 먹음을 이르는 말.
854) ᄉᆞ긔(辭氣): 사기. 말과 얼굴빛. 사색(辭色).

고 틱부(太傅)로 화답(和答)ᄒᆞ야 ᄎᆞ일(此日)을 믁어,

이튼놀 길 놀 ᄉᆡ 공(公)이 ᄉᆡ로이 심ᄉᆞ(心思ㅣ) 쳐챵(悽愴)ᄒᆞᄆᆞᆯ 이긔디 못ᄒᆞ야 히음업시 눈믈이 ᄂᆞ리ᄂᆞᆫ디라 ᄉᆡᆼ(生)이 위로(慰勞) 왈(曰),

"딕인(大人)이 즉금(卽今) 져근 운익(運厄)으로 이러ᄒᆞ시ᄂᆞ 필경(畢竟) 무ᄉᆞ(無事)ᄒᆞ시리니 안심(安心)ᄒᆞ야 무ᄉᆞ(無事)히 가소셔. 녕녜(令女ㅣ) 즉금(卽今) 실산(失散)ᄒᆞ여시나 타일(他日) 의심(疑心) 업시 만ᄂᆞ리니 원(願)컨딕 소려(消慮)855)ᄒᆞ소셔."

공(公)이 ᄽᅢ드ᄅᆞ 칭샤(稱謝)ᄒᆞ고 손을 ᄂᆞ화,

형쥐(荊州) 다ᄃᆞ르니 본쥐(本州) ᄌᆞᄉᆞ(刺史ㅣ) 먼니 나와 ᄆᆞᄌᆞ 녜모(禮貌)856)를 공순(恭順)이 ᄒᆞ고 큰 집을 서러져 일ᄒᆡᆼ(一行)을 머믈게 ᄒᆞ니 공(公)이 ᄉᆞ양(辭讓) 왈(曰),

"혹ᄉᆡᆼ(學生)은 국가(國家) 죄인(罪人)이라 엇디

본관(本官)의 후례(厚禮)를 감당(堪當)ᄒᆞ리오?"

ᄌᆞᄉᆞ(刺史ㅣ) 공수(拱手) 왈(曰),

"딕인(大人)은 됴뎡(朝廷) 딕신(大臣)이라. ᄆᆞ춤 시절(時節)을 그릇 만나샤 폐읍(弊邑)의 니르시니 영홰(榮華ㅣ) 본읍(本邑)의 극(極)ᄒᆞᆫ디라 엇디 디완(遲緩)857)ᄒᆞ리잇가?"

공(公)이 직삼(再三) 칭샤(稱謝)ᄒᆞ고 부인(夫人)과 제ᄌᆞ(諸子)로 더

---

855) 소려(消慮): 근심을 없앰.
856) 녜모(禮貌): 예모. 예절에 맞는 몸가짐.
857) 디완(遲緩): 지완. 더디고 느즈러짐.

브러 평안(平安)이 머므나 녀ᄋ(女兒)를 닛디 못ᄒ야 듀야(晝夜) 탄
식(歎息)으로 소일(消日)ᄒ더라.

ᄎ시(此時) 팅뷔(太傅ㅣ) 위 공(公)을 니별(離別)ᄒ고 고요히 방듕
(房中)의셔 위 시(氏)를 싱각ᄒ미 심ᄉᆞ(心思ㅣ) 추연(惆然)이 울읍(鬱
悒)858)ᄒ야 싱각ᄒ되,

'위 시(氏) 팔지(八字ㅣ) 진실노(眞實-) 긔박(奇薄)859)ᄒ도다. 소년
(少年)으로브터 험ᄂᆞᆫ(險難)을 격ᄂᆞᆫ 거시 지금(只今)ᄀᆞ디 삭슬 긋틀
못 ᄒ니 엇디 고이(怪異)티 아니리오. 미양 됴키를 ᄇᆞ라디 못ᄒ니 약
(弱)ᄒᆞᆫ 녀지(女子ㅣ) 적슈(賊手)의 ᄶᆞ로여 어이 미드리오. 아니 믈을
만나 ᄲᅥᆻᄂᆞᆫ가. 만일(萬一) 위 시(氏) 보젼(保全)티 못ᄒ여실딘딘

● ● ●
79면

니 ᄎᆞ마 인셰(人世) 환낙(歡樂)860)을 참예(參預)ᄒ리오.'

이러툿 혜아려 뎐뎐초ᄉᆞ(輾轉焦思)861)ᄒ믈 이긔디 못ᄒ더니,

수삼(三) 일(日)이 디나미 ᄌᆞ연(自然) 몸이 무거워 녯 병(病)이 복
발(復發)862)ᄒ야 샹셕(牀席)의 위둔(萎頓)863)ᄒ엿더니,

일일(一日)은 동지(童子ㅣ) 드러와 고왈(告曰),

"밧긔 엇던 션ᄉᆡᆼ(先生)이 니르러 노야(老爺)긔 뵈와디라 ᄒᆞᄂᆞ이
다."

---

858) 울읍(鬱悒): 우울해 하고 근심함.
859) 긔박(奇薄): 기박. 팔자, 운수 따위가 사납고 복이 없음.
860) 환낙(歡樂): 환락. 기쁨과 즐거움.
861) 뎐뎐초ᄉᆞ(輾轉焦思): 전전초사. 잠을 못 이뤄 뒤척이며 애를 태움.
862) 복발(復發): 병이나 근심, 설움 따위가 다시 또는 한꺼번에 일어남.
863) 위둔(萎頓): 위돈. 앓아서 정신이 없음.

티뷔(太傅ㅣ) 경아(驚訝)864)ᄒ야 즉시(卽時) 몸을 니러 의관(衣冠)을 수렴(收斂)865)ᄒ고 금금(錦衾)을 믈니뎌 숙졍이좌(肅整而坐)866)ᄒ고 드러오믈 니ᄅ니 동ᄌ(童子ㅣ) 나가더니 이윽고 흔 사ᄅᆷ이 드러와 기리 읍(揖)ᄒ거늘 티뷔(太傅ㅣ) 더옥 고이(怪異)히 너겨 눈을 드러 보니 기인(其人)이 동안학ᄫᆯ(童顏鶴髮)867)이오 션풍도골(仙風道骨)868)이라. 긔븨(肌膚ㅣ) 표연(飄然)이 등션(登仙)869)ᄒᄂ는 형샹(形狀)이 잇고 머리의 갈건(葛巾)은 샹셔(祥瑞)의 구름이 어린 ᄃᆺᄒ며 몸의 학챵의(鶴氅衣)870)ᄂ는 표표(飄飄)871)히 붓치이고 눈이 ᄇᆰ기 뉴(類)

• • •

80면

달라 사ᄅᆷ을 흔번(-番) 보믹 스스로 골졀(骨節)이 녹을 ᄃᆺᄒ더라. 티뷔(太傅ㅣ) 크게 놀나 공순(恭順)이 답녜(答禮)ᄒ고 ᄀᆯ오딕,

"딕인(大人)은 하인(何人)이시며 소싱(小生)을 어ᄂ 제 아ᄅ시관딕 신근(辛勤)872)히 ᄎ즈 니ᄅ러 겨시뇨?"

기인(其人)이 호호(浩浩)히 박쇼(拍笑)873) 왈(曰),

---

864) 경아(驚訝): 놀라고 의아해 함.
865) 슈렴(收斂): 수렴. 가다듬음.
866) 숙졍이좌(肅整而坐): 숙정이좌. 엄숙하게 정돈하고 앉음.
867) 동안학ᄫᆯ(童顏鶴髮): 동안학발. 머리털은 하얗게 세었으나 얼굴은 아이와 같다는 뜻으로, 신선의 얼굴을 이르는 말. 학발동안(鶴髮童顏).
868) 션풍도골(仙風道骨): 선풍도골. 신선의 풍채와 도인의 골격이란 뜻으로, 남달리 뛰어나고 고아(高雅)한 풍채를 이르는 말.
869) 등션(登仙): 등선. 하늘로 올라가 신선이 됨.
870) 학챵의(鶴氅衣): 학창의. 소매가 넓고 뒤 솔기가 갈라진 흰옷의 가를 검은 천으로 넓게 댄 웃옷.
871) 표표(飄飄): 팔랑팔랑 나부끼거나 날아오르는 모양이 가벼움.
872) 신근(辛勤): 힘든 일을 맡아 애쓰며 부지런히 일함.
873) 박쇼(拍笑): 박소. 손뼉을 치며 웃음.

"나는 되인(大人)이 아니라 믈외(物外)에 오유(遨遊)[874]ᄒ는 산인(山人)이로소니 명공(明公)을 일즉 아디 못ᄒ되 다힝(多幸)이 이곳의 니ᄅ샤 셩홰(聲華ㅣ)[875] 〈린(四隣)의 〈〈(藉藉)ᄒ시니 흠앙(欽仰)[876]ᄒ믈 이긔디 못ᄒ야 니ᄅ러 ᄇᆡ견(拜見)코ᄌ ᄒ미니이다."

틱뷔(太傅ㅣ) 텽파(聽罷)의 공경(恭敬) 되왈(對曰),

"원ᄂᆡ(元來) 아디 못ᄒ엿닷다? 존셩(尊姓)과 되명(大名)을 듯고ᄌ ᄒᄂᆞ이다."

되왈(對曰),

"빈도(貧道)ᄂᆞᆫ 일홈을 금초완 디[877] 오라고 별호(別號)를 익딘관이라 ᄒᄂᆞ니 본토(本土) 빈온[878]산(--山)의 은거(隱居)ᄒ연 디 셰지(歲載) 오란 고(故)로 열인(閱人)ᄒ미 젹디 아니ᄒ되 명공(明公) ᄀᆞᄐᆞᆫ

• • •

81면

니ᄂᆞᆫ 쳐엄[879]이라 흠앙(欽仰)ᄒ믈 이긔디 못ᄒ리로다."

틱뷔(太傅ㅣ) 추연(惆然) 되왈(對曰),

"쇼싱(小生)은 ᄒᆡ외(海外)의 찬출(竄黜)[880]ᄒᆞᆫ 죄인(罪人)이라 션싱(先生)의 과댱(過獎)[881]ᄒ시믈 승당(承當)[882]ᄒ리오?"

---

874) 오유(遨遊): 재미있고 즐겁게 놂.
875) 셩홰(聲華ㅣ): 성화. 세상에 널리 알려진 명성.
876) 흠앙(欽仰): 공경하여 우러러 사모함.
877) 디: [교] 원문에는 '댜'로 되어 있으나 오기로 보이므로 규장각본(18:67)과 연세대본(18:80)을 따름.
878) 빈온: [교] 원문에는 '빅운'으로 되어 있으나 앞의 예를 따라 이와 같이 수정함.
879) 엄: [교] 원문에는 '업'으로 되어 있으나 문맥을 고려해 규장각본(18:67)과 연세대본(18:81)을 따름.
880) 찬출(竄黜): 벼슬을 빼앗고 귀양을 보냄.
881) 과댱(過獎): 과장. 지나치게 칭찬함.
882) 승당(承當): 받아들여 감당함.

진관이 쇼왈(笑曰),

"명공(明公)이 시운(時運)을 그릇 만느 져근덧 곤돈(困頓)883) 호느 타일(他日) 명만텬하(名滿天下)884) 호고 출쟝입샹(出將入相) 호야 소공셕885)(김公奭886), 주공단887)(周公旦)888) 곳톨 거시오, 목금(目今)889)의 부형(父兄)으로 더브러 딕공(大功)을 일워 일홈이 형초(荊楚)890) 스이의 진동(震動) 호리니 빈되(貧道ㅣ) 미리 티하(致賀) 호노라."

셜파(說罷)의 소리 호야 브릇더니 붓그로조추 흔 녕악(獰惡)891) 흔 쟝스(壯士ㅣ) 드러와 업딕더니 진관 왈(曰),

"츠인(此人)의 셩명(姓名)은 시공이니 노야(老爺)로 져근덧 인연(因緣)이 잇는디라 문하(門下)의 거두어 겨시다가 타일(他日) 군듕(軍中)의 쓰소셔."

틱뷔(太傅ㅣ) 스양(辭讓) 왈(曰),

"쇼싱(小生)이 즉금(卽今) 국가(國家) 듕쉬(重囚ㅣ)

---

883) 곤돈(困頓): 아무것도 할 기력이 없을 만큼 지쳐 몹시 고단함.
884) 명만텬하(名滿天下): 명만천하. 이름이 천하에 가득 퍼짐.
885) 셕: [교] 원문과 규장각본(18:67), 연세대본(18:81)에 모두 '필'로 되어 있으나 원래의 인명을 고려해 이와 같이 수정함.
886) 소공셕(김公奭): 소공석. 중국 주(周)나라 문왕(文王)의 서자(庶子) 혹은 공신(功臣)이라고 함. 주 문왕에 이어 무왕, 성왕, 강왕을 섬김. 성왕 때 삼공(三公)이 되고 이어서 태보(太保)가 됨. 소(김) 땅에 봉해졌으므로 소공(김公)이라 불리고, 주공(周公)과 함께 섬서(陝西) 지역을 나누어 다스렸으므로 소백(김伯)이라고도 불림. 소 땅에 봉해지기 전에 연(燕) 땅에 봉해져 연국의 시조이기도 함.
887) 단: [교] 원문과 규장각본(18:68), 연세대본(18:81)에 모두 '도'로 되어 있으나 원래의 인명을 고려해 이와 같이 수정함.
888) 주공단(周公旦): 중국 주나라의 정치가(?~?). 문왕(文王)의 아들이자 무왕(武王)의 동생이며 성왕(成王)의 숙부로 성은 희(姬). 형인 무왕을 도와 은나라를 멸하였고, 조카인 성왕을 도와 주나라의 기초를 튼튼히 함. 예악 제도(禮樂制度)를 정비하였으며, 『주례(周禮)』를 지었다고 알려져 있음.
889) 목금(目今): 이제 곧.
890) 형초(荊楚): 중국 남쪽의 땅 이름.
891) 녕악(獰惡): 영악. 매우 모질고 사나움.

라 무고(無故)히 장수(將士)를 씨고 이시리오? 후의(厚誼)는 다샤(多謝)ᄒᄂ 능히(能-) 붓드디 못ᄒᄂ이다."

진관이 소왈(笑曰),

"빈되(貧道ㅣ) 임의 우흐로 텬긔(天氣)를 헤아리고 아릐로 시수(時數)892)를 슬펴 그릇ᄒ미 업ᄂ니 만일(萬一) 블가(不可)ᄒᆯ던딕 명공(明公)긔 ᄎ인(此人)을 드리리오? 스양(辭讓)티 ᄆᆞᆯ쇼셔."

ᄯᅩ 낭듕(囊中)으로조ᄎ ᄒᆞᆫ 약(藥) ᄯᆫ 조희를 닉여 주어 왈(曰),

"위 부인(夫人)긔 드리소셔."

틱뷔(太傅ㅣ) 놀나 왈(曰),

"위 부인(夫人)은 엇던 사ᄅᆞᆷ이니잇가?"

도식(道士ㅣ) 무릅흘 쳐 가가딕소(呵呵大笑)893) 왈(曰),

"가(可)히 우읍다. 일실(一室)의 동쳐(同處)ᄒ야 빅(百) 년(年)을 ᄒᆞᆺ비894) 너기던 쳐ᄌᆞ(妻子)를 볼셔 니졋ᄂ냐?"

틱뷔(太傅ㅣ) ᄭᆡᄃᆞ라 닐오딕,

"흑싱(學生)이 블명(不明)ᄒ야 싱각디 못ᄒ엿거니와 졸쳐(拙妻)895) 위 시(氏) 금번(今番)의 그 아비를 ᄯᆞᆯ와 형쥐(荊州) 덕소(謫所)로 가다가 도적(盜賊)을 만나 실산(失散)ᄒ다

892) 시수(時數): 그때마다의 운수.
893) 가가딕소(呵呵大笑): 가가대소. 소리를 내어 크게 웃음.
894) ᄒᆞᆺ비: 부족하게.
895) 졸쳐(拙妻): 졸처. 상대에게 자신의 아내를 낮추어 부르는 말.

제2부 | 주석 및 교감   363

ᄒᆞ니 늬 그 거쳐(居處)를 어듸 가 츳즈 약(藥)을 쓰리오?"

도ᄉᆞ(道士ㅣ) 왈(曰),

"타일(他日) 서로 만나ᄂᆞᆫ 늘 이 약(藥)을 쓸 고디 이시리니 다만 몸가의 쩌ᄂᆞ디 물고 간ᄉᆞ896) ᄒᆞ라."

틱뷔(太傅ㅣ) 우문(又問) 왈(曰),

"위 시(氏) 즉금(卽今) ᄉᆞ싱(死生)을 모로니 근심이 적디 아닌디라. 아디 못게라, 어ᄂᆞ 씩 만나며 ᄆᆞᆷᄂᆡ 죽든 아냣ᄂᆞ니잇가?"

진관이 소왈(笑曰),

"위 부인(夫人)이 군(君)으로 동쥬(同住) 칠십여(七十餘) 년(年)의 다남ᄌᆞ(多男子) 부귀(富貴) 극딘(極盡)ᄒᆞ니 ᄉᆞ싱(死生)을 념녀(念慮) ᄒᆞ리오? 군(君)은 관심(寬心)ᄒᆞ라."

셜파(說罷)의 ᄉᆞ ᄆᆡ를 쩔텨 표연(飄然)이 가니 능히(能-) 머므르디 못ᄒᆞ리러라.

싱(生)이 심(甚)히 고이(怪異)히 너기나 ᄉᆞ식897)(辭色)디 아니코 ᄉᆞ공ᄋᆞ를 머믈워 신임(身任)898)케 ᄒᆞ니 극(極)히 튱근(忠勤)899)ᄒᆞ야 ᄆᆡᄉᆞ(每事)를 진심(盡心)ᄒᆞ니 틱뷔(太傅ㅣ) 쏘ᄒᆞᆫ 무의(撫愛)900)ᄒᆞ믈 난복과 ᄀᆞ치 ᄒᆞ더라.

이적의 위 시(氏) 미황(未遑) 듕(中) 범

---

896) 간ᄉᆞ: 물건 따위를 잘 보호하거나 보관함. 간수.
897) 식: [교] 원문에는 '식'로 되어 있으나 문맥을 고려해 규장각본(18:69)와 연세대본(18:83)을 따름.
898) 신임(身任): 곁에 두고 일을 맡김.
899) 튱근(忠勤): 충근. 충성스럽고 부지런함.
900) 무의(撫愛): 무애. 어루만지며 사랑함.

의게 믈니여 수(數)업시 가다가 흔 뫼골의 가 토(吐)ᄒ야 노코 간 ᄃᆡ 업더라.

노쥐(奴主ㅣ) 졍신(精神)을 출혀 눈을 ᄯᅥ 보니 ᄂᆞᆯ이 임의 붉갓고 ᄉᆞ면(四面)이 갓가디ᄂᆞᆫ 듯흔901) 졀벽(絕壁)이오 좌우(左右)로 미록(麋鹿)과 호표(虎豹), 시랑(豺狼)이 왕ᄂᆡ(往來)ᄒ야 임의 굴혈(窟穴)이 되여시니 진실노(眞實-) 사ᄅᆞᆷ이 비최도 못홀 거시로ᄃᆡ 쇼져(小姐)ᄅᆞᆯ 본 톄도 아니ᄒ니 소제(小姐ㅣ) 스〻로 손을 뭇거 하ᄂᆞᆯ긔 축수(祝手)ᄒ고 난혜ᄅᆞᆯ ᄃᆡ(對)ᄒ야 골오ᄃᆡ,

"텬ᄒᆡᆼ(天幸)으로 진짓 호혈(虎穴)의 드럿다가도 ᄉᆡᆼ(生)ᄒ야시니 부모(父母) 만나기ᄅᆞᆯ 근심 아닐 거시로ᄃᆡ 적환(賊患)이 위급(危急)ᄃᆞᆫ 거시니 무ᄉᆞ(無事)ᄒ신가? ᄂᆡ 이제 ᄎᆞ자가고ᄌᆞ ᄒᆞᄃᆡ 몸의 오시 녀ᄌᆞ(女子)의 복ᄉᆡᆨ(服色)을 면(免)치 못ᄒ여시니 도듕(途中)의 ᄂᆞ기 어려온디라 쟝ᄎᆞᆺ(將次ㅅ) 엇디ᄒ리오?"

난혜 왈(曰),

"소비(小婢) 아모커나 뎌 녕(嶺)을 넘

어가 인가(人家)ᄅᆞᆯ ᄎᆞᄌᆞ 아모 거시나 어더 오리이다."

소제(小姐ㅣ) 허(許)ᄒ니 난혜 즉시(卽時) ᄎᆞᆷ덩울을 붓들고 겨유

---

901) 흔: [교] 원문에는 '훈'로 되어 있으나 의미를 명확히 하기 위해 규장각본(18:70)과 연세대본 (18:84)을 따름.

뫼흘 너머 십여(十餘) 리(里)는 나가니 븟야흐로 인개(人家ㅣ) 잇더라. 난혜 나아가 냥식(糧食)을 비니 모다 혹(或) 주며, '어딘 잇는다?' 흐거놀 난혜 그 뫼흘 フ릭쳐 왈(曰),

"뎌 안히 잇노라."

흐니 모다 크게 웃고 왈(曰),

"녀랑(女娘)이 아니 미쳣는다? 뎌 뫼흔 굴온 운화산(--山)이니 산듕(山中)의 호표(虎豹), 싀랑(豺狼)이 무수(無數)히 무리 지여 아조 굴혈(窟穴)이 되여시니 사룸이 비최도 못흐느니 이곳의 그딕 어이 이시리오?"

눈혜 크게 고이(怪異)히 너기나 다시 뭇디 못흐고 셔너 눗 돈을 어더 뎜(店)의 가 만두(饅頭) 흔 그룻슬 어더 가지고 도라오니 소제(小姐ㅣ) 혼즛 이셔 혹즛(或者) 남즛(男子)의 무리룰 만늘가 저허 둘너보니 그 겻히 큰 바회 집치

●●●

86면

ズ고 그 아릭 흔 굼기 이셔 그 속이 무이 너릭거놀 드러 안즈니 편(便)흐기 방(房)이느 다릭지 아니코 밧그로 졀년(絶緣)902)흐니 역시(亦是) 깃거 난혜룰 기드리다가,

뇨긔(療飢)홀 거슬 가져오믈 보고 즘간(暫間) 햐뎌(下箸)흔 후(後) 눈혜 왈(曰),

"쇼제(小姐ㅣ) 본딕(本-) 쳔금귀골(千金貴骨)로 이 누츄(陋醜)흔 졀벽(絶壁) 속의 엇디 겨시리오?"

---

902) 졀년(絶緣): 절연. 인연이 끊어짐.

쇼제(小姐ㅣ) 왈(曰),

"졀박(切迫)ᄒ건마ᄂᆞᆫ 닉 이 복식(服色)을 가지고 ᄂᆞ졋다ᄀᆞ 딕환(大患)을 만ᄂᆞᆯ 거시니 다른 모칙(謀策)이 업세라."

난혜 민망(憫惘)ᄒ야 ᄯᅩ 이튼날 밧긔 나가 촌인(村人)ᄃᆞ려 무ᄅᆞᆫ딕,

"이곳이 원닉(元來) 디명(地名)이 므어시뇨?"

답왈(答曰),

"댱사(長沙) 디경(地境)이니라."

난혜 즉시(卽時) 고을로 가ᄂᆞᆫ 길흘 므ᄅᆞ니 기인(其人) 왈(曰),

"녀랑(女娘)이 고관(告官)ᄒᆞᆯ 일이 잇ᄂᆞ냐?"

ᄂᆞᆫ혜 왈(曰),

"구ᄐᆞ야 고관(告官)ᄒᆞᆯ 일이 업거니와 다만 ᄀᆞᄅᆞ치믈 ᄇᆞ라노라."

기인(其人)이 손을

드러 ᄀᆞᄅᆞ쳐 왈(曰),

"동녁(東-)흐로 이십(十) 니(里)만 가면 읍닉(邑內)니라."

ᄂᆞᆫ혜 즉시(卽時) 그ᄃᆡ로 ᄎᆞᆽ가니 과연(果然) 올커ᄂᆞᆯ 문(門)밧긔 가 패(牌)ᄅᆞᆯ 두ᄃᆞ려 닐오ᄃᆡ,

"나ᄂᆞᆫ 원방(遠方) 녀인(女人)이러니 디쥬(知州)903)긔 잠간(暫間) 발달(發達)904)ᄒᆞᆯ 일이 이셰라."

픽뒤(牌頭ㅣ)905) 듯고 ᄂᆞᆫ혜ᄅᆞᆯ ᄃᆞ리고 동헌(東軒)의 드러가니 디쥬

---

903) 디쥬(知州): 지주. 고을의 수령.
904) 발달(發達): 아룀.
905) 픽뒤(牌頭ㅣ): 패두. 패의 우두머리.

(知州ㅣ) 정(正)히 당샹(堂上)의셔 공亽(公事)호다가 는혜를 보고 고이(怪異)히 너겨,

"엇던 녀인(女人)인다?"

뭇거늘 난혜 고두(叩頭) 왈(曰),

"소비(小婢)는 경亽(京師) 니(李) 틱부(太傅) 부인(夫人) 위 시(氏) 시녀(侍女)러니 부인(夫人)이 금번(今番)의 모춤 친뎡(親庭)을 쫄와 형쥬(荊州) 뎍소(謫所)로 가시다가 뎜듕(店中)의셔 범의게 믈녀 운화산(--山) 가온디 표령(飄零)906)호여 겨시니 원(願)컨디 거마(車馬)를 어더 형쥬(荊州)로 가지이다."

틱수(太守) 텽파(聽罷)의 디경(大驚)호야 손의 보던 거슬 노화 브리고 눈을 급(急)히 쩌 굴오디,

"요귀907)(妖鬼)

• • •
88면

야, 그 말 다시 호라. 주시 듯고 션쳐(善處)호리라."

는혜 왈(曰),

"실노(實-) 부인(夫人)과 쇼비(小婢) 범의 입의 믈니여 운화산(--山) 속의 잇노이다."

틱쉬(太守ㅣ) 텽파(聽罷)의 셔안(書案)을 티고 디소(大笑) 왈(曰),

"금텬히(今天下ㅣ) 뎡(靜)호연 디 오리더니 고이(怪異)혼 요괴(妖怪)도 보리로다. 고금(古今)의 범의 입의 드럿두가 스릿노라 믈이 쳔

---

906) 표령(飄零): 신세가 딱하게 되어 떠돌아다님.
907) 귀: [교] 원문과 규장각본(18:71), 연세대본(18:87)에 모두 '뒤'로 되어 있으나 문맥을 고려해 이와 같이 수정함.

고(千古)의 듯디 못ᄒ던 물이오, 운화산(--山)은 더옥 싀랑(豺狼)의 굴혈(窟穴)이라 댱ᄉ(長沙) 일읍(一邑) 군(軍)을 다 니ᄅ혀 ᄢ고 줍으려 ᄒ야도 못 ᄒ엿거ᄂᆞᆯ 소쇼(小小) ᄋ녀ᄌᆡ(兒女子ㅣ) 그속의 잇노라 물이 삼쳑동(三尺童)도 고디듯디 아닐디라. 엇디 요귀(妖鬼) 군ᄌ(君子)의 앏ᄒᆡ 빅듀(白晝)의 와 긔롱(譏弄)ᄒᄂ뇨? ᄲᆞᆯ니 드러 닉티라.”

난혜 크게 소리 딜너 굴오ᄃᆡ,

“비ᄌ(婢子)의 말이 진뎍(眞的)[908]ᄒ니 원(願)컨ᄃᆡ 가 보소셔.”

틱ᅱ(太守ㅣ) 딕로(大怒) 왈(曰),

“이 요괴(妖怪) 사ᄅᆞᆷ을 홀니려

•••

89면

ᄒ고 이러툿 ᄒ미라. 참요검(斬腰劍)[909]이 이시니 너ᄅᆞᆯ 쾌(快)히 참(斬)ᄒ고ᄌ ᄒᄂᆞ 짐쟉(斟酌)ᄒᄂ니 좌우(左右)ᄂᆞ 더ᄅᆞᆯ 싀어 닉치라.”

모다 일시(一時)의 텽녕(聽令)ᄒ고 미러 닉치니 틱수(太守)ᄂᆞ 스스로 웃기ᄅᆞᆯ 춤디 못ᄒ며 ᄯᅩᄒ ᄌᆞ개(自家ㅣ) 수이 죽으려 헛거시 뵈ᄂᆞᆫ가 의심(疑心)ᄒ더라.

난혜 뎌 틱수(太守)의 고지듯디 아니믈 보고 ᄒ홀일업셔 울고 도라와 소져(小姐)ᄅᆞᆯ 딕(對)ᄒ야 니ᄅᆞ니 쇼졔(小姐ㅣ) 망녕(妄靈)되믈 칙왈(責曰),

“나ᄂ 규문(閨門) 녀ᄌᆡ(女子ㅣ)오 뎌ᄂ 타문(他門) 남ᄌᆡ(男子ㅣ)라 네 엇디 가ᄇ야이 나의 종젹(蹤迹)을 누셜(漏泄)ᄒᄂ뇨? 뎨 고지듯디

---

908) 진뎍(眞的): 진적. 참되고 틀림없음.
909) 참요검(斬腰劍): 허리를 베는 검.

아니 듯기를 다힝(多幸)이 ᄒ엿다."

그 거지(擧止)를 ᄌ시 뭇고 옥치(玉齒) 형영(炯映)[910]ᄒ야 우어 굴오되,

"늬 과연(果然) 고이(怪異)히 ᄌᆡ싱(再生)ᄒ야시니 눕이 그리 알시 고이(怪異)티 아니ᄒ니라. 이곳의 잇다가 하늘이 도으셔 길시(吉時)를

•••

90면

만나면 ᄌ연(自然) 아니 셔나랴? 너ᄂ 하 초조(焦燥)치 말나."

난혜 역시(亦是) 웃고 노쥐(奴主ㅣ) 산과(山果)를 ᄯ 뇨긔(療飢)ᄒ고 눌ᄆ다 나가 비러 혹(或) 건복(巾服) 술 갑시나 엇기를 ᄇ라되 그곳 인심(人心)이 블측(不測)[911]ᄒ야 여영[912] 걸인(乞人)을 용납(容納)디 아니ᄒ니 난혜 듀야(晝夜) 분주(奔走)ᄒ야 ᄒ로 ᄒ 씩 뇨긔(療飢)홀 것도 어들 제도 잇고 못 어들 제도 이시니 어이 옷 쟝만홀 거시 이시리오.

다만 축급(着急)ᄒ야 혹(或) 경셩(京城)다히 사ᄅᆞᆷ이ᄂ 만나기를 ᄇ라되 득(得)디 못ᄒ고 노쥐(奴主ㅣ) 산듕(山中)의셔 주리믈 이긔디 못ᄒ야 계유 산과(山果)로 년명(連命)ᄒ고 ᄉᆞ이ᄉᆞ이 난혜 뎜듕(店中) 일이ᄂ 도역(徒役)[913]ᄒ고 죽믈(粥物)이나 어더다가 목을 적실 분이라 그 신셰(身世) 엇디 가련(可憐)티 아니며 주리미 수양산(首陽

---

910) 형영(炯映): 빛남.
911) 블측(不測): 불측. 생각이나 행동 따위가 괘씸하고 엉큼함.
912) 여영: '낯선'의 의미로 보이나 미상임.
913) 도역(徒役): 부역함.

山)914)을 흡く(恰似)흔다라. 빅이(伯夷) 숙제(叔齊)915)는 님

군을 위(爲)ᄒ야 감수(甘受)ᄒ엿거니와 위 시(氏)는 각별(各別)이 졀
(節)을 위(爲)홈도 아니오 구가(舅家)의 실의(失義)홈도 아니로되 공
연(空然)이 공산(空山) 무인쳐(無人處) 셕암(石巖) 속의 이셔 무궁(無
窮)흔 고초(苦楚)를 겻그니 텬의(天意)와 운익(運厄)을 진실노(眞實-)
아디 못ᄒ리러라.

이러구러 겨울히 되니 빙셜(氷雪)이 산(山)을 두르고 텬긔(天氣)
극한(極寒)ᄒ야 더은 방(房)의 모구(毛裘)916)를 닙고 잇는 사름도 샹
한(傷寒)이 나거늘 위 시(氏) 스싱(死生)이 엇디 위틱(危殆)티 아니리
오. 가(可)히 팔亽(八字)를 탄(嘆)ᄒ염 즉ᄒ더라.

션시(先時)의 임 샹셰(尙書ㅣ) 부인(夫人)과 녀ᄋ(女兒)를 다리고
길히 올나 셔(西)로 향(向)홀 시 노년(老年) 브모(父母)를 쪄ᄂᆞ는 심
식(心思ㅣ) 추아(嗟訝)917)ᄒ믈 이긔디 못ᄒ거늘 임 쇼제(小姐ㅣ) 즈
소(自少)로 금누옥당(金樓玉堂)의 영화(榮華)를 오릭 누려 비환(悲患)
을 모ᄅᆞ다가 일됴(一朝)의

---

914) 수양산(首陽山): 중국 산서성(山西省)의 서남쪽에 있는 산. 중국 주(周)나라의 백이(伯夷)와 숙
제(叔齊)가 절개를 지켜 은거하다가 굶어 죽은 곳임.
915) 빅이(伯夷) 숙제(叔齊): 백이 숙제. 중국 은나라 말에서 주나라 초기의 현인 형제. 백이의 이
름은 윤(允)이고 숙제의 이름은 치(致)임. 주나라 무왕(武王)이 은나라의 주왕(紂王)을 치려고
했을 때, 백이와 숙제가 함께 간하였으나 받아들여지지 않고 주나라가 천하를 통일하자 수양
산으로 들어가 굶어 죽음. 사마천, 『사기』, <백이열전>.
916) 모구(毛裘): 털옷.
917) 추아(嗟訝): 차아. 슬프고 놀라움.

유정(有情)흔 댱부(丈夫)와 슬하(膝下) 고고(孤孤)흔 ᄌ녀(子女)롤 니
별(離別)ᄒ고 텬이(天涯)918)의 도라가니 간댱(肝腸)이 ᄇᄋᄂ 듯 슬
픈 졍ᄉᆞ(情事ㅣ) 측냥(測量)티 못ᄒ야 도로(道路)의 눈믈노 ᄂᆞ출 ᄡᅵ
ᄉᄆᆡ 식음(食飮)을 믈니텨 초조(焦燥) 번민(煩悶)ᄒᄂᆞ 가온ᄃᆡ 텬긔
(天氣) 엄열(嚴熱)ᄒ야 일신(一身)이 괴로오믈 이긔디 못ᄒ니 더옥
흉듕(胸中)이 분분(紛紛)919)ᄒ야 듀야(晝夜) 옥댱(玉腸)920)을 술올
즈음의,

블셔 몸이 셩도(成都) 디경(地境)의 니르니 검각잔되(劍閣棧道
ㅣ)921) 아오라ᄒ야 능히(能-) 하ᄂᆞᆯ을 아라보디 못홀 듯 산쳔(山川)이
험악(險惡)ᄒ고 수퇴(水土ㅣ) 고이(怪異)ᄒ니 임 시(氏) 가슴이 급급
ᄒ야 븍(北)을 ᄇᆞ라보며 관산(關山)922)이 즈음텻고 구룸이 알플 ᄀᆞ리
와 영향(影響)923)이 묘연(杳然)ᄒ니 스스로 소ᄅᆡ 나믈 ᄭᆡᄃᆞᆺ디 못ᄒ야
실셩(失聲) 타루(墮淚) 왈(曰),

"ᄂᆡ 구ᄐᆞ야 사ᄅᆞᆷ의

918) 텬이(天涯): 천애. 하늘 끝.
919) 분분(紛紛): 어지러운 모양.
920) 옥댱(玉腸): 옥장. 창자를 아름답게 부른 말.
921) 검각잔되(劍閣棧道ㅣ): 검각의 잔교. 검각은 사천성(四川省) 검각현(劍閣縣)에 있는 관문(關門)
의 이름. 이 관문은 장안(長安)에서 촉(蜀)으로 들어가는 길목에 위치해 있는데, 검각현의 북
쪽으로 대검(大劍)과 소검(小劍)의 두 산 사이에 잔교(棧橋)가 있는 요해처(要害處)로 유명함.
922) 관산(關山): 국경이나 주요 지점 주변에 있는 산.
923) 영향(影響): 그림자와 메아리.

게 젹악(積惡)이 업더니 므슴 연고(緣故)로 이 디경(地境)의 니르럿
느뇨? 가(可)히 헤아리디 못홀 거슨 사름의 팔쥐(八字 ㅣ)오, 믓디 못
홀 거슨 하늘이라. 어엿브다! 화익(-兒 ㅣ) 어미롤 그리고 형님이 져
글 쩌나 엇디 견딘는다?”

이례로 브르지924)져 교쥬(轎子) 속의셔 오열통도(嗚咽痛悼)925)ᄒ
더니 임의 읍닉(邑內)의 니르미,

법부(法部) 공문(公文)을 틱쉬(太守 ㅣ) 보고 번쳡926)(反貼)927)ᄒ야
공치(公差)롤 못뎌 도라보낸 후(後) 임 공(公)의 쥭위(爵位)와 일가
(一家)의 셩만(盛滿)ᄒ믈 공경(恭敬)ᄒ야 유벽(幽僻)ᄒ 집을 서러져
안둔(安屯)ᄒ니 샹셰(尙書 ㅣ) 후의(厚意)룰 칭사(稱謝)ᄒ고 가동(家
童)으로 ᄒ여금 니(李) 녜부(禮部) 햐쳐(下處)룰 츠즈 즈긔(自己) 이
리 오믈 고(告)ᄒ라 ᄒ니,

츠시(此時) 녜뷔(禮部 ㅣ) 뎍거(謫居)ᄒ연 디 두 히라. ᄒ 몸이 비록
무ᄉ(無事)ᄒ나 븍경(北京) 소식(消息)이 아오라ᄒ야 부모(父母)의
존문(存問)928)도 즈

---

924) 지: [교] 원문에는 ‘시’로 되어 있으나 의미를 명확히 하기 위해 규장각본(18:78)과 연세대본
(18:93)을 따름.
925) 오열통도(嗚咽痛悼): 마음이 몹시 아프도록 슬퍼하며 오열함.
926) 쳡: 참고로 규장각본(18:78)과 연세대본(18:93)에는 ‘졉’으로 되어 있으나 ‘쳡’이 맞음.
927) 번쳡(反貼): 번첩. 공문서에 의견을 붙여 회송함.
928) 존문(存問): 안부를 물음.

로 듯디 못ㅎ고 싱환(生還)홀 긔약(期約)이 묘망(渺茫)929)ㅎ니 샹
샹(常常) 븍녁(北-) 구룸을 브라보와 부모(父母) 스렴(思念)ㅎ눈 눈
믈이 그츨 적이 업스니 공즈(公子)와 취문이 민망(憫憫)ㅎ야 위로
(慰勞)ㅎ나 녜뷔(禮部ㅣ) 잇다감 돌돌(咄咄)930)훈 심시(心思ㅣ) 측
냥(測量)업서 잇다감 칼흘 싸혀 셔안(書案)을 텨 졀치(切齒)ㅎ믈
이긔디 못ㅎ더니,

천만의외(千萬意外)에 임 공(公)이 찬뎍(竄謫)931)ㅎ야 와시믈 듯고
대경(大驚)ㅎ나 쏘훈 반기믈 이긔디 못ㅎ야 밧비 초리(草履)를 쯰어
햐쳐(下處)로 갈시 두어 집을 디나 초당(草堂)의 니르니,

임 공(公)이 밧비 청(請)ㅎ야 녜필한훤(禮畢寒暄) 후(後) 반가오미
극(極)ㅎ니 도로혀 누쉬(淚水ㅣ) 흐르믈 쌔둣디 못ㅎ야 말을 일우디
못ㅎ고 녜뷔(禮部ㅣ) 쏘훈 즈긔(自己) 죄쉬(罪囚ㅣ) 되여 셩도(成都)
수만(數萬) 니(里)의 닉쳐 부형(父兄)의 친붕(親朋)을

만나니 반가오미 닐너 알 비 아니오, 임 공(公)이 본딕(本-) 인즈(仁
慈) 현명(賢明)ㅎ미 속인(俗人)이 아니라, 평시(平時)의 녜부(禮部
等)을 스랑ㅎ미 심샹(尋常)티 아니터니 이미훈 누명(陋名)을 시러

---

929) 묘망(渺茫): 아득함.
930) 돌돌(咄咄): 괴이쩍어 놀라거나 의외의 일에 탄식함.
931) 찬젹(竄謫): 찬적. 벼슬을 빼앗고 귀양을 보냄.

화른(禍亂)⁹³²⁾ 여싱(餘生)으로 타⁹³³⁾향(他鄉)의 와 만나니 슬프믈 이긔디 못ᄒᆞ더니 밋쳐 믈을 못 ᄒᆞ여셔 녜뷔(禮部ㅣ) 옥면(玉面) 추파(秋波)의 누쉬(淚水ㅣ) 년낙(連落)ᄒᆞ야 실셩뉴뎨(失聲流涕)ᄒᆞ믈 보니 잔잉ᄒᆞ믈 이긔디 못ᄒᆞ야 봇비 손을 줍고 희허(欷歔)⁹³⁴⁾ᄒᆞ야 글오ᄃᆡ,

"현딜(賢姪)의 출셰(出世)ᄒᆞᆫ 긔질(氣質)과 긔이(奇異)ᄒᆞᆫ 풍신(風神)으로 익운(厄運)이 참혹(慘酷)ᄒᆞ야 쳔고(千古)의 희한(稀罕)ᄒᆞᆫ 악명(惡名)을 시러 졀역(絶域)의 닉치인 후(後) 경향(京鄉)이 졀원(絶遠)⁹³⁵⁾ᄒᆞ야 음신(音信)⁹³⁶⁾이 묘연(杳然)⁹³⁷⁾ᄒᆞ니 그ᄃᆡ의 신뉴(新柳) ᄀᆞᆺ고 미옥(美玉) ᄀᆞᆺᄐᆞᆫ 긔질(氣質)로 무ᄉᆞ(無事)ᄒᆞ믈 밋디 못ᄒᆞ야 경경(耿耿)⁹³⁸⁾

• • •
96면

ᄒᆞᆫ 일념(一念)이 노힌 ᄯᅥ 업더니 닉 블튱블효(不忠不孝)ᄒᆞ야 국가(國家)의 죄(罪)ᄅᆞᆯ 어더 ᄒᆞᆫ 목숨이 듀(誅)ᄒᆞ믈 면(免)티 못ᄒᆞᆯ러니 셩텬ᄌᆞ(聖天子)의 은혜(恩惠)ᄅᆞᆯ 닙ᄉᆞ와 이 ᄯᅡ히 튱군(充軍)ᄒᆞ니 년노(年老)ᄒᆞ신 냥친(兩親)을 써나ᄋᆞᆸᄂᆞᆫ 심ᄉᆞ(心思ㅣ) 차아(嗟訝)ᄒᆞ더니 군(君)을 만나니 도로혀 희힝(喜幸)ᄒᆞ믈 이긔디 못ᄒᆞᄂᆞ니 젼일(前日) 금누옥당(金樓玉堂)의 싱댱(生長)ᄒᆞᆫ 몸으로 풍샹(風霜)을 ᄌᆞ로 겻그ᄃᆡ 조

932) 화른(禍亂): 화란. 재앙과 난리.
933) 타: [교] 원문에는 '티'로 되어 있으나 오기로 보이므로 규장각본(18:79)과 연세대본(18:95)을 따름.
934) 희허(欷歔): 탄식하는 소리.
935) 졀원(絶遠): 절원. 동떨어지게 멂.
936) 음신(音信): 먼 곳에서 전하는 소식이나 편지.
937) 묘연(杳然): 아득함.
938) 경경(耿耿): 마음에서 사라지지 않고 염려가 됨.

곰도 신식(神色)이 쇠(衰)ᄒᆞ미 업ᄉᆞ니 이ᄂᆞᆫ 비(比)컨ᄃᆡ 송ᄇᆡᆨ(松柏)이 샹셜(霜雪)을 만나도 변(變)티 아님과 ᄀᆞᆺᄐᆞᆫ디라, 기리 칭복(稱服)[939] ᄒᆞ노라."

녜뷔(禮部ㅣ) 고개ᄅᆞᆯ 수겨 눈믈이 ᄂᆞᆺ치 ᄀᆞ독ᄒᆞ니 ᄉᆞᄆᆡᄅᆞᆯ 드러 주루(珠淚)ᄅᆞᆯ 거두고 기리 탄식(歎息)고 피셕(避席) 샤례(謝禮)ᄒᆞ야 ᄀᆞᆯ오ᄃᆡ,

"소ᄉᆡᆼ(小生)이 본ᄃᆡ(本-) 블ᄒᆞᆨ무식(不學無識)ᄒᆞᆫ 필뷔(匹夫ㅣ)어ᄂᆞᆯ 외람(猥濫)이 텬은(天恩)을 닙

•••

97면

ᄉᆞ와 년미약관(年未弱冠)[940]의 쟉위(爵位) 고ᄃᆡ(高大)ᄒᆞ고 일신(一身)이 영귀(榮貴)ᄒᆞ미 분(分) 밧기라 듀야(晝夜) 우구(憂懼)ᄒᆞ믈 이긔디 못ᄒᆞ더니 쳔고(千古)의 듯디 못ᄒᆞᆯ ᄆᆡ명(罵名)[941]을 시러 부모(父母) 존당(尊堂)의 블효(不孝)ᄅᆞᆯ 기티옵고 텬하(天下)의 더러온 일홈이 훤ᄌᆞ(喧藉)ᄒᆞᆯ 줄 엇디 ᄯᅳᆺᄒᆞ야시리잇고? 일념(一念)의 ᄉᆞ라시미 ᄒᆞᆫ(恨)이 되고 ᄂᆞᆺ출 드러 사ᄅᆞᆷ 볼 ᄯᅳᆺ이 업셔 셔쵹(西蜀) 산듕(山中) 가온ᄃᆡ 죄수(罪囚) 폐인(廢人)이 되여 ᄒᆞᆫᄀᆞᆺ 제향(帝鄕)을 ᄉᆡᆼ각ᄂᆞᆫ 눈믈이 피 되믈 면(免)치 못ᄒᆞᄃᆡ 시러곰 기러기 관산(關山)을 넘디 못ᄒᆞ고 쳥됴(靑鳥ㅣ) 신(信)[942]을 젼(傳)티 아니ᄒᆞ니 고향(故鄕) 소식(消息)이 유명간(幽明間)[943] ᄀᆞᆺᄉᆞᆸ더니 오ᄂᆞᆯᄂᆞᆯ ᄃᆡ인(大人)긔 뵈오니 부모

939) 칭복(稱服): 칭송해 마음으로 복종함.
940) 년미약관(年未弱冠): 연미약관. 나이가 약관이 되지 않음. 약관은 스무 살을 가리킴.
941) ᄆᆡ명(罵名): 매명. 더러운 이름.
942) 신(信): 편지.
943) 유명간(幽明間): 저승과 이승 사이.

(父母) 숙당(叔堂)의 존안(尊顏)을 뵈온 듯 비황(悲遑)944)ᄒ고 참담(慘憺)ᄒᆫ 심스(心思ㅣ) 흉격(胸膈)이 막히믈 면(免)티 못홀소이다. 밧비 뭇

•••
98면

줍ᄂ니 소딜(小姪)의 부모(父母) 존휘(尊候ㅣ) 엇더ᄒ시더니잇가?”

임 공(公)이 탄식(歎息) 왈(曰),

“현딜(賢姪)의 곤도(懇到)945)ᄒᆫ 비회(悲懷)를 드르니 위(爲)ᄒ야 슬프믈 면(免)치 못ᄒ리로다. 녕존딕인(令尊大人)과 졔형(諸兄)이 다 무스(無事)ᄒ딕 이보 현딜(賢姪)이 금츈(今春)의 여츠여츠(如此如此)ᄒ야 틱쥐(台州) 뎍거(謫居)ᄒ고 금번(今番)의 위 공(公)이 눌과 ᄒᆫ가지로 역모(逆謀)의 미이여 형쥐(荊州) 찬뎍(竄謫)ᄒ니 됴훈이 여츠여츠(如此如此) 고징(苦諍)946)ᄒ야 위 부인(夫人)을 니이(離異)ᄒ고 공부(工部) 현딜(賢姪)이 쏘ᄒᆫ 파쳔(播遷)947)ᄒ고 뎨삼낭(第三郞)도 문외츌숑(門外黜送)948)ᄒ니라.”

녜뷔(禮部ㅣ) 텽파(聽罷)의 딕경(大驚)ᄒ야 참연(慘然)이 댱탄(長歎) 왈(曰),

“문운(門運)이 블힝(不幸)ᄒ야 가홰(家禍ㅣ) 이러틋 비경(非輕)ᄒ야 고이(怪異)ᄒᆫ 변난(變亂)이 샹싱(相生)ᄒ니 노텬(老天)을 원(怨)홀 ᄯ분이로소이다.”

---

944) 비황(悲遑): 슬프고 경황이 없음.
945) 곤도(懇到): 간도. 지극히 정성스럽게 마음을 씀.
946) 고징(苦諍): 고쟁. 고심해서 힘을 다해 간함. 고간(苦諫).
947) 파쳔(播遷): 파천. 자리를 옮겨 감.
948) 문외츌숑(門外黜送): 죄지은 사람의 관작(官爵)을 빼앗고 도성(都城) 밖으로 추방하던 형벌.

임 공(公)이 동조(童子)를 블너 힝듕(行中)의 니부(李府) 셔간(書簡)을 일제(一齊)히 닉여 주니 녜뷔(禮部ㅣ)

●●●
99면

황망(慌忙)이 공경(恭敬)ᄒ야 밧다 일일히(一一) 쩌혀 보미 브친(父親)의 강개(慷慨)ᄒᆫ 셔ᄉ(書辭)와 모후(母后)의 슬픈 ᄉ의(辭意) 만편(滿篇)949)이나 ᄒ니 싱(生)이 ᄒᆫ 줄을 보미 열 줄 안쉬(眼水ㅣ) 옷 앏흘 젹시니 임 공(公)이 이 거동(擧動)을 목도(目睹)ᄒ미 참샹(慘傷)950)ᄒᆷ믈 이긔디 못ᄒ야 위로(慰勞) 왈(曰),

"현딜(賢姪)은 하 슬허 말나. 언마 ᄒ야 븍(北)으로 도라가 평셕(平昔)951)ᄀᆞ티 즐기리오?"

녜뷔(禮部ㅣ) 계유 슬프믈 진졍(鎭靜)ᄒ고 조초 소부(少傅)와 제슉(諸叔)의 글을 보미 다 각각(各各) 근근지셜(懇懇之說)952)이 니로 긔록(記錄)디 못ᄒ너라. 녜뷔(禮部ㅣ) 일일히(一一) 보기를 뭇고 음용(音容)953)을 딕(對)ᄒᆫ 듯 더옥 ᄉ샹(思相)ᄒᆫᄂᆞᆫ 회푀(懷抱ㅣ) 근졀(懇切)ᄒ야 누쉬(淚水ㅣ) 쳔(千) 항(行)이라 좌위(左右ㅣ) ᄎᆞ마 그 형샹(形狀)을 우러러보디 못ᄒ더라.

임 공(公)이 이의 시녀(侍女)를 블너 쇼져(小姐)를 나와 뵈라 ᄒ니 녜뷔(禮部ㅣ) 놀나 왈(曰),

"수쉬(嫂嫂ㅣ) 엇디 이

---

949) 만편(滿篇): 종이에 가득함.
950) 참샹(慘傷): 참상. 매우 슬픔.
951) 평셕(平昔): 평석. 예전.
952) 근근지셜(懇懇之說): 간간지설. 정성스러운 말.
953) 음용(音容): 목소리와 모습.

곳의 니르러 겨시니잇가?"

임 공(公)이954) 간인(奸人)이 여ᄎ여ᄎ(如此如此) ᄒ야 이의 오믈 니르니 녜뷔(禮部ㅣ) 텽필(聽畢)의 통혼(痛恨)955)ᄒᆞ믈 이긔디 못ᄒᆞ더니 언파(言罷)의 임 시(氏), 허튼 머리와 무ᄉᆡᆨ(無色)혼 의샹(衣裳)으로 ᄂᆞ오며 녜뷔(禮部ㅣ) 급(急)히 니러 녜(禮)를 ᄆᆞᆺ고 좌(座)를 밀ᄆᆡ 녜뷔(禮部ㅣ) 몬져 ᄆᆞᆯ을 펴 골오ᄃᆡ,

"쇼ᄉᆡᆼ(小生)이 위른(危亂)956) 시절(時節)을 만나 수만(數萬) 니(里) 험각(劍閣)957)의 죄수(罪囚) 된 후(後) 금일(今日) 수수(嫂嫂)긔 뵈오믄 ᄯᅳᆺᄒᆞ디 못혼 빅로소이다. 녕존ᄃᆡ인(令尊大人)의 참익(慘厄)은 더옥 알욀 믈솜이 업도소이다."

임 시(氏) 공경(恭敬)ᄒᆞ야 듯기를 ᄆᆞᆺ고 오열(嗚咽) 수루(垂淚) 왈(曰),

"피ᄎᆞ(彼此) 가환(家患)이 망극(罔極)ᄒᆞ믈 일ᄏᆞ르려 ᄒᆞᄆᆡ 간담(肝膽)이 붕졀(崩絕)958)ᄒᆞ니 무익(無益)히 베프디 아니ᄒᆞ옵거니와 숙숙(叔叔)의 쳔금(千金) 귀골(貴骨)로 셔토(西土) 풍샹(風霜)을 ᄀᆞ초 겻그시ᄃᆡ 무양(無恙)959)ᄒᆞ시니 이밧 다힝(多幸)ᄒᆞᄆᆡ

---

954) 이: [교] 원문과 규장각본(18:83), 연세대본(18:100)에 모두 '왈'로 되어 있으나 뒷부분에 모두 말이 마쳐지지 않은 상태로 되어 있으므로 이와 같이 수정함.
955) 통혼(痛恨): 통한. 몹시 분하거나 억울하여 한스럽게 여김.
956) 위른(危亂): 위란. 위태롭고 어지러움.
957) 험각(劍閣): 검각. 검각은 사천성(四川省) 검각현(劍閣縣)에 있는 관문(關門)의 이름. 이 관문은 장안(長安)에서 촉(蜀)으로 들어가는 길목에 위치해 있는데, 검각현의 북쪽으로 대검(大劍)과 소검(小劍)의 두 산 사이에 잔교(棧橋)가 있는 요해처(要害處)로 유명함.
958) 붕졀(崩絕): 붕절. 무너지고 끊어짐.
959) 무양(無恙): 몸에 병이나 탈이 없음.

업도소이다. 쇼쳡(小妾)이 심규(深閨) ᄋ녀(兒女)로 타향(他鄕)의 니
ᄅ민 심ᄉ(心思ㅣ) 측냥(測量)업습ᄂ디라. 셔숙(庶叔)960)과 딜ᄋ(姪
兒)를 보고ᄌ ᄒᄂ이다."

네뷔(禮部ㅣ) 좌우(左右)로 공ᄌ(公子)와 취문을 브ᄅ니 수유(須
臾)의 이(二) 인(人)이 니ᄅ러 뵈오미 임 시(氏) 박비 공ᄌ(公子)를
ᄂ오혀 손을 줍고 실셩오열(失聲嗚咽)ᄒ야 무수(無數)ᄒ 눈믈이 븍
바텨 ᄒ 말을 일오디 못ᄒ니 공ᄌ(公子ㅣ) ᄯᄒ 숙모(叔母)를 붓들고
슬피 우ᄂ디라. 임 시(氏) 계유 정신(精神)을 정(定)ᄒ야 쁘다드마 글
오디,

"딜ᄋ(姪兒ㅣ) 십(十) 셰(歲) 히ᄋ(孩兒)와 닉 아희(兒孩) 등(等)이
므슴 죄(罪)로 ᄌ모(慈母)를 쎠나 이러틋 그리ᄂ뇨? 닉 임힝(臨行)의
양 형(兄)이 울며 닐오시디, '현뎨(賢弟)ᄂ 닉 아희(兒孩)를 보려니와
ᄂᄂ 므슴 젹악(積惡)으로 ᄋᄌ(兒子)를 냥셰(兩歲)를 쎠나 그리ᄂ고?'
ᄒ시던 말솜이 귀의 징징(錚錚)961)ᄒᄂ도다. 이 므슴 시졀(時節)

이며 눕의 업ᄉ 일을 보ᄂ뇨? 녀항(閭巷) 촌민(村民)들은 다 틱평(泰
平)으로 디니거눌 우리ᄂ 므슴 죄(罪)로 이ᄀ티 분리(分離)ᄒ야 ᄌ녀
(子女)를 그리ᄂ뇨?"

---

960) 셔숙(庶叔): 서숙. 이취문을 이름.
961) 징징(錚錚): 쟁쟁. 쇠붙이 따위가 맞부딪쳐 맑게 울리는 소리.

공직(公子ㅣ) 울고 굴오딕,

"쇼딜(小姪)이 오늘늘 숙모(叔母)긔 뵈오니 즈모(慈母)롤 뵈옵는 듯 반가오미 극(極)흔디라. 딜익(姪兒ㅣ) 시운(時運)이 브제(不齊)962) 흔와 이 디경(地境)의 닐ㅇ오니 다시 눌을 흔(恨)흐리잇고? 못춤닉 일편되디 아니리니 숙모(叔母)는 관심(寬心)963)흐소셔."

임 시(氏) 탄왈(歎曰),

"너의 통쾌(痛快)흔 말을 드르니 닉의 의식(意思ㅣ) 훤츨964)흐도다. 나는 고고(孤孤) 즈녀(子女)롤 쩌느 심식(心思ㅣ) 지졉(止接)965) 흘 고디 업셔흐노라."

녜뷔(禮部ㅣ) 쏘흔 위로(慰勞) 왈(曰),

"수수(嫂嫂) 졍니(情理)는 그러흐시려니와 관회(寬懷)흐시는 도리(道理) 업디 못흐올디라 타일(他日)을 기드리시고 하 슬허 무릇소셔."

임 시(氏) 졍금(整襟)966) 샤례(謝禮)흐더라.

임 공(公)이 타향(他鄉)의 쓴구

• • •

103면

룸이 되야 슬픈 심식(心思ㅣ) 그이업고 틱쉬(太守ㅣ) 관딕(款待)967) 흐는 믈니쳐 일졀(一切) 밧디 아니며 다만 녜부(禮部)로 더브러 듀야

---

962) 브졔(不齊): 부제. 가지런하지 않음.
963) 관심(寬心): 마음을 놓음.
964) 훤츨: 시원함.
965) 지졉(止接): 지접. 몸을 붙여 의지함.
966) 졍금(整襟): 정금. 옷깃을 여미어 모양을 바로잡음.
967) 관딕(款待): 관대. 정성껏 대접함.

(晝夜) 흐고딕 쳐(處)흐야 시스(詩詞)를 논문(論問)흐고 셔로 담쇼(談
笑)흐야 져기 위회(慰懷)[968]흐는 비 만흐며 그 직조(才操)와 위인(爲
人)을 시로이 스랑흐야 의긔(義氣) 합(合)흐고 녜뷔(禮部ㅣ) 임 공
(公)이 온 후(後)는 쏘흔 심스(心思)를 퍽 위로(慰勞)흐고 데 지극(至
極)히 스랑흠믈 보믹 감샤(感謝)흐믹 엿디 아냐 셔로 의지(依支)흐야
셰월(歲月)을 보닉니 닐온부 타향봉고인(他鄕逢故人)[969]이러라.

차셜(且說). 금졍 도스(道士ㅣ) 스부(師父)의 명(命)을 부다 인간
(人間)의 느려와 노 시(氏) 잇는 고딕 나아가 통명(通名)흐니 노 시
(氏) 고이(怪異)히 너겨 쳥(請)흐야 드러오믹 금졍의 얼골이 도화(桃
花) 굿고 눈이 거울 굿투며 긔되(氣度ㅣ)[970] 녕형(瑩炯)[971]흐야 묽은
골격(骨格)이 은은(隱隱)흐니 노 시(氏) 흔번(-番) 보믹 심복(心服)흐
는 쓰디

●●●
104면

기우러 무러 골오딕,

"스부(師父)는 엇던 사룸이완딕 늘을 춧느뇨?"

금졍이 합댱(合掌)흐야 골오딕,

"빈도(貧道)는 티쥐(台州) 잇는 녀스(女士ㅣ)라. 져근 법술(法術)을
비화 스방(四方)의 오유(遨遊)흐더니 드르니 귀부(貴府) 소제(小姐ㅣ)
환술(幻術)흐는 무리를 호탁(好託)[972]흐시고 혜션이라 흐는 니괴(尼

---

968) 위회(慰懷): 괴롭거나 슬픈 마음을 위로함.
969) 타향봉고인(他鄕逢故人): 타향에서 친구를 만남. 송매(洪邁)의 『용재수필(容齋隨筆)』에 나오는
    "큰 가뭄에 단비를 얻고, 타향에서 친구를 만나네. 大旱得甘雨, 他鄕逢故人"에서 유래함.
970) 긔되(氣度ㅣ): 기도. 기운과 태도.
971) 녕형(瑩炯): 영형. 밝게 빛남.

姑ㅣ) 셥973)쇼랑(聶霄娘)974)의 슐(術)이 잇다 ᄒᄂ니 감히(敢-) 니ᄅ러 비ᄒᆞ고ᄌ ᄒᄂᄂ이다."

노 시(氏) 흔연(欣然) 딕희(大喜) 왈(曰),

"고인(古人)이 니ᄅᆫᄇ 농(隴)을 엇고 쵹(蜀)을 ᄇᆞ른다975) ᄒᄂ니 이 물이 올흔디라. ᄂ의 은인(恩人) ᄉ부(師父) 혜션 니괴(尼姑ㅣ) 도힝(道行)이 놉ᄒᄂ니 그 雙(雙)을 엇고ᄌ ᄒᄂ더니 ᄉ뷔(師父ㅣ) 블원쳔니(不遠千里)ᄒᆞ야 ᄎᄌᄂ니 다샤(多謝)ᄒᄂ도다."

드듸여 혜션을 블너 보라 ᄒᄂ니 혜션이 협실(夾室)노셔 나오매 금졍이 눈을 드러 보니 머리의 오싁(五色) 곳갈은 샹셔(祥瑞)의 구롬이 어ᄅᆔ엿고 빗ᄂ는 댱삼(長衫)976)은 빅

•••
105면

화(百花)ᄅᆞᆯ 문(紋) 노하시며 목의 일빅(一百) ᄎ넘주(念珠)ᄂ는 ᄆ노977)주(瑪瑙珠)978)와 벽진쥐(碧珍珠ㅣ)오 손목의 팔쇠ᄂ는 야명주(夜

---

972) 호탁(好託): 맛는 것을 좋아함.

973) 셥: [교] 원문과 규장각본(18:87), 연세대본(18:104)에 모두 '셩'으로 되어 있으나 문맥을 고려해 이와 같이 수정함.

974) 셥쇼랑(聶霄娘): 섭소랑. 중국 명나라 허중림(許仲琳, 1560-1630)이 지은 신마소설 <봉신연의(封神演義)> 제49, 50, 51, 99회에 등장하는 인물로 보임. 섭소랑은 원래 삼소낭자(三霄娘子) 자매 중의 한 명인바, 삼소낭자는 곧 운소낭랑(雲霄娘娘), 벽소낭랑(碧霄娘娘), 경소낭랑(瓊霄娘娘)임. 제51회에 강태공과 '환술'로 싸우다가 모두 죽임을 당함. 세 자매 중 운소낭랑이 환생해 섭(聶)씨 집안에 다시 태어나 '섭운소(聶雲霄)'라는 이름으로 자라는데 백성들을 위해서 좋은 일을 많이 해서 백성들이 그를 섭소랑(聶霄娘)'이라고 부름.

975) 농(隴)을-ᄇᆞ른다: 농을 얻고 촉을 바란다. 농 땅을 얻고 촉 땅 얻기를 바란다. 만족할 줄 모르고 계속 욕심을 부리는 경우를 비유적으로 이르는 말로, 후한(後漢)의 광무제가 농(隴) 지방을 평정한 후에 다시 촉(蜀) 지방까지 원하였다는 데에서 유래함. 득롱망촉(得隴望蜀).

976) 댱삼(長衫): 장삼. 승려의 웃옷. 길이가 길고, 품과 소매를 넓게 만듦.

977) 노: [교] 원문과 규장각본(18:87), 연세대본(18:105)에 모두 '리'로 되어 있으나 오기로 보이므로 이와 같이 수정함.

978) ᄆ노주(瑪瑙珠): 마노주. 마노 구슬. 마노는 석영, 단백석(蛋白石), 옥수(玉髓)의 혼합물. 보석이나 장식품으로 쓰이기도 함.

明珠)와 ᄌ금(紫金)으로 ᄭ며시며 발의ᄂᆞᆫ 므오리(無憂履)[979]를 신고 거지(擧止) 교만(驕慢)ᄒᆞ야 ᄂᆞ 안ᄌᆞ며 닐오ᄃᆡ,

"어ᄂᆞ 곳 엇던 도시(道士ㅣ) 당돌(唐突)히 늘을 ᄎᆞᆺᄂᆞ뇨?

금졍이 죠용이 합댱(合掌)ᄒᆞ고 공순(恭順)이 녜(禮)ᄒᆞ고 ᄀᆞᆯ오ᄃᆡ,

"쇼도(小道) 금졍이 ᄉᆞ부(師父)긔 도(道) 빅호믈 쳥(請)ᄒᆞᄂᆞ이다."

혜션이 뎌 금졍의 녜뫼(禮貌ㅣ) 온순(溫順)ᄒᆞ믈 보고 의ᄉᆡ(意思ㅣ) 비양(飛揚)[980]ᄒᆞ야 ᄀᆞᆯ오ᄃᆡ,

"므릇 되(道ㅣ)ᄅᆞᆫ 거ᄉᆞᆫ 지극(至極)히 크고 깁흐니 육안범틱(肉眼凡胎)[981]로 젼수(傳受)[982]ᄒᆞᆯ 빅 아니라 엇디 능히(能-) ᄶᆡ두ᄅᆞ려 ᄒᆞᄂᆞ뇨?"

금졍이 웃고 ᄀᆞᆯ오ᄃᆡ,

"닉 비록 범샹(凡常)ᄒᆞ고 트미[983]ᄒᆞᄂᆞ ᄉᆞ뷔(師父ㅣ) 지셩(至誠)으로 ᄀᆞᆯ친즉 빈되(貧道ㅣ) 엇디 빅호디 못ᄒᆞ리오?"

션 왈(曰),

"원ᄂᆡ(元來) 뎨ᄌᆞ(弟子)ᄅᆞᆫ 거ᄉᆞᆫ 스승을 좃ᄂᆞ니 그ᄃᆡ 머리털을 두고 엇디 닉게 도(道)를 빅

---

979) 므오리(無憂履): 무우리. 신발의 일종. 짐승의 털로 짠 붉은색 천으로 발등을 감싸는 부분을 만들고 꽃무늬를 수놓았으며, 신발코에는 구름무늬를 수놓고 술을 달아 장식하였음.
980) 비양(飛揚): 잘난 체하고 거드럭거림.
981) 육안범틱(肉眼凡胎): 육안범태. 평범한 사람. 육안은 오안(五眼)의 하나로 사람의 육신에 갖추어진 눈이며 단지 눈에 보이는 것만을 볼 수 있음. 범태는 평범한 태생.
982) 젼수(傳受): 전수. 전해 받음.
983) 트미: 흐리멍덩함. 투미.

호려 ᄒᆞᄂᆞ뇨?”

금졍이 줌소(暫笑)ᄒᆞ고 굴오ᄃᆡ,

“빈되(貧道ㅣ) 어려셔 도가(道家)의 몸을 허(許)ᄒᆞ야시니 이제 듕도(中途)의 고틸 비 아니라. 셜ᄉᆞ(設使) 머리털이 이신들 ᄉᆞᄫᅵ(師父ㅣ) 만일(萬一) ᄀᆞ르쳐 ᄆᆞᄎᆞᆷᄂᆡ 되(道ㅣ) 일면 그 우럴고 감격(感激)ᄒᆞᆫ ᄠᅳ디 몰신(歿身)토록 엇디 쇠(衰)ᄒᆞ리오? 소져(小姐)의 교ᄌᆞ옥질(嬌資玉質)984)을 ᄒᆞᆫ번(-番) 보오ᄆᆡ 평ᄉᆡᆼ(平生)을 ᄒᆞᄃᆡ 뫼셧고ᄌᆞ 시븐디라 원(願)컨ᄃᆡ ᄉᆞ부(師父)ᄂᆞᆫ ᄒᆞᆫ 구석의 머므러 두실딘ᄃᆡ ᄉᆞ부(師父)의 ᄌᆞ리 것ᄂᆞᆫ 소임(所任)이나 ᄒᆞ여디이다.”

혜션이 웃고 금졍을 ᄃᆞ리고 협실(夾室)의 드러가니 치화셕(彩花席)985) 뇽문셕(龍紋席)이며 금수(錦繡) 병풍(屏風)과 울금향(鬱金香)986)이 갓가지 ᄀᆞ초디 아닌 거시 업ᄂᆞᆫ 가온ᄃᆡ 산호상(珊瑚牀)을 노코 혜션이 올나 안ᄌᆞ 소ᄅᆡᄒᆞ야 남무아미타블(南無阿彌陀佛) 낙가(落迦) 관셰음보술(觀世音菩薩) ᄒᆞ다가 좌위(左右ㅣ) 숫두어리며 혹ᄉᆡ(學士ㅣ) 드러오신다 ᄒᆞ

니 즉시(卽時) 긋치고 안문(-門)다히로 향(向)ᄒᆞ야 입으로 ᄒᆞᆫ 번(番)

---

984) 교ᄌᆞ옥질(嬌資玉質): 교자옥질. 아리따운 자태와 옥처럼 아름다운 자질.
985) 치화셕(彩花席): 채화석. 여러 가지 색깔로 무늬를 놓아서 짠 돗자리.
986) 울금향(鬱金香): 백합과 튤립속의 여러해살이풀을 이르는 말. 튤립.

부니 안기 니러나 문(門)을 フ리오거놀 금졍이 문왈(問曰),

"이 법(法)은 엇던 되(道 |)니잇가?"

혜션 왈(曰),

"노 시(氏) 가군(家君)이 니(李) 혹시(學士 |)니 나 잇는 줄을 알면 됴치 아니ᄒ여 홀 거시미 몸 곰초는 법(法)을 ᄒ미라."

ᄒ더라.

이ᄡᅥ 빅문이 노 시(氏)의게 팀혹(沈惑)[987] ᄒ야 듀야(晝夜)로 황음(荒淫)[988] ᄒ고 수유블니(須臾不離)[989] ᄒ야 부모(父母) 동싱(同生) 잇는 줄을 모로고 혼 농괴(聾瞽 |)[990] 되엿더니, ᄎ시(此時) 하뉵월(夏六月)이라. 임의 노 시(氏) 흥쉬(興數 |)[991] 진(盡)ᄒ고 녜부(禮部) 등(等) 졔인(諸人)의 길운(吉運)이 트이는디라.

일일(一日)은 혹시(學士 |) 됴당(朝堂)의셔 연왕(-王)을 만나니 젼일(前日)은 만나 보디 ᄆᆞ음이 심샹(尋常)[992] ᄒ야 부ᄌᆞ(父子)의 졍(情)이 죠곰도 업더니 금일(今日)은 믄득 반겨 ᄃᆞ라드러 졀ᄒᆞ되, 왕(王)이 쇄금션(鎖金扇)[993]을 드러 면ᄎᆞ(面遮)[994] ᄒ고 노목(怒目)을 흘니써 보며 ᄉᆞ미롤

---

987) 팀혹(沈惑): 침혹. 무엇을 몹시 좋아하여 정신을 잃고 거기에 빠짐.
988) 황음(荒淫): 함부로 음탕한 짓을 함.
989) 수유블니(須臾不離): 수유불리. 잠시도 떨어지지 않음.
990) 농괴(聾瞽 |): 귀머거리와 소경.
991) 흥쉬(興數 |): 흥수. 흥한 운수.
992) 심샹(尋常): 심상. 대수롭지 않고 예사로움.
993) 쇄금션(鎖金扇): 쇄금선. 금박을 입힌 부채.
994) 면ᄎᆞ(面遮): 면차. 얼굴을 가림.

108면

썰처 도라가니,

  혹식(學士ㅣ) 무류(無聊)히 도라오ᄂᆞ 아ᄆᆞ도 ᄆᆞ음이 굼굼995)ᄒᆞ야 부모(父母) 겨신 ᄃᆡ 가고져 시브거늘 원용의 집의 가디 아니ᄒᆞ고 바로 왕부(王府)의 니ᄅᆞ니, 왕(王)은 승샹부(丞相府)의 가고 샹셰(尙書ㅣ) 홀노 셔헌(書軒)의 잇거늘 ᄂᆞ아가 졀ᄒᆞᆫᄃᆡ 샹셰(尙書ㅣ) 놀ᄂᆞ 글오ᄃᆡ,

  "네 엇디 이의 왓ᄂᆞᆫ다?"

  혹식(學士ㅣ) 믄득 울며 글오ᄃᆡ,

  "쇼졔(小弟) 부모(父母)의게 득죄(得罪)ᄒᆞᆫ ᄌᆞ식(子息)이 되야 오릭 부듕(府中)을 ᄯᅥ나 인륜(人倫)을 폐(廢)ᄒᆞ여시니 영모지졍(永慕之情)996)을 이긔디 못ᄒᆞ야 니ᄅᆞ럿ᄂᆞ이다."

  샹셰(尙書ㅣ) 그 물을 드ᄅᆞ며 눈으로 긔ᄉᆡᆨ(氣色)을 보ᄆᆡ 교졍ᄀᆞ죽(巧情假作)997)이 아니라 실노(實-) 고이(怪異)히 너겨 졍ᄉᆡᆨ(正色) 왈(曰),

  "네 ᄒᆡᆼ식(行事ㅣ) 크게 블초(不肖)ᄒᆞ야 명교(名敎)998)의 득죄(得罪)ᄒᆞᄃᆡ 아디 못ᄒᆞ고 부모(父母) 동ᄉᆡᆼ(同生)을 모ᄅᆞ더니 오늘은 므슴 ᄯᅳᆺ으로 니ᄅᆞ럿ᄂᆞ뇨?"

  혹식(學士ㅣ) 추연(惆然) ᄃᆡ왈(對曰),

  "쇼뎨(小弟) 근

---

995) 굼굼: 궁금함.
996) 영모지졍(永慕之情): 영모지정. 길이 사모하는 마음.
997) 교졍ᄀᆞ죽(巧情假作): 교정가작. 꾸며낸 마음과 거짓된 행동.
998) 명교(名敎): '유교'를 달리 이르는 말.

닉(近來) 실셩(失性)ᄒ야 인륜(人倫)을 스스로 폐(廢)ᄒ여시니 죄목
(罪目)을 싱각디 못ᄒᆯ소이다.”

드듸여 드러가 모후(母后)긔 뵈오니 소휘(-后ㅣ) 흔번(-番) 눈을 드
러 싱(生)을 보고 노긔(怒氣) 엄녈(嚴烈)999)ᄒ야 좌우(左右)로 미러
닉티라 ᄒ니 혹ᄉᆡ(學士ㅣ) 나아가 모후(母后)의 무릅히 누으며 슬허
울고 ᄀᆞᆯ오ᄃᆡ,

“소ᄌᆡ(小子ㅣ) 요ᄉᆡ이 실셩(失性)ᄒ야 부모(父母)긔 죄(罪)ᄅᆞᆯ 만히
지어 용납(容納)디 아니시나 셜운 줄 모로옵더니 근간(近間) 싱각ᄒ
오니 아마도 ᄌᆞ안(慈顔)1000)이 그리워 ᄎᆞᆷ디 못ᄒ야 니ᄅᆞ럿습ᄂᆞ니 모
비(母妃)ᄂᆞᆫ 젼죄(前罪)ᄅᆞᆯ 샤(赦)ᄒ시고 ᄉᆡ로 ᄀᆞᄅᆞ치시면 소ᄌᆡ(小子ㅣ)
죽을 일이라도 다 봉승(奉承)ᄒ리이다.”

소휘(-后ㅣ) 그 인ᄉᆞ(人事) 거지(擧止)ᄅᆞᆯ 보고 실ᄉᆡᆨ(失色)ᄒ야 ᄯᅩ
노 시(氏) 간ᄎᆞᆷ(間讒)1001)을 드러 므슴 흉계(凶計)ᄅᆞᆯ ᄒᆞ려 ᄒ고 이러
ᄐᆞᆺ ᄒ민가 측냥(測量)티 못ᄒ야 다만 정ᄉᆡᆨ(正色)고 좌우(左右)ᄅᆞᆯ 블
너 싱(生)

을 미러 닉티라 ᄒ니 싱(生)이 길게 모비(母妃) 앏히 누어 모친(母親)

---

999) 엄녈(嚴烈): 엄렬. 엄하고 매서움.
1000) ᄌᆞ안(慈顔): 자안. 어머니의 얼굴.
1001) 간ᄎᆞᆷ(間讒): 간참. 이간하는 말과 참소.

허리를 안고 무궁(無窮)히 우는디라 소휘(-后丨) 더옥 고이(怪異)히 너겨 민음의 싱각ᄒᆞ디,

'샤쉭(邪色)¹⁰⁰²)의 오릭 침닉(沈溺)¹⁰⁰³)ᄒᆞ야 죽으려 ᄒᆞ고 이러툿 ᄒᆞᄂᆞᆫ가.'

온가지로 혜아려 역시(亦是) 심쉭(心思丨) 됴치 아냐 팀음(沈吟)ᄒᆞ더니,

왕(王)이 믄득 뇽포옥디(龍袍玉帶)로 침소(寢所)의 니르니 빅문이 소후(-后) 겻티 누어 슬피 울며 익궁(哀矜)¹⁰⁰⁴)ᄒᆞᆫ 소리로 근걸(懇乞)¹⁰⁰⁵)ᄒᆞᄂᆞᆫ디라 크게 놀나 거름을 머초고 오릭 셔셔 승아¹⁰⁰⁶)ᄒᆞ니 혹쉭(學士丨) 머리를 드러 보고 놀나 니러 맛거늘, 왕(王)이 작쉭(作色)고 ᄉᆞ미를 쩔텨 붓그로 ᄂᆞ와 좌우(左右)로 혹ᄉᆞ(學士)를 줍아 오라 ᄒᆞ니 좌위(左右丨) 승명(承命)¹⁰⁰⁷)ᄒᆞ야 혹ᄉᆞ(學士)를 줍아 왓거늘 왕(王)이 명(命)ᄒᆞ야 결박(結縛)ᄒᆞ야 꿀니고 엄문(嚴問)ᄒᆞ디,

"네 흔ᄂᆞᆺ 육괴(肉塊)¹⁰⁰⁸) 되야 아비와 어미 이시믈 아

• • •
111면

디 못ᄒᆞ고 인륜(人倫) 죄인(罪人)이 되엿다가 오늘 므ᄉᆞᆷ 연고(緣故)로 닉 집의 니르럿ᄂᆞᆫ다?"

싱(生)이 머리를 두드려 디왈(對曰),

1002) 샤쉭(邪色): 사색. 사악한 여자.
1003) 침닉(沈溺): 술이나 노름, 여자에 빠짐.
1004) 익궁(哀矜): 애긍. 불쌍하고 가엾음.
1005) 근걸(懇乞): 간걸. 간절히 애걸함.
1006) 승아: '때를 탐'의 의미로 보이나 미상임.
1007) 승명(承命): 명령을 받듦.
1008) 육괴(肉塊): 고깃덩어리.

"소직(小子ㅣ) 블초무샹(不肖無狀)ᄒ와 싱아(生我)ᄒ신 딕은(大恩)을 닛ᄌ고 젼후(前後)의 엄교(嚴敎)를 져ᄇ리고 샤싴(邪色)의 ᄲᅥ져 눈샹(倫常)을 폐(廢)ᄒ온 죄(罪) 만ᄉ유경(萬死猶輕)[1009]이로소이다."

왕(王)이 블연(勃然)[1010] 즐왈(叱曰),

"네 지은 죄악(罪惡)은 하히(河海) 샹젼(桑田)이 되여도 다 니ᄅ디 못ᄒ려니와 근ᄂᆡ(近來)의 부형(父兄)을 빗반(背叛)ᄒ고 공당(公堂)의 가 늘을 보고 ᄉ싴(辭色)을 변(變)ᄒ며 스스로 집을 ᄶᅥ나 늘을 구수(仇讎)[1011]로 치부(置簿)ᄒ니 늬 ᄲᅥ 혜오ᄃᆡ, '널노 더브러 놈이 되도다.' ᄒ야 이후(以後) 네 역모(逆謀)를 ᄒ야도 ᄂᆡ 아른 톄 아니려 ᄒ더니 오늘놀 네 늘을 아비라 ᄒ니 이ᄂᆞᆫ 나의 노(怒)를 도도미라. 네 늘을 아비로 알면 젼후(前後) 픽악(悖惡)[1012]ᄒᆫ 딕죄(大罪)ᄂᆞᆫ 니ᄅ도 믈고 면당(面當)[1013]ᄒ야 수욕(授辱)[1014]ᄒ

• • •
112면

믈 능ᄉ(能事)로 아니 네 ᄂᆡ 눈의 뵈ᄂᆞᆫ 놀은 ᄂᆡ 비록 용녈(庸劣)ᄒᄂᆞ 용샤(容赦)티 아니려든 감히(敢-) 어ᄂᆞ ᄂᆞᆺᄎᆞ로 와셔 아비 어미라 ᄒ기를 싱심(生心)이ᄂᆞ ᄒ리오?"

셜파(說罷)의 좌우(左右)로 미ᄅᆞᆯ ᄂᆡ오라 ᄒ니 혹시(學士ㅣ) 이번(-番)은 소ᄅᆡ도 아니ᄒ고 공순(恭順)이 의관(衣冠)을 그ᄅ고 업디여 수

1009) 만ᄉ유경(萬死猶輕): 만사유경. 만 번 죽어도 오히려 가벼움.
1010) 블연(勃然): 발연. 왈칵 성을 내는 태도나 일어나는 모양이 세차고 갑작스러움.
1011) 구수(仇讎): 원수.
1012) 픽악(悖惡): 패악. 사람으로서 마땅히 하여야 할 도리에 어그러지고 흉악함.
1013) 면당(面當): 얼굴을 마주함.
1014) 수욕(授辱): 모욕을 줌.

댱(受杖)[1015]ᄒᆞᄂᆞᆫ디라. 왕(王)이 역시(亦是) 고이(怪異)히 너기디 노긔(怒氣) 긋치 누르디 못ᄒᆞ야 ᄆᆡ마다 고찰(考察)ᄒᆞ야 오십여(五十餘) 댱(杖)을 티니 혼졀(昏絶)ᄒᆞ야 인ᄉᆞ(人事)를 모ᄅᆞ디 오히려 그칠 ᄠᅳ디 업거늘 샹셰(尚書 ㅣ) 계(階)의 ᄂᆞ려 돈수(頓首)[1016] 읍간(泣諫)ᄒᆞ디,

"삼뎨(三弟) 죄(罪)ᄂᆞᆫ 실노(實-) 관영(貫盈)[1017]ᄒᆞ오나 여러 히 샤ᄉᆡᆨ(邪色)의 ᄲᅡ뎌 졍혼(精魂)이 미란(迷亂)[1018]ᄒᆞ여ᄉᆞᆸᄂᆞᆫ디 듕벌(重罰)을 당(當)ᄒᆞ오니 능히(能-) 보젼(保全)티 못ᄒᆞᆯ 듯ᄒᆞ고 즉금(卽今) 졔 뉘웃ᄂᆞᆫ ᄠᅳ디 잇ᄂᆞᆫ가 시브오니 샤(赦)ᄒᆞ시믈 ᄇᆞ라ᄂᆞ이다."

왕(王)이 ᄯᅩᄒᆞᆫ 부ᄌᆞ지졍(父子之情)이 노[1019] 업디 아

* * *

113면

냐 ᄡᅥ어 닉치라 ᄒᆞᆫ 후(後),

닉당(內堂)의 니ᄅᆞ니 소휘(-后 ㅣ) 누수(淚水)를 머음고 념임(斂衽)[1020] 고왈(告曰),

"빅문이 졔 운익(運厄)이 고이(怪異)ᄒᆞ야 실셩지인(失性之人)이 되야 그러ᄒᆞᄂᆞ 앗가 므슴 ᄯᅳᆺ으로 닉 알히 와 ᄒᆞ던 거동(舉動)을 싱각ᄒᆞ니 스스로 ᄆᆞ음이 약(弱)ᄒᆞ야 모ᄌᆞ지졍(母子之情)을 참디 못ᄒᆞ옵ᄂᆞ니 듕댱(重杖) ᄀᆞ온디 ᄯᅩ 녀ᄉᆡᆨ(女色)을 갓ᄀᆞ이ᄒᆞᆯ딘디 그 몸을 ᄇᆞ리미 반ᄃᆞᆺᄒᆞ리니 엄틱(嚴飭)[1021]ᄒᆞ샤 셔당(書堂)의셔 됴병(調病)[1022]케

1015) 수댱(受杖): 수장. 매를 맞음.
1016) 돈수(頓首): 고개를 조아림.
1017) 관영(貫盈): 가득함.
1018) 미란(迷亂): 미란. 정신이 혼미하여 어지러움.
1019) 노: 언제나 변함없이 한 모양으로 줄곧.
1020) 념임(斂衽): 염임. 옷깃을 여밈.
1021) 엄틱(嚴飭): 엄칙. 엄하게 타일러 경계함.

ᄒᆞ쇼셔.”

왕(王)이 팀음(沈吟)[1023] 반향(半晌)의 탄식(歎息) 왈(曰),

“제 스스로 부모(父母)ᄅᆞᆯ 져ᄇᆞ려 인륜(人倫) 죄인(罪人)이 되니 실노(實-) 뉴련지심(留戀之心)[1024]이 업더니 오ᄂᆞᆯ 제 긔ᄉᆡᆨ(氣色)을 보니 져기 ᄭᅢᆮᄂᆞᆫ가 시브니 블ᄒᆡᆼ(不幸) 듕(中) ᄃᆞᄒᆡᆼ(多幸)ᄒᆞ도다. 현후(賢后) ᄆᆞᆯᄉᆞᆷ이 인리(人理)의 당연(當然)ᄒᆞ니 그ᄃᆡ로 ᄒᆞ라 ᄒᆞᄉᆞ이다.”

드ᄃᆡ여 샹셔(尚書)ᄅᆞᆯ 블너 이 ᄠᅳᆺ을 뻐 니ᄅᆞ니 샹셰(尚書ㅣ) 대희(大喜)ᄒᆞ여 수명(受命)ᄒᆞ고

•••
114면

셔당(書堂)의 ᄂᆞ와 ᄉᆡᆼ(生)을 붓드러 약(藥)을 ᄐᆡ고 구호(救護)ᄒᆞ니 반향(半晌) 후(後) 인ᄉᆞ(人事)ᄅᆞᆯ ᄎᆞ려 눈을 ᄠᅥ 보거ᄂᆞᆯ 샹셰(尚書ㅣ) 어ᄅᆞᄆᆞ져 ᄀᆞᆯ오ᄃᆡ,

“네 블의(不意)에 ᄯᅩ 듕댱(重杖)을 닙으니 우형(愚兄)의 ᄆᆞᄋᆞᆷ이 버히ᄂᆞᆫ 듯ᄒᆞ여라.”

ᄒᆞᆨᄉᆡ(學士ㅣ) 울며 ᄀᆞᆯ오ᄃᆡ,

“소뎨(小弟) 진실노(眞實-) 블쵸무샹(不肖無狀)ᄒᆞ야 전후(前後) 지은 죄샹(罪狀)이 태다(太多)ᄒᆞ니 야야(爺爺)의 ᄎᆡᆨ(責)ᄒᆞ시미 엇디 고이(怪異)ᄒᆞ리잇고? ᄎᆞ후(此後) 기과(改過)키ᄅᆞᆯ 공브(工夫)ᄒᆞ리이다.”

샹셰(尚書ㅣ) ᄎᆞ언(此言)을 듯고 대희(大喜)ᄒᆞ야 밧비 손을 잡고 무ᄅᆞᄃᆡ,

1022) 됴병(調病): 조병. 병을 조리함.
1023) 팀음(沈吟): 침음. 속으로 깊이 생각함.
1024) 뉴련지심(留戀之心): 유련지심. 차마 떠나지 못하는 마음.

"아디 못게라, 네 오늘늘 이 믈이 진짓 믈이냐?"

혹시(學士ㅣ) 타루(墮淚) 왈(曰),

"쇼뎨(小弟) 느히 졉고 인시(人事ㅣ) 무샹(無狀)ᄒ야 화 시(氏)를 박디(薄待)ᄒ야 제 뜻을 그릇 먹어 죄(罪)의 쌘디니 이 쏘 소뎨(小弟)의 죄(罪)오, 노 시(氏)를 ᄉ통(私通)ᄒ야 반[1025]계곡경(盤溪曲徑)[1026]으로 취(娶)ᄒ기도 그릇ᄒ엿고 녜부(禮部) 형(兄)의 소실(所實)을 드토[1027]기도 그

•••
115면

릇ᄒ엿ᄂ디라. 이제 싱각ᄒ니 다 쇼뎨(小弟)의 블초(不肖)ᄒ미니 눌을 흔(恨)ᄒ리잇가?"

샹셰(尙書ㅣ) 텽파(聽罷)의 탄식(歎息) 왈(曰),

"네 오늘늘 몽농(朦朧)이 쌔두루미 이시니 가(可)히 깃브거니와 그려나 쏘흔 미취(微醉)[1028] 듕(中)의 잇도다. 녜부(禮部) 형(兄)과 화 쉬(-嫂ㅣ) 엇더ᄒ신 사름이라 그런 힝실(行實)이 이실가 시브뇨? 조곰도 의심(疑心)티 믈고 셜셜(屑屑)이[1029] 슬펴 간졍(奸情)[1030]을 궁힉(窮覈)ᄒ라."

혹시(學士ㅣ) 왈(曰),

1025) 반: [교] 원문과 규장각본(18:96), 연세대본(18:114)에 모두 '방'으로 되어 있으나 오기로 보이므로 이와 같이 수정함.

1026) 반계곡경(盤溪曲徑): 서려 있는 계곡과 구불구불한 길이라는 뜻으로, 일을 순서대로 정당하게 하지 아니하고 그릇된 수단을 써서 억지로 함을 이르는 말.

1027) 토: [교] 원문에는 '로'로 되어 있으나 문맥을 고려해 규장각본(18:96)과 연세대본(18:114)을 따름.

1028) 미취(微醉): 미취. 술이 약간 취함.

1029) 셜셜(屑屑)이: 자세하게.

1030) 간졍(奸情): 간정. 간악한 실정.

"소뎨(小弟) 또흔 이쩌 싱각ᄒ니 녜부(禮部) 형(兄)이 현마 그러ᄒ리잇가마ᄂᆞᆫ 젼후(前後) 간셔(奸書)ᄅᆞᆯ 줍으미 죠곰도 의심(疑心)되디 아니ᄒᆞ니이다."

샹셰(尙書ㅣ) 왈(曰),

"이 또 댱닛(將來) 알기 쉬오리라. 슬프다, 브닛(府內)의 요인(妖人)이 드러 그림직 ᄯᆞ로ᄃᆞ시 응변(應變)[1031]ᄒ거든 네 엇디 알니오? 네 당시(當時)ᄒᆞ야 가문(家門)의 죄인(罪人)이 되여시니 이후(以後)ᄂᆞ 조심(操心) 근힝(謹行)[1032]

●●●

116면

ᄒᆞ야 인륜(人倫)의 충수(充數)ᄒᆞᆷ믈 ᄇᆞ라노라."

흑시(學士ㅣ) 타루(墮淚) 수명(受命)ᄒ거늘 샹셰(尙書ㅣ) 겻틱셔 약믈(藥物)의 온닝(溫冷)을 ᄆᆞ초와 극진(極盡)이 구호(救護)ᄒᆞ며 듀야(晝夜) 겻틱 이셔 경계(警戒) 기유(開諭)ᄒᆞᄂᆞᆫ 믈이 ᄌᆞᄌᆞ(字字)이 셩니(聖理)[1033]의 합(合)ᄒᆞ야 일ᄌᆞ일언(一字一言)이 다 흉금(胸襟)이 쇄락(灑落)[1034]ᄒ니 빅문이 만일(萬一) 젼(前) ᄀᆞᆺ틀딘딕 그 믈이 약셕(藥石)[1035] ᄀᆞᄐᆞ나[1036] 효험(效驗)이 이시리오마ᄂᆞᆫ 즉금(卽今)은 씌ᄃᆞᆺᄂᆞᆫ 디경(地境)의 잇ᄂᆞᆫ 고(故)로 ᄌᆞᄌᆞ(字字)히 올히 드러 흉듕(胸中)

1031) 응변(應變): 변화에 응함.
1032) 근힝(謹行): 근행. 삼가 행함.
1033) 셩니(聖理): 성리. 성인의 이치.
1034) 쇄락(灑落): 시원함.
1035) 약셕(藥石): 약석. 약으로 병을 고치는 것처럼 남의 잘못된 행동을 훈계하여 그것을 고치는 데에 도움이 되는 말.
1036) 나: [교] 원문에는 '야'로 되어 있으나 문맥을 고려해 규장각본(18:97)과 연세대본(116)을 따름.

이 졈졈(漸漸) 트이는디라.

샹셰(尙書ㅣ) 느간 쩌는 고요히 누어 댱니스(將來事)를 싱각ᄒᆞᆷ
화 시(氏)를 무고(無故)히 박디(薄待)ᄒᆞ야 칼흘 드러 죽이기를 계교
(計巧)ᄒᆞ고 ᄯᅩ 위룬(危亂)ᄒᆞᆫ 시졀(時節)을 만나 공교(工巧)히 만ᄂᆞᆫ 거
슬 핍복(逼迫)ᄒᆞ야 수듕(水中) 귓(鬼人)거시 되게 ᄒᆞᆷ 쳔고(千古)의
업슨 박ᄒᆡᆼ(薄行)이 오긔(吳起)[1037]도곤 심(甚)ᄒᆞᆫ디라, 이닯고 슬프미
ᄀᆞᆨ골(刻骨)ᄒᆞ야 만일(萬一) 죽

●●●

117면

이디 아냣던들 이쩌 됴히 화록(和樂)ᄒᆞᆯᄂᆞᆺ다 싱각ᄒᆞ니 츄회(追悔)[1038]
ᄒᆞᆷ 빗복을 셜기[1039]의 밋ᄎᆞ디 ᄯᅩᄒᆞᆫ 아름이 업고 빙ᄌᆞ혜딜(氷姿蕙
質)[1040]을 싱각ᄒᆞ니 앗갑고 뉘우ᄎᆞ미 무궁(無窮)ᄒᆞᆫ 가온디 타일(他
日) 므슨 ᄂᆞᆺ츠로 화 공(公)을 보며 젼일(前日) 지우(知遇) 입으미 심
샹(尋常)티 아니터니 져ᄇᆞ리미 여ᄎᆞ(如此)ᄒᆞ니 쳔디(千代)의 죄인(罪
人)이 아니리오. 노 시(氏)의 음난무샹(淫亂無狀)ᄒᆞᆫ 허믈을 모르고
침취(沈醉)[1041]ᄒᆞ엿던 일이 심(甚)히 통흔(痛恨)ᄒᆞ야 그 공교(工巧)ᄒᆞᆫ

1037) 오긔(吳起): 오기. 중국 전국시대 위(衛)나라 출신의 병법가로, 증자(曾子)에게 배우고 노(魯)
　　나라, 위(魏)나라에서 벼슬한 뒤에 초(楚)나라에 가서 도왕(悼王)의 재상이 되어 법치적 개혁
　　을 추진하였음. 저서에 병서 『오자(吳子)』가 있음. 그가 노(魯)나라에 있을 때 제(齊)나라의
　　대부 전거(田居)가 방문해 오기를 보고 사위로 삼았는데, 후에 제나라가 노나라를 침략하자
　　노나라의 목공(穆公)이 오기를 장군으로 임명하려 하였으나 그가 제나라 대부의 사위라는
　　점 때문에 결정을 내리지 못함. 오기가 그 사실을 알고 자기 아내 전 씨를 죽여 자신은 제나
　　라와 관련 없다는 점을 밝히고 노나라의 장군이 됨. 사마천, 『사기(史記)』, <손자오기열전(孫
　　子吳起列傳)>.
1038) 츄회(追悔): 추회. 지나간 일을 후회함.
1039) 빗복을 셜기: 배꼽을 빨기. 이미 저지른 잘못에 대하여 후회하여도 소용이 없음을 이르는
　　말. 사람에게 잡힌 사향노루가 배꼽의 향내 때문에 잡혔다고 제 배꼽을 물어뜯었다는 데서
　　유래함. 서제막급(噬臍莫及).
1040) 빙ᄌᆞ혜딜(氷姿蕙質): 빙자혜질. 얼음처럼 맑은 자태와 난초처럼 우아한 자질.

계교(計巧)는 모로나 당초(當初)브터 음는(淫亂)흔 힝시(行事ㅣ) 졍
졍(貞靜)¹⁰⁴²흔 녀지(女子ㅣ) 아닌 거슬 침혹(沈惑)¹⁰⁴³ᄒᆞ엿던 일이
졀졀(切切)이 이돕고 수괴(羞愧)¹⁰⁴⁴ᄒᆞ니 사름 볼 ᄂᆞ치 업셔 쳐연(悽
然)이 눈믈을 ᄂᆞ리와 슬허ᄒᆞ더니,

홀연(忽然) 문(門) 여는 소ᄅᆡ 나며 시듕(侍中) 듕문과 유문, 진문,
원문 등(等)과 최싱(-生)이 일시(一時)의 드러오거늘 놀

• • •
118면

라오미 공산(空山)의 밍호(猛虎)나 만난 ᄃᆞᆺᄒᆞ고 붓그러오미 ᄂᆞᆺ출 각
고ᄌᆞ 시븐디라 믁연(默然)이 ᄂᆞᆺ비출 변(變)ᄒᆞ고 니러 안ᄌᆞ니 제인(諸
人)이 열좌(列坐)ᄒᆞ고 시듕(侍中)이 몬져 문왈(問曰),

"운뵈 므슴 연고(緣故)로 이곳의 병와(病臥)¹⁰⁴⁵ᄒᆞ엿ᄂᆞ뇨?"

ᄒᆞᆨ시(學士ㅣ) 강잉(强仍) 디왈(對曰),

"야야(爺爺)긔 듕칙(重責)을 닙습고 누엇ᄂᆞ이다."

시듕(侍中)이 그 말ᄉᆞᆷ과 거동(擧動)이 젼혀(全-) 이젼(以前) 긔습
(氣習)¹⁰⁴⁶이 업ᄉᆞ믈 고이(怪異)히 너겨 숙시(熟視) 냥구(良久)의 우
문(又問) 왈(曰),

"므슴 연고(緣故)로 ᄯᅩ 당칙(杖責)을 닙으뇨?"

ᄒᆞᆨ시(學士ㅣ) 디왈(對曰),

1041) 침취(沈醉): 어떤 일이나 사람에 깊이 빠져 마음을 빼앗김.
1042) 졍졍(貞靜): 정정. 곧고 정숙함.
1043) 침혹(沈惑): 푹 빠짐.
1044) 수괴(羞愧): 부끄러워함.
1045) 병와(病臥): 병들어 누움.
1046) 긔습(氣習): 기습. 기운과 버릇.

"소뎨(小弟) 블초(不肖)ᄒ야 지은 죄목(罪目)이 틱산(泰山) ᄀᆞᆺ투니 댱칙(杖責)을 닙으이다."

시듕(侍中) 왈(曰),

"원용의 집의ᄂᆞᆫ 엇디 가디 아니며 노 시(氏) 겻틱 업ᄉᆞ니 답답디 아니냐?"

혹ᄉᆞ(學士ㅣ) 츠언(此言)을 듯고 참괴(慙愧)ᄒ야 다만 딕왈(對曰),

"빅시(伯氏) 이고딕 이시라 ᄒ시니 잇ᄂᆞ이다."

시듕(侍中)이 소왈(笑曰),

"젼일(前日)은 므슴 물을 빅시(伯氏) 경계(警戒)딕로 ᄒ

던다?"

혹ᄉᆞ(學士ㅣ) 믁연(默然) 브답(不答)ᄒ거ᄂᆞᆯ 진문이 크게 ᄭᅮ지져 왈(曰),

"너ᄂᆞᆫ 토목지인(土木之人)이라 므슴 ᄂᆞᆺ츠로 아등(我等)을 딕(對)ᄒ야 말이 나ᄂᆞ뇨? 닉 너의 허믈을 니ᄅᆞᆯ 거시니 ᄌᆞ시 드ᄅᆞ라. 네 몸이 당당(堂堂)ᄒᆞᆫ 왕부(王府) 공ᄌᆞ(公子)로 명ᄉᆞ(名士)의 동상(東床)[1047] ᄲᅢᆫᄂᆞᆫ 딕 참예(參預)ᄒ야 뇨됴슉녀(窈窕淑女)ᄅᆞᆯ 빅냥(百兩)[1048]으로 ᄆᆞᆾ 왓거ᄂᆞᆯ 무단(無端)[1049]이 박딕(薄待)ᄒ고 요비(妖婢)ᄅᆞᆯ ᄉᆞ통(私

1047) 동상(東床): 사위. 중국 진(晉)나라의 태위 극감이 사윗감을 고르는데 왕도(王導)의 집 동쪽 평상 위에 엎드려 음식을 먹고 있는 왕희지(王羲之)를 골랐다는 고사에서 온 말.

1048) 빅냥(百兩): 백량. 신부를 맞아 오는 일. 백 대의 수레로 신부를 맞이한다 하여 이와 같이 씀. 『시경(詩經)』, <작소(鵲巢)>에 "새아씨가 시집옴에 백량으로 맞이하도다. 之子于歸, 百兩御之."라는 구절이 있음.

1049) 무단(無端): 까닭 없음.

通)ᄒ야 반1050)계곡경(盤溪曲徑)으로 취(娶)혼 후(後) 춤소(讒訴)를
혹(惑)히 드러 이미혼 쳐ᄌ(妻子)를 ᄉ디(死地)의 녀흐믄 니ᄅ도 물
고 우리 빅형(伯兄)의 빙옥(氷玉) ᄀ튼 긔질(氣質)을 춤혹(慘酷)혼 누
언(陋言)으로 히(害)ᄒ야 ᄆ춤ᄂᆡ 셔촉(西蜀) 수만(數萬) 니(里)의 죄
쉬(罪囚ㅣ) 되여시니 네 인형(人形)을 ᄭ이고 ᄉ촌(四寸)을 히(害)ᄒ고
므슴 ᄂᆞ츠로 우리를 ᄃᆡ(對)ᄒ리오? 숙부모(叔父母) 묽은 교훈(敎訓)
을 역졍(逆情)ᄒ고 간녀(奸女)로 더브러 ᄯᅳᆫ 집의 긔탄(忌憚) 업시 즐
기고 부형(父兄)을 빅반(背叛)ᄒ니

•••
120면

만고(萬古)의 너 ᄀ튼 몹슬 거시 ᄯᅩ 어ᄃᆡ 이시리오? 이제 이젼(以前)
그ᄅᆞ믈 ᄭᅵᆺ듯ᄂᆞ다?"

셜파(說罷)의 모든 눈이 혹ᄉ(學士)를 보는디라. 싱(生)이 진문의
믈을 드르니 참괴(慙愧)ᄒ미 욕ᄉ무디(欲死無地)1051)ᄒ되 줌줌(潛潛)
코 이시미 더 졈즉1052)ᄒ더라 이의 졍쉭(正色) 왈(曰),

"형(兄)의 믈이 다 억탁지언(臆度之言)1053)이로다. 안히 박ᄃᆡ(薄待)
ᄒᄆᆞᆫ 텬수(天數)의 미인 일이니 인력(人力)으로 ᄒ며 노 시(氏) ᄉ통
(私通)ᄒᄆᆞᆫ 쳐엄 ᄉ족(士族)인 줄 안 거시 아냐 모ᄅ고 년쇼(年少)
풍졍(風情)의 희롱(戱弄)ᄒ다가 안 후(後) ᄇ리디 못ᄒ야 취(娶)ᄒ미
남ᄉᆡ(濫事ㅣ)1054) 아니오, 녜부(禮部) 형(兄)의 화룬(禍亂)은 ᄂᆡ 스ᄉ

1050) 반: [교] 원문과 규장각본(18:100), 연세대본(18:119)에 모두 '방'으로 되어 있으나 오기로 보
    이므로 이와 같이 수정함.
1051) 욕ᄉ무디(欲死無地): 욕사무지. 죽으려 해도 죽을 곳이 없음.
1052) 졈즉: '어색함'의 의미로 보이나 미상임.
1053) 억탁지언(臆度之言): 이치나 조건에 맞지 아니하게 생각해 나온 말.

로 잡은 일이 아니니 엇디 닉 타시리오? 더욱 닉 그쩌 출스(出仕)ᄒ
야실 젹이니 닉 엇디 알니오? 형(兄)들은 톳 숨아 보쳐디 말디어다.”

언미파(言未罷)의 최싱(-生)이 션즈(扇子)로 ᄯ흘 치며 디쇼(大笑)
왈(曰),

“과연(果然) 념치(廉恥) 됴흔 위인(爲人)이로다. 늘 ᄀ튼

• • •
121면

면 어늬 입으로 말이 도아 나리오?”

제인(諸人)이 ᄯ흔 어히업셔 혀 ᄎ 왈(曰),

“빅문은 니시(李氏) 쳥문(淸門)을 흐리오ᄂ 거시니 뉘 저를 사름으
로 알니오? 네 물이 ᄀ장 됴흐니 ᄯ 다시 니ᄅ라. 듯고ᄌ ᄒ노라.”

흑시(學士ㅣ) 무언(無言) 부답(不答)ᄒ거늘 윤문 왈(曰),

“네 아모커나 술병(-瓶)으로 우리를 틸가 시브거든 다시 티라.”

원문이 쇼왈(笑曰),

“경(景)업셔1055) ᄒᄂ 아희(兒孩)를 그리 곤(困)히 보쳐ᄂ뇨?”

듕문 왈(曰),

“무어시 경(景)업스리오?”

최싱(-生) 왈(曰),

“평안(平安)흔 몸의 듕(重)흔 미를 뭇고 젹젹(寂寂)히 셔당(書堂)
의 누어 아릿다온 미인(美人)이 겻틱 업스니 무어시 경(景)이 이시
리오?”

1054) 남ᄉ(濫事ㅣ): 남사. 외람된 일.
1055) 경(景)업셔: 경황없어.

언미파(言未罷)의 샹셔(尙書)와 낭문이 드러와 제인(諸人)의 문답
ᄉ(問答事)를 듯고 낭문이 정식(正色) 왈(曰),

"샤뎨(舍弟) 종젼(從前) 과실(過失)이 이신들 골육지친(骨肉之親)
으로 ᄀᄅ치미 올커늘

•••
122면

이럿툿 조희(嘲戱)[1056]ᄒᆞ느뇨? 닌셕[1057]이 더옥 다ᄉ(多事)[1058]ᄒᆞ고
우읍도다. 늬 아랑곳티완딕 늬 아올 보칙는다?"

최싱(-生) 왈(曰),

"나는 비록 다ᄉ(多事)ᄒᆞ나 운뵈 졍인군쥐(正人君子 ㅣ)니 시비(是
非)ᄒᆞ느냐?"

낭문 왈(曰),

"셩인(聖人)도 허믈이 이시니 져믄 아ᄒᆡ(兒孩) 쇼쇼(小小) 과실(過
失)이 이신들 큰 흉을 삼아 지쇼(指笑)[1059]ᄒᆞ니 골육(骨肉)의 졍(情)
이 박(薄)ᄒᆞ도다."

원문이 늘호여 잠쇼(暫笑) 왈(曰),

"ᄉ형(舍兄)과 두 아이 희롱(戱弄)으로 그러툿 ᄒᆞᄂ 진졍(眞情)이
아니니 너는 과도(過度)히 노(怒)ᄒᆞ야 몰나."

샹셔(尙書)는 일언(一言)을 아니코 슬픈 빗치 ᄂᆺ쳐 ᄀᄃ윽ᄒᆞ야 기리
텬익(天涯)[1060]를 ᄇᆞ라며 댱탄(長歎)ᄒᆞ니 시듕(侍中) 등(等)이 그윽이

1056) 조희(嘲戱): 빈정거리며 희롱함.
1057) 닌셕: 최백만의 자(字).
1058) 다ᄉ(多事): 다사. 보기에 쓸데없는 일에 간섭을 잘하는 데가 있음.
1059) 지쇼(指笑): 지소. 손가락질하며 비웃음.
1060) 텬익(天涯): 천애. 하늘 끝.

뉘우쳐 이에 칭샤(稱謝) 왈(曰),

"쇼뎨(小弟) 등(等)이 브졀업슨 유희(遊戲)로 형댱(兄丈)이 블평(不平)ᄒ시게 ᄒ니 추회(追悔)ᄒ나 밋디 못ᄒ리로소이다."

샹셰(尙書ㅣ) 희허(欷歔) 탄식(歎息) 왈(曰),

"현뎨(賢弟)야, 이 엇던 말고?

•••

123면

닉 아의 허믈이 호듸(浩大)ᄒ니 여등(汝等)의 믈을 엇디 노(怒)ᄒ리오므는 빅시(伯氏)의 님별(臨別) 믈슴을 싱각ᄒ니 셩졍(性情)의 탈속(脫俗)ᄒ시미 오늘늘 더옥 씌ᄃᄅᆞᄆᆡ 심댱(心腸)이 싀로이 버히는 둧ᄒ니 영모지심(永慕之心)이 근졀(懇切)ᄒ야 눈믈이 ᄂᆞ미라 닉 엇디 동싱(同生)을 넉드러[1061] 노(怒)ᄒ야 ᄒ리오?"

시듕(侍中) 등(等)이 ᄎᆞ언(此言)을 듯고 일시(一時)의 눈믈을 흘녀 골오듸,

"빅형(伯兄)의 빙옥(氷玉) ᄀᆞᄐᆞᆫ 긔딜(氣質)의 쳔듸(千代) 누명(陋名)을 시러 파쳔(播遷)ᄒ신 후(後) 음신(音信)[1062]이 묘연(杳然)ᄒ니 우리 등(等)의 이 일만(一萬) 고빅의 긋쳐디니 속졀업슨 흔(恨)이 빅문의게 도라가더니 빅시(伯氏)의 말슴을 싱각ᄒ니 블초(不肖)ᄒ믈 씌둧ᄂᆞ이다. 아디 못게라, 어느 제 안항(雁行)[1063]이 ᄀᆞ죽ᄒ야 녜ᄀᆞ티 즐기리오?"

샹셰(尙書ㅣ) ᄯᅩ흔 탄식(歎息)ᄒ더라.

1061) 넉드러: 역성들어.
1062) 음신(音信): 먼 곳에서 전하는 소식이나 편지.
1063) 안항(雁行): 기러기의 행렬이라는 뜻으로 남의 형제를 높여 이르는 말.

주요 인물

노강: 노몽화의 아버지. 추밀부사.

노몽화: 원래 이흥문의 아내였다가 쫓겨나 비구니 혜선 밑에 있다가
　　　모습을 바꿔 이백문의 첩이 됨.

여박: 여빙란의 오빠. 이성문의 손위처남. 한림학사.

여빙란: 이성문의 정실.

위공부: 위홍소의 아버지. 이경문의 장인.

위중량: 위공부의 둘째아들. 위홍소의 오빠. 어사.

위최량: 위공부의 첫째아들. 위홍소의 오빠. 시랑.

위후량: 위공부의 셋째아들. 위홍소의 오빠. 학사.

위홍소: 이경문의 정실.

이경문: 이몽창의 둘째아들. 소월혜 소생. 위홍소의 남편. 한림학사
　　　중서사인. 병부상서 대사마 태자태부. 어려서 부모와 헤어
　　　져 유영걸의 밑에서 자라다가 후에 부모와 만남. 위홍소의
　　　아버지 위공부가 유영걸을 친 것에 분노해 위공부, 위홍소
　　　와 갈등함.

이관성: 승상. 이현과 유 태부인의 첫째아들. 정몽홍의 남편. 이연성
　　　의 형. 이몽현 오 형제의 아버지.

이낭문: 이몽창의 재실 조제염이 낳은 쌍둥이 중 오빠. 어렸을 때 이
　　　름은 최현이었는데 이경문이 찾아서 낭문으로 고침. 어머니

조제염과 함께 산동으로 가다가 도적을 만나 고옹 집에서 종살이하다가 이경문이 찾음.

이몽상: 이관성과 정몽홍의 넷째아들. 안두후 태상경. 자는 백안. 별호는 유청. 아내는 화 씨.

이몽원: 이관성과 정몽홍의 셋째아들. 개국공. 자는 백운. 별호는 이청. 아내는 최 씨.

이몽창: 이관성과 정몽홍의 둘째아들. 연왕. 자는 백달. 별호는 죽청. 아내는 소월혜.

이몽필: 이관성과 정몽홍의 다섯째아들. 강음후 추밀사. 자는 백명. 별호는 송청. 아내는 김 씨.

이몽현: 이관성과 정몽홍의 첫째아들. 하남공. 일천 선생. 자는 백균. 정실은 계양 공주. 재실은 장 씨.

이백문: 이몽창의 셋째아들. 소월혜 소생. 자는 운보. 화채옥의 남편.

이벽주: 이몽창의 재실 조제염이 낳은 쌍둥이 중 여동생. 어렸을 때 이름은 난심이었는데 이경문이 찾아서 벽주로 고침.

이성문: 이몽창의 첫째아들. 소월혜 소생. 여빙란의 남편. 자는 현보. 이부총재 겸 문연각 태학사.

이연성: 이관성의 막내동생. 태자소부 북주백. 자는 자경.

이웅린: 이경문의 첫째아들. 정실 위홍소 소생.

이원문: 이몽원의 첫째아들. 자는 인보. 아내는 김 씨.

이일주: 이몽창의 첫째딸. 자는 초벽. 태자비.

이창린: 이흥문의 첫째아들.

임 씨: 이성문의 재실.

조여구: 조 황후의 조카. 이경문의 재실. 이경문을 보고 반해 사혼으로 이경문의 아내가 됨.

조여혜: 태자비. 조 황후의 조카.

조제염: 이낭문과 이벽주의 어머니. 이몽창의 재실. 전편 <쌍천기봉>
        에서 이몽창과 소월혜 소생 영문을 죽이고 소월혜를 귀양
        가게 했다가 죄가 발각되어 산동으로 가던 중 도적을 만남.
        고옹의 집에서 종살이를 하다가 이경문이 찾음.

최연: 유영걸이 강간해 자결한 노 씨의 남편. 최백만의 아버지.

최백만: 최연의 아들. 이벽주의 남편. 자는 인석.

최 숙인: 유 태부인의 양녀. 이관성의 동생.

한성: 이흥문이 서촉으로 귀양 가다가 병이 났을 때 이흥문의 아들
      이창린에게 환약을 주어 병을 낫게 한 인물.

화진: 화채옥의 아버지. 이부시랑.

화채옥: 화진의 딸. 자는 홍설. 이백문의 아내.

역자 해제

1. 머리말

<이씨세대록>은 18세기에 창작된 것으로 추정되는 작가 미상의 국문 대하소설로, <쌍천기봉>[1]의 후편에 해당하는 연작형 소설이다. '이씨세대록(李氏世代錄)'이라는 제목은 '이씨 가문 사람들의 세대별 기록'이라는 뜻인데, 실제로는 이관성의 손자 세대, 즉 이씨 집안의 4대째 인물들인 이흥문·이성문·이경문·이백문 등과 그 배우자의 이야기에 서사가 집중되어 있다. 이는 전편인 <쌍천기봉>에서 이현[2](이관성의 아버지), 이관성, 이관성의 자식들인 이몽현과 이몽창 등 1대에서 3대에 걸쳐 서사가 고루 분포된 것과 대비되는 모습이다. 또한 <쌍천기봉>에서는 중국 명나라 초기의 역사적 사건, 예컨대 정난지변(靖難之變)[3] 등이 비중 있게 서술되고 <삼국지연의>의 영향을 받은 군담이 흥미롭게 묘사되는 가운데 가문 내적으로 혼인담, 부부 갈등, 처첩 갈등 등이 배치되어 있다면, <이씨세대록>에서는 역사적 사건과 군담이 대폭 축소되고 가문 내적인 갈등 위주로 서사가 전개된다는 점에서 큰 차이가 있다.

---

1) 필자가 18권 18책의 장서각본을 대상으로 번역 출간한 바 있다. 장시광 옮김, 『팔찌의 인연, 쌍천기봉』 1-9, 이담북스, 2017-2020.
2) <쌍천기봉>에서 이현의 아버지로 이명이 설정되어 있으나 실체적 인물이 등장하지 않고 서술자의 요약 서술로 짧게 언급되어 있으므로 필자는 이현을 1대로 설정하였다.
3) 중국 명나라의 연왕 주체가 제위를 건문제(재위 1399-1402)로부터 탈취해 영락제(재위 1402-1424)에 오른 사건을 이른다. 1399년부터 1402년까지 지속되었다.

2. 창작 시기 및 작가, 이본

<이씨세대록>의 정확한 창작 연도는 알 수 없고, 다만 18세기의 초중반에 창작되었을 것으로 추정된다. 온양 정씨가 정조 10년 (1786)부터 정조 14년(1790) 사이에 필사한 것으로 추정되는 규장각 소장 <옥원재합기연>의 권14 표지 안쪽에 온양 정씨와 그 시가인 전주 이씨 집안에서 읽었을 것으로 보이는 소설의 목록이 적혀 있다. 그중에 <이씨세대록>의 제명이 보인다.[4] 이 기록을 토대로 보면 <이씨세대록>은 적어도 1786년 이전에 창작된 것으로 추측할 수 있다. 또, 대하소설 가운데 초기본인 <소현성록> 연작(15권 15책, 이화여대 소장본)이 17세기 말 이전에 창작된바,[5] 그보다 분량과 등장인물의 수가 훨씬 많은 <이씨세대록>은 <소현성록> 연작보다는 후대의 작품일 가능성이 높다. 요컨대 <이씨세대록>은 18세기 초중반에 창작된 작품으로, 대하소설 중에서는 비교적 이른 시기의 창작물이다.

<이씨세대록>의 작가는 알려져 있지 않다. 다만 작품의 문체와 서술시각을 고려하면 전편인 <쌍천기봉>과 마찬가지로 경서와 역사서, 소설을 두루 섭렵한 지식인이며, 신분의식이 강한 사대부가의 일원으로 추정할 수 있다. <이씨세대록>은 여느 대하소설과 마찬가지로 국문으로 표기되어 있으나 문장이 조사나 어미를 제외하면 대개 한자어로 구성되어 있고, 전고(典故)의 인용이 빈번하다. 비록 대하소설 <완월회맹연>(180권 180책)의 수준에는 미치지 못하지만, 다른 유형의 고전소설에 비하면 작가의 지식 수준이 매우 높은 편이다.

---

4) 심경호, 「樂善齋本 小說의 先行本에 관한 一考察 -온양정씨 필사본 <옥원재합기연>과 낙선재본 <옥원중회연>의 관계를 중심으로-」, 『정신문화연구』 38, 한국정신문화연구원, 1990.
5) 박영희, 「소현성록 연작 연구」, 이화여대 박사논문, 1994 참조.

<이씨세대록>에는 또한 강한 신분의식이 드러나 있다. 집안에서 주인과 종의 차이가 부각되어 있고 사대부와 비사대부의 구별짓기가 매우 강하다. 이처럼 <이씨세대록>의 작가는 학문적 소양을 갖추고 강한 신분의식을 지닌 사대부가의 남성 혹은 여성으로 추정되며, 온양 정씨의 필사본 기록을 통해 유추할 수 있듯이 사대부가에서 주로 향유된 것으로 보인다.

<이씨세대록>의 이본은 현재 3종이 알려져 있다. 한국학중앙연구원의 장서각에 소장된 26권 26책본과 서울대학교 규장각에 소장된 26권 26책본, 연세대학교 도서관에 소장된 26권 26책본[6]이 그것이다. 세 이본 모두 표제는 '李氏世代錄', 내제는 '니시셰딕록'으로 되어 있고 분량도 대동소이하고 문장이나 어휘 단위에서도 매우 흡사한 면을 보인다. 특히 장서각본과 연세대본의 친연성이 강한데, 두 이본은 각 권의 장수는 물론 장별 행수, 행별 글자수까지 거의 같다. 다만 장서각본에 있는 오류가 연세대본에는 수정되어 있는 경우가 적지 않아 적어도 두 이본에 한해 본다면 연세대본이 선본(善本)이라 말할 수 있다. 연세대본·장서각본 계열과 규장각본을 비교해 보면 오탈자(誤脫字)가 이본마다 고루 있어 연세대본·장서각본 계열과 규장각본 중 어느 것이 선본(善本) 혹은 선본(先本)인지 단언할 수는 없다.

---

6) 연세대학교 도서관에 소장된 26권 26책본: <이씨세대록> 해제를 작성해 출간할 당시에는 역자의 불찰로 연세대 소장본의 존재를 알지 못했다가 최근에 알게 되어 5권의 교감 및 해제부터 이를 반영하게 되었음을 밝힌다.

3. 서사의 특징

<이씨세대록>에는 가문의 마지막 세대로 등장하는 4대째의 여러 인물이 병렬적으로 구성되어 있다는 서사적 특징이 있다. 인물과 그 사건이 대개 순차적으로 등장하지만 여러 인물의 사건이 교직되어 설정되기도 하여 서사에 다채로움을 더하고 있다. 이에 비해 <쌍천기봉>에서는 1대부터 3대까지 1명, 3명, 5명으로 남성주동인물의 수가 점차 확대되어 가고 서사의 양도 그에 비례해 세대가 내려갈수록 확장되어 있다. 곧, <쌍천기봉>에서는 1대인 이현, 2대인 이관성・이한성・이연성, 3대인 이몽현・이몽창・이몽원・이몽상・이몽필 서사가 고루 등장한다는 점에서 <이씨세대록>과 차이가 난다. <이씨세대록>에도 물론 2대와 3대의 인물이 등장하기는 하나 그들은 집안의 어른 역할을 수행할 뿐이고 서사는 4대의 인물 중심으로 전개된다. 이를 보면, '세대록'은 인물의 서사적 비중과는 무관하게 2대에서 4대까지의 인물을 등장시켰다는 점에서 붙인 제목으로 이해할 필요가 있다.

이처럼 <이씨세대록>에 가문의 마지막 세대 인물이 주로 활약한다는 설정은 초기 대하소설로 분류되는 삼대록계 소설 연작7)과 유사한 면이다. <소씨삼대록>에서는 소씨 집안의 3대째8) 인물인 소운성 형제 위주로, <임씨삼대록>에서는 임씨 집안의 3대째 인물인 임창홍 형제 위주로, <유씨삼대록>에서는 유씨 집안의 4대째 인물인 유세형 형제 위주로 서사가 전개된다.9) <이씨세대록>이 18세기 초

---

7) 후편의 제목이 '삼대록'으로 끝나는 일군의 소설을 지칭한다. <소현성록>・<소씨삼대록> 연작, <현몽쌍룡기>・<조씨삼대록> 연작, <성현공숙렬기>・<임씨삼대록> 연작, <유효공선행록>・<유씨삼대록> 연작이 이에 해당한다.
8) 소운성의 할아버지인 소광이 전편 <소현성록>의 권1에서 바로 죽는 것으로 설정되어 있어 1대로 보기 어려운 면이 있으나 제명을 존중해 1대로 보았다.

중반에 창작된 초기 대하소설임을 감안하면 인물 배치가 이처럼 삼대록계 소설과 유사한 것은 이상하지 않다.

한편, <쌍천기봉>에서는 군담, 토목(土木)의 변(變)과 같은 역사적 사건, 인물 갈등 등이 고루 배치되어 있다. 구체적으로, 작품의 앞과 뒤에 역사적 사건을 배치하고 중간에 부부 갈등, 부자 갈등, 처첩(처처) 갈등 등 가문에서 벌어질 수 있는 다양한 갈등을 배치하였다. 이에 반해 <이씨세대록>에는 군담 장면과 역사적 사건이 거의 보이지 않는다. 군담은 전편 <쌍천기봉>에 이미 등장했던 장면을 요약 서술하는 데 그쳤고, 역사적 사건도 <쌍천기봉>에 설정된 사건을 환기하는 정도이고 새로운 사건은 보이지 않는다. <쌍천기봉>이 역사적 사실에 허구를 가미한 전형적인 연의류 작품인 반면, <이씨세대록>은 가문에서 발생할 수 있는 다양한 갈등, 예컨대 처처(처첩) 갈등, 부부 갈등, 부자 갈등 위주로 서사를 구성한 작품으로, <이씨세대록>은 <쌍천기봉>과는 다른 측면에서 대중에게 흥미를 유발할 만한 요소로 구성되어 있음을 알 수 있다.

여느 대하소설과 마찬가지로 <이씨세대록>에도 혼사장애 모티프, 요약 모티프 등 다양한 모티프가 등장해 서사 구성의 한 축을 이루고 있다. 이 가운데 가장 눈에 띄는 것은 기아(棄兒) 모티프이다. 대표적으로는 이경문의 경우를 들 수 있는데 기아 모티프가 매우 길게 서술되어 있다. <쌍천기봉>의 서사를 이은 것으로 <쌍천기봉>에서 간간이 등장했던 이경문의 기아 모티프를 본격적으로 다루고 있다. 즉, <쌍천기봉>에서 유영걸의 아내 김 씨가 어린 이경문을 사서 자기 아들인 것처럼 꾸미는 장면, 이관성과 이몽현, 이몽창이 우연히

---

9) 다만 <조씨삼대록>에서는 3대와 4대의 인물인 조기현, 조명윤 등이 활약한다는 점에서 차이가 난다.

이경문을 만나는 장면, 이경문이 등문고를 쳐 양부 유영걸을 구하는 장면이 나오는데, <이씨세대록>에서는 그 장면들을 모두 보여주면서 여기에 덧붙여 이경문이 유영걸과 그 첩 각정에게 박대당하지만 유영걸을 효성으로써 섬기는 모습이 강렬하게 나타나 있다. 이경문이 등문고를 쳐 유영걸을 구하는 장면은 효성의 정점에 해당한다. 이경문은 후에 친형인 이성문에 의해 발견돼 이씨 가문에 편입된다. 이때 이경문과 가족들과의 만남 장면은 매우 감동적으로 그려져 있다. 이처럼 이경문이 가족과 헤어졌다가 만나는 과정은 연작의 전후편에 걸쳐 등장하며 연작의 핵심적인 모티프 중의 하나로 기능하고 있고, 특히 <이씨세대록>에서는 결합에 초점이 맞춰져 있어 그 감동이 배가되어 있다.

4. 인물의 갈등

<이씨세대록>에는 다양한 갈등이 등장하는데 이 가운데 핵심은 부부 갈등이다. 대표적으로 이몽창의 장자인 이성문과 임옥형, 차자인 이경문과 위홍소, 삼자인 이백문과 화채옥의 갈등을 들 수 있다. 이성문과 이경문 부부의 경우는 반동인물이 개입되지 않은, 주동인물 사이의 갈등이라는 공통점이 있다. 이성문의 아내 임옥형은 투기 때문에 이성문의 옷을 불지르기까지 하는 인물이다. 이성문이 때로는 온화하게 때로는 엄격하게 대하나 임옥형의 투기가 가시지 않자, 그 시어머니 소월혜가 나서서 임옥형을 타이르니 비로소 그 투기가 사라진다. 이경문과 위홍소는 모두 효를 중시하는 인물인데 바로 그러한 이념 때문에 혹독한 부부 갈등을 벌인다. 이경문은 어려서 부모와 헤어져 양부(養父) 유영걸에게 길러지는데 이 유영걸은 벼슬은

높으나 품행이 바르지 못해 쫓겨나 수자리를 사는데 위홍소의 아버지인 위공부가 상관일 때 유영걸을 매우 치는 일이 발생한다. 이 때문에 이경문은 위공부를 원수로 치부하는데 아내로 맞은 위홍소가 위공부의 딸인 줄을 알고는 위홍소를 박대한다. 위홍소 역시 이경문이 자신의 아버지를 욕하자 이경문과 심각한 갈등을 벌인다. 효라는 이념이 두 사람의 갈등을 촉발시킨 원인이 된 것이다. 두 사람은 비록 주동인물로 설정되어 있지만, 이들을 통해 경직된 이념이 주는 부작용이 만만치 않음을 보여준다.

이백문 부부의 경우에는 변신한 노몽화(이흥문의 아내였던 여자)가 반동인물의 역할을 해 갈등을 벌인다는 특징이 있다. 이백문은 반동인물의 계략으로 정실인 화채옥을 박대하고 죽이려 한다. 애초에 이백문은 화채옥을 마음에 들어하지 않았는데 이유는 화채옥이 자신을 단명하게 할 상(相)이라는 것 때문이었다. 화채옥에게는 잘못이 없는데 남편으로부터 박대를 받는다는 설정은 가부장제의 질곡을 드러내 보이는 장면이다. 여기에 이흥문의 아내였다가 쫓겨난 노몽화가 화채옥의 시녀가 되어 이백문에게 화채옥을 모함하고 이백문이 곧이들어 화채옥을 끝내 죽이려고까지 하는 데 이른다. 이러한 이백문의 모습은 이몽현의 장자 이흥문과 대비된다. 이흥문은 양난화와 혼인하는데 재실인 반동인물 노몽화가 양난화를 모함한다. 이런 경우 대개 이백문처럼 남성이 반동인물의 계략에 속아 부부 갈등이 벌어지지만 이흥문은 노몽화의 계교에 속지 않고 오히려 노몽화의 술수를 발각함으로써 정실을 보호한다. <이씨세대록>에는 이처럼 상반되는 사례를 설정함으로써 흥미를 배가하는 동시에 가부장제의 문제점을 드러내고 있다.

5. 서술자의 의식

<이씨세대록>의 신분의식은 이중적이다. 사대부와 비사대부 사이의 구별짓기는 여느 대하소설과 마찬가지지만 사대부 내에서 장자와 차자의 구분은 표면적으로는 존재하나 서술의 실상은 그렇지 않다. 사대부로서 그렇지 않은 신분의 사람을 차별하는 모습은 경직된 효의 구현자인 이경문의 일화에서 두드러진다. 예컨대, 이경문은 자기 친구 왕기가 적적하게 있자 아내 위홍소의 시비인 난섬을 주어 정을 맺도록 하는데(권11) 천한 신분의 여성에게는 정절을 전혀 배려하지 않는 것을 엿볼 수 있다. 또한 이경문이 양부 유영걸의 첩 각정의 조카 각 씨와 혼인하게 되자 천한 집안과 혼인한 것을 분하게 여겨 각 씨에게 매정하게 구는 것(권8)도 그러한 신분의식이 여실히 드러나는 장면이다. 기실 이는 <이씨세대록>이 창작되던 당시의 사회적 모습이 반영된 것이라 추측할 수 있는 장면들이다.

사대부와 비사대부 사이의 구별짓기는 이처럼 엄격하나 사대부 내에서의 구분은 꼭 그렇지만은 않다. 서사적으로 등장인물들은 장자와 비장자의 구분을 하고 있고, 서술의 순서도 그러한 구분을 따르려 하고 있다. 서술의 순서를 예로 들면, <이씨세대록>은 이관성의 장손녀, 즉 이몽현 장녀 이미주의 서사부터 시작된다. 이미주가 서사적 비중이 그리 크지 않음에도 이미주부터 이야기가 시작되는 것은 그만큼 자식들 사이의 차례를 중시한다는 점을 의미한다. 다만, 특기할 만한 것은 남자부터 먼저 시작하지 않았다는 점이다. 여자든 남자든 순서대로 서술했다는 점이 중요하다. 이미주의 뒤로는 이몽현의 장자 이흥문, 이몽창의 장자인 이성문, 이몽창의 차자 이경문, 이몽창의 장녀 이일주, 이몽원의 장자 이원문, 이몽창의 삼자 이백

문, 이몽현의 삼녀 이효주 등의 서사가 이어진다. 자식들의 순서대로 서술하려 하는 강박증이 있다고 생각될 정도로 서술자는 순서에 집착한다. 이원문이나 이효주 같은 인물은 서사적 비중이 매우 미미하지만 혼인했다는 사실을 서술하고 있는 것이다. 그런데 이러한 순서 집착에도 불구하고 서사 내에서의 비중을 보면 장자 위주로 서술되어 있지 않음을 알 수 있다. 전편 <쌍천기봉>의 주인공이 이관성의 차자 이몽창이었던 것과 마찬가지로 후편에서도 주인공은 이성문, 이경문, 이백문 등 이몽창의 자식들로 설정되어 있다. 이몽현의 자식들인 이미주와 이흥문의 서사는 그들에 비하면 미미한 편이다. 이처럼 가문의 인물에 대한 서술 순서와 서사적 비중의 괴리는 <이씨세대록>을 특징짓는 한 단면이다.

<이씨세대록>에는 꿈이나 도사 등 초월계가 빈번하게 등장해 사건을 진행시키고 해결한다. 특히 사건이나 갈등의 해소 단계에 초월계가 유독 많이 보인다. 예를 들어 이경문이 부모와 만나기 전에 그 죽은 양모 김 씨가 꿈에 나타나 이경문의 정체를 말하고 그 직후에 이경문이 부모를 찾게 되는 장면(권9), 형부상서 장옥지의 꿈에 현아(이경문의 서제)에게 죽은 자객들이 나타나 현아의 죄를 말하고 이성문과 이경문의 누명을 벗겨 주는 장면(권9-10), 화채옥이 강물에 빠졌을 때 화채옥을 호위해 가던 이몽평의 꿈에 법사가 나타나 화채옥의 운명에 대해 말해 주는 장면(권17) 등이 있다. 이러한 초월계의 빈번한 등장은 이 세계의 질서가 현실적 국면으로는 해결할 수 없을 정도로 질곡에 빠져 있음을 의미한다. 현실계의 인물들은 얽히고설킨 사건들을 해결할 능력이 되지 않고 이는 오로지 초월계가 개입되어야만 해소될 수 있는 성질의 것임을 보여주고 있는 것이다.

6. 맺음말

<이씨세대록>은 조선 후기의 역동적인 사회에서 산생된 소설이다. 양반을 돈으로 살 수 있을 정도로 양반에 대한 권위가 땅에 떨어지고 양반과 중인 이하의 신분 이동이 이루어지던 때에 생겨났다. 설화 등 민중이 향유하던 문학에 그러한 면이 잘 드러나 있다. 그러나 이 작품에는 그러한 시대적 변동에 맞서 기득권을 유지하려는 사대부 계층의 의식이 강하게 드러나 있다. 사대부와 사대부 이하의 계층을 구별짓는 강고한 신분의식은 그 한 단면이다.

그렇지만 한편으로는 가부장제의 질곡에 신음하는 여성들의 목소리가 드러나 있기도 하다. 까닭 없이 남편에게 박대당하는 여성, 효라는 이데올로기 때문에 남편과 갈등하는 여성들을 통해 유교적 가부장제가 여성에게 가하는 억압적 모습이 서술의 이면에 흐르고 있다. <이씨세대록>이 주는 흥미와 그 서사적 의미는 바로 이러한 데에서 찾을 수 있지 않을까 한다.

장시광

서울대 강사, 아주대 강의교수 등을 거쳐 현재 경상대학교 국어국문학과 교수로 재직 중이다. 논문으로 「대하소설의 여성반동인물 연구」(박사학위논문), 「여성영웅소설에 나타난 여화위남의 의미」, 「대하소설 갈등담의 구조 시론」, 「운명과 초월의 서사」 등이 있고, 저서로『한국 고전소설과 여성인물』이 있으며, 번역서로『조선시대 동성혼 이야기 방한림전』,『여성영웅소설 홍계월전』,『심청전: 눈먼 아비 홀로 두고 어딜 간단 말이냐』,『팔찌의 인연: 쌍천기봉 1-9』 등이 있다.

(이씨 집안 이야기) 이씨세대록 9

초판인쇄   2024년 02월 09일
초판발행   2024년 02월 09일

지은이   장시광
펴낸이   채종준
펴낸곳   한국학술정보㈜
주   소   경기도 파주시 회동길 230(문발동)
전   화   031) 908-3181(대표)
팩   스   031) 908-3189
홈페이지   http://ebook.kstudy.com
E-mail   출판사업부 publish@kstudy.com
등   록   2003년 9월 25일 제406-2003-000012호

ISBN   979-11-7217-133-9 04810
        979-11-6801-227-1 (전 13권)

이담북스는 한국학술정보(주)의 학술/학습도서 출판 브랜드입니다.
이 시대 꼭 필요한 것만 담아 독자와 함께 공유한다는 의미를 나타냈습니다.
다양한 분야 전문가의 지식과 경험을 고스란히 전해 배움의 즐거움을 선물하는 책을 만들고자 합니다.